# 千山诗集校注

侯文慧 校注

长春出版社
全国百佳图书出版单位

**图书在版编目（CIP）数据**

千山诗集校注 / 侯文慧校注. -- 长春 : 长春出版社, 2024. 12. -- ISBN 978-7-5445-7701-4

Ⅰ. I222.748

中国国家版本馆 CIP 数据核字第 2024DE7044 号

千山诗集校注

| 校　　注 | 侯文慧 |
|---|---|
| 责任编辑 | 孙振波 |
| 封面设计 | 楠竹文化 |

| 出版发行 | 长春出版社 |
|---|---|
| 总 编 室 | 0431-88563443 |
| 市场营销 | 0431-88561180 |
| 网络营销 | 0431-88587345 |
| 地　　址 | 吉林省长春市朝阳区硅谷大街7277号 |
| 邮　　编 | 130103 |
| 网　　址 | www.cccbs.net |

| 制　　版 | 荣辉图文 |
|---|---|
| 印　　刷 | 三河市华东印刷有限公司 |

| 开　　本 | 787毫米×1092毫米　1/16 |
|---|---|
| 字　　数 | 557千字 |
| 印　　张 | 31.25 |
| 版　　次 | 2024年12月第1版 |
| 印　　次 | 2025年3月第1次印刷 |
| 定　　价 | 148.00元 |

# 前　言

　　千山大安寺东有峰曰璎珞，气势巍峨，灵爽钟秀。峰之西麓，相传为唐王世民驻跸处。清康熙元年（1662）六月，曹洞宗三十三传法嗣，千山剩人可禅师肉身塔建于此地，距今已三百六十二年矣。剩人之塔今已无存，虽知如此，友人执意探访，环顾四周，其追思无迹，吊古无凭，令人茫然。踌躇间似听到"石顶松风凭管领，峰头诗句任交横"，岂不是剩人诗句耶？但见苍翠盈眸，花鸟争妍，霎时令人心开意解，踊跃欢喜。

　　剩人其平生所好者诗也。诗以言志，笃志前行，始终如一，且道在其中，仁在其中矣。其日常起居，一钵一衲，一灯一榻，或煮粥，或烧泉，或采菌，或拾柴，往往吟咏无间，谈笑自若。与其交游甚欢者，如左公（左懋泰）、心公（陈掖臣）、赤公（孙旸）、木公（李呈祥）、天公（季开生）、雪公（郝浴）、苗炼师（苗君稷）等，皆名儒高士，彼此酬唱，相知相慰，激扬道义，愈见剩人其豪爽侠义也。

　　"到边已作开荒主，先代曾为柱石臣。"此为友人锦魂赠送剩人的诗句。"先代曾为柱石臣"者，剩人之父韩日缵，明崇祯年间，任礼部尚书，富有远见卓识，刚正不阿，为国为民贡献良多。剩人早年饱学儒家十三经，后承嗣洞宗博山系道独禅师，可谓融贯儒释不可多得的大善知识。清顺治五年（1648）四月，剩人因文字狱，流放辽东。当时的辽东荒芜凄凉，百废待兴，剩人的到来，无疑成为引领辽东文化的"开荒主"。清顺治七年（1650），剩人于铁岭尚阳堡（今辽宁省开原县清河区境内）首倡冰天诗社。剩人自序曰："尽东西南北之冰魂，洒古往今来之热血。"前后共两会，三十三人赋诗投赠，可谓诗满奚囊，浩气长舒，盛况空前也。

　　剩人被友人视为：普化（晚唐名僧）重来，灵均（屈原）化身。曹源一滴启拓关东，剩人实乃第一人也。其悲心切切，行吟说法，可谓光明洞彻，句句动人，然"话到曹溪终不可，年来多病命悬丝"，故函可师传法于辽东终是力不从心。凡赠送法师，抑开示学人，皆痛下针锥，当阳直指。无论道俗，皆受益匪浅，得未曾有。剩人诗之警世、劝世，之铁血丹心，大量流传于世，这对当时的关东移风易俗起到积极作用。

剩人经历明清之际的社会动荡，其满门忠烈，饱受国破家亡之痛。一想到此，剩人便壮怀激烈，痛断肝肠，无复生意。清顺治三年（1646），剩人于南京罹难，严刑拷掠，血流满地，身心受到极大的摧残，难以恢复。辽东的苦寒，令剩人难以适应，其诗作中常常出现"雪"字。就这样，一个饥寒交迫、病骨嶙峋的老僧形象，仿佛就在我们眼前。剩人生前最大的愿望是重返故乡罗浮，可惜没能实现。

剩人最钟爱千山，赞咏千山的诗句也颇多。《入山寄友》："到来方觉好……此处真惟我。"所谓"惟我"者，即气定神闲，素心自得也。剩人在另一首咏千山的诗中道："何必浮山归便好？"此处大有终老千山之意。盖千山者，山高而秀，气厚而雄，到处是觉世启悟之仙境，故虔志向道，秉诚向善者，皆心驰神往。

函可一生著述很多，流传于今的仅有《千山诗集》与《千山语录》。《千山诗集》中收录有古歌谣、风雅体、骚体、杂体、乐府、五言、六言、七言诗，达一千五百多首，以七言诗为最多。或讽喻时事，或闲情自咏，或悼亡惜逝，或遐思云汉。足见剩人一生看重节义、重文章。多数诗歌给人一种傲岸孤直、悲苦凄凉的意象。

为便于大家读懂这本反映了明末清初时代风貌，记载了独特的流人文化、僧人生活、东北地域文化，开创并引领东北文化繁荣的诗集传承下去，我们以国家图书馆出版社 2013 年 6 月出版的南京图书馆藏释函可撰清抄本影印《千山诗集》二十卷为蓝本，对每首诗歌主旨做了简单解读，并对诗中难懂词语、禅语、典故、生僻字词等做了详尽注释。由于本人学力不逮，其中不当之处，恳请读者专家批评指正。

陈作勇先生在本书成书过程中倾注了大量心血，给予了很多帮助与指导。钱程先生为本书封面提供了千山图片，在此一并深表感谢！

侯文慧

2024 年 3 月 于千山脚下

# 序

神宗末载，党祸已成①。博罗韩文恪公思以力挽颓波，毅然中立，简在先帝，且晚作辅，天祸宗社②。哲人云："亡有丈夫！"③子四：宗骏、宗骐、宗骆、宗骊。骏最才，弱年名闻海内④。公殂，太夫人在堂，闺玉掌珠，种种完好⑤。以参空隐老人得悟⑥，世缘立斩，与发同断，年二十有九耳。

岁乙酉，以请藏来金陵⑦。值国再变，亲见诸死事臣，纪为私史，城逻发焉。傅律殊死，奉旨宥送盛京焚修⑧。今弘法天山所，群奉为祖心大师者也。当大师就缚对簿，备惨拷，讯所与游，忍死不语。因于满人，厥妇张敬共顶礼之⑨。既去，追之还，进曰："师无罪，此去必生，然窃有请也。师出万死，几不一生，不择于字，其祸至此。师生，无论好字丑字，毋更着笔。"师为悚然⑩。真乘师者，少与同学，同著时名，同依空老人弃家剃发。从罗浮得大师消息⑪，徒步万里，入冰天雪窖中。相对三月，持剩诗归。示我大师遗书曰："罪秃相见无期，石火可念。近家书从福州来，流涕被面。先子传十年不报，今以真兄坐索家间事，或得附见，此愿既酬，胸中更无别事矣⑫。"此数者，余尝疑之。大师泡视生死，于诸死事络索不休，乃及于难⑬。张婆何知，能冲口道得老衲痛处？当其酷刑刻骨，忍死不一语，痛定而哦，复忍俊不禁⑭。既用铁石心弃堂上佛，以下决意事佛。家信遥传，情动乃尔。成佛人上报父母，有莲花座在万里，十年文负是责，皆理之不可解者也。是不然，世界、法界忠孝所植，诸佛祖与帝王实共持之⑮。读大师诗，而君父之爱油然以生，声教也。读大师诗，而知忠孝之言不可以苟。生死不了，无以为文字，文字不彻，无以为生死，身教也。是诗之所以传也。真师又为余言："大师既喜纪死事，骐、骆、骊以节死，叔曰钦，从兄如琰，从子子见、子亢皆死⑯。姊矢孀节，城陷死，妹以救母死，骆妇不食死，骊妇饮刃死⑰，即仆从多视死如归者。"乌乎！大师死矣，复生！合门不生，犹未死也。乌乎！文恪公之幸远矣⑱。

江宁顾梦游力疾敬书⑲。

【注释】　①神宗：明神宗朱翊钧（1563—1620），年号万历，在位48年，是明朝在位时间最长的皇帝。党祸：明万历时，朝政日趋腐败，党祸迭起。党祸是指东林党（以江南士人为主的政治集团）与全国朋党集团之争。在东林党之外，还有浙党、齐党、楚党、昆党、宣党等。最先以浙党势力较大，后经"梃击""红丸""移宫"三案之后，光宗即位，东林党因拥立有功而势力大盛。浙党落败，转而投靠阉党首脑魏忠贤。明末崇祯即位后，大肆追捕阉党并任用东林党人。东林党有着极强的道德标准，他们能找出社会上的问题，但是从未找出解决的办法。②文恪公：函可的父亲。名韩日缵，字绪仲，号若海，明礼部尚书，死后谥号文恪。简：简册，这里指奏章、决策权。辅：辅佐。天祸宗社：指韩日缵故去，是国家的损失。③哲人：才能学识都超越寻常的人。亡：通"无"。④弱年：年少。⑤公殂（cú）：韩日缵死亡。闺玉掌珠：男女孩童的称谓。⑥空隐老人：函可的度师道独上人，字宗宝，法号空隐，俗家南海陆氏。为曹洞宗三十二传法嗣。⑦乙酉：清顺治二年（1645），清军攻占南京。请藏：刻印或购买佛经。⑧纪：记载。私史：指旧时私家所撰的史书。城逻发焉：被巡城官发现了。傅律殊死：依据法律斩首。宥：饶恕，宽恕。盛京：沈阳。焚修：焚香修行。泛指出家人净修。⑨天山所：泛指流放东北边地。就缚对簿：指函可师于甲申之变后，出南京城，被清政府拷问之事。所与游：与函可交好同游者。⑩既去：已经离开。窃：谦辞，指自己。不择于字：对于文字不加区别和选择。毋更着笔：不要再写。悚然：肃然恭敬貌。⑪真乘师者：与函可师出同门。罗浮：罗浮山，在广东省惠州市西北。⑫罪秃：函可和尚自称。石火：古时用石打火，以迸发火星引火，其火星瞬间即逝。此临生命之短暂。先子传十年不报，今以真兄坐索家间事：意谓其父韩日缵的传记或者说生平，函可一点没张罗，现在自己家里事，一点不知，反过来问真乘兄。先子，指去世的父亲。⑬泡视生死：视生命如泡沫。络索：啰唆。⑭老衲：僧人自称。痛定而哦：悲痛心情平定之后而惊叹。忍俊不禁：忍耐不住而发笑。⑮遥传：遥远传送。世界：犹宇宙。法界：佛教名词。法者诸法也，界者分界也。诸法各有自体，而分界不同故名法界。⑯从兄：堂兄。从子：侄。⑰矢孀节：发誓寡居守节。饮刃死：被刀杀死。⑱幸：幸运。⑲顾梦游：字与治，号力疾，江宁人。函可的好友。崇祯十五年（1642）岁贡生，入清为遗民，卒于顺治十七年（1660），六十二岁。有《顾与治诗》八卷。

# 序

余犹忆童年追随剩人兄，学语瞿昙①，绕塔膜拜，听梵呗音，欢喜踊跃。其时群从咸在，家庭乐事。未几，沧桑变易，雁行中断②。迨空老人从长庆返锡华首，余始皈依③。于杖屦间得闻兄信，辄相对泫然，今亦已矣，悉付非非想矣④。夫儒、释二道皆所以扶纲常名教之重，而成佛作祖，多属之血性奇男子。兄当家国全盛之日，弃纷华如敝屣⑤，岂逆知将来劫火洞焚、覆巢毁卵之痛哉？及其以文字获罪，脱万死于一生，视吾舌尚在，习气未除，复寄情于吟咏。眷怀宗国，笃念同气。或和采薇之歌，或拟招魂之些⑥，抚今追昔，感慨系之。虽然，兄固不欲以诗名也。既闻道于华首，复阐化于塞外。当宗门茅靡波颓之日，大机大用，全隐全彰，自小乘至于圆顿⑦，纵横该贯，随机导化，声光莫盛焉。只今璎珞山头冰雪，锦屏峰下松风⑧，有色可见，有声可闻，以此昭示来兹，已无剩义矣。当世不乏明眼，其以予言为当否？

华首五戒老行人函静韩履泰敬题⑨。

【注释】 ①瞿昙（qú tán）：佛教的创立者释迦牟尼姓瞿昙，亦作佛的代称。②未几：没有多久，很快。雁行：古时兄弟出游，兄前弟后，以后称兄弟为雁行。③迨：等待。空老人：函可的度师道独上人，字宗宝，法号空隐，俗家南海陆氏。为曹洞宗三十二传法嗣。华首：华首台寺，函可出家后在此修行。寺在罗浮山。④杖屦：手杖和鞋。引申为敬老之词，对老人的尊敬。屦，也作"履"。泫然：伤心流泪貌。非非想：不切实际的想法。⑤纷华：繁华富丽。敝屣（xǐ）：破旧的鞋。喻不足珍惜之物。⑥采薇：《诗经·小雅》中的篇名，此处代指《诗经》。招魂：《楚辞》中的篇名。些（suò）：句末语气词。⑦阐化：开创教化。茅靡波颓：萎靡不振的样子。大机大用：意谓自由自在，物我一如，随缘度化，皆大欢喜。自小乘至于圆顿：佛教语。求佛果为大乘，求阿罗汉果、辟支佛果为小乘。具体地说，佛为调服引导下劣根性者，随机所说之法。圆顿者，言圆满顿速之义。即功德圆满，成佛顿速也。⑧璎珞山：在千山大安寺东门外。函可的肉身塔建于此山的西麓下，乾隆四十年（1775）被拆毁。锦屏峰：在广东罗浮山。函可落发后曾随师在罗浮山锦屏峰华首台寺修行。⑨函静：韩宗騋的侄儿，原名韩履泰，是空隐禅师的弟子。

# 序

败龟门下，捧洗脚水，兼理刷洗马桶，斫头牢囚曰："向见吾里，张孟奇先生七十后文字多不经意①，窃谓英雄欺人。"余今岁望七十尚二十有三，然备历刑苦，须白齿落，耳聋目瞶②，一切不能经意。重阳后于金塔尽遣诸子，每自伫立③，明月在天，寒风习习，辄不自禁，绕塔高歌，正如风吹铃鸣，塔又何曾经意耶？因语二三，知我及时努力，毋俟一切不能经意。更有百倍切于文字者，尤不得不亟自经意也④。

羞恶知诗，又恶知师之为诗。第见师拈锤竖拂之余，目有触境有所会，辄不自禁⑤。或累累千言，或寥寥数语，日积成帙。□□先生前而谏曰："师胡为乎来？祸根慎不速锄，乃复滋其苗耶？"师唯唯⑥。大僧复厉色而呵曰："吾侪自有本业，贝叶之弗翻，木穗之弗数，而安事此毛锥为？"师唯唯⑦。羞伺间而进曰："大僧下矣，先生之言或有当欤？"师微哂，从容而语曰："而不见夫黑毛而长耳者乎？虽霜雪在背，鞭策在后，而犹不禁振鬣而鸣也。剩人之为诗，亦若是而已矣⑧。"羞爰是类而编之，并志师言于右。门弟子今羞和南敬识⑨。

古之为诗者多矣，未必罪；古之得罪者多矣，未必诗。吾师以诗得罪，复以罪得诗。以诗得罪，罪奇；以罪得诗，诗愈奇。何恨不得与师诗之罪，而犹幸得读师罪之诗。因亟与若兄编而刻之，使天下后世读是编者，知诗恶可以无罪，而罪又恶可以无诗也。门弟子今何和南敬识⑩。

禅师遗稿至粤，海幢阿字和尚、乐说和尚、居士韩十洲先生皆为藏弆⑪。康熙四十二年癸未冬，华首常住始合诸本汇集之，镂板广为流通。⑫黄华寺所存金陵诸作后至，另为补遗。事竣附识于此，盖欲不没其因云。

【注释】　①败龟：喻无能、无用。斫头牢囚：重犯，马上要被砍脑袋的这个人。斫，砍。向：从前。吾里：我乡里。经意：经心，留意。②目瞶：眼睛有病。③金塔：大禅宝林寺，俗称金塔寺，在今海城东南三十五里析木镇羊角峪村。今金塔犹在，寺已无存。伫立：

久立。④毋俟：勿要等待。蚤：通"早"。⑤羞：函可师弟子今羞，华首台寺的僧人。恶（wù）：厌恶。恶（wū）知：怎么知道。拈锤竖拂：拿着法器，指教学人。自禁：控制自己的感情。⑥帙（zhì）：书、册。胡为乎来：为什么而来？胡，疑问代词，为什么？速锄：快速除掉。唯唯：恭敬的应答声。⑦吾侪（wú chái）：我辈，我们这类人。贝叶经。原旨写在贝叶上的经文，此泛指佛经。木槵（huàn）：和尚佩戴的数珠，又叫菩提子。因用捷木制成，故称木槵。毛锥：毛笔。指写诗。⑧伺间：等到有空闲。先生之言或有当欤：先生说的话对吗？微哂：犹微笑。而不见：你没看见。夫：代词，那。振鬣而鸣：挥动鬣毛长声鸣叫。若是而已矣：像这样罢了。而已矣，语气词连用，罢了。⑨爰：于是。和南：稽首，敬礼的动作。⑩亟（jí）：急切。若兄：犹兄也。今何：函可的弟子。⑪藏弆（jǔ）：收藏，保存。⑫镂板：镂板本指雕刻以印书的木板，引申为雕版印刷。

# 千山剩人可和尚塔铭

## 庐山栖贤函昰撰①

噫！真发心出世，为前圣后昆荷担斯道。当国家全盛，出豪贵才华中，岸然独行，无所盼睐，始见千山剩人和尚其人也②。余与剩人明崇祯间先后出师门，如左右手。闻讣，趋芥庵，与老人相向哑然③。其徒之在广州者，露顶跣足，再拜稽首而言曰："非师莫铭吾师也。"余曰："诺，弗敢辞。"老人复顾余曰："然，非公莫铭若弟也。"余起立曰："诺，弗敢辞。"翌日，返雷峰，其徒复至④。长跪曰："某将以是秋奉铭出关门矣，吾师光明，全借师笔端照耀塞外。塞外人千万祀，知有宗门自吾师始，某为吾师请，抑为塞外现在将来诸昆弟请。"言毕，泣下稽首不能起。余感而答曰："诺，弗敢辞。"于是载笔而言曰⑤：

师名函可，字祖心，别号剩人，惠州博罗人。本姓韩，父若海公讳日缵，明万历丁未进士，历官礼部尚书，谥文恪⑥。母车氏，诰封淑人⑦。师生而聪颖，少食饩邑庠，尝侍文恪公官两都，声名倾动一时，海内名人以不获交韩长公骒为耻⑧。性好义，豪快疏阔。有贫士冤狱自分死，师密白得免。士方德有司廉断，久而知韩公子所为。尝独出里门，为市儿所窘，识者报家人追至，将赴理。师遽止曰："彼唯弗知，故敢尔，岂有吾辈不能忘人误犯？"其豁达爱人类如此⑨。

文恪公卒于宦邸，师奔丧入都，往返万余里，哀毁未尝一日间。迨归，闭户绝交游，悒悒无生人趣⑩。闻梁孝廉未央好道，力致为诸弟受业，以此得深知余。适余归自匡山，师亟入广州，一见辄曰："长斋数月矣，专以待公。先文恪生贱兄弟四人，某长未嗣，若了此愿，梵行终吾世⑪。"余笑曰："此白社诸优婆塞事，宁区区属望耶？"师面赤辞去⑫。明日复来曰："某妾已孕，幸而育得上报先人，抑无所憾。即不幸，亦不复愿为俗人矣。"余曰："此吾侪绪余，若为艰言之，更有向上在。"师自此始决意，且拉余住止园凡两月[13]。值老人至东官，乃相见东官。因僧问诸识义，老人曰："我这里无五识，无六七八识。"僧曰："只么则寒灰枯木去也。"老人曰："寒灰枯木争解问话。"师从旁不觉击节[14]。老人顾余曰："此子根器大利。"指示参赵州无字[15]。有颂呈曰："道有道无老作精，黄金如玉酒如渑。门前便是长安路，莫向西湖觅水程。"从此微细披剥，无虚旦夕，两逾岁，复闻举勘破婆子话，更豁然识古人长处[16]。老人曰："子今得不疑也。"即随入匡山，剃落登具，命掌记室。还住华首又命充都寺[17]。

甲申之变，悲恸形辞色。传江南复立新主，顷以请藏附官人舟入金陵。会清兵渡江，闻某遇难，某自裁，皆有挽过情伤，时人多危之，师为之自若[18]。卒以归日，行李出城，忤守者意，执送军中。当事疑有徒党，拷掠至数百，但曰："某一人自为。"夹木再折，无二语，乃发营候鞫[19]。项铁至三绕，两足重伤，走二十里如平时。江宁缁白环睹，咸知师道者，无他争，为之含涕，而不敢发一语。后械送京师，途次几欲脱去，感大士甘露灌口，乃安忍如常。至京下刑部狱，越月得旨，发沈阳[20]。

师自起祸至发遣，中间两年，唯同参法纬暨诸徒五人外，无一近傍。然内外安置极细，如狱中一饮啖，一衣屦，随意而至，如天中人[21]。师当时所能自为者，顺缘耳。庸讵知已有人属某缁属某素，甲事若此，乙事若彼。开士密行，不令人知，何择时地。然师所以获是报者，岂非平生好义，暗中铢缕不爽，诸如道在人天，且当作别论也[22]。

师初至沈阳，观知根，欲因达藏主阅藏普济，先为诸苾刍疏通义学。时讲席渐散，多集座下，讲师颇觉，师乃领大众趋教同学人，讲师意始解[23]。自是，沈内外护咸仰师宽大，益笃信宗门。开法之日，元旦喇嘛率诸辽海王臣道俗，称佛出世，清法遣僧属掌教，亦极力推毂[24]。自普济历广慈、大宁、永安、慈航、接引、向阳，凡七坐大刹，会下各五七百众。同时遣谪诸大老，若大来左公、吉津李公、昭华魏公、龙衮李公、雪海郝公、天中季公、心简陈公，始以节义文章相慕重，后皆引为法交[25]。

师自处孤洁，与人慷慨多意气，匪深于师，平日鲜不以才气相掩，以故法海深阔，向非凡器所能构。尝有书抵余，曰："门下龙象如云，若得专一人来，使某得尽其夹辅之力，则曹源一滴，长润塞下。"噫！余于此知师为法求人之切，岂无所见，顾再易裘葛耳[26]？忽一日，曰："我后十日必去。"集大众告诫，皆宗门勉励语。搜丈室无长物，平日所畜衣、拂、如意、杖、笠悉分付侍僧。

子然一身，从金塔趋驻跸，嘱行后全躯付浑河㉗。示偈曰："发来一个剩人，死去一具臭骨。不费常住柴薪，又省行人挖窟。移向浑河波里，赤骨律，只待水流石出。"临众环跽乞留肉身，哀恳再三，乃默然，遂端坐而逝㉘。沈之人迎龛入千山，建塔，盖顺治十六年己亥十一月二十七日也。师世寿四十有九。坐夏二十，得度弟子今育、今匦、今曰、今庐、今又、今南，皆江南人㉙。

师住沈，不轻为人剃发，有乞戒，悉命礼天显律主。师未开法时，尝为显作阇黎及说法㉚。显请入室，师亦命第一座。更为傍通华严梵行，凡戒坛仍使主之。唯宗门提唱无少假，然皆一目同人㉛。衲子能具精诚，随机大小，各有所被。故十年相依，如正寓、耻若、馨光、涌光、仏么，若而人咸受益焉㉜。是宜铭，铭曰：

山川奇秀，蔚为异人。意气云蒸，公族振振㉝。

儒门澹薄，归复能仁㉞。溯洞水源，沛流潺湲㉟。

出华首嗣，为博山孙㊱。如沩之严，吾师有言㊲：

慧寂者谁，实难为昆㊳。嗟大树丛，宜荫南宗。

天龙等视，匪法运穷㊴。愍徙遐方，启拓关东㊵。

彼土惇直，唯经与律㊶。拄杖拨开，别传甫及㊷。

七住道场，万指林立㊸。天资雄迈，波澜澎湃。

上下右左，不知其在。巍巍堂堂，曷云谁至。

杲日方中，忽然西逝㊹。道俗涕湲，涌塔千山㊺。

为存为殁？松鸣珊珊㊻。朔方少室，今古斯一㊼。

**【注释】**　①函昰（1608—685），字丽中，法号天然，广东省番禺（今广州）人，俗姓曾，名起莘，字宅师。明天启四年（1624）补诸生。明崇祯六年（1633）得举乡试。崇祯九年（1636），登庐山拜空隐道独禅师。崇祯十二年（1639），再上庐山拜谒道独禅师，正式落发，为曹洞宗三十三传法嗣。其一生弘法利生，八坐道场，共四十个春秋。住持庐山归宗寺、栖贤寺、广州光孝寺、海幢寺、东莞芥庵、罗浮华首寺诸刹。函可师兄。②后昆：后代，后嗣。荷担：承担。岸然：严正或高傲的样子。盼睐（pàn lài）：观看，顾盼。③芥庵：佛刹，在今广东东莞。老人：道独（1600—1661），明末曹洞宗僧。南海（广东）人，俗姓陆。号宗宝，别名空隐。世称空隐宗宝、宗宝道独禅师。函可的度师。④跣（xiǎn）足：赤脚，光着脚。再拜稽首：指古代的一种跪拜礼。再拜，拜两次。稽首，古代跪拜礼九拜中最隆重的一种。常为臣子拜见君父时所用。跪下并拱手至地，头也至地。铭：动词，撰写碑铭。翌日：第二天，次日。雷峰：雷峰寺，后更名海云寺，今广东番禺雷锋山上。⑤以是秋：在这个秋天。光明：自莹谓之光，照物谓之明。意谓弘法能除愚痴之暗者，智慧之相也。千万祀：千秋万代之意。祀：世，代。宗门：指曹洞宗。佛教曹洞宗由函可流放到沈阳传入。抑：连词，也是，还是。昆弟：兄弟。载笔：运笔记事。⑥父若海公讳日缵：韩日缵（1578—1636），字绪中，号若海。广东博罗人。万历三十五年（1607）进士，曾任检讨官职，后累官至礼部尚书。死后，赠太子太保，赐谥号文恪，著有《询荛录》20卷、诗集10卷行世。⑦淑人：明朝为三品官员祖母、母、妻封号。⑧食饩（xì）：指明清时经考试取得廪（lǐn）生资格的生员享受廪膳补贴。邑庠（yì xiáng）：明清时称县学为邑庠。尝侍文恪公官两都：函可父亲曾在南京、北京两地为官，函可侍奉于侧。⑨分死：定死，必死。密白：悄悄陈清事实。方德有司廉断：意谓正欲感恩官府廉洁公正的判决。方德，方，正在，正当；德，恩惠。里门：乡里。窘：难堪，觉得应付不了。赴理：到官府。这里指导官府投诉。遽（jù）止：急忙阻止。类：像。⑩宦邸（dǐ）：官邸。高级官员的住所。间：间歇。迨：等到。悒悒（yì yì）：忧郁，愁闷。⑪梁孝廉未央：梁朝钟（1603—1647），字未央，号车匿，广东番禺人。明崇祯年间进士乙榜。清军入关，南明福王、唐王政权继立，邀请之，均谢去。其后，南明绍武政权，授其国子监司业。1646年12月，广州沦陷，跳水殉国，被救起。清兵入室，叱令剃发，朝钟大骂，被三刃而死。著有佛学书《辅法录》等。受业：继承前人的基业。亟（jí）：急切。辄（zhé）：就。未嗣：没有子孙。梵行：佛教语。谓清净除欲之行。指出家为僧。⑫白社：白莲社的省称。东晋释慧远于庐山东林寺，同慧永、慧持和刘遗民、雷次宗等结社精修念佛三昧，誓愿往生西方净土，又掘池植白莲，称白莲社。优婆塞：在家信佛、行佛道并受了三皈依的男子叫作优婆塞。区区：形容微不足道。属望：期望。⑬吾侪（wú chái）：我辈。绪余：为抽丝后留在蚕茧上的残丝。借指事物之残余或主体之外所剩余者。向上：朝向较高或最高的位置。止园：函可师广东的家宅。⑭老人：道独禅师。东官：东官郡，广东历史上的行政区，其范围包括今广东省中东部地区。无五识无六七八识：五识，即眼识、耳识、鼻识、舌识、身识；六七八识，即六意识、七末那识、八阿赖耶识。此八个识属于心法，也就是心的功能，心的法性，所以有"万法唯识"的说法。老人斥其执着名相，故言无也。只么：那么。寒灰枯木：意谓死气沉沉。击节：赞赏。⑮赵州无字：乃禅门一个公案。僧问赵州："狗子有没有佛性？"赵州说："无！"僧又问："一切众生皆有佛性，狗子为什么却没有？"赵州说："因为它有业识在。"较早要学人去参赵州"无"字的是唐朝黄檗禅师。师云："但去二六时中看个无字，昼参夜参、行住坐卧，著衣吃饭处，阿屎放尿处，心心相顾，猛著精彩！守个无字，日久月深打成一片，忽然心花顿发，悟佛祖之机，便不被天下老和尚舌头瞒。"后世参"赵州无字"，乃至成为禅门实践中颇为有效的教学方法。⑯道有道无老作精：意谓赵州和尚，见学人执有，他以无破；见学人执无，他以有破。凡一切执着，统统皆破之。何以故？法无定法也。老作精，意谓老当益壮，愈老愈精神。黄金如玉酒如渑：意谓得道之人随心所欲也。微细披剥：意谓仔细钻研探讨。勘破婆子话：此为禅门一个公案。五台山路上有一婆子，凡有僧，问台山路向甚么处去。婆云：蓦直去。僧才行三五步。婆云：好个师僧又恁（nèn）么去？后有僧举似赵州。州云：待我去勘过这婆子。明日便去，亦如是问。婆亦如是答。州还，谓众云：台山婆子，我勘破了。勘破，即看穿、看透的意思。⑰剃落登具：剃发受戒为僧。记室：书记。华首：函可家乡华首台寺。都寺：寺院中统管总务的执事僧。⑱甲申之变：李自成为首的大顺军在 1644 年攻入北京，崇祯皇帝自尽，史称甲申国难，百姓死伤无数。会：正遇到。自若：镇静自如。⑲忤（wǔ）：不顺从。执：拘着。徒党：门徒，党羽。候鞫（jū）：等待审讯。⑳江宁：江苏省南京市中南部。缁白（zī bái）：僧俗人士。缁，指僧徒，白，指俗人。械：带着刑具。脱去：坐脱立亡。㉑法纬：函可的道友，法名叫法纬。傍然：意谓在身旁。饮啖（yǐn dàn）：吃喝。衣屦：穿衣穿鞋。天中人：天上人。佛菩萨、神仙等。㉒顺缘：顺其自然。庸讵（yōng jù）：岂，何以，怎么。开士密行：意谓修大乘之菩萨，蕴善于内而不外著的修行。属某缁属某素：嘱托某位僧徒，嘱托某人。素，白，指俗人。开士：菩萨。以菩萨明解一切真理，能开导众生悟入佛的知见，故有此尊称。铢缕：言极轻微的分量。㉓知根：意谓知道底细。普济：盛京普济寺。苾刍（bì chú）：比丘。本西域草名，梵语以喻出家的佛弟子。为受具足戒者之通称。㉔推毂（tuī gǔ）：推动，协助。㉕大来左公：左懋泰，字大来，山东莱阳人。能诗，著《徂东集》。明崇祯七年（1634）甲戌科进士，官至吏部郎中。李自成陷北京，被大顺政权授官兵政府左侍郎。清军入关，亦降，堂弟左懋第慷慨就义后，左懋泰回籍。顺治年间被宋璜诬告充军铁岭，是冰天诗社中的主要成员之一。吉津李公：李呈祥（1617—1688）字其旋，一字吉津，号木斋，山东沾化人。明崇祯进士，选庶吉士。顺治初，授编修。累迁少詹事。顺治十年（1653）二月，被劾夺官，下刑部，流徙盛京。居八年，释还故里。昭华魏公：魏琯，清山东寿光人，字昭华。明崇祯十年进士，官御史。清顺治间荐起原官，累迁大理寺卿。时清廷严逃奴之禁，琯请对窝藏者减轻处刑，受严谴，流辽阳，死于戍所。龙衮李公：李祖（1597—1656），字龙衮，号澹园，山东高密人。清初官员。顺治六年，以举人考授内院中书舍人。擢礼科给事中，转兵科。顺治十二年，祖上疏极论逃人法弊病。上命免杖，安置尚阳堡。逾年卒。雪海郝公：郝浴（1623—1683），直隶府定州（河北定县）人。号雪海，又字冰涤，号复阳。清顺治进士，授刑部主事，后改湖广道御史，巡按四川。有节气，不畏权贵，不附势。因疏劾吴三桂而流徙奉天（今辽宁沈阳市），后迁铁岭。读书讲学于银岗寓所，益潜心于义理之学，注周义解古。士人宗之，称为"复阳先生"。康熙十二年（1673），吴三桂果版。十四年，特旨召还，复授湖广道御史，迁左金都御史、左副都御史。后仕至广西巡抚。巡盐政，赈灾荒，治善后，有政绩。康熙二十二年（1683）卒于任所，赐祭葬。天中季公：季开生（1627—1659），字天中，号冠月，今江苏靖江市人。顺治六年（1649）进士，为翰林院庶吉士，后改礼科给事中、兵科右给事中。在朝期间，以直言著称，因言获罪被流放尚阳堡，史家称为"清朝第一谏臣"。心简陈公：陈掖臣（1634—?），又名易，字心简，江苏溧阳人。明末清初诗人，大学士陈名夏长子，曾官侍卫。顺治十一年（1654），其父陈名夏被弹劾处以绞刑，陈掖臣被株连，逮治，杖戍尚阳堡。陈掖臣多才艺，不治家产，广交游，与函可、郝浴等流人文士交往甚密，以诗文相唱和。法交：意谓友人以道法为媒介而相互交往。㉖曹源一滴长润塞下：曹洞宗一脉长久在塞外发展传承。再易裘葛：意谓再次改变自己的初衷。㉗金塔：大禅宝林寺，俗称金塔寺，在海城东南三十五里析木镇羊角峪村。今金塔犹在，寺已无存。驻跸（bì）：古时皇帝出行临时居住地称驻跸。唐王李世民东征曾于辽东地区的千山、首山等地驻扎。函可诗中提到的驻跸峰颇有争议，一说千山，一说首山。《千山诗集·卷六·思千山》云："咫尺白云隔，千山未许游。前王曾驻跸，幽客几埋头。"可见函可诗提到的驻跸当指千山。行后：指佛教徒圆寂后。㉘示偈：历代高僧在圆寂前夕，通常会将平生所学及感悟，以短句的形式留下，以示后人。偈（jì），佛教术语，曰颂。赤骨律：赤骨立，赤膊，光着身子。环跽（jì）：环绕跪地。㉙龛：供奉佛像、神位等的小阁子。此指装殓函可师尸身的阁子。世寿：佛教谓僧尼的实际年寿为"世寿"。坐夏：佛教语，僧人于夏季三个月中安居不出，坐禅静修，称坐夏。意同"僧腊"，受戒后的年岁。㉚悉命礼天显律主：全让他们师礼"显律主"。悉，都，全。显律主，即律宗的主持。阇黎（dū lí）：佛家语。阿阇黎的略称，意为教育僧徒的轨范师，高僧，泛指僧。㉛傍通：谓靠近四方通达之地。梵行：谓清净除欲之行。提唱：谓禅家宗匠，向学徒提起本宗要唱导也。㉜衲子：出家人。各有所被：意谓各有所得。若而人：像这些人。咸：全部。焉：语气词，不译。㉝云蒸：比喻英豪奋起。振振：意谓显达。㉞澹薄：恬淡寡欲。能仁：有能力与仁义的智者。㉟沛流：意谓水流充沛。潺湲：不绝貌。㊱出华首嗣：意谓是华首道独禅师之法嗣。博山：曹洞宗博山系祖师无异元来禅师（1591—1670）。㊲如沩之严：唐末香严智闲禅师，沩山灵佑禅师之法嗣。㊳慧寂者谁：慧寂，唐末五代僧。与沩山灵祐同为沩仰宗之祖。因居仰山，故世称仰山慧寂，或仰山禅师。实难为昆：意谓难以担当兄弟的责任。㊴匪法运穷：意谓法道衰败。㊵愍（mǐn）：同"悯"，哀怜。启拓：开辟。㊶惇直：敦厚耿直。经与律：诵经和守戒律。㊷别传："教外别传"，意思是在如来言教以外的特别传授。禅宗不施设文字，不安立言句，直传佛祖心印，称为教外别传。甫及：意谓刚刚开始。㊸万指林立：形容听法人众多。"指"，通"趾"。即万趾林立。㊹杲（gǎo）日：明亮，光明。㊺涕潺：泪流不断。涕，眼泪。㊻为存为殁：意谓难以确定其生死。珊珊：形容松风之声。㊼朔方：意为北方。少室：指禅宗二祖慧可，曾往少室山（河南登封）师事达摩。此处以慧可喻函可师也。

# 奉天辽阳千山剩人可禅师塔碑铭

御史大夫银州郝浴撰[①]

考释传洞宗博山之嗣曰[②]：华首独千山剩大师函可实印其法。可字祖心，岭外闻家儿也。以世度沧桑，号剩人。始生而龀，随父谒任长安道[③]，出匡庐山下，止驿亭，仰金轮峰[④]。仿佛记白莲开谢，成措大用[⑤]。象山慈湖书说鲁论，偶下一指于之边云：若于此识得尽"十三经"，可贯一座齿冷[⑥]。时年十八九，每污患世，习命写生手戏图为意中幻肖[⑦]。初而拱象拥矛，迟而囊头贯手，幅尽一比丘现跌岩雨花，时室中黛墨如林，怪之[⑧]。居无何，扶父槥过阊门，堕水鸥没，反眼视黛黑皆髐然骷髅矣，遂哑然蹇裳而去[⑨]。

先是孝廉曾宅师雅善华首，常造师必挟首说相劚削，师疑而颔之[⑩]。及坠足吴门，忽智其说，直走双柏林谒首，首才癯然瓢笠而已[⑪]。为拈赵州无字逼师，师冲口呈偈，首尽叱之。一时信猛俱发，七八日似木偶负墙。忽一夜，雷电薄窗，不觉胸次划裂，二十年疑关尽撤，晓而唱曰："门前便是长安道，莫向西湖觅水程。"自是，密拈古人无不犁然深解[⑫]。他日，为举九峰参真净话，师扑地稽首[⑬]。首喜曰："得子不疑，吾宗振矣。"遂引入曹溪，礼祖下发登具于舟中[⑭]。左右谛观，宛是幅末画人，殆谶也[⑮]。而曾孝廉亦已俨然在坐，比肩现知识身矣。师是年二十有九，时崇祯十二年六月十九日也[⑯]。庚辰，上金轮峰，入古松堂，一如夙契[⑰]。明年，礼寿昌塔，又明年，礼博山塔[⑱]。

甲申年三十有四，值世变再作，于戊子四月二十八日入沈，奉旨焚修慈恩寺，时已顺治五年矣。吾上人延师阅藏，为演楞严、圆觉，四辈皆倾[⑲]。渐拈教外之传，稍稍示洞家宗旨[⑳]。凡七坐道场，趋之者如河鱼怒上。六七年，起大疑，生大信，采珠投针之徒，每叉手交脚于岩壑间不去[㉑]。师知悟门已开且就化，目众叹曰：释儿识西来意乎[㉒]？追念吾在家时曾刺臂书经以报父，及出家而慈母背反，立解条衣，披麻泣血以葬之㉓。是岂愚敢先后互左而行怪顾，创巨痛深，皆不知其然而然也，是西来意也。丙戌岁，本以友故出岭，将挂锡灵谷，不自意方外臣少识忌讳，遂坐文字，有沈阳之役，是亦不知其然而然也，是西来意也㉔。重示偈曰："发来一个剩人，死去一具臭骨。不费常住柴薪，又省行人挖窟。移向浑河波里，赤骨律，只待水流石出。"言讫，坐逝。报龄四十九，僧腊二十。翌晨，道颜如生，浴拊其背哭之，双目忽张，泪介于面㉕。

呜呼！师固博罗韩尚书文恪公之长公子也。文恪公立朝二十年，德业声施在天下，门下多名儒巨人，故师得把臂论交。虽已闻法而慈猛忠孝，恒加于贵人一等㉖。甲申、乙酉间，侨于金陵顾子之楼，友恸国恤，黯然形诸歌吟不悟，遂以为祸㉗。然事干士大夫名教之重，江左旧史闻人，往往执简大书，藏在名山，是殆狮象中之期、牙、雷、管，而袈裟下有屈巷、夔龙也㉘。当其遭诬在理，万楚交下，绝而复苏者数。齿鬮，无一语不根于道，血淋没趾，屹立如山。观者皆惊顾咋指，叹为有道。

甲午九月，浴始得见师于高丽馆㉙。海口钟发，眸子电烂，一接谈彻三昼夜，粹白潇洒，不闻只字落禅㉚。浴窃叹：梅岭南曲江丰度久坠堂帘，曹溪法雨谁沾世界？今观其父子间入世出世兼擅二贤之美于一家，岂非天壤间希有事耶㉛？至其藏密于发慧之余，混迹劳侣，其僧皆堆堆唯戒课之修，乃一旦全启其知觉，非大师智圆而语软，以了无遮结之聪明，行决无退转之慈悲，安能使鸭西数千里奉为开宗鼻祖哉㉜？

记丁酉冬，在沈南塔院，一灯相对，语洞、济二家之奥，皓月江翻，霜锋电扫，因极赞寿昌"暗藏春色、明露秋光"之语，以为知言㉝。复曰：趋闪回互，恰却现前，未易为君描画矣。师居尝好跣，到积雪拦门，犹浩然白足而出㉞。始以逮入京，绝粒七日，时有一美丈夫手甘露瓶倒注其口，及蓦神采益阳阳，方知大士密留为十二年拨种生芽地也㉟。计当胜国之末，一老比丘力驱星、可一辈人入道，且师弟子类能以高躅保其真谛，足见华首，更见洞宗㊱。惜天下宗门上客，不得再见吾雪窖冰天、空明微妙之剩人也。所著书及得法人附记碑阴。自示寂之年腊月初四日，龛肉身诣千山龙泉寺，护真师阅藏。辛丑迎至大安，壬寅六月十九日巳时入塔，塔在璎珞峰西麓下，是为康熙元年㊲。

迄十有二年癸丑四月，浴自银州冒暑登山，装香塔下，而铭之曰㊳：

西竺自嫌书太粗，香至之儿口传无㊴。

常恐破颜花在手，无与神州五丈夫㊵。

嵩阳膝雪披屈绚，能者遂取摩尼珠㊶。
空阶不拾石头出，二支五派各分途㊷。
谁从云路归曹洞，请看明月鹭鸶图㊸。
话到博山三十代，菩提树绿一千株㊹。
南海陆家开宝掌，三岁登楼叹蜘蛛㊺。
磨刀自下娘生发，骑牛无语入匡庐㊻。
静看世界悲才子，密引双龙入紫盂㊼。
一龙顺行一龙逆，飞劈虚空堕上都。
一朝洞家法幢起，插向万年冰天里㊽。
彩日轮飞楼阁紫，正照华师弟二子。
如大火聚尺有咫，一众头燃那撑抵。
窗外雪花灯前蕊，九十六转问杀尔㊾。
漫发木鱼钻故纸，吹毛有口野干死㊿。
悄向声闻鸣一击，甘露门开舌尽舐(51)。
抚琴作舞今已矣，闲为谪官说历履。
曾咏蓼莪吟兰芷，敢抵素王忠孝理(52)。
读破二十一部史，谁居精华谁居秕(53)。
升堂有路平于砥，吾徒努力雪行止(54)。
跸峰云锁玉为几，鸭绿环流清见底(55)。
薥米无双天下美，坐斋香饭精如此。
鹤林忽白垂一趾，璎珞峰西肉身是(56)。
当年相好谁能似，金绳界处俨慈氏(57)。
于今有塔直如矢，万峰朝拱一峰倚。
昼夜松涛灌左耳，大觉千龄护帝里(58)。
四天垂青抱百雉，洞宗之传又此始。

**【注释】** ①郝浴（1623—1683）：直隶府定州（今河北定县）人，号雪海，后更号复阳。清顺治进士，授刑部主事，后改湖广道御史，巡按四川。有节气，不畏权贵，不附势。因疏劾吴三桂而流徙奉天，后迁铁岭。读书讲学于银岗寓所，益潜心于义理之学，注周义解古。士人宗之，称为“复阳先生”。康熙十二年（1673），吴三桂果叛。十四年（1675），特旨召还，复授湖广道御史，迁左佥都御史、左副都御史。后仕至广西巡抚。巡盐政，赈灾荒，治善后，有政绩。康熙二十二年（1683）卒于任所，赐祭葬。其与函可师友善，有诗多首悼之。②释传：释迦佛教外禅宗之传承。释，释迦佛简称；传，传承。洞宗博山之嗣：曹洞宗三十二传博山系法嗣道独禅师也（函可度师）。③齓（chèn）：小孩换牙。此处指童年。谒任：赴任。长安道：旧指古都长安路，这里泛指帝都，函可早年随父韩日缵寓居南京、北京两都。④匡庐山：今庐山。金轮峰：位于庐山南星子县境内，坐落在温泉镇范围内，海拔一千米左右。⑤仿佛记白莲开谢：恍惚间看到白莲的开谢。成措大用：意谓此地是读书人的风水宝地。措大，旧指贫寒失意的读书人。⑥象山：陆九渊（1139—1193），字子静，今江西省金溪县人，南宋哲学家、官员，陆王心学的代表人物。因讲学于象山书院，被称为"象山先生"。慈湖：杨简（1141—1226）字敬仲，世称慈湖先生，今浙江宁波人，南宋哲学家、官员，曾师事陆九渊，创慈湖学派，在儒学发展史上占有重要地位。鲁论：《鲁论语》。《论语》的汉代传本之一。相传为鲁人所传，是今本《论语》的来源之一。十三经：儒家的十三部经书，分别是《易》《书》《诗》《周礼》《仪礼》《礼记》《春秋左传》《春秋公羊传》《春秋谷梁传》《论语》《孝经》《尔雅》《孟子》。齿冷：露齿笑人，久之觉冷，极言讥笑嘲讽之甚。⑦习命：研究命理。幻肖：幻相。⑧囊头贯手：此乃束手就擒之相。趺岩雨花：此乃圆寂之相。⑨阊（chāng）门：乃苏州古城之西门，通往虎丘方向。髐（xiāo）然：骨骼枯空而破损的样子。搴裳（jiǎn cháng）：揭衣，用手提起衣裳。⑩孝廉曾宅师：含昱。华首：道独禅师。说相：论说命相。劗削（chán xuē）：分析判断。⑪癯（qú）然：清瘦的样子。⑫犁然：明察，明辨貌。明张居正《贺朱镇山重膺殊恩序》："凡古今隆替，名物隐赜，一叩之，罔不犁然辨，洞然析，武库未足喻其藏，江海未足方其畜也。"⑬为举九峰参真净话：九峰希广禅师参访真净克文禅师（北宋临济宗黄龙慧南法嗣）的悟道因缘。稽首：古时的一种跪拜礼，叩头至地，是九拜中最恭敬的一种礼。⑭下发：指落发，剃发。登具：受具足戒，远离罪恶，趋于圆足，亲近涅槃。⑮殆：大概，几乎。谶（chèn）：指将要应验的预言、预兆。⑯崇祯十二年：公元1639年。⑰庚辰：崇祯十三年庚辰（1640年）。凤契：前世的因缘。清陈康祺《郎潜纪闻》卷九："侍郎喜谈因果，尤重师生之义，尝以为文字渊源，三生凤契，虽父子不能相假云。"⑱寿昌塔：江西寿昌无明慧经禅师之塔。博山塔：博山无异元来禅师之塔。⑲楞严：《楞严经》。圆觉：《圆觉经》。四辈皆倾：僧、尼及在家奉佛的男、女皆倾心佩服。⑳教外之传：见"奉天辽阳千山剩人可禅师塔碑铭"注释。洞家宗旨：立五位君臣以为宗要。五位者，正中偏，偏中正，正中来，偏中至，兼中到，是也。君为正位，臣为偏位。正位即空界，偏位即色界。此为禅宗曹洞宗的教义和教学方法，表示佛法之真如与其派生之世界万有的关系。望有识之士探讨。㉑采珠投针之徒：意谓为法忘躯的学者。㉒西来意：达摩祖师有言："吾本来兹土，传法救迷情"。笔者认为此即"西来意"。㉓慈母背反：指母亲离世。㉔方外臣少识忌讳：意谓世外之人不知道避讳。㉕重示：重复提示。偈（jì）曰：说话的意思。偈，佛教术语，曰颂，曰：说话。赤骨律："赤骨立"，赤膊光着身子。讫（qì）：完结。僧腊（sēng là）：僧尼受戒后的年岁。翼晨：第二天早晨。拊（fǔ）：拍。介：情态动词，流淌的状态。㉖博罗韩尚书文恪公：函可的父亲。广东博罗人，名韩日缵，字绪仲，号若海，明礼部尚书，文恪公，死后谥号。恒：常常。㉗甲申、乙酉间：1644年至1645年。侨于金陵顾子之楼：侨居南京友人顾梦游家。友恸国恤（xù）：友人因国家危难而痛哭流涕。黯然形诸歌吟不悟：指函可师哀叹国家危亡，却丝毫无所顾忌。㉘名教：名声与教化。江左：江东。指长江下游以东地区。旧史闻人：指明朝末期的知名人士。执简大书：意谓手里拿着明朝的史册典籍。期、牙、雷、管：盖指钟子期（春秋）、鲍叔牙（春秋）、雷义（东汉）、管仲（春秋）。屈巷：屈，应指屈原，巷，疑为指司马相如。夔（kuí）龙：相传舜的二臣名。夔为乐官，龙为谏官。㉙高丽馆：盛京朝鲜贡使住宿之所。㉚海口钟发：意谓口若悬河。眸子电烂：意谓目光炯炯。㉛梅岭南曲江丰度：指的是岭南第一名相张九龄。僚属每欲进新人，唐玄宗就问他是否有九龄之"风度"，故世有"曲江风度"之誉。丰度，乃"风度"也。久坠堂帘：意谓"曲江风度"在官场上消失好久了。曹溪法雨谁沾世界：意谓曹溪的禅法，谁人能发扬光大？今观其父子：现在看到韩日缵和函可师父子。㉜智圆而语软：意谓智慧圆融，善于劝慰人。无遮结：没有隔碍。㉝丁酉冬：清顺治十四年（1657）冬。沈南塔院：盛京广慈寺。语洞、济二家之奥：谈论曹洞宗、临济宗的宗旨。暗藏春色、明露秋光：二者皆为曹洞宗"五位君臣"所修境界的描述，望有识之士探讨。㉞趋闪回互：曹洞宗的"偏正回互"，是指导学人禅修的方法，以期达到理事不二、体用不二的真如境界。好跣（xiǎn）：喜欢光着脚。㉟蘧（qú）：古同"蕖"，惊喜的样子。㊱胜国之末：大明朝末期。高躅（zhú）：崇高的品行。㊲示寂之年腊月初四日：顺治十六年己亥（1659）十二月初四日。示寂，寂者圆寂，又寂灭也，是涅槃之译语。示寂者为示现涅槃之义，言佛、菩萨及高德之死也。诣（yì）：到，辛丑迎至大安：顺治十八年（1661）迎入大安寺。壬寅六月十九日巳时入塔：康熙元年（1662）六月十九日巳时入塔。㊳迄十有二年癸丑四月：距今已十二年，康熙十二年（1673）四月。银州：辽太祖在此地冶炼银子，故将富州（今铁岭城）改为银州。装香：盛香于器也。㊴香至之儿：初祖达摩是天竺国香至王的第三儿子。口传无：意谓所谓参"赵州无字"，实源于初祖达摩也。㊵神州五丈夫：指二祖慧可、三祖僧璨、四祖道信、五祖弘忍、六祖慧能。㊶嵩阳：寺观名。在河南省登封县太室山下。北魏太和年间建，初名嵩阳寺。膝雪：大雪淹没了二祖慧可的双膝，求法也。屈绚：盖指法衣也。摩尼珠：净水珠也。有宝珠其德能清净浊水，故云净水珠。净土论注下曰："譬如净摩尼珠，置之浊水，水即清净。若人虽有无量生死之罪浊，闻彼阿弥陀如来至极无生清净宝珠名号，投之浊心，念念之中罪灭心净，即得往生。"㊷石头出：石头希迁禅师（700—790）出世，传法与药山，药山传云岩，云岩传洞山，洞山传曹山，取洞山之"洞"，曹山之"曹"，合而为曹洞宗。二支五派（gū）：二支，即南岳和青原；五派，即五宗，临济宗、曹洞宗、沩仰宗、云门宗、法眼宗。南岳出临济宗、沩仰宗；青原出曹洞宗、云门宗、法眼宗。㊸云路：上天之路，升仙之路。《云笈七签》卷九九："飘飘上云路，黯黯入长宵。"㊹博山三十代：此处乃郝浴之误，曹洞到博山，乃三十二代也。㊺南海陆家开宝掌：宗宝道独禅师，南海（今广东）人，俗姓陆，别名空隐。㊻匡庐：指江西的庐山。

相传殷周之际有匡俗兄弟七人结庐于此，故称。㊼紫盂（yú）：紫金钵盂，指传法之器也。㊽洞家：指佛教曹洞宗。法幢：写有佛教经文的长筒形绸伞或刻有佛教经文、佛像等的石柱。此处比喻佛法。㊾九十六转问：意谓反复勘辨参学者。杀尔：你们。㊿漫发木鱼钻故纸：意谓有学者钻到经论里讨寻答案。吹毛有口野干死：意谓般若智慧似吹毛利刃，野干碰上即丧命。野干，体形大于黄鼠狼，小于狐狸，毛色发黄。旧时亦有人视之为“狐仙”。(51)声闻：梵语，为佛之小乘法中弟子，闻佛之声教，悟四谛之理，断见思之惑，而入于涅槃者也。是为佛道中之最下根。慧日道场沙门吉藏《胜鬘宝窟》曰：“声闻者，下根从教立名，声者教也。”舐（shì）：舔。(52)蓼莪（lù é）：出自《小雅·蓼莪》。蓼，形容植物高大。莪，一种草，即莪蒿。欧阳修认为该诗所抒发的是诗人不能终养父母的痛极之情。兰芷（zhǐ）：出自《楚辞·离骚》。皆香草也。寓意心境兰芷般高洁芳香。兰，兰草；芷，白芷。抵（dǐ）：挡，拒，用力对撑着。素王：儒家称誉孔子为“素王”，所谓“素王”，是指没有土地、没有人民，只要人类历史文化存在，他的王一般的地位就永远存在。(53)二十一部史：《廿一史弹词》，原名《历代史略十段锦词话》，为明杨慎所作。(54)砥：磨刀石。(55)跸（bì）峰：指驻跸峰，古时皇帝出行临时居住地称驻跸。唐王李世民东征曾于辽东地区的千山、首山等地驻扎。函可诗中提到的驻跸峰颇有争议，一说千山，一说首山。《千山诗集·卷六·思千山》云：“咫尺白云隔，千山未许游。前王曾驻跸，幽客几埋头。”可见函可诗提到的驻跸当指千山。鸭绿：今鸭绿江。(56)鹤林忽白：佛教语。佛于娑罗双树间入灭时，林色变白，如白鹤之群栖。此处借指函可师圆寂也。垂：传留后世。一趾：“一址”也。璎珞峰：千山大安寺东南。(57)金绳：佛经谓离垢国用以分别界限的金制绳索。慈氏：弥勒菩萨。(58)帝里：犹言帝都，京都。

# 目　录

## 千山诗集卷三

### 五言古一

## 千山诗集卷四

### 五言古二

# 千山诗集卷五

## 七言古

## 千山诗集卷六

### 五言律一

## 千山诗集卷七

### 五言律二

## 千山诗集卷八

### 五言排律

## 千山诗集卷九

### 七言律一

## 千山诗集卷十

### 七言律二

## 千山诗集卷十一

### 七言律三

## 千山诗集卷十二

### 七言律四

## 千山诗集卷十三

### 七言律五

## 千山诗集卷十四

### 五言绝

## 千山诗集卷十五

### 七言绝一

# 千山诗集卷十六

## 七言绝二

## 千山诗集卷十七

### 七言绝三

## 千山诗集卷十八

### 六言诗

## 千山诗集卷十九

### 杂　体

## 千山诗集卷二十

### 冰天社诗

## 千山诗集补遗

### 七言律

博罗剩人可禅师著　书记今羞编

# 古歌谣

## 山　谣①

一尺土，一寸膏②。

膏夜流③，土生涛④。

【注释】　①此歌谣，盖函可师山居所作，感叹大自然造化之能，生机勃勃，难以名状。②膏：滋润土壤的雨水。魏·曹植有诗云："良田无晚岁，膏泽多丰年。"③膏夜：指雨水。夜，通"液"。④土生涛：指万物生长的蓬勃生机。

## 神　谣①

人肉馨②，神眼睁③。

【注释】　①函可师安居焚修，但叫此肉身的"贪、嗔、痴"净尽，法身妙香，自然堂堂显露。神超颖悟，见越常情。②人肉馨：修法之人，饮甘泉，食清斋，法身妙香。馨，香气。③神眼睁：顶门正眼，比喻智慧开悟。

## 多多谣①

灵蛇头，舠竹袖②。

皇英市，多多有③。

千年龟，张大口④。

燕支税，多多有⑤。

锦牛驼，银狮吼⑥。

死人汁，多多有。

**【注释】** ①此歌谣，揭示了作者流放辽东时的所见所闻：市场好多，苛政税负好多，百姓流离死了好多，表现了作者悲天悯人的济世情怀。②灵蛇头，觔竹袖：指锦衣上绣有灵蛇图案的地方官吏。灵蛇，本指神异的蛇，有灵应的蛇。出自《楚辞·天问》："一蛇吞象，厥大何如。"汉王逸注："《山海经》云：南方有灵蛇，吞象，三年然后出其骨。"此处喻人心之贪婪。觔（jīn），筋络，同"筋"。③皇英市：征税的地方集市。多多有：好多好多。④千年龟，张大口：指地方政府纳税贪得无厌，如张口的千年大龟。⑤燕支：胭脂，妇女用作化妆品的一种红色的颜料。⑥锦牛驼，银狮吼：穿戴锦服的官吏催逼纳税的生动场景。锦牛驼，华美装饰的牛驼。指权贵之人。银狮吼，古时大户人家门前的摆放狮子，如张口吼叫，令人望而生畏。

# 风雅体

## 耿耿二章①

一章，章十二句，一章，章八句。**示警也。**

耿耿双瞳②，游于面间。
瞩人则易③，瞩己则难。
勿谓无非，无非非至。
勿谓无知，人将瞩尔。
己非毋匿④，人非毋刻⑤。
躬厚薄责⑥，大人之特⑦。

突如其来，突如其已⑧。
念生无根⑨，与物为至⑩。
纷纭不辍⑪，毋用遏绝⑫。
知幻即离⑬，空明如月⑭。

**【注释】** ①此篇函可师意在引导善信"修身养性、了妄证真"。风雅体：指风雅诗体，是模仿《诗经》中的十五国风和大雅、小雅的抒情诗表达形式，具有关注现实，反映现实，批判现实的精神。②耿（gěng）耿：光明、明亮的样子。唐·白居易《长恨歌》："迟迟钟鼓初长夜，耿耿星河欲曙天。"③瞩：注视。④匿：隐藏，躲藏。⑤刻：不厚道。⑥躬厚薄责：语出《论语·卫灵公》："躬自厚，而薄责于人，则远怨矣！"意思是多责备自己，少责备别人，就可以化解怨恨了。⑦大人之特：此句义为高尚的人具备的品德。大人，指德行高尚、志趣高远的人。《孟子·告子上》："从其大体为大人，从其小体为小人。"汉·扬雄《法言·学行》："大人之学也为道，小人之学也为利。"特，不平常的，超出一般的，杰出的。⑧已：停止。荀子《劝学》："学不可以已。"⑨根：根基，源头。⑩至：极、最。⑪纷纭：众多的样子。不辍：不止，不绝。⑫遏绝：阻止禁绝。⑬知幻即离：出自《圆觉经》，"知幻即离，不作方便。离幻即觉，亦无渐次"。意谓了知万法如梦如幻，即思想上摆脱了万法的束缚。⑭空明：形容心性洞澈而灵明。

# 佛不在木一章①

章十句。静宇师送紫榆数珠，作诗谢之。

佛不在木，念不在珠。

绵绵不断，无欠无余。

厥色维紫②，厥质维樗③。

渠今即我，我不是渠④。

永言数之⑤，渠我如如⑥。

【注释】　①此篇为函可师与静宇师酬唱净修之语，但能念念无间断，尽摈樊笼之境，自然处处光明、解脱自在。②厥：代词，代指紫榆珠。乾隆《永年县志》载："西乡，厥壤皆白土。"维：词头，无实际意义。③樗（chū）：臭椿树。此处应理解为椿树。《唐本草》：椿、樗二树形相似，樗木疏，椿木实。《苏颂·图经》：椿叶香，可啖。樗气臭，北人呼为山椿，江东人呼为鬼目。《庄子·逍遥游》载："上古有大椿者，以八千岁为春，八千岁为秋。"④渠今即我，我不是渠：出自《五灯会元》卷十三，洞山良价祖师因过水睹影大悟。有偈曰："切忌从他觅，迢迢与我疏，我今独自往，处处得逢渠，渠今正是我，我今不是渠，应须恁么会，方得契如如。"我者，即自性清净心也；渠者，即无有自性之万法也。盖万法皆由自性清净心所变现也。渠：作为第三人称的代词，最早见于《孔雀东南飞》中的"渠会永无缘"，此诗出自汉末建安中庐江府，庐江郡为古吴、越及东南百越、群舒之地。《史通》记载："渠、们、底、个，江左彼此之辞。"即，至，到。是，动词，认定、接受。⑤永：长久，永远。⑥如如：法性之理体，不二平等，故云如，彼此之诸法皆如，故云如如，是正智所契之理体也。

## 山鬼四章①

章四句

明月在天，塔影在地。
北风凄凄，惟吾与尔。

塔影在地，明月在天。
汝不我处，人谁汝怜。

汝惟一舌，我惟一脚。
我啸汝歌，汝歌我跃。

天地草草，山河落落。
霜老星残，云②不乐？

【注释】　①此四章写函可师山居禅修，似与山鬼论道对谈，表达出内心孤寂之感。山鬼：《山鬼》是《楚辞·九歌》中篇名。关于山鬼的身份，中国民间有多种传说，女神、精怪、山神等。②云：发语词，句首无实际意义。胡：疑问代词，为什么。

# 骚　体

## 乐神辞三章①

星为马兮云为鞶②，生为忠兮死为厉③。
草有子兮山有麂④，腰铁铃兮冠雉尾⑤。
击鼓其镗兮回瞋作喜⑥，琉璃堂兮血食斯地⑦。

儿孙为田兮魂魄为粮，神年丰兮国为良。
银者白兮金者黄，以赎命兮身面光。一人安居兮保边疆。

黑云压兮金乌藏⑧，鼓声死兮剑无芒。
血为碧兮骨为霜，五陵墟兮万井荒⑨。
笔墨精兮职为郎，翠钿委地魂魄芳⑩。
日吉兮时良，陈列兮馨香。

马有潼兮豕有肠⑪，舞窈窕兮歌琳琅⑫。

明星烂兮乐未央⑬，曰既醉兮云路倘佯⑭。

毋厄兹土兮福祚长⑮。

【注释】　①此辞一章，函可师仰望星空，回想家族一门忠义，竟至罹难，梵呗悠扬，亡灵安在，祈祥设醮，集福裕后。此辞二章，灵通有感，和合佐助，自己逢凶化吉，济世保边疆。此辞三章，默祷自己竭尽忠勇，功成名就，风调雨顺，国泰民安。骚体：模仿屈原《离骚》的文体。古典文学体裁的一种。起于战国时楚国。以大诗人屈原所作《离骚》为代表，并因此而得名。这类作品，富于抒情成分和浪漫气息；篇幅较长，形式也较自由；多用"兮"字以助语势。乐神：中国传说中的司乐之神。②为：动词，译为是。③忠：正直之德。厉：祸患，危险。《诗·大雅·瞻卬》："降此大厉。"④麂（jǐ）：鹿科动物，通称"麂子"，天性胆小。⑤腰：名词用如动词，腰间系着。冠：名词用如动词，帽上插着。⑥其：语气词，无实义。镗（tāng）：象声词，形容打钟、敲锣一类的声音。回瞋（chēn）：回头张目。⑦血食：谓受享祭品。古代杀牲取血以祭，故称。斯：代词，这。⑧金乌：为中国古代神话传说中的一种神鸟，居于日中，有三足。也代指太阳。⑨五陵：指汉朝五个皇帝的陵墓，即长陵、安陵、阳陵、茂陵、平陵。⑩委：堆。⑪潼：应为"瞳"，即"瞳仁"。豕（shǐ）：猪。⑫窈窕：美好貌。琳琅：泛指清脆美妙的声音。⑬未央：未尽。⑭云路：上天之路，升仙之路。倘佯：同"徜徉"。徘徊，安闲自在地步行。⑮毋厄：不要为难阻碍。厄，阻隔，受困。福祚：福禄，福分。

博罗剩人可禅师著　　书记今羞编

# 乐　府①

## 枯鱼过河泣②

枯鱼过河泣。
劝鱼且莫泣，劝鱼且莫悲。
蛟龙有时斩③，何况鲂与鲵④。

枯鱼过河泣。
劝鱼且莫泣，劝鱼且莫悲。
若能一滴水，扬鬣还天池⑤。

【注释】　①乐府：乐府是古代音乐机关，秦代设立的，汉乐府是用来训练乐工，制定乐谱和采集歌词，其中采集了大量民歌，后来，"乐府"成为一种带有音乐性的诗体名称。②函可师感叹自己命运多舛，祈愿时来运转，实现自己的济世理想。枯鱼：困于涸辙之鱼。③斩：杀也。《释名·释丧制》："斫头曰斩，斩腰曰腰斩。"④鲂（fáng）：鱼名。鳊鱼的古称，今名武昌鱼。鲵（ní）：两栖动物，身体长而扁，生在山溪中。肉鲜美可食。叫的声音像婴儿，所以俗称"娃娃鱼"。⑤鬣（liè）：鱼类颔旁小鳍。

## 善哉行①

日月烛照，民多纰缪②。
川岳流峙，民用构斗③。
揖让在前，征诛在后。
世无伯夷，划薇种豆④。

匪知何寇⑤，匪庸何富。

冯道登仙，云中稽首⑥。

白凤就烹，素麟出走⑦。

载沉载浮，以永厥寿。

稼穑既教，生乃弗谷⑧。

百草既尝，疾乃弗救。

星斗在胸，江河在口。

松柏丸丸，斧斤祇候⑨。

南有佳人，颜色静好。

爱而不见，郁我怀抱⑩。

昨日犹壮，今日已老。

何以却之，出门刈稻⑪。

心洞雨晴，目开天扫。

悠哉悠哉，孰知大道。

仰掇玄露，俯拾瑶草⑫。

薄言置之⑬，无求是宝。

树下一宿，日中一饱。

古之圣贤，无他谬巧⑭。

众荣亦荣，众槁亦槁。

瞻彼蚩蚩，怒焉如捣⑮。

【注释】　①此诗应是函可师早期所作，表达的是无欲无求的思想。前段说，天地化育，万物流行，不知生民为何争斗？民间为何战乱？为什么有穷有富？对冯道得道成仙，逍遥自在，很是羡慕。南有佳丽，求之不得，莫如放下。总而言之，无求是宝。善哉行：诗题名称。东汉末年曹操创作了一首《善哉行》。②纰缪（pī miù）：差错，谬误。③峙（zhì）：直立，耸立。构斗：作战，发动战争。④伯夷：生卒年不详，商末孤竹国人，商纣王末期孤竹国第八任君主亚微的长子，弟亚凭、叔齐。子姓，名允，是殷商时期契的后代。初，孤竹君欲以三子叔齐为继承人，至父死，叔齐让位于伯夷。伯夷以父命为尊，遂逃之，而叔齐亦不肯立，亦逃之。伯夷叔齐同往西岐，恰遇周武王讨伐纣王，认为以臣弑君，不仁。叩马谏伐不成。天下宗周，伯夷叔齐耻食周粟，饿死首阳山。刬（chǎn）薇：采薇。刬，旧同"铲"。薇，《康熙字典》："《玉篇》，菜也。《说文》似藿菜之微者也。《诗·召南》言采其薇。"⑤匪：通"非"。⑥冯道（882—954）：字可道，号长乐老，瀛州景城（今河北沧州西北）人，五代宰相。稽首（qǐ shǒu）：跪拜礼，叩头至地，是九拜中最恭敬隆重的一种。
⑦白凤、素麟：均为中国古代传说中的吉祥之物。白凤，白凤凰。素麟，白色的麒麟。金·
完颜亮《念奴娇·天丁震怒》：“皓虎颠狂，素麟猖獗，挚断真珠索。”⑧生：生存，活着。
弗谷：不种谷物。⑨丸丸：高大挺直貌。《诗·商颂·殷武》：“陟彼景山，松柏丸丸。”毛
传：“丸丸，易直也。”祇：正、恰、只。⑩爱而不见：语出《诗经·邶风·静女》，“静女
其姝，俟我于城隅。爱而不见，搔首踟蹰”。郁：忧愁，愁冈：郁冈。⑪刈（yì）：割草。
《广雅》：“刈，断也。”《诗经·周南·葛覃》：“是刈是濩。”⑫掇（duō）：拾取，摘取。瑶
草：中国神话传说中的仙草。⑬薄言：发语词，无实意。《诗经·周南·芣苢》：“采采芣
苢，薄言采之。”⑭谬巧：诈术与巧计。明·归有光《上高阁老书》：“有干办之小能，而行
速化之谬巧。”⑮瞻：往上或往前看。蚩（chī）蚩：敦厚貌。《诗经·卫风·氓》：“氓之蚩
蚩，抱布贸丝。”怒（nì）焉如捣：汉语成语，释义为忧思伤痛，心中像有东西撞击。形容
忧伤思念，痛苦难忍。《诗经·小雅·小弁》：“我心忧伤，怒焉如捣。”

# 短歌行①

前后左右，四面八方。
忧愁骈集②，我何可当。
欲寄天上，虑天弗禁③。
欲埋地下，恐地将沉。
不如收拾，置我怀抱。
寝之食之，于焉终老。
沧海何阔，蓬莱何高。
世无黄鹄④，乘我游翱⑤。
古之侠士，尘视生死。
凡今之人，畏首畏尾。
好谋弗终，时命终穷。
东南失利，西北多凶。
黄沙为棺，白云为椁⑥。
我则如是，千秋寥落⑦。

【注释】　①函可师家族罹祸，自身零落，直叫人一声长叹，无可奈何！抒发内心惆怅
苦冈之情。短歌行：是汉乐府的旧题，属于《相和歌辞·平调曲》。它本来是一个乐曲的名
称。最初的古辞已经失传。乐府中收集的同名曲有24首，这种乐曲怎么唱法，今无可知。
现今所见最早的《短歌行》乃曹操作的拟乐府《短歌行》。所谓“拟乐府”就是运用乐府旧

曲来补作新词。②骈（pián）集：凑集，聚会。宋·秦观《清和先生传》："所居冠盖骈集，宾客号哒。"③禁：不许，制止。④黄鹄：鸟名。《商君书·画策》："黄鹄之飞，一举千里。"⑤游翱（áo）：漫游，游历。亦作"游敖"。《诗经·齐风·载驱》："鲁道有荡，齐子游敖。"⑥椁（guǒ）：套在棺材外面的大棺材。《史记·张汤列传》："汤母曰：'汤为天子大臣，被污恶言而死，何厚葬乎！'载以牛车，有棺无椁。"⑦寥落：寂寞，凄凉。

## 长歌行①

我歌我歌，旧民犹可。新民奈何②？

**【注释】**　①函可师对改朝换代的无奈，不知自己为旧民或是为新民。长歌行：汉乐府曲题。②奈何：怎么样呢？

## 薤露歌①

薤上露，畏白日。日出露干无遗迹。
古今杳杳②无消息。宝马空嘶垄树③直。

**【注释】**　①函可师借"日出露干无遗迹"，慨叹人生之无常，表达劝世之意。薤露歌：是乐府歌名，它与《蒿里曲》都是古人出丧时唱的歌。相传齐国的田横不肯降汉，自杀身亡，其门人作了这两首歌来表示悲丧。薤露，意谓人的生命就像薤上的露水，太阳一晒，极易干掉。薤（xiè），为多年生草本百合科植物，地下有鳞茎，叶细长，开紫色小花，嫩叶也可食用。②杳杳：昏暗貌。《古诗十九首·驱车上东门》："白杨何萧萧，松柏夹广路，下有陈死人，杳杳即长暮。"③垄树：坟头上生长的树。垄，坟冢。《战国策·齐策》："由是观之，生王之头，曾不若死士之垄也。"

## 蒿里曲①

蒿里谁家地，日夕悲风起。
命尽五更头，不到五更尾。
狐狸招手人不知，脚下黄泉尺有咫②。

**【注释】**　①此篇函可师浩叹，人生犹如黄粱梦，梦黄粱，能几长？一旦无常到，方知万事休。劝世也！蒿里曲：见《薤露歌》注①。蒿里，在泰山下。迷信传说，人死之后魂魄归于蒿里。②黄泉：地下的泉水，这里指墓穴。典出《左传·郑庄公元年》："不及黄泉，无相见也。"尺有咫：一尺多长。尺、咫，都是古代的长度单位。

# 秋　思①

鸿雁逐飞云，青天亦有行。兄弟本四人，仲季欻云亡②。

伯窜东海隅，叔留南海旁。相隔万余里，东南永相望。

忆昔在长安，膝下共两双。朝去候门扉，朝回牵衣裳。

忆昔在南国，齐揖事先王③。教训日以严，道义日以康④。

忆昔在家园，气力各自强。读书穷壸奥，落笔竞沅湘⑤。

神异古人遇，举世无文章。当春二三月，风吹百草长。

登堂献寿酒，散步陟崇冈⑥。夏日听黄鹂，阴阴亭馆凉。

折荷绿玉池，剥荔黄金床。桐叶下金井⑦，四围橘柚黄。

薄暮向空阶，联袂延月光。忽见梅花发，大开楼上窗。

色映枝枝玉，诗成字字香。好景必同赏，佳酿必同尝。

夜寒必同被，得句必同商⑧。先子忽见背，血泪尽汪洋⑨。

三载草土中，不离阿母傍。伯也忽瞿然，团圞非久长⑩。

拜母别诸弟，剃发栖大匡⑪。仲弟登贤书，云路步前芳⑫。

叔弟薄青衿，欣然慕老庞⑬。阿季独倜傥，走马少年场⑭。

抱志虽各殊，骨肉不相忘。一朝日月坠，大地共仓皇⑮。

紫荆长枝折⑯，飘零天一方。寄书阻兵革，得罪饱冰霜⑰。

远碛听笳吹⑱，回头盼故乡。前月片纸来，摧胸裂肝肠。

闾井十无一，举家惨罹殃⑲。叔弟尚伏枕，一命在微茫。母死恐
未葬，弟死谁盖藏。

登山苦无梯，涉河苦无梁⑳。山木何翛翛，河水何汤汤㉑。

安得高飞翼，驾我以翱翔。狂雨日下来，白昼黑淋浪㉒。

【注释】　①此篇为函可师伤亲悼亡之作。鸿雁天空排成行，声声鸣叫痛心肠。想当
年，函可师出身名门望族，兄弟四人皆赋才气，孝友敦笃，意气风发，是何等的好时光。后
来，父亲突然卒于任上，二弟、四弟又在抗清的战乱中遇难。再后来，三弟也死了，自己出
家庐山，因文字"有干我朝忌讳"，被流放到沈阳，悲惨凄凉，仰天何及！②欻（xū）：快
速。③揖：古代的拱手礼。事：侍奉，服侍。先王：指已经去世的君主。此处暗指父亲。
④康：宽阔、明达。⑤壸（kǔn）奥：喻事理之精深细微处。壸，宫中巷道；奥，室隅。沅
湘：沅水和湘水的并称。⑥陟（zhì）：登。崇冈：高崇的山岭。⑦金井：井栏上有雕饰的
井。一般用以指宫廷园林里的井。⑧商：讨论，商量。⑨先子：泛指祖先。《左传·昭公四

年》："宣伯曰：'鲁以先子之故，将存吾宗，必召女。'"杜预注："先子，宣伯先人。"见背：谓父母或长辈去世。汪洋：宽广无际。形容水势浩大的样子。这里指血流成河。⑩瞿然：惊骇貌。团圞（luán）：团聚。⑪栖：隐居。大匡：指庐山。庐山也称匡山，函可师于庐山落发。⑫登贤书：科举时代称乡试中试为登贤书。云路：比喻仕途，高位。《晋书·皇甫谧传》："子其鉴先哲之洪范，副圣朝之虚心，冲灵翼于云路，浴天池以濯鳞。"⑬薄：轻视，看不起。青衿：这里指青色交领的长衫。周代学子和明、清秀才的常服。《诗·郑风·子衿》"青青子衿，悠悠我心"。毛传："青衿，青领也。学子之所服。"这里指读书科举之人。老庞：庞蕴，字道玄，又称庞居士。中唐时代的禅门居士。与梁代之傅大士并称为"东土维摩"。居士与马祖初相见时，尝问"不与万法为侣者是什么人"？马祖答"待汝一口吸尽西江水，即向汝道"。居士言下豁然大悟，复呈一偈"十方同聚会，个个学无为，此是选佛场，心空及第归"。其一生，常以偈阐明禅旨，所写诗偈多达三百余篇。⑭少年场：年轻人聚会的场所。《汉书》卷九十《酷吏列传尹赏》："安所求子死？桓东少年场。生时谅不谨，枯骨后何葬。"⑮仓皇：匆促而慌张。⑯紫荆：豆科紫荆属，落叶乔木或灌木。性喜欢光照，有一定的耐寒性。皮果木花皆可入药，其种子有毒。紫荆是家庭和美、骨肉情深的象征。⑰得罪：获罪。饱：动词，吃，填饱。⑱碛（qì）：边远之地，指诗人流放之地东北。⑲罹（lí）：遭受苦难或不幸。⑳梁：桥。㉑翛翛（xiāo xiāo）：象声词。三国·魏·甄皇后《塘上行》："边地多悲风，树木何翛翛。"汤汤（shāng shāng）：水流盛大貌。㉒淋浪：雨下不止。清·查慎行《平越遇雷玉衡口占赠之》诗："急雨淋浪茅店外，乱山高下马蹄前。"

## 秋思曲①

山峨峨兮水盘盘①，念佳期兮秋月圆。
揽衣视夜兮风雨迎门，彼美人兮梅一村②。

【注释】　①此诗当为函可师山居时"赏心悦目"之作，表达了对大自然的热爱。②峨峨：山体高大陡峭。盘盘：水流曲折回环的样子。

## 静夜吟①

秋夜如漆我心忧。
醒亦忧，寐亦忧，兼之蟋蟀，苦鸣不休。
揽衣忽坐起，还卧泪横流。
大风吹树何飕飗②，床头书鬼声啾啾③
家乡已荡尽，胡为身独留？④

我有一点心，暗风吹已碎。

一半福州山，一半浔江水。

**【注释】** ①此诗表达的是函可师慨叹自己孤苦伶仃，家族罹难，及难以抑制的思乡之情。②飔飂（sōu liú）：象声词。风雨声。③书鬼声：由于大风吹刮，书本纸张所发之声。啾啾：象声词。指凄切尖细的声音。④胡：疑问词，为什么。

## 少年行①

红日射高楼，歌声不肯休。
借问北邙山②，几人曾白头。

**【注释】** ①此诗是函可师慨叹人生之无常。眼前的欢歌少年终究是北邙山的一抔土。②北邙山：又名邙山。横卧于洛阳北侧，为崤山支脉。邙山是洛阳北面的天然屏障，也是战略要地，又是古代帝王理想中的埋骨之所。自东汉城阳王刘祉葬于此后，遂成三侯公卿葬地。俗谚说："生在苏杭，葬于北邙。"唐代诗人王建《北邙行》云："北邙山头少闲土，尽是洛阳人旧墓。"后代多用北邙借指墓地或坟墓。

## 塞下曲①

日落雁声急，萧条人独行。
偶看原上草，偏动黍离情②。

**【注释】** ①此诗写客子思乡之情。②黍离：《诗经·王风》中的篇名。此诗的主旨古今众说纷纭。王力在《古代汉语》中认为："是写流浪者的忧愤。一个找不到出路流落他乡的客子，触景生情，联想到自己的悲惨遭遇，不禁悲愤交集。"

## 临高台①

临高台，望行尘，
多少驱车向西去，曾无一个是新人。
临高台，望东海，
海上潮回自有时，流民东来无返期②。
愿平高台塞东海，毋使流民心骨碎③。

**【注释】** ①此诗写函可师感叹百姓颠沛流离，并表达了期望人人都能"囿于安和"的美好愿望。②流民：因获罪、战乱抑或受灾而流亡外地、生活没有着落之人。这里指因罪流放于东北边地的自己。③毋：不要。

## 相逢行①

相逢路多歧②，君东我自西。

莫问名和姓，回头知是谁？

相逢大路侧，君南我自北。

袖里无黄金，终是不相识。

相逢大路中，君西我自东。

不知为何事，但见马匆匆。

相逢两复三，君北我自南。

明知不是伴，半揖略交谈③。

**【注释】** ①诗中表述了虽有相逢的交集，却又没有重合的轨迹。函可师表达的是人生的无奈与人生际遇的无常。②歧：岔道，偏离正道的小路。③半揖：喜事作揖为半揖，即拱手时上不过胸，下不过膝。

## 空城雀①

空城雀，腹中饥。

雀虽饥，无是非。

莫向上林枝上栖②。

**【注释】** ①此诗流露出函可师"无求是宝"的思想。②上林：宫苑名，是中国历史上最负盛名的苑囿之一，位于汉都长安郊外（今西安附近）。是古代帝王游玩、打猎的风景园林，今已无存。司马相如有《上林赋》。栖：鸟禽歇宿。

## 君马黄①

君马黄，四足忙。挥鞭意气何扬扬②。

我独无马步道旁，我步踯躅君马狂③。

下有不测之大堑④，上有崎岖百折之崇冈⑤。

万一失足，人马皆亡。

愿君下马为君指，林间有路平且康。

**【注释】** ①此诗劝世人为人不应狂妄。②扬扬：意气风发，得意扬扬的样子。③步：走。踯躅（zhí zhú）：徘徊不前。④堑：陷坑，亦喻挫折。⑤崎岖：山路险峻不平。崇冈：

高冈，高山。

## 长相思①

长相思，来何迟。

荆山鼎就紫清归②，六宫粉黛化作泥③。

王母高居在瑶池，无数仙人进玉饴④，

千秋万岁以为期。

何不驾六龙中天飞⑤，青鸟衔书到海涯⑥。

杲杲出日⑦，浮云蔽之。

长相思，不可知。

长相思，暗泪披。虫吟草根如知之。

夜深佛火光希微⑧，钟鼓不鸣心肝摧。

白云一片何处栖，故园紫荆余枯枝。

长相思，见何时。

长相思，在上古。

神农虞夏皆黄土⑨，手把黄土心欲诉。

黄土乌知予心苦⑩，向空一掷散如雾。

天无门兮地无路，龙为鱼兮鼠为虎。

愿还苍生置三五⑪，四海欣欣歌且舞⑫。

【注释】　①这首诗歌抒发了函可师极为浪漫的情感，向往仙人自由美好的生活，流露出浓厚的思乡之情，祈愿余生有寄，四海升平。②荆山鼎就紫清归：紫气腾腾，金龙现瑞迎帝驾。《云笈七签·轩辕本纪》："黄帝采首山铜，铸鼎于荆山下。鼎既成，有龙垂胡须下迎黄帝，黄帝上骑龙，群臣后宫从上者七十余人。"荆山，地名。③粉黛：指美女。④玉饴：指珍馐美味。饴，用麦芽制成的糖浆。⑤六龙：指太阳。神话传说日神乘车，驾以六龙，羲和为御者。⑥青鸟：有三足的神鸟，是传说中西王母的使者。⑦杲（gǎo）杲：明亮的样子。⑧希微：稀疏微细。⑨神农：炎帝。姜姓，号神农氏，传说姜姓部落首领由于懂得用火而得到王位，所以称为炎帝。他遍尝百草，有"神农尝百草"的传说，发展了用草药治病这一技术，并发明了刀耕火种，与黄帝共同被尊奉为中华民族的人文初祖。虞夏：指有虞氏之世虞代和夏代。《礼记·表记》："虞夏之质，殷周之文，至矣。"⑩乌：副词，怎么。《吕氏春秋·明理》："乌闻至乐。"⑪三五：三皇五帝。是历史神话人物"三皇"与"五帝"的合称。一般认为：三皇，指燧人（燧皇）、伏羲（羲皇）、神农（农皇）；五帝，指黄帝、颛项、帝喾、尧、舜。⑫欣欣：指昌盛。

## 关山月①

月向巫闾山上出②，不照人间照死骨。

死骨千年更不还，魂随山月度重关。

关山叠叠归魂苦③，苍茫不记来时路④。

闺中少妇独夜眠，心心嘱梦去寒边⑤。

梦去魂归不得遇，明月如霜草虫语。


关山月，何惨凄。

城上吹笛乌复啼，城下秋草白萋萋⑥。

安得长风吹此月⑦，直向石洞青松枝。

关山月，无尽时。

【注释】　①此诗表达了函可师悲天悯人的情怀。关山月：乐府旧题，属横吹曲辞，多抒离别哀伤之情。《乐府古题要解》："'关山月'，伤离别也。"②巫闾：即医巫闾山，古称于微闾、无虑山，今简称闾山，地处今辽宁省境内。函可和尚被流放辽宁后，其足迹遍布辽宁地区。③叠叠：层层重叠的样子。形容路途遥远。④苍茫：空旷辽远。⑤寒边：严寒的边远之地。⑥萋萋：多而繁茂。⑦安：疑问词，哪里，怎么。

## 来日大难①

来日大难，风雨在门。

今日有客，且共盘桓②。

精卫衔木③，东海必填。

匹夫立志，金石匪坚④。

葛洪熟识⑤，贻我大丹⑥。

不愿长久，顾世多艰。

白雪充腹，敝絮遮寒。

咄咄罪夫⑦，在天地间。

冥冥何用⑧，栖栖亦戆⑨。

沮溺弗为⑩，何况孔孟⑪。

朝歌亦入⑫，盗泉亦饮⑬。

下士笑之，上士同哂⑭。

**【注释】**　①此诗中流露出函可师向往任运自在、无拘无束的生活。②盘桓：徘徊，逗留住宿。③精卫衔木：传说炎帝之女女娃因游东海被溺死，遂化为精卫，常衔西山之木、石填东海。④匪：见本卷《善哉行》注⑤。⑤葛洪：字稚川，自号抱朴子。家贫好学，始以儒术知名，后好神仙导引之法，又学炼丹术，著《抱朴子》。精医学，著《金匮药方》。⑥贻：赠送。大丹：指道家炼制的所谓长生不老药。⑦咄咄：表示感慨之声。⑧冥冥：昏昧，糊涂。⑨栖（xǐ）栖：忙碌不安。戆：憨厚而刚直。⑩沮溺：指长沮和桀溺。春秋时隐士，隐居不仕，从事耕种。《论语·微子》："长沮、桀溺耦而耕。"弗为：指隐居不仕。⑪孔孟：孔子和孟子。儒家传统中的大成至圣和亚圣。⑫朝歌：古都邑名，在今河南省淇县。商代帝乙、帝辛（纣）的别都。⑬盗泉：古泉名，在今山东泗水县东北。《淮南子·说山训》："曾子立廉，不饮盗泉。"李善注："《尸子》曰：'孔子至于胜母，暮矣而不宿，过于盗泉，渴矣而不饮，恶其名也。'"后遂称不义之财为"盗泉"，以不饮盗泉表示清廉自守，不苟取也不苟得。⑭上士：道德高尚的人。哂（shěn）：微笑。引申为讥笑。

## 有所思①

有所思，乃在村头三五树。
树上啁啾②翠羽鸣，树下美人向空语。
此时山月定得闻，似解不解无伦绪③。
一捻愁心到夜阑④，凭谁寄与长边戍⑤。
山月似归天上去。

**【注释】**　①此诗写函可师孤寂落寞的心情，萧条益自伤，一捻愁心，向谁诉，山月似解语，无奈归去也。②啁啾（zhōu jiū）：形容鸟叫声。③伦绪：条理，头绪。④一捻：一点点，可捻在手指间。形容小或纤细。夜阑：夜将尽，夜深。⑤边戍：戍边，守卫边疆。

## 树中草①

微贱一茎草，寄生枯木中。
客土本无多，安敢望丰茸②。
孤根借纤露③，暂此朝夕荣。
不择栋梁材，只贵空能容。

**【注释】**　①此诗中函可师自喻为小草，客居他乡，只能孤芳自怜，苟且安生。②丰茸：草木丰盛茂密貌。③纤露：微小的露水。

## 少年子①

白面少年子，无金空有心。

半夜许人半夜死，肯待东方天日临。

古来独爱荆轲义②，易水一去无还志③。

中王固佳，中柱亦喜。

舞阳死灰不足言④，勾践嗟叹亦非知⑤。

若将成败论，没却一片意。

**【注释】** ①函可师赞赏荆轲"义薄云天"的英雄气概，蔑视"舞阳死灰"和"勾践嗟叹"等成败得失。②荆轲：战国时卫人，为燕太子丹客，受命至秦刺杀秦王，以秦舞阳为其助手，诈献樊於期首级与燕督亢地图。既见，轲以匕首刺秦王，不中被杀。③易水：在河北省易县。④舞阳：秦舞阳，亦作秦武阳，战国末期燕国武士。年少时就犯下杀人案，后被燕太子丹找到。于公元前227年，随荆轲赴咸阳刺秦王。至秦朝大殿下，惊恐色变，令秦朝群臣生疑。荆轲连忙解释道："北蛮夷之鄙人，未尝见天子（秦王），故振慑。"后来荆轲刺秦王不成，被杀。司马迁在《史记》中，并没有交代秦舞阳的下场。⑤勾践：春秋末年越国国君，公元前497—公元前464年在位，曾败于吴，屈服求和。他卧薪尝胆，发愤图强，以范蠡、文种等人整顿国家，使国家由弱变强，并打败吴国。接着，在徐州（今山东滕县南）大会诸侯，成为霸主。

## 久别离①

久别离，已见塞鸿三度四度向南飞②。

前岁寄书今岁至，开械一片血淋漓③。

读不得尽卷而怀之，夜半作书报君知。

前有平安两字，后有相思一词。

后头是实前头非，殷勤拜祝泪纷披④。

书来已辛苦，书去见何时。

**【注释】** ①此篇表达函可师对家乡的思念，及对友人美好的祝愿，感人至深。②塞鸿：塞外的鸿雁。③械（jiān）：通"缄"，为书信封口或者扎束器物的绳索。④纷披：杂乱而散落。

## 放歌行①

斫却孤桐，凤或来止②。

埋却颍川，由或来洗③。

古无天地，高下何论？

古无江河，清浊何分？

我有素琴，无弦一曲④。

秋风乍来，声出林木。

亦盗亦廉，非夷非惠⑤。

知我则希⑥，我则何贵？

泰山一拳，沧溟一勺⑦。

天日明明，亦胡能烛⑧？

【注释】　①函可师在诗中道："古无天地，高下何论？古无江河，清浊何分？"（现代人认为宇宙是由大爆炸形成的）。诗中概述了一切事物和现象，皆是各种机缘及条件和合而生，犹如梦幻，唯有真心是实，应破除一切执着，返璞归真。若悟道得道，则任运纵横，卷舒在我也。②斫却孤桐，凤或来止：砍掉梧桐树，凤凰或许不来了。凤栖孤桐，在中国民间乃美好之意。函可师认为外在的执着，是心性解脱的障碍，故言"斫却孤桐"。斫（zhuó），用刀、斧等砍。孤桐，特生的梧桐。止，停止。③埋（yīn）却颍川，由或来洗：颍水堵塞，许由或许不来洗耳了。此处用了许由洗耳之典故。东汉皇甫谧《高士传·许由》云："字武仲。尧闻致天下而让焉，乃退而遁于中岳颍水之阳，箕山之下隐。尧又召为九州长，由不欲闻之，洗耳于颍水滨。时有巢父牵犊欲饮之，见由洗耳，问其故。对曰：'尧欲召我为九州长，恶闻其声，是故洗耳。'巢父曰：'子若处高岸深谷，人道不通，谁能见子？子故浮游，欲闻求其名誉。污吾犊口。'遂牵犊上流饮之。许由殁，葬此山，亦名许由山。"在函可师看来，对虚名的执着，同样是心性解脱的障碍，故言"埋却颍川"。埋：堵塞。颍川，颍水，今河南省禹州市。④我有素琴，无弦一曲：东晋末至南朝宋诗人、辞赋家陶渊明，常常备有一张"素琴（无弦琴）"，每逢得意时便怀抱抚弄一番，并说"但识琴中趣，何劳弦上声"。此乃超然物外，导养神志，感悟天人合一之境界，非造作也。⑤亦盗亦廉，非夷非惠：《坛经》曰："说似一物即不中。"类此也，即诸法实相，古圣先贤所谓的"道"。亦盗亦廉，也偷窃也不贪。夷，指殷末周初的伯夷。惠，指春秋时鲁国的柳下惠。⑥希：少。⑦泰山一拳，沧溟一勺：此乃悟道得道之人，自由自在的禅法境界，非是指凡夫浪荡玩耍也。沧溟，大海。⑧烛：照，照亮。

## 陇头歌①

陇头流水，或西或东。

哀此飞蓬②，瞻望旧丛③。

旧丛久空，忧心忡忡④。

陇头流水，声惨以凄。

落叶从之，永辞故枝。

【注释】 ①此诗描述的是飞蓬瞻望旧丛，流水声惨凄，表达了函可师的思乡之情。陇头：陇山，此借指边塞。②飞蓬：枯后根断、遇风飞旋的蓬草。③瞻望：往远处或高处看。旧丛：家乡或来处。④忡忡：忧虑不安的样子。形容心事重重，非常忧愁。

## 妾薄命①

十三嫁先夫，十四先夫死。

十五嫁后夫，十六后夫死。

两度踏君门，依然一童稚。

凤钗两股齐②，罗衫色仍紫。

哭新兼哭旧，那复再生理，

吁嗟！十七十八嫁何迟，惟恨当年错欢喜。

【注释】 ①此诗悲怜一命运多舛的女人，感叹世事之无常。②凤钗：古代妇女的头饰，属钗子的一种。因钗头作凤形，故而得名。

## 雀飞多①

雀飞多，触网罗，可奈何？

回头语飞鸟，汝母翼折待汝哺。

饥不及朝，朝不及暮。

风中之烛枝上露。莫取盈仓填汝嗉③。

【注释】 ①此诗为函可师借"飞鸟"启发人们孝亲之意。②语：动词，告诉。③嗉（sù）：鸟类喉咙下装食物的嗉囊。

## 望夫石①

望夫石，江边守。

江易枯，石不朽。

生公说法也难听②，直待夫来始回首。

【注释】 ①此诗借望夫石，表达了对爱情的专一与坚守。②生公：对晋末高僧竺道生的尊称。相传生公曾于苏州虎丘寺立石为徒，讲《涅盘经》。至微妙处，石皆点头。

## 有所思①

有所思，所思亦何益？

我置君心于我心，君置我心于道侧。

君心似我胡可得，北斗在南南斗北。

泰山如砥平②，黄河如箭直。

若得君心有转移，与君重复整相思。

【注释】　①此诗叙述人心难以相融，期待两心相合。②砥：磨刀石。

## 野田黄雀行①

自识形躯小，窃愧羽毛黄②。

野田随饮啄，短丛足翱翔。

且不羡鸿鹄，何况凤与凰。

笑彼斥鹦俦③，徒欲上高冈。

高冈岂不乐，顾影亦惭惶④。

【注释】　①此诗函可师告诫世人不要妄自菲薄。②窃：谦词，私自，私下，自己。
③彼：代词，它。斥：驱逐。鹦俦（yàn chóu）：鹌鹑一类小鸟。④惭惶：羞愧惶恐。

## 行路难①

行路难，不在山间与水间。

水有漩复②，山有崎岖。

城门大道，荡荡愁予③。

见人必恭敬，避人必欷歔④。

欷歔亦何为，恭敬亦须臾⑤。

人情不一，多凶少吉。

【注释】　①此诗感叹人情冷暖，世态炎凉。总之，人际交往，还是有礼有节为好！
②漩复：水流旋转回环。③荡荡：空旷貌。④欷歔（xī xū）：叹气，感叹之声。⑤须臾：
一会儿。

博罗剩人可禅师著　书记今羞编

# 五言古一

## 秋思新泪①

新泪拭不干，古泪已及趾。

二仪清浊分②，伤心从此起。

倮虫日汹汹③，圣人凿其知。

饮食藏兵戈，结绳开祸始。

黄帝学道流④，剪灭神农裔⑤。

蚩尤纵无良⑥，榆冈恶未极⑦。

大哉夏禹功⑧，泽流应万祀⑨。

当桀放南巢⑩，扈从何名字⑪。

直待采薇人⑫，兄弟标忠义。

忠义既以明，天下争一死。

荀息殉遗孤⑬，明知是无益。

蒯聩命驱车⑭，其仆乃结辔⑮。

画邑布衣流，悬树续齐祀⑯。

豫让行何苦⑰，漆身乞于市。

所以为此者，将以愧后世。

汉祚当衰微⑱，英雄纷举事。

臧洪据地时⑲，陈容忽扬袂⑳。

当日同座人，胡为空太息？

卓哉巴郡守，断头心罔贰㉑。
晋惠昔蒙尘㉒，百官皆散溃㉓。
独有嵇侍中㉓，衣血足捍卫。
周颉急呼天㉔，卞壶长卧地㉕。
此外亦寥寥㉖，闲居谈名理。
唐有藩镇难，诸公何慷慨。
张兴解其尸㉗，张巡抉其齿㉘。
杲卿更愤激㉙，钩舌詈不已㉚。
阿弟死希烈㉛，自草表与志。
屈强德宗朝，刘乃段秀实㉜。
夺笏直唾面，投床遂不食。
乃有孙节度㉝，受锯无绌志。
宋代光前古，编简难尽纪。
载观靖康初㉞，十人辟和议。
第一欧阳珣㉟，恸哭深州外。
徽言阖室焚，仗剑语将士。
令晟坚执膝㊱，终不拜犬彘。
若水挝破唇㊲，彦先刃左臂㊳。
痛惜岳家军，十年一朝弃。
淮宁向子韶㊴，建康杨邦乂㊵。
不作他邦臣，宁作赵氏鬼。
北兵括地来，屈指数李芾㊶。
取酒饮家人，遍刃无遗类。
幕属及潭民，举族多自缢。
林满井无虚，激厉乃如此。
亦有赵卯发㊷，亦有江万里㊸。
亦有宣抚陈㊹，亦有少保李㊺。
节义或一双，积尸或如垒。
或赴沼自明，或指腹自誓。
广王终崖门㊻，陆张随入海㊼。

于赫文文山<sup>48</sup>，义尽仁乃至。

平日读诗书，庶几可无愧。

乾坤扫荡来，圣神广栽植。

烈烈复轰轰，又非宋代比。

书以白银管，藏以黄金柜。

地上反奄奄<sup>49</sup>，地下多生气。

我欲从头哭，泪尽东海水。

白日且吞声，歌咏聊尔尔<sup>50</sup>。

**【注释】**　①本诗历数从古到今的忠臣义士，他们忠昭日月，义贯乾坤，披肝沥胆，护国救民，名垂丹青。盖此即文天祥所谓"浩然正气"。函可师回想家族因抗清罹难，怎能不痛哭流涕，想起有干清廷忌讳，只能饮泣吞声，聊以作歌罢了。②二仪：指天地。③倮（luǒ）虫：身无羽毛鳞甲的动物。倮，同"裸"古代常用以指人。汹汹：形容动荡不安或骚乱不宁。④黄帝：古华夏部落联盟首领，中国远古时代华夏民族的共主。被尊为中华"人文初祖"。居轩辕之丘（今河南新郑），号轩辕氏。史载黄帝因有土德之瑞，故号黄帝。黄帝以统一华夏部落与征服东夷、九黎族而统一中华的伟绩载入史册。神农，即炎帝，姜姓，号神农氏，传说姜姓部落首领由于懂得用火而得到王位，所以称为炎帝。他遍尝百草，有"神农尝百草"的传说，发展了上古时代的医药技术，并发明了刀耕火种，与黄帝共同被尊奉为中华民族的人文初祖。⑤裔：指子孙后代。⑥蚩尤：上古时代九黎部落酋长，在中国神话中的他是兵主战神。⑦榆罔：根据《帝王世纪》的记载，他是上古时代神农氏最后一位炎帝。⑧夏禹：夏后氏首领、夏朝开国君王。禹是黄帝的玄孙、颛顼的孙子。相传，禹治理黄河有功，受舜禅让而继承帝位。⑨万祀：万年。⑩桀：姒姓，夏后氏，名癸，一名履癸，谥号桀，史称夏桀，帝发之子，夏朝最后一位君主，是历史上有名的暴君。南巢：夏桀被商汤放逐之地。《尚书》"成汤伐桀，放于南巢者也"。⑪扈（hù）从：随从。随侍皇帝的人员。⑫采薇人：见卷二《善哉行》注④。⑬荀息殉遗孤：荀息受晋献公重托，不食其言，最终以死尽忠的典故。荀息为人忠诚，足智多谋，又是武公旧臣，忠心耿耿侍奉晋献公近30年，是当时晋国的肱股之臣。荀息献计假道伐虢，扫除了晋国向中原发展的障碍。⑭蒯聩（kuǎi kuì）：卫后庄公，全名"姬蒯聩"，他是卫灵公之子、卫出公之父、卫国第三十任国君。⑮辔：马缰绳。⑯画邑布衣流，悬树续齐祀：此乃历史典故。《资治通鉴》卷四："乐毅闻画邑人王蠋贤，令军中环画邑三十里无入。使人请蠋，蠋谢不往。燕人曰：'不来，吾且屠画邑！'蠋曰：'忠臣不事二君，烈女不更二夫。齐王不用吾谏，故退而耕于野。国破君亡，吾不能存，而又欲劫之以兵，吾与其不义而生，不若死！'遂经其颈于树枝，自奋绝脰而死。燕师乘胜长驱，齐城皆望风奔溃。乐毅修整燕军，禁止侵掠，求齐之逸民，显而礼之。宽其赋敛，除其暴令，修其旧政，齐民喜悦……祀桓公、管仲于郊，表贤者之间，封王蠋之墓。齐人食邑于燕者二十余君，有爵位于蓟者百有余人。六月之间，下齐七十余城，皆为郡县"。画邑，乃春秋齐之边塞小城。齐祀，春秋齐国之祭祀。⑰豫让：姬姓，毕氏。春秋战国时期晋国人，是晋国正卿智伯瑶的家臣。晋出公二十二年（前453），赵、韩、魏联手在晋阳之战中攻打智氏，智伯瑶兵败身亡。为了给主公智伯瑶报仇，豫让用漆涂身，吞炭使哑，暗伏桥下，谋刺赵襄子未遂，后为赵襄子所捕。临死时，求得赵襄子衣服，拔剑击斩其衣，以示为主复仇，然后伏剑自杀。⑱祚：福，赐福。⑲臧洪：字子源，广陵郡射阳县（今江苏射阳县）人。东汉末群雄之一，太原太守臧旻之子。为人雄气壮节，举孝廉出身。初授议郎，迁广陵功曹。曾为关东联军设坛盟誓，共同讨伐董卓，深得盟主袁绍看中，荐为青州刺史，转东郡太守。施政有方，政绩卓越，深得百姓拥护。因袁绍不肯援救张超，而对袁绍产生怨恨，于是举城叛变，被袁绍围攻一年后，城破被杀。⑳陈容：字公储，号所翁，福建长乐人，南宋端平二年（1235）进士，曾做过福建莆田太守。南宋著名画家。《金溪县志》作临川（今属江西）人，《图绘宝鉴》作福唐（今福建福清）人。生卒年不详。陈容墓在福建长乐。诗文豪壮，尤善画龙，变化欲活，世传"所翁龙是也"。袂（mèi）：衣袖。㉑卓哉巴郡守，断头心罔贰：说的是东汉末年武将严颜，初为刘璋部下，担任巴郡太守。建安十九年，刘备进攻江州，严颜战败被俘，张飞对严颜说："大军至，何以不降而敢拒战？"严颜回答说："卿等无状，侵夺我州，我州但有断头将军，无降将军也！"张飞生气，命左右将严颜牵去砍头，严颜表情不变地说："砍头便砍头，何为怒邪！"张飞敬佩严颜的勇气，遂释放严颜，并将其引为上宾。卓，超高，不平凡。罔，迷惑，失意。㉒晋惠：晋惠公，姬姓，晋氏，名夷吾，晋献公之子，晋文公之弟，春秋时期晋国君主。公元前651年，在秦国的帮助下继位。晋惠公继位后，背信弃义，诛杀大臣，国人都很不顺服他。公元前637年九月，晋惠公去世。㉓嵇侍中：此处当指"嵇侍中血"的典故。《晋书·忠义传·嵇绍》："（嵇）绍以天子蒙尘，承诏驰诣行在所。值王师败绩于荡阴，百官及侍卫莫不散溃，唯绍俨然端冕，以身捍卫，兵交御辇，飞箭雨集。绍遂被害于帝侧，血溅御服，天子深哀叹之。及事定，左右欲浣衣，帝曰：'此嵇侍中血，勿去。'"绍为嵇康之子，官至侍中。后因以"嵇侍中血"指忠臣之血。㉔周颢（yǐ）：字伯仁，是武城侯、安东将军周浚的儿子。少年时便有很高的声誉，神采俊秀，谈吐幽默诙谐，为人宽宏大量，不拘小节。当时的人们都称赞他"有雅量，友爱过人"。㉕卞壶（kǔn）（281—328）：字望之，济阴冤句（今山东菏泽）人。中书令卞粹之子。东晋名臣、书法家。东晋建立后，任太子中庶子，转散骑常侍，侍讲东宫。太宁元年（323），明帝即位，迁吏部尚书。累事三朝，两度为尚书令。礼法自居，纠正当世，不畏强权。苏峻叛乱，众大臣避之。卞壶临危受命，怀报国之志，率二子及兵勇，奋力抵抗，以身殉国。㉖寥寥：广阔，空旷。㉗张兴：张兴（？—756），河北辛集市人。唐朝将领。玄宗天宝末为饶阳裨将。安史之乱起，守城弥年，城陷，为史思明所俘，劝降不从，被锯杀。㉘张巡抉其齿：张巡嚼齿的典故。典出《旧唐书》。比喻将士对国家赤胆忠心、奋勇抗敌、慷慨就义的壮烈行为。张巡（709—757），邓州南阳（今河南南阳）人。开元进士，曾任太子通事舍人、清河令等职。安史之乱时，他以真源令起兵守雍丘，抵抗安禄山军。至德二年（757），率士卒三千人入睢阳，与该地太守许远、城父令姚訚（yín）等共同作战。不久，叛将尹子琦等率兵十余万，围攻睢阳。在内无粮草、外无援兵的情况下，巡等依靠该城军民英勇抵抗，坚守数月不屈。每次作战，张巡都义愤填膺，神情慷慨，临阵大呼激励士气，眼角崩裂流血，牙齿也被咬碎。城将陷时，张巡西向跪拜，向朝廷表示誓死报国的决心。及城陷，张巡与许远、姚訚、南霁云等皆被俘。叛将尹子奇对张巡说："听说你每次战斗都眼角瞪裂，牙齿咬碎，怎么会恨到这种地步呢？"张巡回答说："我立志要吞掉你们这帮逆贼，但恨力不从心罢了！"尹子奇用大刀撬开张巡之口，见牙齿已只剩下三四颗。子奇义其言，将礼之，左右曰："此人守义，必不为我用。素得士心，不可久留。"是日，巡与姚訚、南霁云同被害，唯许远执送洛阳。㉙杲卿：颜杲卿（692—756），字昕。唐朝中期名臣，颜杲卿初任范阳户曹参军，曾是安禄山的部下。安史之乱时，与其子颜季明守常山，从弟颜真卿守平原，设计杀安禄山部将李钦凑，擒高邈、何千年。河北有十七郡响应，受唐玄宗嘉许。天宝十五年（756），叛军围攻常山，擒杀颜季明。不久城破，颜杲卿被押到洛阳。他瞋目怒骂安禄山，最终遇害，年六十五。㉚詈（lì）：骂，责骂。㉛阿弟：指唐代名臣、书法家颜真卿。希烈：李希烈（？—786），燕州辽西县（今北京市顺义区）人。唐朝藩镇将领。少时参加平卢军，颇有战功。唐代宗以忻王李造为节度副使，派李希烈为留后主事。唐德宗即位，拜蔡州刺史、御史中丞、淮宁军节度使。建中二年（781），山南西道节度使梁崇义勾结河北三镇起兵反叛。平卢节度使李希烈奉诏讨伐，歼灭梁崇义部众，拜淄青节度使，封南平郡王。建中三年（782），李希烈联合李纳、田悦、朱滔各自称王，公然反叛，杀死名臣颜真卿。皇帝派军征剿，刘洽大破淮西。贞元二年（786），部将陈仙奇毒死李希烈，归顺朝廷。㉜刘乃，字永夷，洺州广平人。高祖武干，武德初拜侍中，即中书侍郎林甫从祖兄子也。父如璠，昫山丞，以乃贵，赠民部郎中。乃少聪颖志学，暗记《六经》，日数千言。及长，文章清雅，为当时推重。天宝中，举进士，寻丁父艰，居丧以孝闻。既终制，从调选曹。乃常以文部选才未为尽善，遂致书于知铨舍人宋昱。段秀实：字成公。陇州汧阳（今陕西千阳）人。唐代中叶名将。幼读经史，稍长习武，言辞谦恭，朴实稳重。历任安西府别将、陇州大堆府果毅、绥德府折冲都尉。安史之乱后，授泾州刺史兼御史大夫、四镇北庭行军及泾原郑颍节度使，总揽西北军政。在他任内，边患稍减，使百姓安居乐业。大历十四年（779），加检校礼部尚书，封张掖郡王。不久因杨炎进逸贬司农卿，调回长安。泾原兵变时，段秀实当庭勃然而起，以笏板击朱泚，旋即被杀。被赞曰："自古殁身以卫社稷者，无有如秀实之贤。"㉝孙节度：孙揆（kuí），字圣圭，唐代博州武水（今山东聊城）人。第进士，辟户部巡官，历中书舍人、刑部侍郎、京兆尹。昭宗讨李克用，任为兵马招讨制置宣慰副使，既而更昭义军节度使，遇伏兵被执，打骂不屈，使以锯解之，骂声不辍至死。㉞靖康：是宋钦宗的第一个年号，也是北宋的最后一个年号。靖康元年（1126）十二月癸亥日，宋钦宗赵桓正式投降金国，成为俘虏。㉟欧阳珣：字全美，又字文玉，号欧山，北宋名相。他少聪而敏慧，稍长，就学于仁颖书院。政和元年（1111）被荐为仁颖书院山长，未几晋秘书郎，迁大司成军司录、湖广知州、中书侍郎，将作监丞，尚书右丞兼翰林学士承旨。时值金兵大举南侵，投降派主张割让河北三镇向金求和。欧阳珣与李纲等九名阁臣联名上奏进谏极言说："宗祖之地，寸土不可与人。"力持主战。钦宗懦弱，割深州与金，作为议和条件。欧阳珣见北宋江山沦陷，便放声恸哭，勉谓城上守卫军民，严防死守，忠义报国。不久开封城外围失守，很快就被金兵攻陷，欧阳珣与钦宗被俘押送到燕京。次年四月，金诱欧阳珣叛国，充当新朝宰相，他视死如归，拒不接受。最后被金兵焚死，卒年四十有六。㊱令歳：宋朝赵令歳，燕懿王玄孙，安定郡王赵令衿兄也。时金人闻孟太后在南昌，欲邀之，径犯黄州。令歳已还在道，郡卒得金人木笴凿头箭，浮江告急。令歳疾趋，夜半入城。金人力攻，翼日城陷。金人欲降之，大骂不屈，酌以酒，挥之不肯饮，又衣以戎袍，曰："我岂当服！"金人曰："赵使君何坚执膝？"曰："但当拜祖宗，岂能拜犬彘！"金人怒鞭之，流血被面，骂不绝口而死。㊲若水：李若水，原名若冰，字清卿，洺州曲周县（今河北曲周县）水德堡村人。靖康元年为太学博士，官至吏部侍郎。靖康二年（1127），金兵大举南侵，徽、钦二帝被俘，备受羞辱，李若水仗义执言，怒斥金国统帅粘罕不讲信义，粘罕见李若水忠勇可嘉，想收买留用，便许以高官厚禄，对李若水说："今日顺从，明日富贵矣！"李若水严词拒绝，粘罕又命仆从劝慰李若水，说："公父母春秋高，若少屈，冀得一归觐！"李若水叱之说："忠臣事君，不复顾家矣！"李若水大义凛然，骂声不绝，粘罕无奈，命人割下李若水舌头，李若水不能用口骂，便怒目而视，以手相指，又被挖目断手，最后寸磔而死（被凌迟处死），死年三十五岁。挝（zhuā）：抓。㊳彦先：高登，字彦先，号东溪，漳浦县杜浔乡宅兜村人，词人，宣和间为太学生。绍兴二年（1132）进士。授富川主簿，迁古田县令。后以事忤秦桧，编管漳州。有《东溪集》《东溪词》。㊴向子韶：字和卿，开封人，神宗后再从侄也。年十五入太学，登元符三年进士第。特恩改承事郎，授荆南府节度判官，累官至京东转运副使。属郡郭奉世进万缗羡余，户部聂昌请赏之以劝天下。子韶劾奉世，且言近臣首开聚敛之端，浸不可长，士论韪之。以父忧免，起复，知淮宁府。㊵杨邦乂：字希稷，吉水县杨家庄（今江西省吉安市吉水县黄桥乡云庄村）人。北宋政和五年（1115），以舍选登进士第。先后任歙州婺源县尉、蕲州学教授。授宣教郎、建康府溧阳县知县。建炎三年（1129）九月，除通判建康军提领沿江措置使司等职。建炎三年（1129），金兵取建康，邦乂不降，血书"宁作赵氏鬼，不为他邦臣"，完颜宗弼命人剖腹取心。著名历史学家朱加雁赞杨邦乂曰：真古今第一人也。㊶李芾：南宋末抗元将领。字叔章，祖先是广平人（今河北省永年县），后来徙居开封。高祖李升考中进士，为官有廉名。靖康年间，金人要杀他的父亲，李升上前保护父亲，父子皆为金人所杀。曾祖李椿徙家衡州（今湖南省衡阳市）。在长沙抗元之战中壮烈殉国。㊷赵卯发：字汉卿，昌州（今重庆大足）人，官至池州通判，抗元不屈身死，卒赠华文阁待制，谥"文节"。㊸江万里：字子远，号古心，都昌县林塘柏树下江村人。自幼神隽颖异，少有文名，宋理宗宝庆二年（1226）进士，为官40余年，历官91任，也曾坐事闲废12年。度宗即位，官至左丞相兼枢密使。秉性峭直，力主抗元。咸淳九年（1273），予祠。元兵至，为游骑所执，后伺机脱归。元兵攻破饶州时，江万里率子江镐等投水殉国。著有《宣政杂录》。㊹宣抚陈：似指陈宜中（约1234—1283），字与权，温州永嘉（今属浙江）人，南宋末年宰相。主政期间，南宋有过英勇抵抗。但组织"焦山之战"失败，又在"溧阳之战""常州之战"中丧失主力。南宋灭亡后，陈宜中等人到温州组织南宋流亡小朝廷，与张世杰、文天祥、陆秀夫等在福州建立宋末行朝。宋末，行朝撤往广东（1276），在井澳十字门一带与元军大战，损失过半。战后，陈宜中去占城借兵，张世杰、陆秀夫则带领宋末行朝前往崖山。后元朝占领占城，陈宜中败走至暹罗（泰国），并于当地终老。宣抚即宣抚使，官名。宋代宣抚使掌抚绥边境等事务，以二府大臣充。陈宜中曾于咸淳七年（1271）出知福州兼福建路按抚使。㊺少保：官名。少师、少傅、少保总称为三孤。北宋徽宗政和二年以后之制。多为虚衔。㊻广王：宋怀宗赵昺（1272—1279），南宋第九位皇帝，宋朝最后一位皇帝。赵昺是宋度宗第三子，曾被封为信国公、广王、卫王等爵位。1279年3月19日，南宋朝与蒙元在崖山展开决战（史称"崖山海战"），宋军被元军击败，元军随后包围崖山，左丞相陆秀夫眼看"靖康之耻"又要重演，遂背时年8岁的赵昺在广东崖山（今新会崖门）跳海而死，南宋在崖山的十万军民也相继投海殉国，宋王朝覆亡。崖门：珠江八大出海口门之一，崖门因东有崖山，西有汤瓶山，延伸入海，就像一半开掩的门，故名崖门。㊼陆张：指陆秀夫、张世杰。陆秀夫，字君实，一字宴翁，别号东江，楚州盐城长建里（今江苏省建湖县建阳镇）人。南宋左丞相，抗元名臣，与文天祥、张世杰并称为"宋末三杰"。崖山海战兵败，背着卫王赵昺赴海而死。时年44岁。张世杰，涿州范阳（今属河北范阳）人。宋末抗元名将，民族英雄。德佑二年（1276）正月，元军逼近临安。张世杰奉益王、卫王南逃组织小朝廷抵抗元军南下。后任签书枢密院事。成为小朝廷中的核心人物。南下途中，元军多次派人招降，张世杰坚决拒绝。景炎三年（1278）正月，元军攻打雷州，数次皆未获胜。张世杰因功升任少傅、枢密副使。同年四月，宋端宗驾崩，张世杰主持立卫王为帝。并将朝廷转移到崖山。不久后，陆秀夫背卫王赵昺投海自杀。南宋灭亡。张世杰也在同年死于平章山下。㊽于赫：叹美之词。《诗经·商颂·那》："于赫汤孙，穆穆厥声。"《后汉书·光武帝纪赞》："于赫有命，系隆我汉。"李贤注："于赫，叹美之词。音乌。"文文山：文天祥，初名云孙，字宋瑞，又字履善。道号浮休道人、文山。汉族江右民系。江西吉州庐陵（今江西省吉安市青原区富田镇）人，南宋末政治家、文学家、爱国诗人，抗元名臣、民族英雄。著有《文山诗集》《指南录》《指南后录》《正气歌》等。㊾奄奄：衰弱不振。㊿尔尔：不过如此。

## 采菌二首①

木生在高原，岂意烂作泥。
茂草蒙其头，牛羊践踏之。
自顾不敢怨，世事安可知。
每岁五六月，日晒雨复滋。
晔晔长新菌②，五色转参差③。
黄者金芙蕖④，青者碧玉芝。
天地有正气，积郁不得施。
触物吐光艳，腐朽化神奇。
采采必盈筐，踟蹰发深思。
物理固难测，可以疗我饥。

三五趁晓晴，随云入涧壑。
志与枯槁遇，荣茂非我乐。
顾视深草间，异种纷相错。
恐是蛇虺居⑤，根性乃独恶。
摈弃稍不严⑥，美口成毒药。
气化岂有殊⑦，君子慎所托⑧。

【注释】 ①此诗为采菌蕈之所思。菌蕈虽可疗饥，但外型光鲜亮丽者的菌蕈不乏有毒之性。函可师借采蕈之事道出人世间万事须谨慎，不要被外在形象而迷惑了心智。②晔晔：繁盛貌。③参差：长短、高低不齐的样子。④芙蕖：花草名。俗称旱莲。⑤蛇虺（huǐ）：泛指蛇类。⑥摈弃：抛弃。⑦气化：阴阳之气的变化。⑧托：引申为摘取。

## 古意二首①

作花莫作菊，东篱成荒丛②。
作木莫作松，孤高孰与同？
何如萧与艾③，雨露亦丰茸④。
节序暗易换⑤，只恐是秋风。

作鸟莫作凤，举世无梧桐。

作兽莫作麟，唐虞不再逢⑥。

何如鸡与鹜⑦，饮啄亦从容⑧。

鼎俎久相候⑨，安能长自雄？

【注释】　①函可师意在通过此诗告诫世人，世间万物各有其功能和作用，人们在看到其功能和作用的同时，还要看到其所处的环境，不能孤立、片面地看问题。此诗通过对植物与动物两组物象的描述，暗喻世人不能只图眼里安逸享乐，要目光长远，摈弃俗念，做高洁之人。②东篱：语出陶渊明《饮酒》诗："采菊东篱下，悠然见南山。"因以"东篱"指种菊花的地方。③萧：艾草一类。④丰茸：繁茂的草木。⑤节序：节令，节气，节令的顺序。⑥唐虞：是唐尧与虞舜的并称。亦指尧与舜的时代，古人以为太平盛世。《论语·泰伯》："唐虞之际，於斯为盛。"⑦鹜（wù）：一种野鸭。⑧从容：悠闲舒缓的状态。⑨鼎俎（zǔ）：古代割烹用具。古代烹煮食物的器物叫鼎，切肉用的砧板叫俎。

## 经　言①

朝出见歌舞，暮归见黄土。

此事未足奇，所奇在何处？

朝出见歌舞，暮归见歌舞。

【注释】　①此诗意谓世事变化无常。讽喻当权者醉生梦死，不关注百姓的死活。

## 碛中三老咏①

龙鳞积深泥，郁吟岂其志②。

江海起胡髯③，一喷天地沸。

弟死身独留，此中有深意。

不作文文山④，徒然歌正气。

读书抱区区⑤，所争吾是人。

博浪偶不中⑥，甘心东海尘。

万死存一卷，遇物吐其真。

手栽桃李花，将欲变荆榛。

割世一何毒⑦，取义一何痴。

嬉笑歌哭间，往往见其微。

此事信莫委，一逴遂不疑⑧。

目视今古人，安顾圣贤嗤⑨。

**【注释】** ①此诗表达了函可师对文天祥"浩然正气"的无比敬仰，希望自己像汉留侯张良那样，为国为民建功立业。碛：见卷一《秋思》注⑱。②郁：忧愁，愁闷。③胡鬓：颊旁及下巴上的胡须。④文文山：见本章《秋思新泪》注⑭。⑤区区：小，少。⑥博浪：博浪沙，古地名，历史文化名地，位于河南省原阳县城东郊，现名古博浪沙。历史上，该地因韩国丞相后裔张良曾派人在此刺杀秦始皇帝未遂而名扬天下。⑦割：舍，弃。毒：憎恨。⑧遄："往"的古字。⑨嗤（chī）：讥笑。

## 落　叶①

空庭肃秋气，一叶最先飞。

众叶皆不顾，孤客暂相依。

曾受日光照，融和露复滋。

鸣禽争上下，繁阴覆阶墀②。

谁能当此际，返念树上时。

御苑芳菲尽③，何况托根微。

飘零固其分，污泥安敢辞。

寄语树上叶，千年长在枝。

**【注释】** ①此诗函可师以"落叶"为喻，意谓人当念其根本，劝世也！②阶墀（chí）：台阶。③御苑：古代帝王的花园。

## 泪①

我有两行泪，十年不得干。

洒天天户闭，洒地地骨寒。

不如洒东海，随潮到虎门②。

**【注释】** ①此诗表达了函可师对亲人、对故乡的深深思念之情。②虎门：位于今广东省东莞市，珠江口东岸。函可师生于广东。

## 示学人三十首①

古人有良规②，不可去斯须③。

隐微密自烛④，非为外貌拘。

束己若不足，束人贵有余。
苟非大圣心，恶能从勿逾⑤。
岂不闻哲言，水清则无鱼。

根实枝乃茂，源深流自长。
方寸苟自正，立世大堂堂⑥。
人誉我胡亲⑦，人毁我胡伤。
浮云一千里，难掩赫日光⑧。

大象踏兔径⑨，达人略小节。
大本但勿渝，安能事琐屑。
硁硁然小人⑩，闭口休辨别。

大道如平砥⑪，人自向高山。
不知千万程，近在足趾间。
出户复入户，何用苦烦难。

粗粝亦充腹⑫，破衲亦遮寒⑬。
身口本无多，知足又何难。
纷纭世上人，至死不得闲。

古人身上肉，今人足下尘。
尘为人所贱，昔时曾自珍。
幻躯何足论，所贵得其真。

龙亦不在天，龙亦不在渊。
飞潜信有时，神物无一专。
莫为叶公好⑭，头角空自悬。

我从物则奴，物从我则主。
物我本无分，茫茫失所据。
反照识独尊，混然在一处。
虽与物去来，不共物来去。

人生各有病，深浅惟自知。
百草不能至，扁鹊空攒眉⑮。
佛祖入膏肓⑯，此病最难医。

言亦不可甚，行亦不可极。
行极无余地，言甚无余旨。
大人处世间，常留不尽意。

处安且毋喜，处危且无患。
得失无定形，祸福掌一反。
三复塞翁言⑰，此心常坦坦。

逆流易自持，顺流多失措。
人世陷其身，不以危险故。
君子慎平康，一步一回顾。

入世毋强同，强同多厚颜。
入世无强异，强异难独全。
平生默自抱，不即不离间。

少年易使气，俗物必遭吐。
忽遇其中人，胸肝急披露。
老大足和平，于世或无忤。
泾渭难自浑⑱，时复露其故。

花不与蝶期，花发蝶自痴。
世不与人期，而人自干之。
遇物苟无心，纷然无是非。

老人莫自伤，白发抵黄金。
请看台下土，尽是少年心。
晓起若有待，晚来何处寻。

为恶只自残，为善亦有数。

善恶皆幻生，劳劳成今古⑲。
若识非幻者，无欣亦无恶。

有作必有受，须知无受者。
昔日与今时，互换形皆假。
稽首狮子尊⑳，痴人徒嗟呀。

山翠亦有色，溪流亦是声。
居心苟不静，山水是非生。
请看金马门㉑，谁辨浊与清？

形骸暂相托，保护尔何为？
一息苟不来，撇之去如遗。
君看捣药人㉒，谁能白昼飞？

日用亦有限，世人重光辉。
心计苦不足，倏忽西日颓㉓。
劳我一生力，营他眼前为。

江海本无波，飙风不停吹。
我心与境接，日夜纷交驰㉔。
若了心境幻，彼此不相知。

行止镇相随㉕，不识何面口。
自古称上贤，只此无先后。
可怜照镜人，迷头日狂走。

见人学恭敬，坦率招时嫉。
缛节与闲言，涂饰度朝日。
安得古初民，相与宝真实。

结交若如初，何必重雷陈㉖。
学道若如初，释尊满界尘。
大法本无多，久长难得人。

丈夫贵立志，万古只斯须。

举步稍旁顾，寸地阻前趋。

壮哉海岸人，蛟龙还其珠。

尘生在毫芒㉗，人鬼莫能窥。

勿谓此纤纤㉘，郁勃闭阳辉㉙。

不见沧海流，其初涓滴微。

巨鱼争洪波，细鳞集蹄涔㉚。

巨细虽各别，共此朝暮心。

我生复何营，空林张素琴。

片云起前山，飞来复飞去。

日夕众鸟栖，微风息庭树。

我心与之然，淡寂冥群虑。

子规啼不息，中情谅无极。

鲜血流树枝，入地深一尺。

去去复何云，月来山寂寂。

**【注释】** ①此三十首诗，是函可师开示学人如何参禅入道，以及如何为人处世，皆金玉良言也。②良规：好的规范、准则。③斯须：一会儿，片刻。④隐微：隐约，不明显。自烛：自己明白。烛，洞悉。⑤大圣：佛之尊号。法华方便品曰："慧日大圣尊。"恶：疑问词，怎么。从：跟随。勿逾：不逾矩。⑥堂堂：形容有志气或有气魄。⑦亲：亲近，亲爱。⑧赫日：红日。⑨兔径：指小路，曲径。⑩硁（kēng）硁：象声词，引申为像石头那样坚硬。形容浅陋固执。⑪砥：见第二章《有所思》注②。⑫粝：粗糙的食物。⑬衲：僧衣。⑭叶公好：指"叶公好龙"的典故。汉代刘向《新序·杂事五》载："叶公子高好龙，钩以写龙，凿以写龙，屋室雕文以写龙。于是天龙闻而下之，窥头于牖，施尾于堂。叶公见之，弃而还走，失其魂魄，五色无主。是叶公非好龙也，好夫似龙而非龙者也。"⑮扁鹊：战国时期医学家，约生于周威烈王十九年（前407），卒于赧王五年（前310）。扁鹊善于运用四诊：望闻问切。被尊为医祖。攒：聚。⑯膏肓（gāo huāng）：中医学中人体部位的名称，膏指心下部分，肓指心脏和横膈膜之间。旧说膏与肓是药力达不到的地方。后来用"病入膏肓"指病情非常严重，已没有办法医治。后人也用以指事态非常严重，已无再造之功。⑰塞翁：指"塞翁失马"的典故，出自《淮南子·人间训》："近塞上之人有善术者，马无故亡而入胡。人皆吊之。其父曰：'此何遽不为福乎？'居数月，其马将胡骏马而归。人皆贺之。故福之为祸，祸之为福，化不可极，深不可测也。""塞翁"在这里指忘身物外，乐天知命，不以得失为怀的人。⑱泾渭：分别指渭河、泾河。泾河又是渭河的最大支流，渭河是黄河的最大支流，泾河和渭河交汇时，由于含沙量不同，呈现出一清一浊，清水浊水同流一河互不相融的奇特景观，形成了一道非常明显的界限。后人就用泾河之水流入渭河时清浊不混来比喻界限清楚或是非分明，也用来比喻人品的清浊，比喻对待同一事物表现出来的两种截然不同的态度。⑲劳劳：忧愁伤感貌。⑳稽首（qǐ shǒu）：古时的一种跪拜礼，叩头至地，是九拜中最恭敬的。狮子尊：师子尊者，二十四祖师子比丘者。中印度人也。姓婆罗门。得法游方，至罽宾国。有波利迦者，本习禅观，故有禅定、知见、执相、舍相、不语之五众。祖诘而化之，四众皆默然心服。㉑金马门：汉武帝得大宛马，命铜铸像立于鲁班门外，更名为金马门。东方朔曾待诏于此门。后来用作官署的代称。㉒捣药人：玉兔捣药。是中国神话传说故事之一。见于汉乐府《董逃行》。相传月亮之中有一只兔子，浑身洁白如玉，所以称作"玉兔"。这种白兔拿着玉杵，跪地捣药，制成蛤蟆丸，服用此等药丸可以长生成仙。久而久之，玉兔便成为月亮的代名词。㉓倏忽：顷刻。指极短的时间。㉔交驰：交相奔走，往来不断。㉕镇：常。㉖雷陈：指"陈雷胶漆"的典故。东汉雷义与陈重同郡为友，俱学《鲁诗》《颜氏春秋》。太守举孝廉，陈重让给雷义，太守不允。刺史举义茂才，义让于重，刺史不听，义遂佯狂走。后用"用陈雷、胶漆"比喻友情深厚。㉗毫芒：毫毛的细尖，比喻极细微。㉘纤纤：轻盈，细微。㉙郁勃：郁结壅塞。㉚蹄涔（cén）：语本《淮南子·氾论训》："夫牛蹄之涔，不能生鳣鲔。"比喻容量、体积等微小。

## 与藏主夜谈三首①

道穷易感恩，况有一片意。
谈深忘夜寒，皎月从中起。
心期正未涯②，人世薄于纸。

高林不择鸟，大海不择流。
流多海益深，鸟多林益稠③。
达人贵胸襟，毋为细琐求。

善乃恶之对，福兮祸所依。
所以学道人，恬淡贵自持④。

只此一瓢水，世世以为期。

**【注释】** ①此三首诗为函可师告诫藏主，要心胸宽阔，不可偏执。②涯：边际。③益：增加。稠：密，与"稀"相对。④恬淡：恬静，淡泊。

## 采 菊①

道旁见残菊，幽幽生意微。
落英沉无多，安能疗我饥。
折来置空瓶，共此秋风吹。

**【注释】** ①此为函可师见到残菊，遂生出惺惺相惜之情。

## 孤 吟①

空洞接混濛②，其中有日月。
古哲亲至前③，万象森以列。
草木共话言，死骨亦得活。
明和春山晖，严凝洒冰雪④。
石池起层波，浩浩皆鲜血。
鱼龙各生愁，方寸恣出没⑤。
点画入重玄⑥，十指电光掣。
星斗尽下来，八方不盈撮⑦。
倏忽天地冥⑧，鬼神栖其穴。
残魄静独抱⑨，性光自相悦⑩。
此际吾不知，虽知不能说。

**【注释】** ①此诗盖函可师描述禅者开悟时的状态。②空洞：道教语。谓化生元气的太虚之境。《云笈七签》卷二："元气于眇莽之内，幽冥之外，生乎空洞。"混濛：混沌蒙昧。濛，同"蒙"。宋·欧阳修《与张秀才第二书》："及诞者言之，乃以混蒙虚无为道，洪荒广略为古，其道难法，其言难行。"③古哲：古代贤人。④严凝：寒冷。⑤恣：放纵，无拘束。⑥点画：当为"点化"。使世人悟道，泛指启发开导。重玄：又称双玄，语出《道德经》第一章"玄之又玄，众妙之门"。"重玄"思想是中国思想史上一股重要的哲学思潮，也是隋唐之际的首要哲学体系，上承先秦魏晋玄学的发展脉络，后启宋明理学的哲学思考，在华夏哲学史上具有重要地位。它是一种纯哲学思辨，不属于哪一门、哪一派，而是为儒、道、释三教所融摄、所应用。⑦盈撮：充满，聚起。⑧冥：昏暗。⑨残魄静独抱：载营抱魄。抱持身躯魂魄不分散，指人的精神和形体合一的状态。语出《老子》："载营魄抱一，能无离乎？"⑩性光：又称天光、本性灵光，亦称"法身"，是人体内光的一种。是人的真性，是人的本来面目，是元神示现的光，简称神光。

## 寒还将行过宿①

忆初与子遇，我命如悬丝②。
子时顾我泣，岂意共边陲。
三岁相形影，孤雁常双栖。
是夜足风雨，来将与我辞。
人情欲分手，先问后晤期③。
子今从此去，心知见无时。
死别在一割④，生别长苦思。
子生必思我，我死子安知？
同是笼中翼，一伏一出飞。
人鬼不容发⑤，安能复迟迟⑥。
努力事前路，勿为儿女悲。
孤灯久已灭，起视夜何其⑦。
开户天地黑，鸡声惨以凄。

【注释】　①此诗描绘函可师与友人离别之伤感之情。过宿：过夜。②悬丝：悬挂的细丝线，比喻生命十分危险。③晤期：相见的时间。晤，遇，相见。④割：切断，放弃。⑤不容发：形容事物之间差别极小。⑥迟迟：缓慢。⑦夜何其：犹言夜何时。其，语气词，无实意。

## 闻耀寰仓卒就道①

边塞虽云苦，久客亦有情。
况复饮啄多②，相与若弟兄。
言别已两月，依依不能行。
昨日顾荒寺，犹云候层冰③。
今晨寄声来，急促事长征。
牛车满残峡④，牵儿苦伶仃。

岂不惜离别，严驱无暂停⑤。

寸心未一言，遥遥望前尘。

【注释】　①此诗表达了函可师与友人的离别之情。仓卒：亦作"仓猝"，匆忙急迫。就道：上路。②饮啄：饮水啄食，引申为吃喝，生活。③候：观测，察验。层冰：厚冰。④残帙（zhì）：犹残卷。⑤严驱：急促地驱赶。

## 中秋夜独坐①

明月在檐楹②，披衣我独行。

如何一步地，偏生万里情。

去去我欲眠，明月不须明。

【注释】　①此诗写函可师中秋夜的思乡之情。②檐楹：屋檐下厅堂前部的梁柱。

## 中秋同集雪斋①

塞外亦团圆，道古情乃至。

宛然一家人，划却流离意②。

薄暮各言归，一一边愁起③。

【注释】　①此诗是函可师对"古道热肠"的最好诠释。②划：同"铲"。削去，铲去。③边愁：边人的愁苦之情。

## 采　蜜①

深山有君臣，大义不敢忘。

枯木以为国，百花以为粮，

何以服其众，无毒者为王。

王居必有台，众游必有方。

朝出暮乃归，一心无别肠。

自谓可无患，世事固难量。

烈炬何方来②，举国纷仓皇③。

兴亡掌一反，倏忽无遗良④。

物类虽甚微，性命关上苍。

区区口腹欲⑤，无乃太惨伤。

尔蜂亦何愚，蓄积召祸殃。

**【注释】** ①此诗是函可师借焚蜂采蜜之事，告诫世人不能因为口腹之欲而杀生害命，万物生命皆应珍视。②烈炬：指火把。③仓皇：匆促而慌张。④无遗良：没有留下完好的（生命）。⑤区区：很少，形容微不足道。

## 采 药①

灵根产兹土②，辽邈绝人际③。

一本三四丫④，围叶如张盖。

结实挺中央，颗颗坠红米。

高出众草上，百步望光采。

群生必有长，约略具形体。

无茎曰睡参，坚白味数倍。

天子怜病人，岁中必命采。

枵腹入深林⑤，阴翳日月晦⑥。

旧人去易归，新人迷道里。

抱参不敢嚼，往往饱虎兕⑦。

神农开祸先，遗累终不已⑧。

**【注释】** ①函可师于此诗中写尽采药人的辛酸。②兹土：这片土地。③辽邈：遥远。④一本：指一棵，一根。本，本义为树根。⑤枵（xiāo）腹：空腹。谓饥饿。⑥阴翳（yì）：阴霾，阴云。⑦虎兕（sì）：泛指凶猛的野兽。兕，古书上所说的雌犀牛。⑧已：停止。

## 赏 花①

人爱花开好，我畏花开早。

开早落亦先，旭日无常照。

世无魏与姚②，各自矜芳号③。

富贵岂久长，露晞色随槁④。

我每见花哭，人争见花笑。

笑哭亦何关，衰荣本天造。

百物信有时，黄紫递光耀。

为语赏花人，徒然乱怀抱。

【注释】　①函可师意谓"不以物喜、不以己悲"，心常湛然，劝世也。②魏与姚："魏紫姚黄"的简称。姚黄是指千叶黄花牡丹，出于姚氏民家。魏紫是指千叶肉红牡丹，出于魏仁溥家。是宋代洛阳两种名贵的、最好、最奇的牡丹品种。③矜（jīn）：珍爱。④晞（xī）：干，干燥。

## 狗奶子①

中原所不识，神农所不载。

味酸性微寒，嘴尖腹渐大。

丛生缀短枝，浑疑人血洒。

碎捣蜜罗澄，粉如割成块。

陈列俎豆间②，明明格上帝③。

此物亦有时，黍稷皆下拜④。

【注释】　①此诗盖言"万物自有功"也。狗奶子：又称枸杞菜，至秋结成果实，即为枸杞子，色红而小，味甜而酸，可食，可入药。②俎（zǔ）豆：古代祭祀、宴飨时盛食物用的礼器，亦泛指各种礼器。③格：感通。④黍稷：黍和稷。亦泛指五谷。

## 赠两公子①

公子年方少，举止皆老成。

阿兄益威重，阿弟神复清。

总角遭乱离②，高冈无凤鸣。

从父窜东海，赤脚走层冰。

虽乏金与粟，卷帙犹满籯③。

斗室足咿唔④，晨夕披不停⑤。

古人有心血，今人有眼睛。

读书只读字，大海无涯津⑥。

性道本饮食，瓦砾通神明。

苟自得纲纽⑦，千载任纵横。

天地我注脚，何况是六经。

切磋即手足，菽水见模型⑧。

搦管尔家事⑨，文章出至情。

勖哉两公子⑩，艰虞力弥增⑪。

今古无别路，非关世上名。

**【注释】** ①此诗为函可师勉励两公子学业有成而作。②总角：古时少儿男未冠，女未笄时的发型。头发梳成两个发髻，如头顶两角。后代称儿童时代。③籯（yíng）：竹笼。④咿唔（yī wú）：象声词，形容读书的声音。⑤披：翻开，翻阅。⑥涯津：边际。⑦纲纽：犹纲纪，法度。⑧菽（shū）水：豆与水。指所食唯豆和水，形容生活清苦。⑨搦（nuò）管：握笔，执笔为文。⑩勖（xù）：勉励。⑪艰虞：指灾荒多，战乱频繁的年月。

## 月①

人家小儿女，举头见月笑。

山中老洞猿，见月一长叫。

物感固自殊，明月同一照。

**【注释】** ①此诗言世上事物之千差万别。

## 与希、焦二道者夜谈漫纪①

崔嵬丹凤阙②，旁耸大罗宫③。

中有两道士，老少颜皆童。

少者王子晋④，老者是葛洪⑤。

头戴五岳冠⑥，霞裾珮玲珑。

相将步高坛，琅璈响碧空⑦。

曲终天欲曙，紫雾杂幡幢⑧。

有时草玄文⑨，翩若戏海鸿⑩，

有时看宝剑，光芒斗牛冲⑪。

冰雪贮心腹，秋水湛方瞳⑫。

架上九丹经⑬，云锦百千重。

问以世间典，亦有旧诗筒⑭。

疑尔食字化⑮，又疑白鹤双。

忆我初来时，萧索若飘蓬⑯。

李君下拜揖，遥指昆仑峰。

千尺水晶楼，白云有路通。

竹杖叩丹扃[17]，一见气春容[18]。

不识人间礼，欣此邂逅逢。

饮我鸭绿江，食我西山松。

赠我白马牙[19]，衣我千针缝。

乞者固无厌[20]，施者意方隆。

共坐论南华[21]，麈柄各横纵[22]。

出门薄云车[23]，金勒玉面骢[24]。

瞬息三千里，往来若游龙。

匪特仙骨轻，兼之侠气雄。

最爱秦三良[25]，三年煮石供。

忽闻胥靡饥[26]，中心已忡忡[27]。

欲将洛多士[28]，尽置碧纱笼[29]。

吁嗟下界苦，药裹安足充[30]。

愿借白羽扇，熄此天地烽。

愿借太乙炉，榾柮焰方红[31]。

全收古今愁，付此鼎中镕。

炼成五色石[32]，以补西北穹[33]。

再借一指头，著我七尺筇[34]。

一点医巫闾，化作万选铜[35]。

白拂从中分[36]，相峙若泰嵩[37]。

一饱山中狼，一以济倮虫[38]。

然后拾其余，置之布袋中。

十日买一雨，五日买一风。

更买双凤凰，朝夕鸣梧桐。

一鸣黄河清，再鸣菽麦丰。

二仙笑余言，兹愿何匆匆。

一治复一乱，天运无终穷。

烽火夺炊烟，甲士讵为农[39]。

闲愁亘古今，女娲叹无功[40]。

狼贪不可厌，林林祸方丛<sup>㊶</sup>。

古佛虽大悲，难挽水火风。

买风复买雨，能令宙合同。

何以买杲日<sup>㊷</sup>，高挂扶桑东<sup>㊸</sup>。

光照北邙山，永塞高下春。

凤凰亦有死，黄鹄一飞翀<sup>㊹</sup>。

骑之游九州，长笑入崆峒<sup>㊺</sup>。

予复笑二仙，斯志亦未崇。

不如买鼠须，束笔拟长杠<sup>㊻</sup>。

高旻展素笺<sup>㊼</sup>，浩浩写心胸。

心胸亦何有，浮云日夜撞。

倾血三百斛<sup>㊽</sup>，奔流泻石碱<sup>㊾</sup>。

化作大海涛，一荡天地蒙。

冥漠前致辞，恍惚觊仪容<sup>㊿</sup>。

知是前代人，磷光如白虹，

三读不二歌，声声噎寒钟。

二仙寂不言，怪涕亦无从。

暗风吹窗棂，残月若朦胧。

鸡声催天衢，妄谈犹未终。

吁嗟此一时，万年想高踪。

一个寒冰佛<sup>㊿</sup>，长伴两木公<sup>㊿</sup>。

【注释】　①此诗是函可师与二道者夜谈，想象力丰富，祈愿海晏河清，云行雨施；祈愿群生道证无为，永处逍遥。希：李炼师，希与道者，北直人。函可好友，冰天诗社成员，生卒年不详。焦：苗君稷（1620—?），字有邰，号焦冥，昌平人，诸生出身。函可好友，冰天诗社成员。康熙三十年（1691）尚在世，卒年不详。崇祯十一年（1638），清兵毁长城冲入内地杀掠时，蹂躏昌平。苗君稷举家罹难，乡园被洗劫，父母遭残害，他只身被掳掠到盛京（今沈阳）。当皇太极发现其才能，曾"数欲官之"，苗君稷却予以明确拒绝，"谢不就"，以"一介之士嶷然自守，虽饵以禄秩，怵以威执，而不为之动"。甘愿摒弃一切违背心志的宠荣而遁入玄门，乃"自请为道士"，从此便身着黄冠，成为沈阳三官庙道士。②崔嵬（wéi）：高大，高耸。丹凤阙：京城。③大罗宫：春秋时期传说中的道家最高境界"大罗仙境"，后世遂建大罗宫。唐玄宗时期复修。经历代修葺，大罗宫成为中国道教最大的宫殿，号称"天下第一道观"。后因战乱，大罗宫只留残迹。现在的大罗宫是在原址上重建的，为中国规模最大的道教建筑群。④王子晋：王子乔，东周人，周灵王的儿子。晋从小聪明有胆识。周灵王二十二年（前550年），王子晋游于伊水和洛水，遇到道士浮丘公，随上嵩山修道。几十年后的七月七日，王子晋在缑山（今河南偃师）乘白鹤升天而去。⑤葛洪：字稚川，自号抱朴子。为东晋道教学者、著名炼丹家、医药学家。世称小仙翁。他曾受封为关内侯，后隐居罗浮山炼丹。著有《肘后方》等。⑥五岳冠：道士戴的帽子。⑦琅璈（láng áo）：古时玉制的乐器。⑧幡幢（fān chuáng）：一般为道教张挂的旗子。⑨玄文：深奥的文字。⑩海鸿：海雁，海鸟。⑪斗牛：指天空。斗，北斗星；牛，牵牛星。⑫湛：清澈，澄清。方瞳：方形的瞳孔。古人以为长寿之相。⑬九丹经：全称《九转流珠神仙九丹经》，道家炼丹书籍。⑭诗筒：盛诗稿以便传递的竹筒。⑮食字化：对所学的知识，善于理解和应用。食，吃。⑯萧索：凄凉，落寞。飘蓬：飘飞的蓬草，比喻飘泊无定。⑰丹扃（jiōng）：指红色的门。扃：关门的闩、钩等。⑱舂（chōng）容：气度闲雅之态。⑲白马牙：一种玉米的称谓。棵子高耸、挺拔、粗壮、魁梧，在庄稼家族透着一股十足的霸气。称之为"白马牙"，是因为谷穗硕大，籽粒像骏马的牙齿一样，饱满、圆润、洁白，它们是北方玉米的代表，可谓庄稼之王。⑳无厌：不满足，没有限止。㉑南华：指《南华经》，本名《庄子》。㉒麈（zhǔ）柄：麈尾的柄。借指麈尾，是古人闲谈时执以驱虫、掸尘的一种工具。㉓薄云车：传说中仙人的车乘，仙人以云为车，故称。㉔金勒：金饰的带嚼口的马络头。骢：青白色的马。㉕秦三良：春秋初期，秦穆公死，陪葬的子车奄息、子车仲行、子车针虎，被称为"秦三良"。据考，三人应为秦国大夫。《诗经·秦风·黄鸟·序》："哀三良也。"㉖胥靡：古代服劳役的奴隶或刑徒。㉗忡忡：忧愁烦闷的样子。㉘洛：周时城邑名。多士：《尚书·周书》篇名。成周既成，迁殷顽民，周公以王命诰，作《多士》。㉙碧纱笼：语出五代王定保《唐摭言·起自寒苦》。后以"碧纱笼"等谓题者身为名贵，所题受到重视、赏识。㉚药裹：药包，药囊。㉛榾柮（gǔ duò）：木柴块，树根疙瘩。可代炭用。㉜五色石：古代神话中女娲炼的补天石。㉝西北穹：西北方向的天空。㉞筇（qióng）：竹杖。㉟万选铜：青铜钱。㊱白拂：白色的拂尘。㊲峙（zhì）：直立，耸立。泰嵩：泰山、嵩山。㊳倮（luǒ）虫：中国古代所称的"五虫"之一，总称无羽毛鳞甲蔽身的动物。有时也专指人类。倮，同"裸"。㊴讵（jù）：岂，怎。㊵女娲：中国上古神话中的创世女神。是华夏民族人文先祖，是福佑社稷之正神。相传女娲造人，一日中七十化变，以黄泥仿照自己抟土造人，创造人类社会并建立婚姻制度；因世间天塌地陷，于是炼彩石以补苍天，斩鳌足以立四极。㊶林林：密集、极多。㊷杲日：明亮的太阳。㊸扶桑：古国名。《梁书·扶桑传》："扶桑在大汉国东二万余里，地在中国之东，其土多扶桑木，故以为名。"后来用为日本国的代称。㊹翀（chōng）：向上直飞，相当于"冲"。㊺崆峒（kōng tóng）：崆峒山，道教圣地。传说黄帝问道于崆峒山的广成子，因此该山被称为道家第一山。㊻长杠：长长的木杆子。㊼高旻（mín）：高空。素笺：白色的纸。㊽斛：中国旧量器名，亦是容量单位，一斛本为十斗，后来改为五斗。㊾石谼（hóng）：深壑，大谷。㊿觌（dí）：相见。(51)寒冰佛：指的是饥寒交迫的函可本人。(52)两木公：指希、焦二位道者。木公，又称东华帝君，中国民间信仰的神仙。

## 赠王三①

仆走马复死，手中缺铜钱。
茆屋临道傍②，床壁相新鲜。
长斋礼绣佛③，但祝慈母年。
饭僧本性情，匪独于余偏。
瓶粟或不继，大笑断炊烟。
己讥犹可耐，人饥甚忧煎。
眼见陈氏子，欲啮无寸毡④。
仓皇走道途，愿为觅数椽。
数椽亦易易⑤，所贵主人贤。
下榻横药室，授经向市廛⑥。
片瓦苟盖头，饱食即神仙。
予亦为陈子，朝夕心乾乾⑦。
好事见他人，题诗后世传。

**【注释】** ①此诗写函可师虽处于饥寒交迫之境，但仍意志坚定，自强不息的心境。②茆：同“茅”，茅草。③绣佛：用彩色丝线绣成的佛像。④啮（niè）：咬。⑤易易：很容易。⑥市廛（chán）：市井中的店铺。⑦乾乾：自强不息貌。

## 雨夜留戴子共榻①

尔从北山来，日暮扣荒寺。
开门两面愁，不语泪及趾。
半月绝相闻，岂意俱复在。
我心犹恍惚，是魂或是尔。
衣破露肘臂，所苦不得死。
相与借草团，夜深僵无寐。
大雨黑飕飕②，点滴到肝髓。
忽忆田中农，一听能无喜。

雨喜复雨愁，天心安有二。

【注释】　①此诗写尽了函可师荒寺生活的凄凉愁苦。戴子：生平不详。②飕（sōu）飕：象声词，阴冷貌。

## 雨中听打铁子唱吴歌①

孤寺沙四围，曲声从中起。

初发雨霏微②，须臾忽滂沛。

飘风绕屋梁，遏云云欲坠。

鸾吹与莺啼，化作清商意③。

神女朝暮愁，鲛人深下泪④。

半夜弹箜篌⑤，河流终弥弥⑥。

此地多野干⑦，镇日鸣不已。

愿借清绝音，一为洗烦耳。

乍听疑广陵⑧，又疑秦淮沚⑨。

试问歌者谁，云是打铁子。

少小学阊门⑩，随飙度辽海。

无食涩歌喉，挥锤涕如雨。

再请歌一曲，未歌先掩袂。

宛转更悲凉，增我流离思。

【注释】　①此诗写函可师雨中听打铁子唱吴歌，婉转凄凉，渐增离思。打铁子：打铁之人。吴歌：是吴语方言地区下层人民的口头文学创作，主要依靠在民间的口口相传，代代相袭的民歌。发源于江苏东南部，苏州地区是吴歌产生发展的中心地区。②霏微：细小貌。③清商：商声，古代五音之一。古谓其调凄清悲凉，故称。④鲛人：又名泉客。是中国古代神话传说中鱼尾人身的神秘生物。与西方神话中的美人鱼相似。早在干宝的《搜神记》中就有记载："南海之外有鲛人，水居如鱼，不废织绩。其眼泣则能出珠。"⑤箜篌（kōng hóu）：中国古代传统弹弦乐器，又称拨弦乐器。⑥弥弥：水满貌。⑦野干（yě gàn）：一种野兽的名称，佛经记载："像狐比狐小，可说佛法。"⑧广陵：古城扬州的先名。此处指《广陵散》，琴曲名。三国魏国嵇康临刑前奏《广陵散》，曲终叹曰："《广陵散》于今绝矣。"⑨秦淮：河名。流经南京，秦淮水系发源地为溧水区东庐山。沚（zhǐ）：水中的小块陆地。⑩阊（chāng）门：苏州古城的西门，代指苏州。

## 哭吴岸先①

我生亦偶然，汝死何草草。

槛车忆初来②，面凹露双肘。

既被冰雪侵，况复遭群侮。

有口难告人，束身守空窭③。

汝书犹在眼，汝颜不复睹。

吁嗟骨似柴④，安能厌豹虎⑤。

四海尽秦坑⑥，诗书同一炬。

二月金鸡飞，恨汝不得偶⑦。

挥泪约同人，携灰反旧土。

兹愿又已乖，总入山鬼簿。

后先理亦齐，不如早还故。

地上莫能容，地下可相许。

苍苍久不闻，休向帝庭语。

吁嗟复吁嗟，万里余妻女。

春闺梦或逢，肯道寒边苦。

**【注释】** ①此诗写函可师因思念友人，复想起自己的悲惨遭遇，令人唏嘘不已。吴岸先：生卒年不详。函可师友人，明末清初流人，被折磨而死。②槛车：囚车。③窭（jù）：贫困，破旧。④吁嗟（xū jiē）：叹词。表示忧伤或有所感。⑤厌：制服，镇服。⑥秦坑：典故名，即焚书坑儒，典出《史记》卷六《秦始皇本纪》。指是秦始皇公元前213年和公元前212年焚毁书籍、坑杀"犯禁者四百六十余人"一事。⑦偶：假借为"遇"，遇合。

## 摘藤菜①

清晓鸣辘轳，携杖入芳园。

中有满架藤，稠叠铺绿云。

不雨色常润，无风叶自翻。

圆实间深紫，灿烂吐奇文。

土人不肯顾，瓜茄乃盛盘。

异种生岭南，移栽东海漘②。

地瘠饶霜雪③，弱质焉久存④。

一摘泪盈把⑤，再摘心悲酸。

摘密休摘疏，聊以删芜繁。

轻指莫动摇，恐或伤其根。

虽知冷必死，且护眼前安。

昔日苏长公⑥，题诗谪古循⑦。

诸品独见推⑧，谓可方吴莼⑨。

予今窜远碛，旧国变荒榛⑩。

亲朋无一在，见尔如故人。

柔滑淡相得，破铛煮泉新⑪。

一筐贻北里，甘苦味共分。

尔藤亦不幸，处处逢逐臣⑫。

【注释】　①此诗写函可师因摘藤菜，联想到自己流放边外的悲惨境遇，令人伤感。②湄（chún）：水边。③地瘠：土地不肥沃。饶：富足，多。④焉：疑问词，哪里。⑤把：柄，器物的手柄。⑥苏长公：苏轼，著有《苏长公密语》⑦谪：谴责。古循：古时沿袭下来的规则。⑧见推：被尊崇。⑨方：比拟。吴莼（wú chún）：吴地的莼羹，以美味著称。⑩荒榛：杂乱丛生的草木，引申为荒芜。⑪铛：平底浅锅。⑫逐臣：被朝廷贬谪放逐之臣。

## 戴子卖衣买粟①

昔日豪华子，挥金如粪泥。

举箸常千命②，山海罗珍奇。

宾客归必醉，僮仆厌甘肥。

一朝窜绝域③，无食但解衣。

解衣衣复贱，粒米如玉饴④。

身口择所急，未寒先疗饥。

已饥尚可忍，所苦妻与儿。

老僧有破衲，朝夕幸得披。

仰面看皇天，霜雪不能飞。

【注释】　①此诗写戴子卖衣买粟，昔日富贵已极，今朝窜入绝域，饥寒交迫，令人悲叹不已。戴子：生平不详，本卷《雨夜留戴子共榻》中曾出现此人。②箸（zhù）：筷子。③绝域：极远的边地。④玉饴：美味之食。

# 佳 人①

佳人年十八，生长自皇都。

结发嫁远人，谓是终身夫。

鸡狗亦相将，任逐东西徂②。

西行过洞庭，东审寓穹庐③。

岂料一朝饿，顾盼及妾躯。

夫饿妾亦死，妾卖夫得苏。

掩袂请速行④，东邻有积储。

红颜贱如土，斗粟贵如珠。

但得前夫饱，焉顾后夫痛⑤。

夫痛齿复落，猛虎踞庭除。

十日不相容，苦勒解罗襦。

解襦兼解袒⑥，赤身哭向隅⑦。

不愿新人妾，宁愿旧人奴。

旧人与新人，仓皇走道途。

少小学刺绣，光绫三尺余。

上有双蝴蝶，下有比目鱼。

只今拭枯眼，一片血模糊。

父母若早知，不如弃沟渠。

【注释】 ①此诗写一佳人，远嫁他乡，不料突遭灾祸，被卖与他人，凄凄惨惨，悲悲切切的生活，令人唏嘘。②徂：往。③穹庐：古代游牧民族居住的毡帐。④袂（mèi）：衣袖，袖口。⑤痛（fū）：疲劳致病。⑥解袒：脱去上衣，露出身体的一部分。⑦隅：角落。

## 崔氏筵食干荔枝①

岭南四五月，丹实喜垂垂②。

贫者亦得饱，鸟雀各痴肥。

一别逾八载，痞寐长相思③。

谁谓我此生，复有见尔期。

尔颜宁似旧，臭味已全非④。

入手倍见惜，未嚼心伤悲。

想尔当繁茂，岂意落边陲。

见我良独愧，席上共珍奇。

我实谅尔心，人世贵相知。

【注释】　①此诗叙述函可师见到家乡之果"干荔枝"，油然而生的思乡之情及对自己境遇的感伤。筵食干荔枝：宴席上吃干荔枝。②丹实：成熟的荔枝。垂垂：形容荔枝果实累累而下垂。③寤寐（wù mèi）：醒和睡，借指日夜。④臭（xiù）味：气味，指荔枝的味道。

## 雪斋烧沉水香①

草木抱真性②，植根良独异。

当其枯槁时，众目安能识?

藉此星星火，可以格上帝③。

鼻端绝往来，混然在一气。

氤氲托冥会④，非关有夙契⑤，

欲索已寂如⑥，肺腑无不至。

彼此本同源，静中得其理。

何亲复何疏，当入枯鱼肆。

【注释】　①此诗所述，即曹洞宗"万物自有功，当言用及处"，盖彼此同源，何亲何疏，同一如也。②抱：守。真性：本性。③格：见。④氤氲：烟气、烟云弥漫的样子。冥会：默契，暗合。⑤夙契：前世的因缘。⑥寂如：寂然熄灭，化成灰烬。

## 雪中同我存围棋①

世事尽如此，黑白安足争。

雪片大如掌，栖身复打枰②，

十指化作水，犹闻落子声。

【注释】　①函可师听到围棋"落子声"而心生感慨，盖世事如棋，心中了然也。我存，函可师友人，生平不详。②打枰：下棋。枰，棋盘。

## 雪晴见月①

月以雪为骨，雪以月为神。

孤僧立其际，相与共一身。

僧老身易槁，雪薄骨成尘。

独留一片月，千年照海滨。

【注释】　①此诗写月、雪和孤僧，打成一片，融为一体，禅者境界也。②槁：通"槁"，干枯。

## 一叶吟①

众叶落地死，一叶枝上留。

虽自保朝夕，其奈无朋俦②，

天日远不照，霜雪临其头。

大枝且摧折，尔叶能无忧？

【注释】　①函可师见秋叶落而感叹，在自然面前，孤叶的弱小与无助。②朋俦：朋友。俦，同辈，伴侣。

## 残　菊①

菊开人尽赏，菊残人尽弃。

我昔赏无心，今看有深意。

严霜摧其根，寒风吹不已②。

岂独恋深秋，不向篱间死。

前芳恨莫留，后芳犹未至。

耐此朝暮心，徘徊冰雪里。

【注释】　①函可师借残菊花抒发国破家亡，自己该何去何从的内心矛盾之情，令人慨叹！②不已：不停止。

## 二高过访①

小阮如锋锐，大阮淡如水②。

如锋令人歌，如水令人醉。

共割一片毡，南北余二里。

不约过僧庐，久置人间礼。

跌坐草团中，相视忘我尔。

问禅禅不知，问字祸之始。

不见双足间，斑斑余十趾③。

正当语笑欢，忽然发长忾④。

岂为逼饥寒，各有胸中事。

【注释】　①二高过访函可师，气氛很是融洽，不料客人一声长叹，尽付东流水。二高：生平不详。②小阮：指晋阮咸。大阮：指晋阮籍。二人俱为"竹林七贤"之一。本诗借小阮、大阮代指二高。③斑斑：斑驳，夹杂。④忾（xì）：叹息。

## 瓶中芍药花①

眷兹瓶中花②，疑我梦中身。

我身半泥土，花开如有神。

忆昔少小遇，灿烂京华春。

富贵久凋落，金谷尽荒榛③。

胡为留绝域，气色倍鲜新。

红白各异致，相对成芳邻。

白者性颇耐，红者先委尘④。

因以悟物理⑤，淡薄保其真。

【注释】　①此诗写函可师因"芍药花"而悟清物理，盖平淡才是真。②兹：代词，这。③金谷：金谷园。在洛阳市西北，是晋代石崇的别墅。"金谷春晴"是洛阳八景之一。④委尘：凋零。⑤悟：感悟。物理：自然的常理。

## 读杜诗①

所遇不如公②，安能读公诗？

所遇既如公，安用读公诗！

古人非今人，今时甚古时③。

一读一哽绝，双眼血横披④。

公诗化作血，予血化作诗。

不知诗与血，万古湿淋漓⑤。

【注释】　①函可师读杜诗，激发出情感的共鸣。以至于生发出"诗即血，血即诗，浩荡天涯，淋漓万古也"的感叹。②遇：经历。③甚：更加。④横披：布满。⑤淋漓：流淌。

博罗剩人可禅师著　书记今羞编

## 五言古二

### 春 雨①

春日无不可，倏忽易晴阴②。

春晴送远目，春阴生静深。

垂帘据半榻，群动不得侵③。

残卷落枕头，默默横素琴。

檐溜发奇响④，欲洗无尘襟⑤。

风铃湿不鸣，禽鸟息高林。

耳目乃森肃⑥，今古同幽寻⑦。

孤吟从中来，古木助清音。

雨止籁俱寂⑧，悠然获我心。

我心岂由物，遇物屡悲欣。

起觅已无端，微云散遥岑⑨。

【注释】　①函可师于春日闲居，耳目森肃，悠然获心，起觅无端，了无异缘。此为函可师背尘合觉，明佛之心宗也。②倏忽：顷刻。指极短的时间。③群动：诸种活动。④檐溜：房檐流下的雨水。⑤尘襟：世俗的胸襟。⑥森肃：森严，严肃。⑦幽寻：寻求幽胜，出自唐·李商隐《闲游》。⑧籁：自然界的声音。⑨遥岑：远山。

### 古 砚①

余家端溪旁，持斧斫溪骨②。

岁深积成林，真气资蓬勃。

一从板荡来③，散作磨刀石。

墨池鼓风波，焚之恨无及。

奇觏乃于斯④，转复生叹息。

古绣若苔斑，莹然马肝色⑤。

沿缺中已凹，定是千年物。

黑松发黝光，滑泽水不竭⑥。

想其在空岩，无心求赏识。

良工苦经营⑦，因以珍几席。

不知前代人，研尽几斗血。

神物固不常，自然遭磨折⑧。

笑彼卞氏璞⑨，欲遇徒三刖⑩。

如何抱坚贞，静默守寒碛⑪。

我见岂偶然，为之重拂拭⑫。

再拜置诸怀，永以伴幽寂⑬。

**【注释】** ①函可师以"古砚"自喻，柴关自掩，抱守坚贞，一切尽在不言之中。②端溪：溪名，在广东省高要县东南。以产砚石著称。斫（zhuó）：砍，削木。溪骨：端溪中的石头。③板荡：此处指古砚历经磨难。《板》《荡》都是《诗经·大雅》中讥刺周厉王无道而导致国家败坏、社会动乱的诗篇。唐太宗《赐萧瑀》诗："疾风知劲草，板荡识诚臣。"④奇觏（gòu）：奇遇。觏，遇见。⑤莹然：形容光洁明亮的样子。马肝：马肝石，既是中药何首乌的别名，也是端砚石品之一。⑥滑泽：光滑润泽。⑦经营：构思，打磨。⑧磨折：折磨，磨难。⑨卞氏：春秋时楚国人，又名和氏。因献玉而闻名古今。相传他在荆山得一璞玉，两次分别献给楚厉王、楚武王，都被认为是石头，以欺君之罪被砍去双脚。楚文王即位后，他怀抱璞玉坐在荆山下痛哭。文王令工匠剖雕璞玉，果是宝玉，遂称此玉为"和氏之璧"。璞：未雕琢过的玉石，或指包藏着玉的石头。⑩刖：古代的一种酷刑，把脚砍掉。《史记》："昔卞和献宝，楚王刖之"。⑪碛：见卷一《秋思》注⑱。⑫拂拭：掸去或擦去尘土。⑬幽寂：孤独寂寞。

## 从千山携龙牙回，约诸子同啖①

不是山中人，不识山中味。

采采须及时，盈筐叠山翠。

曝以山中日②，濯以山中水③。

恬淡本性成，微苦亦有致。

楮鸡非其伦④，弟薇友石耳⑤。

携之入城郭，犹带山岚气。

一嚼清齿牙，再嚼沁心髓。

愿言啗雪人，共领山中意。

**【注释】** ①此诗写函可师从千山携龙牙回，约诸子同吃，很是惬意。龙牙：山上一种树木上春天生出的嫩芽，可食。啗（dàn）：吃或给人吃。②曝（pù）：晒。③濯（zhuó）：洗。④楮鸡：指楮树上所生之菌。伦：辈，类。⑤弟薇：地藓。友：名词动用，把……当作朋友。石耳：别名石木耳、岩菇、脐衣、石壁花。因其形似的耳朵，并且生长在悬崖峭壁阴湿石缝中而得名，体扁平，呈不规则圆形，上面褐色，背面被黑色绒毛，可食。

## 偶　怀①

手把山中雪，欲寄城中人。

城中亦有雪，山雪净无尘。

鲜白却易点，愿言慎厥因②。

**【注释】** ①函可师以山雪无尘为喻，意谓山居容易入道，希望世人谨言慎行，盖有因有果矣。②愿言：殷切希望。厥：代词，那。

## 咏古二首①

富春不避世②，渭水不匡时③。

事会乃适然，隐见无预期。

鹰扬若有意④，何异熊与罴⑤。

羊裘若无心⑥，客星光亦微⑦。

营丘与钓台⑧，千载高巍巍⑨。

采芝入深谷，养此眉与须。

一朝事适逢，敢自爱幽隅⑩。

以身为羽翼，岂曰为帝储。

安危在一割，汉道争须臾。

卓哉四老人⑪，山水本空虚⑫。

【注释】　①函可师于第一首诗中表达了隐居贤者不屑为官的襟怀。第二首诗慨叹隐者一旦际会相宜，岂能自爱幽隅，应当施展自己的济世抱负。②富春：山名，一名严陵山。在浙江桐庐县西。汉朝严光曾隐居于此。《后汉书·逸民传·严光》载严光少有高名，与东汉光武帝刘秀同学，亦为好友。其后他积极帮助刘秀起兵。事成后归隐。刘秀即位后，多次延聘严光，但他变名隐身于富春山，披羊裘钓于泽中。后因以"羊裘"指隐者或隐居生活。唐·李白《古风》之十二："长揖万乘君，还归富春山。"③渭水：渭河，古称渭水，是黄河的最大支流。传说姜太公钓于渭滨，后来助武王伐纣，建立周王朝。匡时：匡正时世，挽救时局。④鹰扬：大展雄才。⑤熊与罴（pí）：在中国传统文化中，二者几乎都是作为喜庆吉祥的象征，或是表达对威武贤能的期许。⑥羊裘：羊皮做的衣服。⑦客星：古代对新星和彗星的称谓。⑧营丘：古临淄，在今临淄县西北，周封姜太公于营丘。钓台：为东汉严光隐居垂钓处。⑨嵬（wéi）嵬：高耸貌。⑩幽隅：僻静处，此指隐居处。⑪卓：超高，不平凡。四老人："商山四皓"，为避秦乱而隐居商山，结茅山林。四人德高望重，汉高祖刘邦多次请他们出山为官，不至。后来刘邦欲废太子，吕后用留侯计，迎四皓，使辅太子。一日四皓侍太子见高祖，刘邦曰："羽翼成矣。"遂不再废太子。⑫空虚：百无聊赖、闲散寂寞。

# 清　晓①

清晓候门立，癯然骨空留②。
举步衣尘飘，知是儒者流。
向我一长揖，未言知有求。
曰来自暮春，挟卷逐朋俦③。
只言秋有花，谁知雪空稠。
许织既非素，颜瓢亦足羞④。
男儿志四方，身口不自谋。
日饥犹可支，夜寒风飕飗⑤。
击石爇松枝⑥，即此是衾裯⑦。
吾道乃终穷，悔不事荒畴⑧。
剃发入空门，未审能见收。
我闻心惨裂，哽咽语不休。
止止勿复道，分钵润枯喉⑨。
斯文天未丧⑩，诗书安可仇⑪。

【注释】　①此诗写一儒者，饥寒交迫，走投无路，愿剃发入空门，求函可师收留之事。②癯然：瘦瘦的样子。③朋俦：朋辈，伴侣。④颜瓢：生活贫困。出自《论语·雍也》：

"一箪食，一瓢饮，在陋巷，人不堪其忧，回也不改其乐。贤哉，回也。"后因以"颜瓢"为生活贫困的典故。⑤飕飗（sōu liú）：风凛冽貌。⑥爇（ruò）：烧。⑦衾裯（qīn dāo）：被褥床帐等卧具。⑧荒畴：荒芜的田地。⑨钵（bō）：洗涤或盛放东西的陶制的器具。此处指食物。⑩斯文：指文化或文人。⑪安：疑问词，怎么。仇：仇恨，仇怨。

## 即事有寄二首①

贵贱本殊伦②，祸福无常理。
大宝不发光③，常恐逼神忌④。
宁作井中泥，毋为江上水。
水清起波澜，泥浊甘同弃。
宁为井中蛙，毋作枝间翠。
枝高弋者慕⑤，井深终有底。
达人置其身，不以众趋地。
卑污胜高明，高明吾深耻。

多难贱骨肉，豺虎同居止。
神驭若无方，爪牙奋其利。
盈盈天地间⑥，出入将焉避⑦。
防维非不同⑧，耻辱皆有以⑨。
所贵我无心，无心以终始。

**【注释】**　①老子曰："贵以贱为本，高以下为基。"从这二首诗的表述内容来看，函可师深明此理。盖世间的荣辱得失皆有因缘，故函可师以始终"无心"而自勉。②殊伦：不同类。③大宝：指"道"。④忌：嫉妒，憎恨。⑤弋（yì）者：射鸟的人。弋，用带绳子的箭射鸟。⑥盈盈：清澈貌，晶莹貌。⑦焉：疑问词，哪里。⑧防维：防备守护。⑨以：原因。

## 腊月九日夜①

腊月九日夜，明星犹历历②。
须臾布稠云，青天无间隙。
掩户拥敝裘，孤心守岑寂③。
狂飙恣凭凌，千峰交剑戟。

魑魅集阶庭④，豺虎成羽翼。

乾坤互叫号⑤，百灵齐辟易⑥。

鹊巢委尘泥，乔木无一直。

势压栋欲摧，谁复支半壁。

东南三尺窗，恍惚万矢射。

倾如裂缯声⑦，枕上生霹雳，

河圻长白颡⑧，纵横那可敌。

寒躯几欲死，乃见裂裳力。

终古竟如斯，帝心殊未测。

因思行道人，咫尺将焉适。

安得大布帷⑨，万姓共栖息⑩。

**【注释】** ①此诗描述腊月九日夜狂风大作时的情景，表明函可师心中向往安宁祥和的生活。②历历：清楚明白，分明可数。③岑（cén）寂：高而静，清冷。④魑魅（chī mèi）：泛指鬼怪。⑤叫号：呼叫、号哭。⑥百灵：众多神灵，包括天地人之神灵。百，数量众多之意；灵，神灵。辟易：躲避，避开。⑦裂缯（zēng）：典出晋·皇甫谧《帝王世纪》："妹喜好闻裂缯之声而笑，桀为发缯裂之，以顺适其意。"夏朝最后一位君主夏桀的王后妹喜听到撕扯缯帛的声音就笑，于是夏桀下令宫人搬来织造精美的绢子，在她面前撕开，以博得妹喜的欢心。缯，古代对丝织品的总称。⑧河圻：决堤。⑨布帷：围绕四周的幕布。⑩万姓：百姓。

# 对　菊①

河东一老翁，赠我菊一枝。

一枝四五花，众叶亦纷披。

沃以石泉水，培以高冈泥。

当此草木枯，孤生无乃奇。

春露既无分，秋霜安可辞。

负性宁或殊，存心良独希②。

城中多嚣尘③，对酒亦非宜。

所以避名园，并不羡东篱。

独爱山中人，相向共萧茨④。

本无堪俗赏，非自宝幽姿。

日夕幸无营⑤，寂然淡共持⑥。

【注释】　①此诗写函可师山居养菊，过着恬淡自适的生活。②希：少。③嚣尘：喧闹扬尘。④茆茨（máo cí）：亦作"茅茨"。茅草屋。⑤无营：无须料理的事。⑥寂然：寂静，安静。淡：恬淡，安适。

## 采石耳①

唐帽万仞崖②，下临不见底。

干叶挂危枝，苔藓烂苍紫。

黄鹄自去来，玄猿或游戏。

一僧年半百，吟啸倏然至③。

左手提竹筐，右手悬双屦。

陟险若康途④，牵藤摘石耳。

石耳连石骨，净洁无纤滓⑤。

不知几千年，巑岏积幽气⑥。

或言冰雪生，或言雾烟寄。

瓦罐就泉烹，舒卷黑云腻⑦。

荔枝非其伦，芥叶差可比⑧。

始信深山中，自然有真味。

【注释】　①此诗描述僧人深山采石耳时的情形，并表示石耳的美味无可比拟。表达了函可师恬淡的生活情趣。石耳：长在石上的类似木耳的菌类植物，可食，也可药用，属地衣门，石耳科。②唐帽：唐帽山，在辽宁省海城市与岫岩县交界处。③吟啸：呼啸，呼叫。倏（shū）然：迅疾貌。④陟（zhì）：登。⑤纤滓：细小的滓尘。⑥巑岏（cuán wán）：高峻的山峰。⑦黑云腻：像乌黑的云，积厚、滑腻。⑧芥叶：似指芥茶。芥茶初现于明初，失传于清雍正年间，色白、鲜活，制作工艺复杂。芥，两山之间。

## 笔管花①

宛如青玉管②，高卓白云间③。

神农有遗方④，食此可驻颜。

驻颜亦何益，聊以备朝飧⑤。

或者轻我身，飘然返故山。

【注释】 ①函可师略述笔管花，可食用入药，益寿延年。②青玉管：管状器，为青绿色，通体有黄色沁。器呈一端粗、一端细的圆管状。表面用阴刻技法通体雕刻勾云纹。中间一通孔，用于穿系。春秋战国时期较为流行。这类小件玉器多用作佩饰。③高卓：高超卓越。④神农：上古炎帝。详见卷二《长相思》注⑨。遗方：遗留的药方。⑤朝飧（sūn）：早餐。

## 散淡花①

青茎发红葩，萧疏间山翠②。
厥根众瓣攒③，大都菘白类。
性既和且平，微苦亦有致。
其味信足嘉，其名亦足纪④。
安得散淡人⑤，相与长甘此。

【注释】 ①函可师通过述说散淡花，略遣心志。②萧疏：清冷疏散，稀稀落落的。③攒：积聚，积蓄。④纪：记载。⑤散淡人：逍遥自在，不为世俗所羁绊的人。

## 豆 叶①

匡山有豆叶②，因以名其坪③。
岂知大漠间，豆叶乱纵横。
物遇各有时，感兹双涕零。
中原易见知，芳洁荐神明④。
何为弃道途，隐没众草并。
幸未馨群类⑤，庶可遂其生⑥。

【注释】 ①函可师因豆叶，感叹物遇各有时也。②匡山：本是沧浪之水中的一座仙山，位于长江中游北岸，是大别山的古时名称。唐朝时期，匡山和庐山齐名，合称"匡庐"。此处指庐山。③坪：平坦的场地。④芳洁：芳香净洁。⑤群类：各种生物。⑥庶：众多。遂：如意。

## 苦 瓜①

苦瓜生五岭，赖以解炎毒。
塞外亦繁生，不能悦群目。
我来无故人，见之等骨肉。

畏苦乃常情，甘兹信予独②。

**【注释】** ①苦瓜味苦解炎毒，函可师视同骨肉，盖感叹身世也。②甘兹：同"甘旨"，美味。信：相信。予独：我自己。

## 网罟菜①

菌生何多奇，千百类莫穷②。
大抵托枯株，叠云高重重③。
兹性迥自殊④，卑栖污泥中。
污泥杂黄沙，河岸柳条丛。
土人不知名，曰与网罟同⑤。
其处乃独下，其品乃独崇。
老氏不敢先，允为百代宗⑥。

**【注释】** ①函可师盛赞网罟（gǔ）菜，其处乃独下，其品乃独崇，寓意深矣。网罟菜，野菜名。网罟：用以网罗鸟兽或鱼鳖的用具。②莫穷：没有穷尽。③重重：许多。④殊：不同。⑤网罟：此处指网罟菜。⑥宗：概念、源流的核心。

## 冬日偶成十首①

一人有二心，何况二人同。
面交且莫论，鲍管亦匆匆②。
落日变朝槿③，微风丧秋桐。
兰室为枯肆④，芳秽味俱浓⑤。
安得一心人，相与耐寒冬。

古人各有为，何况今之人。
黄金葬神仙，白纸裹儒绅⑥。
最苦狮子皮，束缚老狐身。
为龟苦不灵，为麟苦不仁。
安得无为者，相与率天真⑦。

人兽不容发，何况信汝意。
汝意不可信，深井洪涛起。

出门见夜叉⑧，入门守乡里。
谁能暮行渴，不饮渠中水。
是名毋幻村⑨，英豪就中死。
安得无苦人，共谈清净理⑩。

咫尺有千嶂，何况见面希，
相去日以远，相期日以非。
坚白虽自矢⑪，磨涅亦非宜⑫。
苟非金与石，胡能终勿移。
厥初岂不光⑬，厥后难可知。
安得守贞人，万里相因依。

僮仆各有口，何况是闾里⑭。
馨闻止门屏⑮，恶声远亦至。
李下与瓜田，嫌疑须遥避。
莫言小节拘，逾闲从此始⑯。
安得君子俦，相与慎行履。

防微犹或疏，何况弛其大⑰。
星星欲燎原，涓涓欲成海⑱。
内心起芒忽⑲，相续必以害。
咄哉野干流⑳，口口矜无碍㉑。
神明虽至耸，愿影恬莫怪㉒。
安得持身者，终始期勿败。

箪豆亦有争㉓，何况是阿堵㉔。
古圣喻毒蛇，道旁不肯顾。
往往骨肉残，伊维此之故。
苟免寒与饥，毋去人所恶。
外示夷之清㉕，中怀跖之污㉖。
遂使烟霞间，翻作井市路。
安得乐道人，相与宝淡素㉗。

知美斯已恶，何况乐群称。

至道本平实，神鬼忌高明。

所以先哲言，为善无近名。

如何赍菉蓷㉘，欲播蕙芷馨㉙。

志士宝心骨，浮俗吠虚声㉚。

安得遁世俦㉛，相与效鸿冥㉜。

大圣有定业，何况兹凡浊。

多福难自求，祸患依前躅㉝。

劳劳亦何为，儿女同笑哭。

颜夭跖乃寿㉞，顺逆多反覆。

安得达命人，任运保幽独㉟。

我心殊靡定㊱，何况他肺肠。

己物无二体，君子贵自强。

曾闻二十劫㊲，诸道共相将。

胡为夏与冬，一岁判炎凉。

圣贤在一决㊳，好恶宁有常。

未达法源底㊴，怀忧欲成狂。

安得曼殊剑㊵，破此梦幻场㊶。

【注释】　①一诗，函可师感叹人心向道之者少。二诗，函可师感叹现今世人根性差，觅一个天真之人相处，很难。三诗，函可师盖言学人功夫不到家，孤高自许。四诗，函可师盖言始终如一向道者，太难。五诗，函可师盖言，向道者宜小心翼翼，不可放肆。六诗，函可师盖言，向道者不可妄念纷飞，宜善护其心。七诗，函可师盖言，财帛动人心，向道者不宜贪之。八诗，函可师盖言，向道者宜平实，不应贪图名闻。九诗，函可师盖言，多福难自求，宜任运随缘。十诗，函可师勉励学人，贞节苦心，志向大法，渡生死河，破梦幻场。②鲍管：鲍叔牙、管仲。春秋齐国人。二人相交深厚。管仲尝言："生我者父母，知我者鲍子也。"后来称知交友情为"鲍管之交"。③朝槿：木槿，花朝开暮落，故常用以喻事物变化之速或时间的短暂。④枯肆：干鱼店。⑤芳秽：芳香与污浊的气味。⑥儒绅：犹缙绅。插笏于绅带间，旧时官宦的装束。亦借指士大夫。⑦相与：副词，相互。⑧夜叉：民间传说中鬼的名字。⑨是：代词，这。⑩清净：离恶行之过失，离烦恼之垢染，云清净。⑪坚白：形容志节坚贞，不可动摇。语出《论语·阳货》："不曰坚乎，磨而不磷；不曰白乎，涅而不缁。"自矢：犹自誓。矢，通假字，通"誓"。⑫磨涅：比喻所经受的考验、折磨或外界的影响。⑬厥：代词，它。⑭间里：乡里。⑮馨闻：美好的名声。⑯逾闲：越出法度。⑰弛：放松，松懈，解除。⑱涓涓：细小的水流。⑲芒忽：形容极其微小。⑳咄：表示惊怪。㉑矜：怜悯，怜惜。㉒恬：安静，安然，坦然。㉓箪豆：犹言箪食豆羹。㉔阿堵：钱。㉕夷之清：伯夷之清誉。㉖跖（zhí）之污：盗跖的污名。㉗淡素：淡雅朴素。㉘茈（cí）：堆积杂草。菉蒢（lù shī）：绿色植物。㉙蕙芷：蕙兰和白芷的合称。它们都是香草。㉚浮俗：浮薄的习俗。㉛遁世俦：隐居的一类人。㉜鸿冥：高飞的大雁。㉝依：根据。前躅（zhú）：前人的遗范。㉞颜夭：颜回短寿而夭亡。颜回，孔子学生。跖乃寿：柳下跖则长寿。跖，柳下跖，传说中的大盗。㉟任运：听凭命运安排。幽独：静寂孤独的人。㊱靡：非。㊲劫：道家谓天地一成一毁为一劫。术数家亦指命中注定的厄运，大难，大限。是古代道家的宏观时间概念之一。㊳一决：比个高下。㊴法源底：佛法的根源、根底。㊵曼殊剑：曼殊手持宝剑，断众生烦恼。曼殊，菩萨名。全名文殊师利，又叫曼殊室利。㊶梦幻场：佛教认为世上事物无常，一切皆空。把人间喻为梦境、幻术。

## 刘老翁①

河东止一家，夫妇俱老瘦。

膝下无儿孙，篱外无鸡狗。

我来度木桥，疾走出门候。

麦饭杂菜羹，呼佛不离口。

【注释】　①此诗言刘老翁夫妇饭僧敬佛，修善祈福。

## 黑　雪①

关东有黑雪，今乃睹其形。

青天无纤云，皎日争光明。

土人指往事，曰此非佳征②。

清白本其性，远近无殊称。

厥色稍不如③，遂加以黑名。

雪尔宜自慎，最险是人情。

【注释】　①此诗函可师意谓清白是雪的本性，而称黑雪者，乃迷失本性也。黑雪：因土色为黑，故称落于黑土地上的雪为黑雪。②佳征：好的征兆。③厥：代词，那。

## 阿字行后作七首①

少小不相识，缘师起相思。
毅然请独行，随身破衲衣。
崎岖七千里，出塞致书词。
见书兼见汝，见汝如见师。
我来八九年，是日一展眉。

初至文殊寺，日暮雪绥绥②。
冻手解皮囊，短札外无余③。
主人敬爱客，烧泉夜围炉。
遂馨乡国语④，一一与泪俱。
或尔强欢笑，或自简残书。
谈道欲抗昔，言诗每起予。
得句必朗咏，时惊山鬼呼。
寒腊亦易过，从予策蹇驴⑤。
遍视新流人，兼履旧边隅。
一闻西岳言，跃跃动衣裾。
爱登千山顶⑥，翘望医巫闾。
分题写怪石，摘食尽野蔬。
冰解梨花落，兴尽春已徂⑦。
扶杖过金塔，寺小足安居。
况复主人贤，善谑礼无拘。
经夏复经秋，凉风满庭除。
忽忆匡山期⑧，掩卷赋归与。
严命难再淹，令我立踌躇。

言别多哽咽，况我大漠中。
我身如断梗，尔身亦飘蓬。
相聚虽一岁，恍惚数夕同。
尔留已多恨，尔去更何穷。

秋风振高林，落叶分西东。
雁飞不成队，菊开不成丛。
作书报汝师，兼上老人峰⑨。
平安复平安，把笔心正忡⑩。

收拾旧布囊，新诗叠重重。
临行不敢泣，各自惨心容。
河冻不能俟⑪，言寄海舶中。
仰看鹤路直⑫，俯视鲸波重。
千里在呼吸，一杯浮虚空。
日星挂眉睫，灏气荡心胸⑬，
禁声莫高吟，恐或惊鼍龙⑭。

且喜免霜雪，其如多风波。
知尔能自信，风波奈尔何？
因再整麻履⑮，还向蓟门过⑯。
京尘犹漠漠，京阙尚峨峨⑰。
此地唯贵游，孤钵莫蹉跎。

乞食过东鲁，敛策入白门⑱。
白门我久游，故迹应尚存。
板桥通秦淮⑲，高楼近长干⑳。
虽无钟山松，雨花可盘桓㉑。
旧识如相问，休言雪窖寒。

稽首栖贤老㉒，百拜华首台㉓。
少病复少恼，步履永康哉。
月缺必复圆，鹤去必复回。
时序有循环㉔，雪消春水来。
愿言各加飧，毋重念不才㉕。

【注释】　①阿字，乃栖贤（函可师兄）的弟子，受其嘱托，到沈阳看望函可，与函可相处一年有余，很是快乐。后来，阿字归期已至，函可依依不舍，并作书"平安"嘱其带回，此诗表达了函可对师兄栖贤，以及华首台道独老人（函可的度师）深深的思念之情。

阿字（1633—1681）：今无，字阿字。广东番禺人。本万氏子，年十六，参雷峰函昰，得度。十七受坛经，至参明上座因缘，闻猫声，大彻宗旨。监栖贤院务，备诸苦行，得遍阅内外典。十九随函昰入庐山，中途寒疾垂死，梦神人导之出世，以钝辞，神授药粒，觉乃苏，自此思如泉涌，通三教，年二十二奉师命只身走沈阳，谒师叔函可，相与唱酬，可亟称之。三年渡辽海，涉琼南而归，备尝艰阻，胸次益潇洒廓落。再依雷峰，一旦豁然。住海幢十二年。清圣祖康熙十二年（1673）请藏入北，过山东，闻变，驻锡萧府。十四年回海幢。今无为函昰第一法嗣。著有《光宣台全集》。清·陈伯陶编《胜朝粤东遗民录》卷四有传。②绥绥：形容雪盛大貌。③短札：简短的书简。④罄乡国语：说尽家乡的话。⑤策蹇驴：乘跛足驴。⑥爰：于是。⑦徂（cú）：往。⑧匡山期：相约去庐山的日期。⑨老人峰：山峰名，在江西龟峰景区内，为一崩塌残余孤峰，因形似老者而得名。⑩正忡：正忧虑不安。⑪俟：等待。⑫鹤路：鹤飞的路线。⑬灏气：正大刚直之气。⑭鼍（tuó）龙：也叫扬子鳄。⑮麻屦：麻鞋。⑯蓟门：古地名，也叫蓟丘。在北京城西德胜门外西北隅。⑰京阙：京城。峨峨：高大庄严。⑱敛策：收起打马的鞭子。白门：南京的别称。⑲板桥：地名，在今南京。⑳长干：地名，在今江宁县。㉑盘桓：徘徊，逗留。㉒稽首：古时的一种跪拜礼，叩头至地，是九拜中最恭敬的礼。㉓华首台：又名华首寺，乃南朝梁武帝时所建五个佛寺之一。位于惠州博罗县罗浮山西南麓，背倚孤青峰，居高临下，两翼有山环抱，称左青龙，右白虎，是著名的佛教圣地。㉔时序：季节变化的次序。㉕不才：对自己的谦称。

## 尸林行后作①

忆昔度庾岭②，四人惟汝存。
况我被逐后，相访独殷殷③。
乡邑久已破④，眼中无别亲。
寻尸亦多事，啮雪非前因。
万里风波际，一瓢支远频。
华首重相问⑤，然云果不仁。

【注释】　①据函可回忆，曾经共过庾岭四人，只剩下尸林。后来，函可被流放万里之外的沈阳，身边没有亲人。华首台道独老人再度相寻，前因机缘果然如此。尸林：应是函可的同门徒辈，生平不详。②庾岭：山名，即大庾岭。为五岭之一。在江西省大庾县南。③殷殷：情义深厚的样子。④乡邑：家乡，故里。⑤华首：见本卷《阿字行后作七首》注㉓。

## 住金塔寺十四首①

丁酉十月作

前年驻跸峰，去年文殊寺②。

到处名且过，由来无定止。
渴不过一瓢，饥不过箪食。
为生已有余，乐哉颜氏子③。

居山不在高，但自远城市。
城市非江河，日日波涛起。

亦是前朝寺，寺毁空浮图。
嵯峨插霄汉④，寂寞守山隅。
老僧见再拜，持斧斫枯株。
曲直任天然，自手构茆庐⑤。
四壁坚且厚，一径不崎岖。
筑灶近古井，支床叠破书。
扫叶烧不尽，拾粟食有余。
明月造其堂，猛虎伏其闾⑥。
山前清浅流，可以濯我躯。

二月三月间，带雪长山蔬。
山蔬有后先，众类同一区。
青紫各异色，甘苦味亦殊。
知名仅八九，不复辨其余。
山中无毒性，但食心无虞⑦。

四月五月间，畦蔬摘有余。
口腹亦何厌，贪得无贤愚。
言采岸边菌，兼采水中蒲。
菌味既已别，蒲根更复殊。
岭南金竹笋，恍惚可与俱。
十年忆乡土，口嚼心踌躇⑧。

六月到七月，田中瓜已熟。
或如团白雪，或如削青玉。
白者既纯酣，青者更芳馥⑨。

盈筐复盈盘，行路亦饱足。
中原莫与京，兹惟塞外独。
摘小莫摘大，大者弃道曲。
尔徒侈外观，人早鉴其腹。

八月摘山梨，九月摘山菊。
菊芳可代飧⑩，梨酸可充腹。
软枣紫葡萄，牵蔓亦簇簇⑪。
莫取献王公，聊可缀幽谷。

十月草木尽，孤松风萧萧。
托根大壑中，争期干云霄。
罗岳鲜旧干，钟山恣狂烧。
胡为深雪间，苍然自高标。
本非舟楫具，无烦雨露浇。
造物信偶遗，谁能矜后凋。
放情规矩外，寝卧任逍遥。
非图保天年，不材甘寂寥。
宁特顾者希，诟厉乃独饶⑫。
贞介乃其性⑬，敢曰凌寒飙⑭。
珍重匠石流，毋使斧斤劳。

掘地得塔铃，摇之音寂然。
细想隆平日⑮，众铃竞高悬。
但借微风力，声响远近传。
铃去声亦尽，销沉在何年。
此虽蒙尘土，乃复睹青天。
静默信可久，舌存安能全。

山下多荒土，开垦已三年。
种麦多不收，种稻乃得全。
种豆复种粟，种麻兼种棉。

以此为生活，终岁镬头边<sup>⑯</sup>。
耕田博饭食，兹语古所传。

一僧腰背曲，见予多笑颜。
少小绝世味，中岁历苦艰。
一从戈甲兴<sup>⑰</sup>，展转岛屿间。
来此十载余，不复问人寰。
日日荷锄出，日日负薪还。
自言用力惯，一生不敢闲。
令我闻斯言，惕然愧素餐。

一僧尚年少，胡为耽幽寂。
结屋在高层，萧然徒四壁。
寒至尚开窗，狂飙吹几席。
仰眺远山明，俯视近溪直。
时来共话言，庶可慰朝夕。

人尽称金塔，塔亦有虚名。
以此得实祸，残毁无完形。
吁嗟复吁嗟，三匝涕泪零。

安居金塔寺，高吟金塔篇。
主人情缱绻<sup>⑱</sup>，老病意留连。
今冬又且过，不敢拟来年。

【注释】　①此十四首诗应写于 1657 年，记录了函可师在金塔寺，历经春、夏、秋、冬，异常艰苦的禅修生活。金塔寺：金塔位于辽宁省海城市析木镇西北的羊角峪西山腰上。塔北原有塔寺，名为"金塔大禅宝林寺"，又称金塔寺。今金塔犹在，寺已无存。②驻跸（bì）峰：古时皇帝出行临时居住地称驻跸。唐王李世民东征曾于辽东地区的千山、首山等地驻扎。函可诗中提到的驻跸峰颇有争议，一说千山璎珞峰，一说首山，在辽阳县城南十五里。《千山诗集·卷六·思千山》云："咫尺白云隔，千山未许游。前王曾驻跸，幽客几埋头。"可见函可诗提到的驻跸或指千山。文殊寺：供奉文殊菩萨的庙宇。③颜氏子：指颜回，字子渊，孔子的学生。《论语·雍也第六》："子曰：'贤哉，回也！一箪食，一瓢饮，在陋巷，人不堪其忧，回也不改其乐。贤哉，回也！'。"④嵯峨：形容山势高峻。⑤构茆庐

(gòu máo lú)：建造茅草屋。⑥闾：闾巷，小道。⑦无虞：没有忧患，太平无事。⑧踦踽：痛心，心情不愉快。⑨芳馥：芳甜。⑩代飱：代替饭食。⑪簇簇：一丛丛，一堆堆。⑫诟厉：诟病，指责。⑬贞介：方正耿介。⑭凌寒飙：冒着严寒的狂风。⑮隆：盛大，厚。⑯钁（jué）头：大锄头。⑰戈甲：战争或军队。⑱缱绻：情意深厚。

## 老　僧①

八十已有余，九十颇不足。

曰生隆庆间②，少小薄鱼宍③。

其时边境宁，其时边谷熟。

饥馑未曾知，况复知杀戮。

何期过盛年，迁徙无停轴④。

奔投海岛中，举眼少亲属。

剃发倚空王，依然被桎梏。

上荷皇天慈⑤，纵之返山谷。

言从故里过，残败几间屋。

不闻旧人声，但闻山鬼哭。

虽复身首遗，凄凄恨孤独。

出指廿载余，不识何世俗。

我闻未及终，贮泪已满腹。

止止莫复言，岁序有往复。

今时正太平，努力事饘粥⑥。

【注释】　①此诗写一老僧悲惨的生活经历。②隆庆：明朝第十二位皇帝明穆宗朱载垕的年号，使用时间为隆庆元年（1567）至隆庆六年（1572），一共6年。③宍：古同"肉"。④无停轴：没有停止。⑤荷：表示感谢。⑥事：侍弄。饘（zhān）粥：稠粥。

## 读未央上黄岩诗有感，用原韵三首①

联袂登飞云②，婆娑云顶树。

夜半雨淋漓，倏忽千愁聚。

激发多微言，感君药石句③。

黄岩有金仙，相期此生遇。

我往匡庐日，君乘江上涛。
金轮雾欲散④，巫山云尚帱⑤。
行藏从此异，贡水忽相遭。
学道如积薪，内顾发呼号。

良切斯民忧⑥，岂曰邀世福。
调达佛之仇⑦，车匿佛之仆⑧。
见身各自殊，宁必恋空谷。
令我忆斯人，深山长痛哭。

**【注释】** ①此三首诗写函可与友人，本是同参佛友，相互勉励激发，相约于黄岩发明心地，后二人离别，如今二人的境遇和见地已经不一样了，使函可想起在黄岩的时光，内心充满了对友人的思念。未央：梁朝钟（1603—1647），字未央，号车匿，广东番禺人。明崇祯年间进士乙榜。清军入关，南明福王、唐王政权继立，邀请之，均谢去。其后，南明绍武政权，授其国子监司业。1646 年 12 月，广州沦陷，跳水殉国，被救起。清兵入室，叱令剃发，朝钟大骂，被三刃而死。著有佛学书《辅法录》等。上黄岩：为原诗名。②联袂：同"连袂"，携手。③药石句：规诫的话，称药石之言。药石，药剂和砭石。④金轮：金轮峰，在庐山。⑤帱（dào）：凝聚，覆盖。⑥良切：关心。⑦调达：《佛说太子墓魄经》中的婆罗门，叫调达，与佛陀世世为怨。反映出婆罗门教与佛教的矛盾。⑧车匿：本是释迦牟尼作为太子时的仆役，负责为他驾车。在释迦牟尼出家后，也跟随他出家。

## 不寐作①

城中有更鼓，一更如夜长。
山中无更鼓，长夜益凄凉。
初更剔灯坐，灯花灿光芒。
但愿得好睡，不复望嘉祥②。
伏枕当二更，须臾到旧乡。
梦怯王令严，回首何匆忙。
开眼见窗白，疑是日之光。
披衣步前檐，星斗乱交横。
约略三更候，掩扉强依床。
敝絮轻如纸，病骨冷如霜。
展转多呻吟，百计觅睡方。

四更至五更，揣摩竟难详。

只闻山鬼啸，不闻鸡口张。

盼盼复盼盼，天运岂无常③。

同卧皆熟寐，唯予起彷徨。

将恐长如此，万古黑茫茫。

【注释】 ①此诗通过整夜难眠，黑夜茫茫不见光明的描写，抒发了诗人内心的痛苦与恓惶。②祥：祥瑞。③天运：天体运行规律。

## 所　闻①

所闻未必虚，我心不可存，

所闻未必实，我心安可存？

天道无一至②，人事有同还。

我自处其平，得失无悲欢。

【注释】 ①函可师意谓平常心是道，不计较荣辱得失，应顺其自然。②天道：自然之道，法尔之理，谓之天道，与儒言天道同。《无量寿经下》曰："天道自然，不得蹉跌。"

## 病　腹①

昔有学道人，语我护生理。

未饥必先食，未饱必先止。

自从乞食来，往往饱欲死。

非惟口腹贪，得饱良不易。

所以两岁前，腹病繇此起②。

因循直至今，祸延犹未已。

乃悟人世间，满足神所忌。

一切毋令尽，灾患胡由致③。

【注释】 ①函可师通过讲述腹病生起的过程，侧面反映了生活的艰难，同时告诫世人"满足神所忌"。盖满招损也。斯言善哉！②繇（yóu）：通"由"，从。③胡由：什么缘由。

## 黄熟香①

黄熟可怜香，厥产在吾里②。

土人呼马牙，血结色微紫。

其次即乌云，其次即马尾。

采择名女儿，纤纤勒玉指。

干白净削除，细碎盈筐筐③。

江南竞崇之，曰此胜沉水。

沉水比佳人，此比隐君子。

芳烈虽不如④，甜静斯为贵。

豪达徇其名，贾人徇其利。

遂使黄熟香，氤氲满天地⑤。

我来大漠中，永谢芝兰气。

何人遗此香，再拜泪及趾。

感别已经时，天外逢知己。

非惟臭味投，恭敬桑与梓⑥。

**【注释】** ①函可师描述产自故乡的黄熟香，甜静无比，故乡的味道，跃然纸上。全诗流淌着浓浓的思乡之情。黄熟香：香名。②里：乡里，故里。③筐筐（fěi）：盛物竹器。方曰筐，圆曰筐。④芳烈：香味浓郁。⑤氤氲（yīn yūn）：指烟气、烟云弥漫的样子。⑥恭敬桑与梓：看到桑树梓树林，顿生恭敬之心。故以"桑与梓"比喻故乡。

## 示定原①

卓哉子之师，见予心罔二②。

一笑割平生，萧然释重累。

命汝从予游，衣履常不匮③。

愿汝作乔松，愿汝齐无畏。

汝归必瞋喝④，恐汝学业坠⑤。

师死殊铮铮⑥，汝生宁愦愦⑦。

我能亮汝心，见我多含泪。

汝行不自瞵⑧，汝志不自遂⑨。

所以咫尺隔，经月复经岁。

我实愧汝师，汝颜不须愧。

饮啄匪自今⑩，兹事况其最。

勿笑修福人，修福良足贵。

**【注释】** ①盖定原受师命，追随函可师参学大法，不大发明，函可师深感惭愧，并鼓励定原好好用功。②心罔二：不二心。③不匮：不缺乏。④瞋喝：瞪眼斥责，怒喝。⑤坠：落，掉下。⑥铮铮：比喻坚贞、刚强。⑦愦愦：混沌，糊涂。⑧自繇（yóu）：自由。⑨自遂：遂心顺意。⑩饮啄：原指鸟类的一饮一食，借指安闲的生活，此处指饮食。

## 示诸子①

我头久已白，我齿久已坠。

我耳近复聋，我目近复聩②。

我腹不耐餐，况复寒伤肺。

余生过十年，安得长汝俟。

今日复来日，今岁复来岁。

少壮亦已亡，老病谁复在。

好日信无多，良遇安能再。

古圣喻为山，进止存一篑③。

勿以将成堕，勿以初心委。

勿以愚自甘，勿以智自废。

人世何足云，死生事乃大。

若不早自决，后来谁汝代。

我生亦平平，我死汝必悔。

汝命金石坚，汝缘胡可恃。

努力复努力，勿更须臾待。

阖眼即他生④，他生未必会⑤。

**【注释】** ①此诗为函可师慈悲心切，指示学人，要意识到"生死事大，无常迅速"，要立志苦节，修学大法，不要虚度光阴，一事无成。②聩：昏聩。③篑（kuì）：古代盛土的筐子。④阖眼：闭眼。闭上眼睛，犹言死去。⑤会：相见。

## 令言、龙翠二子礼辞有感①

云生必在山，风吹云不住。

鸟栖必在林，枝摇鸟亦去。

人生云与鸟，安得长相聚。

汝去我尚留，我愧不如汝。

去留匪自繇②，感此泪如注。

**【注释】** ①此诗盖令言、龙翠二子追随函可师参学，今者礼辞而去，令函可师伤感不已。②自繇：见《示定原》注⑦。

## 寒 梦①

北风吹不歇，梦中道路寒。

故里逢父老，凛冽多惨颜②。

五岭炎蒸地③，腊月常衣单。

不信别来久，霜雪亦漫漫④。

**【注释】** ①此诗表达函可师对亲人、对故土的思念。②凛冽：严寒。③五岭：指大庾岭、始安、临贺、桂阳、揭阳五岭，泛指广东。④漫漫：广布的样子。

## 偶成二首①

乌啼不为人，声声催速老。

雪飞不为人，点点伤怀抱。

总予自心伤②，遇物无一好。

有山岂无石，人自厌嵯峨。

有水能不流，人自厌风波。

所见亦由人，山水本无他。

**【赏析】** ①此诗言世人最容易触景生情，"所见亦由人，山水本无他"，甚是。②总予：总是惹起。

## 夜 坐①

久病长宜静，山中静有余。

况当深夜后，积雪在庭除。

风枝寂不鸣，四壁虫晏如②。

星斗宿檐际，微月淡空虚。

其时心腑澄，泰然廓吾庐③。

云影暂舒卷，荡涤返太初④。

天地化为水，何处觅吾躯。

【赏析】 ①此诗写函可师夜坐，朗然妙觉，迥脱根尘，返太初，亘古今，庆快平生。②晏如：安定，安宁，恬适。③泰然：安详闲适。廓吾庐：开阔我的屋舍。④太初：也叫泰初。是一个道家术语，最早见于《列子》，"太初"在道家哲学中代表无形无质，只有先天一炁，比喻混沌更原始的宇宙状态。

## 木公以闵茶寄山中感赋①

真味在淡薄，高韵足幽情。

一啜洗心胃②，再啜澄神明。

持瓯倚乔松③，忽然生远情。

江南素士宅④，一别十三龄。

胡为此山中，对雪漫孤评。

殊品需妙制，以姓为其名。

【注释】 ①此诗写函可师尝木公所送的闵茶，身心畅然。木公：函可师友人李呈祥（1617—1688），字其旋，一字吉津，号木斋，山东沾化人。明崇祯进士，选庶吉士。顺治初，授编修。累迁少詹事。顺治十年二月，被劾夺官，下刑部，流徙盛京。居八年，释还故里。闵茶：安徽省所产的上等茶。②啜（chuò）：饮，吃。③瓯：杯子。乔松：高大的松树。④素士宅：读书人的住宅，此处指诗人好友顾梦游的家。

## 山 行①

山行无远近，信步入幽杳②。

老熊拘枯枝，向人立且跳。

因思人世间，此物应不少。

【注释】 ①此诗写函可师山行遇熊，颇为凶险。人世间又何曾没有此类的危险呢？借景抒怀，人世危险难测。②幽杳：深远昏暗之处。③拘：古同"抅"，伸，抓。

## 山 中①

山中积阴雾，人物逊浑蒙②。

日光渐赫然③，豁见天地通④。

丘陵突兀出，了别杉与松。

因思太古民⑤，胡能久混同？

【注释】　①此诗盖言久居山中，人物浑蒙，太阳一出，豁然开朗。②人物逊浑蒙：人和物都让一片浑浊弥漫的雾气笼罩。浑蒙：模糊，不分明貌。③赫然：显赫，盛大，显露出来。④豁见：突然看见宽敞，豁亮。⑤太古：远古。

## 山　境①

山境只如此，一一皆可悦。

有石无不松，有松无不雪。

日夕众烟空，微钟上初月。

禽各静其枝，虎亦安其穴。

千峰一皓然②，竟与人寰绝。

仁义属荣华，道法徒餔歠③。

我舌久已焦，我心久已决。

安得一二人，把臂不须说。

【注释】　①此诗言山境之赏心悦目，涤荡尘心。②皓然：显明貌，光明貌。③餔歠（bū chuò）：吃喝。

## 野　叟①

野叟从何来，被褐持短筇②。

入门但索饭，竟坐无礼容。

见予手执管③，敢问是何虫。

三王与五帝④，全不著其胸。

一字未曾识，安知拙与工。

予因悔读书，山居亦匆匆。

【注释】　①此诗感念一野叟，毫无礼容，一字不识，混沌无知倒也快乐。②筇（qióng）：竹杖。③执管：执笔。④何虫：什么东西。⑤三王：夏禹、商汤、周文王。五帝：黄帝、颛顼、帝喾、尧、舜（《大戴礼记》）。

## 偶　述①

人世难区区②，圣谟安可恃③。
收拾万古心，深入尘坌里④。
戏谑岂予善⑤，宛转亦非意。
和光豺虎间⑥，缄泪盈腹笥⑦。
屈舒无一可，呼吸逼神忌。
所以恣余习⑧，狂吟不能已。

【注释】　①道家之"和光同尘"，已深入函可师之肺腑，然自谓"狂吟不能已"者，乃余习也。②区区：怡然自得貌。《玉台新咏·繁钦〈定情诗〉》："何以致区区？耳中明月珠。"③圣谟（mó）：指圣人治天下的宏图大略。④尘坌（bèn）：灰尘，尘土。⑤戏谑（xuè）：开玩笑。⑥和光：才华内蕴，不露锋芒。是"和光同尘"的省略。语出《老子》："和其光，同其尘。"⑦缄泪：收敛眼泪。腹笥（sì）：腹中的学问。⑧恣：放纵，无拘束。余习：犹积习。多年积聚的习惯。

## 客　至①

裘轻马复肥，白日自光显。
儿童口啧啧②，道旁谁不羡。
岂意到山来，山老如未见。
不是轻富贵，从未厌贫贱。
始悟人汝骄，多因汝眼浅。

【注释】　①盖富贵者，道人视之若浮云。②啧啧：人咋舌发出的声音，表示争言、赞吧等。

## 借书四首①

云雾难遮眼，言借古人书。
信手展残帙②，心颜忽已愉。
人各适其适，积习宁顿除。
平生无所争，所争蠹之余③。

上下几千载，治乱非一途。

或时草木欣，日月光庭除。

或时鬼神哭，阴雾惨不舒。

古笑我亦笑，古吁我亦吁。

哀乐岂有常，掩卷乃寂如。

始知得与失，古今只须臾。

我心本洞然<sup>④</sup>，天地还清虚<sup>⑤</sup>。

今者古之影，古者今之模。

今人即古人，何必高黄虞<sup>⑥</sup>。

手招诸圣哲，罗列坐俨如<sup>⑦</sup>。

片语苟有会，恍惚动眉须。

苦昔抱心死，积久不得舒。

乃知冥漠际<sup>⑧</sup>，欣然一觌余<sup>⑨</sup>。

世人爱读书，将以荣其躯。

山人爱读书，亦以乐其躯。

倦卧置枕边，行止常与俱。

人言何苦尔，我亦笑其愚。

不愿天中天，胡为效世儒。

**【注释】** ①此组诗所言，开卷有益，自得其乐。②残帙：犹残卷。破旧的书。帙，书、画的封套，用布帛制成。③蠹：蛀虫。④洞然：明亮。⑤清虚：清净虚空。⑥黄虞：黄帝、虞舜的合称。⑦俨如：端庄貌。⑧冥漠：玄妙莫测。⑨觌（dí）：见，相见。

## 答戴公<sup>①</sup>

魔佛界非二，罪福性原空。

章江与辽海<sup>②</sup>，色味等皆同。

麋鹿亦可游，何必尽王公。

冰雪亦可餐，胡为羡马醴<sup>③</sup>。

昔日庞居士<sup>④</sup>，家财沉水中。

岂无男与女，相与乐融融<sup>⑤</sup>。

但悟无生话<sup>⑥</sup>，浮云任西东。

【注释】　①永嘉禅师《证道歌》云："不见一法即如来，方得名为观自在。"函可师答戴公诗，善之善者也！戴公：戴国士，生卒年不详。江西新昌（今宜丰县）人。明天启七年（1627）举人。降清后任湖南辰沅兵备道。顺治五年（1648）四月，偏沅巡抚线缙以其"伪作风狂，持刀诣臣，心怀叵测"为由，奏请处分。戴遂被革职，翌年，举家流放铁岭。在戍所居数年，忧郁而死。②章江：赣江、赣水，为赣江的古称。③马醲（yǒng）：马奶酒。④庞居士：庞蕴，字道玄，又称庞居士，中唐时代的禅门居士。与梁代之傅大士并称为"东土维摩"。⑤融融：形容和乐愉快的样子。⑥无生话：佛教语。指无生无灭的佛法真谛。《五灯会元·马祖道一禅师法嗣·庞蕴居士》："有男不婚，有女不嫁。大家团圞头，共说无生话。"

## 千山诗集卷五

博罗剩人可禅师著　书记今羞编

# 七言古

### 过北里读《徂东集》<sup>①</sup>

余家五岭本炎方<sup>②</sup>，孤身远窜三韩地<sup>③</sup>。

四月五月不知春，六月坚冰结河底。

今年天气稍冲和<sup>④</sup>，秋尽雪飞到山寺。

出门仰天天欲沉，只杖栖栖过北里<sup>⑤</sup>。

北里先生拥毳吟<sup>⑥</sup>，诗成煮雪讶予至<sup>⑦</sup>。

未曾展读泪先倾，拭泪同歌悲风起。

医巫间高碧嵯峨，千叠万叠岚光积。

大壑一声白昼昏，黑云崩腾吼苍兕<sup>⑧</sup>。

须臾云净松杉青，野泉泠泠石磊磊<sup>⑨</sup>，

东海洋洋大国风，茫然万顷中无砥。

海气怒叱蜃气枯<sup>⑩</sup>，狂涛倒飞星月沸。

三坐流驶鸭江平，寒雁不鸣蛟龙寐。

有时呕欲掷头颅，蠹鱼悔食神仙字<sup>⑪</sup>。

有时稼穑自谋生，三尺穹庐团妇子。

有时噀酒骂虚空<sup>⑫</sup>，雷霆迅走黎丘惴<sup>⑬</sup>。

有时谈笑和且平，欢狎牛蛇群白豕<sup>⑭</sup>。

倏喜倏怒岂有常，欲杀欲活亦非意。

有时夜半步空阶，一叩青冥尺有咫。

沉魄千年呼尽来，死者可生生者死。

旧帝宵啼五国荒⑮，闺媛暮哭长城址⑯。

华表山前鹤唳孤，青冢犹闻月下歃⑰。

琵琶凄切胡笳悲，未免有情谁遣此。

不知是血复是魂，化作吴刀切心髓。

心髓如铁刀如冰，片片飞入阴山里⑱。

阴山惨惨泉冥冥，神农虞夏今已矣。

因思太古音尚希，噩噩浑浑难可冀。

尼山栖栖自卫归⑲，苦乐忧伤各有旨。

约略删余三百篇，发愤曾闻司马氏。

何人继者屈子骚，汨罗万古流弥弥，

可怜秦火恨不灰，汉室苏卿唐子美⑳。

苏卿啮雪声韵凄，子美三迁足诗史。

五代波颓宋代儒，眉山山下出苏轼。

苏轼流离儋惠间㉑，珠崖鹤岭供指使。

更有文山第一人㉒，浩浩乾坤留正气。

从此荒芜将百秋，国初高杨追正始㉓。

天下承平四海清，人人含宫家嚼徵。

琳琅金玉庙堂音㉔，王李登坛执牛耳㉕。

文长巨斧劈华山㉖，中郎拍板逢场戏㉗。

景陵一出洗烦浇，顿令搦管趋平易㉘。

风雅茫茫失所宗，不得不推北地李。

李公豪雄步少陵，匪特形似亦神似。

先生才凌北地高，先生遇非少陵比。

阿弟捐躯阿兄流，西山之歌续二士㉙，

不数秦关二百强，不羡蜀江千丈绮。

从来厄极文乃工，所以论文先论世。

丰干饶舌罪如山㉚，滔滔谁易今皆是。

三百年来事莫知，天教斯道存东鄙㉛。

不然今古亦荒凉，大雪纷纷吾与尔。

【赏析】 ①此诗写函可师，经过北里先生住地，读北里先生《徂东集》有感。北里诗集笔走龙蛇，明发怀抱，翱翔北地，旨意可观。然而，不有燎火，无以辨玉质；不有霜霰，无以见松心。先生本明朝官员，先降大顺（李自成），后降清，顺治年间又被充军铁岭。盖乏全然之德，又未行可为之事，屡为琐碎篇章，聊以自慰。函可师叹曰："阿弟捐躯阿兄流，西山之歌续二士"，实乃过誉也。北里：左懋泰，其生平见本书《千山剩人可和尚塔铭》注释。②炎方：指南方炎热地区。③三韩地：汉时朝鲜南部有马韩、辰韩、弁辰（三国时亦称弁韩），合称三韩。④冲和：恬淡平和。⑤栖栖：孤寂零落貌。⑥毳（cuì）：鸟兽细毛，引申为毛织物。⑦讶：惊奇，奇怪。⑧苍兕（sì）：传说中的水兽名。⑨泠泠：形容清凉，冷清。磊磊：众多委积貌。⑩屋气：一种大气光学现象。⑪蠹鱼：虫名。即蟫。又称衣鱼。蛀蚀书籍衣服。⑫噀（xùn）酒：指后汉栾巴喷酒为雨事。⑬黎丘：指百姓。惴：忧愁，恐惧。⑭欢狎：犹欢昵。⑮旧帝宵啼五国荒：北宋为金所灭，徽、钦二帝被俘，被押到五国城（今黑龙江省依兰县）囚禁，受尽了凌辱，哀号啼哭。⑯闺媛暮哭长城址：孟姜女哭长城的民间故事。相传秦始皇时期，孟姜女丈夫范喜良被迫去修筑长城，劳累而死，被埋在长城墙下。孟姜女得此噩耗，在长城边上哭了三天三夜，忽然长城坍塌，露出了丈夫的尸骸。孟姜女安葬丈夫后，于绝望之中投海而亡。⑰欷（xī）：抽泣声。⑱阴山：阴山山脉是中国北部东西向山脉，横亘在内蒙古自治区中部及河北省最北部。是古代内地汉族与北方游牧民族交往的重要场所。唐代诗人王昌龄有"但使龙城飞将在，不教胡马度阴山"的诗句。本诗似借阴山代指清朝也。⑲尼山：孔子的别称。栖栖：忙碌不安的样子。⑳苏卿：指苏武，字子卿。天汉元年（前100）奉命赴匈奴，被扣。匈奴人多方威胁利诱，不屈。让他去北海边牧羊。苏武坚持十九年，于始元六年终因匈奴与汉朝和好，被放回。子美：杜甫，字子美，自号少陵野老，盛唐大诗人，被称为"诗圣"。㉑儋惠：地名，在中国海南省。是当时苏轼流放地。㉒文山：文天祥，号文山。南宋大臣。被元兵俘，拒绝招降。作《过零丁洋》诗以明志。次年被解往北京，而对元人的威逼利诱始终不屈。于至元十九年（1282）被害。在狱中作《正气歌》，为世人传诵。著有《文山先生全集》。㉓高杨：高启、杨基。高启，元末明初长洲人，隐于松江青丘，自号青丘子。后因为郡守魏观改建府治作"上梁文"，有"龙蟠虎踞"之语，犯朱元璋忌被腰斩，年仅三十九岁。善诗文，与流寓吴郡的蜀人杨基、徐贲、浔阳张羽并称明初四杰。杨基，明长洲人，字孟载，号眉庵。元末曾入张士诚幕府，洪武中官至山西按察使，被谗夺官，罚服劳役，死于工所。㉔琳琅：精美。㉕王李：王世贞、李攀龙。王世贞，明太仓人，字元美，号凤洲，又号弇州山人。嘉靖二十六年（1547）进士王世贞，官至南京刑部尚书。李攀龙，明历城人，字于鳞，号沧溟。嘉靖二十三年（1544）进士。有《沧溟集》。㉖文长：徐渭，明代文学家，书画家。初字文清，后改文长，号青藤道士。做过浙江总督胡宗宪的幕客，于抗倭多有谋划，能诗，长于杂剧、大草和水墨花卉。有《徐文长全集》传世。㉗中郎拍板逢场戏：袁宏道（1568—1610），字中郎，万历进士。认为文章与时代有密切关系，反对"文必秦汉，诗必盛唐"的风气，提出"独抒性灵，不拘格套"的性灵说。㉘搦（nuò）管：握笔，执笔为文。㉙西山：首阳山。二士：伯夷、叔齐。
㉚丰干：也作"封干"，唐代高僧。先在天台山国清寺做舂米僧。先天中，行化京兆，间丘
胤将任台州太守，问台州有何贤达？丰干曰：到任记谒文殊。间到任后至国清寺，于僧厨见
寒山、拾得，二僧笑曰："丰干饶舌。"后来以此喻多嘴。㉛东鄙：东部偏远的地方。

# 大　雨①

去年秋潦淼茫茫，鱼鳖沙虫登我床。
瑶宫巨室皆漂没，何况流民茆札房②。
死者横流生者泣，千口仅留不得食。
努力高山挖草根，至今面带黄泥色。
眼看麦短黍差长，虽未入口心有望。
上帝岂忧沟壑剩，其雨其雨乃复狂。
翻盘沉灶不肯止，庭户无光天重翳③。
谁能拔剑斩顽云，捧出日轮头上置。
流民流民奈若何，生世坎壈何其多④。
兵革遗余乡国绝，又见辽海鼓风波。
老僧德薄命更鄙，偃卧若遭毒龙戏⑤。
夜半滚滚浮枕头，不知是泪还是雨。

【注释】　①此诗写函可师遭遇洪涝灾害，目睹百姓流离失所，哀叹不已。②茆札房：
茅草构筑的房子。③翳（yì）：遮蔽，障蔽。④坎壈（lǎn）：困顿，不顺利。⑤偃卧：仰面
卧倒。

# 辛卯寓普济作八歌①

罪夫罪夫胡不死，百千捶楚余头趾。
乡国遥遥一万里，中有蔓棘及弧矢②。
骨肉丧尽不得归，远碛苍茫大风起。
大风起兮沙闭天，谁非人子兮心恧然③。
安得手扶白日兮，上照四塞之荒烟，
下照万丈之黄泉。

乌藤矫矫长七尺，当时与尔初相得。

瞿昙倒退愁弥勒④，共夸有眼明如日。
今来绝域支冰雪，狮子昼眠狐跳立。
藤兮藤兮讵终穷⑤，恐随风雨兮化作龙，
何日将予兮直上千峰与万峰。

有姊有姊夫早撇，手持木樨剪玄发⑥。
诸妹零星俱夭折，最小尚余安得活？
忆我出门姊幽咽，忽闻姊死心割裂。
吁嗟！人生聚散兮若飞蓬。
东西虽隔兮望故丛，只今长别兮无时逢。

有弟有弟字耳叔，少年多病耽幽谷。
孝廉船覆青衫泥，三人惟尔守孤独。
黄沙杳杳望兄回，日暮走向荒城哭。
哭声到天兮天不闻，摧胸肝兮难久全，
休望收吾骨兮葬江边。

父母生儿不得守山丘，死者已矣生者流。
松楸日冷风飕飕⑦，石人空立麋鹿游。
昔烦朝使丰碑留，煌煌天语题上头⑧。
今日正清明，谁人更浇一杯水？
团圞荒草多新鬼⑨，安得鹤归华表兮，
尽洒千年之血泪。

罗浮之山多蒿莱⑩，山上还留说法台。
锦绣凋残玉女哀，村底无人空落梅。
铁桥流水尚潆回，白云一出不复来。
忆昔荷锄辟荒草，只今空向巫闾老，
何时再上罗浮道。

辛苦前朝老衲衣，十年与尔不相离。
骨残心碎无完肌，至今襟袖血迹遗。
谁云新者可代故，何忍抛撇冬夏披。

衲兮衲兮汝勿悲，虽然破烂胜牙绯⑪。

生御风沙死裹尸。

我歌我歌歌将歇，揽衣忽起增哽咽。

我忧不独在乡国，我罪当诛复何说。

笔尖有鬼石流血，天地无情难永诀。

呜乎！木佛木佛能不哀，狞飙苦雨四面来⑫。

狞飙苦雨四面来，土床一尺魂徘徊。

**【赏析】**　①此诗为函可师寓居普济寺，于顺治八年辛卯（1651）所作。诉说自己身受酷刑，流放关外，姊妹夭亡，兄弟离散，父母孤冢，无人祭扫，罗浮山空留说法台。俯仰天地间，是无尽的哀伤，盼时来运转，重返故乡。普济：普济寺，在今辽宁沈阳。②弧矢：弓箭。③怒（nì）然：忧思貌。④瞿昙：释迦牟尼的姓。亦作佛的代称。⑤讵：岂，怎。⑥木槵（huàn）：亦作"木患子"。高大乔木，枝叶似椿，果核圆而坚，黑如漆珠，可做念珠。又名油珠子、菩提子、无患子。玄法：黑发，指少年。⑦松楸（qiū）：原指松树与楸树。墓地多植，因以代称坟墓。⑧煌煌：明亮辉耀貌。⑨团圞（luán）：团聚。⑩蒿莱：野草，杂草。⑪牙绯：牙笏和绯服。唐制五品以上的官执牙笏，六品以下执木笏。五品服绯，六品以下服绿。⑫狞飙（níng biāo）：狂风。

# 送　鹿①

尔宜隐山谷，胡为露厥角②。

昔共云中仙，今同笼中鹤。

送尔迢递入长安③，尽道长安可行乐。

高车美食即陷阱，讵料尊荣遭割剥④。

小鹿无知大鹿忧，悔曾饱啖新民粟⑤。

新民忍饥送尔行，天道往复亦何速。

忽忆钟山陵寝边，祖宗德泽三百年。

欻忽运衰骨肉尽⑥，何况远塞寄荒烟。

**【注释】**　①此诗写山中野鹿被擒，被押往长安，触景生情，函可师联想到家族罹难，自己被流放关外，孤苦凄凉。②露厥角：露头角。③迢递：遥远。④割剥：宰割。⑤饱啖（dàn）：饱食。⑥欻（xū）忽：迅疾的样子。

# 老人行①

噫吁戏，危哉！老人是百千万劫之余灰。

问其生时朝代不敢说，但云少壮尚无为。

眼看富贵贫贱流，三番两番肉作堆。

儿孙丧尽亲戚死，剩此零星干枯骸。

纷纷眇者扶跛者②，跛者扶眇者，面凹骨削背复鲐③。

离城十里，五日乃至，登阶一尺如天台。

敢希鸠杖与糜粥④，但愿脱籍归蒿莱⑤。

堂上赫怒声如雷⑥，叩头出血谁汝哀。

昔日汉家天子威海宇，父老子弟还相聚。

酒酣歌罢帝亲语，丰沛世世无所与。

老人兮老人，尔既赤手今且回。

生守官园喂官马，死作泥土填官街。

**【赏析】** ①此诗写一老人，孤苦无依，亲人皆丧，骨瘦如柴，步履蹒跚，凄凄惨惨，令人悯念。②眇（miǎo）者：一只眼睛失明的人。③背复鲐（tái）：鲐背老人，指九十岁高龄的老人。老人身上生斑如鲐鱼背，故也用"鲐背"称也用长寿老人。④鸠杖：杖头刻有鸠形的拐杖。糜粥：煮得很烂的粥。⑤蒿莱：见《辛卯寓普济作八歌》注⑩。⑥赫怒：盛怒。

# 哀王孙①

衰草无根疾风吹，王孙不归辱涂泥。

头白老妻无完衣，鸳鸯到死犹双飞。

自言有子长须髭②，垂暮泣血生别离。

今我若此子乌知，骨肉冻折命如丝。

左手执瓢右枯枝，此即二人送老儿。

**【注释】** ①此诗写王孙不归，老妻愁苦，骨肉分离之凄惨境况！②须髭（xū zī）：胡须。

# 大僧行①

大僧结束何新鲜，锦裁窄袖黑貂缘②。

出门三礼释尊前，翻身上马挥金鞭。

玉作刀头绒作鞯③，疾如飞鸟轻如烟。

自言五上长安道，目视汉官如虱蚤④。

归来依旧守空门，独立皂边添马草⑤。

【注释】 ①此诗叙述大僧行，告诫世人，人海茫茫，浮生若梦，终归寂然。②缘：衣边。③鞯（jiān）：马鞍下的衬垫。④如虱蚤：像虱蚤那样多，有鄙视之意。⑤皂：牲口槽。

## 逼仄行①

逼仄复逼仄，大地不容膝。

乌飞翼折高逾尺，冈上梧桐化作棘。

薜荔昼呼何时息②。

【注释】 ①此诗盖言函可师身处绝地时的惨境。逼仄（zè）：狭窄。②薜荔：一种常绿藤本植物。

## 赠戴三①

### 有引

孝滨，章江士也②。初，不愿从父之楚游，因披剃入空门。既闻其父见逐③，乃留顶发，代役海滨。朝夕樵采④，以供菽水⑤，胸怀尽裂。余悲其志，而作此诗。

孝子大痴人，不随白马随黄尘。

白马有时死，黄尘无日清。

夜寒看鹿栅⑥，朝出采鬼薪。

不识大风与大雪，朝朝暮暮海之滨。

胸怀裂尽面颜笑，但愿爷娘温且饱。

【注释】 ①此诗写戴三代父于海滨服役，孝子也，令人钦佩。戴三：戴遵先，生卒年不详。明末清初诗人。字孝滨，江西新昌人，戴国士第三子。有文名。清军南下时，因力劝其父勿降清出仕不果，乃削发为僧，遁入空门。后得知其父获罪流放，又蓄发从其父至铁岭，服侍左右，代其劳役，备尝艰辛。在戍所期间，广与流人文士交流，诗作颇丰，惜多散失。现存诗见于《千山诗集》卷二十《冰天诗社》及《铁岭县志》中。诗中多铜驼黍离之悲，家国之思。②章江：江西章水。古称豫章水，亦名南江。③见逐：被放逐。④樵采：打柴和采集。⑤菽（shū）水：豆与水。⑥鹿栅：圈栏。

## 连 雨①

顽云重雾裹城郭，旧民新民惨不乐。

田中有黍谁能获，山中有木谁能斫。

盘翻灶冷守空橐②，檐溜虽多不堪嚼。

老僧一钵久庋阁③，出门半步泥没脚。

紫蛇有光蜗有角，抱书昼卧肠萧索。

庭边杏树惊摇落，燕巢已破子漂泊。

眼前大地何时廓④，辽海浪高势磅礴。

愿浮我尸填大壑⑤，毋使蛟龙终日恶。

【注释】 ①此诗写城郭连雨，百姓饥寒交迫，说不尽的凄凉境地。②橐：口袋。③庋（guǐ）阁：搁置。④廓：空阔，广阔。⑤大壑：大沟。

## 送 梨①

不重紫花能消热，不羡张公大谷希。

只爱关东土上长，汁酸肉涩墨作皮。

王公一张口，走杀百群黎。

满筐二百或三百，昼夜担向玉京驰。

天下何处无冻梨，王公何不一念之？

【注释】 ①此诗写满筐冻梨，王公所好，众人昼夜担送。表达了对显贵奢靡生活的不满。

### 癸巳冬四日，诸公同集普济话别①

去年十月辽阳道，芒鞋蘸雪踏枯草。

今年十月将出门，北风吹发冻逾早。

萧条古庙城南隅，钟鼓不鸣鸟惊噪。

何人连袂叩荒扃②，各出诗篇斗天巧。

吏部文章足起衰，祁连千仞欣独造。

毛锥如铁面如冰，时复掀髯发长啸。

学士前身金粟是，相逢弹指雾烟扫。

兴来墨汁自淋漓，明月一倾大栲栳③。

豫章宿将旧登坛④，万金散尽呼苍昊⑤。

唾壶崩碎声载涂，三郎瘦削偏静好。

布衲抛残不耐寒，枯桐一拨凤凰叫。

庐江高士雪满胸⑥，六朝荡涤存真藻。

梦里花深听鹧鸪，冰池独宿鸳鸯老。

浙东公子神复清⑦，屣露双跟顶破帽。

写就黄庭不换鹅⑧，向影闲吟孤自悼。

更有青门种瓜人，五色不生形半槁。

主人为我张素筵，氍毹重叠烧龙脑⑨。

又汲参泉煮木鸡⑩，粤橙漳橘恣一饱⑪。

众音喧豗坐莫伦⑫，虽无旨酒情潦倒。

请翻二十一青编⑬，如斯良会古来少。

冷山寥落逻娑单⑭，夜郎儋耳徒辽邈⑮。

妙喜衡阳电白洪⑯，安得诗人共围绕。

杯冷歌残声黯凄，明看孤杖凌霜晓。

亦知此别春必来，寂寂三冬守空窖。

**【注释】** ①此诗写函可师于普济寺与友人话别，应是顺治十年（1653）所作。众友人踊跃欢喜，各呈佳句，互勉互慰，累年郁结之气释然。癸巳：顺治十年（1653）。普济：普济寺，在沈阳。②连袂：一同。荒局：荒屋。③栲栳：用柳条或竹篾编成的，形状像斗的容器，也叫笆斗。④宿将：久经战阵的将领。⑤苍昊：苍天。⑥庐江高士：东汉袁安，字邵公。未仕时客居洛阳，值大雪，人皆出求食，独安闭门僵卧，曰："大雪人皆饿不宜干人。"洛阳令以为贤，举为孝廉。⑦浙东公子：晋朝大书法家王羲之。⑧黄庭不换鹅：《晋书·王羲之传》："山阴有一道士，养好鹅，羲之往观焉，意甚悦，固求市之，道士云：'为写《道德经》，当举群相赠耳。'羲之欣然写毕，笼鹅而归，甚以为乐。"⑨氍毹（qú shū）：毛织的布或地毯。龙脑：龙脑香，俗称冰片。⑩木鸡：云芝。⑪粤橙：橙子的一种。漳橘：橘子的一种。恣：放纵，无拘束。⑫喧豗（huī）：喧闹声。⑬青编：指史籍。⑭逻娑（luó suō）：藏文音译，即西藏拉萨，也作逻些。唐时吐蕃的都城。今西藏自治区拉萨市。⑮夜郎：古代国名。战国至西汉时，主要位于今贵州西部及北部，包括云南东北、四川南部等部分地区。儋耳：古代地名，在今海南境内。⑯妙喜：大慧宗杲，南宋高僧，又名普觉、妙喜。电：如闪电般快速。形容催促的急速。

## 忆江南①

江南高座寺②，前对雨花台。

台上春风拂面来，参差杨柳花竞开。

黄莺百啭我心哀，忽忆故山村底梅。

今年绝漠冰雪堆③，发白面皱骨欲摧。

村底无梅不归去，却忆高座听莺语。

【注释】　①此诗写函可师对江南、对家乡的思念。②高座寺：在江苏南京。③绝漠：边远荒凉地区。

## 寒夜作①

日光堕地风烈烈，满眼黄沙吹作雪。

三更雪尽寒更切，泥床如水衾如铁。

骨战唇摇肤寸裂，魂魄茫茫收不得。

谁能直劈天门开，放出月光一点来。

【注释】　①此诗写雪夜严寒刺骨，让人难耐。

## 雪中歌

仲冬二日作①

天倾地沸云嘈嘈②，林木摧压风怒号。

雪势欲竞浮图高③，恍如钱塘八月潮。

又如百群仙鹤剪羽毛，伫立骨战身飘摇。

竟欲乘之上游遨，足跨银海步玉霄，

玉蟾真人手亲招④。

直向梅花村底去，千树纷纷落如雨。

【注释】　①此诗写函可师徜徉雪中，似有凌云之势，跨海步玉霄，直向梅花村底去，回故乡也！仲冬：冬季的第二个月，即农历十一月。《书·尧典》："日短星昴，以正仲冬。"②嘈嘈：众声喧杂的样子。③浮图：佛塔。④玉蟾真人：月里的仙人。

## 海岸送人歌①

水荡荡兮归路长，圣人出兮波不扬。

我送子兮蛟龙肠，安得从子归兮天苍苍。

**【注释】** ①此诗写函可师海岸送友人，天苍苍，水荡荡，安得从子兮归故乡。

## 朱姑歌①

玉叶凋兮芳草枯，恨从君兮君又徂。

君已徂兮妾生胡为乎②？噫！妾今日死胡为乎？

**【注释】** ①此诗跌宕哀丽，君已徂兮妾似悬，鸳鸯两处各凄凉。②徂：往，去了。

## 桥上石①

桥上石，半是前人坟上碑。

细想当年立碑日，儿孙罗列盛威仪。

重重种树重重护，岂料垫人脚下泥。

车轮直辗题名处，牛蹄马足纷交驰②。

传语后来人，刻浅莫刻深。

刻浅模糊刻深在，长感千年行路心。

**【注释】** ①此诗写桥上石（前人坟上碑），重重种树，重重护，岂料垫人脚下泥，逝者如斯，世事无常，诚如是也！②交驰：交相奔走，往来不断。

## 筑坟歌①

去年西家筑坟好，今年东家筑坟早。

东家筑坟贴纸钱，已见西家犁作田。

田中又见生青草，几处种松能得老？

前人白骨化为尘，重取和泥埋后人。

后人得埋且莫哀，君不见狐狸窟穴沙坡台？

**【注释】** ①杜工部有诗云："君不见，青海头，古来白骨无人收。"或遭牧童踏，或被野猿偷，或为乌鸦食，或为白蚁蝼。鸦唧并乌啄，日晒与烟熏。不论工商并技艺，岂分卿相与王侯。对人生百年后无忧后人祭祀的感慨。更多是对社会动荡，百姓生活流离现状的控诉。

## 雪花歌①

天上纷纷雪，山中树树花。

尽道梅花胜似雪，我见雪花胜梅花。

梅花开必著梅树，雪花下来随所寓。

不择高低长短枝，有风即去无风住。

纵使风吹树尽空，在地还与在树同。

本来清白谁能污，一任飘飘无定踪。

梅花虽好能几日？开落荣枯情不一。

君不见罗浮山下梅花村，师雄卧处生荆棘②。

【注释】 ①函可师对雪花情有独钟。通过对梅花、雪花的对照描写，表达了内心对雪花"不择高低长短枝"，清白自守品格的赞美。雪花又何尝不是他自身的写照！②师雄：雄壮的狮子，喻佛的雄伟。也代指佛。狮，古作"师"。

## 花月歌①

月出爱良夜，花开聚名园。

几见花开定无雨，几见月出定无云。

便使无云无雨花月天，谁能长艳复长圆？

世间好景实无多，醉月迷花奈尔何？

【注释】 ①此诗写莫问好景多不多，问人生，岁月有几何？

## 山雪歌①

山巍巍，雪霏霏。

日夕随风栖涧石，夜寒和月照岩扉。

山杳杳②，雪皎皎。

雪在山头雪更高，山头有雪山逾老。

老僧爱雪兼爱山，岁岁山中自掩关③。

每到冬来必见雪，每到见雪必开颜。

我心与雪何相似，长欲空山抱雪死。

纵令骨化定为冰，直至魂销应作水。

我常对雪寂无声，雪来见我如有情。

昔日袁安今日子④，相看相伴两忘形。

从来不愿销金帐⑤，羔羊美酒斟还唱。

人间行乐只片时，曲残酒醒身凋丧。

亦不愿高楼玉笛吹，梅花落处使人悲。

此中何限江南客，对此安能不泪垂。

但愿深山荒寺里，尽日无人吾与尔。

只恐春来尔不禁，寂寂相思从此始。

是时天地苦冥冥，山僧作歌山雪听。

【注释】　①茫茫人海，落落人间，老僧孤歌，雪花独笑。函可师发出了"我心与雪何相似"的感慨！②杳杳：深远幽暗。③掩关：坐关。指佛教徒闭门静坐，以求觉悟。④袁安：东汉汝南汝阳（今河南商水县）人，字邵公，为人严谨，州人敬重，洛阳令举为孝廉，永平间拜为楚郡太守。时因楚王英谋反事，株连数千人，死者甚多。安到郡理狱，平反冤案，获释四百余家。汉和帝时外戚窦宪兄弟专权，袁安守正不阿。⑤销金帐：用金或金线装饰的帐子。

博罗剩人可禅师著　　书记今羞编

## 五言律一

### 初释别同难诸子①

终岁愁连苦，生离且莫哀。
问人颜尚在，见影意犹猜。
佛道千秋重②，汤仁一面开③。
明知予未死，好去勿徘徊。

【注释】　①此诗写函可师刚刚得到释放，与诸友人告别，并嘱以佛道为重，不必牵
挂。顺治五年（1648）春天，函可被流放沈阳。此诗约作于出发前夕。②佛道：道者通之
义，佛智圆通无壅，故名之为道。③汤：河南商丘人，汤是契的第十四代孙，主癸之子，商
朝开国君主。对那些亡国的夏民，则仍保留"夏社"，并封其后人。汤注意"以宽治民"，
因此在他统治期间，阶级矛盾较为缓和，政权较为稳定，国力也日益强盛。

### 初　发①

马上催行急，欢生复自嗟。
身轻曾似叶，泪落正如麻。
计日边城近，伤心故国赊②。
幸余穿布衲，犹可耐风沙。

【注释】　①此诗写函可师从京城向边地进发，庆幸自己还能活着的同时，思念那渐行
渐远的故乡。②赊：遥远。

## 至永平①

旧孤竹园

去国刚三日,明朝欲到关②。

故人从此尽,秃鬓自今斑。

马恨如风疾,心拚似石顽。

低头思二士③,一望首阳山④。

【注释】 ①此诗写函可师到了永平府(治在今河北卢龙县),慨叹良多,思念亲人,思念故乡。②关:指山海关。③二士:伯夷、叔齐。④首阳山:在今山西省永济县南,伯夷、叔齐因不食周粟饿死于此。

## 宿山海关①

重关犹未度,破衲早生寒。

大海依然险,危峦空自攒②。

乡书万里绝,鼓角五更酸。

敢望能生入,回头仔细看。

【赏析】 ①此诗写函可师夜宿地势险绝的山海关,寒凉侵体,心中益发酸楚,回头望,目断心飞。②攒:积聚,积蓄。

## 初至沈阳①

开眼见城郭,人言是旧都。

牛车仍杂沓,人屋半荒芜。

幸有千家在,何妨一钵孤。

但令舒杖屦②,到此亦良图③。

【注释】 ①此诗写函可师初至沈阳时的情景,城内满目荒凉。函可师奉旨焚修于沈阳慈恩寺。顺治五年(1648)四月二十八日到达沈阳。②舒:展开,伸展。杖屦(jù):手杖与鞋子。③良图:很好地谋划。

## 初入慈恩寺①

幸无牛马后,仍许见浮屠②。

礼佛欢如旧，逢僧笑尽呼。

膏粱恣啖嚼③，土榻任跏趺④。

半晌低头想，依然得故吾。

【注释】 ①此诗写函可师初到慈恩寺，恬淡自若之情。慈恩寺：在今沈阳市。②浮屠：佛。③膏粱：高粱。恣啖嚼：随便吃。④土榻：土床。跏趺（jiā fū）：跏趺坐，佛教修禅者的坐法。即将右脚盘放于左腿上，左脚盘放于右腿上的坐姿。在诸坐法之中，以此坐法为最安稳而不易疲倦。

## 思千山①

咫尺白云隔，千山未许游。

前王曾驻跸②，幽客几埋头。

洞壑愁中见，烟岚梦里收③。

可怜溪上水，万古自空流。

【注释】 ①此诗写函可师向往辽东胜地千山。千山：位于辽宁省鞍山市东南，素有"东北明珠"之称。②驻跸：古时皇帝出行临时居住地称驻跸。唐王李世民东征曾于辽东地区的千山、首山等地驻扎。函可诗中提到的驻跸峰颇有争议，一说千山，一说首山。由此诗可见，函可师诗中提到的驻跸当指千山。③烟岚：云烟蒸润之气。

## 生日四首①

忆当论死际，又过两年期。

白日存吾分，寒风任尔吹。

到边仍说法，有客尚投诗。

且自欢兹会②，明冬不可知。

未了黄沙债，偿他止一身。

便从今日死，已是旧朝人。

乞食真惭粟，看书若有神。

无端思故事，数点泪沾巾。

四十未为老，颠危自古稀③。

虚生成底事，到死不知非。

弟妹徒相忆，家乡那得归？

从来无片纸，辜负雁南飞。

百岁已将半，为僧十二年。
残躯委冰雪，双眼借人天。
只有心方寸，还余诗几篇。
时时吾笑我，不改旧时颠。

【注释】 ①此四首诗写函可师年已四十，每每思念亲人、故乡，感叹时光流逝，聊以诗歌自娱。②欢兹会：欢会，欢聚。③颠危：颠困艰危。

## 赠大通师①

北宗夙所仰②，开藏见高名③。
道德传东海，袈裟搭上京④。
开堂龙象踏⑤，卓锡鬼神惊⑥。
多少南来衲，皇途渐荡平⑦。

【注释】 ①此诗赞大通师为法门龙象，慧身清净，德宇深醇。②北宗：禅宗自初祖达摩至五祖弘忍为一味。弘忍之下分南北二宗。六祖慧能之宗风，行于江南，故为南宗之祖，神秀禅师之行化，盛于北京，故谓为北宗之禅。此中至后代极其隆盛者，为南宗。五家七宗之分派，亦属此下。③开藏：开始讲经说法。④上京：古时对国都的通称。⑤开堂：本为译经院之仪式，每岁圣诞节，必译新经上进，以祝圣寿。前两月诸官集观翻译谓之开堂。今世宗门长老新住持，初演法，谓之开堂。⑥卓锡：僧人居处。卓者，立也，锡者，锡杖，僧人所持。⑦皇途：大道。

## 秋　望①

长平无好景，秋至益萧森②。
不到边关外，焉知天地心。
风吹连野阔，日落满城阴。
骨肉消俱尽，空余一念深。

【注释】 ①此诗写秋季的边城，满目萧条的情景。②萧森：草木凋零衰败貌。

## 偶　成①

禅诵何曾习，幽幽我自亲。

过云如近性，古木愿为邻。

午睡无多事，平生只一真②。

客来添礼数，知是世间人。

【注释】　①此诗写函可师恬淡自适的禅修生活。②一真：又名一如，为绝待之真理
也。一者无二，以平等不二之故谓之一；真者离虚妄之义，所谓真如也。

## 晚　兴①

死去亦闲事，奈兹朝暮寒。

菊残秋色苦，僧老梵声干②。

遇物皆心碎，无天好眼看。

不如长闭户，趺坐夜漫漫。

【注释】　①此诗写秋季苦寒零落的情景。②干：枯燥，没生气。

## 思　友①

知己良非易，何时不可亲。

况当流离际，举目两三人。

杯水必同聚，空谈亦有神。

毋论朝及夕，相与烂天真。

【注释】　①此诗写函可师与二三友人，清酌玄谈，闲情自永。

## 送　雁①

举目漫相送，遥空影渐微②。

自从来北塞，几度见南飞。

一路新霜下，三山古木稀。

明年望春信③，行矣莫迟归。

【注释】　①此诗写鸿雁南飞，举目心摧，期待来年春天，莫迟归。②渐微：逐渐隐去
不见了。③春信：春天的信息。

## 送　燕①

空梁如逆旅②，欲别故飞低。

天下皆秋气，何方更好栖？

风流思旧梦，月冷度前溪。

尔念余心在，凄凉见落泥。

【注释】 ①函可师看到秋至萧然，燕去梁空，唯有遥望相待，从而表达了诗人的伤感和落寞之情。②逆旅：客舍、旅店。

## 重阳前三日①

不能待九日，力尽为登台。

故国知难望，乡心终未灰。

孤烟生绝漠，返景照荒莱②。

策杖且还卧，黄花何处开。

【注释】 ①此诗表达了函可师的思乡之情。②荒莱：犹草莱。亦指荒地。

## 怀友沧师①

托迹长千里②，能无车马喧。

世人来问法，远戍独怀恩。

定有花侵案，应知月到门。

菊英已堪把，日夕对谁飡。

【注释】 ①函可师见案头菊花，门外明月，慨念昔游，仿佛昨梦，内心真情荡气回肠。友沧师：僧人，诗人的道友，生平不详。②托迹：犹寄身。多指寄身方外，以逃避世事。

## 偶　感①

迁客易为感②，况兼秋有声。

天风吹木叶，一夜满边城。

是处皆肠断，无时免泪零。

不知何事切③，未必尽乡情。

【注释】 ①本诗写落叶萧萧，秋景惨淡，函可师触景生情，其内心的惆怅绵绵无尽。②迁客：指遭贬斥放逐之人。③切：急切，急迫。

## 夜　雨①

是夜闻秋雨，萧萧更不禁。

崎岖万里梦，缭绕十年心。

处世明知幻，衔恩奈独深。

何曾待摇落②，凄怆到于今。

【注释】　①本诗写夜来雨，晓来风，屈指十年飘零，剪不断故乡情。②摇落：凋残，零落。

## 雨中看菊①

风雨暗边关，何人泪勿潸②。

我心与秋菊，相向不成颜。

倒卧从泥污，飘摇倚石顽。

眼看佳节近，犹自忆龙山③。

【注释】　①此诗写函可师雨中看菊，引发的惆怅之情。②潸：流泪。③龙山：位于辽宁朝阳市东南。东晋慕容皝在柳城之北、龙山之南筑龙城。

## 雨中怀诸子①

咫尺阻言笑，其如风雨何。

展书当事业，壮志此消磨。

竟日掩门户②，千年一咏歌。

寂寥频得句，相见较谁多。

【注释】　①此诗写函可师在雨中，难耐寂寞，以诗歌消遣。②竟日：终日，从早到晚。

## 怀千山诸子①

野衲还山去②，深居第几重。

遥知岩石侧，犹有汉唐松。

施食下林雀，安禅护洞龙③。

寄言诸老宿，春晓待飞筇④。

【注释】 ①山林深处是焚修的好地方，函可师遥寄关切，深情如铸。②野衲：指山野中的僧徒。③安禅：佛教语。指静坐入定。俗称"打坐"。④飞筇：指僧人游息。筇，杖。

## 傅子拓新斋①

把茆亦已足②，拓地更精神。
静坐饱秋色，开书见古人。
童乌时问难③，慧远复来频④。
何必桃花水，萧然即避秦⑤。

【注释】 ①道者，随缘自在，不离尘染之中，豁开世外之境，不知不觉，功到自然成，函可师即此意也。②把茆：一把大的茅草屋。茆，同"茅"，茅草。③童乌：指早慧儿。清·陈维崧《虎儿行》："鹤柴五日一休沐，膝下遍著三童乌。"④慧远：指慧远大师，俗姓贾，东晋时人，雁门郡楼烦县（今山西原平大芳乡茹岳村）人，出生于书香世家。居庐山，为净土宗之始祖。⑤萧然：空寂，萧条。

## 游谭家庵①

诸山时闭阁，当午不闻钟。
此地足云水，往来多远踪。
酌泉有妙理②，隐几即孤峰。
缭绕香生雾，应藏听法龙③。

【注释】 ①函可师意谓谭家庵乃绝妙的禅修胜地。②酌泉：指《酌贪泉》。《酌贪泉》是东晋诗人吴隐之所写的一首五言绝句。全诗运用对比手法来突出吴隐之为官的清廉。③听法龙：宋代曾慥《类说》卷十九引《幕府燕闲录》："有僧讲经山寺，常有一叟来听，问其姓氏，曰：'某乃山下潭中龙也，幸岁旱得闲，来此听法。'僧曰：'公能救旱乎?'曰：'上帝封江湖，有水不得辄用。'僧曰：'此砚中水可用乎?'乃就砚吸水径去。是夜雷雨大作，迨晓视之，雨悉黑水。"龙听法之后，竟违背天帝旨意，在僧的要求和提示下，努力降雨，以救旱荒。后常以此典喻佛法威力或咏高僧有道。元代张可久《折桂令·游金山寺》："有听法神龙，渡水胡僧。"

## 送 人①

去去莫回头，苍茫塞上秋。
死生从此异，人马尽成愁。

不敢高声别，唯应暗泪流。

他方倘相忆，但索鬼门幽。

【注释】 ①此诗写函可师送别友人，从此生死茫茫两不知，令人慨叹。

## 小 河①

寂寂小河水，波平意自闲。

更无舟楫苦，独有雪冰艰。

众汲何曾损②，直行绝往还。

静思源出处，应在万重山。

【注释】 ①此诗写函可师借"小河"，感叹大自然造化之神奇。②汲：从井里打水。损：减少。

## 送 客①

单身从此去，乡路尚悠悠。

两点丈夫泪，一天孤鹜秋。

幸无为客死，未了此生愁。

回望迁流处，沙平黑雾稠。

【注释】 ①此诗写函可师送客，盖此人也为流人迁客，所幸没有客死他乡，反观函可师自己，乡关万里，独自悲伤归不得。

## 晚 步①

钟声随我去，隐隐度前湾。

遥望深松暮，应多野鹤还。

客心在秋水，微月出空山。

任意缓归步，柴门不用关。

【注释】 ①此诗"客心在秋水"者，虽略带伤感，但其表达的闲适之情令人神往。

## 暮 归①

只向城西去，非关夙有期。

闻歌知我至，抛卷候门时。

终日惟相对，竟归亦不辞。

老僧出户望，偏怪步何迟。

【注释】　①莫谓前程无知己，归途偏偏有故人。此诗写函可师与老僧惺惺相惜。

## 寻　诗①

只在秋山里，遍搜黄叶堆。

忽然被我得，却似古人裁。

野月索将去，寒风吹复来。

还家囊已满，生死兴悠哉。

【注释】　①此诗写函可师在秋山里，遍搜黄叶，触景生情，引发了寂寥心声。

## 接薪夷书①

忆君良独苦，书到益伤神。

众命终难活，一心不负人。

何天堪问话，无地可容身。

却望边关外，偏多夙所亲②。

【注释】　①此诗写函可师接友人薪夷书信，感叹自己身处悲惨凄凉的境地。薪夷：生
卒年不详，陕西人。函可师好友，冰天诗社成员。②夙所亲：往昔的亲友。

## 对　雪①

九月尚春衣，高林望已稀。

朔风从地起，大雪近僧飞。

鱼懒寒谁击，麈闲静不挥②。

无人相问讯，只合掩荆扉。

【注释】　①此诗写边地大雪纷飞，函可师独自禅居的情景。②麈：古书上指鹿一类的
动物，其尾可做拂尘。

## 八日雪中怀北里①

尔时应独坐，把笔自题诗。

以此为良计，终年足疗饥。

寒新生远思，雪净望幽姿。

明晓来相问，携将菊一枝。

【注释】　①此诗写函可师于雪中赋诗自娱自乐。北里：左懋泰，见本书《千山剩人可和尚塔铭》注释。

## 怀苏筑①

煮泉方自酌，怀尔得诗题。

料是开窗看，无人雪一溪。

句从寒处索，物向悟边齐。

但望空林霁②，知余来踏泥。

【注释】　①此诗写函可师想起屡遭坎坷的苏筑，似有所悟。苏筑：生卒年不详。函可好友，南直人，冰天诗社成员。②霁：雨雪停止，天放晴。

## 怀我存①

昨夜风吹雪，谁边落更多？

最怜愁与老，安得笑还歌。

范叔寒如此②，陶公兴若何③。

明朝采残菊，著屐定相过④。

【注释】　①此诗写函可师想起友人我存，惺惺相惜之情流露无遗。我存：函可的道友，生平不详。②范叔：范雎，字叔。战国时期魏国人。由于须贾告状，范雎被毒打得几乎死去，后来逃到秦国当了宰相。须贾来秦，他特意以贫穷的面貌去相见，须贾送绨袍给他御寒，他感到须贾还有故人之情，就宽恕了须贾。典出《史记·范雎蔡泽列传》。③陶公：指晋朝大诗人陶渊明。④屐（jī）：木头鞋，泛指鞋。

## 九日偕诸子过北里①

扶伴过城北，霜飞逐面来。

为寻扬子宅②，不上单于台③。

水泛东篱菊，心存故国莱④。

从兹寒日甚，那得容颜开？

【注释】　①此诗写城北霜飞甚寒，函可师心中怎能不遥想故国。北里：左懋泰，见本书《千山剩人可和尚塔铭》注释。②扬子宅：西汉蜀郡成都人扬雄的住宅。③单于台：在今内蒙古自治区呼和浩特市西。《汉书·武帝纪》："元封元年……出长城，北登单于台。"④故国莱：家乡的莱草。莱，也叫藜草。

## 冒雪过苏筑①

所思何必远，挟卷过西邻。

相见亦无为，自然不厌频。

犬迎遥识面，雪下尽随身。

此日倍萧飒②，烧泉意甚真。

【注释】　①此诗写函可师访友人苏筑，天气异常萧索，然而"烧泉意甚真"，令人欣然。苏筑：见本卷《怀苏筑》注①。②萧飒：寂寞凄凉。

## 雪　中①

道心宿何处，风雪裹残僧。

觅我了无有，因人实不能。

磬敲零败叶，佛坐老孤灯。

欲问平生事，颓垣挂古藤②。

【注释】　①磬敲败叶，佛坐孤灯，道心何处，函可师未能忘情。②颓垣：倾塌的墙。

## 喜　哥①

流离方五岁，隆隼异时儿②。

所幸生年晚，全无旧国思。

泥深失龙性，霜冷落琼枝。

最是伤心处，逢人自笑嬉。

【注释】　①此诗写喜哥五岁时流落边地，没有故国的概念，莫怪他，茫茫尘海，此身终究是落花。②隼（sǔn），鸟名，鹗。

## 得千山诸老信①

千山人有信，望我到山中。

昨日满山雪，山风吹又空。

松枝当户入，石径与天通。

何得穿双屐，寻幽处处穷。

**【注释】**　①此诗写函可师得千山诸老信，盖邀其入山开法。万法不流水自流，何必寻幽处处穷。

## 答千山诸老①

我本山中客，山翁不用招。

为怜地主意，遂使白云遥。

花雨迟飘落，松风暂寂寥。

石床余半席，只待雪初消。

**【注释】**　①此诗写函可师回应千山诸老的邀请，意谓冰雪消融，即可上路。

## 梦游千山①

夜半分明到，千山万木中。

霜花亲骨肉，雀语动虚空。

所见无今日，相论尽古风。

可怜非久住，床下叫寒虫②。

**【注释】**　①此诗写函可师梦游千山，月光流影，山林潜辉，霜花雀语，实乃人间仙境。②寒虫：寒天的昆虫。多指蟋蟀。

## 招山中诸老①

传言入云去，劝汝下云间。

且看主人意，暂抛水石间，

此心无近世，随地足深山。

莫学高峰老②，频年坐死关③。

**【注释】**　①此诗写函可师劝山中诸老"莫学高峰老，频年坐死关"，盖参禅修道，了脱生死，非枯木禅也，学者须知。但也不可一概而论，如诗中提及的"高峰老""坐死关"达十五年之久，其所修证的禅法境界，非凡夫可臆测。②高峰老：高峰原妙（1238—1295），南宋临济宗杨岐派破庵派僧，苏州吴江人，俗姓徐，字高峰。十五岁出家，十七岁受具足戒，十八岁修学天台教义。咸淳二年（1266），隐龙须寺，后再迁武康双髻寺。元世祖至元十六年（1279），登杭州天目西峰入张公洞，闭死关，不越户达十五年之久，后学徒云集，参请不绝，僧俗随其受戒者数万人，谥号"普明广济禅师"，门下有中峰明本、断崖了义、大觉祖雍、空中以假等人，世称高峰和尚。③死关：闭关。佛教中指僧人独居，一个人专心修炼佛法，与外界隔绝，满一定期限后再外出。

## 夜　雪①

一榻浑如水，雪天未肯明。

怜吾愁不寐，到户寂无声。

白满思山谷，寒多念友生。

正当孤绝际，忽听晓钟鸣。

【注释】　①此诗写函可师夜不能寐，百感交集，忽听晓钟鸣，身心释然。

## 听北里弹琴①

招我入太古，孤琴此际闻。

林塘皆默默，水月共云云。

指外通心事，弦中绝世氛。

民生愠未解②，何处觅南薰③？

【注释】　①此诗写听北里弹琴，盖琴音者，可以令人形留神往，心缘妙境，函可师难以抑制，心怀故乡矣。北里：左懋泰，见本书《千山剩人可和尚塔铭》注释。②愠：怒，怨恨。③南薰：亦作"南熏"。指《南风》歌。相传为虞舜所作，歌中有"南风之薰兮，可以解吾民之愠兮"等句。

## 北里新书屋二首①

古圣亦局促，图书雨雪侵。

凭添数尺地，不作百年心。

杏树篱穿老，柴门昼掩深。

歌吟听又满，余响出寒林。

卜居宁有意②，聊以御寒冬。

残瓦沿冈拾，低垣带雪春。

但将书与共，所贵月能容。

从此门前路，时添云水踪。

**【注释】**　①此两首诗写北里新筑书屋，盖以诗书自娱者，外适内和，神情自远矣。北里：左懋泰，见本书《千山剩人可和尚塔铭》注释。②卜居：比喻理想的生活境界。《卜居》是《楚辞》中屈原所作的一篇辞赋。

## 秋　尽①

秋光辞我去，还似惜春心。
野雀翔空响，寒云到地阴。
不能抒远梦，竟欲罢孤吟。
自此山门掩，屐声无近林。

**【注释】**　①秋尽萧条，寒凉侵体，函可师正可自掩山门，着力用功。

## 赠无瑕师①

非关学辟谷②，少小便忘饥③。
终日半瓢水，长年一衲衣。
看人只自老，种树已成围。
来往边城里，常愁白昼飞。

**【注释】**　①此诗是函可师赠无瑕师，嘱其心无旁骛、志究大法。②辟谷：是一种运用独特的传统道家方法，通过在一段时间内不吃五谷，达到排除体内积秽，调整人体代谢系统的目的，从而改善人体内环境，提升自身免疫力和自愈力的养生方法。这一做法起源于先秦，在我国唐朝时期民间比较流行。③忘饥：谓醉心于圣道。

## 寄姚氏昆仲①

兄弟幽栖处，开门水一方。
寻诗撑野艇，论易集空堂②。
白昼听蛙吹，青天数雁行。
岭头三百树，好写寄穷荒③。

**【注释】**　①此诗是函可师寄语姚氏兄弟，盖姚氏兄弟息机名利，以诗酒自娱者，独善其身也。昆仲：将别人称呼为兄弟的敬词。长曰昆，次曰仲。②空堂：空旷寂寞的厅堂。③穷荒：绝塞，边荒之地。

## 寄龚、韩二子①

平生无半面，祸患每过寻②。
乱肆两枯骨③，枯桐一片心。
道同顽处合④，诗向酒中深。
后夜相思处，开门月满林。

【注释】　①此诗写龚、韩二子，隐居乐道，以诗酒自娱。②过寻：关切，询问，表示
关心。③乱肆：混乱的集市。④顽处：顽顿、顽强的性格。

## 寿寒还①

何物堪延岁，携将数卷书。
到门惟有雪，浮海已无桴②。
饥渴三仙字，乾坤一老儒。
蓬莱如可至，或许曳长裾③。

【注释】　①此诗写一老儒，清明在躬，自得其乐，犹似仙人。②桴：竹筏或小木筏。
③长裾：指长衣。

## 左公往堡中有怀①

未必长相见，初离叹索居②。
遥知兄及弟，只有泪如珠。
踏雪寻诗句，循田得潦余③。
归时属二子④，亟为报僧庐⑤。

【注释】　①此诗意谓函可师与左公，相濡以沫，盖知己也。左公：左懋泰，见本书
《千山剩人可和尚塔铭》注释。②索居：离群而居，独居。③潦余：东北方言，秋收后田里
落下的粮食。④属：通"嘱"，嘱咐。⑤亟：急切。僧庐：僧人居住的地方。

## 和戴子堡中八咏①

### 北　山

未道山中去，山中一片云。
无心偏出岫②，何事屡移文。

111

白鹤犹闻怨，驯麋可与群。
嵯峨千丈壁③，不必勒前勋④。

## 夹　河

苦雨添新涨，怀人在水央。
双浮天日月，一濯我肝肠。
泡影流将去，闲愁荡更长。
卜居应不远⑤，谁与咏沧浪⑥？

## 石　人

见说衣冠古，投诗寄问频。
我心曾匪石，尔貌可为人。
萝月长相忆，山云乍许亲。
最怜同伴者，一半是顽民⑦。

## 永兴寺

岂料穷边处，还余旧宝坊⑧。
定多山下士，同礼法中王。
白豕惊清磬，寒猿到画廊。
他时携竹杖，应许借绳床。

## 耕　烟

啖雪固余分，犁云为汝怜。
何须至寒食，时恐断炊烟。
带雨将苗种，抛锄枕石眠。
只愁痴梦里，又到御炉边。

## 采　蕨

采采山中蕨，无为席上珍。
同甘辽海雪，难比故乡莼⑨。
到甑犹闻禁，盈筐未是贫。
老僧知此味，好寄莫辞频。

### 莲 渚⑩

污泥曾不染，隔浦递幽香⑪。

何用沾新露，犹然怯晓霜。

愿生诸佛国，可集野人裳。

旧社荒芜甚⑫，池塘梦正长。

### 观 鱼

子岂知鱼乐，过河泣欲枯。

未能忘浩荡，暂可免罾罛⑬。

夜静芦花白，天寒野艇孤。

愿随风雨去，清梦到江湖。

【注释】 ①此为和戴子堡中八咏，或写山水，或写劳作，或写休闲，皆率然成章，适可以与友人相慰相勉，知足常乐，解悟人生。戴子：见卷三《雨夜留戴子共榻》。②出岫：出山，从山中出来。③嵯峨：形容山势高峻。④勒：镌刻。前勋：曾经的功勋和事业。⑤卜居：见《北里新书屋二首》注②。⑥沧浪：古水名。《孟子·离娄上》："有孺子歌曰：'沧浪之水清兮，可以濯我缨；沧浪之水浊兮，可以濯我足。'"后遂以"沧浪"指此歌。⑦顽民：指不服从统治的人。⑧宝坊：指寺院。⑨莼：莼菜。亦名"水葵"，一种水生植物。⑩莲渚：荷花池。⑪浦：水边。⑫旧社：莲社。东晋僧慧远居庐山东林寺，与刘遗民、雷次宗等十八人同修净土，中有白莲池，号莲社，亦曰白莲社。⑬罾罛（zēng gū）：指鱼网。

### 看薪夷病①

看看垂死病，凄怆泪沾巾②。

原罪吾居长，论贫尔作邻。

天全无可否，药尚有君臣。

莫畏泉台苦③，冰河久已亲。

【注释】 ①此诗写薪夷病重，奄奄一息，函可师悲伤不已。薪夷：见本卷《接薪夷书》注①。②凄怆：凄惨悲伤。③泉台：台名。春秋鲁庄公筑。

### 喜薪夷病起①

抨是沙埋骨，欣闻息已苏。

一毡吞未尽，双眼泪将枯。

又得吾良友，仍余尔罪夫。

从今知死易，镇日好相呼。

【注释】　①此诗写薪夷大难不死，令函可师欣慰异常。薪夷：见本卷《接薪夷书》注①。

### 庭前孤雁四首①

缯缴满天地②，空门亦有忧。

暂依庭草宿，敢望渚芦游。

梦想洲前侣，魂惊塞上秋。

预愁霜雪苦，不得到罗浮③。

可是笼中物，高飞不自繇④。

鼎烹何足恨，网解转添愁。

独叫黄沙远，频行竹径幽。

主人情意重，岂为稻粱谋。

塞草青易白，堂阶日又曛⑤。

自存湖海志，聊共鹜鹅群。

俯首随人语，凄声独我闻。

旧行不可问，肠断万重云。

仰天如欲诉，侧首听鸣砧⑥。

影只月常照，力微风易侵。

祸深曾作字，愁绝少知音。

久矣云霄黮，何须寄上林。

【注释】　①此诗函可师以“庭前孤雁”自喻，述说自己远离故乡，被流放边地，悲惨凄凉的境遇。②缯缴：矰缴。系有丝绳、弋射飞鸟的短箭。③罗浮：罗浮山，作者曾于此山华首台寺焚修。④自繇（yóu）：自由。⑤曛：傍晚，黄昏。⑥鸣砧：捶、砸或切东西之声。

### 同陈子过新斋感赋①

每过必终日，流离几弟兄。

土床横茗碗，笑语杂书声。

佛道尊衣马②，天心宠甲兵。

此时况此地，犹见主人情。

【注释】　①此诗写函可师同陈子过新斋，几个流离边地的兄弟相聚，品茗，吟诗，惺惺相惜，喜笑颜开。②衣马：穿着轻暖的皮袍，坐着由肥马驾的车。形容生活的豪华。

## 赠邻翁①

乞食固予分，频过亦自憎。

如何君父子，偏欲饱孤僧。

饭粳铜匙滑，参泉碧盏澄。

只兹堪我老，况尔坐高朋。

【赏析】　①此诗写邻翁父子，饭僧无间，令函可师自惭。

## 读顾与治书并见怀诗①

一沽江涛白②，惊生塞上魂。

乍疑惊瘦影，再读见啼痕。

旧橐青衫尽，空庭老树存。

相思频得句，好寄莫辞烦。

【注释】　①此诗写读顾与治书，盖此书激扬道义，悼怀惜逝，令函可师叹服。顾与治：顾梦游，字与治，崇祯十五年（1642）岁贡生。入清后，以遗民终老，卒于顺治十七年（1660）。平生行侠好义。莆田友人宋珏客死吴门，归葬于福建。家贫无子，诗草散佚。他跋涉三千余里，莫酒墓门，为之整理诗草，并请"善文者"钱谦益为之撰写墓表。②沽（gū）：古河名，源出山西省，流至天津入海。

## 孟贞寄书不至①

老友偏思尔，容枯骨岸然。

只闻寄远字，不见到寒边。

稚子应看长，空囊谁为怜。

明春有归雁，莫惜写新篇。

【注释】　①此诗写函可师感叹老友孟贞寄书不至，浮想联翩，盼其有新作问世。孟贞：邢昉（1590—1653），字孟贞，一字石湖，因住家距石白湖较近，故自号石白，人称刑石白，江苏南京高淳人。明末诸生，复社名士。明亡后弃举子业，居石白湖滨，家贫，取石白水酿酒沽之，诗最工五言。顺治十年（1653）卒，终年六十四岁。有《石白诗集》前集九卷，后集七卷。

## 洁之有志入山系赠①

已知寒塞苦，爱上别峰间。

挂钵青松古，安禅白石顽。

尘何关只杖，乱亦到深山。

未歇狂心在，溪流总不闲。

【注释】　①此诗写洁之有志参禅入道，但其异想纷呈，狂心未歇。

## 立秋后一日，孤雁忽飞去四首①

荒寺聊藏迹，定知非久留。

庶无鹰隼患，能免雪霜忧。

矫首辞孤衲，高飞觅旧俦②，

江南兵未戢，珍重荻花洲。

秋至尔先觉，空天翅独横。

既同艰险过，亦有别离情。

度塞宜高举，惊人莫浪鸣。

罗浮如可到，愁绝是孤征。

本是伤弓羽，还愁罗网撄③。

虽无好处去，犹自惜余生。

梦警五更雨，身轻万里程。

似怜相聚久，连叫两三声。

上林非凤昔，系帛亦徒劳。

尔去从飘泊，余心转郁陶④。

空庭添寂寂，中泽总嗷嗷⑤。

何日清江海，孤云许共翱。

【注释】　①此诗写孤雁忽飞去，空庭寂寞，音容不见，此番孤征远去，各惜余生。

②旧俦：旧日的朋友，伙伴。③撄（yīng）：接触，捕获。④郁陶：忧思积聚貌。⑤中泽：沼泽中，草泽中。

## 沈阳杂诗二十首①

草草四十载，乾坤一病身。
腊深颜益厚，祸酷意无瞋②。
性命岂由我，饥寒常累人。
西邻有二老，谈笑见天真。

西风吹破寺，泥佛坐何年。
一雁起庭际，数声空唳天。
远书谁可寄，饱食我方眠。
禅律浑忘却，安能效磨砖。

世事看亦见，边城忽已秋。
尘沙必在面，虮虱又缘头③。
欲笑从他笑，多愁总莫愁。
所知居不远，来往尽风流。

吁嗟复吁嗟，谁是无父母。
守栅供庖厨，入林御豺虎。
得生亦暂时，尽死安足数。
新眼看旧人，自然成粪土。

盛衰自今昔，佛岂限中边。
竿木随身戏，针锥任众贤。
到山先数马，入室但分钱。
亦有二三子，休嗟吾道遭④。

辛苦法王子，深慈将奈何？
肉残无足食，骨碎可重磨。
大网嫌鱼漏，高林畏鸟多。
不如魑与魅，犹自喜人过。

瘦日射枯杨，荒荒欲断肠。
老狐来瞰室，饿虎易过墙。
岂为高明误，空遭纸笔殃。
南中有义士，风雨每同床。

此地暑易尽，家家闻捣衣。
拽车水牯瘦，击鼓鬼娘肥。
风景连年是，人情半刻非。
老僧惟一钵，每日饱方归。

白日只斯须，频年乞海隅。
罪多识命贱，书到益身孤。
秉拂寻顽石，题诗答腐儒。
明知乡国没，仍梦到西湖。

北里有遗老，寻诗尚未还。
定知题落叶，随意到空山。
白昼全无韵，棋枰久已闲。
好携秋爽色，一洒户庭间。

白鹤亦有泪，悲凉与世同。
要从今日事，稍见古人风。
笛里声初断，囊中药屡空。
只留天一线，呼吸可能通。

侧立向空荒，风吹恨愈长。
文章宜溷厕⑤，牛骥共禅房。
不识梅花白，唯夸麦子黄。
秋来瓜独好，小摘齿牙香。

老翁时问讯，不死近何如？
梦里数竿竹，床头一卷书。
为人终直率，对客怪粗疏⑥。

午后睡方足，行行过草庐。

可惜团团月，还来绝塞明。
照人幽近死，到地自无声。
孤雁忽然过，远钟何处鸣？
岭南应更苦，夜夜落荒城。

卫霍名何减，山头旧札营。
乍闻吹落叶，犹似走残兵。
原草缠幽恨，河流带哭声。
最愁秋雨后，磷火向人明。

未到秋风起，先令破衲寒。
但拚身一掷，久与世无干。
日月看倏去，林泉到处残。
如何昨夜梦，颗颗荔枝丹。

几载望乡信，音来却畏真。
举家数百口，一弟独为人。
地下反相聚，天涯孰与邻。
晚风连蟋蟀，木佛共含辛。

佛命亦如线，西方有剩莲。
贝翻成大贾，笙吹比神仙。
弟子黄金贵，弓裘白日鲜。
雷同吾岂敢，只合抱沙眠。

沙坡台下土，春老草难生。
行路践心髓，游魂怯旆旌。
乌贪天养子，狐拜月成精。
当日无贫富，锋刀不世情。

天地不可必，春风或度关。
阴山一半揖，遗老共生还。

杖指乌衣巷⑦，船归黄木湾⑧。
亲朋未尽鬼，恸哭后开颜⑨。

【注释】　①此沈阳杂诗二十首，写函可师流放沈阳后，孤苦悲凉的生活，以及对亲人、对故乡的思念。②无瞋：不当面发怒，也不内藏恨意；不念旧恶，不憎恶人。③虮（jǐ）虱：虱及其卵。④邅（zhān）：凶猛的虎，形容道路险恶难行。⑤溷（hùn）厕：厕所。⑥粗疏：粗忽疏慢。⑦乌衣巷：地处南京夫子庙秦淮风光的核心地带，是晋代王、谢两家豪门大族的宅第，两族子弟都喜欢穿乌衣以显身份尊贵，因此得名。⑧黄木湾：广州的外港，港市贸易溯自隋唐。⑨恸哭：放声痛哭。

## 梦安仲叔①

昨夜分明见，长须叔不痴。
衣冠非此日，言笑尚前时。
纵死心方寸，平生酒一卮②。
只愁关路黑，来往得无疲。

【注释】　①此诗写梦安仲叔，盖彼有灵兮吾有梦，只缘不甘于永别，怎不叫人痛哭流涕。②卮：古代盛酒的器皿。

## 苦　蚊①

白日难容汝，群飞欲蔽天。
愁人频得句，终夜不成眠。
饿极筋先露，刑余血尚鲜
关东风景异，只此似江边。

【注释】　①此诗写函可师不堪忍受蚊虫的侵扰。

## 游七岭寺①

何必入山去，到来非世间，
巢松孤鹤冷，补衲几僧闲。
钟磬留清范②，岚烟护旧关。
一溪冰渐解，流水已潺潺。

【注释】　①此诗写游七岭寺，给人一种幽静动人、流连忘返的感觉。七岭寺：千山附近。②清范：清越动听的声音。

## 留龙泉静室①

入山如数日，又是一春残。

花信何曾到，松风依旧寒。

野禽时缱绻②，孤月共盘桓。

始觉边关外，犹然天地宽。

【注释】　①此诗写龙泉静室，烟霞独秀，天地自阔，实乃禅修之胜地。龙泉：千山龙泉寺。②缱绻（qiǎn quǎn）：此处指不离散。

## 寄题易修静室①

虽在名蓝内②，孤栖别一枝。

身贫客自少，地僻病相宜。

定有云分榻，时烦月照眉。

我来应不拒，煮雪共疗饥。

【注释】　①此诗写易修静室乃疗饥修禅的好地方。②名蓝：闻名的佛寺。蓝，伽蓝的简称。

## 和李公冬日成茆屋四首用韵①

数椽聊自可，欹枕抱书眠。

窗阔堪延月，茆疏好见天。

残毡犹马革，点雪即花砖。

野老频来过，床头起暮烟。

不识长安乐，何如东海隅。

夜寒闻鹤语，榻短学僧趺②。

兴至诗涂壁，饥来雪满盂③。

西邻迁客在，镇日待招呼。

身闲居自僻，岂必在山阿。

寒炙青藜火，行吟哨遍歌。

诗能穷学士④，酒亦病维摩⑤。
向晚西风急，何人著屐过？

举世皆兵革，安居自朔庭。
佛容参米汁，客与论棋经。
衾薄风侵骨，心空月在扃⑥。
屡携孤杖去，带雪步荒坰⑦。

【注释】　①此四首诗描述函可师游心世外、悲凉清苦的禅修生活。②僧跌（fū）：僧人跌坐。跌坐，佛教修禅者双足交叠而坐。③盂：盛东西的器皿。④学士：指苏学士东坡。⑤维摩：维摩诘的省称。意译为"净名"或"无垢尘"。⑥扃：门户。⑦荒坰（jiǒng）：荒郊。坰，远郊。

## 重和四首①

自是客来少，非关地独偏。
残棋抛屋角，饥犬卧炉边。
果赖邻儿送，诗凭野衲传。
情知无喜事，鹊噪矮檐前。

何事长边外，偏多鲁国儒。
谈经偕野兽，卜筑近枯株②。
窗破残诗补，肌羸薄酒扶③。
不知寒夜梦，还上玉阶无？

敝絮蒙头卧，霜风奈若何。
虚庭迎木客，汲井煮桑鹅④。
适性此云足，容躯不在多。
小僮存道意，袖手听长歌。

远碛留天地，无言雪一庭。
正襟坐古哲，开户看沧溟。
虎迹任来去，人情半醉醒。
老僧应不厌，多病怯疏棂⑤。

【注释】　①此四首诗同样描述的是函可师游心世外、悲凉清苦的禅修生活。②卜筑：建造房屋。③肌羸（léi）：肌肤瘦弱。④桑鹅：桑树果实，也叫桑耳。宋·陶谷《清异录·蔬》："北方桑上生白耳，名桑鹅，富贵有力者咸嗜之，呼五鼎芝。"⑤疏棂：房屋的窗格。

## 赠乐亭秀才①

我苦不得去，君胡为独来？
无家投大漠②，设帐傍荒台③。
客意黄花后，书声白雪堆。
相逢三两语，涕泪点残灰。

【注释】　①此诗写乐亭秀才，生活如此清贫凄凉，令人感叹。②大漠：喻东北未开垦的荒凉大地。③荒台：荒凉的高台，此指坟地。

## 送苗炼师入燕①

白日君将去，黄垆我尚留②。
莫言朋友义，能免众生忧。
残雪填沙碛，悲心满壑沟。
何时垂鹤翅，尽驾入云游。

【注释】　①此诗写送苗炼师入燕，函可师悲心切切，默祷其证真天府、游宴玉京。苗炼师：苗君稷（1620—?），字有邰，号焦冥，昌平人，诸生出身。康熙三十年（1691）尚在世，卒年不详。崇祯十一年（1638），清兵毁长城冲入内地杀掠时，蹂躏昌平。苗君稷举家罹难，乡园被洗劫，父母遭残害，他只身被掳掠到盛京（今辽宁沈阳）。皇太极发现其才能，曾"数欲官之"，苗君稷却予以明确拒绝，"谢不就"。以"一介之士翛然自守，虽饵以禄秩，怵以威执，而不为之动"。甘愿摒弃一切违背心志的宠荣而遁入玄门，乃"自请为道士"，从此便身着黄冠，成为沈阳三官庙道士。燕：河北。②黄垆：地下，犹黄泉。

## 赠五千道者①

只杖凄凄日，论乡独有君。
辞家一万里，学道五千文。
礼斗依丹阙②，吹笙坐碧云。
不堪询故老，清泪亦纷纷。

【注释】　①此诗写五千道者，一心向道，千辛万苦，令人感叹！②礼斗：参拜北斗星。丹阙：红色的宫阙。

## 得耀寰札①

相见亦常事，相离费苦思。

翻怜三岁过，未了一生疑。

函泪遥相寄，关心久已知。

长安春梦好，犹自绕冰池。

【注释】　①此诗写得耀寰札，函可师感其知见未稳，深表关切。

## 同陈子久坐候大翁回①

稚子欢留坐，主人出未归。

料应无别适，不过扣僧扉②。

诗卷携将去，塞炉且共围。

入门知有客，言笑尽余晖。

【注释】　①此诗中"入门知有客，言笑尽余晖"者，像读者身在其中，声情并茂，表达了函可师喜悦的心情。大翁：左懋泰，见本书《千山剩人可和尚塔铭》注释。该人也被函可师称为"塞外高松"，东海的"大老"，被当时辽沈地区的流人称为"北里先生"。②扣僧扉：敲僧人的门扉。

## 大雨喜育子远访①

相逢疑隔世，一别五经年。

莫话乡关事，难禁风雨天。

寻尸来万里，问道入重泉②。

拗折枯藤杖③，沙寒且共眠。

【注释】　①此诗写育子参禅访道，跋涉万里，一别五年，如今有所发明，凯旋而归，令函可师异常欣慰。②重泉：犹九泉。旧指死者所归。③拗折：断折。

博罗剩人可禅师著　书记今羞编

# 五言律二

### 别诸公往辽阳①

一秋良可过，镇日共盘桓。
谈寂霜犹堕，诗成月每残。
开怀偏有限，握别恨无端。
不出郑图外②，关河各自寒。

【注释】　①此诗写函可师与诸友人盘桓数日，启程去辽阳。临别时，感叹与友人别离多，忧虑辽东百姓的疾苦。②郑图：郑侠，字介夫，号一拂居士、大庆居士。北宋福建福清县人，治平进士，反对王安石新法，借旱灾机会，画流民图献给神宗，把灾害疾苦归咎新法。

### 同大来、吉津赴启如斋①

出门何所往，定是野僧家。
踏破三门雪，惊残一树鸦。
登床无别礼，堆案尽天花②。
得饱不辞去，边城日又斜。

【注释】　①此诗写函可师同大来、吉津赴启如斋，无繁文缛节，如归自家，愈见彼此情深谊长。大来：左懋泰，见本书《千山剩人可和尚塔铭》注释。吉津：李呈祥（？—1688），字其旋，一字吉津，号木斋，山东沾化人。明崇祯进士，选庶吉士。顺治初，授编修。累迁少詹事。顺治十年（1653）二月，被劾夺官，下刑部，流徙盛京（今辽宁沈阳）。居八年，释还故里。启如：为函可师好友，生平不详，乃斋僧修福之人。②天花：佛教中把天雨曼陀罗花、摩柯曼陀罗花、曼殊沙花、摩柯曼殊花称为四大天花。此处借指几案上的佛经。

## 和丽大师送弼臣见讯韵①

不作金门赋②，胡为匹马行。
亲朋愁远道，生死见交情。
望处关云黑，卧来江月清。
早归余尚在，海角待升平。

【注释】　①函可师与丽大师，师出同门，乃生死至交。今者大师遣弼臣问讯，函可师非常感动，并对未来有所期待。丽大师：天然和尚（1608—1685），法名函昰，字丽中。函可师兄。原名曾起莘，字宅师，番禺县吉径村人，世为邑中望族。②金门：汉代官门名。学士待诏处。

## 同陈公叙昔有感①

不过廿年事，还如隔数生。
逢君寒碛话，动我渭阳情②。
乡国余残梦，乾坤未解醒。
独怜孤杖外，气骨自相撑。

【注释】　①此诗写函可师深感与陈公，恍如宿世至交。如今乡国之情犹在，鼓励自己顽强地活下去。②渭阳情：原谓甥舅之情。《诗经·秦风·渭阳》：“我送舅氏，曰至渭阳。”此处泛指友情。

## 同木斋坐苏筑斋竟日①

所谈亦何异，相共到黄昏。
闲或翻残帙，饥惟索瓦盘。
危微千古事②，断续几人存？
此日真堪录，寻思无一言。

【注释】　①此诗写赴斋。这一天，大家饥则吃饭，闲来翻书，至于说心性“危微”，此乃是古圣人所授，关乎每个人的大事，却无人谈及。木斋：李呈祥，见本卷《同大来、吉津赴启如斋》注释。苏筑：见卷六《怀苏筑》注①。②危微：指人心惟危，道心惟微。《尚书·大禹谟》中有“人心惟危，道心惟微，惟精惟一，允执厥中”十六个字。“人心惟危”

是说人心不可靠、潜藏危险。"道心惟微"是说道心非常微妙。

## 读李氏遗书二首①

何期万死后，得见一生人。

久识灰销骨，欣看字有神。

每凭心口力，尽洗古今尘。

莫恨余生晚，当时无此亲。

举世令人闷，斯人以死争。

开眸沧海窄，点笔老天惊。

佛祖无酸气，英雄有至情。

遗书今尚在，再拜李先生。

【注释】　①此诗写读李氏遗书所言，令函可师拜服，遗憾不能亲聆教诲。

## 慰戴三病①

三日不相见，惊闻伏枕忧。

尪羸力已竭②，号泣意无尤③。

未识趋庭乐④，弥深陟屺愁⑤。

春残风尚劲，珍重夜添裯⑥。

【注释】　①此诗写惊闻戴三生病，函可师深表担忧，嘱其好生养病。戴三：戴遵先，见卷五《赠戴三》注①戴三。②尪（wāng）羸：瘦弱。亦指瘦弱之人。③无尤：没有过失。④趋庭：子承父教。《论语·季氏》："孔子尝独立，鲤趋而过庭。曰：'学诗乎？'对曰：'未也。''不学诗，无以言。'鲤退而学诗。他日，又独立，鲤趋而过庭。曰：'学礼乎？'对曰：'未也。''不学礼，无以立。'鲤退而学礼。"鲤，孔子之子伯鱼。后因以"趋庭"谓子承父教。⑤陟屺（zhì qǐ）：思念母亲。《诗经·魏风·陟岵》："陟彼屺兮，瞻望母兮。"郑玄笺："此又思母之戒，而登屺山而望也。"⑥裯：短衣。

## 喜李炼师禁足①

人间亦何极，隐几即仙源。

尽扫青牛迹②，深藏金马门③。

闲应探药笈④，静可叩天根⑤。

咫尺三山近，行看一鹤骞⑥。

【注释】 ①此诗写喜李炼师禁足。盖参禅修道者，定慧圆明，解行相应，乃是正理也，切忌频繁走作，蜻蜓点水。今闻李炼师禁足，函可师深表欣慰。李炼师：希与道者，北直人。函可师好友，冰天诗社成员。②青牛：老子所乘坐骑。③金马门：汉代官门名。学士待诏处。这里"青年""金马门"两句诗意谓不露锋芒，与时卷舒处世也。④药笈：药箱子。此处应指道藏。⑤天根：指人的本性，天性。⑥鹤骞：鹤飞。

## 重送大茎①

艰辛吾与汝，耐尽几秋霜。

佛了无奇特，人难是久长。

云山欣有伴，风雨忆同床。

莫恋故乡好，相期塞菊黄。

【注释】 ①大茎乃函可师的同参道友，此诗表达了他们深厚的友情。

## 重送尸林①

欲嘱浑无语，徒将泪几行。

乾坤双草履，来去一空囊。

故国何从觅，寒冰已共尝。

老人相见处，休话汝师狂。

【注释】 ①尸林返回南方，函可师依依不舍。见到老人（道独老人），但言一切都好。尸林：函可的徒辈，生平不详。

## 送义虫省亲①

相见复何日，相期安可忘。

好携沙际雪，聊慰发如霜。

不孝原非佛，寻诗颇似狂。

濡毫题去袖，春雨正茫茫。

【注释】 ①此诗写送义虫省亲，函可师嘉其孝心，嘱其好去好回。

## 寄心公二首①

念子何偏切，为人念独艰。

相期一种意，不在百年间。

古圣了无异，高名岂是闲。

遥知吟倦处，徙倚望他山②。

别来频雨雪，心绪近如何？

子道承欢隔，君恩出塞多。

高山方咫尺，白日已蹉跎

自有无穷事，时将访薜萝③。

【注释】 ①心公乃函可师的道友，彼此之间很是默契。函可师嘱其更进一步，不要荒废光阴。心公：陈掜臣（1634—？），又名易，字心简，江苏溧阳人。明末清初诗人，大学士陈名夏长子，曾官侍卫。顺治十一年（1654），其父陈名夏被弹劾处绞刑，陈掜臣被株连，逮治，杖戍尚阳堡。陈掜臣多才艺，不治家产，广交游，与函可、郝浴等流人文士交往甚密，以诗文相唱和。著《阳斋集》，今不传。诗散见于《锦州府志》《江苏诗征》中。诗少雕琢，清新自然，有唐宋人风韵。②徙倚：徘徊，流连不去。③薜萝：薜荔和女萝。两者皆野生植物，常攀援于山野林木或屋壁之上。此借以指隐者。

## 答客问①

似此已逾分②，平生我自知。

一从得罪后，总是感恩时。

有病还长啸，无家亦赋诗。

尚犹愁未足，旦晚欲何为。

【注释】 ①此诗写函可师答客问询。客问："旦晚欲何为？"曰："无他，戴罪焚修尔。"②逾分：超越本分，过分。

## 雪下有感①

大雪真吾事，天心本至公。

翻书甘手冷，乞食望年丰。

旧岭花方发，平沙雁已空。

几多未归客，对此意何穷。

【注释】 ①此诗写函可师感悟光阴的故事。

## 入山寄友①

到来方觉好，山亦厌名闻。

世事凭萝隔，幽情与佛分。

猿啼几树月，鹿过一溪云。

此处真惟我，相寻未许君。

【注释】 ①此诗写入山寄友，函可师意谓自己喜欢住山。

## 山中思友二首①

知己从来少，况当塞雪深。

每同开口笑，遂觉缓愁心。

长聚亦无事，初离便不禁。

如何此寒夜，独自卧孤岑。

相见已恨晚，更添离别心。

几多乡国思，翻向友朋深。

山古云常寂，天寒日易沉。

独吟浑莫奈，钟磬自成音。

【注释】 ①此诗写函可师对友人的思念。

## 同诸公夜集希、焦二师室①

弟兄能爱客，老衲每来寻。

况有同心侣，相偕彻夜吟。

异乡消积恨，明月助清音。

何必求仙去，花源此地深。

【注释】 ①此诗写函可师与诸公相聚，其乐融融。希：李希与，见卷七《喜李炼师禁足》注①。焦：苗君稷，见卷六《送苗炼师入燕》注①。

## 又过希、焦二师①

好我真无为，感君此念深。

一从初识后，数载到于今。

狂极偏增重，离多奈独吟。

春风留洞口，扶病更来寻。

【注释】 ①此诗写函可师感叹友谊天长地久。希：李炼师，见卷七《喜李炼师禁足》注①。焦：苗炼师，见卷六《送苗炼师入燕》注①。

## 题金塔寺二首①

人皆崇藻饰，此独尚清幽。

共佛三间屋，连云一个牛。

耕田供客食，开户任麋游。

最爱前溪水，横腰一带流。

人贫方彻骨，塔尚以金名。

采蕨扶云出，寻诗踏月行。

断碑看字影，驯虎听经声。

我到家常饭，因留太古情。

【注释】 ①函可师喜欢金塔寺。此地独尚清幽，氤氲满庭，情留太古，影入莲池，实乃修真养性之胜地也。金塔寺：位于今辽宁省海城市析木镇西北2.5公里的羊角峪西山腰上。塔北原有塔寺，名为"金塔大禅宝林寺"，又称金塔寺，《海城县志》略有载述。今金塔犹在，寺已无存。

## 赤公书来赋答二首①

书来惟说苦，问我苦如何？

得食粗蔬足，逢人好笑多。

拚他今便死，不尔且长歌。

只此朝还夕，残冬亦易过。

我有消愁法，从来肯易传。

不归吾本尔，但饱即欣然。

拾得丝丝命，由他泯泯天②。

为公通一线，同病故相怜。

【注释】　①此诗写函可师劝慰赤公，修道人当以苦为乐，肯下功夫定能铁杵磨成针。赤公：孙旸（1626—1701），字寅仲，又字赤崖，自号荐庵，今江苏张家港人。清初学者、书法家，顺治十四年（1657）举人，因科场作弊案遭株连，谪戍尚阳堡多年，晚年居苏州，流连诗酒，著有《荐庵集》。②泯泯：消失，灭绝。

## 自　寿①

投荒三十八②，又已八年过。

罪过随年长，闲情近日多。

怀人添雪梦，得句上山歌。

且自加飧好，愁颜意奈何。

【注释】　①函可师已经四十六岁了，戴罪焚修，伤感颇多。②三十八：指顺治五年（1648）。此诗大约作于顺治十三年（1656）。

## 忆　昔①

忆昔君初至，难分喜与悲。

天边亲杖屦，雪底见须眉。

屡读三都赋②，相为一字师③。

自今酬唱隔，布袋有遗诗。

【注释】　①想当年，函可师与友人，彼此相知，互为酬唱，是何等的快活，如今天各一方，令人惆怅。②三都赋：西晋左思作。指《蜀都赋》《吴都赋》《魏都赋》。时人竞相抄写《三都赋》，从而造成洛阳纸贵的情景。③一字师：指改过一个字的人。五代齐己《早梅》诗有："前村深雪里，昨夜数枝开"。郑谷改"数枝"为"一枝"，时人称郑谷为"一字师"。

## 儒　释①

儒释虽云异，天涯放遂同。

五车开道路②，一棒击虚空③。

梅州惭妙喜④，蜀国失文翁⑤。

敢谓天将丧，应知吾道穷。

【注释】　①全真祖师王重阳曾说："儒门释户道相通，三教从来一祖风。"可见，万法归一。诗中言"敢谓天将丧，应知吾道穷"，函可师对道法之衰落，深感忧虑。②五车：指五车书，典出《庄子·天下》。惠施的学问广博，本事很大，他读的书要五辆车拉，后遂用"五车书"指书多或形容读书多，学问深。③一棒：佛教禅宗祖师用棒喝警醒方法传法。④妙喜：宗杲禅师（1089—1163），俗姓奚，宣州宁国（今安徽宁国市）人。南宋高僧，号大慧，因曾归居妙喜庵，故又称妙喜。⑤文翁：名党，字仲翁，公学始祖，庐江郡舒县（今安徽省六安市舒城县）人，西汉循吏。汉景帝末年为蜀郡守，兴教育、举贤能、修水利，政绩卓著。

## 悼骡三首①

### 有引

大方赵子怜予艰于步，率诸公为觅一小骡。牛头马身，四蹄如铁。初不受驾驭，既甚驯，乘予出入三年矣。丙申暮春，寄食友人，得饱刍豆，忽暴亡。予为诗三章，悼骡，亦自悼也。

淡泊幸相守，残躯赖尔扶。
忽然辞我去，愈觉一僧孤。
牛骥嫌同皂②，风沙怯远途。
自今能解脱，含泪奠生刍。

一钵同行乞，三年不厌贫。
崎岖劳曲折，雨雪共酸辛。
何忍抛愁骨，翻如失故人。
言寻旧竹杖，彳亍更谁亲③？

所苦不能待，春深老渐长。
殊形宁受畜，驯性最难忘。
沟壑尔先俟④，冰霜我独尝。
伤心惟闭户，咫尺即羊肠⑤。

【注释】　①人与牲畜之间的相处，不乏感人的，古今中外都有。函可师乘骡子出入三年，共尝酸辛，今骡子暴亡，函可师伤心哀婉。②同皂：牛跟马同槽。皂，牲口槽。比喻不好的人与贤人同处。汉·邹阳《狱中上梁王书》："使不羁之士与牛骥同皂，此鲍焦所以愤于世也。"③彳亍（chì chù）：慢步行走，徘徊。④俟：等待。⑤羊肠：喻指狭窄曲折的小路。

## 布　帷①

世事凭兹隔，高眠梦亦空。
青编落枕上，白日在山中。
此外无宁处，何人可与同？
有时开放入，溪月并松风。

【注释】　①盖真修道人，一钵一衲，自在随缘。行亦禅，坐亦禅。此诗是函可师对世人无法参透的慨叹！

## 哭李给谏①

山中愁未了，走马哭孤臣。
白发随江水，青云逐塞尘。
史留忠愤疏②，天丧老成人。
幸有绨袍在③，年年渍泪新。

【注释】　①李给谏，忠直孤亮，松竹高节，乃函可师昔日至交，今者辞世，函可师怎能不痛哭流涕。给谏：唐宋时给事中及谏议大夫的合称。清代用作六科给事中的别称。②疏：奏章。③绨袍：丝织品制成的袍子。多用为眷念故旧。典出《史记·范雎蔡泽列传》，战国时魏人范雎先事魏中大夫须贾，遭其毁谤，笞辱几死。后逃秦改名张禄，仕秦为相，权势显赫。魏闻秦将东伐，命须贾使秦，范雎乔装，散衣往见。须贾不知，怜其寒而赠一绨袍。迨后知雎即秦相张禄，乃惶恐请罪。雎以贾尚有赠袍念旧之情，终宽释之。

## 和赤公寄韵①

相见一平淡，相离偏忆君。
每当此月夜，遥望在城云。
大雪毋长视，狂歌恐或闻。
岁穷宜倍慎，三嘱泪殷勤。

【注释】　①此诗表达函可师对赤公的思念，并嘱其多多保重。赤公：见本卷《赤公书来赋答二首》注①。

## 遥送我存还巢二首①

未得临岐别，何堪话别频？

同为黑水戍，况送白头人。

长路悲空橐，还家失老亲。

几多儿女泪，应为洗边尘。

艰难知尔最，大患在吾身。

莫忆来时恨，偏添去路辛。

未堪逢至戚，犹恐讶诸邻。

巢父真无罪②，牵牛饮颍滨③。

【注释】　①我存，函可师好友，流放边地，历尽艰辛，今者获释还乡，函可师依依不舍，嘱其一路保重，声言自己无罪。②巢父：传说为尧时的隐士。尧以天下让之，不受，隐居聊城（今属山东省），以放牧了此一生。③颍滨：应指颍水。

## 得我存长安寄来书用前韵①

行后予方觉，书来泪又频。

到天还忆友，一路但依人。

并罪归何碍，携霜散所亲。

不须回白首，去住总皇仁②。

【注释】　①此诗写函可师思念我存，并嘱其感谢皇恩浩荡。②皇仁：皇帝的仁德。

## 得石云居诗文①

尚论贵只眼，平生于此深。

共传迁史笔②，谁谅许衡心③。

后死亦无恨，斯文未丧今。

遥怜孤子意，山水有知音。

【注释】　①盖石云居者，乃是有良知的学者，以匡救世道人心为己任。欧阳修曾说"先天下之忧而忧，后天下之乐而乐"，此之谓也。函可师慨叹其为知音。②迁史笔：汉朝史学家司马迁，其发愤撰修的《史记》，是我国最早的通史，对我国文学、史学都有深远的影响。③许衡：字仲平，号鲁斋，世称"鲁斋先生"。怀庆路河内县（今河南沁阳）人。金末元初著名理学家、教育家。

## 问雪公①

山寒予可耐，衣薄尔何禁。

学道身方重，论文念独深。

长贫分鹤粒，多病到僧心。

珍重过残腊，春来共笑吟。

**【注释】** ①此诗写函可师问候雪公。雪公：郝浴（1623—1683），直隶府定州（河北定州）人。号雪海，又字冰涤，号复阳。清顺治进士，授刑部主事，后改湖广道御史，巡按四川。有节气，不畏权贵，不附势。因疏劾吴三桂而流徙奉天（今辽宁沈阳市），后迁铁岭。读书讲学于银岗寓所，益潜心于义理之学，注周义解古。士人宗之，称为"复阳先生"。康熙十二年（1673），吴三桂果叛。十四年（1675），特旨召还，复授湖广道御史，迁左金都御史、左副都御史。后仕至广西巡抚。巡盐政，赈灾荒，治善后，有政绩。康熙二十二年（1683）卒于任所，赐祭葬。

## 闻天公病①

下堂犹有虑，出塞念偏深。

不是子臣泪，全然父母心。

或者风方劲，安能别有侵。

加飧凭努力，春至候佳音。

**【注释】** ①此诗写函可师闻天公生病，意谓其偶感风寒，嘱其加强饮食。天公：季开生（1627—1659），字天中，号冠月，亦称天公、冠公。今江苏靖江市人。顺治六年（1649）进士，为翰林院庶吉士，后改礼科给事中、兵科右给事中。在朝期间，以直言著称，因言获罪被流放，史家称其为"清朝第一谏臣"。

## 得木公手字①

爱我知偏重，知予乃独深。

时时施药石，事事入肝心。

死骨必思肉，顽皮尚受针。

明知此不可，又作感恩吟。

**【注释】** ①此诗写函可师感谢木公对自己的关爱。木公：李呈祥，见卷四《木公以闽茶寄山中感》注①。

## 和栖贤山居韵<sup>①</sup>

### 有小序

　　阿字出栖贤山居诗十韵，并其托钵九江时所和，予读之数过，不翅身在三峡桥头听水声汹涌<sup>②</sup>，因而和之。从头至尾，复从尾至首，回环重叠，音有尽而情无尽也。

山水无中外，飘云何必归。
最嫌沙上雁，一一向南飞。
罪大心方死，病多力渐微。
谁持匡岳<sup>③</sup>泪，来洒破僧衣。

何妨卧出日，长欲话三更。
篱外无人到，窗前有虎行。
风微飘梵咒，云密透书声。
只此闲同过，毋令别感生！

无事不携筇，多因访远松。
独行深雪路，忽听隔溪钟。
得句鸣寒谷，持云赠别峰，
自来无定止，到处幸能容。

有言惟独语，更莫问青霄。
衣就田塍补<sup>④</sup>，柴分品字烧。
止寻栖壑侣<sup>⑤</sup>，不赴在城招。
峰顶香岩寺，钟声下半腰。

出郭无多路，心空觉地偏，
一从抱病后，不敢向人前。
鸲鹆留残石<sup>⑥</sup>，素馨忆旧田<sup>⑦</sup>。
止应吾与汝，朗咏了残年。

高谈山顶月，低揖世间人。
判就孤寒命，仍余老病身。

我心不可转，佛道未容真。
何处玉渊水，惟应独问津。

闲知茅宇阔，静觉野云忙。
僻径人难觅，深山日自长。
鹿携麇入室，雪共雨登堂。
自起拨炉火，因烹芦菔尝⑧。

大抵长边外，三冬半是阴。
风吹旧屋角，雪补破衣襟。
树压枝枝重，灯寒夜夜深。
梅前初梦醒，不奈此时心。

每日一餐足，无人白昼眠。
寒多宁有法，懒极不须禅。
时上岩头石，遥看林外田。
西南日尽处，一直上孤烟。

生来山野性，万死不离山。
随水偶然出，因风急复还。
吟多长倚树，客到未开关。
自笑顽成癖，人传老更顽。

夜半一抬首，星光尽在山。
不能同雪化，只合揽云还。
猿至常无候，门开且莫关。
可怜犹有尔，识我是真顽。

率尔行将去，倦来树底眠。
泉流时问话，鸟宿似安禅。
霜不凋金粟⑨，海难变砚田⑩。
每看敲石火，一点自生烟。

如何有好日，不出又成阴。

一任霜催鬓，毋令泪渍襟。
林泉宁有异，天地此中深。
竟夕寒如水，空余一寸心。

不能效古昔，镇日为人忙。
树影当窗直，峰岚入梦长。
晓风轻布衲，暮雪静茆堂。
更想峡桥畔，平分一碗汤。

展卷旧相识，全非此日人。
明明千古意，寂寂一孤身。
到死终无二，平生只是真。
最怜初睡熟，又度大榕津⑪。

本无才足恃，不是性多偏。
沙石甘居后，冰霜独在前。
难销檀越水⑫，不种祖翁田。
所以一瓢外，风吹自岁年。

五老何年见，人间隔九霄。
黄精金井洗⑬，苍术玉门烧。
未遂玄沙志⑭，翻将白纸招。
龙津终有合，携手步山腰。

拗折此孤筇⑮，随心步步松。
投林仍乞食，到午但闻钟。
十年持一钵，双眼寄千峰。
且莫临溪照，恐惊憔悴容。

怀人几千里，每夜过三更。
拥毳时同坐⑯，沿阶又独行。
不堪鸭绿色，常作虎溪声。
更有关心处，飞云枕上生。

旧山毕竟好，垂老未言归。

遥想鹤峰上，终期华表飞。

歌残山月白，声咽夜钟微。

何日金轮顶，相将一振衣。

**附：栖贤原诗**

爱友寻山住，山深人未归。

不知秋色暮，空见雁南飞。

树密溪云重，峰高霜月微。

夜来松火怯，独自理寒衣。

门前看五老，石上待三更。

望月不知处，沿杉每独行。

云开见鹤影，泉远闻人声。

莫讶无相顾，高情感易生。

潦倒一枝筇，逍遥十里松。

偶逢犊鼻叟，同听石溪钟。

骤雨不出谷，晴云隔乱峰。

忽观残照起，犹见金芙蓉。

自笑吾生足，支藤上紫霄。

松门山日近，野火石云烧。

老母留芋供，邻僧隔水招。

一声樵笛响，催我下山腰。

老病心逾淡，饥寒韵更偏。

独怜山月外，无计秋风前。

拾栗煨牛火，驱茅下麦田。

明朝重九日，容易度残年。

客到无留处，情乖懒见人。

床头多病衲，殿角一闲身。

夜色秋旻净，泉声晓梦真。
昨闻江上信，又阻白门津。

我自立溪上，水流何太忙。
年年松树绿，日日峡桥长。
林月窥岩户，山风压草堂。
何人相见暇，熟炙橘皮汤。

偶来枫树下，孤影息秋阴。
涧浅摇清濑，风轻爽素襟。
行人归竹远，散策入林深。
何处不相似，时时厌此心。

病骨怜秋夜，夜长不可眠。
久疏芦菔味，惭愧白云禅。
开户望霜月，随身过野田。
晴峰山势耸，一雁入寒烟。

山中尝作梦，梦里不知山。
未可名真妄，何须辨八还。
夜泉寒竹簟，秋月白柴关。
同道如相忆，归来共学顽。

【注释】　①此诗写和栖贤山居韵。函可师意谓自己戴罪焚修，年老体衰，虽说孤苦清贫，自得其乐，盼望有着一日重返故乡。栖贤师说自己恬淡自如，衷心希望与函可师早日团聚。②不翅：翅，通"啻"（chì），不异于。③匡岳：江西庐山的别称。④田塍（chéng）：即田埂。⑤栖蛰侣：隐居山林的同伴。⑥鸲鹆（qú yù）：俗称八哥。⑦素馨：灌木花，花芳香。⑧芦菔（fú）：萝卜。⑨金粟：钱和粮谷。⑩砚田：旧时读书人以文墨维持生计，因此把砚台叫作砚田。⑪榕津：古镇名，该古镇位于广西平乐县张家镇榕津村，始建于宋绍兴元年（1131），距今已有近千年历史。⑫檀越：梵语音译。施主。⑬黄精：与下句中的"苍术"都是中药名。⑭玄沙：唐福州玄沙山宗一禅师，名师备，出自《丁福保佛学大辞典》。⑮拗折：断折，拆掉。⑯毳（cuì）：毛织物。

## 张弥茂赠红褐禅衣①

空囊不羞涩，犹自念僧寒。

顿使贫儿富，能令白骨丹。

雪埋深易见，血洒湿难干。

且得残冬过，何如破衲安。

【注释】　①此诗写张弥茂赠红褐禅衣。函可师深受感动，不知如何是好。

### 岁暮同阿字得寒字四首①

经岁无人趣，惊看腊又残。

霜添窗纸厚，风使衲衣单。

彻骨寒无路，扪心泪有端。

一从汝到后，更益我辛酸。

总是冰霜地，非关我独寒。

一身蹲雪底，双眼向云端。

索句从朝起，烧泉到夜阑。

此时兼此地，犹得共团圞。

细看生何用，平生厌素飧。

泪将一岁尽，事向五更攒。

海静三山稳②，云高五老寒③。

情知强言笑，图使我心欢。

抖搜十年恨，全倾大海宽。

看人忙不了，于我竟无干。

爆竹何曾响，蠹鱼依旧寒。

春风迟亦到，且莫发长叹。

【注释】　①此诗写函可师言及边地苦寒，更添内心凄苦。阿字：见卷四《阿字行后作七首》注①。②三山：盖指黄山、庐山、雁荡山。③五老：盖指为金、木、水、火、土之五方五帝也。

### 祀　灶①

灶无嫌我乞，我自厌残身。

十载犹存舌，一瓢长傍人。

空飧劳施主，勺水赖神明②。

此夜无须嘱，深知愧是真。

**【注释】** ①函可师对禅修的慨叹。此生不得道，披毛戴角还。②神明：天神、地祇也。不测曰神，灵明如镜曰明。

## 担水者①

向阳寺止一井，水涧且远，众僧争先往汲，常至夜半，而汲者犹往来不止焉。

往来余五里，风雪到更深。

欲趁蛟龙卧，宁愁魍魉侵。

丝丝尽彼力，滴滴感余心。

因忆旧山上，飞泉到釜鬵②。

**【注释】** ①此诗写尽担水者的艰辛。向阳寺：在辽宁省辽阳县首山东南五里。②釜鬵（xín）：皆古代炊具。

## 天公以其尊人所书扇见赠①

艰危珍匣笥②，持赠慰荒榛。

乍展疑先晋，徐看识故人。

老来书自圣，别久意逾真。

前日传家信，犹然寄问频。

**【注释】** ①此诗写函可师对天公赠扇深表感谢。天公：见本卷《闻天公病》注①。其尊人：应指天公之长辈。②笥：盛东西的方形竹器。

## 天公赠棉衣留南塔，先有此谢①

念我寒如此，腊终犹解衣。

数年惟破衲，一半逐云飞。

但使存孤骨，毋令吓翠微②。

故人恋恋意，春气透柴扉。

**【注释】** ①此诗写函可师对天公赠送棉衣深受感动。天公：见本卷《闻天公病》注①。②吓：责怪。

## 闻爆竹和阿字韵①

衰残不可耐，强逐小儿情。
山泽了无气，虚空忽有声。
一连三夜梦，亲到五羊城。
听此翻添思，髫年正太平②。

【注释】　①此诗写函可师闻爆竹声梦回故乡。阿字：见卷四《阿字行后作七首》注
①。②髫（tiáo）年：童年，幼年。

## 和天然兄初住栖贤韵①

鹿洞曾经过②，难寻三峡桥。
老兄今又至，浩气可全消。
石立潭边静，泉飞谷口遥。
黄云难极目，夜夜梦魂摇。

【注释】　①此诗写函可师仿佛回到魂牵梦绕的庐山。天然：函昰（1608—1685），字
丽中，法号天然，广东省番禺（今广州）人，俗姓曾，名起莘，字宅师。明天启四年
（1624）补诸生。明崇祯六年（1633）得举乡试。崇祯九年（1636），登庐山拜谒空隐道独
禅师。崇祯十二年（1639），再上庐山拜谒道独禅师，正式落发，为曹洞宗三十三传法嗣。
其一生弘法利生，八坐道场，共四十个春秋。住持庐山归宗寺、栖贤寺、广州光孝寺、海幢
寺、东莞芥庵、罗浮华首寺诸刹。函可师兄。②鹿洞：庐山白鹿洞书院。

## 赠王大哥①

不关裘马事②，公子自翩翩。
戏彩春风里③，寻僧野雪边。
论文怜远戍，饮酒泻飞泉。
伫看凌烟上④，功名本少年。

【注释】　①此诗写函可师赞王大哥是风度翩翩的性情中人。②裘马：轻裘肥马。形容
生活豪华。语出《论语·雍也》："赤之适齐也，乘肥马，衣轻裘。"③戏彩：春秋时，楚国
隐士，名叫老莱子，他是位孝子，为讨父母欢心，穿着五彩斑斓的衣服戏耍。④伫（zhù）：
久立。凌烟：凌烟阁的省称，是唐朝为表彰功臣而建筑的绘有功臣图像的高阁。

### 读梁未央赠陈全人诗有感用原韵①

我昔见君日，知君慕远林。

方肩斯世重，不作世间心。

古佛机难扣，孝廉船已沉。

未曾沧海变，怀恨到于今。

【注释】　①盖陈全人者，乃函可师昔日故交，有出尘之志，心向大法，所恨未曾透脱。梁未央：见卷四《读未央上黄岩诗有感用原韵三首》注①。陈全人：陈学佺，字全人，广东东莞人。崇祯六年（1633）乡试第一。后礼道独和尚，法名函全。工白描佛像、人物。

### 读梁未央赠霍阶生诗有感用原韵①

太仆捐躯日②，相随雁一行。

莲池心骨净，金柜姓名藏。

五岭明臣节，千秋重义方。

余生愧我在，风雪思难忘。

【注释】　①函可师记叙霍阶生在抗清的斗争中英勇捐躯，义薄云天，彪炳青史。梁未央：见卷四《读未央上黄岩诗有感用原韵三首》注①。②太仆：职官名，也是旧时对绿林好汉的尊称。此处或指霍阶生。

### 寒宵二首①

岂必缘乡国，啾啾闹肺肠。

天当愁处窄，夜向醒边长。

海水流何极，朋情散未忘。

以兹难得晓，星月共苍茫。

只是不能寐，寻思总莫干。

何人甘自溺，于我竟难宽。

照雪一灯白，迎风双眼酸。

强眠仍反侧，非是畏衾寒。

【注释】　①此诗写函可师对亲朋友人的思念难以入眠，思绪万千，辗转反侧。

## 乌食菽，为沙弥所缚，余见而释之①

口腹有深阱，颠危实可怜。

为贪半粒饱，遂惹百丝牵。

人世殊多患，空门亦自缠。

殷勤为解释，好去莫留连。

【注释】 ①函可师意谓世人往往为欲望所害，警世也。菽：豆的总称。沙弥：对男子出家受十戒者之通称。

## 金塔主人遣诸沙弥①

长者亦多事，初唯树下居。

但留孤钵在，何必恋耕锄。

鸟散林偏静，云飘月有余。

自今吾与子，茆屋本空虚。

【注释】 ①函可师意谓金塔主人遣散沙弥，但图心净，实不可取。金塔：位于辽宁省海城市析木镇西北2.5公里的羊角峪西山腰上。塔北原有塔寺，名为"金塔大禅宝林寺"，又称金塔寺，《海城县志》略有载述。今金塔犹在，寺已无存。

## 题一粟斋①

一粟大如许，其中世界藏。

卧听宫漏水，行拂御炉香。

天近神仙赫②，恩多日月长。

野人频到此，破衲亦辉光。

【注释】 ①函可师意谓一粟米中藏世界，既灿烂又辉煌。②赫：显著，盛大。

## 岁暮有怀①

亦是寻常过，忧来每觉频。

为当今岁暮，无复旧乡人。

烟火投山店，风霜冷水滨。

最怜江尽处，上下岭梅新。

**【注释】** ①函可师想起自己孤苦伶仃的境遇。

## 仲冬末忽大暖数日，冰雪尽化①

三冬刚逾半，春气变寒林。

但觉人禽悦，谁知天地心。

崖悬疑泻瀑，檐溜似长霖。

自入深山里，应沾帝泽深②。

**【注释】** ①函可师但觉天气异常，不知如何是好。②帝泽：皇上的恩泽。

## 题俗龛①

亦自堆残卷，何曾一室空。

文殊或过问，弥勒也难同。

畏客长疑病，教儿未觉穷。

只愁深夜后，冻杀蠹书虫。

**【注释】** ①黄檗禅师道："我心空故诸法空，千品万类悉皆同。"函可师借题俗龛以自嘲：自堆残卷（舞文弄墨），何曾得空？既担心别人有疑虑（亲到宝山否？），又自负有本事（功夫还可以），冻杀也无妨！呵呵，师其过谦也。龛：供奉佛像、神位等的小阁子。

## 天公新构茆舍观音堂侧①

草草数间屋，言依古佛居。

仅能遮雨雪，大半是图书。

梵唱连歌板②，棋声杂粥鱼。

何须青琐闼③，即此乐如如④。

**【注释】** ①此诗写天公新构茆舍观音堂侧。茆舍虽然仅遮风雨，然而梵呗之音常新。天公：见卷七《闻天公病》注①天公。②歌板：打击乐器。③闼（tà）：门，小门。④如如：法性之理体，不二平等，故云如。彼此之诸法皆如，故云如如，是正智所契之理体也。

## 戴三移居铁岭①

既在大荒外，何须近郭居。

避人宁信虎，奉母并携书。

药厌韩康卖②，田随桀溺锄③。

料当雪霁后，曝背一思余④。

【注释】　①此诗写戴三移居铁岭。虽是去住随缘，却又怎能不相互思念。戴三：见卷五《赠戴三》注①。②韩康：汉赵岐《三辅决录》卷一："韩康，字伯休，京兆霸陵人也。常游名山，采药卖于长安市中，口不二价者三十余年。"③桀溺：春秋时的隐士，典出《论语·微子》。④曝背：背朝烈日，借指耕作。

## 自八月初病耳，至十一月不愈①

病耳四经月，耳根转自清。

鸦啼久绝响，云过似闻声。

箫鼓从来厌，是非何处生？

老年诸籁息②，毋复畏天倾。

【注释】　①此诗写函可师耳病三个月不愈，吟诗自慰。②籁：泛指声响。

## 怀城中诸公①

只在边尘里，年年老别离。

冰霜原共苦，山水岂余私。

有命荷皇泽，无家感佛慈。

愿言各努力，庶足慰相思②。

【注释】　①此诗写函可师思念城中老友，幽兰独笑而已。②庶足：富足，足够。庶，多。

## 与孤松①

仰瞻皆欲拜，即我亦难亲。

鹤语犹妨闹，雪来不厌频②。

枝危如接世，根拙似嫌人。

转厌冰将解③，群芳共一春。

【注释】　①此诗写函可师以孤松自喻，嗟叹自己孤苦的身世。②厌频：满足次数多。③转厌：转而厌烦。

## 偶成二首①

岂是爱山水，从来任我真。

嫚松宁有罪②，叱石不生瞋。

歌发随长短，倦时任屈伸。

回思尘世内，束缚可怜人。

好恶非他事，寻思可奈何？

地低停雪厚，树密惹风多。

来日谁堪虑，今宵我且过。

莫为长久策，仰面尽高歌。

【注释】 ①此诗表达了函可师得过且过的一种心态。②嫚：轻慢。

## 木公以新斋成述怀诗六首寄山中，依韵奉和①

何处投新句，松关日已曛。

倾来千斛雪，惊起一山云。

萝影枯逾瘦，泉声冻尚闻。

相期春渐暖，一榻可平分。

著雪心难冷，摊书道未穷。

茆檐宜向日，布帽且禁风。

味淡君无厌，吟寒孰与同。

时应招野叟，兴发一枰中②。

拚是掷穷边，心休莫问天。

小窗容昼景，薄粥喜朝烟。

汲古终无罪③，买山不用钱。

倦来拳作枕，身在古皇前④。

担泉知不远，久息丈人机⑤。

地僻谁堪觅，庭闲鸟亦稀。

但能藏海畔，何必羡渔矶⑥。

只合长相问，氈毵几衲衣<sup>⑦</sup>？

酒斾隔疏篱，无人水半巵。
望云时有泪，闻鸟不胜悲。
饱食闲何虑，孤眠冷莫辞。
惟应与松柏，寂寞保霜姿。

只在铁桥畔，寒梅绕屋花。
可怜清晓梦，唤醒隔窗鸦。
岁暮日逾促，乡遥愁更赊<sup>⑧</sup>。
那堪几相识，咫尺即天涯。

【注释】　①此诗共六首，道尽了函可师悠闲自在的禅修生活及思乡之情。木公：李呈祥，见卷四《木公以闵茶寄山中感》注①。②枰：棋盘。③汲古：谓钻研或收藏古籍、古物，如汲水于井。④古皇：古代的君主。⑤丈人机：老人的机缘。机，合宜的时候。⑥渔矶：可供垂钓的水边岩石。⑦氈毵（lán sān）：毛发散垂。比喻破旧的衲衣。⑧赊：遥远。

## 闻左九哥病寄慰<sup>①</sup>

君今年正少，早撇少年情。
灭性非人子，传家赖阿兄。
雁归春渐近，碛远雪初晴。
努力加餐饭，无令百感生。

【注释】　①此诗写函可师闻左九哥生病，很是担忧，嘱其振作康复。

## 赠高涵寰居士<sup>①</sup>

所重惟良友，兼之患难同。
长斋亲衲子，独宿傍仙翁。
交道真逾淡，文情老益工。
只愁风雪后，孤迹任飘蓬。

【注释】　①此诗写给高涵寰居士。盖此人淡泊向道，功夫不甚扎实，令函可师忧虑。

## 赠高辛裔居士<sup>①</sup>

出塞有诸子，惟君气独雄。

见金曾似土，饮酒每如虹。

生死重然诺，文章到困穷。

庄周何日了，相对共谈空。

【注释】　①此诗写高辛裔居士，为人慷慨义气，不拘小节，一诺千金。并表达了函可师对与其再会的期待。

## 喜无为三子至二首①

见说南中士，东来道阻长。

何须问姓字，自可共冰霜。

碛大堪埋骨，天空欲断肠。

相看强相笑，不敢问家乡。


盼盼似人喜，跫然慰我心②。

暂停新泪下，一见故情深。

梦里秦淮鼓，山前虎豹林。

从今风雪际，又听操南音。

【注释】　①此诗写见无为三子，又勾起了函可师的思乡之情。②跫（qióng）然：喜貌，快乐的样子。

## 赠普愿师①

咫尺幽居近，晨昏独扣门。

闲谈惊鬼胆，静对见天根。

礼法岂为我，畦蔬尽可飱。

焉知寒塞外，古道至今存。

【注释】　①函可师意谓普愿师为目击道存的知音。

## 闻戴三将入长安①

春风得意初，策马莫踌躇。

未献金门赋，先怀梁狱书②。

君恩从此阔，子道乃无余。

伫看章江上③，青衫伴素车。

**【注释】** ①此诗写戴三春风得意，前程广阔，将入长安。函可师却忧心忡忡，花开花落一场空，岂能永久的快活！戴三：见卷五《赠戴三》注①。②梁狱书：指西汉邹阳的《狱中上梁王书》。典出《史记·邹阳列传》。后因以"梁狱书"喻指衔冤系狱，上书申雪。③章江：在江西省西南部，是赣江西部。

## 人日有感①

此地无人日②，蒙头且自过。
惊心非虎咒，刺眼是山河。
风度衣逾薄，霜侵镜已皤③。
更添愁寂处，钟磬晚堂多。

**【注释】** ①此诗道尽了"人日"的凄凉。②人日：农历正月初七。期盼着人人平安，健康，长寿，这是古老的传说习俗。③皤：白色。

## 留题首山丈室①

出郭刚十里，到来隔世哗。
不知谁是主，即此便为家。
半榻悬清梦，疏棂见晚霞。
几年沦落意，尽付海东涯。

**【注释】** ①此诗写留题首山丈室。去住随缘，阒寂安居，不亦乐乎。

## 宿向阳寺①

但使忘人世，居山何必深。
断云栖破衲，积雪老禅心。
客去门仍掩，床空月每侵。
病夫怯登陟②，只此易相寻。

**【注释】** ①此诗写函可师好似青灯不夜、耿耿禅光的古佛。②登陟（zhì）：此处应指登山。

## 游大安寺①

石磴如天上，钟声下界闻。

已扪千丈雪，犹隔几重云。

山冷僧俱瘦，堂闲虎与群。

古碑苔藓合，洗剔见虫文②。

【注释】 ①此诗写大安寺乃古朴静深之禅院。大安寺：千山五大禅林之一。在千山南沟。②虫文：篆书。 '

## 游龙泉寺①

洞口凭猿引，逶迤石路迢。

到门惟虎迹，望寺在山腰。

龙去泉仍溜，春残雪不消。

老僧忘岁月，恍惚话前朝。

【注释】 ①此诗写龙泉寺乃超然昭苏之禅院。龙泉寺：千山五大禅林之一。

## 游祖越寺①

殿阙疑天辟，凄凄几个僧。

板桥通野豕，木佛坐孤灯。

说法呼顽石，烧泉拾古藤。

禅居高绝处，欲上病安能。

【注释】 ①此诗写祖越寺乃逍遥渊冲之禅院。祖越寺：千山五大禅林之一。

千山诗集卷八

博罗剩人可禅师著　书记今羞编

## 五言排律

### 雪斋落成①

四海少邻并②，况兹东复东。

登阶惟鹤迹，挂壁有诗筒。

岂为儿孙计，聊安君子穷。

委怀存宋榻③，论事据枯桐。

千卷万卷在，两人三人同。

快谈当圣代，高咏寄玄穹④。

云过一床影，月来诸境空。

难容金络马⑤，共老竹编虫⑥。

世界半窗隔，神明寸管通。

囊开余积雪，帘卷渡飞鸿。

稠叠深秋色，浑含太古风。

人情轻故旧，天意勘英雄。

览镜添髭白⑦，烧泉扫叶红。

浮生只若此，大业在其中。

前往后犹待，隐然抱厥躬⑧。

【注释】　①此诗写雪斋落成。从头至尾，未闻太古音，浑然是唠叨。②邻并：邻居。③委怀：犹寄情。宋榻：指《宋榻圣教序》，榻，为"拓"，宋拓本也。④玄穹：苍天，天空。⑤金络马：用金络装饰的马笼头。⑥竹编虫：竹子编织的虫篓，养（鸟或虫）必备。

⑦髭（zī）：嘴上边的胡子。⑧隐然：隐隐约约的样子。厥躬：指自己。

## 宿西寺①

破寺背城郭，开门对巑岏②。

流云时入席，看斗独凭栏。

松落子堪拾，菊荒英可餐。

偶行出篱外，闲眺入林端。

意静鸟俱息，身微叶共残。

更无人问讯，自与月相干。

池瘦荷衣碎，径斜鹤影单。

疏髭先雪白，贱骨抵风寒。

扶杖返虚阁，吹灯卧草团。

人生苦不足，得此良已难。

【注释】　①此诗写宿西寺。盖恬淡自若，只是说说而已，吐苦水是其意旨所在。②巑
岏（cuán wán）：峻峭的山峰。

## 老　叟①

何来孤独叟，自道腹中饥。

入户眉先皱，登阶力已衰。

生年曾不记，近事幸无知。

须鬓留前代，乡邻失旧时。

延龄凭布袋②，移步仗松枝。

但忆身方壮，世途甚坦夷③。

【注释】　①此诗写一老叟，年老失忆，令函可师哀叹不已。②延龄：延长寿命。③坦
夷：平坦。

## 寿苗炼师①

人间初换岁，天上亦添龄。

未老耿南极，能飞滞北溟②。

时艰惊蝶梦，神王鄙熊经③。

寒雪尚凝砌，和风已拂肩。

吹笙鸾凤集，念咒鬼神听。

度世心尤切，弥年手不停。

侣沙虫猿鹤，召雨电雷霆。

采药重薇蕨，汲泉带参苓。

肝肠关众命，呼吸通群灵。

展卷辨蝌蚪，退身号蟭螟④。

虽知守其黑，无计得以宁。

残魄予将朽，方瞳尔独青⑤。

金茎润菜色，丹室吐兰馨。

谈笑具别旨，往来各忘形。

他山足玉石，一水合渭泾⑥。

高志存鸿鹄，大光眩熠萤⑦。

胡为悬万石，徒自击寸莛⑧。

兔颖空盈匣⑨，鱼肠待发铏⑩。

波流岂复返，膏焰可长荧。

不见大椿树，八千终飘零。

**【注释】**　①此诗写苗炼师度生心切，悲智利物，函可师对此似有疑虑。苗炼师：见卷六《送苗炼师入燕》注①。②北溟：北海。③熊经：古代导引养生之法。状如熊攀树而悬。④蟭螟：传说中一种微虫名。⑤方瞳：方形的瞳孔。古人以为长寿之相。⑥渭泾：犹泾渭。比喻清浊、高下之分。⑦熠萤：微弱的光。⑧击寸莛：用一寸长的草茎敲击。比喻力不胜任。⑨兔颖：兔毛制的笔。亦泛指毛笔。⑩铏：古代盛羹的小鼎，两耳三足，有盖。

## 同社中诸子赋百韵①

猗与洛多士②，共此海一涯。

惨日无舒景，狞飙不断吹③。

昼闻苍兕吼④，夜见乱星垂。

春尽花未发，秋来草先萎。

况当严凝际，复遇荒歉时。

雪大颇充啗，沙多曷任炊。

已看薪似桂，安得稼如茨⑤。
食字字欲尽，问神神不知。
求方希辟谷，绕树叹无枝。
世路肠千折，人情水半卮⑥。
曳裾向何处⑦，弹铗更依谁⑧。
却忆公孙度⑨，难寻钟子期⑩。
马公思设帐⑪，董氏久虚帏⑫。
罪积甘缧绁⑬，泪纷比绠縻⑭。
出门徒彳亍，矢志各参差。
家远地难缩，愁宽天可弥。
寄书凭塞雁，解佩欠金龟。
只觉丝生鬓，惟余肉在髀⑮。
囊空存兔颖，貂敝羡羊皮⑯。
心腹告山鬼，须眉照碧池。
矮檐常抱膝，永夕独支颐。
纵尔贫兼病，幸无磷与淄。
投林藏雾豹，入市怯人螭⑰。
鲁国衣冠族，秦中豪杰儿。
岚烟五岭远，文藻六朝摛⑱。
鹿走看猋逐，鹤飞并雉罹。
赤髭经火劫，铁嘴试刚椎。
君父恩罔极，死生苦不辞。
求仁又何怨，质圣而无疑。
智为繁忧长，力因多难羸。
形容虽已槁，精理肯教隳⑲。
文偃剩跛脚⑳，香严无卓锥㉑。
但存乞食相，那用买山资。
托钵望城郭，谈经闹边陲。
运颓知莫振，衲破尚堪支。
濯足乌龙窟，洗肠白石湄㉒。

长江还森森，归鸟正提提㉓。
梅坞怀方切，春塘梦独稀。
终朝劳短策㉔，暗室拭长铗㉕。
虹气供吞吐，鲸波静指挥。
四维阴幂幂㉖，两袖冷飔飔㉗。
荒冢卧封豕，歆台游瘦狸㉘。
抬眸瞰广漠，纵步陟崦嵋㉙。
涕吐牛蛇走，叫呼霹雳驰。
东溟观出日，北镇读残碑。
西岫哭义士，南邻舞阗氏㉚。
乾坤仍自阔，陵谷倏然移。
倾血倒三峡，招魂到九嶷㉛。
揭开王蠋面㉜，唤起卞壶尸㉝。
胆但当空沥，肝惟对佛披。
怪思屠魈魅，险欲狎穷奇。
幽意通岩瀑，闲情侣涧麋。
崩崖搜朽骨，古庙索遗词。
仙客遇清笑，玄风布和熙㉞。
函关去莫返，华表来何迟。
承露浇麻饭，烧檀煮玉饴㉟。
解将新布袋，剖却旧藩篱。
尸许从沙暴，车宁荷锸随㊱。
洪涛咒可竭，顽性法难治。
屡过扬雄室，每逢安石棋。
冰心互映彻，兰味播芳蕤。
交谊久已弃，遗文良在兹。
艰虞深阅历，遒劲共扳追。
矻矻千寻石㊲，汪汪万顷陂。
土床容偃仰，缃帙任唔咿㊳。
古柏信孤挺㊴，狂猿本不羁。

雄谈裂幰幅，妙句出炉锤。

骤雨催吟兴，寒霜沁诗脾。

分题多吊古，造意欲凌巇[40]。

残墨堪同赏，新篇足自怡。

桐枯未作爨[41]，松实暂疗饥。

二子喜听论，一锜尽成糜[42]。

且抛千载憾，相与片时嬉。

小人应学圃，遗老亦敷菑[43]。

岂怼蜮能射[44]，宜安命所施。

管宁曾戴帽[45]，尼父欲居夷[46]。

吾道信东矣，先生将何之？

只闻囚羑里[47]，畴为献鸡斯[48]。

左氏三都贵[49]，苏卿五字师[50]。

傅岩筑以版[51]，渭水钓非罴[52]。

野蕨欣犹采，社莲恨已衰。

山东得李白，江左来桓伊[53]。

执耳尔胡让，登坛众所推。

吹笙约子晋[54]，击筑邀渐离[55]。

异域留商嘑[56]，石人见汉仪[57]。

空城招旧帝，青草惜娥眉。

骚续屈平怨[58]，赋添宋玉悲[59]。

唱酬浑不厌，来往各忘疲。

酒柰无资畜[60]，节应到秃持。

杂心勿与入，拙目尽教嗤[61]。

此日亦常事，万年定渴思。

好将藏洞壑，何必勒钟彝[62]。

取义戒伤激，怀刑嫌近痴。

果能了性命，更莫问安危。

凤鸟徒鸣舜，龙图只授羲[63]。

滔滔者皆是，蹙蹙若奚为[64]。

世事讵难识<sup>65</sup>，帝心可微窥。

浮云无终蔽，皎月岂长亏。

盈则覆之兆，祸兮福所基。

举头语诸子，毋自苦嗟咨<sup>66</sup>。

**【注释】** ①此长诗，应是函可师与冰天诗社友人相互酬唱所作。主要写自己负罪被流放到苦寒的边地，有时想起家族罹难，骨肉摧残，则辗转反侧，满腔悲痛，欲奋发而至死报国（南明）。现如今，自己如闲云野鹤，乞食苟活，唯愿与朋友清谈浩歌，切磋诗作，抑扬古今，自娱自乐。社中诸子：冰天诗社的朋友。②猗与：亦作"猗欤"。叹词。表示赞美。洛：洛阳。多士：诸多士人。③狞飙：狂风。④苍兕：传说中的水兽名。⑤茨：用茅或苇覆盖房子。⑥卮：古代盛酒的器皿。⑦曳裾："曳裾王门"之省称。比喻在权贵的门下做食客。⑧弹铗：弹击剑把。典出《战国策·齐策四》中冯谖客孟尝君的故事。⑨公孙度：字升济，辽东襄平（今辽宁辽阳）人，东汉末年被董卓任命为辽东太守。后中原地区董卓乱起，自立为辽东侯、平州牧，开疆扩土又招贤纳士，设馆开学，广招流民，威行海外，以辽东王自居。⑩钟子期：春秋楚国人。伯牙鼓琴，志在高山，子期听之，曰：巍巍乎若高山。志在流水，又曰：荡荡乎若流水。子期死伯牙摔琴绝弦，终身不复鼓琴。⑪马公：马融。汉扶风茂陵人，字季长。才高博学，为世通儒，常有学生数千人，卢植、郑玄皆出其门下。⑫董氏：董仲舒。汉广川人，景帝时为博士，平生讲学著书，独尊儒术，抑出百家。⑬缧绁（léi xiè）：也作累绁。拘捕犯人的绳索，引申为牢狱。⑭绠縻（gěng mí）：喻雨水泻注貌。⑮髀（bì）：大腿。⑯貂敝：破旧衣物。比喻生活贫困。⑰螭（chī）：古代传说中一种没有角的龙。⑱摛（chī）：散布，远播。⑲隳（huī）：崩坏。⑳文偃剩跛脚：云门文偃禅师（864—949），俗姓张，今浙江嘉兴人，唐咸通年间出生，是云门宗禅的创始人。师早年往参睦州，州才见来，便闭却门，如是三日。至第三日，州开门，师乃挤入，州便擒住曰："道！道！"师拟议，州便推出曰："秦时镀铄钻。"遂掩门，损师一足（跛脚）。师从此悟入。㉑香严无卓锥：邓州香严智闲禅师，沩山灵佑禅师之法嗣，青州人，唐代高僧。一日，芟除草木，偶抛瓦砾，击竹作声，师忽然醒悟。仰山师兄过去勘验，师作颂曰："去年贫未是贫，今年贫始是贫。去年贫，犹有卓锥之地，今年贫，锥也无。"㉒湄：河岸，水与草交接的地方。㉓提提：安舒貌。㉔短策：短的马鞭。㉕长铍：长的兵器。铍（pī），古兵器。㉖幂幂：浓密貌。㉗飔飔：寒冷貌。㉘攲台：倾斜的台子。㉙陟：蹬。嶊崴（zuǐ wéi）：山峰高峻。㉚阏氏（yān zhī）：原为女性妆扮用的胭脂古称。后意义扩展为汉朝的公主、还有匈奴皇后号，史书中常称"阏氏"为"有阏氏"。㉛九嶷：九嶷，位于德孝之源，属南岭山脉之萌渚岭，峰峦叠嶂，深邃幽奇，素以独特的风光，古老的文物，动人的传说，驰名中外，令人神往。㉜王蠋：战国时齐国画邑（今临淄区高阳乡）人，齐国退隐大夫。《史记·田单列传》：燕之初入齐，闻画邑人王蠋贤，令军中曰"环画邑三十里无入"，以王蠋之故。燕将乐毅攻破临淄，乐毅敬慕王蠋，使人重金礼请他，并封他万户地方。王蠋说："与其屈从敌人，不如以死激励国人。"遂自缢死。㉝卞壸（kǔn）：字望之，济阴冤句（今山东菏泽）人。东晋名臣、书法家。㉞和熙：光明、明亮。㉟玉饴：美食。㊱荷锸随：指荷铁锹随行。《晋书·刘伶传》：刘伶"常乘鹿车，携一壶酒，使人荷锸（铁锹）而随之，谓曰：'死便埋我。'"㊲矻（kū）矻：辛勤劳作的样子。㊳缃帙（xiāng zhì）：指书籍、书卷。唔咿：感叹之声。㊴孤挺：孤挺花。㊵㠌（xī）：险。㊶作爨（cuàn）：烧火做饭。㊷锜（qí）：古时三足釜，即锅。㊸敷菑（fū zī）：耕种。㊹怼：怨恨。蜮：传说中一种在水里暗中害人的怪物。㊺管宁曾戴帽：指"管宁皂帽"，隐士冠饰。用以表示纯洁高尚的节操。管宁，字幼安。北海郡朱虚县（今山东省安丘、临朐东南）人。东汉末年至三国时期著名隐士。㊻尼父：亦称"尼甫"。对孔子的尊称。居夷：指居住在东方九夷之地。㊼羑（yǒu）里：古地名，又称羑都，在今河南省安阳市汤阴县北的羑里城遗址。㊽畴：田地。㊾左氏三都贵：中国古代西晋时期著名文学家左思所创作的《三都赋》。当时人们竞相抄写三都赋的内容，而造成洛阳纸张供不应求，纸价上涨的情形。㊿苏卿：指苏武。字子卿，故称。51傅岩：古地名，位于今山西平陆县东，傅说因在此从事版筑，被武丁起用，故以傅为姓。52渭水钓：姜子牙渭水垂钓的典故。53桓伊：字叔夏，东晋时期将领、名士、音乐家，平生善于吹笛，宿有"笛圣"之称。54子晋：王子乔的字。中国神话人物。相传为周灵王太子，喜吹笙作凤凰鸣，被浮丘公引往嵩山修炼，后升仙。55渐离：指高渐离，荆轲的好友，擅长击筑。56哻（hān）：一种冕，在夏代叫收，在商代叫哻，在周代叫冕。57汉仪：汉官威仪。58屈平：名平，字原，出生于楚国丹阳，中国古代伟大的爱国诗人。59宋玉：又名子渊，战国时鄢（今襄樊宜城）人，楚国辞赋作家。生于屈原之后，或曰是屈原弟子。60无资（wú zī）：没有钱财。61嗤：讥笑。62勒：雕刻。钟彝：指青铜礼器。彝，彝器。63龙图：河图。汉应劭《风俗通·山泽·四渎》："河者，播也，播为九流，出龙图也。"卦起龙图。传说伏羲始画八卦。伏羲，古代传说中的部落酋长。授羲：授与伏羲。64蹙（cù）蹙：忧惧不安貌。奚为：为什么？65讵（jù）：岂，怎。66嗟容：慨叹。

## 赠辽阳陈令公十韵①

圣朝恩旧里，孤客宦边庭②。
官冷兼冰冷，身形似鹤形。
升堂除积雪，编户补疏星③。
衣剪残荷碎，厨炊野蕨馨。
寻僧分钵饭，对吏读棋经。
新市凭鸦集，重关畏虎扃④。
草荒连砌白⑤，山近到床青。
采木探幽谷，弓田步远坰⑥。

人贫惟有爱，讼少不须听。

立德存华表，书名在御屏。

伫看寒碛上，丹凤下天廷。

【注释】　①此诗道尽了边地辽阳的荒凉和苦寒。②边庭：亦作"边廷"，犹边地。③编户：指编入户口的平民。疏星：意谓空旷辽阔，人烟稀少。④虎扃（jiōng）：形似虎头的门环。⑤砌：墙，台阶。⑥坰（jiōng）：野外。

## 偶述二十韵①

忆昔岁戊子，投荒自我初。

举头多局促，那步独踌躇。

所苦非冰雪，相期在壑渠。

主人法渐弛，贱子罪方纾②。

身首幸无虑，心神尚未舒。

逢人强笑谑，暗地足欷歔③。

耆旧常分粒，高朋许借书。

便将好日过，不觉数年余。

双屦穷梵宇，盈瓢饱野蔬。

飘飘无定止，处处得安居。

衰病因无禁，孤贫益自如。

偶然值老叟，招我入茆庐。

塔外无诸响，瓶中有夙储④。

残编堆几满，寒月映窗虚。

云密尘难入，山空梦亦除。

以兹知足矣，何必叹归与？

信口歌吟富，关门礼法疏。

长林藏倦鸟，幽涧纵潜鱼。

寄问同流者，为欢信有诸。

皇仁应普及，天意岂私予⑤。

【注释】　①此诗写函可师于顺治戊子（1648）被流放边地，起初庆幸自己还能活着。后来，入深山住兰若，孤贫自如。现在，无忧无虑，深感皇恩之浩荡。②纾：徐，缓。③欷歔（xī xū）：同"唏嘘"，叹气，抽咽声。④夙储：往日的理想。⑤私：偏爱。

博罗剩人可禅师著　书记今羞编

# 七言律一

## 甲申岁除寓南安①

梅花岭下小溪边②，寒尽孤僧泪独涟。

衲底尚存慈母线，担头时展美人篇。

先皇岁月余今夕③，故国风光忆去年。

香冷夜深松火息，万方从此静烽烟。

【注释】　①此诗写函可师甲申（1644）除夕寓南安。该年3月19日，崇祯帝自缢于北京煤山，意味着正统的明朝灭亡。五月，史可法、马士英等人拥立福王朱由崧于南京组建南明弘光政权。诗人听到这一消息后由罗浮山往南京，途经南安所作。诗人徘徊在梅花岭下小溪边，泪水涟涟，故国沦丧，悲愤满腔。岁除：谓一年的最后一天。②梅花岭：大庾岭在南安附近的山。③先皇：崇祯皇帝。

## 乙酉元旦①

万年新历自今朝，兵气都随残腊销。

龙虎山河开旧域，凤凰宫阙集群僚。

波停海外来重译，干舞阶前格有苗②。

野老瓣香无别祝③，箪瓢处处听歌尧④。

【注释】　①此诗写于顺治乙酉（1645）元旦。函可师应在南安，此时战火暂息，南明弘光政权得以苟延残喘，宫廷内外一片忙碌的景象。函可师拈香祝愿，天下太平，尧舜盛世。②干舞：干戚舞，古时舞者手执盾和斧的舞蹈。格有苗：使有苗臣服、归顺。格，攻打。有苗，三苗，是古代一个部落。"昔舜舞干戚而有苗服"（《三国志·魏志·贾诩传》）。

③瓣香：佛教语。犹言一瓣香。比喻崇敬的心意。④尧：传说中上古的贤明君主，后泛指圣人。

## 秋哾八首

乙酉寓金陵作①

铁骑飞传海上音，彤云霭霭幕秋阴。
元戎已作槛中虎②，黄阁空留井底金③。
半壁久添亡国恨，翠华难系老臣心。
独怜白首商人妇④，重拨琵琶泪满襟。

日光暗淡鷓鹕寒⑤，独上牛车泪已湍。
魏绛读来成画虎⑥，文山到死愿黄冠⑦。
乡心未尽鼍声急⑧，陵树先凋鹤梦残。
正拟招魂秋草里，疏钟微月夜漫漫。

露下霜残冷碧霄，乡心处处长天骄。
云横淮海三千筏，风定钱塘六月潮。
石虎岂能消杀伐⑨，卢敖无计慰飘摇⑩。
何时重问峰头侣，夜半吹箫过铁桥。

倚杖逢人麈偶挥⑪，风流还说旧王畿⑫。
赭衣少妇能骑马⑬，白面书生学打围⑭。
是处烽烟迷笠屐⑮，年来药碗失芳菲。
芰荷叶老虫声切，惆怅家山未可归。

美人家住白云乡，独上高楼枉断肠。
丹荔剥余蕉正熟，素馨开遍柚初香。
人间何处寻黄鹄，梦里分明见石羊⑯。
莫向凤凰台上望⑰，秋风秋雨正茫茫。

翘首长空动晚飔，苍梧一去失归期⑱。
啼魂欲拟三更月，续命先传五色丝。
天寿山前云漠漠⑲，石头城上草离离⑳。

伤心玉叶凋零后，犹剩天南第一枝。

凉月团团照远空，荻花如醉蓼花红。
江湖无复藏鸥迹，天地何曾享马醴㉑。
已见旄头沉赣水㉒，又闻大旆出秦中㉓。
只今五岭无消息，望断长干数落鸿㉔。

长松千尺野烟迷，别馆萧条日已西。
廿载功名归梦蝶㉕，五更风雨听潮鸡㉖。
曲池凉浸桐花影，复道尘封御墨题。
燕子重来王谢改㉗，庭前芳草马空嘶。

【注释】　①此诗写于顺治乙酉（1645）秋季的金陵。五月十五日金陵陷落，五月二十二日南明弘光帝被俘。闰六月，唐王朱聿键在郑芝龙等人的拥立下，在福州称帝，改元隆武，史称南明隆武政权。还有个鲁王朱以海，控制浙东绍兴、宁波等地，且凭借钱塘江天险，对抗清兵。此时的金陵衰败，萧条，已经没有了昔日的繁华。函可师感叹家国沦丧的同时，对偏踞东南沿海的南明隆武政权和鲁王朱以海，抱有一丝幻想，希望其在抗清中有所作为，保住明朝的半壁江山。秋呓：秋天的梦话。②元戎：主将。③黄阁：汉代丞相、太尉和汉以后的三公官署避用朱门，厅门涂黄色，以区别于天子。④商人妇：出自白居易的《琵琶行》"门前冷落车马稀，老大嫁作商人妇"。身为歌妓，年纪大了以后，就将就着嫁给了一个商人。商人是当时地位很低。⑤鹈鹕：一类水鸟。⑥魏绛：魏庄子，生卒年不详，春秋时晋国卿，初任中军司马，后任新军之佐，旋升为下军之将，曾力主与戎族和好，为晋悼公所采纳。⑦文山：文天祥。南宋末政治家，文学家，爱国诗人，抗元名臣，民族英雄。黄冠：农夫野老之服。⑧鼍（tuó）：亦称扬子鳄。⑨石虎（295—349）：字季龙，上党武乡（今山西榆社北）人，羯族，十六国时期后赵皇帝，军事统帅。诸子为继承君位斗，石虎杀两太子终未平息夺权，其死后诸子争立，大臣火并，国亡。⑩卢敖（前275—前195）：字雍照，居范阳（今河北省定兴县固城镇）。秦代博士，本齐国（一说燕国）方士。曾为秦始皇寻求古仙人羡门、高誓及芝奇长生仙药，秦始皇赏赐甚厚，进为博士。后见秦始皇刚愎拒谏，专横失道，遂避难隐遁，居于故山（今诸城市区东南13公里处）。秦始皇大怒，下令搜捕，终因未得而作罢。故山后改名卢山，山前有卢山洞，内置卢敖像。⑪麈（zhǔ）：古书上指鹿一类的动物，其尾可做拂尘。⑫王畿（jī）：指帝京。⑬赭衣少妇：年轻女罪犯。赭衣，古代因衣。因以赤土染成赭色，故称。⑭打围：称玩骨牌。⑮笠屐（jī）：指竹笠和木屐。⑯石羊：指"叱石成羊"的典故。黄初平，东晋人，著名道教神仙，出生地为今中国浙江省金华县，是当地的一个牧羊小孩。15岁时得仙指点得道而隐居赤松山。18岁开始修道，得道后易名赤初平，号赤松子，故号称"赤松仙子"。民间流传其法力高强，能够点石成羊。传说因为炼丹得道、羽化登天，而且以"药方"度人成仙，得到人们的信仰和崇祀。⑰凤凰台：在金陵凤凰山上。据《江南通志》载："凤凰台在江宁府城内之西南隅，犹有陂陀，尚可登览。宋元嘉十六年，有三鸟翔集山间，文彩五色，状如孔雀，音声谐和，众鸟群附，时人谓之凤凰。起台于山，谓之凤凰山，里曰凤凰里。"⑱苍梧：位梧州市北部，东毗广东省肇庆市。⑲天寿山：位于北京昌平县北部。⑳石头城：石头城即金陵城。在今江苏省南京市清凉山。㉑马醽：用马奶制成的奶酪，亦作乳汁。㉒旄头：古代皇帝仪仗中一种担任先驱的骑兵。㉓大旆：大旗。㉔长干：借指南京。㉕梦蝶：典出"庄周梦蝶"。后多用"梦蝶"表示人生原属虚幻的思想。㉖潮鸡：指一种潮来即啼的鸡。㉗王谢：指晋王坦之与谢安，都是高门望族。刘禹锡《乌衣巷》中有"旧时王谢堂前燕，飞入寻常百姓家"句。

## 乙酉除夕二首①

穷年于役笑狂夫，掩却闲窗一事无。
对佛不殊栖影鸽，怀人欲折渡江芦②。
浮山梦里梅难寄，鼙鼓声中日易徂③。
今夕剧怜灯火冷④，夜深空照几僧孤。

小雨空濛罩远天，愁心只在水云边。
半生事业鬓间雪，万里音书岭上烟。
爆竹不烦惊旅梦，残花留得伴枯禅。
鱼声梵呗浑成泪，破衲蒙头又一年。

【注释】　①此诗写于顺治乙酉（1645）除夕。函可师百无聊赖，心怀故乡，伤感凄然。②怀人欲折渡江芦：盖欲折芦渡江返乡也。唐孔颖达曾曰："言一苇者，谓一束也。可以浮之水上而渡，若桴筏然，非一根苇也。"故非怪诞浮夸也。③徂（cú）：过，行。④剧怜：非常可怜。

## 丙戌元旦顾家楼①

多难还余善病身，栖栖终不怨风尘。
挈瓢戴雪逢遗老②，著屐寻诗有故人。
夜雨暂将山色改，年光又逐泪痕新。
遥知乡国东风早，花信凭吹薄海春。

【注释】　①此诗仍然写函可师心怀故乡。丙戌：顺治三年（1646）。顾家楼，顾与治的宅第。顾与治，即顾梦游，字与治，江宁（今江苏南京），或曰吴江（今江苏苏州）人。崇祯十五年（1642）岁贡生。入清后，以遗民终老，卒于顺治十七年。平生任侠好义。②挈（qiè）：提着。

## 丙戌岁除厄亭同衣白、双白、方鲁诸子①

到处看山岁已徂，梅花点点怨江湖。
南阳事业归何地②，东鲁旌旗仰大儒③。
拜月尽瞻新面目，窥池不改旧头颅。
世间亦有闲于我，共向方亭伴结趺④。

【注释】　①此诗写函可师眼见江山残破，万念俱灰，南明隆武政权和鲁王朱以海似无能为力，内心的无奈与感伤。厄亭、衣白、双白、方鲁：都是诗人好友，生平不详。②南阳事业：南阳（河南省南阳市城西）是三国时期著名的政治家、军事家诸葛亮的十年躬耕地，是他成才的摇篮。汉昭烈皇帝刘备三顾茅庐处，魏、蜀、吴"三分天下"的策源地。刘禹锡《陋室铭》曰："南阳诸葛庐，西蜀子云亭。"③东鲁旌旗：孔子是春秋鲁国人。因称孔子及其门人建立的儒家学说是东鲁旌旗。④结趺（fū）：佛教徒坐禅的一种姿势，即两足交叠而坐。

## 丁亥元旦昧庵试笔①

每逢遗老即留连，病骨支离不记年②。
但有心胸还宇宙，更无眼目借人天。
石头几度分乡思，春色何曾到客边。
扶杖登楼闲一望，南山如旧涕空涟③。

【注释】　①此诗写于顺治丁亥（1647）元旦。此时，南明隆武政权和鲁王朱以海，都已被清兵消灭。函可师一想起故国家乡，涕泪横流。②支离：瘦弱，衰弱。③涕：眼泪。涟：泪流不断貌。

## 闻本师空和尚移锡闽中①

华台咐嘱久相违，杖履何因别翠微②。
五岭人天遮眼目，八闽风雨落珠玑③。
执巾若个还随步④，挥麈伊谁忽扣机⑤。
惭愧一枝寒塞外，黄沙白雪亦霏霏。

【注释】 ①此诗写函可师听闻本师音讯，激动万分，恨不能亲执栉巾追随左右。本师空和尚：函可的度师道独上人（1600—1661），明末曹洞宗僧。南海（广东）人，俗姓陆，号宗宝，别名空隐，世称空隐宗宝、宗宝道独禅师。移锡：谓僧人移换寺庙。锡，锡杖，僧人所持。②翠微：青翠的山色，形容山光水色青翠缥缈。③八闽：是福建省的别称。具体原因有多种说法，一般认为，福建省在元代分福州、建宁、兴化、延平、汀州、邵武、泉州、漳州八路，所以有八闽之称。珠玑：宝珠，珠宝。④若个：那个。⑤扣机：询问禅法机要。

## 闻本师将来石头①

孤锡何天不可飞②，遥知到处足归依。
愿携半面新神鉴③，来照三山旧帝畿。
风火大千生佛泪，水云百匝雨花霏。
瓣香拈起人皆仰，白月长边一色辉。

【注释】 ①此诗写石头经过风火劫难，生佛泪奔。听闻本师将来，函可师翘首以待。本师：函可的度师道独上人（1600—1661），明末曹洞宗僧。南海（广东）人，俗姓陆，号宗宝，别名空隐，世称空隐宗宝、宗宝道独禅师。②孤锡：指僧人孤身一人。宋代释宇昭诗："孤锡倚京寺，诗愁上鬓新。"③神鉴：宝镜。

## 寄阿谁①

敝履曾将寄阿谁，平生端许阿谁知。
破斋风雨三更话，乱世心肝万古期。
笔墨有神烈火劫，发肤无恙大江湄②。
巫间白雪厄亭柳③，遗老孤僧夜夜思。

【注释】 ①这首诗题目为《寄阿谁》，笔者认为"阿谁"应指函可师本人。函可师的师父们对其寄予厚望，希望他担起传承法脉的重任，而函可师内心难以抉择。②湄：河岸。③厄（zhī）：古同"栀"，栀子。

## 再寄阿谁①

三百年来一老臣，蹒跚双袖白纶巾②。
数茎霜雪留前代，半幅江山付后人。
诸祖传灯能共证③，满庭流水未全贫。
遥知桥畔梅花发，极目寒边欲寄春。

**【注释】** ①这首《再寄阿谁》，笔者认为"阿谁"应指函可师本人。综合前面这两首诗，函可师的师父们对其寄予厚望，希望他担起传承法脉的重任，而函可师却不置可否。②蹁跹：形容旋转舞动。③传灯：法能破闇，故以灯譬之。传法于他，故曰传灯。

## 得友沧江南信①

灯前忽接江南信，未拆先惊喜复疑。

大漠到来三易岁，白门死却几相知②。

两人心事六千里，片纸书题九月时。

捧读从头亲切语，一天冰雪见须眉。

**【注释】** ①函可师接得友人来信，倍感亲切，快慰平生。友沧：僧人，函可师的道友，生平不详。本书卷六有《怀友沧师》。该诗当作于顺治八年（1651）。②白门：南京的别称。死却：顺治二年（1645）三月，清军南下，函可滞留南京，亲历清兵攻陷南京的重大事变，他奋笔疾书，记述了南明弘光朝仁人志士不甘亡国起而抗争悲壮献身的事迹。顺治四年（1647）秋，函可求得印牌，打点行装，在离城时为清兵所扣，入刑部狱，被判了个"干预时政"的罪名。顺治五年（1648），奉旨宽宥，函可被流放沈阳清修于慈恩寺。

## 寒夜偶成①

日短无妨独夜愁，氉氉布衲自蒙头②。

白杨梦绕尚书冢③，大石云封仙客楼。

霜气正浓心匪席，钟声不远月如钩。

更长任尔终须晓，能使沉沉万古不④。

**【注释】** ①此诗写函可师夜入愁肠，更长待晓，终难释怀。②氉氉：毛发等蓬松散乱的样子，形容衲衣破旧。③尚书冢：此处指父亲坟冢。函可诗俗家父亲韩日缵为明崇祯年间礼部尚书。④不：同"否"。

## 岁暮雪中①

四十风光一抹收，故乡望断岁如流。

料因诃佛填冰狱②，岂为修文上玉楼③。

雪尽埋时偏得句，天当崩后更无忧。

当年六载行难满，殃及儿孙冷不休。

**【注释】** ①此诗写函可师自嘲因宿罪遭祸，今年已四十，快到头了。②诃佛：斥骂佛祖，是"诃佛骂祖"的简称。这里指由"诃佛骂祖"的前因，才获流放辽东之报。③修文：振兴文教。玉楼：白玉楼。典出《全唐文》卷七百八十《李商隐十·李贺小传》。唐诗人李贺昼见绯衣人云"帝成白玉楼，立召君为记。天上差乐，不苦也"，遂卒。后因以为文人逝世的典故。指才子英年早逝，或指文人逝世。

## 同诸子宿雪斋①

冰天尽日麈纵横②，秉烛还教续笑声。
今岁眼看片影过，几人身在一宵情。
枕边各自家乡近，笔下何妨星斗惊。
到晓定知饶别泪③，土床如水听鸡鸣。

【注释】　①此诗写同诸子宿雪斋。大家整日高谈笑语，听闻鸡鸣之声，定挥晓别之泪，奈何奈何。②冰天：指函可师与当时谪戍辽海的道俗名流三十三人共建的冰天诗社。吟咏抒怀，不失遗民本色。麈：本义见本卷《秋吪八首（乙酉寓金陵作）》注⑪。此处指谈论。纵横：自如，交错。③饶：富足，多。

## 偶　感①

天地为圜山水囚②，无弦一操亦拘幽。
罽宾尚自容狮子③，石虎真同狎海鸥。
饱食更无思作佛，生还端不愿封侯④。
请翻青史兼灯录⑤，亦有痴顽似我不。

【注释】　①此诗写函可师自嘲，饱食终日，无所用心。②圜（yuán）：同"圆"，圆形。此处比喻牢笼。③罽（jì）宾：古时西域国名。狮子：也称师子尊者。二十四祖（禅宗）师子比丘者，中印度人也，姓婆罗门。得法游方，至罽宾国。④端：确实。⑤灯录：《传灯录》，共三十卷，宋真宗景德元年，吴沙门道彦，系释迦以来祖祖之法脉，录法语者。后效之有种种之灯录。

## 闻浪大师主法伞岭①

马耳峰头食蜜甜②，长干花瓣又重拈。
共经劫火三禅乐③，分取曹源两地沾④。
伞岭杖头风日暖⑤，天山衲底雪霜严。
不禁钟尽怀方切，寒雁无声月一帘。

**【注释】** ①此诗写闻浪大师主法伞岭。浪大师者，为函可师的同门长辈也。今者主法伞岭，津梁三有，济拔四生，光大曹溪血脉。函可师欣然叹服。浪大师：觉浪道盛（1592—1659），字觉浪，号浪杖人，俗姓张，福建柘浦（今福建柘荣、霞浦两县间）人。明末高僧。初参博山元来，旋谒晦台元镜禅师于建阳东苑，承嗣曹洞宗三十三世。伞岭：今广东省茂名市。②马耳峰：指沈阳马耳山，因山有两峰，并排矗立，酷似马的两个耳朵，因此得名。③三禅：佛教谓色界之第三禅天，此天名定生喜乐地。④曹源：曹洞宗的宗源。曹洞宗为佛教禅宗五家之一。⑤朖（lǎng）：明亮。

## 闻遁庵伞岭监院①

何人寒夜苦相思，犹忆临岐赠一枝②。
百丈再参惟马祖，慈明总院属杨岐③。
出笼孤鹤抟风疾，穿市泥牛蹴月奇④。
鸭绿江头频斫额，好将消息寄边陲。

**【注释】** ①此诗写闻遁庵为伞岭监院。盖遁庵者，为函可师的同参道友也。今者监院伞岭，统龙象，范人天，实法门之幸也。函可师额手称庆，善哉善哉。②临岐：为赠别之辞。③百丈再参唯马祖：百丈怀海禅师，唐代高僧。师再参马祖，祖见师来，取禅床角头拂子竖起。师云："即此用？离此用？"祖挂拂子于旧处。师良久。祖云："你已后开两片皮将何为人？"师遂取拂子竖起。祖云："即此用？离此用？"师挂拂子于旧处。祖便喝，师直得三日耳聋。慈明、石霜楚圆慈明禅师，宋朝临济宗高僧。杨岐：杨岐方会禅师。杨岐追随慈明，担任监院多年，终于悟道。后驻锡袁州杨岐山普通寺传法，世称"杨岐派"。④泥牛：泥牛入海，比喻一去不再回来。出自宋·释道原《景德传灯录》卷八："我见两个泥牛斗入海，直至如今无消息。"蹴：追逐，追踪。

## 寄茂之二首①

髫年见尔蚤登坛②，瓦钵藜羹每共飧。
两世交游情更切，七朝耆旧泪难干③。
孤山未得林逋适④，后学谁知范叔寒⑤。
料得岁残吟倦后，铁函偷启避人看⑥。

破屋残书虎豹邻，萧萧风雨独相亲。
一时群士推前辈，半世相交属古人。
几食神仙终不饱，屡看儿女始知贫。

冰天欲寄新诗卷，老眼应知泪又频。

【注释】* ①此诗写函可师与茂之父子两世交游，皆喜诗文，酬唱切磋，共飧藜羹，是何等的快乐。今函可师流放边地，饥寒交迫，赋诗取乐，寄茂之新作，抚今追昔，挥泪自慰。茂之：林古度，字茂之。祖籍福建省福清县，后随父居金陵（今江苏南京），与其兄林君迁皆好为诗，与函可有唱和。②髫年：少年。蚤：通"早"。③耆旧：年老的老朋友。④林逋（967—1028）：字君复，北宋著名隐逸诗人。林逋隐居西湖孤山，终生不仕不娶，唯喜植梅养鹤，自谓"以梅为妻，以鹤为子"，人称"梅妻鹤子"。⑤范叔：范蠡，字少伯，南阳人，越国大夫，曾助勾践灭亡吴国。功成名就之后急流勇退，变名姓为鸱夷子皮，遨游于七十二峰之间。其间三次经商成巨富，三散家财。后定居于宋国陶丘（今山东省菏泽市定陶区南），自号陶朱公。⑥铁函：通常用来盛装舍利子或宝藏的铁匣子，密封很好。

## 寄与治二首①

乱后投交白板门②，梅花香饭每同论。
平生最苦人皆好，古道全凋尔尚存。
客到定留徒四壁，诗成不厌倒千樽。
世间那见清贫士，猿鹤沙虫尽感恩。

一卷诗书动甲兵，鸟飞鱼逝海天惊。
许多人士欣同死，费尽精神荷再生。
书寄极边看雁度，影留孤壁共鸡鸣。
想当花发高朋集，独少残僧笑语声③。

【注释】 ①与治乃函可师至交，想当年赋诗饮酒，清谈高论，实乃赏心乐事。如今，函可师孤灯残壁，乞食苟活，感往增怆，再也听不到函可师的笑语声。与治：顾与治，见卷六《读顾与治书并见怀诗》注①。②白板门：南朝宋都城建康城（今江苏南京）西门，因西方属金，金气白，故称白门。后称金陵（今江苏南京）为白门。③残僧：函可师自称。

## 寄与然师①

半世风流薄幸名②，蛮烟琴韵苦冰清。
后门开处如花散，大厦倾时集杖横。
一幅云山通性命，四围弓剑见交情。
年来何地堪行脚，绝塞思君草履轻。

**【注释】** ①此诗写给与然师。函可师说自己处于困苦凄凉的境地,想起昔日的亲朋,略有一丝慰藉。②薄幸名:少有幸运的好名声。

## 寄孟贞①

石子冈头共苦吟②,交情老向水云深。
孤僧罪案横诗卷,伯氏遗词发道心③。
婚嫁若完休卖赋④,须眉白尽好投针。
连年何限悲酸句,曾否招魂到海浔⑤。

**【注释】** ①孟贞乃函可师好友,二人皆工于诗,相互酬唱切磨,激扬相娱,函可师对其甚为思念。孟贞:见卷六《孟贞寄书不至》注①。②石子冈:又称聚宝山。在今江苏南京市南,聚宝门外。③伯氏:兄长,此处为对孟贞的尊称。《诗经·小雅·何人斯》:"伯氏吹埙,仲氏吹篪。"高亨注:"伯氏,大哥。"④卖赋:典出司马相如《长门赋》序,武帝时陈皇后奉百金请司马相如为文以悟主上,陈皇后复得亲幸。后以"卖赋"泛指卖文取酬。司马相如,著有《子虚赋》《上林赋》等,汉代著名的辞赋大家。⑤海浔:海边。

## 寄于皇①

大风吹梦渺无垠,白鹭洲前彩袖贫②。
今古更教谁搦管③,乾坤似未可容身。
钟声屡听寒僧饭,诗句时生山鬼瞋④。
好拟招魂东海畔,沅湘不独没灵均⑤。

**【注释】** ①函可师自述境遇凄惨,遥思友人于皇,仿佛又回到了从前。于皇:杜浚(1611—1687),原名诏先,字于皇,号茶村,今黄冈市人。少倜傥,为副贡生。明亡,避地金陵(今江苏南京),寓居鸡鸣山之右。性廉介,不轻受人惠。晚岁,穷饥自甘。后贫益甚,往来维扬间。卒后,无以为葬。及陈鹏年知江宁府,始葬于蒋山北之梅花村。②白鹭洲:地名。在今南京市水西门外。明朝永乐年间是开国元勋中山王徐达家族的别墅,故称为徐太傅园或徐中山园。贫:少。③搦管:握笔,执笔。④瞋:瞪人。⑤沅湘:沅水和湘水的并称。灵均:屈原,字灵均。

## 寄澹心①

木佛寒边尚未烧,黔王宅畔梦相招。
抬眸直可烁千界②,挥藻真堪贱六朝③。

碎却青衫天地裂，收回残魄日星昭。
铁函珍重休沉井④，那见黄尘彻底飘。

**【注释】** ①此诗寄与澹心。其与函可师有过交往。函可师仰慕其人，遥寄关切。澹心：余怀（1616—1696），字澹心，一字无怀，号曼翁、广霞，又号壶山外史、寒铁道人，福建莆田黄石人，清初文学家。晚年自号鬘持老人，侨居南京，因此自称江宁余怀、白下余怀。为明末清初之名士，其自诩"厉东汉之气节，挟六朝之才藻"。②烁：摇曳，闪烁。千界：宇宙。③挥藻：书写文章。六朝：吴、东晋、宋、齐、梁、陈，先后建都于今南京，合称六朝。④铁函：用来盛装舍利子或宝藏的铁匣子，密封很好。

## 寄州来①

频年剥啄识相过②，古寺寒泉笑语多。
剑影千寻依佛火③，书声一半落江波。
每当静夜闻花雨，只恐雄心裂芰荷④。
远碛有怀诗定苦，数篇莫遣雪儿歌。

**【注释】** ①此诗寄给州来。州来与函可师交游多年，每当夜深人静，函可师甚为思念，故寄去诗作数篇，慰藉平生。②剥啄：亦作"剥琢"。象声词。用来形容敲门或下棋声。③千寻：很高。寻，长度单位，古代八尺为一寻。④芰荷：指菱叶与荷叶。

## 寄今度①

石头旧社羡耆英②，数载周旋世外情。
绣佛放参贪米汁，素王遗训足藜羹③。
中山华胄尊明道④，五岳灵祇笑向平⑤。
为语诸郎抛纸笔，无灾更不用公卿。

**【注释】** ①此诗寄今度。盖今度者，乃名门望族之后，函可师所仰慕的才俊之士，志究大法，皈依心宗，在石头城（今江苏南京）与师交游数载，师甚为思念。②耆英：对高年有德者的称谓。此处指称今度。③素王：孔子的别称。后来儒家称誉孔子为"素王"。藜羹：用藜菜作的羹。泛指粗劣的食物。④华胄：华夏族的后裔，指汉族。明道：当指儒家思想。⑤灵祇：神祇，神仙。向平：东汉高士向长，字子平，隐居不仕，子女婚嫁既毕，遂漫游五岳名山，后不知所终。

## 寄一门、介立二法主①

几年白拂各横纵②，垂死相看道味浓。

人在石头江月冷，诗从天半岫云封，

座前花雨三春梦，谷里松风午夜钟。

二老有心原不系③，医巫间下想飞筇④。

【注释】　①此诗道尽了函可师对二位道友的思念。②白拂：白色的拂尘。③不系：不系念，不挂念。④飞筇（qióng）：借指游历。筇，竹，可做手杖。

## 寄秭经①

是知不可奈民艰，吴楚声名苦未闲。

须达布金为续命②，东坡解带欲留顽。

交情只在死生际，立德偏于云水间。

惭愧报恩惟一杖，好寻猿鹤步青山。

【注释】　①盖秭经者，乃乐善好施的长者，于函可师有恩。函可师寄去手杖一副，并祈愿其鹏博逍遥。②须达：人名，又叫"须达多"，译为"善给"。古印度拘萨罗国舍卫城富商，波斯匿王的大臣，释迦牟尼的有力施主之一，号称给孤独。布金：施舍钱财。

## 寄尔止，兼讯元白、彝仲①

孤踪如鹤笔如泉，抖擞奚囊淡淡仙②。

卖赋不酬兼卖卜③，忧贫无计独忧天。

马融名下玄为首④，荀淑筵中实最贤⑤。

想得团圞风雪里⑥，共斟白水奠寒边。

【注释】　①盖尔止、元白、彝仲三人，皆为函可师的好友，安贫乐道，才华横溢。函可师盼望有朝一日，冒着风雪，相聚在边地。②抖擞：抖动或振动。奚囊：唐·李商隐《李长吉小传》："每旦日出，与诸公游……恒从小奚奴，骑距驴，背一古破锦囊，遇有所得，即书投囊中。"后因称诗囊为"奚囊"。③卖卜：以占卜谋生。④马融：东汉经学家，文学家，生徒有千人。郑玄、卢植都是他的学生。玄：郑玄，东汉末年儒学学者、经学大师。⑤荀淑（83—149）：字季和，为郎陵侯相，东汉颍川颍阴（今河南许昌）人。汉和帝至汉桓帝时人物，以品行高洁著称。有子八人，号八龙。他的孙子荀彧是曹操部下著名的谋士。筵：经筵。汉唐以来帝王为讲论经史而特设的御前讲席。宋代始称经筵。⑥团圞：犹团聚。

## 寄文寺昆仲，兼讯令侄①

安世威名海峤传，龙泉虽失笔如椽②。

二难拮据寻灰烬③，一代风流入品铨④。

枝上鹊巢惊虎豹，枕边蠹简剩神仙⑤。

东山屐齿须珍重，未了还须望阿玄。

【注释】　①盖文寺昆仲，忠义英武，利济民生，凤有威名，今者隐居东山，安贫向道。函可师遥寄问候，祈愿其珍重致远。②龙泉：宝剑名称。③拮据：原指鸟衔草筑巢，肢体劳累。后比喻生活境况窘迫。④铨：衡量轻重。⑤蠹简：被虫蚀的书籍。蠹（dù），蛀虫。

## 寄徐氏昆仲①

钟山王气散残霞②，犹向乌衣识旧家③。

义士肝肠才子韵，人间富贵梦中花。

已知麟阁三秋草④，何处青门五色瓜⑤。

珍重玉函天藻在⑥，伫看溟渤又飞沙⑦。

【注释】　①盖徐氏兄弟，出身名门，才气纵横，侠肝义胆，历经明末清初的社会动荡，表现出很高的气节，令函可师赞叹，并遥寄问候。昆仲：兄弟。②钟山：在今南京市东，现称紫金山。③乌衣：乌衣巷，在今南京东南。东晋时王、谢两大望族在此居住。刘禹锡《乌衣巷》中有"旧时王谢堂前燕，飞入寻常百姓家"。④麟阁："麒麟阁"省称。汉朝阁名，供奉功臣。汉武帝建于未央宫之中，因汉武帝元狩年间打猎获得麒麟而命名。⑤青门：汉长安城东南门。本名霸城门，因其门色青，故俗呼为"青门"或"青城门"。门外旧出佳瓜，广陵人召平为秦东陵侯，秦破为布衣，种瓜青门外。⑥玉函：玉制的书套。天藻：天子的文章。⑦溟渤：溟海和渤海，多泛指大海。

## 寄无伤

### 时游粤中①

瘴海南浮去杳然②，相期犹在白云巅③。

乡情翻为友朋动，古谊宁因岁月迁④。

箕子里中魂欲断⑤，越王台畔屐将穿⑥。

罗浮村月应无恙⑦，未必梅花似昔年。

【注释】　①友人无伤，当时在粤中游历，函可师对友人和家乡都深表关切。②瘴海：旧指岭南有瘴雾的海域。③白云巅：白云山，在广州市北郊。④古谊：古贤人之风义。⑤箕子：名胥余，殷商末期贵族，是商纣王的叔父，文丁的儿子，帝乙的弟弟，官太师，因其封地与箕，故称箕子，他与微子、比干齐名，称"殷末三贤"。⑥越王：春秋时越王勾践。初败于吴王，被俘，后卧薪尝胆，发愤图强，终于打败了吴王夫差，灭掉了吴国。成为春秋末期最后一个霸主。⑦罗浮：指罗浮山，在广东博罗县西，居广东中部，南北延伸，诗人为僧后在罗浮山修行。

## 除日大翁同薪夷过集①

如此年光去不辞，匝天阴雾约同支②。
因君父子团圞话，添我家山割绝悲。
一树梅花成异想，半壶冰水共交知。
春风到底还来日，薄暮相看鬓已丝。

【注释】　①此诗表达函可师的思乡之情，可谓惨痛。②匝天：满天。

## 除夕别皈藏①

明晓相逢隔岁期，只争一宿惜分离。
论交死地情加重，定罪寒边老不疑。
愁到尽头宁再换，顽深彻骨更难移。
眼看归路消残晷②，眄眄春来未可知③。

【注释】　①函可师重归故里的机会，可谓十分渺茫矣。②晷（guǐ）：日影。残晷：残余的时光。③眄（miǎn）眄：斜视貌。

## 除　夜①

又到边庭岁尽时，孤灯空照两茎眉。
三年尚未喂豺虎，一息还将报我师。
绕座诸山皆老宿②，才言大法已支离。
归堂稳卧不须守，榾柮烧残冷自知③。

【注释】　①函可师意谓又至岁尽，孤灯枯骨，无以为报，归堂稳卧。②老宿：年老而资深的人。③榾柮（gǔ duò）：见卷三《与希、焦二道者夜谈漫纪》注㉛。

## 辛卯元旦①

鸡声云集礼金仙②，一搭袈裟泪独涟。

六载雪山余业在③，五家灯火极边传④。

疏星落落天将曙，宿雾重重日渐圆。

自有瓣香人不识⑤，万年逢祝海东偏。

**【注释】** ①此诗写于顺治八年辛卯（1651）正月初一，叙述了僧人礼佛及新年祝愿等法事活动。②金仙：谓佛也。《稽古略》四曰："宋徽宗宣和元年，诏改佛为大觉金仙。"佛家称外道仙人修行坚固者，亦曰金仙。③六载雪山：指佛祖于雪山苦修六年。④五家灯火：指禅宗慧能一系的南宗所分化的五个宗派。即临济宗、沩仰宗、曹洞宗、云门宗、法眼宗。⑤瓣香：教语。犹言一瓣香。古以拈香一瓣，表示对他人的崇敬的心意。

## 元日有感二首①

老眼未曾看历日，如何岁岁在龙蛇②。

相逢知友休相问，不是贤人亦自嗟。

旧腊坚冰仍匝地，枯枝残雪尚开花。

新愁又是从头起，安得春风到海涯。

寥落家家惜晓春③，朔风仍自觅孤身。

恒河流水还生灭④，冷碛飞沙无故新。

西极龙颜心咫尺，南天马鬣梦悲辛⑤。

眼看鲸海波涛细，犹可残生见世人。

**【注释】** ①此诗写元日有感。函可师新愁又起，感叹时光流逝，孤苦伶仃，苦海无涯。元日：阴历正月初一。②龙蛇：指退隐。指流亡辽东。③寥落：见卷二《短歌行》注⑦。④恒河：恒河流域是印度文明的发源地之一，它不仅是今天印度教的圣河，也是昔日佛教兴起的地方，至今还有大量佛教圣地遗存。⑤马鬣（liè）：坟墓封土的一种形状。亦指坟墓。

## 遥哭秋涛①

云淙一出人皆望②，天宇频倾势莫收③。

若水搋唇无二日④，文龙指腹定千秋⑤。

忍将礼乐随身去，尽把心肝报主休。

自有容台遗稿在⑥，长偕正气世间留。

**【注释】** ①此诗写遥哭秋涛。秋涛，乃明朝之栋梁，忠贞挺秀，威名凤著，誓死抗清，为国捐躯。似此等忠烈，怎能不令函可师痛哭流涕。②云淙：秋涛所著《云淙集》。秋涛，即陈子壮（1596—1647），字集生，号秋涛。广东南海沙贝村人，南明"岭南抗清三忠"之一。万历年间进士，历官编修。崇祯年间累迁礼部右侍郎，南明弘光帝礼部尚书、桂王东阁大学士兼吏部尚书。1647年，连同陈邦彦起兵抗清。后与清军大战清远，兵败惨死。著有《云淙集》等。③天宇：天空。④若水挝唇：李若水事。李若水（1093—1127），靖康元年为太学博士，官至吏部侍郎。靖康二年随宋钦宗至金营，怒斥敌酋粘罕。监军者挝破其唇，嘌血骂愈切，至以刃裂颈断舌而死，年三十五。⑤文龙指腹：陈文龙（1232—1276），宋咸淳四年（1268）进士，抗元名将，民族英雄。后被元军抓获，面对凌辱，文龙指腹道："此节义文章，可相逼邪！"押送杭州途中开始绝食，经杭州谒拜岳飞庙时，气绝而死。⑥容台遗稿：秋涛在礼部任过官职，所以称其遗稿为容台遗稿。容台，礼署、礼部的别称。

## 遥哭玄子①

龙髯一坠恨身存②，万里崎岖哭主恩。
邓禹未能追邺下③，秀夫终合殉崖门④。
词林尚吐文章气，沙碛频招忠义魂。
从此千秋沧海上，风涛怒卷血犹浑。

【注释】　①此诗为函可师知晓玄子为国殉难后，尽诉内心悲愤之情。玄子：张家玉（1615—1647），字玄子，号芷园，广东东莞人。崇祯年间进士，授翰林院庶吉士。1647年10月，张家玉率兵抗击清兵，身负重伤，不愿被俘，投塘而死。南明"岭南抗清三忠"之一。②龙髯：传说黄帝采首山铜，铸鼎于荆山下，有龙垂胡髯下迎黄帝。黄帝上骑，群臣后宫从上者七十余人，龙乃上去。余小臣不得上，乃悉持龙髯，龙髯拔，堕黄帝之弓。百姓仰望黄帝即上天，乃抱其弓与胡髯号，故后世因名其处曰鼎湖，其弓曰乌号。以后用为悼念皇帝去世之典。③邓禹（2—58）：字仲华，南阳新野人，东汉初年军事家，云台二十八将第一位。年轻时与刘秀交好。更始元年（23），刘秀巡行河北，邓禹前往追随，提出"延揽英雄，务悦民心，立高祖之业，救万民之命"的方略，被刘秀"恃之以为萧何"。邓禹协助刘秀建立东汉，"既定河北，复平关中"，功劳卓著。邺下：古地名，今址河北临漳邺镇，在古时邺城（遗址主体位于今河北临漳县境内）。献帝建安时，曹操据守邺城。是建安文学的中心。④秀夫：陆秀夫（1236—1279），字君实，一字宴翁，别号东江，楚州盐城长建里（今江苏省建湖县建阳镇）人。南宋左丞相，抗元名臣，与文天祥、张世杰并称为"宋末三杰"。崖山海战兵败，背着卫王赵昺赴海而死。时年四十四岁。

## 遥哭美周①

一身许国气无前，贡水波漫热血溅②。

菩萨道穷皈马革，孝廉船覆失龙泉。

家余老母西方泪，梦绕孤僧北塞烟。

节义文章浑泡影，莲须重结后生缘③。

【注释】　①此诗写遥哭美周，略述了其生平。美周：黎遂球（1602—1646），字美周，广东番禺板桥乡人。天启七年（1627）举人，再应会试不第。崇祯中，陈子壮荐为经济名儒，以母老不赴。明亡，方应陈子壮荐，为南明隆武政权兵部职方司主事，提督广东兵援赣州，城破殉难。著有《莲须阁诗文集》。②贡水：古称湖汉水，亦名东江、会昌江，源出福建，流入江西后汇入赣江。③莲须：指美周所作《莲须阁诗文集》。

## 遥哭未央①

飞云顶上忆同游②，风雨相期苦不休。

自向虚空明节义，何妨平等别恩仇。

宰官忽现睢阳齿③，祖道唯悬狮子头④。

未了团圞他世事⑤，白山黑水日悠悠。

【注释】　①此诗写遥哭未央，曾师事道独禅师，与函可师为同参道友。未央：见卷四《读未央上黄岩诗有感用原韵三首》注①。②飞云顶：罗浮山主峰，指代家乡。③宰官：指官吏。睢阳齿：取典于唐朝时期张巡守城卫国心切，牙齿皆被咬碎。比喻对敌人切齿地痛恨。④祖道：古代为出行者祭祀路神，并饮宴送行。后称饯行为祖道。⑤团圞：犹团聚。

## 遥哭巨源①

方筇把赠大江滨，垂涕相看各怆神②。

我窜异方生亦死，君从前代鬼成人。

西山雨过书堂寂，南浦云横古道堙③。

叹惜旧游谁复在，独留双眼哭高旻④。

【注释】　①巨源为函可师昔日好友。函可师得知巨源故去，悲痛伤怀而哭。巨源：徐世溥（1607—1658），字巨源，江西新建人。明末著名文人，出身官宦世家。1658年4月6日，一群来历不明的人找到他，将其拷掠至死，死因成谜。②怆神：伤心。③堙（yīn）：堵塞。④旻（mín）：高天。

## 遥哭千里①

甘露曾闻饮郑平②，肯教弱水隔蓬瀛③。

云烟淡淡眉间见，佛祖明明指上生。

看尽桑田松阁冷，抛残丹灶笔床横。

三彭未绝身先死④，点泪黄沙哭紫清⑤。

**【注释】** ①此诗写遥哭千里。盖千里者，乃函可师的好友，喜欢寻师访道。今者，过早离世，函可师惜之。②饮郑平：《海录碎事》载，唐丞相李林甫的女婿郑平早生华发，李林甫疼爱他，就把玄宗赐食的"甘露羹"端给郑平喝。郑平喝后，一晚鬓发皆黑。③弱水：指遥远险恶。《山海经》说：昆仑之北有水，其力不能胜芥，故名弱水。蓬瀛：蓬莱和瀛洲。传说中的神山，这里泛指仙境。④三彭：三尸神。道家称在人体内作祟的神有三，叫"三尸"或"三尸神"，每于庚申日向天帝呈奏人的过恶。⑤紫清：指天上。谓神仙居所。

## 薪夷暮过①

日暮抛书叩我门，土床呼坐礼无烦。

士当缧绁非其罪②，顽到袈裟不可言。

已讶新篇凌屈宋③，更参妙义指风幡④。

钵中抖擞余残粒，带雪连声且共吞。

**【注释】** ①薪夷者，乃函可师友人，性灵喜文。今者，所作新诗势超前人，又钻研古今禅门公案，激扬道义。二人情投意合，趣逸天外。②缧绁（léi xiè）：缚犯人的绳索，借指监狱。③讶：惊奇，奇怪。屈宋：先秦楚国诗人屈原和宋玉的合称。屈原是骚体的开创者，宋玉略晚于屈原，也以楚辞著称，并对赋的形成与发展做出了重要贡献，后世因以"屈宋"合称。④风幡：一种竖着挂的长条旗。此处指《坛经》中云："时有风吹幡动。一僧曰风动，一僧曰幡动。议论不已。惠能进曰：非风动，非幡动，仁者心动。"

## 与薪夷同榻不寐①

薄被难将笑语温，枕头如水覆仍翻。

坚冰到骨两条铁，冷月来床一片魂。

梦趣屡从邻衲乞，夜深好共老天言。

鸡声忽听休惊舞，只恐轻狂动佛尊。

**【注释】** ①此诗写函可师与薪夷同榻不寐，欣然自适。

## 北里过访①

出门大雪欲何之，僮仆无言瘦卫知。

只在南郊三里外，定因昨日老僧期。

带围那得留荒寺，诗句还能慰我饥。

乘兴不妨明又到，肯因无酒便攒眉②。

【注释】 ①此诗写到北里来拜访，函可师的愉悦之情溢于言表。北里：左懋泰，见本书《千山剩人可和尚塔铭》注释。②攒（cuán）眉：皱眉，表示不愉快。

## 招高一、戴三同过北里，喜剌翁、春侯至，兼订后会①

出门定向北郊行，半路招呼冷弟兄。

群雁嗷嗷添鹤唳，幽兰馥馥共藜羹②。

嗟予岭海梅花梦，羡汝池塘春草生。

薄暮曰归重订约，无过隔日足离情。

【注释】 ①此诗写函可师与友人相会北里，其乐融融。戴三：见卷五《赠戴三》注①。北里：左懋泰，见本书《千山剩人可和尚塔铭》注释。后会：下次相会。②馥馥：形容香气很浓。藜羹：用藜菜做的羹，泛指粗劣的食物。

## 再集雪斋竟日①

如何先遣朔风迎，未到惊闻斗室轰。

三百年来剩一笑②，几千里外共余生。

弟兄冰雪交情热，天地龙蛇老气横。

此日不须半点泪，且留佳话付边城。

【注释】 ①函可师始终认为自己是明朝遗民，对于被流放边地，耿耿于怀。今与友人冰雪相会，不觉寒冷，反见热情，快慰平生矣。②三百年来：明朝江山从洪武元年（1368）至崇祯十七年（1644）共二百七十六年，诗中说的是整数。

## 寒日偶成①

懒残猥獠一身兼②，不合时宜我自嫌。

荷叶飘零衣又碎，菜根啮尽雪方甜。

道心岂为饥寒长，诗料偏于沙碛添。

满面灰尘双涕冻，展开书卷向风檐。

【注释】 ①"满面灰尘双涕冻，展开书卷向风檐"，函可师可谓饥寒交迫，然能以苦为乐。②懒残：唐衡岳寺僧明瓒，性疏懒而好食残余饭菜，人以懒残称之。李泌读书寺中，以为非凡人，中夜往谒。懒残发火取芋而啖之，曰："慎勿多言，领取十年宰相。"泌拜而退。獦獠（gé lǎo）：古代对南方少数民族的称呼，泛指南方人。

## 同诸子集雪斋①

此是边城第一日，卢胡大笑即神仙②。

半收闲论归灯录，全采寒冰当绮筵。

善谑支公偏堕落③，能飞丁令忽飘翩④。

茆斋西去无多路，明晓同过话冷毡。

【注释】　①此诗写同诸子集雪斋。好友相聚，畅所欲言，可以娱神，可以散虑，何乐如之。②卢胡：谓笑声发于喉间。③善谑：善于戏言。支公：晋高僧支遁，字道林，时人也称其为"林公"。泛称高僧。偏堕落：指支公爱鹰马一事。其好养鹰马，而不乘放，人或讥之，遁曰："贫道爱其神骏。"④丁令：丁令威，见"令威化鹤"典故。

## 再集高寒还舍①

一日已离又一日，萧然斗室忽喧天。

笑开绝塞三年口，吞尽寒儒半块毡。

冷冷牧牛诸衲子，纷纷跨鹤几神仙。

何人袖里诗篇富，携得寒冰照骨鲜。

（是日北里携诗卷至）

【注释】　①此诗写再集高寒还舍。函可师命运多舛，流放边地，凄凉无比。今者，朋友相聚，高论玄谈，吟咏赋诗，悼怀惜逝，岂不风情自远矣。

## 闻北堡三子为僦主所逐①

六朝遗藻属三贤②，才得相逢又各天。

及到极边重被逐，纵贫彻骨不禁怜。

溪头漂母归春梦③，岩下刑人望晓烟④。

但愿速来吾钵在，一匙分取湿寒毡。

【注释】　①此诗写闻北堡三子为僦（jiù）主（房主）所逐。此三子者，乃函可师好友，最为惺惺相惜。函可师深表忧虑，愿与其共渡难关。僦主：租赁房屋的主人。②六朝：

三国的吴、东晋；南朝的宋、齐、梁、陈都以建康（今江苏南京）为首都，历史上合称其为六朝。遗藻：遗留下来的华美的文章。③漂母：漂洗衣物的老妇。《史记·淮阴侯列传》："信（韩信）钓于城下，诸母漂，有一母见信饥，饭信，竟漂数十日。"④岩下刑人：指诗人自己。

## 生　日①

当年坠地即严冬，怪得边城霜气浓。
孺慕终身思墓草②，君恩累代听山钟。
摽鞋独羡陈尊宿③，飞锡真惭邓隐峰④。
四十已过能几日，一生心事倚孤筇。

【注释】　①函可师意谓随缘度日，终有所归。②孺慕：爱戴，怀念。③摽（biào）：落下，坠落。陈尊宿（780—877）：唐代僧人。又称道踪。江南人，俗姓陈。号为陈尊宿。居睦州（今浙江杭州淳安）龙兴寺，晦迹藏用。尝接引游方修行中之云门文偃，而以痛骂"秦时镀铄钻"，传为禅林佳话。④飞锡：谓僧人等执锡杖飞空。据《释氏要览》卷下："今僧游行，嘉称飞锡。此因高僧隐峰（邓隐峰）游五台，出淮西，掷锡飞空而往也。若西天得道僧，往来多是飞锡。"邓隐峰：五台山隐峰禅师，邵武军邓氏子。

## 诸子过集①

几人清晓问幽栖，唤起孤僧意自迷。
到处宫墙皆牧马，极边瓶钵尚闻鸡。
空谈亦可闲消日，大笑何能数过溪。
正好团圞愁别去，土床依旧冷凄凄。

【注释】　①函可师告诫诸子，道人所居，去住随缘，岂有定止耶。

## 大翁再过①

入门先索袖中诗，未出还疑句过奇。
几日梦思惊铁磬②，两人心胆告毛锥③。
斫空只恐伤天骨，霏屑时堪解佛颐④。
白水一卮忘久坐，童饥任怨得归迟。

【注释】　①吟诗作赋，抚今感往，自娱自乐，不亦乐乎，不必有惊世垂范之言。大翁：左懋泰，见本书《千山剩人可和尚塔铭》注释。②铁磬（qìng）：古代值夜报时的一种器具。也称云板。③毛锥：毛笔。④解佛颐：让佛喜欢，开颜欢笑。颐，面颊，腮。

# 有　怀①

兽炭成灰冷铁猊②，孤灯木佛各凄凄。
已闻岭海传烽火，翻怪边城静鼓鼙③。
沙为雪铺寒更远，天因云幕晓尤低。
松枝岁岁皆东指，弟子于今却望西。

【注释】　①函可师感叹战争不断，亲人远离、故国不再的孤苦。②铁猊：铁狮子。
③鼓鼙（pí），泛指鼓。鼙，古代军中的一种小鼓。

# 过昌黎故里①

曾贬潮阳路八千，潮阳山水仗公传②。
谁知一片蓝关雪③，又伴孤踪辽海边。
佛骨偏能留世道④，鳄鱼今已遍桑田⑤。
当时空自三书重，此际应知识大癫。

【注释】　①世传昌黎（今辽宁义县）为韩愈故里，今函可师路过此地，吟诗纪之，诗
中略述其生平。昌黎：韩愈，字退之，河南河阳（今河南孟州南）人，因其自称"郡望昌
黎"，故世称"韩昌黎"。贞元十九年（803）任监察御史，因上疏亟言宫市之害，被贬为山
阳县令。宪宗时升刑部侍郎，因上书谏遣使赴凤翔迎佛骨事被贬为潮州刺史。穆宗时召为国
子祭酒，后转兵部、吏部侍郎。学贯六经百家，倡导古文运动，被称为"文起八代之衰"。
其散文为后代所宗，是"唐宋八大家"之首。②湖阳：潮州，属广东省。③蓝关：蓝田关，
在今陕西省蓝田县东南。④佛骨：指韩愈上疏谏迎佛骨一事。⑤鳄鱼：韩愈因谏迎佛骨被贬
至潮州。相传广东潮安县东北鳄溪有鳄鱼为害一方，刺史韩愈为文驱之。"是夕，暴风震电
起溪中，数月水尽涸，从六十里，自是潮无鳄鱼之患"。

# 踏冰过雪斋①

寻风寻雪欲寻谁，北里先生睡起迟。
千片冻云沉地骨，一方清鉴照僧眉②。
草鞋易滑肌赢后③，柱杖忽停诗到时。
便使不禁死亦得，枯骸千古浸冰池。

【注释】　①此诗写函可师踏冰过雪斋。蓦然想起古人诗云："洛阳亲友如相问，一片冰心在玉壶。"函可师真乃性情中人也。②清鉴：镜子。③肌羸：身体瘦弱。

## 读雪斋新诗①

到门白尽两边篱，独拥羊裘一见疑。

半个孤僧连雪倒，数篇新句忍寒披。

鬼当哭处予偏妒，血到漓时佛更悲。

三日下来应冻死，早成一首哭冰诗。

【注释】　①函可师为作诗而废寝忘食，可谓嗜诗如命。

## 久坐雪斋①

蚤过疏雪挂双眉②，坐到斜阳两不知。

撒尽风颠宁作我③，留将气骨自教儿。

一匙每节僧方饿，半晌无言句又奇。

从此板扉无剥啄，便知托钵到来时。

【注释】　①函可师吟诗作赋，已至浑然忘我，如醉如痴的境地。②蚤：通"早"。③风颠：疯癫。

## 从雪斋归①

出门一步即相思，依旧崎岖冷独支。

只雁负霜沙上至，（时光公从堡中来②）野僧将月杖头随。

总来雪窖堪长往，那见龙津更不离③。

归到柴扃闲未掩，啾嘈寒雀共论诗④。

【注释】　①此诗写从雪斋归。函可师仍然沉浸在忘我的境界中，常人难以体会。②堡中：尚阳堡。③龙津：犹言龙门。在陕西韩城县与山西河津县之间。④啾嘈（cáo）：鸟叫声。

## 怀苏筑①

相思只在海之涯，共是飘流垫雪沙。

到处谈经吾有钵，对天弹铗尔无家②。

树寒夜绕徒三匝③，腹饿空扪剩五车④。

但愿上苍长雨粟⑤，从今更不用天花⑥。

**【注释】**　①此诗写苏筑，函可师感叹他怀才不遇。苏筑：见卷六《怀苏筑》注①。②弹铗：典出《战国策·齐国》，战国齐国孟尝君有食客冯谖弹铗而歌曰："长铗归来乎，无以为家！"后来用以比喻有所求于人。③三匝：形容反复盘旋。典出曹操的《短歌行》："绕树三匝，何枝可依。"④扪：抚摸。五车：言书之多。后用以称人博学，此指满腹学问。⑤上苍：上天。雨粟：天降粟。⑥天花：雪花。

## 得苏筑堡中信却寄①

一纸新传趁晓风，又添寒泪洒虚空。

雪中一衲朋难共，饭后无钟我亦穷。

胥靡忍饥存海岸②，武丁曾梦到关东③。

他年纵有图形至，只恐愁多貌不同。

**【注释】**　①函可师收到友人苏筑信后内心喜悦，感叹苦海终有尽头。苏筑：见卷六《怀苏筑》注①。②胥靡：古代服劳役的奴隶或刑徒。③武丁：商朝第二十三任君主。武丁在位时期，勤于政事，任用刑徒出身的传说及甘盘、祖己等贤能之人辅政，励精图治，使商朝政治、经济、军事、文化得到空前发展，史称"武丁盛世"。此处表明函可师对政治解困充满希望。

## 寄陈、吴二子二首①

天心边色总冥濛②，三子同来尔一翁。

白眼欲枯重著雪，青衫已破又吹风。

但将胸腹长留饿，未必文章好送穷。

惭愧老僧余舌在，广长终不救囊空。

形容憔悴气犹雄，携得江涛过海东。

天网既能罗野鹤，边霜偏欲冷书虫。

已知笔竞湘沅富，见说针兼秦越工③。

此地参苓原有禁，可怜文士术终穷。

**【注释】**　①函可师尽叙生活的艰辛困窘。②冥濛：幽暗不明。③秦越：秦国和越国。

## 再得苏筑堡中信①

不见音书已浃旬②，却疑孤骨付荒榛。
黄垆暂放文章鬼③，白社还留饥饿民④。
岂有信陵能醉客⑤，只余甘贽未嫌贫⑥。
菜根共咬消残岁，竹杖柴门候早春。

【注释】 ①函可师食不足以接气，还要"候早春"，不亦难乎？苏筑：见卷六《怀苏筑》注①。②浃（jiā）旬：一旬的意思。③黄垆：见卷六《送苗炼师入燕》注②。④白社：指某些社团。此处指冰天诗社。⑤信陵：名无忌，战国魏安釐王异母弟，封信陵君。有食客三千。魏安釐王二十年（前257）秦围赵，魏使晋鄙领兵救赵，鄙害怕秦国兵强，按兵不动。信陵君使如姬窃兵符杀鄙，夺取兵权，救赵。后为上将军，率五国兵，大破秦军。后因功高为魏王所忌，遂称病不朝，病酒而卒。⑥甘贽：甘贽居士，唐朝南泉普愿禅师的弟子。

## 再寄北堡三子①

相看白昼拥寒衾，饿极方知天意深。
但使常垂地主眼，安能更入野僧心。
老猿或可招新社，黑月应当罢苦吟。
此处尚留诸子在，何时煮雪一同斟？

【注释】 ①函可师与诸子，吞冰煮雪，疾苦生活中若朋友还在，仍可慰藉。北堡：地名，似在辽宁开原东四十里，一作上阳堡，旧名靖安堡，清朝改称尚阳堡。三子：三位友人。

## 闻何怀山延三子度岁①

本是莲花国里人②，黄沙此日暂羁身③。
维摩有室能容傲④，须达无钱为给贫⑤。
地下三良魂可赎⑥，山头二士骨犹邻⑦。
何时雪底拈花话，方信穹庐别有春⑧。

【注释】 ①此诗写函可师听说何怀山领着三子过年时作。尽管过往不尽如人意，但对新春充满了希望与憧憬。②莲花国：西天佛国。③羁身：犹言困身，受困。④维摩：维摩诘的省称。音译为净名、无垢尘。早期佛教著名居士、在家菩萨。⑤须达：人名，又叫

"须达多"，译为"善给"，舍卫国给孤独长者之本名，为邸园精舍之施主。⑥三良：三贤臣。指秦穆公时的奄息、仲行、针虎。⑦二士：商孤竹君的两个儿子伯夷、叔齐。商朝末年武王伐纣时，阻拦武王，后不食周粟，饿死首阳山。⑧穹庐：古代游牧民族居住的毡帐。

## 赠李炼师①

偶尔相逢似旧知，匡床共坐啜山薇②。
只应蝴蝶忘愁恨，莫向人民问是非。
多病自怜余鹤骨，爱闲无计掩云扉。
何时得遂芒鞋愿，白日从君踏翠微③。

【注释】　①此诗写函可师愿共李炼师仙游。李炼师：见卷七《喜李炼师禁足》注①。②匡床：方正的床。啜：饮、喝。③翠微：青绿的山色，也泛指青山。

## 赠苗炼师①

年少如君早息机②，冰霜为骨羽为衣。
虎溪何可无修静③，辽海依然见令威④。
几看桑田添野梦，频炊白石疗僧饥。
他时许共骑黄鹄，好向浮山顶上飞⑤。

【注释】　①此诗写函可师愿共苗炼师神游太虚。苗炼师：见卷六《送苗炼师入燕》注①。②息机：息灭机心。③虎溪：佛门传说，虎溪在庐山东林寺前，相传晋僧慧远居东林寺时，送客不过溪。④令威：丁令威，又作"丁令""令威"。见卷九《同诸子集雪斋》注⑤。⑤浮山：在广东增城、博罗二县交界处。博罗西有罗山，罗山西有浮山。传说是蓬莱之一阜，浮海而至，与罗山并称"罗浮山"。

## 千山诗集卷十

博罗剩人可禅师著　书记今羞编

# 七言律二

## 怀丁善甫<sup>①</sup>

苦留短发近如何，无地堪容挂绿蓑。
山月楼台愁梦断，江花儿女悔情多。
幸存料自修文冢，愤死凭谁弃草坡。
天外故人心未改，西风斜雨念残荷。

【注释】　①此诗写怀丁善甫。盖丁善甫者，乃函可师昔日友人，因不满清朝统治，过着隐居的生活，函可师对其甚为挂念。

## 怀梁渐子<sup>①</sup>

岭海于今信有渠，寂寥杨子病相如<sup>②</sup>。
国人已恐歌黄鸟<sup>③</sup>，诗卷曾无寄白鱼<sup>④</sup>。
马革纵能饶瘦骨，鹿门何处隐柴车<sup>⑤</sup>？
他年得返叛龙洞，唯索穷愁旧著书。

【注释】　①函可师表达了对超然世外的隐士梁渐子的敬重之情。梁渐子：梁佑逵，字渐子，别号纪石子。顺德人。明思宗崇祯十二年（1639）举人。南明唐王隆武二年（1646）后祝发为僧。著有《绮园》《蕉筒》等集。事见清道光《广东通志》卷七六。②杨子：杨朱，战国时魏国人，字子居。又称阳子、杨生。其说重在爱己，不以物累，不拔一毛而利天下，被当时儒家斥为异端。③黄鸟：《诗经·秦风》篇名。为秦国人所作。对秦穆公死，命以奄息、仲行、针虎殉葬表示不满。④白鱼：传说周武王过河，至中流，有白鱼跃入王舟中，武王俯取以祭。或附会为周兴灭纣之瑞。⑤鹿门：鹿门山，在湖北襄阳县境。汉建武中，襄阳侯习郁立神庙于山，刻二石鹿夹神道口，称"鹿门庙"，遂以庙名山也。汉末襄阳人庞德公，居襄阳岘山之南，未尝入城府，受司马徽、诸葛亮、徐庶等人敬重。荆州刘表数请，未能屈，后携妻子入鹿门山采药未归。

## 怀梁非馨①

廿年作客白门秋，辛苦还家短发留。
半壁又虚惟裂眦②，匝天何处可埋头。
文章自合随身老，贫贱除非到死休。
绝塞忽思酬唱地，西湖有月大如瓯③。

【注释】 ①盖梁非馨者，也是有气节的文人，客居南京廿年，今者家国沦丧，返回故乡。函可师忽思与之酬唱，对其十分挂念。梁非馨：梁稷，字非馨。生卒年不详。②眦（zì）：眼角。③瓯：盆。

## 李耀寰移家入关①

除却妻儿书一束，黄沙长揖去飘然。
资粮只在云山里（耀寰善绘，故云）②，肝胆全倾水月边。
回首几人成白骨，入关半步即青天。
愁心岂独伤离别，不得从君鸡犬仙③。

【注释】 ①此诗写李耀寰移家入关，函可师随喜的同时，又甚为伤感。李耀寰：生卒年不详。②资粮：财物和粮食。③鸡犬仙：鸡犬皆仙。汉·王充《论衡·道虚》载：淮南王学道，招天下有道之人，并会淮南，奇方异术争出，王遂得道，举家升天，畜产皆仙，犬吠于天上，鸡鸣于云端。后比喻一人升官，亲友随之得势。

## 佛欢喜日①

恸哭慈悲古佛前，虫沙猿鹤总生怜。
繇来欢喜无多日，别有闲愁已十年。
绝漠尚教留白昼，幽魂不独滞黄泉。
自除须发伤心极，只恐西方泪更涟。

【注释】 ①函可师衰形苦心，零落边地已十年，不仅怜他还自怜。

## 怀关起皋①

予旧筑庵于宅前湖上

十亩池塘百尺松，长桥曲曲度疏钟②。
庵前月少孤僧影，堤畔苔侵野鹤踪。
佛手香残凋木笔，马牙烟冷坠荷蜂。
只愁第宅皆新主，燕子归来亦不容。

【注释】　①函可师留恋旧庵，意象清澈，今易新主，却恨来迟暮。②疏钟：稀少的钟声。

## 闻华首都寺真乘父子无恙①

五百何年去不还，独留父子守青山。
洞云灶冷飞黄蝶，砌草碑横卧白鹇②。
牛鬼已全倾世界，龙天依旧拥禅关。
团圞莫说无生话③，纵解无生泪莫潺④。

【注释】　①华首都寺，函可师家乡的禅院。此时，广东已全部沦陷，真乘父子努力坚守，竟安然无恙，令函可师异常欣慰。真乘：与函可师出同门。②白鹇（xián）：一种观赏鸟。③团圞：见卷五《辛卯寓普济作八歌》注⑨。无生：涅槃之真理，无生灭，故云无生。因而观无生之理以破生灭之烦恼也。圆觉经曰："一切众生于无生中。妄见生灭。是故说名转轮生死。"④潺：流。

## 闻近卢守黄华寺寄示①

三把枯茆必不堪，林间安得未烧庵。
日斜尚自敲残磬，叶烂何人启旧函。
松桧劫余云冷淡，芰荷秋老衲䘌䘌。
城边白骨溪边月，一一从今好细参。

【注释】　①盖广东遭清军浩劫，城内残破不堪，白骨累累，今闻僧人近卢坚守黄华寺，函可师深表关切。

## 怀陈燮①

长缨欲请恋荷衣，踟蹰长途剑屡挥②。

亲老有身难许国，天倾无地可扃扉。

乘槎瘴海空相吊③，谪戍寒边苦未归④。

朋好已稀须已白，不知何处奉慈帏⑤。

**【注释】** ①陈燮者，不知何许人也，应为函可师所敬重的高士。今者，家国沦丧，陈燮携一家老小，窜奔海外，函可师深表关切。②踯躅：徘徊不前的样子。③槎（chá）：木筏。瘴海：旧指岭南有瘴雾的海。④谪戍：被流放到边远地区戍边。⑤慈帏：同"慈闱"，旧时母亲的代称。

## 贺大翁添丁①

残经犹在伴空籯②，艰苦还添舐犊情。

岂为膻乡留字种③，又从戍籍注婴名。

数枝照雪阶前玉，一曲将雏塞上声。

堕地便随离乱过，长成应得见升平。

**【注释】** ①啼声报喜生英物，春色入门贺栋材。函可师闻大翁添丁，欣喜异常。大翁：左懋泰，见本书《千山剩人可和尚塔铭》注释。②籯（yíng）：竹笼。③膻乡：借指流放的北方边地。膻，羊臊气。

## 游南塔寺①

满堂龙象肃威仪②，绝漠仍存百丈规。

金铎自天开佛日③，绿杨近水拂僧眉。

儒门淡泊留迁客，梵宇淋漓读旧碑。

瓦钵绳床吾欲老，他年应见出横枝。

**【注释】** ①此诗写游南塔寺。此处法相庄严，道风迴被，融入其中，助发真常。函可师随喜赞叹。南塔寺：位于今辽宁沈阳。②龙象：指罗汉像。③金铎：古乐器名。周代"四金（铸、镯、铙、铎）"之一。

## 雨中赠老翁①

不知老翁有何好，大雨还令我到门。

匪独黄沙亲佛子，每因青草念王孙②。

世人空自金银死，似尔偏生藜藿尊。

从此土床留一尺，频来礼数莫须烦。

**【注释】**　①此诗写老翁与函可师结缘，伏唯和尚尊候万福。②念王孙：白居易《赋得古原草送别》诗有"离离原上草……又送王孙去"句。此处代表友人。③藜藿尊：意谓以野菜为尊。

## 怀梁弼臣①

曾寻弥勒许同龛②，分手人间便不堪。

一木自难支半壁，三征终不受华簪③。

云山已破家何在，心胆还余面莫惭。

数亩荒塘天悔祸，尚期携竹共双柑④。

**【注释】**　①梁弼臣者，明朝文职官员，学佛修佛，与函可师有过交往。明朝覆灭，他拒绝了清朝数次征召，隐居在家。函可师甚为想念，希望有朝一日与其交游。②龛：供奉佛像、神位等的小阁子。③华簪：华贵的冠簪。古人用簪把冠连缀在头发上。华簪为贵官所用，故常用以指显贵的官职。④双柑：指"双柑斗酒"，比喻春天游玩胜景。

## 九　日①

阴云低压殿西头，僧老黄花对面愁。

九日尽抛前代泪，十年深负旧山秋。

系囊岂解消群厄②，吹帽谁堪忆胜游③。

幸有罪夫三两辈④，浑天冰雪定相求⑤。

**【注释】**　①此诗写九月九日重阳节这天，人们往往出游赏秋，登高远眺，观赏菊花，祭天祭祖等。而此时，函可师身处边地，亲朋离散，幸有两三批罪人相邀共聚。苦闷之情无以言表。②系囊：有绑带的口袋。群厄：大家的困苦。③吹帽：出自《晋书·孟嘉传》："九月九日，温（桓温）燕龙山，僚佐毕集，时佐吏并著戎服，有风至，吹嘉帽堕落，嘉不之觉……嘉还见……其文甚美，四座嗟叹。"后以"吹帽"为重九登高雅集的典故。胜游：愉快地游览。④罪夫：自称有罪的人。辈：批次的意思。⑤浑天：满天。

## 重阳集北里大雪①

何须佳节亦招寻，此日团圞雪费吟②。

天外乡关谁更远，篱边菊泪我弥深。

一床新句添秋色，数枕寒泉浸道心。

趁此晚晴归路白，栖乌未定响疏林。

【注释】　①重阳佳节，函可师与友人相聚北里（左懋泰）家里。此日大雪，越发触动函可师的思乡之情，前尘宿梦，寒泉栖乌，挥泪寄天涯。北里：左懋泰住地，左懋泰被称为北里先生，其生平见本书《千山剩人可和尚塔铭》注释。②团圞：见卷五《辛卯寓普济作八歌》注⑨。

## 喜藏主燕回①

龙象天门蹴踏回②，惊看屐齿遍莓苔。
陌尘抖向关山尽，秋水携将云水堆。
犬亦因人生气色，尘缘对客共喧豗③。
长安半字休须论，满汲清泉且一杯。

【注释】　①此诗写喜藏主燕回。藏主行脚燕京，风尘仆仆，今者返回，生意盎然。诗的末句"满汲清泉且一杯"，表达了函可师内心的喜悦。②蹴踏：形容快速的返回。③喧豗（huī）：喧闹、喧嚣之状。

## 与苏筑同卧叙昔①

吹灯忽叙当年话，一卧长边苦不辞。
儒释道同应共逐，君亲恩重又谁知。
楼头钟鼓胸中事，梦里河山觉后疑。
抵背夜寒频坐起，探囊犹有旧毛锥。

【注释】　①函可师意谓国破家亡，自己所修者，道也。穷则独善，达则兼济。而今君、亲恩重，却无以为报，故心生惆怅。苏筑：见卷六《怀苏筑》注①。

## 闻诏不果①

一面还留三面开，金鸡空度蓟门来②。
遗黎未死终怀土③，多士虽穷幸不才。
绝域半瓢仍雨雪，旧山万里长蒿莱。
无拘独有深春梦，夜夜离群自往回。

【注释】　①函可师未能接到清朝的赦书，大失所望。②金鸡：古时大赦，举行一种仪式：竖立长竿，顶立金鸡，召集罪犯宣布赦令。《新唐书·百官志三》："赦日，树金鸡于杜南，竿长七尺，有鸡高四尺，黄金饰首……"后用"金鸡"作大赦的代称。蓟门：原指古蓟门关。此处指清朝京城北京。唐代以关名置蓟州，后亦泛指蓟州（今北京市蓟州区）一带。北京城西德胜门外西北隅的蓟丘也古称蓟门。③遗黎：为亡国之民、劫后残留的人民。

## 接与治书①

平生相识满天地，此日何人片纸来。
数点泪弹浸墨迹，几年梦去绕梅开。
土田儿女终浮沫，文字心肝总祸胎。
世事一番君已见，莫将白发殉黄埃②。

【注释】　①函可师感叹自己竟因文字惹祸，世事几浮沤矣。与治：顾与治。见卷六《读顾与治书并见怀诗》注①。②黄埃：黄土。

## 苏筑新斋成二首①

天边仍旧一经传，南郭新看结数椽。
剩有白云来席上，随他绿草到窗前。
诗篇不数开元后，茶碗还书嘉靖年。
但使主人能爱客，何妨竟日共留连。

不离城郭亦孤村，白板青袍道自尊。
半扫泥床延水月，别从竹简得朝昏。
初心未遂天何问，孤骨惟怜我共存。
策杖相过刚咫尺，对君岂直为盘飧。

【注释】　①此诗两首，写贺友人苏筑新宅建成之事。函可师在欣喜之余，仍不忘对故国的怀念。苏筑：见卷六《怀苏筑》注①。

## 赠陈子①

长斋无复酒为名，累月相依老弟兄。
每以笑谈当佛事，又从水月见交情②。
朋当死地如山重，儒到寒边似叶轻。
南塔主人能爱客，暂将白日付棋枰。

**【注释】** ①此诗表达与陈子交游的愉悦心情。②水月：水中之月也，以譬诸法之无实体。《智度论六》曰："解了诸法，如幻，如焰，如水中月……如镜中像，如化。"

## 五月十八日接本师和尚示札①

五月天山鸿雁回，披衣三拜寸缄开②。
一条榔槺欣犹健③，万里乡关嗟已灰。
座下半成忠义鬼，峰头空剩雨花台。
人间自是浮云过，檐雀风铃亦助哀。

**【注释】** ①函可师感叹家乡之道风不振、法门衰落。本师和尚：道独老人（1600—1661），南海（广东）人，俗姓陆，号宗宝，别名空隐。世称空隐宗宝、宗宝道独禅师。明末曹洞宗僧。②缄：书信。③榔槺：木杖。

## 忆丽中法兄①

阔别何年思杳茫，一声孤雁泪淋浪。
想当乱极悲亲在，共爱恩深见国亡。
书信竟无通远塞，烽烟曾否到禅房。
旧时相识多新鬼，只恐身存已断肠。

**【注释】** ①国破家亡，函可师对万里之遥的丽中法兄，深表关切。丽中：天然和尚（1608—1685），法名函昰，字丽中；原名曾起莘，字宅师，番禺县吉径村人，世为邑中望族。

## 即　事①

吴楚东南舞白题②，庾关安得一丸泥③。
三岔河畔羝难乳，五石城中马又嘶。
血浸花田新鬼闹，书传沙碛老猿啼。
何时重踏曹溪路④，只恐禅宫草亦萋。

**【注释】** ①此诗写清兵南下，广东沦陷，生灵涂炭，曹溪祖庭恐不能幸免。②白题：古代匈奴部族名。杜甫《秦州杂诗三》："马骄珠汗落，胡舞白题斜。"③一丸泥：比喻险要的关隘。④曹溪：六祖慧能之别号。《皇舆考八》曰："韶州府曹溪，府城东南。梁时有天竺国僧，自西来泛舶曹溪口。闻异香。曰：上流必有胜地。寻之，遂开山立石，乃云：

百七十年后当遇无上法师在此演法，今六祖南华寺是也。"

## 得博罗信三首①

八年不见罗浮信②，阖邑惊闻一聚尘③。
共向故君辞世上，独留病弟哭江滨。
白山黑水愁孤衲，国破家亡老逐臣。
纵使生还心更苦，皇天何处问原因。

莫怨穹苍太不仁，万方此日总成尘。
恩深累代心何憾，命尽全家泪又新。
残日沉山犹望旦，落花辞榭永无春。
寻思最苦身仍在，黯黯风沙愁杀人④。

长边独立泪潸然⑤，点点田衣溅血鲜。
半壁山河愁处尽，一家骨肉梦中圆。
古榕堤上生秋草，浮碇冈头断晓烟⑥。
见说华台云片片，残枝犹有夜啼鹃。

【注释】 ①此三首诗写函可师得博罗信，得知国破家亡。函可师肝胆俱裂，声声血泪。②八年：函可师于顺治元年（1644）离开罗浮山返家奔母丧，顺治八年（1651），函可师于流放地接到广东家乡音讯，清兵洗劫，博罗城内"十不存一"，而家中"仅留三弟一身"。罗浮：罗浮山。诗人二十九岁出家后，即在罗浮山修行。③阖邑：此处指居于同地的人。聚尘：聚集。④黯（àn）黯：昏暗，幽昧。⑤潸然：流泪的样子。⑥浮碇冈：地名，位于诗人家乡广东省。宋·王象之《舆地纪胜》云："相传浮山初来，碇石于此而成冈。"石中积螺蚬壳，故名浮碇。

## 忆耳叔弟二首①

抱病多年苦未瘳②，那堪茕独一身留③。
黄沙万里休余念，白骨全家赖尔收。
旧阁遗编鱼腹饱，空天落月雁声愁。
相逢恐是他生事，极目鸰原泪自流④。

黑雨屯风折紫荆，生离死别不胜情。

尚书冢上凭谁扫，逐客天边恨未烹。

先代箕裘应弃置⑤，故园狐鼠任纵横。

从今好把袈裟搭，长礼无忧古佛名。

【注释】 ①函可师流放边地已八年，今者听闻家破人亡，唯剩耳叔弟一人，万念俱灰，内心无比凄然伤感。耳叔：函可的三弟，韩宗骍，号耳叔。②未瘳（chōu）：比喻战后的创伤还没有复原。瘳，病愈。③茕独：孤独无依。④鸰原：兄弟的代称。⑤箕裘：比喻祖先的事业。

## 遣　愁①

叹息人间劫尽灰，惠州天上亦荒莱②。

只拚如此家声在③，无可奈何笑口开。

是处总堪埋骨地，从今不上望乡台。

漫言出世除烦恼④，悟到无生觉转哀。

【注释】 ①函可师感叹世事无常，劫难难避。面对灾难只能"无可奈何笑口开"，一份无奈，一份忧伤。②荒莱：犹草莱。亦指荒地。③拚（pàn）：舍弃，不顾惜。④漫言：随意说。

## 皇　天①

皇天何苦我犹存，碎却袈裟拭泪痕。

白鹤归来还有观，梅花斫尽不成村。

人间早识空中电，塞上难招岭外魂。

孤雁乍鸣心欲绝，西堂钟鼓又黄昏。

【注释】 ①函可师面对国破家亡的凄惨境况，用诗句悲述内心的孤苦之情，令人潸然泪下。皇天：此处指天道。

## 赠洁之①

我亦头陀系远边②，羡君来去自飘然。

众生投虎婆心切③，只杖如龙侠骨坚。

鸭绿波横杯再泛④，燕支雪尽履将穿⑤。

故人白首诗篇足，趺坐还同啮旧毡。

【注释】　①函可师赞叹洁之为潇洒自如的头陀。②头陀：梵语对僧人的称谓。③婆心：慈爱之心。④鸭绿：鸭绿江。⑤燕支：一为古县名，在今甘肃永昌县西，因燕支山得名。或曰山名，也作"鄢支"，在匈奴境内因产燕支草故名，匈奴失此山曾作歌曰："失我燕支山，使我妇女无颜色。"泛指北地，边地。

## 接元白书物却寄①

来书云：从武人手购余小影

天涯珍重数行余，问道何因到瞎驴②。
得罪以来全丧我，一飡之外总由渠。
弓刀市上收残影，风雨楼头简旧书。
见说江南无所有，一枝犹得寄巫闾③。

【注释】　①此诗写与元白互致问候，彼此牵挂。②瞎驴："临济瞎驴"，意谓盲目之驴马，譬喻愚也。出自《临济录》。临济临迁化时，据坐云："吾灭后不得灭却吾正法眼藏。"三圣出云："争敢灭却和尚正法眼藏？"师云："已后有人问，向他道什么？"三圣便喝。师云："谁知吾正法眼藏向这瞎驴边灭却。"言讫，端然示寂。③巫闾：医巫闾山，在辽宁西部。

## 与治书来言为徐氏田累寄慰①

今时谁复免忧虞，几度书来叹力痌②。
画阁已空搜白屋，小民欲尽索穷儒。
多情自合为身累，彻骨惟应与道俱。
无食无儿非汝恨，残毡犹可学双趺③。

【注释】　①此诗写函可师劝慰友人：不必为俗缘所累，此时正可入道。与治：顾与治，见卷六《读顾与治书并见怀诗》注①。②痌：见第二卷《佳人》注⑤。③双趺（fū）：双足。这里指佛教徒打坐时盘膝而坐，足心朝上的坐姿。

## 怅　望①

苍狗白衣瞬息中②，况闻五岭满刀弓。
亲朋敢望今谁在，城郭应知到处空。
苏子堤边尸藉草③，越王台上鸟呼风④。

纵令万里余残魄，那得音书到海东。

【注释】 ①函可师感叹家乡生灵涂炭、死无遗类矣。②苍狗白衣：同"白衣苍狗"，比喻世事变化无常。杜甫《可叹》诗："天上浮云如白衣，斯须改变如苍狗。"③苏子堤：杭州西湖的苏堤。诗人苏轼任杭州知州时，疏浚西湖，利用浚挖的淤泥构筑并历经后世演变而形成的，杭州人民为纪念苏东坡治理西湖的功绩，把它命名为"苏堤"。④越王台：在今浙江绍兴种山，相传为春秋时越王勾践登临之处。

## 寄雪肠①

曾向江头见苦吟，隋堤风雨独相寻②。
生来鹿豕山中性③，死却鸳鸯水上心。
白发庭闱留彩袖④，黄沙天地裂青衿⑤。
如何问道长边戍，血满袈裟月满岑⑥。

【注释】 ①此诗应为函可师的个人独白，诗中说他也曾苦楚，也曾彷徨，感觉自己生性随意不羁，于是死却浮泛之心，告别老母妻子，遁入空门，不意竟血染袈裟，流放边地。②隋堤：隋炀帝时沿通济渠、邗沟河岸修筑的御道，道旁植杨柳，后人谓之"隋堤"。③鹿豕：鹿和猪，山野无知之物，后比喻愚蠢的人。④彩袖：身穿彩色衣服的女子。此处应指函可师的前妻。⑤青衿：《诗经·郑风·子衿》中有"青青子衿"。《毛传》："青衿，青领也，学子之服。"因以指读书人。⑥岑：小而高的山。

## 怀薪夷①

长剑萧萧短后衣，平生一诺去如飞。
千人性命天何惜，壮士心肝泪亦挥。
狂态岂宜依辇毂②，孤身无复访庭闱。
边风寂历添愁思，秋月圆时望尔归。

【注释】 ①此诗写薪夷乃豪侠仗义之人，今者孤身远游，函可师很担心，盼其早归。薪夷：见卷六《接薪夷书》注①。②辇毂：皇帝的车舆，代指皇帝。

## 再题苏筑斋①

案有乾萤筦有鱼②，风来恰受半窗虚。
一时差胜苏卿窖③，千古应传杨子居④。
禾黍已深妨远目，儿童屡进授新书。

生涯只此聊终岁，更有何门好曳裾⑤。

**【注释】** ①此诗写苏筑斋的日常生活，虽曰清贫，倒也惬意。苏筑：见卷六《怀苏筑》注①。②乾萤：照明用的萤火。③苏卿窖：苏武，字子卿，出使匈奴被扣押，后迁到北海牧羊，十九年不屈，直到匈奴与汉朝和好，才被释放回汉。在北海牧羊时住在地窖中。④杨子居：杨朱，字子居，又称杨子、阳子、阳生，战国时魏人，其学说重在爱己，不以物累，不拔一毛以利天下，与墨的兼爱相反，同被当时儒家斥为异端。⑤曳裾：拖着衣襟，比喻在权贵的门下做食客。

## 偶　成①

中原无地可容身，塞外还生有道瞋②。
世惟欲杀称知己，我亦自嫌真罪人。
半榻日光还是睡，一瓢诗句未全贫。
邻翁颇怪痴呆甚，饭熟时招喜过频。

**【注释】** ①函可师如此闲居，倒也天真。②瞋：瞪人，怒视。

## 咏　蝇①

白拂频挥去复回，炎蒸无计避凉台。
赦文不见青衣报②，病骨先烦吊客来。
苦抱兔尖酣墨汁③，愿随骥尾绝尘埃④。
眼看七月秋声急，满塞霜飞为尔哀。

**【注释】** ①函可师对赦罪还乡无望的伤感。②赦文：赦免罪过的公文。青衣：差役。③兔尖：兔毛做的笔。④骥尾：喻追随先辈、名人之后。

## 赠杨济明①

共是孤身海上山，燕支一去不知还②。
鸭江已作鸳鸯渚，翠幕仍同虎豹关。
桃李种成花更烂，诗书典尽粒方艰。
不禁更听琵琶怨，碎却青衫泪点班③。

**【注释】** ①函可师感叹气候无常，荣枯易见，事与愿违者也多矣。②燕支：见本卷《赠洁之》⑤。③青衫：青色的衣衫或黑色的衣服。古代指书生。班：通"斑"，斑驳。

## 遥哭笔山①

记得梅花各一篇，暗风吹骨泪如泉。
几年白下予同宿②，万丈黄垆尔独先③。
总为江山能短气，曾因病难学逃禅④。
相逢一笑无难事，只恐阎罗亦有边。

【注释】　①笔山者，乃函可师的同参道友也。今闻其离世，函可师痛哭流涕，其感情深厚。②白下：白下城。是南京（建康）在六朝时期西北长江边的卫城，白下城是南京别称"白下"的由来。③黄垆：见卷六《送苗炼师入燕》注②。④逃禅：逃出禅戒，指遁世而参禅。最早出自杜甫《饮中八仙歌》："苏晋长斋绣佛前，醉中往往爱逃禅。"王嗣奭注云："醉酒而悖其教，故曰逃禅"。因贪饮而怠慢佛事，在真正佛子的看来，非真修也，此为"逃出禅"。随着时代的变迁，逃禅又被赋予了新的含义，即"逃去而禅修也"。尤其明清之际社会动荡，遗民逃禅现象很多，即为逃避乱世，皈依禅门，以寻求精神的解脱和自身的保全。

## 遥哭群玉①

客舍无人促膝时，传灯勒鼎总相期②。
早知一世心归梦，恨不当年革裹尸。
残墨尚多留白下，孤魂应去到峨嵋。
还思患难君偏切，夜夜天山带雪悲。

【注释】　①群玉者，乃函可师的同参道友也。想当年，立志参禅，了脱生死，不意其过早离世，函可师哭之。②传灯：意谓以法传人，如灯火相传，辗转不绝。

## 头①

一个头颅我自题，硬如岩石贱如泥。
藁街亦可悬皆见②，漆器何妨饮便迷③，
磕破人间佛祖小，伸将天外日星低。
只今暂把枯茆盖，休怨黄沙践马蹄。

## 答

积劫逢人莫肯低，最宜强项白犹栖。

几乎为尔成仁别，幸不同伊认影迷。

狮子已将偿宿债④，严颜何惜掷淤泥⑤。

从来羞比毗卢顶⑥，除却朱衣任品题⑦。

**【注释】**　①此诗写头，函可师自答。函可师意谓头可断，血可流，浩然正气不能丢。②藁（gǎo）街：汉时街名，在长安城南门内，为属国使节馆舍所在地。③漆器：漆头颅为饮器、便器等。史书中很多这类记载。便迷：便液，粪溺。④狮子：二十四祖师子尊者。《传灯录》："祖谓难不可以苟免，独留罽宾，王自秉剑，至尊者所，问曰：'师得蕴空否？'祖曰：'已得蕴空。'王曰：'离生死否？'祖曰：'已离生死。'王曰：'既离生死，可施我头。'祖曰：'身非我有，何吝于头！'王即挥刃，断尊者首。白乳涌高数尺，王之右臂旋亦堕地，七日而终。"宿债：旧时欠的债务。⑤严颜：东汉末年武将，初为刘璋部下，担任巴郡太守。建安十九年（214），刘备进攻江州，严颜战败被俘，张飞对严颜说："大军至，何以不降而敢拒战？"严颜回答："卿等无状，侵夺我州，我州但有断头将军，无降将军也！"。张飞生气，命左右将严颜牵去砍头，严颜表情不变地说："砍头便砍头，何为怒邪！"张飞敬佩严颜的勇气，遂释放严颜，并以严颜为宾客。⑥毗卢：毗卢舍那之略。法身佛之通称。即密教之大日如来也。⑦朱衣：大红色的公服。出自明·陈耀文《天中记》卷三十八引《侯鲭录》："欧阳修知贡举日，每遇考试卷，坐后常觉一朱衣人时复点头，然后其文入格……始疑侍吏，及回顾之，一无所见。因语其事于同列，为之三叹。"欧阳修先生有诗云："文章自古无凭据，唯愿朱衣一点头。"后代以"朱衣"代指穿着官服的人。民间又以文昌五帝君中的第三位塑造成朱衣人形象。

## 眼①

湛如秋水大如箕②，何事年来血乱披？

烁破三千尘数点③，阅穷万卷电交驰。

几人世上休教白，片石山头尚可垂④。

此日风沙吹满面，幸留冰鉴照双眉⑤。

## 答

千个何曾羡大悲⑥，通身皆是顶门奇⑦。

勘残佛祖难留髓，看到人民便皱眉。

百劫春光宁转瞬，两行寒泪每交颐⑧。

嵯峨石壁几穿破，笑杀西来碧眼儿⑨。

**【注释】** ①眼：禅宗所说"顶门正眼"。函可师自认为有此"顶门正眼"，却历经磨难，因此有种无可奈何的伤感。②湛：清澈。箕：用竹篾或柳条制作，三面有边沿，一面敞口，是扬谷去秕、扬米去糠等的器具。③烁：摇曳，闪烁。④片石山：地名。⑤冰鉴：古代盛冰的器皿。⑥大悲：救他人苦之心谓之悲。佛菩萨之悲心广大，故曰大悲。⑦通身皆是：出自《指月录》，道吾问云岩昙晟禅师曰：大悲千手眼，那个是正眼？师曰：如人夜间背山摸枕子。吾曰：我会也。师曰：作么生会？吾曰：遍身是手眼。师曰：道也太煞道，只道得八成。吾曰：师兄作么生？师曰：通身是手眼。⑧交颐：满腮。形容泪水落满脸。⑨碧眼儿：此处指禅宗初祖达摩。

## 鼻①

端然岳立在中央②，当面逢人绝覆藏。
世上共推能作祖，梦中元不羡为郎。
聪明久让安无事，定静唯闻戒有香。
莫为此时难尽掩，故教寒塞嗅清霜。

## 答

上天无臭却相忘，穿拽从人也不妨③。
舌拄梵宫甘自下④，眼澄巨海列于旁。
居亭最爱芝兰室，空洞终为蝼蚁乡。
一息不来天下事，任他蜗角逞豪强。

**【注释】** ①此诗写鼻。函可师意谓，有香名为戒定慧，闻熏便能悟真常。若是最爱芝兰室，终为蚁食落空亡，劝世也。②岳立：耸立，屹立。引申为特出，卓立不群。③穿拽从人：穿梭跟随。④梵宫：梵天之宫殿也。今以为佛寺之称。朱庆余诗曰："流水离经阁，闲云入梵宫。"

## 耳①

此方惟汝选圆通②，顺逆都忘信朔风。
不遇神尧休用洗③，再参马祖却教聋④。
繁声若逐同流转，本寂才趋又堕空。
谩说返闻闻自性⑤，琵琶哀怨佩玲珑。

## 答

曾闻大吕与黄钟⑥，莫厌巴歌调不同。

雪后木人深话月⑦，墓前石马乱嘶风。

声从隔壁钗环坠，听到无弦山水空。

音响不来吾不往，十方击鼓自蓬蓬。

**【注释】** ①此诗写耳。《楞严经》云："此方真教体，清净在音闻。"楞严会上二十五圣之中，以观世音之耳根圆通为最上。盖耳根猛利，易入圆通。函可师真善说矣，劝世也。②圆通：妙智所证之理曰圆通。性体周遍为圆，妙用无碍为通。又以觉慧周遍通解通入法性，谓为圆通。此前义就所证理体释之。后义就能证行门释之。③神尧：唐尧，远古部落联盟的首领。休用洗：相传尧要让天下给许由，许由听说后，坚辞不就，洗耳颍水，隐居山林，卒葬箕山之巅。④再参马祖却教聋：《传灯录》载，百丈有省悟后，再参马祖。师再参侍立次，祖目视绳床角拂子，师曰："即此用，离此用?"祖曰："汝向后开两片皮，将何为人?"师取拂子竖起。祖曰："即此用，离此用?"师挂拂子于旧处，祖振威一喝，师直得三日耳聋。未几住大雄山。⑤返闻闻自性：禅家所说明心见性。《楞严经》云："反闻闻自性，性成无上道。"⑥大吕：古代乐律名。古乐分十二律，阴阳各六，六阴皆为吕，第四为大吕。黄钟：黄钟古乐十二律之一，声调最宏大响亮。⑦木人：喻五蕴之假者。智度论六曰："都无有作者，是事是幻耶? 为机关木人，为是梦中事。"

## 口①

多言多败尔惟辜，舌在徒然吻欲枯。

吸尽西江波正淼，说穷大藏字元无。

三缄不受金人戒②，午夜时同望帝呼。

啮雪吞毡知味后，肯将钟鼎易秋荼③。

## 答

千家一钵亦良图④，王膳虽逢味不殊⑤。

只把笑言当大斧，虚传咳唾落明珠。

睢阳抉齿万年白⑥，若水挝唇两片朱⑦。

舌上纵饶莲十丈，于今用得半毫无。

**【注释】** ①此诗写口。函可师意谓，祸从口出，当谨言慎行。欲了生死，须勇猛精进，功夫不到，口吐莲花，也无用处，劝世也。②三缄不受金人戒：出自《孔子家语·观周》："孔子观周，遂入太祖后稷之庙，堂右阶之前，有金人焉。三缄其口而铭其背曰：古之慎言人也。"③钟鼎：古代铜器的通称。喻富贵荣华。秋荼：荼至秋而繁茂，比喻刑罚繁多。④千家一钵：四海为家，居无定所。布袋和尚偈诗："一钵千家饭，孤身万里游。青目睹人少，问路白云头。"⑤王膳：御膳。帝王饮食。⑥睢阳：地名。唐置宋城，至德二年（757）安庆绪派将攻城，张巡、许远合力固守。⑦若水挝唇：李若水（1093—1127），靖康元年（1126）为太学博士，官至吏部侍郎。靖康二年（1127）随宋钦宗至金营，怒斥敌酋粘罕。监军者挝破其唇，喷血骂愈切，至以刃裂颈断舌而死，年三十五。

## 手①

万里空拳出塞时，一枝竹杖不相携。

翻云覆雨看人世，运水搬柴学祖师。

龙藏搜穷没可把，凤楼修就亦奚为②。

只今两肘捉襟见，黄叶拈来诳小儿。

## 答

灵山会上撚花枝，金色头陀也不知③。

指月几人能举首，捧天乏力自支颐。

空谈尽日犹扪虱，狂梦无端欲截螭④。

岂有神方悬肘后，却思到处起疮痍⑤。

【注释】　①通过写手，函可师意谓，空谈妄想，没有实际意义，不如赶快下手苦干，劝世也。②奚为：何为。③金色头陀：摩诃迦叶的别名，因他的身体呈现出金色而且有光，在释尊诸弟子中，以修头陀第一著称，故被称为金色头陀或饮光。④截螭：截杀无角龙。螭，古代传说中一种没有角的龙。⑤疮痍：创伤，也比喻遭受灾祸后凋敝的景象。

## 腹①

空洞曾无一物遗，君亲两字尚撑支。

陈公但指知难改，苏子时扪不合宜②。

二酉装来宁剩滓③，八弦收入只余悲④。

年来渐觉肝肠冷，浇尽长边雪几卮？

## 答

销尽精神独裹痴，只今犹自累人支。

松生久绝三公梦⑤，薇采还留二士饥⑥。

书卷抛残曾用曝，山云遇著便堪披。

最嫌一点惟明白，饮泪吞声只自知。

【注释】　①函可师自谓腹中无他，血泪而已。②苏子：苏轼，字子瞻，号东坡。时扪不合宜：是一个典故。一天，苏东坡摸着肚皮问家中妇人里面装着什么，有的说是文章，有的说是学识，他摇头不语，聪明的侍妾朝云说："学士一肚子不合时宜"。苏东坡听罢大笑，引之为红颜知己。故有联云：不合时宜，惟有朝云能识我；独弹古调，每逢暮雨倍思卿。③二酉：指大酉、小酉二山。在今湖南省沅陵县西北。二山皆有洞穴。相传小酉山洞中有书千卷，秦人曾隐学于此。见《太平御览》卷四九引《荆州记》。后即以"二酉"称丰富的藏书。④八弦：八根弦的琴。⑤三公梦：三国吴丁固梦松树生腹上，自圆其梦，认为十八年后，当位至三公。后果为司徒，恰与所梦相合。东汉以太尉、司徒、司空为三公。后因以"丁固梦松"为宦途通显的典故，以"十八公"为松之别称。⑥二士饥：伯夷、叔齐是商末孤竹君的两个儿子。因耻食周粟，被饿死首阳。

## 足①

萧然两只草鞋轻，肯向如来行处行。

踏碎神州无剩土，踢翻灵鹫敢容情②。

卞和不泣原非玉③，孙子虽膑莫论兵④。

多少名山存未得，又随风雪到边城。

## 答

与我周旋一世情，无烦剑履梦中荣。

刚锤乱下骨孤抵，好月能来屣倒迎⑤。

列子御风嫌局蹐⑥，云门跛脚发铿轰⑦。

年来暂把冰霜践，岐路何时可荡平？

【注释】　①函可师感叹自己远涉万里，历经磨难，不知何时是个尽头。②灵鹫：山峰名，在古印度王舍城东北。后来杭州西湖畔也有一峰名灵鹫，又名飞来峰。③卞和：春秋时期楚国人，他发现一块玉璞，先后献给厉王、武王，都被说成是假玉，被刖去双足，楚文王继位，卞和抱玉泣于荆山下，文王得知，命玉工琢之，果是美玉，命名为和氏璧。④孙子虽膑：孙膑，战国时期军事家，出生于阿（今山东阳谷东北）、鄄（今山东省菏泽市鄄城县北）之间，是孙武的后代。因受庞涓迫害遭受膑刑，身体残疾，后被齐威王任命为军师，辅佐齐国大将田忌两次击败庞涓，取得了桂陵之战和马陵之战的胜利，奠定了齐国的霸业。⑤屣（xǐ）：鞋。⑥列子御风：飘然自若之意。《庄子·逍遥游》："夫列子御风而行，泠然善也。"局蹐（jú jí）：不舒展，狭窄。⑦云门跛脚：云门文偃禅师。《五灯会元》："以己事未明，往参睦州，州才见来，便闭却。师乃扣门，州曰：'谁?'师曰：'某甲。'州曰：'作甚么?'师曰：'己事未明，乞师指示。'州开门一见便闭却。师于是连三日扣门，至第三日，州开门，师乃拶入。州便擒住曰：'道! 道!'师拟议，州便推出曰：'秦时车度轹钻。'遂掩门，损师一足。师从此悟入。"铿鍧：钟鼓相杂之声。

## 身①

白云只合住青山，一出青山便不闲。

梦幻了知无大患，苦甘尝尽信多艰。

陋形岂羡麒麟阁，短策真轻虎豹关。

世上沧桑原瞬息，更因何事泪潸潸？

## 答

明知旅泊在人间，刀锯从他只有顽。

直到极边方彻骨，得逢好友便开颜。

百年怪事空中电，一片孤情海上山。

但使五灯能续焰②，玉门何必愿生还。

**【注释】** ①"但使五灯能续焰，玉门何必愿生还。"函可师终于下定决心传承法脉。妙哉！②五灯：灯者以明破暗，禅门以法传人，开示妙明之真性。禅门南方一系自六祖慧能之后，分化出临济宗、沩仰宗、云门宗、法眼宗、曹洞宗五个宗派，故称五灯也。

## 心①

吟到先生不可名，一钩新月挂三星。

破颜自此成多事，断臂徒然卒未宁。

魔佛拣开知梦幻②，贤奸混合亦顽冥③。

只今面目归何处，大雪绥绥下朔庭④。

## 答

无可酬君君漫听，全超寂寂与惺惺⑤。

黄头碧眼浑难见⑥，白牯狸奴赖独醒⑦。

代代宗传灯上焰，重重华藏水中萍。

未来过现何从得，云满峰头月满瓶。

**【注释】** ①函可师通过此诗，表达了对法道的振兴满怀信心。②拣开：分开。③顽冥：愚钝无知。④绥绥：形容大雪落下的样子。朔庭：北方，边疆。⑤惺惺：清醒，机警。⑥黄头碧眼：指禅宗初祖达摩。⑦白牯狸奴：佛教术语，乃狸奴白牯。狸奴，猫类。白牯，白牛，均系无知之动物。禅宗多用以比喻根机卑劣、不解佛法之人。

## 自挽二首①

肠付饥乌肉付泥，勿为厉鬼闹东鞮②。

寒冰热铁家常饭，马腹驴胎尔稳栖。

心大不须皈净土③，骨残幸免梦中围。

纤毫锐气销难尽，只恐长天化作霓。

世界三千任所之，林林何处不生悲④。

一枝竹杖知难带，万顷愁云依旧随。

定上鼎湖新鬼泣⑤，旋归庾岭小儿嬉。

多年已是冰霜惯，莫畏寒边苦欲离。

**【注释】** ①函可师对于国恨家仇，始终有一丝愤恨挥之不去。虽然居住苦寒之地多年，"万顷愁云依旧随"也。②东鞮（dī）：古代泛指东方的少数民族。③皈净土：皈依佛教。④林林：众多。⑤鼎湖：地名。位于今河南灵宝。轩辕黄帝仙逝升天于鼎湖。

## 读宗尉寄戴子书有感①

只字翻令百感增，看君直欲上云层。

世间乃复见朋友，塞外只今余病僧。

孤骨抵穷千丈雪，北风吹老一枝藤。

不须重问长安日，收拾残魂卧佛灯。

【注释】　①此诗写读宗尉寄戴子书，倍感亲切，好似一阵春风，抚慰了体弱多病老和尚的心。宗尉：生卒年不详。戴子：不知何许人也，本书卷三有《雨夜留戴子共榻》。

## 寄赠宗尉①

此道于今竟莫论，当年鲍叔幸犹存②。
气倾渤海潮头水，手挽阴山雪底魂。
白草尚多缠野恨，黄沙无计借余暄③。
人间岂必奇男子，肯惜春风散五原④。

【注释】　①函可师意谓，不必忧虑法道的振兴，所幸自己还活着，只是有着恨怨牵缠，无可奈何，如果机缘成熟，定会竭尽一腔热血。宗尉：生卒年不详。②鲍叔：鲍叔牙，春秋齐国大夫，与管仲交好。齐国乱，随公子小白奔莒地，管仲随公子纠奔鲁。襄公被杀后，小白与公子纠争位，小白即位，即齐桓公，任命鲍叔牙为宰相，不就，荐管仲。齐国经管仲辅助治理而称霸诸侯。③暄：温暖。④五原：五丈原，为三国时诸葛亮北伐曹魏、屯兵用武、死而后已的古战场。位于今陕西省宝鸡市岐山县五丈原镇。

## 至前一日，同诸子过雪斋，因闻再举子①

相携莫怯晓风吹，盼盼天回一线期。
田到荒年偏种玉，松于雪际更生枝。
因多男子嫌多累，不愿公卿但愿痴。
团坐竟忘寒彻骨，敲冰共和洗儿诗②。

【注释】　①诸子不愿为功名所累，唯愿无灾无难，平平安安。举子：科举时代被推荐参加考试的读书人。②洗儿诗：宋代苏轼所作。诗曰："人皆养子望聪明，我被聪明误一生。惟愿孩儿愚且鲁，无灾无难到公卿。"

## 同诸子过寿大翁①

逻娑残魄又重圆②，霜散冰丸贮瓦盘。
春草有诗康乐老③，白莲无酒远公寒④。
世间应厌长生苦，坑底还余尽日欢。
却忆去年歌笑续，漫漫何处泪孤弹。

【注释】　①此诗写同诸子过寿大翁。函可师意谓此间是个坑底，没有真实的安乐，莫非西方极乐世界，是个安乐处？大翁：左懋泰，见本书《千山剩人可和尚塔铭》注释。②逻娑：今西藏拉萨。唐时吐蕃的都城。唐太宗时曾将文成公主嫁给吐蕃国王松赞干布，以结好。③康乐老：康乐公谢灵运，南北朝时期诗人、佛学家、旅行家。晋安帝元兴二年（403），谢灵运继承了祖父（谢玄）的爵位，被封为康乐公。主要作品有《庐山慧远法师诔》。④远公：是慧远的尊称。慧远（334—416），东晋时名僧。

## 辛卯生日①

冷山流递几经年②，此日看身益惘然。

瓶钵无心随积雪，松楸有恨抱终天。

裂裾欲续西征记，破帽长歌正气篇③。

自笑出家余习在，人间斯道只如线。

【注释】　①此诗写于顺治辛卯年（1651）。函可师益显茫然，诗中云"裂裾欲续西征记，破帽长歌正气篇"，然已归佛门，无法一雪国恨家仇的无奈。②流递：流传。③正气篇：文天祥《正气歌》。

## 寿苏筑①

不厌人间水半卮，独将枯杖问须眉。

鸡窗冷淡存余雪②，鹿野荒沉出别枝③。

歌满关河聊当哭④，食残铁石好支饥。

旧时闲梦应频见，却恨残年叹未衰。

【注释】　①此诗写为苏筑祝寿，为何"歌满关河聊当哭"？盖同病相怜（同为流放之人），形未衰，哀叹而已。苏筑：见卷六《怀苏筑》注①。②鸡窗：晋兖州刺史沛国宋处宗，尝买得一长鸣鸡，爱养甚至，恒笼著窗间。鸡遂作人语，与处宗谈论，极有言智，终日不辍。处宗因此言巧大进。后以"鸡窗"指书斋。③鹿野：佛教中专指"鹿野苑"，是佛教四大圣地之一，为佛教发祥地。④关河：关塞，关防，泛指山河。

## 贺弘甫三首①

燕支千丈赤云生②，寒谷珊珊响佩琼。

彩笔翻将琴瑟谱，金筛吹作凤凰声。

香笼宝马星方烂，雪映长蛾山更明。

郑监图中添五色③，春风连夜入边城。

玉面珠缨金作靮④，桃花如阵锦城围。

堂前已见垂垂老，枕上休歌缓缓归。

钗钏全沾边雪冷，羹汤应进塞酥肥。

龙庭亦是神仙窟，烛影双双舞彩衣。

寒冰四面照芙蓉，貂氅新沾香雾浓。

黑水竟通星宿海⑤，白山化作丈人峰⑥。

鸾飞未觉三边险⑦，莺语何妨九译重⑧。

之子之来谁最望，解将杂佩御残冬。

【注释】　①弘甫者，不知何许人也，应为函可师所识。此人委身清朝，富贵已及，珠围翠绕。函可师对其道贺。②燕支：山名，在今甘肃省永昌县西。泛指北地，边地。③郑监图：指其下西洋的航海图。郑和曾七下西洋，历经三十余国，最远到达非洲东海岸。④靮（jī）：马笼头。⑤星宿海：星宿，泛指天上的星星。⑥丈人峰：一说在泰山，一说在四川青城山。杜甫诗中曾提及"丈人山"。⑦三边：汉代幽、并、凉三州，因地处边疆，称"三边"。后泛指边疆。⑧九译重：辗转翻译。唐·柳宗元《唐铙歌鼓吹曲·东蛮》："睢盱万伏乖，咿嗢九译重。"

## 怀区启图①

三代论交有几人，十年不见转成尘。

肯将白眼看他世，无复青山置此身。

只字俱堪存梵箧②，五灯终恨误儒绅③。

诃林旧社知荒草④，雪满关河泪满巾。

【注释】　①此诗写怀区启图。盖此人喜佛学，工诗文，为函可师所仰慕的高士。今闻其离世，令函可师痛哭流涕。②梵箧：装经书的箱子。③五灯：宋代编撰的五种宗教禅宗史书。分别指《景德传灯录》《天圣广灯录》《建中靖国续灯录》《联灯会要》《嘉泰普灯录》。后僧人普济删繁就简，合编为《五灯会元》。④诃林：三国吴国的骑都尉虞翻谪居广州光孝寺，手植诃子，因名其地为"虞苑"，又名"诃林"。

## 怀邝湛若①

雨雪弥天却忆公，乡关无路问冥鸿②。

行藏半在梅花里，事业空归楮叶中③。

已恐须眉能作祟，只疑笔墨化为虹。

此身不共沧波去，更对何人理旧桐④？

【注释】 ①此诗写怀邝湛若。函可师可谓一字一泪，乃至愿追随而去，一齐"理旧桐"，令人慨叹。邝湛若：邝露（1604—1650），明末清初著名诗人，出生于书香世家。精通琴、棋、书、画，是书法家，又是文物鉴赏家和收藏家。南明唐王时任中书舍人，永历帝时出使广州，清兵入粤，邝露与诸将戮力死守，凡十余月，城陷，不食，抱琴而死。②冥鸿：高飞的鸿雁。后用以比喻避世隐居的人。③楮（chǔ）叶：语出《韩非子·喻老》，"宋人有为其君以象为楮叶者，三年而成。丰杀茎柯，毫芒繁泽，乱之楮叶之中而不可别也"。后用为模仿乱真的典故。④旧桐：旧琴，过去的琴音。桐可制琴，故称琴为桐君，或称琴笛等弦乐管乐器为桐竹。

## 喜我存病间①

病来方觉一身孤，未死翻令转郁纡②。

被薄每劳风缱绻③，道穷争怪鬼揶揄④。

枕边残卷供馋鼠，壁上幽灯照腐儒。

但使昨宵余喘尽，游魂应到旧山隅⑤。

【注释】 ①我存者，乃参禅向道之人。今乃生病，奄奄一息，苦不堪言。函可师喜者，盖其平时海口夸功夫，经过此番折磨，反去其虚浮之气，扎扎实实焚修。②郁纡：忧思萦绕貌。③缱绻：牢结，不离散。④揶揄：戏弄。⑤山隅：山脚。

## 得姚雪庵书①

暮钟破寺逢君处，瓦钵浮桥乞食归。

别久不知生与死，书来三读是耶非。

鹅城细雨怀孤衲②，雁碛残魂忆下帏③。

见说弟昆齐向道，何年同掩旧山扉？

【注释】 ①此诗写函可师与姚雪庵，互致问候，略述近况。②鹅城：广东惠州又称鹅城。③雁碛：鸿雁栖息的沙碛地，指北方边远的地区。下帏：放下室内悬挂的帷帐，指教书，引申为闭门苦读。帏，亦作"帷"。

## 得光半、雪盛二公书①

曾随花雨即分裾②，共效杨岐力有余③。

一夜几深塞下雪，十年才接岭南书。

菩提坛下心难了，苟子林中月久疏。

闻道琼崖鞋踏破④，不将沉水寄荒居⑤。

**【注释】** ①此诗写函可师得光半、雪盛二公书，异常欣慰，并盛赞二公为杨岐法脉的传承所作的努力。②分裾：同"分襟"，别离。③杨岐：中国佛教禅宗五宗七派之一，临济宗的一派，方会禅师所创。方会本姓冷，师从石霜楚圆慈明禅师，世称其为杨岐禅师。④琼崖：海南岛，常指迁谪地。⑤沉水：沉香的别名。

## 读左公《徂东集》①

秋风一见泪纷披，可奈重歌出塞词。

百济河山愁到处②，三韩文献幸今兹③。

屈平既放天何问④，杜甫无家别有诗。

方信当年身不死，千秋斯道已如丝。

**【注释】** ①此诗写读左懋泰《徂东集》。左懋泰被流放到边地，与函可师可谓同病相怜，故有"秋风一见泪纷披，可奈重歌出塞词"。对左懋泰诗句颇富赞美之词。左公：左懋泰，见本书《千山剩人可和尚塔铭》注释。②百济：古国名。原本居于古代中国东北的扶余人南下在朝鲜半岛西南部建立的国家，古为马韩诸国之一，故地在朝鲜半岛西南侧。③三韩：古朝鲜的代称。此处特指辽东，本书不予探讨。④屈平：屈原，名平，字原。伟大的爱国诗人。战国时期楚国贵族出身，任三闾大夫、左徒，兼管内政外交大事。屈原被流放后，写下《离骚》《天问》等不朽诗篇，老子曰："死而不亡者，寿"。

## 步左公赠韵二首①

万里相逢水一杯，须眉霜积面生埃。

草鞋已破赵州老②，布帽新成管子来③。

漠漠寒云沉大野，纷纷荒雪落空台。

幸余古道照颜色，狼藉床头书作堆。

坚冰堪嚼佛堪烧，久矣无心问市朝。

骨冷自应投大漠，月明犹故照今宵。

苏卿杖节宁终海④，韩子留衣尚在潮⑤。

沟洫未填吾与若⑥，空荒天地可寥寥⑦。

**【注释】** ①函可师被流放万里之外的边地，嚼冰吞雪，苦心焦虑，每每以古人行止自誓自惕，其余庆必有时矣。左公：左懋泰，见本书《千山剩人可和尚塔铭》注释。②赵州：赵州禅师（778—897），法号从谂，祖籍山东临淄，出生在曹州（今山东菏泽），是禅宗史上一位震古烁今的大师。③管子：（约前723—前645），姬姓，管氏，名夷吾，字仲，谥敬，世人尊称为管子，春秋时期法家代表人物。④苏卿杖节宁终海：苏武出使匈奴的故事。⑤韩子留衣尚在潮：韩愈因谏迎佛骨而被贬潮州，死后在潮州有衣冠冢。⑥沟洫：沟渠，田间水道。⑦寥寥：空阔。

## 赠马居士①

曾向山阴道上行，逢君兹夕泪俱盈。
吞毡应独怜苏子，涤器何人识长卿②。
半局阅穷田海事，一壶消尽古今情。
还期禹穴同探去③，乱石寒云拼此生。

**【注释】** ①函可师鼓励马居士，拼却一生之力，参透大法。②涤器：说的是司马相如的故事。司马相如，字长卿，汉成都人，汉赋大家。与卓文君相爱，二人婚后曾卖酒于成都。相如涤器的故事即本此。③禹穴：此处禹陵。在今浙江绍兴县城稽山门外，传为禹的陵墓。

## 赠李居士①

余家东越子西秦，沙碛论交亦旧因。
白雪啮穷方有味，黑貂敝尽不知贫。
虎溪屡过成三笑②，麈柄频挥碎万人。
一卷南华堪卒岁③，任他沧海几扬尘。

**【注释】** ①函可师意谓一卷《南华经》，足以入道。②三笑：三笑亭。相传晋僧慧远居东林寺时，送客不过溪。一日，陶潜（陶渊明）、道士陆修静来访，与语甚契，相送时不觉过溪，虎辄号鸣，三人大笑而别。后人于此建三笑亭。③南华：《南华经》，又名《庄子》。

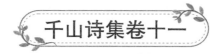

博罗剩人可禅师著　书记今羞编

# 七言律三

## 余与大来、苏筑俱生残冬，感而赋此①

肯从斯世问穷通②，千载应知吾道东。
延龄共向蠹鱼窟③，立命全归磨蝎宫④。
不堪死地论生日，何意今人见古风。
异姓篪埙原匪偶⑤，胚胎冰雪本来同。

【注释】　①此诗写函可师感叹三人，清白咸蕴于胸中，怀才抱艺堕孤穷。大来：左懋泰，见本书《千山剩人可和尚塔铭》注释。苏筑：见卷六《怀苏筑》注①。②穷通：穷困与显达。③蠹鱼：虫名。即蟫，又称衣鱼。蛀蚀书籍衣服。体小，有银白色细鳞，尾分二歧，形稍如鱼，故名。④磨蝎：星名，十二宫之一，也作"磨羯"。生平遇事多折磨，不利者为遭逢磨蝎宫。⑤篪埙（chí xūn）：皆乐器。两种乐器合奏声音协调动听，后来用以赞美兄弟和睦。篪，古管乐器，竹制，单管横吹。埙，古吹奏乐器，陶制。

## 大雪宿白塔寺静公禅室①

浮屠残铎旧朝遗②，扶杖何须凤有期。
雪里敲门僧定后，松间振锡鹤归时③。
一炉芋火三更话④，七个蒲团百丈规⑤。
壁上灯微钟鼓寂，寒襟如水自应知。

【注释】　①此诗写大雪宿白塔寺静公禅室。一炉芋火，七个蒲团，耿耿禅光，道心百倍矣。②浮屠：佛塔。残铎：破损的铃铛。③振锡：挥动锡杖。④一炉芋火：唐衡岳寺僧明瓒，性疏懒而好食残余饭菜，人以"懒残"称之。李泌读书寺中，以其为非凡人，中夜往谒。懒残拨火取芋以啖之，曰："慎勿多言，领取十年宰相。"泌拜而退。⑤百丈：指唐时洪州百丈山怀海禅师。《景德传灯录·怀海禅师》曰："檀信请（怀海）于洪州新吴界住大雄山，以居住严峦峻极，故号之百丈。"不久四方禅客云集，以沩山灵佑、黄檗希运为上首，由是百丈丛林门风大盛。

## 再宿静公禅室①

城边犹见未烧庵，重扣柴扃梦正酣。
畏客不除当路雪，采薇常带远山岚。
漫拈黄叶为清供，再剔残灯续夜谈。
半榻飕飕寒共被，枕头惟有旧经函。

【注释】　①此诗写再宿静公禅室。黄叶残灯常说法，六根俱净合天心，善哉善哉！

## 三宿静公禅室①

### 春前一夕

一度相逢一度新，踏冰扪雪不嫌频。
暮烹野菌忘僧律，远插疏篱隔世尘。
白麈挥残寒塞月，黄鸡叫彻法堂春。
从今半席长虚待，到此应知无别人。

【注释】　①此诗写三宿静公禅室。从此虚席待，原来是函可。恭喜函可师得遇同参，永籍禅悦，携手远行。

## 得寒还札①

### 因闻薪夷归里

敢向寒边叹索居，衰残难执化人裾②。
曾同一窖终怜雪，已到中天却寄书③。
生死既分情倍切，去留虽异罪仍俱。
竹林未便成荒棘，珍重逢人莫谩歔④。

【注释】　①此诗写得寒还札。数年间，风雪共凄凉，道不尽的亲切和伤感。函可师默祷无虞珍重。②化人：佛教谓神、佛变形为人，以化度众生的人为化人。③中天：古称尧舜时为中天之世，即盛世。后来成为对帝王歌功颂德的套语。④谩：轻慢，没有礼貌。歔：哀叹声。

## 同诸老夜话①

枯藤到处拨荒莱，谁遣刑余老殍来②？
却怪少林空面壁③，漫传北海亦浮杯④。
谈深毡帐三声角，坐老寒炉一寸灰。
窗外雪花飞片片，莫将消息问村梅。

【注释】　①此诗写同诸老夜话。片片雪花飞，步步莲花结。此中谁得意，寒炉一寸灰。仲冬严寒，伏唯和尚尊候万福。②老殍（piǎo）：老而饿死的人。此处为诗人自称。③少林室面壁：此处提到的是达摩面壁的故事。④浮杯：宋京师杯度，不知姓名。常乘木杯度水，因而为目。初见在冀州，不修细行，神力卓越，世无测其由来。见南朝梁慧皎《高僧传十》。

## 辛卯岁除①

辽东何以送残年，自汲寒泉奠昔贤。
子庆挂冠甘永遁②，幼安坐榻久将穿③。
幸余坑烬分僧钵，不少山癯问法筵④。
谁道西来真有意，漫拈白拂竖空烟。

【注释】　①此诗写辛卯（1651）岁除。自汲寒泉，饮水思源。今日岁除，诗不尽言。②子庆挂冠：逢萌，字子庆，东汉北海郡人。曾任亭长。去长安时遇到王莽篡位，儿子逢宇被杀。萌对友人说："三纲已经完了，再不走，灾难就要落到头上了。"于是把帽子挂在东都城门，带家属飘海去了辽东。汉光武帝恢复汉朝后，萌赴崂山修道。③幼安：管宁，字幼安，三国魏平原人，少与华歆同学，汉末避乱辽东，讲学三十七年始归，拜官不就。④山癯（qú）：喻仙人。癯，瘦。法筵：僧人讲说佛法的坐席。

## 除夕怀诸子①

亦是寻常朝复夕，何当兹夕倍愁予。
莫将爆竹惊穷鬼，只合烧桐煮白鱼。
朔雪自能填客梦，春风无望到吾庐。
可怜年尽寒难尽，土榻斜眠枕破书。

【注释】 ①此诗写除夕怀诸子。函可师乡愁倍增，年有尽，寒无尽，土榻斜眠雁南飞，令人伤感不已。

## 壬辰元旦①

起起今年恰在辰，罪夫幸不是贤人。
堂前钟鼓龙天会②，被底冰霜骨肉亲。
两点尚余隔岁泪，五更曾梦度江春。
龙庭色色还依旧，独有闲愁一片新。

【注释】 ①此诗写顺治壬辰年（1652）元旦。末句"独有闲愁一片新"，表明函可师零落边地多年，对家国始终刻骨铭心，一言难尽矣。②龙天：佛家语。谓八部中之龙众与天众。

## 元旦大雪，同苏筑赋①

昨暮行过已隔年，相将长揖谢高天②。
似怜穷佛添花雨，肯为寒儒铺白毡。
权作江梅当折赠，漫敲石火任烹煎。
饥肠宛转浇应遍，又是赓酬第一篇③。

【注释】 ①函可师饥寒交迫，竟与友人酬唱，令人一声长叹。苏筑：见卷六《怀苏筑》注①。②长揖（yī）：旧时拱手高举继而落下的一种敬礼。③赓酬：谓以诗歌与人相赠答。

## 南塔结制①

坚冰渐解柳初黄，钝斧谁将劈巨荒。
但任疏狂留本色，不妨粗粝是家常②。
千群龙象归华表③，万里风沙建宝坊④。
几向棒头明正眼⑤，混同依旧浩茫茫。

【注释】 ①《老子》曰："挫其锐，解其纷，和其光，同其尘。"盖吃苦耐劳，返璞归真，是僧衲家的本分事，香浮宝坊，道风远扬。结制：结夏，僧人安居之行也。宋·吴自牧《梦粱录·僧寺结制》："四月十五日结制，谓之'结夏'。盖天下寺院僧尼庵舍，设斋供僧，自此僧人安居禅教律寺院，不敢起单云游。"②粗粝：粗米。③龙象：僧之敬称也。诸阿罗汉中，修行勇猛，有最大力者，佛氏称为龙象。盖水行龙力最大，陆行象力最大，故以为喻也。④宝坊：寺院的美称。⑤棒头：当头棒喝，佛家传法的方式之一。

## 闻大来为假仆所劫①

残编犹可度朝昏，四顾应知天意存。

窖底未容留点雪，枕边依旧剩空樽。

寒当彻骨诗方富，穷到尽头道愈尊。

独有老僧愁更剧②，从今托钵向何门。

【注释】　①此诗写函可师闻大来为假仆所劫，大为震惊。本来孤苦伶仃，知己寥寥，更不知该如何是好。大来：左懋泰，见本书《千山剩人可和尚塔铭》注释。②剧：严重。

## 闻同难民为虎所食①

何须今日方怜若，一度边关即鬼门。

身死不烦蝇作吊②，年凶惟见虎加飡。

只愁老瘦重遭斥，但免饥寒亦感恩。

白雪一杯魂未远，料应笑我骨犹存。

【注释】　①此诗写惊闻流人为虎所食。这里的同难民即指流人。他们度过边关，处境悲惨凄凉，今入虎口，仰天何及。②蝇作吊：人死后无人埋葬，尸腐招苍蝇。

## 闻耳叔弟尽节①

大旗吹折海风寒，未了孤心骨已残。

遗训在兹宁有憾，浮沤于汝久无干②。

原鸰血尽生逾苦③，池草根锄梦亦乾。

见说覆巢余卵在，呱呱何处夜漫漫。

【注释】　①耳叔，乃函可师唯一幸存的弟弟。今闻耳叔弟尽节，令函可师目断心飞，悲痛欲绝，夜漫漫，悲伤无处诉。尽节：尽心竭力，保持操节，多指慷慨赴义。②浮沤：浮在水面上的泡沫。③原鸰（líng）：比喻兄弟友爱，急难相助。

## 答顺天师①

梦里冠裳付劫灰，衲衣趺坐冷云堆②。

悬崖有鸟衔花下，隔水何人问字来。

断碣远搜箕子墓③，破鞋羞蹋李陵台④。

相寻不为乡情重，白拂交横笑口开。

【注释】　①此诗写答顺天师。顺天师所修，枯木禅也，未见主在，拖泥带水矣。②趺坐：见卷十《与治书来言为徐氏田累寄慰》注③。③箕子：见卷九《寄无伤》注⑤。④李陵台：李陵的墓。李陵，字少卿，名将李广之孙。汉武帝时任骑都尉，天汉二年，率步兵五千人击匈奴，战败投降。台，墓。

## 白蜡梅花①

侍者以白蜡为梅花作供，色韵酷肖。晨夕对之，不啻身在故乡，赋此志感

十年负却旧山期，绝塞谁拈此一枝。

有骨莫愁冰雪沁，无香休惹蝶蜂疑。

魂飘万里村俱幻，梦到三更月共知。

最好不关开落事，楼头玉笛漫孤吹。

【注释】　①此诗写白蜡梅花。独抱和氏璧，锦绣自覆藏。辜负祖师心，长啸岂灵光。

## 千山偶成①

枕石欹眠覆短松②，到来时有鹿麋踪。

边愁浣尽山山雪③，乡梦敲残夜夜钟。

一钵野蔬消不了，半龛寒月幸能容。

故人相忆如相问，只恐携云过别峰。

【注释】　①乡梦边愁，好似前尘；半龛一钵，几若宿梦。故人如相问，携云过别峰。善哉善哉！②欹（qī）：倾斜，歪向一边。③浣（huàn）：洗。

## 李公初度，集洪福庵，为陈氏披剃，时重阳后一日①

昨日登临笑语亲，今来又恰趁芳辰。

采将菊蕊犹堪献，赎得蛾眉始是贫。

满院钟催新佛子②，一天霜罩旧词臣③。

老僧不及笼中鸽，仍带寒云系海滨。

【注释】　①深深笑语，煦煦芳辰。佛子含笑，老僧独吟。恭喜函可师，今日的光彩转

新鲜。②新佛子：新出家为僧的人。③词臣：旧指文学侍从之臣，如翰林之类。

## 步韵和李公自寿诗①

偶然一现宰官身②，勋业从今问野人③。

半局乾坤能共老，一樽贤圣欲偕春。

木天残梦风吹尽，白板深秋杖过频。

谑语狂歌俱可纪，世间除此即非真。

【注释】　①函可师意谓不该处心积虑，拟取功名。需不迷不惘，伏唯珍重。②宰官：泛指官吏。③勋业：功绩事业。

## 大翁招同觞李公①

行过竹杖自忘疲，霜满袈裟酒满卮。

篱下又多一日乐，炉边何必十年期。

谈深不及人间世，禅喜时添袖里诗。

二老孤僧成底事，夜寒灯火漫敲棋。

【注释】　①函可师与大翁、李公饮酒赋诗，快慰平生矣。

## 李公赎陈氏为尼三首①

学士行歌绩妇迎，惊回春梦起乡情。

解将腰带文犀重②，添得空门水月清③。

云鬟已随秋雾散④，舞衣应逐雨花轻。

翻怜冢畔青青草，不及红莲碛上生。

净洗铅华迥不群，袈裟新换石榴裙。

几回卖镜凌寒雪，何意开笼见白云。

拨尽琵琶鸣晓磬，翻残贝叶惜回文⑤。

十年抱志今方遂，多少须眉得似君。

不是流人泪亦横⑥，夕阳荒草诉中情。

自抛家国甘心死，窃比冰霜彻底清。

玉麈柄边红粉净⑦，孤鸾镜里白毫生⑧。

从今唤醒梨花梦⑨，收拾残魂礼佛名。

**【注释】** ①此诗写李公赎陈氏为尼。做妖娆，苒苒韶华。施媚态，消磨风景。暂时的快活，终年的凄凉。此身不向今生度，更向何生度此身。恭喜陈氏得度，李公其功德无量矣。②文犀：有纹理的犀角。③空门：佛教的总名，佛教以观察诸法"空性"为入道的法门，故称"空门"。④云鬟：形容女子鬟发盛美如云。⑤回文：把相同的词语或句子，在下文中调换位置或颠倒过来，产生首尾回环的情趣，叫作回文，也叫回环。⑥流人：被流放的人。⑦玉麈：玉柄麈尾。麈，古书上指鹿一类的动物，其尾可做拂尘。红粉：妇女化妆用的胭脂和白粉，代指美女。⑧孤鸾镜：镜里孤鸾。唐·杨炯《原州百泉县令李君神道碑》："琴前镜里，孤鸾别鹤之哀；竹死城崩，杞妇相妃之怨。"⑨梨花梦：指梦境。

## 过李公寓，同锡侯夜话①

半间茅屋古皇前，石火烧泉话旧缘。
冷月高悬居士榻，暗风斜吹孝廉船②。
挑残灯碗钟来寺，敲罢棋枰雪满天。
共卧片毡拳作枕，布衾如铁夜如年。

**【注释】** ①此诗写函可师同锡侯夜话，酣畅淋漓，快慰平生。②孝廉：举人的俗称。

## 雪夜怀李公①

钟尽灯微拥破衾，长宵独雪伴枯吟。
泥床白满予方卧，疏壁寒飘尔莫禁。
都尉已明三老意，邺侯未了十年心②。
何时日出消残窖，洒作人间遍地霖③。

**【注释】** ①此诗道尽了函可师的孤苦贫寒，祈盼日出有时，甘露遍洒。②邺侯：唐朝李泌，贞元三年（787），拜中书侍郎、同中书门下平章事，累封邺县（今河南安阳）侯，时人呼其"邺侯"。③霖：雨水。

## 和谦受始见塞雪诗①

寒天难曙角声催，被薄风停雪又来。
窖卧六年僧已老，窗飞数点客方猜。
乍如浪溅钱塘月，安得香飘庾岭梅②。
赋罢不妨乘兴过，拨开粪火倒残杯。

【注释】 ①此诗写塞雪飘舞,如钱塘浪溅;形态,似庾岭梅开。函可师好有兴致。②庾岭梅:又名梅岭,因有梅花而得名。

## 闻钱君至尚阳堡死①

相逢不禁泪淋浪②,忽讶音来我自伤。
一片心肝还日月,五更风雪裹文章。
黄沙随梦归香阁,白水招魂入宝坊。
莫为中原难侧足,故将残骨掷龙荒③。

【注释】 ①此诗写闻钱君至尚阳堡死。哀哀孤魂,寂寂宝坊。万里不归,客死他乡,令函可师痛哭流涕。②淋浪:流滴不止。③龙荒:泛指我国北部荒漠地区。

## 播船坚辞大法招相随乞戒喜示①

不向天龙会里寻,空堂丈草漫沉吟。
田衣独耐长边冷②,铁笛横吹太古音③。
金色何妨三度舞④,神光又见一腰深⑤。
了知处处笙歌满,休悔从前错用心。

【注释】 ①播船者,不知何许人也,招相随乞戒,盖其实为祈福求寿也,并非真心向道,令函可师非常失望。②田衣:袈裟的别名。③太古音:此处指使众生明心见性的佛法。④金色何妨三度舞:《五灯会元》曰,世尊因乾闼婆王献乐,其时山河大地尽作琴声。迦叶起作舞,王问:"迦叶岂不是阿罗汉,诸漏已尽,何更有余习?"佛曰:"实无余习,莫谤法也。"王又抚琴三遍,迦叶亦三度作舞。王曰:"迦叶作舞,岂不是?"佛曰:"实不曾作舞!"王曰:"世尊何得妄语?"佛曰:"不妄语。汝抚琴,山河大地木石尽作琴声,岂不是?"王曰:"是。"佛曰:"迦叶亦复如是。所以实不曾作舞。"王乃信受。⑤神光又见一腰深:传说,二祖神光参谒达摩祖师,在雪中跪了三天三夜,雪已经有一腰深了。

## 义虽、作么二子归海州有怀①

橐笔经年意未穷②,芒鞋紧峭任西东③。
星文已见龙津合④,电影终怜冀北空。
瓶贮天山山畔雪,锡飞辽海海门风⑤。
何时拥毳团圞话,坐数寒更榾柮红⑥。

【注释】　①盖义虫、作么二子，随待函可师一年多，不大发明，今回海州，函可师深感失落，盼望有朝一日团聚。海州：今江苏连云港。②橐笔：古代书史小吏，手持囊橐，簪笔于头，侍立于帝王大臣左右，以备随时记事，称作持橐簪笔，简称"橐笔"。③芒鞋：泛指草鞋。紧峭：犹紧凑。④龙津：龙门。⑤锡飞：谓僧人出行。⑥榾柮：见卷三《与希、焦二道者夜谈漫纪》注㉛。

### 病归，承李公以诗见讯，用韵奉答①

一从出塞骨先残，扶病归来怯路难。
寒雪有心依破衲，枯肠无力进朝飧。
呻吟亦可参清梵②，诗句真同续命丹③。
自是故人情独切，此间谁复问袁安④。

【注释】　①函可师意谓自己现已老弱病残，非常感谢李公的问候。末句"此间谁复问袁安"，意谓自己是无恙的。②清梵：寺僧念经的声音。③续命丹：此处应指延续生命的药物。④袁安：字邵公。汝南汝阳（今河南商水西南）人。东汉大臣，少承家学，被举为孝廉，任阴平县长、任城县令，任用属下极严，使得官民对其既害怕又敬爱。汉明帝时，任楚郡太守、河南尹，政号严明，断狱公平。在职十余年，京师肃然，名重朝廷。

### 步韵和丽大师寄怀诗①

艰难百折两人同，旧话峰头愿不空。
佛似一家传世业，天教五国大门风②。
此心肯共沧波去，片纸长留朔雪中。
万里遥遥情脉脉，岭云边月望何穷？

【注释】　①丽大师与函可师乃同参道友，二人都历经磨难，为禅法的振兴立下誓愿。今者，虽相隔万里，却遥寄关切。丽大师：天然和尚（1608—1685），法名函昰，字丽中；原名曾起莘，字宅师，番禺县吉径村人，世为邑中望族。②五国大门风：指禅法至晚唐五代出现五家宗派，即临济宗、曹洞宗、沩仰宗、云门宗、法眼宗。

### 弼臣病阻白门，两次寄书并诗，因成二章，兼次其韵①

惊传一纸到辽阳，旧国楼台种白杨。
我友尽亡惟汝在，而师更苦复余伤。
孤舟卧老长干月②，破衲披残大漠霜。

共是异乡生死隔，西风吹泪不成行。

两度书来僧正眠，石头仍系孝廉船③。
交情尚拟还乡曲，病骨先残出塞前。
旧阁遗经难可问，覆巢余卵复谁怜？
幸留花雨沾新冢，始信雷峰别有天④。

【注释】　①弼臣，乃函可师道友。今者，闻其病卧南京，函可师深为痛惜，祈愿后会有期。白门：见卷九《得友沧江南信》注②。②长干：建康里巷名，也借指南京。③石头：今南京的别称。④雷峰：山名，在浙江杭州西湖旁。传说昔有道士雷就筑庵居此，因名雷峰。五代吴越王妃曾于此建塔，称雷峰塔。

## 高含章出塞访友①

拂袖离家出玉门，故人何处骨应存？
长边自尔无艰险，异姓于今有弟昆。
觅窖已扪千岭雪，招辞兼得一僧魂。
残毡欲尽难分供，春老荷锄掘草根。

【注释】　①友人高含章，不远万里，寻访函可师，令其激动万分。同时，他也对自己虚弱的身体，有一丝担忧。

## 游香岩寺①

### 时诸老重建，谋迎空老人同丽大师

千峰顶上香岩寺，积雪何年古道堙②。
航海尚传元学士③，登台空揖石仙人④。
宝幢雨洗灯方续⑤，禅榻云封草渐新。
伫望双飞天外锡，寒边早布十分春。

【注释】　①此诗写寒地的香岩寺，喜迎空老人、丽大师的到来。香岩寺：在辽宁千山南沟。空老人：道独（1600—1661），明末曹洞宗僧。南海（今广东）人，俗姓陆，号宗宝，别名空隐。世称空隐宗宝、宗宝道独禅师。丽大师：天然和尚（1608—1685），法名函昰，字丽中；原名曾起莘，字宅师，番禺县吉径村人，世为邑中望族。②堙：埋没。③航海尚传元学士：据元皇庆中直学士陈景元撰《雪庵塔记》，此人曾渡过鸭绿江到千山。④石仙人：

据传仙人台上曾有仙人对弈，后台上有石刻仙人像。⑤宝幢：以宝珠装饰的幢竿也。

## 送明藏主同大茎、尸林二子南行①

南询万里雪风干，拄杖如龙路不难。
欲向曹溪掬香水②，好从长庆礼蒲团③。
刺桐花底分麋影，荔子枝头乞鸟残。
想得别峰相见处，定应先问塞儿寒。

【注释】 ①此诗写送明藏主同大茎、尸林二子，去南方行脚，伏唯珍重。②掬：用双手捧物。③长庆：福州长庆大安禅师，别号懒安，百丈怀海禅师之法嗣，俗姓陈。幼年入道，顿拂尘蒙。后参礼百丈怀海禅师，领悟佛旨。辅助师兄灵祐禅师，创居沩山，恪尽职守。后归福州怡山，广化闽中。

## 因事似我存①

金石籧来未易论②，多情翻怪别疏亲。
伤心此日弃如土，绝漠相看剩几人？
幸以艰难存道味，何妨怒骂烂天真。
胸怀但使同空水③，始信天涯必有邻。

【注释】 ①水至清则无鱼，人至察则无徒。函可师告诫我存，要胸怀坦荡。②金石：镌刻在钟鼎或碑碣上的文字。籧：古同"遥"，远。③空水：胸怀坦荡之意。

## 赠陈令公二首①

凫飞出塞及春晴，望见前驱老鹤惊。
学道定知君子爱，受廛俱愿圣人氓②。
锦囊尚带花香气，竹马还添水月情③。
草昧经纶文事重，行看大窖起歌声。

本是双林大士家④，来寻丁令问桑麻⑤。
琴声冷递沙边月，雪瓣闲飘县里花。
虎豹挈儿初度水，人民连雨尽随车。
大荒到处应犁遍，一钵从今莫浪嗟⑥。

【注释】 ①这两首诗的内容是对陈令公为官一方的赞美，愿在陈令公治下为民。陈令公：边地县官，尚德慕道，罄折礼接函可师，二人交游很是愉快。边地荒芜，函可师谏其劝课农桑。诗中，"本是双林大士家"说的是陈令公。"丁令"是函可师自称，本书中有"令威他日归华表，定在循州古树边"的谶语。②受廛（chán）：古代城市平民的房地。廛，一个男劳力所居住的屋舍。氓：百姓。③竹马：青梅竹马，形容男女儿童之间两小无猜的情状。成语出自李白《长干行》之一："郎骑竹马来，绕床弄青梅。同居长干里，两小无嫌猜。"④双林大士：傅大士（497—569），姓傅名翕，字玄风，号善慧。东阳郡乌伤县（今浙江义乌）人。一生未曾出家，而以居士身份修行佛道。傅大士为南朝梁代禅宗著名之尊宿，义乌双林寺始祖，中国维摩禅祖师，与达摩、志公并称"梁代三大士"。⑤丁令："丁令威"的省称。⑥莫浪嗟：不要起叹息。

## 同苏筑、谦受夜坐①

似我安能不极边，何堪二子亦如然。

路遥自爱亲邻尽，世难同伤祖父贤。

只恐冥冥僵雪底②，故应数数话灯前③。

乾坤刀斧予无恨，生死文章各勉旃④。

**【注释】** ①此诗写同苏筑、谦受夜坐。盖禅法不宜枯坐死守，应矫健活泼，函可师鼓励二子努力向前。②冥冥：黑夜。③数数：多次，屡次，经常。④勉旃：努力。多于劝勉时用。旃，语助，之焉的合音字。宋·欧阳修《送谢中舍》诗之二："人生白首吾今尔，仕路青云子勉旃。"

## 寒食偕诸子访苗、李二炼师，归见木斋，留诗同赋①

杖头安得纸为钱，漠漠风吹寒食天。

野哭又添沙上鬼，暮归因问洞中天。

骑驴人去空留句，坐客床余未啮毡②。

三辅遥传榆柳尽③，何须待禁久无烟？

**【注释】** ①寒食日，禁火冷食，怀旧悼亡。其祭祀并不局限于亲人和祖先，还包括客死他乡的孤魂野鬼。此诗写函可师于寒食日访友，描述了当日的所见所闻。寒食：节日名。在清明前一日或二日。相传春秋时，晋文公负其功臣介之推。介愤而隐于绵山。文公悔悟，烧山逼令出仕，之推抱老柳树焚死。人民同情介之推的遭遇，相约于其忌日禁火冷食，以为悼念。以后相沿成俗，谓之寒食。元·仙村人《春日田园杂兴》诗："村村寒食近，插柳遍檐牙。"苗、李二炼师：函可好友，皆为道士。苗，见卷六《送苗炼师入燕》注①。李，见卷七《喜李炼师禁足》注①。②啮毡：咬吞毡毛充饥。常用以比喻坚贞不屈。典出《汉书·苏武传》。③三辅：泛称京城附近地区为三辅。明·何景明《送张元德侍御巡畿内》诗："三辅自来多寇盗，五陵今日更豪雄。"

## 风雨怀我存①

肯教一日不相闻，风雨萧萧咫尺分。
乡梦久残思转剧，砚田渐熟恨方殷②。
抛书乍可寻黄鹄③，陟屺无劳望白云④。
桃李成蹊春已老⑤，为君何事泪纷纭？

【注释】　①此诗表达了函可师对我存的深深思念。②砚田：砚台。文人恃文墨为生，故谓砚为"砚田"。③黄鹄：比喻高才贤士。④陟屺（zhì qǐ）：出自《诗经·魏风·陟岵》，"陟彼屺兮，瞻望母兮"。郑玄笺："此又思母之戒，而登屺山而望也。"后因以"陟屺"为思念母亲之典。⑤桃李成蹊："桃李不言，下自成蹊"的省语。比喻人只要真诚、忠实，就能感动别人。

## 送高含章①

故人一见即回程，万里风沙两屐轻。
袖里新诗惟独咏，匣中长剑莫教鸣②。
翻怜野鹤无高举，谁信冥鸿有至情③。
归去不须重记忆，天山积雪梦犹惊。

【注释】　①此诗写送高含章，表达了对其依依不舍之情。②匣中长剑莫教鸣：传说楚王命莫邪铸双剑，剑成，莫邪留下雄剑，把雌剑献给楚王，雌剑便在匣中经常哀鸣。以后常用来比喻别后的殷切思念。③冥鸿：飞得高远的大雁。

## 喜贵庵托钵回①

镇日相寻屐齿频②，经年始见意逾新。
一瓢尚带书生气，两袖新携上国春。
看尽空花曾可摘，探穷宝藏总成尘。
故乡田地从来稳，不到无锥未是贫。

【注释】　①盖贵庵者，乃函可师弟子也。外出行脚一年多。今者，意气风发，托钵而回，令函可师欣喜。"故乡田地从来稳"者，盖禅法的修持，要明自本心，见自本性，探寻自家宝藏。②屐齿：指足迹，游踪。

## 浴佛日寿陈令君二首①

萧萧匹马度龙荒②，翘首真同白象王③。
冰雪尚酬文佛债④，旃檀新浴令公香⑤。
尽销兵气为农具，好借僧瓢进鹤觞。
却笑河阳空满县⑥，昙花一朵现辽阳⑦。

现身仍是旧王宫，荒草颓垣不厌穷。
户口疑从兜率下⑧，威仪尚与汉官同。
量晴较雨推新政⑨，翻贝寻僧本素风⑩。
云水满堂春满野，乐郊今在大关东。

【注释】　①此诗写贺寿陈令君。盖陈令君者，乃边地辽阳之父母官。此人为政清廉，劝课农桑，尚德向道（疑似从兜率天乘愿再来之人），素风自得。边地辽阳，经过陈令君的治理，成为大关东的一方乐土。浴佛日：佛教徒于每年农历四月初八释迦牟尼诞生日举行浴礼，以水灌佛像，称之为浴佛。②龙荒：指边地。③象王：譬喻佛之举止如象中之王，又以之譬喻菩萨。《无量寿经卷下》："菩萨犹如象王，以其善调伏之故。"④文佛：彩色金佛。⑤旃檀（zhān tán）：檀香。⑥河阳：晋潘岳曾任河阳县令，后多以"河阳"指称潘岳。是个知民疾苦、爱民如子的好清官。⑦昙花：梵语"优昙钵华"的简称。⑧兜率：是欲界的第四天。释尊成佛以前，在兜率天，降生人间成佛。未来成佛的弥勒菩萨住在兜率天，将来也从兜率天降生人间成佛。⑨量晴较雨：计算着晴雨和气候的变化。⑩素风：纯朴的风尚，清高的风格。南朝宋傅亮《为宋公修楚元王墓教》："素风道业，作范后昆。"

## 唁①

灯前雪底亦空言，寒泪无端湿五原②。
大道翻嫌诸圣浅，奇情难与老僧论。
平生最苦肝肠热，今日方知裘马尊。
不是唁君惟自唁，悠悠终恐骨孤存。

【注释】　①此诗写函可师自叹自怜，孤苦伶仃。唁：吊唁，对遭遇丧事者表示慰问。②五原：见卷十《寄赠宗尉》注④。

## 即事似大翁、木斋、谦公诸同志二首①

心比苍松化石坚，迷卢却被一丝牵②。

蝇头尽是英雄冢，牛后须防牧竖鞭③。
只此须眉何可卖，任他沟壑尽堪传。
几人绝塞身还在，忍使残僧泪独溅。

今古滟来梦幻中，书生端合置鹅笼④。
已闻越女兴勾践，难把铜山铸邓通⑤。
虫死断编终不恶，门余积雪岂真穷。
人间何贵有朋友，到此怜予道未工。

【注释】 ①函可师意谓：古今梦幻，知己几何，执手今朝，当自强不息矣。②迷卢：梵文"苏迷卢"的略称，即指须弥山。③牛后：牛的肛门。比喻处于从属地位。④鹅笼：鹅笼书生。后用作幻中生幻，变化无常之典。⑤铜山铸邓通：蜀郡南安（今四川乐山）人邓通，汉文帝宠臣，凭借与汉文帝的亲密关系，依靠铸钱业，广开铜矿，富甲天下。景帝即位，把邓通革职，追夺铜山，并没收他的所有家产。最后身无分文，饿死街头。

## 同谦公谈①

我亦流民尔似僧，半床明月半床冰。
既同患难聊相共，常恐肝肠未可凭。
天外幸能留破衲，世间岂尽丧良朋？
谈深舌冷书为枕，肯负中宵一碗灯。

【注释】 ①函可师感叹朋友应患难与共、肝胆相照。

## 偶　成①

寒灯一点暂相亲，除梦都应不是真。
开口后来皆作圣，盖棺前此莫论人。
鬼神未到须防独，涓滴虽微便溺身。
纵死定令天亦见，肯教风雨暗青磷。

【注释】 ①白居易诗云：千里始足下，高山起微尘。函可师意谓修道了道，大须仔细为好。

## 冒雨访木斋不遇①

草团风送雁归声，孤负春深雨未晴。

戴笠独行韩大伯②，到门不见李先生。
若非策蹇寻花笑③，定是携诗倩鹤评④。
为语小童多汲水，明朝清晓待余烹。

【注释】 ①此诗写函可师冒雨访友人不遇，略有失落之感。木斋：李呈祥，见卷四《木公以闽茶寄山中感》注①。②韩大伯：宋代禅僧，生卒年不详。③策蹇：也作"策蹇驴"。意为乘跛足驴。比喻工具不利，行动迟慢。④倩鹤评：请有道的长者品评。

## 赠赤公五首①

几年辽海自依依，华表惊添一鹤飞。
瓶钵已非形更瘦，须眉犹在事多违。
长边无地容行脚，尽日徼天幸掩扉。
靺鞨未裁磨衲破②，梦中还著老莱衣③。

愿遍三千尘任挥，到来况是旧王畿。
亦知冰雪皆恩泽，谁道云烟省是非。
阙下已闻钟鼓遍，海东犹待雨花飞。
天龙翘首余多病，从此焚香老翠微。

满碛寒风奈若何，逢人强自笑还歌。
杖挑百斛燕支雪，瓶注千寻鸭绿波。
高座不妨群部拥，穷途真恨一身多。
近来分卫逢时稔，敝绪泥床亦好过。

狮子曾闻住罽宾④，如空何必问前因。
霜连白草开荒后，日射黄金布地新。
旧疏未焚藏衲角，长歌应悔杂京尘。
当时妙喜交游广⑤，书到衡阳有几人。

而师亦是岭南人，共棹曹溪意自亲⑥。
罪过弥天予作俑⑦，饥寒到死汝为邻。
生成枯骨非关病，剩有空瓢不道贫。
何日玉门通一线，愿随高步抖边尘。

**【注释】** ①赤公者，函可师的好友，二人惺惺相惜。诗中函可师自述，是流放边地的罪人，孤苦伶仃，本欲振兴禅法，信众也翘首以待，无奈体弱多病，只能随缘度日，终老边地，祈愿有朝一日，重返故里。赤公：见卷七《赤公书来赋答二首》注①赤公。②韎鞈（mèi gé）：赤黄色的蔽膝。③老莱衣：老莱子穿的五彩衣。相传春秋时楚国隐士老莱子，七十岁时还身穿五彩衣，模仿小儿的动作和哭声，以使父母欢心。后因以表示孝顺父母。④狮子曾闻住罽（jì）宾：二十四祖师子比丘者，中印度人也。姓婆罗门。得法游方，至罽宾国（国名。位居西域，所辖地域因时代而异，约在今阿富汗东北、克什米尔一带。为佛教大乘派的发源地，汉代以后有许多僧人来中国传教译经）波利迦者，本习禅观，故有禅定、知见、执相、舍相、不语之五众。祖诘而化之，四众皆默然心服。⑤妙喜：大慧禅师（1089—1163），即大慧宗杲，又名普觉、妙喜。南宋名闻天下的禅师。⑥共棹：同乘一条船。棹，划船。⑦作俑：古代制造陪葬用的偶像。后指创始，首开先例。多用于贬义。

## 喜文玄参方因请藏回①

江北江南是旧游，狰狞如虎静如秋。
去携只杖同黄鹄，归拥三车尽白牛②。
五位诸方俱已厌③，千家一钵更何忧。
从今收拾西来意④，屋里青山好白头。

**【注释】** ①此诗写文玄参方因请藏回，函可师法喜充满。禅法虽不立语言文字，也不离语言文字。藏经乃佛陀亲口所宣，是佛陀之本怀，正是所谓的"西来意"。请藏：请藏经。②白牛：指白牛车。佛教语。比喻大乘佛法。唐·贯休《和韦相公话婺州陈事》："昔事堪惆怅，谈玄爱白牛。"自注："《法华经》以白牛喻大乘。"③五位：曹洞宗最具代表性的"五位君臣"。君指本体界，臣指现象界。君是体、空、理，臣是用、色、事。是由凡夫知见入佛知见，由见道位到修道位再到证道位的五种境地。④西来意：佛教语，谓达摩祖师自天竺西来宣扬佛法。

## 寄大翁①

几年何日不相见，相见应知各有诗。
公到苦吟予独赏，余当狂叫汝深悲。
寻常只道穷边事，隔别应生静夜思。
始觉寒冰良匪偶，千秋万古有人知。

**【注释】** ①此诗写大翁乃函可师相知相慰的诗友。大翁：左懋泰。

## 寄昭公①

莫怪崎岖出塞行，犹将贝叶伴余生②。

茆堂独喜留山野③，枫陛能无忆老成④。

浮世谩论千古重⑤，苍生甚切一身轻。

关门不日牵雏去，会见联翩彩袖迎⑥。

【注释】　①盖昭公者，乃慕道向道之人，独喜山居，为人老成。忧虑国事，悲心切切。想必日后定有转机。昭公：魏琯，清山东寿光人，字昭华。明崇祯十年（1637）进士，官御史。清顺治间荐起原官，累迁大理寺卿。时清廷严逃奴之禁，琯请对窝藏者减轻处刑，受严谴，流辽阳，死于戍所。②贝叶：佛经。③茆堂：茅草屋。④枫陛：代指皇宫。⑤谩论：泛论。⑥联翩：鸟飞的样子，形容连续不断。

## 寄乾公①

挈杖寻君君未归，君归余又掩山扉。

日斜未许长看剑，露冷何须短后衣。

叹息三良身莫赎②，经营半亩事仍非。

低头且就衡门下③，静卧西风待晓晖。

【注释】　①盖乾公者，乃函可师道友也，赋诗问候而已。②三良：三位贤臣。有秦三良、郑三良、晋三良等。秦三良为奄息、仲行、针虎，三人同时为秦穆公殉葬，国人哀之。《诗经·黄鸟》，哀三良也。③衡门：横木为门。指简陋的屋舍。语出《诗经·陈风·衡门》："衡门之下，可以栖迟。"也指隐士的居处。

## 寄龙公①

未曾相识即相思，咫尺寒云阻晤期。

青琐梦回霜正满②，苍生感极泪俱垂。

敢言又见同人至，此念终当圣主知。

见说长安书一纸，浮沉莫使恐山麋③。

【注释】　①此诗写函可师问候龙公，唯恐自己沦落成山野的"四不像"，祈愿朝廷恩赦。龙公：李祵（1597—1656），字龙衮，号澹园，山东高密人。清初官员。顺治六年（1649），以举人考授内院中书舍人。擢礼科给事中，转兵科。顺治十二年（1655），祵上疏极论逃人法弊病。上命免杖，安置尚阳堡。逾年卒。②青琐：典故名，出自《汉书》卷九十八《元后列传》。原指装饰皇宫门窗的青色连环花纹，后借指宫廷，泛指豪华富丽的房屋建筑。亦指刻镂成格的窗户。③山麋：哺乳动物，俗称"四不像"。雄的有角，角像鹿，尾像驴，蹄像牛，颈像骆驼，但从整体看哪种动物都不像。

## 寄雪公①

惊骑羸马度荒峦②，风冽衣残獬豸寒③。

面带天山悬洞雪，气分巫峡泻秋湍。

四愁赋就教儿读④，五叶参来把剑看⑤。

直待丹青高阁后⑥，好携孤衲笑飞鸾⑦。

【注释】　①此诗寄语雪公，洞雪丹心，节类颜回，终有余庆。雪公：郝浴，见卷七《问雪公》注①。②羸马：瘦弱的马。③獬豸（xiè zhì）：传说中的兽名。一说是神羊，能辨曲直。此处指官服上装饰的獬豸图案。因郝浴雪海流放前是御史。④四愁：《四愁诗》，东汉张衡作。张衡为河间相，郁郁不得志，作《四愁诗》以寄托忧思。⑤五叶：禅宗以达摩为初祖，后发展演变的五个流派：沩仰、临济、曹洞、法眼、云门。《六祖大师法宝坛经》："吾本来兹土，传法救迷情。一花开五叶，结果自然成。"⑥丹青：古代丹册纪勋，青史纪事，丹青犹言史籍。高阁：封建王朝为表彰功臣而建筑的高阁，绘有功臣画像，如唐太宗画功臣像于凌烟阁上。⑦飞鸾：飞翔的鸾鸟。

## 寄苏公①

春风一别年将尽，相忆空传半截诗。

想尔独吟逢客到，及余来访又他之。

门前老仆担新雪，灶上寒灰覆旧磁②。

见说我行君便返，人生离恨是今兹。

【注释】　①此诗道尽了函可师与苏公，乃莫逆之交也。苏公：苏筑，见卷六《怀苏筑》注①。②磁：同"瓷"。

## 寄我公①

布帽疏棍雪积须，砚田半熟谩长吁。

看君此意存三代，念我当年共一盂。

壁倒不妨麋鹿人，道穷终怯马牛呼。

残冬暂耐寒将尽，自有春风动破襦。

【注释】 ①函可师寄语我公（我存），二人义结金兰，若了性悟空，自然靥笑春风。

## 寄孝公①

君到荒山云已出，我寻破壁砚仍余。

三更共卧吹残骨，几日重离恨索居。

采药已惊林有豹，弹琴何患食无鱼②。

为君仔细谋生事，毕竟无过读父书。

【注释】 ①函可师寄语孝公，不必为生活忧虑，子承父业，可矣。②食无鱼：齐人冯谖，初期不受孟尝君器重，居有顷，倚柱弹其剑，歌曰："长铗归来乎！食无鱼。"后遂以"食无鱼"为待客不丰或不受重视、生活贫苦的典故。

## 寄谦公①

岁岁年年愁雪下，年年岁岁望云飞。

风吹寸草心俱碎，手把残编腹又饥。

朋好几人予最老，乡关万里日还晖。

梦中频见应频问，果是人归是梦归。

【注释】 ①函可师寄语谦公，感叹知己寥寥，饥寒交迫。

## 赠冯公①

静如秋月气如潮，未老惊看鬓渐凋。

挟策长歌来远碛②，辞家短剑自前朝。

巫间烟雨题千尺，沧海风沙见一毛。

但使旧乡看昼锦③，急将双袖伴僧瓢。

【注释】 ①此诗写赠冯公。此人远涉边地，拟取功名，犹是南柯梦里人。②挟策：手持简策。比喻勤奋读书。③昼锦：富贵还乡。

## 赠冠公①

当时劝我还山好，此日逢君出塞行。

两世论交余袜子，十年忆别尚书生。

彩衣暂换悲荒戍，谏草还留感圣明②。

寄语雁行休怅望，金鸡早晚下龙城③。

【注释】　①此诗写赠冠公。盖冠公者，因谏获罪，流放边地。函可师劝慰其振作精神，定会得到朝廷恩赦。冠公：季开生，亦称天公，见本书第七卷《闻天公病》注释。②谏草：谏书的草稿。③金鸡：赦免罪犯的日期。龙城：古城名，今辽宁省朝阳，泛指被流放的边城。

## 晤冠公寄呈其尊人①

十年前话大江浔②，手把绨袍泪渍襟③。
自别以来知罪重，相思无奈感恩深。
藏身苍翠人三代，绕膝斓斑玉一林④。
百尺长枝移远碛，梦中应见伴僧吟。

【注释】　①此诗写晤冠公寄呈其尊人。十年前，函可师负罪流放边地，与友人在江边洒泪分别。冠公一家也因世乱，隐居起来。如今，冠公因谏获罪，流放边地，令函可师感叹。尊人：此处指冠公的长辈。冠公：季开生，亦称天公，见本书第七卷《闻天公病》注释。②浔：水边。③绨袍：战国时范雎在魏国须贾手下做事时受辱，后范逃到秦国并做了秦国的宰相。贾出使到秦，范雎装扮成穷人去见贾。贾见他很穷，就给了他一件绨袍。范雎因眷恋故人之情，就没有杀贾。后以"绨袍"比喻故旧之情。④斓斑：颜色错杂鲜明。

## 和木公来韵①

闲来但借邺侯书，短发萧萧亦自如。
已识浮生皆客寓，得逢欢笑即吾庐。
乞飧粗饭心无事，补句残诗习未除。
偶欲寻山成隔别，尔音频寄莫教疏。

【注释】　①盖浮生若梦，轮转无穷。恬淡自适，粗茶淡饭，不亦乐乎。木公：李呈祥，见卷四《木公以闵茶寄山中感》注①。

## 德公约分半榻，兼许春来代营茆屋①

见我孤贫此念深，把茆无计冷风侵。
夜长许共维摩榻②，福薄难消长者金。
枵腹尚能留瓦钵③，残躯只合撇空林。

未曾得罪从飘泊，况续余生直到今。

**【注释】** ①函可师感叹德公乃肝胆相照、同甘共苦的道友。②维摩：维摩诘，早期佛教著名居士、在家菩萨，意译为净名、无垢尘。《维摩诘经》以鸠摩罗什所译最为流畅，评价最高，流传也最广。③枵腹：空腹，谓饥饿。

## 秋尽锡公江南回相见①

去时正逐飞鸿去，来日还逢是去鸿。
斯世几能怜范叔②，有人犹自问洪公③。
江涛秋色携双袖，贝叶新诗共一筒。
客梦最怜翻在碛，牛衣依旧耐寒风④。

**【注释】** ①此诗道尽了函可师的孤苦和凄凉。②范叔：战国魏人范雎，字叔。参阅前释"晤冠公寄呈其尊人"。唐·高适《咏史》："尚有绨袍赠，应怜范叔寒；不知天下士，犹作布衣看。"③洪公：洪皓，宋鄱阳人，字光弼。建和中假礼部尚书使金，金人迫降，洪不屈，被拘十五年。这期间屡派员向宋朝密报金国虚实，时人比之为汉朝的苏武。④牛衣：牛衣对泣，典故名。典出《汉书·王章传》。汉代王章为诸生，学于长安，生病无被，躺在牛衣（给牛御寒用的）中，向妻涕泣、诀别。遂用"牛衣对泣"谓夫妻共守贫穷，或形容寒士贫居困厄之态。

## 诸公送余出郊，心公诗先成，赋和①

平生不作有情别，此日河桥泪欲垂。
共是异乡愁独往，非关绕树叹无枝②。
因君马上临岐句③，添我山中静夜思。
衰病况兼寒雪重，春来杖屦未须期。

**【注释】** ①此诗描述，送友上路，依依惜别，令人感叹。②绕树叹无枝：出自曹操的《短歌行》："绕树三匝，无枝可依。"意思是没有栖身之所。③临岐：到歧路之处，意为分道惜别。

## 闻与公与谦公同榻①

文章岂莫奈贫何，佛火凄凉影薜萝。
下榻几人曾不顾，闭门惟雪喜同过。
冻毫呵后争先草，浊酒干来共和歌。

深夜漫言乡国梦，残毡较泪竟谁多？

【注释】　①此诗写与公和谦公，以苦为乐，诗酒动人之境界。

## 哭晋中张子①

群雁声摧影独依，文章啮尽腹终饥。
北堂自绕黄沙梦，东阁仍开白板扉。
剑铗不弹声欲绝，发肤既尽骨思归。
游魂无禁知先到，寒极还应索舞衣。

【注释】　①晋中张子，乃贫寒之士。本欲求取功名，终成异乡孤魂。今函可师哀叹不已。

真乘，予同门弟也。前腊辞师欲出塞相访，以父在迟迟①。其父呵之曰："而兄不知死所，道谊之谓何？"遂含泪出门，不数月其父已逝。讣音至塞，而杖屦杳然②，引领西风，感而有怀

几年峰顶忆辽阳，三拜辞师哭雁行。
我骨尚能支大窖，而翁早已掷浮囊③。
死生总为交情重，星月宁愁道路长。
锡影不飞冬又暮④，西风翘首思茫茫。

【注释】　①此诗道尽了真乘师弟对函可的深深情谊，以及函可对真乘师弟的深深思念。以：因为。②杖屦（jù）：对同门师弟真乘的敬称。③浮囊：浮水的气囊。渡海之人预防溺水之物。④锡影：僧人的身影。

## 哭圆实①

### 即真乘父也

扶子携孙入化城，闽天风雨草鞋轻。
此生已了人间事，到死还添塞外情。
万里冰寒含泪遣，一池花发撒衣行。
瓣香欲寄黄沙隔，孤雁无声月自横。

【注释】　①圆实，真乘父也，扶子携孙，全家向道。今者，莲池花开，往生净土，令

函可师慨叹不已。

# 遥哭录用、道广两仆①

## 有小引

　　录用执役先子几三十年，道广亦不下十余年。生性淳朴，以故郭内外遗产皆其管理。丁亥而后，诸弟相继尽节，当事执二人，追其产，二人私相语曰："二三孤幼在，将何所存活？"因誓死不言，同毙于狱。呜呼！谁谓死真易耶？

> 此日谁能话感恩，相将含泪共酸辛。
> 但留尺寸还孤子，不向诗书学古人。
> 狱底沉埋双剑气，天涯凄断一僧身。
> 最怜大义归僮仆，乱世交亲未敢论。

【注释】　①函可师感叹录用、道广两仆，乃义薄云天之人，虽死而永生矣。

## 千山诗集卷十二

博罗剩人可禅师著　书记今羞编

# 七言律四

## 寄答金道人①

### 有引

予未剃发时，金道人隐予止园，相得甚欢。及余结茅华首②，道人又来相访，盘桓月余。从此世事波腾，云踪缥缈十五年矣。去冬道人书来，并寄所篆小印，乃知道人左右空老人③。且喜且叹，因而有赋。

故园花底忆同吟，结草峰头著屐寻。
独鹤一飞云路杳，双鱼重问海波深④。
山川已烂余残石，城郭俱非只寸心。
翘首黄龙酬唱处⑤，真人天际泪横襟。

**【注释】**　①函可师与金道人乃多年至交，现今国破家亡，人物俱非，令函可师叹息不已。②结茅华首：函可师在此出家修行。华首，华首寺又名华首台，罗浮山西麓，是著名的佛教圣地，被称为罗浮山第一禅林，相传唐代有五百华首真人会集于此而得名。③空老人：指函可师的剃度师空隐老人道独禅师（1600—1661），明末曹洞宗僧。南海（今广东）人，俗姓陆，号宗宝，别名空隐。世称空隐宗宝、宗宝道独禅师。崇祯十三年（1640年），二十九岁的函可，别母抛妻，赴江西庐山，拜空隐老人道独为师，出家为僧，法名函可。④双鱼：古义借指书信。出自汉·无名氏《饮马长城窟行》："客从远方来，遗我双鲤鱼，呼儿烹鲤鱼，中有尺素书。"⑤黄龙：临济宗黄龙派初祖，宋代禅宗高僧，世称"黄龙慧南"。

## 寄答定者法侄①

再拜榕溪不可知，我行颠险汝流离。

弓刀遍处还三匝，乡国残来剩一丝。
闽海惊涛亲问话，远天深雪望题诗。
迩年神鼎衰逾甚②，只愿汾州有此儿③。

【注释】　①函可师回复定者法侄，诉说自己家国残破，身陷囹圄，近年来愈发衰老，盼望其有所成就。②迩年：犹近年。神鼎：参阅道藏，此处应指身体。③汾州：位于山西省。汾州府是明清时期的九府十六州的大府之一。

## 木公新斋成题寄①

布帽荷锄自辟莱，把茆小筑近城隈②。
木天分取遮遗卵，藜火还将爇死灰③。
大雪齐腰仍蠹简，西风开口共残杯。
棋枰诗草留余隙，好待孤云出岫来。

【注释】　①函可师寄题木公新斋落成，木公隐居向道，闲暇时以棋诗自娱，生活清贫惨淡，而能独善其身，不改其乐，令函可师叹服。木公：李呈祥，见卷四《木公以闵茶寄山中感》注①。②城隈（wēi）：城角。城内偏僻处。③藜：一年生草本植物，茎直立，嫩叶可吃。茎可以做拐杖，亦称"灰条菜"。爇（ruò）：烧。

## 寄题楚女尸①

### 有引

江上渔人，举网得尸，颜面如生，衣皆密缝。臂系白绫，上题绝句十余首，不言姓氏，盖楚女被获，恐为强暴所污而赴之江者。李太翁传其诗于塞上，予哀而赋之。

雪底挑灯续楚词，灵均何必是男儿？
恨留青冢黄沙污，拚掷红妆白水知。
半夜惊涛酬绝句，一江新月鉴双眉。
不传姓氏人间恧②，母也如天自谅之③。

【注释】　①此诗写函可师感叹楚女凄惨的命运。②恧（nǜ）：自愧。③母也如天自谅之：意思是可以自己原谅。化典于《诗经·鄘风·柏舟》："泛彼柏舟，在彼中河……之死矢靡它。母也天只！不谅人只！"

## 题铁岭燕巢①

雪公铁岭寓舍有燕巢，从者嫌其沾污，欲毁之，公止焉。燕呢喃若感，遂移巢舍旁。公为文以纪其事，予感而有赋。

> 巷口荒芜旧路迷，移巢将鷇傍山溪②。
> 未能仙峤同高翮③，敢向穷檐恨落泥。
> 似惜衣冠惊避远，难忘恩谊故飞低。
> 门前便是鹰鹯集④，纵有雕梁未可栖。

**【注释】** ①此诗写燕子移巢，盖其心有灵犀，通人性矣。②鷇（kòu）：需母鸟哺食的雏鸟。③仙峤（qiáo）：仙山。高翮（hé）：高飞。翮，翅膀。④鹯（zhān）：似鹞鹰的猛禽。

## 寄江士辉①

### 详纪事

> 惊看片纸到寒边，纳纳乾坤一少年②。
> 独向覆巢收落羽，又从余烬授残编③。
> 微言岂为怀孤钵，大义真堪起九渊④。
> 和泪焚香开口笑，世间世出只如线。

**【注释】** ①此诗写少年江士辉，孤身一人，有情有义，心向大法，令函可师欣慰。②纳纳：大而包容貌。唐·杜甫《野望》诗："纳纳乾坤大，行行郡国遥。"③余烬：火烧后的余下的灰。形容剩余的无价值的东西。④九渊：深渊。语出《庄子·列御寇》："夫千金之珠，必在九重之渊，而骊龙颔下。"

## 读赵公受偶尔吟①

> 一编偶尔寄穷荒，才读诗题泪已汪。
> 古道多年堙蔓草②，人间此日见文章。
> 三山一诺千金尽③，双袖长歌五岭香④。
> 再拜雪天重阅竟，杖头瞬息到家乡。

**【注释】** ①此诗写函可师读赵公受诗，涕泪横流，乃至有"人间此日见文章"之语。②堙（yīn）：堵，塞。③三山：位于南京西南板桥镇三山村的长江边，是南北相连、三峰并列的一座山。④五岭：指在湖南、江西南部和广西、广东北部交界处的越城岭、都庞岭、萌渚岭、骑田岭、大庾岭。

## 题江赵纪事后①

千金字字泪行行,三读谁能不断肠?
词客有心悲故旧,门人空手哭冠裳。
诸孤已见程婴谊②,万里全倾陆贾装③。
刻石镂肝非报德,人间万古亦荒荒。

【注释】　①此诗题江赵纪事,不知何指。料想其中的事迹,足以惊天地,泣鬼神矣。②程婴:春秋时晋国义士,千百年来为世人称颂。事迹见"程婴救孤"的典故。他与公孙杵臼之谊可感天地,胜于伯牙、子期之谊。③陆贾装:用以咏多财货之典。汉初,陆贾出使南越,南越王尉他赠千金之资裹于行囊之中。唐·杜甫《送魏二十四司直充岭南掌选崔郎中判官兼寄韦韶州》诗:"明白山涛鉴,嫌疑陆贾装。"

## 题文空新室①

### 即吾寓处也

门里青山门外溪,杖头刚与白云齐②。
不因老衲能偏好,那得长年此共栖。
抱病高眠随日暮,闲吟独步过峰西。
人生只此真堪老,况有松花共鸟啼。

【注释】　①此诗写函可师喜得新居,胜仙家之福庭也多矣。文空新室:函可师言"即吾寓处也",地址不详。②杖头:手杖的顶端。

## 重寓文空新室①

岂有穷猿偏择木,到来此地便相宜。
云生榻底长听鸟,雪满峰头自赋诗。
难得主人终不厌,几多弟子尽如斯。
从今拗折乌藤杖②,久病无能力已衰。

【注释】　①此诗写函可师对新居喜出望外。②拗折(ǎo shé):断折。

## 证西堂新创落成二首①

插将茎草地逾幽,况有长松溪水流。

四面尽容千指绕，一劳便可百年休。
梧桐已种宁忧凤，江海无机自任鸥。
何日雨花峰顶上，愿随龙象一抬头。

敢负心期力已非，年来多病愿俱违。
门庭既立仍虚待，云水行看此地归。
横出一枝犹寂寂，曾经三棒自依依。
客床半尺须频扫，拄杖时来问翠微。

【注释】　①此诗写西堂乃禅修闲居的好地方，自己多病，力不从心，仍可接引后学，
励志向道。

## 送宁古塔诸公①

已到边庭苦不禁，崎岖重复度荒岑。
不因客梦今逾远，谁识君恩此独深？
匝地总应承露遍，长途终自怯风侵。
天心无外春将到，自有金鸡出上林②。

【注释】　①此诗写送宁古塔诸公，千秋古道，来日有时，祝其好去珍重！宁古塔：位
于黑龙江省牡丹江市，是清政府设在盛京（今辽宁沈阳）以北统辖黑龙江及吉林广大地区
的军事、政治和经济中心。清朝将重犯流放于此。②上林：见卷二《空城雀》上注②。这里
指朝廷。

## 赠魏、李两公子①

翩翩鲁国两书生②，春日同生塞外情。
白马并驮黄卷重，黑貂新换彩衣轻。
暂将菽水心无恨③，纵是晨昏涕愈横。
子舍未容难久恋，回头漠漠暮云平。

【注释】　①此诗为赠魏、李两公子，盖此二子与函可师略有师生之谊，故难舍难分。
②翩翩：举止洒脱。③菽（shū）水：豆与水。指所食唯豆和水，形容生活清苦。

## 寄阿象侄①

细想形容十载余，口呼伯伯手持书。

未知何日重看汝？已恐相逢不识子。

大难屡丁年正弱②，奇恩略述泪盈裾③。

好将两弟无穷话，到此难云只有歔④。

【注释】　①此诗写给法侄阿象，他与函可师分手十载，屡经磨难。今者，汝兄弟问候至此，令函可师唏嘘不已。②屡丁：不止一次遭受。③裾：衣服的大襟。④歔（xū）：叹息。

## 寄陈公路若①

### 有引

丙寅秋②，予侍先子南都署中③，木樨盛开④，月峰伯率一时词人赋诗其下。予虽学语未成，窃喜得一一遍诵。及剃发来南与茂之相见⑤，已不胜今昔之叹，今投荒又八年矣。赤公至，述长安护法，首举陈公为吾乡人，即木樨花下赋诗人也。乡国荒芜，亲朋凋谢，还思太平乐事，益增感怆。偶因便鸿⑥，诗以代札⑦。

三十年前一小儿，木樨花下共题诗。

于今老大投寒碛，独向冰霜忆旧时。

岭徼亲知无复在⑧，石头宾客更谁遗。

闻人说道陈公好，洒泪空缄一问之⑨。

【注释】　①此诗写给陈公路若。国破家亡，亲朋离散，听闻陈公健在，函可师欣喜异常，写诗问候之。②丙寅：天启六年（1626）。③先子：称亡父。南都：南京。④木樨（xī）：桂花。⑤茂之：林古度（1580—1666）明末清初著名诗人。字茂之，号那子，别号乳山道士，福建福清人。诗文名重一时，但不求仕进，游学金陵，与曹学佺、王士贞友好。明亡，以遗民自居，时人称为"东南硕魁"。晚年穷困，双目失明，享寿八十七而卒。⑥便鸿：托人便中带的书信。鸿，借指书信。⑦札（zhá）：信件。⑧岭徼（jiǎo）：五岭以南地区。⑨缄（jiān）：书信。

## 大翁携来琴画砚帖俱典尽，感赋①

年来欲典已无衣，诸友相随愿尽违。

霹雳只从梦里听，云烟不向冷边飞。

田荒池涸端溪远，鸟死虫枯枣木稀。

独有老身无卖处，好携破卷共僧扉。

【注释】　①此诗写函可师清贫的生活。典：用实物作典押来借钱。大翁：左懋泰，见本书《千山剩人可和尚塔铭》注释。被函可誉为"塞外高松"，东海的"大老"，被当时辽沈地区的流人称为"北里先生"。

### 即事似冠公①

君多意气跨虹霓，为忆趋庭话昔时。
满县桃花谁再种，前朝冰鉴又同持②。
投荒后至推前辈③，倾盖新欢胜旧知④。
抖擞空囊分片雪，远公无酒恨攒眉⑤。

**【注释】** ①此诗写函可师的道友冠公，意气风发，识度雅正，令函可师叹服，分片雪以示敬意。冠公：季开生（1627—1659），字天中，号冠月，今江苏靖江市人。顺治六年（1649）进士，为翰林院庶吉士，后改礼科给事中、兵科右给事中。在朝期间，以直言著称，因言获罪被流放，史家称为"清朝第一谏臣"。②冰鉴（jiàn）：是古代暑天用来盛冰，并置食物于其中的容器。持：拿着，握住。③投荒：贬谪、流放至荒远之地。④倾盖：途中相遇，停车交谈，双方车盖往一起倾斜。形容一见如故或偶然的接触。⑤远公：慧远（334—416），东晋时名僧，雁门楼烦（今山西宁武）人，他是继著名高僧道安之后的佛教首领，因其大力弘扬净土法门，被后人尊为净土宗初祖。

### 重阳前一日予至沈，木公、雪公约游千山，不果①

雪里刚回杖未休，又逢二老约同游。
为贪一日重阳酒，深负千峰万壑秋。
逐客尚添猿鹤怨②，残躯宁抱虎狼忧。
莫因无妓抛双屐，松下还教片石留③。

**【注释】** ①此诗写木公、雪公约函可师同游千山，未能成行，略有遗憾。木公：李呈祥，见卷四《木公以闵茶寄山中感》注①。雪公：郝浴，见卷七《问雪公》注①。②逐客：指被贬谪远地的人。猿鹤：诗中指死于战乱的人。《太平御览》卷九六一引《抱朴子》："周穆王南征，一军尽化，君子为猿为鹤，小人为虫为沙。"③片石：石碑。

### 同赤公游千山，途中遇雨①

未曾说法雨花新②，一路云龙结胜因③。
天意欲施七岭泽，山灵先洗八街尘。
骨寒竹瘦衣增湿，石滑溪深步更迟④。

可惜岩峦无限景，会当日出见高旻。

【注释】 ①此诗写函可师同赤公游千山，途中遇雨，骨寒石滑，别有一番滋味矣。赤公：孙旸，见卷七《赤公书来赋答二首》注①。②雨花：指雨花台。南朝梁武帝时期，佛教盛行，有位高僧云光法师在此设坛讲经，感动上苍，落花如雨，雨花台亦由此得名。③胜因：佛教用语。殊胜之善因也。《佛说无常经》曰："胜因生善道，恶业堕泥犁。"④迍（zhūn）：困顿、艰难。

## 接本师书并衣杖诸物①

开缄百拜泪淋漓②，万里叮咛塞上儿。
饮水几人顽最苦，烧香七处远应知。
寄衣只为冰霜冷，还杖须怜步履疲。
话到曹溪终不可③，年来多病命悬丝④。

【注释】 ①此诗写函可师接本师书并衣杖诸物，表现了师生间深情厚意，另有嘱其传承法脉之意。本师：道独禅师（1600—1661），明末曹洞宗僧。南海（今广东）人，俗姓陆，号宗宝，别名空隐。世称空隐宗宝、宗宝道独禅师。②缄：书信。③曹溪：六祖慧能之别号。《大明一统志七十九》曰："韶州府曹溪在府城东南三十里，源出狗耳岭西流合浈水。"《皇舆考八》曰："韶州府曹溪，府城东南。梁时有天竺国僧，自西来泛舶曹溪口。闻异香。曰：上流必有胜地，寻之，遂开山立石，乃云：百七十年后当遇无上法师在此演法，今六祖南华寺是也。"④命悬丝：生命危险，朝不保夕之意。

## 寄答智师弟①

闽天万里见题诗，喜极翻令暗自悲。
力大有人飞岳顶，罪深如我掷边陲②。
座前花雨多飘散，乱后巾瓶仗护持③。
世事未知师已老，报君三字莫轻离。

【注释】 ①此诗写函可师回复师弟，赞师弟道业有成，叹师父已年老，嘱师弟好生服侍，莫要轻离。②边陲：边疆。③巾瓶：僧人用的手巾、瓶等，这里指佛寺里的一切器物。护持：维护保持。

## 寄法纬、渊雷、而思诸兄弟①

万壑千峰共掩扉，华台一下愿多违②。

旧时尚有几人在，远塞先分只雁飞。

师齿已衰兼久病，世途多难更谁依？

亦知不待殷勤嘱，大雪题诗泪湿衣。

【注释】　①此诗写给法纬、渊雷、而思诸兄弟，函可师感叹自己流放关外，世事多难，师父年老多病，嘱诸兄弟好生服侍。②华台：罗浮山华首台古寺。多违：多违背，不如意。

## 明藏主奉老人小影归，同诸子瞻礼①

面目分明锡不飞②，十年想见见还非。

攒眉只为群生苦，瞠目仍期一子归。

冰雪未沾头已满，巾瓶虽远影长依③。

诸公莫道无言好，泥首同瞻白日辉④。

【注释】　①此诗写明藏主奉老人小影归，函可师回想老人驻锡华首台十年，悲心切切，只等函可师早回，无奈他戴罪焚修，不能亲侍左右。瞻礼：宗教活动节，瞻仰礼拜。②锡：锡杖。佛教指出家人行路时所应携带的道具。③巾瓶：见本卷《寄答智师弟》注③。这里指出家人。④泥首：以泥涂首，表示自辱服罪。后指顿首至地。

## 明藏主闽回①

春晓辞家秋暮归，杖头偏与雁相违②。

去携塞雪江声冷，归散闽天月色辉③。

荔子乍尝思嫩蕨④，麻鞋已破抖尘衣。

逢人莫话西来事⑤，万里长风泪易挥。

【注释】　①此诗写明藏主从闽回来，万里征尘，异常艰辛。②杖头：以手杖比喻行踪。③闽天：指福建。④蕨：多年生草本植物，根茎长。嫩叶可食，根茎可制淀粉。⑤西来事：指佛教故事，达摩祖师来中土。

## 哭大茎①

同明吾藏主尸林入闽，还至石头②，卒于天界③

三人结伴两人归，一见西禅撒手飞。

莫为龙庭嫌雪重，却从天界恋花靠④。

夕潮竟渡乡情淡，晓梦仍悬旧愿违。

一榻几年今已矣，他生何处更相依。

【注释】　①此诗写哭大茎，盖大茎者乃一道人也，入闽还卒于石头，令函可师悲叹不已。②石头：南京。③天界：天界寺，位于南京市，是明朝京师三大寺之一。④花馡（fēi）：花香。

## 耻若、作么、定元刻新录回①

联袂归来晓露寒，更掀剩语泪重弹。

三春血溅燕支冷②，一吼声摧黑水干③。

鹫岭已嫌成逗漏④，曹溪又见起波澜⑤。

年来三复金人戒，罪我无辞只任看。

【注释】　①此诗写三个道友刻新录回来，盖禅法不拘泥语言、文字，法无定法，心无妄念即见佛性，故函可师对此无可无不可。②燕支：泛指北地，边地。③黑水：东北地区的黑龙江。④鹫岭：灵鹫山，又云鹫峰、灵山，在中印度。佛尝居此。《智度论》曰："耆闍崛山，即鹫头山，山顶似鹫，王舍城人因而名之。又王舍城南林中多死人，诸鹫常来食之，还集山头。时人遂名鹫头山，山最高大，多好林泉，圣人住处。"逗漏：透露，漏泄。⑤曹溪：见本卷《接本师书并衣杖诸物》注③。

## 与尸林①

长携一笠逐枯藤，浮月匡云许共登②。

既向石头悲断梗③，又从海岸觅残灯。

几人患难知余病，万里弓刀羡汝能。

最惜宝山亲到后④，仍将空手伴寒冰。

【注释】　①此诗写函可师忆起在罗浮山、庐山的禅修岁月，既而漂泊到南京，又从山海关流放到沈阳，感叹自己体弱多病，大悟后，知己寥落，生活凄凉。尸林：函可师的徒辈，生平不详。②浮月匡云：浮山和匡山。③断梗：断枝。④宝山：珍宝累积之山也。《心地观经六》曰："如人无手，虽至宝山，终无所得。无信手者，虽遇三宝，无所得故。"

## 赠祥光①

不向枯株学坐禅②，生涯只在镢头边③。

豆花香处云偏湿，瓜叶蔓时月更鲜④。

叉路泥深休纵步⑤，短窗风静好安眠。
何须更话西来事，雀上高枝噪暮天。

【注释】　①此诗为函可师示禅者祥光，勿学死坐不倒单，不可拘执走入歧途，饥来吃饭，困即眠，保持一颗平常心。②枯株：枯槁的树木。佛教徒称死坐参禅为枯禅。因其长坐不卧，呆若枯木，故又称枯木禅。③镬头边：谓锄之去草，日常生活中，饮食起居，未尝不意在镬头旁，以去秽去净，断凡证圣也。镬头，锄也。④蛮：不通情理。比喻没有成熟的状态。鲜：洁亮不干枯。⑤叉路：岔道，歧途。

## 哭邢孟贞①

未曾言病只言贫，书到秋残泪已频。
大窖尚留怀我句②，中原又丧老诗人。
颜分主簿吟边瘦③，道在襄阳厄处真④。
有子最怜遗卷在，鬼神长护石湖滨⑤。

【注释】　①此诗写函可师为邢孟贞的病逝而痛哭流涕，盖此人为清贫乐道的儒者。邢孟贞：见卷六《孟贞寄书不至》注①。②大窖：指北方边地。③颜：面容，脸色。主簿：古代官名。各级主官属下掌管文书的佐吏。吟边：意犹诗词中。④襄阳：湖北省襄阳市，中国历史文化名城，楚文化、汉文化、三国文化的发源地，历代为经济军事要地。厄处：险要之处。真：清楚，显明。⑤石湖：太湖支流，位于江苏省苏州古城西，以吴越遗迹和江南水乡田园风光见胜，拥有众多的古寺、古塔、古墓等。宋朝范成大晚年居此，自号石湖居士。

## 乙未生日四首①

清晓拈将一瓣香②，低头欲祝意茫茫。
闽天片笠风涛恶，岭海丰碑草木荒。
出世既违千劫愿③，生人空断九回肠。
却惭岁岁当兹日，犹把余骸抵冷霜。

黄云稠叠日沉沉④，剩水残山一点心。
编简零灰留种在，门墙片瓦感恩深。
梅花夜夜飘荒戍⑤，雁羽年年向旧岑⑥。
每到余生寒不尽，几回搔首一孤吟。

孤身自昔况于今，尘梦醒来更不禁。

骨化仅余歌啸习，劫灰难了友朋心。

百年金石归浮沫⑦，四海龙蛇尚好音。

几个难非寒雁影，夜深长与绕空林。

是我何妨白昼过，匝天花雨亦蹉跎。

江河易返春无脚，乌鹊难飞雉有罗。

努力烟云兼短褐，关心天地况长戈。

亦知自古林林恨⑧，一一酬他泪点多。

【注释】　①此诗写函可师慨叹余生无多，低昂沉吟，似幽兰苦笑也。乙未：顺治十二年（1655）。②一瓣香：一炷香。③千劫愿：佛教语。多指无数灾难。④稠叠：稠密重叠，密密层层。⑤荒戍：荒芜的边塞之地。⑥旧岑：曾经的山岭。指故乡。⑦浮沫：漂浮的泡沫。比喻轻微。⑧林林：众多。

## 寄顺天法主①

多年石壁坐空寥②，问法归来兴独饶③。

砂碛声传金殿鼓④，海门波涌浙江潮⑤。

雨花忽向冰天下⑥，鹿豕何烦玉麈招⑦。

懒慢无心非退席，深山大雪亦齐腰。

【注释】　①此诗写给顺天法主，赞其多年为法忘躯，入道稳实，现为禅门兴旺贡献良多，有声有色，并婉拒其出山开法的邀请。②空寥：空旷，寂静。③饶：多。④砂碛：荒漠。金殿：泛指皇宫正殿。⑤海门：此指钱塘江入海口处。⑥雨花：见本卷《同赤公游千山，途中遇雨》注②。这里借指讲经说法。⑦鹿豕：鹿和猪。比喻山野无知之物。玉麈（zhǔ）：拂尘。

## 哭左吏部大来八首①

寻诗问道几绸缪②，八载交情一夕休。

拚取须眉埋大壑③，肯将肝膈付东流。

生前不异黄泉路，死去安同白玉楼④。

欲拟大招何处好，归来依旧是穷愁。

曾期哭我必公诗，岂料公先我自悲。

共洒十年前代泪，独留数卷后人思。

于今白社无陶令⑤，难把黄金铸子期⑥。
纵使故交扪雪至⑦，不知将剑挂何枝。

如此漂流死不辞，黑云如幕雨如丝。
世间无处堪容膝，地下何人共赋诗。
已并二难欣定论，未完一著哭残棋。
他生尚有投针约⑧，独献龙江水半卮⑨。

三更月黑漏迟迟，正是同君永别时。
残药已抛余宿火，孤灯还照旧题诗。
雁群入雾行应断，鹤子无阴和更悲。
我欲吞声吞不得⑩，杜鹃啼彻海东涯。

归心客恨渐能删，寒梦依然未许闲。
病久已知身是幻，朋来方识道维艰。
欲空世界看儿女，得外形骸任往还。
此去黄垆无禁令⑪，飘魂应已度劳山⑫。

三月寒边不见春，西风落日暗飞尘。
青山自爱文章鬼，白马都来放逐臣。
新句定将寻杜甫，续骚只可问灵均⑬。
不愁寂寞无知己，况有当年举案人⑭。

劝君自昔犹嫌晚，道气如君本自余。
白日幸同皈绣佛⑮，黄沙何必泣红鱼⑯。
不留积恨知浮沫，那得遗金只破书。
最好良朋相对死（公临死自言），
肯将点泪滴残裾。

吹埙直向首阳巅⑰，一掷愁城亦卓然⑱。
半世交游临死见，千秋诗句仗僧传。
尚平有托何须恨⑲，属国无归不自怜。
独惜唱酬冰雪惯，知君还赋和予篇⑳。

**【注释】** ①此诗写函可师为左公的离世而痛哭流涕，并表达了深深的缅怀之情。左吏部大来：左懋泰，见本书《千山剩人可和尚塔铭》注释。被函可誉为"塞外高松"，东海的"大老"，被当时辽沈地区的流人称为"北里先生"。②绸缪：缠绵，情意深厚。③拚取：抛弃，舍弃。须眉：指男子，此处指左吏部大来。大壑：大坑谷或大沟。古时人死填沟壑，这里表达对左吏部大来的敬仰。④白玉楼：指李贺死后升天为白玉楼作赋的典故。后因以为文人逝世。⑤白社：借指隐士或隐士所居之处。陶令：指晋陶潜。陶潜曾任彭泽令，故称。⑥子期：钟子期。春秋时楚人，精于音律，与伯牙友善。伯牙鼓琴，志在高山流水，子期听而知之。子期死，伯牙绝弦破琴，终身不复鼓琴。⑦扪（mén）：摸，冒着。⑧投针：下针，指机会。约：约会。⑨卮（zhī）：古时酒器。⑩吞声：不出声。⑪黄垆：犹黄泉，坟墓。⑫劳山：也叫崂山。位于今山东省青岛市东部。⑬灵均：屈原，字灵均。⑭举案人：相互敬重的夫妻。盖大来夫人已先其故去。⑮皈：指入佛教。绣佛：用彩色丝线绣成的佛像。⑯红鱼：木鱼，讲经设斋用得法器。⑰首阳：首阳山。武王灭商后，商末孤竹君的两个儿子伯夷、叔齐，他们耻食周粟，采薇而食，饿死于首阳山。⑱卓然：卓越，突出。⑲尚平：见三国魏嵇康《高士传》："尚长，字子平，河内人。隐居不仕。为子嫁娶毕，敕家事断之；勿复相关，当如我死矣。"后用为不以家事自累的典实。⑳和予篇：与诗人唱和的诗篇。

## 送登彻僧主香岩受具①

千里崎岖问翠微，香岩重启旧云扉②。
钵浮王气看龙起，锡度寒烟伴鹤归。
戒月高悬山寨冷③，雨花长傍寝园飞④。
从今天外尊惟独，白拂高悬任指挥⑤。

**【注释】** ①此诗写送登彻僧主受具足戒，并表达了对其殷切的期待。受具：佛教语。"受具足戒"或"受具戒"的略语。指比丘、比丘尼所应受持之戒律。②香岩：香岩寺，在千山南麓。③戒月：佛子受戒后一个月内的修习实践。④寝园：指陵园。⑤白拂：白色的拂尘。

## 雨中同诸老衲为左公持诵经咒①

茆堂漠漠雨沉沉，破卷寒云一世心。
殓后还来沙际鹤，爇余空挂壁间琴②。
久知此日无堪恋，又丧斯人更不禁。
梵呗鱼声浑是泪③，悲凉岂独自于今。

**【注释】** ①此诗写雨中为左公持诵经咒，零落悲凉，令人哀叹不已。咒：某些宗教或巫术中的密语。又称真言。左公：左懋泰。②爨（cuàn）：烧火做饭。③梵呗：和尚念经的声音，是中国佛教音乐原声的特称。鱼声：敲击木鱼的声音。

## 为左氏诸孤托钵①

见说遗经那可凭，敝籯残帙恨层层②。
修文独取多愁客③，乞食还余未死僧。
众口共餐朋友泪，游魂孤照法王灯④。
明知一粒须弥重⑤，坐视饥号自不能。

【注释】　①此诗写左氏诸孤，皆修福饭僧也。左氏：左懋泰。②敝籯（yíng）：破竹笼。残帙（zhì）：犹残卷。③修文：旧时指文人的死亡。④法王：佛于法自在，称曰法王。《法华经·譬喻品》曰："我为法王，于法自在。"元世祖尊蕃僧八思巴为大宝法王西天佛子。明代册封西藏法王者三人，名曰：大宝法王，大乘法王，大慈法王，皆红教喇嘛也。⑤须弥：相传是古印度神话中的名山。据佛教观念，它是诸山之王，世界的中心，为佛教的宇宙观。须弥的意思是"妙高""妙光""善积"等。

## 沈城即事①

生杀繇来总是恩，流离十载衲孤存②。
雁飞成字频遭射，金铸为人自不言。
迁史有文观未达③，巏公无命道弥尊④。
殷勤拜嘱劳劳客⑤，好向空花仔细论。

【注释】　①此诗写函可师叮嘱世人，不可庸庸碌碌，要返璞归真，了脱生死。②衲：僧衣。③迁史：司马迁所著《史记》之别称。达：通达。④巏（huò）公：鄂州岩头全巏禅师，泉州柯氏子。是一位著名禅师。曾经告诉大众说："老汉去时，大吼一声了去！"光启三年（887）四月初八，一大群贼寇蜂拥而至。他们责怪全巏禅师没有给他们供馈，于是用剑相刺。全巏禅师神情自若，大吼一声而终。其吼声传遍数十里地。后门人焚其尸，获舍利四十九粒，并为起塔。谥清严禅师。弥尊：愈加受人尊敬。⑤劳劳：惆怅忧伤的样子。

## 南塔即事①

旧好新知总莫论，弥天风雨自孤骞②。
大呼欲折将军树③，只手能招楚客魂④。
岂是艰难存古道⑤，独将毫发透空门⑥。

何当振袂春风起⑦，一拂寒沙彻底暄⑧。

【注释】　①此诗写函可师以南塔自誓，意欲努力向前，打破生死关。南塔：沈阳南塔寺，沈阳城南，今南塔尚存。②弥天：满天，漫天。孤骞（qiān）：同"孤鶱"，独自飞翔。③将军树：是一种植物，萝藦科水牛掌属植物。④楚客：屈原。⑤古道：古代淳朴厚道的风俗习惯，形容厚道。⑥空门：佛教之总名，以佛教主以空法为涅槃之门故也。⑦振袂：挥动衣袖。⑧暄：（太阳）温暖。

## 买老马二首①

历尽崎岖意不骄，崚嶒瘦骨自前朝②。
悲嘶晓月连孤磬③，徐踏山花过短桥。
齿长更无烦玉勒④，囊空犹未撤诗瓢。
谁言志在仍千里，伏枥还堪伴寂寥⑤。

骊山沙苑总荆榛⑥，暮景翻怜塞草新。
梦怯吹笳明月夜，别思啼鸟绿杨津。
身羸似学支公病⑦，价贱还因伯乐贫⑧。
几载冰霜愁力尽，何时重踏岭头春。

【注释】　①此诗写函可师以老马自喻，慨叹自己年老体衰，又对未来有所期待。②崚嶒：陡峭不平貌。形容马瘦的状态。③磬（qìng）：佛寺中使用的一种钵状物，用铜铁铸成，既可作念经时的打击乐器，亦可敲响集合寺众。④玉勒：玉饰的马衔。俗称马嚼子。⑤伏枥：马伏在槽上。比喻为壮志未酬而蛰居。⑥骊山：山名，在陕西临潼县东南。沙苑：陕西大荔南洛水与渭水间一大片沙草地。荆榛：指丛生灌木，多用以形容荒芜情景。⑦羸（léi）：瘦弱。支公：晋释支遁（道林）善清谈，有盛名，后来以"支公"泛称高僧。⑧伯乐：春秋时秦国人，姓孙名阳，善相马。

## 同天中、清臣、赤岩过山寺看花①

竹杖行过暗怆神②，同来况尽异乡人。
日光独照黄金地，天意还留紫塞春。
岭徼十年花是梦③，江南六代锦成尘。
可怜对此浑多泪④，不道空门泪亦频⑤。

【注释】　①此诗写函可师过山寺看花而伤感，因生惆怅而泪奔。天中：季开生

（1627—1659），字天中，号冠月，今江苏靖江市人。顺治六年（1649）进士，为翰林院庶吉士，后改礼科给事中、兵科右给事中。在朝期间，以直言著称，因言获罪被流放，史家称为"清朝第一谏臣"。清臣：生卒年不详。赤岩：孙旸（1626—1701），字寅仲，又字赤崖，自号荐庵，今江苏张家港人。清初学者、书法家，顺治十四年（1657）举人，因科场作弊案遭株连，谪戍尚阳堡多年，晚年居苏州，流连诗酒，著有《荐庵集》。②怆神：伤心。③岭徼（jiào）：指五岭以南地区。徼，边界。④浑多泪：全是泪。浑，全，满。⑤道：言，说。

## 天中同清臣、赤岩入山相访①

笔如岳立气如潮，远戍间关兴更饶②。
既挟金兰同绝漠③，又扶云水问空寥。
东山不独将棋至④，白社何须蓄酒招⑤。
谷口久无双屐响，⑥好烧松火话终宵。

**【注释】** ①此诗写好友入山相访，欢聚一堂，趣逸天外，实乃人生乐事。天中、清臣、赤岩：见本卷《同天中、清臣、赤岩过山寺看花》注①。②远戍：戍守边疆。间关：形容旅途的艰辛、崎岖。③挟：用胳膊夹着，挟持。金兰：原指坚固而融洽的交情，后来用作结拜为异姓兄弟姐妹的代称。④东山：浙江上虞县西南，晋谢安早年隐居此山，后以"东山"为"隐居"的代称。⑤白社：特指某些社团。清·钱谦益《茂苑相公谢政遄归招邀燕赏》诗之二："虫鹤变余存白社，劫灰飞尽表青山。"酒招：酒店的幌子。⑥屐：指鞋。

## 偕天中、清臣、赤岩游千山，因老马不前独回①

相期连辔陟崔嵬②，岩雨初晴蕨正肥。
匹马似将人共瘦，片云不与鹤争飞。
遥看浓雾知题壁，独傍残阳欲掩扉。
有石有松收拾遍，并携空翠满囊归。

**【注释】** ①此诗函可师写到"有石有松""空翠满囊"，盖平生所爱，尽在其中，益自适也。天中、清臣、赤岩：见本卷《同天中、清臣、赤岩过山寺看花》注①。②陟（zhì）：登高。崔嵬（cuī wéi）：高的土山。

## 落　花①

昏花片片逗中情②，流水溪头杖独行。

短笛叫残蝴蝶梦，疏钟飘堕杜鹃声。

冢边有草犹春色，树底无人空月明。

最苦一枝横出处，年年风雪自孤撑。

【注释】　①此诗写函可师黄昏时在山林中拄杖独行，又想起自己孤苦艰辛的遭遇。
②逗：停留。

## 雪公寄书入山，偶成二律①

何处堪逃乞食名，半龛残雪裹余生②。

莫愁壑浅云难卧，无那溪流水有声③。

飞矢漫追孤鹤影④，遗弦不作老龙鸣。

只今最恨千层石，难隔庾关万里情。

休道寻山山未深，冰崖木佛共萧森⑤。

寒钟不到疏林外，幽月空劳碧涧浔⑥。

狱沉顽铁还余气，爨后枯桐欲绝音⑦。

珍重故人相惜意，尺书真不数双金⑧。

【注释】　①此诗写函可师寥落半生，孤居山林。雪公寄书入山，函可师深感其惺惺相
惜之意，故谓"尺书真不数双金"，赞叹不已。雪公：郝浴（1623—1683），直隶府定州
（河北定县）人。号雪海，又字冰涤，号复阳。清顺治进士，授刑部主事，后改湖广道御史，
巡按四川。有节气，不畏权贵，不附势。因疏劾吴三桂而流徙奉天（今辽宁沈阳市），后迁
铁岭。读书讲学于银岗寓所，益潜心于义理之学，注周义解古。士人宗之，称为"复阳先
生"。康熙十二年（1673），吴三桂果叛。十四年（1675），特旨召还，复授湖广道御史，迁
左金都御史、左副都御史。后仕至广西巡抚。巡盐政，赈灾荒，治善后，有政绩。康熙二十
二年（1683）卒于任所，赐祭葬。②半龛：供奉佛像或神位的石室或小阁。③无那：无奈，
无可奈何。④飞矢：射出的箭。⑤萧森：潇杀，阴森。⑥浔：水边深处。⑦爨（cuàn）：见
本卷《雨中同诸老衲为左公持诵经咒》注②。⑧双金：双南金。喻指宝贵之物。

## 喜阿字至①

甐铍双袖碧天遐②，路滑霜寒日未斜。

荒冢觅穷闻鹤语③，残毡啮尽摘松花④。

匡山云月应无别⑤，辽海风涛漫独嗟。

知子远来非有意，久拚吾骨掷龙沙⑥。

【注释】　①阿字，乃函可师法侄。今者远来，令师欣喜，略带辛酸。阿字：今无（1633—1681），字阿字。番禺人。本万氏子，年十六，参雷峰函昰，得度。十七岁受坛经，至参明上座因缘，闻猫声，大彻宗旨。监栖贤院务，备诸苦行，得遍阅内外典。十九岁随函昰入庐山，中途寒疾垂死，梦神人导之出世，以钝辞，神授药粒，觉乃苏，自此思如泉涌，通三教，年二十二奉师命只身走沈阳，谒师叔函可，相与唱酬，可亟称之。三年渡辽海，涉琼南而归，备尝艰阻，胸次益潇洒廓落。再依雷峰，一旦豁然。住海幢十二年。清圣祖康熙十二年（1673）请藏入北，过山东，闻变，驻锡萧府。十四年（1675）回海幢。今无为函昰第一法嗣。著有《光宣台全集》。清·陈伯陶编《胜朝粤东遗民录》卷四有传。②氎毿（lán sān）：指萧条垂落的景象。《古尊宿语录》卷六："抖擞多年穿破衲，氎毿一半逐云飞。"退：远。③荒冢：荒凉的坟墓。鹤语：鹤乃飞，徘徊空中而言曰："有鸟有鸟丁令威，去家千年今始归。城郭如故人民非，何不学仙冢垒垒。"遂高上冲天。后因以"鹤语"指劝人学仙。④啮：咬。⑤匡山：见卷四《豆叶》注②。⑥龙沙：古时指我国西部、西北部边远山地和沙漠地区。此处指塞外沙漠荒凉之地。荒漠。

## 和栖贤和尚见寄韵①

鈯斧东来话近因②，寸缄未达共沾巾③。
艰难菽水愁孤钵④，潦倒风沙泣罪人⑤。
入夜笳声传雁塞⑥，何年斗气合龙津⑦。
乡关逾远师颜老，橹断遥知梦又频。

【注释】　①此诗写自己流放边地，孤苦凄凉，乡关万里，思念师父及同参道友，几若前尘宿梦，不禁涕泪之沾巾也。②鈯（tú）斧：不锋利的斧头。③寸缄：谦称自己写的书信。④菽水：豆和水。⑤潦倒：颓丧，失意。⑥雁塞：泛指北方边塞。⑦斗气：牛斗之气。龙津：龙门。

## 丙申生日二首①

何如四十六年前，莫遣双眸见大千②。
随地不辞萦世难③，到边犹自愧风烟。
衰颜畏入南天梦④，冷骨无烦古佛怜。
抖擞尚余空布袋，逢人但乞一文钱。

每当此日雪风侵，罗岳匡庐泪又深⑤。

瀑水倾残初夜梦，梅花撩乱十年心。

门庭淡薄空多愧，天地高寒只独吟。

安得石梁添屐齿⑥，共拈一瓣礼孤岑。

**【注释】** ①此诗写于四十六岁生日，函可师哀叹自己凄凉孤苦的遭遇。丙申：顺治十三年（1656）。②大千：大千世界。③萦世：萦回于尘世。④南天梦：指函可师意归岭南家乡的想法。南天，南方。⑤匡庐：唐朝时期，匡山和庐山齐名，合称为匡庐。⑥屐齿：指足迹，游踪。

## 真乘先入匡山谒栖贤，后出塞访余，相见次始知其父圆实信①

相思每恨到来迟，把手相看喜复疑。

万里髑髅常作伴②，一瓢风雨自支饥。

伤心何限终难忍，开口仍留已尽知。

最好匡庐双剑合③，不禁回望白云悲④。

### 匡庐有双剑峰

**【注释】** ①此诗写函可师与同门师弟真乘相见时的情景，把手言欢，忆十年零落，瘦骨嶙峋，食材接气，无言更见无限的悲凉和惆怅。匡山：庐山。栖贤：天然和尚。见卷七《和天然兄初住栖贤韵》注①。谒：拜见。②髑髅（dú lóu）：通常用作危险警告，骷髅。③双剑：指匡庐的双剑峰。④白云：广州的白云山。

## 遥哭邹白衣①

### 精绘事

到死应知骨未摧，戴将白雪照泉台②。

江山纸上还留影，富贵生前幸不才。

短札几回通远碛③，长歌徒自委荒莱④。

尘埋双管厄亭冷⑤，从此梅花不必开。

### 双管瓶厄亭，公所隐处也。

**【注释】** ①此诗写哭悼邹白衣，江山留影，荒莱涕泗，无计留君住，梅花不必开。②泉台：墓穴。亦指阴间。③短札：简短的书简。远碛：遥远的荒漠。④委：抛弃，舍弃。荒莱：犹草莱。亦指荒地。⑤双管厄亭：原注"公所隐处也"，即邹白衣隐居之所。

## 和掌邦弟二首<sup>①</sup>

### 有小序

　　阿字出塞，简布袋破纸有二诗<sup>②</sup>，云是予族弟掌邦所寄也<sup>③</sup>。掌邦，名宗礼，从楚江入匡谒栖贤<sup>④</sup>，留十余日便辞，欲相访，业八阅月<sup>⑤</sup>，竟不知飘泊何所。呜呼！投荒以来<sup>⑥</sup>，骨肉凋残殆尽。乃不意复有掌邦其人，又复能作是语<sup>⑦</sup>，因和其韵，亦异地埙篪也<sup>⑧</sup>。

　　　袈裟一搭是吾忧<sup>⑨</sup>，万井风烟况未收。
　　　早是无家心已断，忽闻有弟泪重流。
　　　洞庭波泛孤鸿影，华表霜寒老鹤愁。
　　　两地月明遥共望，何时还照合江楼<sup>⑩</sup>。

　　　空囊墨化苍龙吼，野寺钟残黑雾屯。
　　　数代弓裘归马革<sup>⑪</sup>，十年心胆碎鸰原<sup>⑫</sup>。
　　　急将短铗弹庾岭<sup>⑬</sup>，莫遣长歌度蓟门<sup>⑭</sup>。
　　　荒垄遗编重拭目<sup>⑮</sup>，离支树下好招魂<sup>⑯</sup>。

### 附：掌邦原诗

　　　碧山风雨长离忧，湖海烟尘恨未收。
　　　有客扣镡歌六月<sup>⑰</sup>，何人击楫渡中流。
　　　数声鼓角斜阳暮，两地飞鸣鸿雁愁。
　　　庾信江南哀不断<sup>⑱</sup>，更堪王粲赋登楼<sup>⑲</sup>。

　　　经旬雷雨蛟龙起，入梦云生虎豹屯。
　　　四海羽书飞白日<sup>⑳</sup>，十年戎马跃中原。
　　　但闻苏武辞金阙<sup>㉑</sup>，不见斑生入玉门<sup>㉒</sup>。
　　　紫塞黄榆千万里，沈阳花月欲消魂。

【注释】　①此诗写函可师接族弟诗，心有所感。诉说自己出家后，被流放到边地，听闻国破家亡，兄弟亲属捐躯，肝肠寸断，丹心吼血，可以上达昊天、下贯黄泉矣。而族弟劝慰函可师，要牢记国恨家仇，不应漠然无为，终老于禅林。②简：检查，检验。③予族弟掌邦：我的同族兄弟掌邦。④匡：庐山。栖贤：指函可师兄函昰。⑤业八阅月：经八个月。⑥投荒：贬谪、流放至荒远之地。⑦是语：指"破纸有二诗"。⑧埙篪（xūn chí）：皆古代乐器，二者合奏时声音相应和。因常以"埙篪"比喻兄弟亲密之情。⑨一搭：一穿上。⑩合

江楼：古迹名。在今广东惠阳县城外，东江西江合流处。宋·苏轼《迁居》诗引："吾绍圣
元年十月二日至惠州，寓居合江楼。"⑪弓裘：谓父子世代相传的事业。马革："马革裹尸"
的省称，意为战死沙场。⑫鸰原：建立兄弟友爱之情的地方。⑬铗：剑把。代指剑。庾岭：
山名。即江西省大庾岭。为五岭之一。⑭蓟门：蓟丘，在今北京市德胜门外。⑮荒垄：荒
坟。⑯离支：亦作"离枝"。即荔枝。⑰扣镡（xín）：击剑，敲剑。镡，指刀、剑之柄与刀、
剑之身连接处的两旁突出部分。⑱庾信：字子山，南阳新野人，善诗文，与徐陵齐名，晚年
著《哀江南赋》。⑲王粲，字仲宣，博学多识，文思敏捷。建安七子之一，后归曹操，任丞
相掾，累官至侍中，有《登楼赋》。⑳羽书：古代插有鸟羽的紧急军事文书。㉑苏武：西汉
人，字子卿。出使匈奴被扣留，迫降不屈，北海牧羊十九年。昭帝时返归汉，赐关内侯。金
阙：匈奴王朝。㉒班生：班，应为"班"。班超，扶风人，字仲升，班彪少子。汉明帝永平
十六年（73），率三十人出使西域，使西域五十多城获得安宁。在西域三十一年，官至西域
都护，封定远侯。玉门：古玉门关。

## 遥哭润季兄同二见、六在诸侄①

润季父于予为诸伯②，官融邑令③

黑雾黄旗白昼昏，哭携犹子问乾坤④。
到死不知仁义尽，入江翻见发肤存。
竟使崖门多气色⑤，始看融县有儿孙。
鸰原湿遍年年泪，那得余声更好吞。

【注释】　①此诗写遥哭润季兄及诸侄，他们皆赤胆忠心，扬名显亲，为国捐躯，函可
师怎能不痛哭流涕。②诸伯：父亲的兄长。③融邑：当为柳州融县。邑，城市，都城。④犹
子：侄子。⑤崖门：在广东省。形势险要，是扼守南海的门户。⑥气色：景色，景象。⑦鸰
（líng）原：比喻兄弟友爱，急难相扶持。鸰，水鸟。

## 得柱江书并诗，因怀与治、伯玉、季纳诸昆季①

曾看舞象大江秋，一礼袈裟意莫俦②。
短铗那知湖海阔，空囊欲揽地天愁。
燕歌一夜悲沙漠③，鹤梦千年返石头④。
桃叶无情潮寂寞，何时花底共登楼。

【注释】　①此诗意谓辜负高歌青眼望，流落边地，屈指空过，何时相聚？问天不语。
昆季：兄弟。长为昆，幼为季。与治：见卷六《读顾与治书并见怀诗》注①。伯玉、季纳：

二者生卒年不详。②莫俦：没有相比的。俦，相比。③燕歌：泛指北方燕地的歌谣，其声悲壮。④鹤梦：谓超凡脱俗的向往。石头：石头城，位于今南京市西清凉山上，三国时孙吴就石壁筑城戍守，称石头城。后人也以石头城指建业（今南京）。

## 闻柱江将至①

笑指天山气独豪，先持尺素报吾曹②。
长城雪压龙文动③，野戍云开马首高④。
歌发欲呼犹子梦，泪飞先湿老僧袍。
荒魂招尽情无尽⑤，收拾岩烟并海涛⑥。

【注释】 ①此诗写柱江意气风发，函可师郁结之心，似有所动，然一想到自己贫病老迈，壮心顿息。②尺素：书写用的一尺长左右的白色生绢，借指书信。吾曹：犹我辈。③龙文：龙纹。④野戍：指野外驻防之处。⑤荒魂：荒野鬼魂。⑥岩烟：山峦雾气。

## 遥哭丁善甫、梁渐子①

几回三笑度溪风②，话尽仙羊恨转蓬③。
桂树折残天地老，花砖踏碎水云空。
幸将短发皈黄面④，定有遗文化白虹⑤。
狮子独怜头尚在，雁声愁断大关东。

【注释】 ①此诗乃函可师伤亲悼亡之作。昔日与二友，朗笑溪风，魂系仙羊（今广州）。而今，独闻雁声，愁断大关东，令人哀叹。丁善甫：生平不详。梁渐子：梁佑逵，字渐子，别号纪石子。顺德人。明思宗崇祯十二年（1639）举人。南明唐王隆武二年（1646）后祝发为僧。著有《绮园》《蕉筒》等集。事见清道光《广东通志》卷七六。②三笑：佛门传说，虎溪在庐山东林寺前，相传晋僧慧远居东林寺时，送客不过溪。一日，陶潜（陶渊明）、道士陆修静来访，与语甚契，相送时不觉过溪，虎辄号鸣，三人大笑而别。后人于此建三笑亭。③仙羊：《广州通志》云，广州府五仙观。初有五仙人，皆持谷穗，一茎六出，乘五羊而至。仙人衣服，与羊同色，五羊俱五色，如五方。既遗穗与广人，仙忽飞升而去。羊留，化为石，广人因即其地祠之。恨：遗憾。转蓬：随风飘转的蓬草。④皈黄面：指皈依佛教。佛祖释迦牟尼在禅籍中常被称作"黄面老、黄面老子、黄面瞿昙"等，这是因为佛是金色相，所以称其为黄面。⑤白虹：虹霓。

## 遥哭梁同庵①

栖贤哭诗有"半榻寒灯风雨旧"之句

旧乡朋好委荒榛②，两见书来尔是人。
已买草鞋参碛雪③，旋将药裹别江春④。
寒灯半榻愁尊宿，彩袖空堂泣老亲。
从此花田无鹤梦⑤，游魂应度雁门津⑥。

**【注释】** ①梁同庵，乃函可师兄函昰居家弟子也，为师所识。此人与函昰约期，誓证大法，行脚参访，不辞劳苦，无奈体弱多病，竟死于途中，怎能不让人痛哭流涕？②委：置。这里指贬谪或流放。荒榛：杂乱丛生的草木。比喻荒芜之地。③碛（qì）雪：沙石中的雪。④旋：转回。药裹：药包，药囊。⑤花田：指内心。鹤梦：见本卷《得柱江书并诗，因怀与治、伯玉、季纳诸昆季》注④。⑥雁门津：雁门关，在雁门山顶，自古就是戍守要地。

## 即　事①

雪底纷纷望旧关，凤书先取一人还②。
来时雾雨遮黄阁③，去日风云起白山。
不筑沙堤皇道荡④，重围玉带舞衣斑⑤。
好图一幅流民苦，枫陛从容动圣颜⑥。

**【注释】** ①此诗欲言又止，意谓百姓流离而皇恩浩荡的样子，读起来令人心生不快。②凤书：诏书。③黄阁：丞相听事的地方。指代最高权利机构。④皇道荡：皇恩浩荡。⑤衣斑：彩衣。⑥枫陛（bì）：谓朝廷。从容：举动。圣颜：圣容。

## 喜戴三谒文庙①

黄沙黑水亦衣冠，庙貌荒凉礼乐残。
夫子随时无不可，流民好学是为难。
已看彩笔能生气，莫道青衫足耐寒。
地下江西生死望，看花骑马踏长安。

**【注释】** ①此诗写戴三谒文庙，此文庙应在盛京（今辽宁沈阳）。1636年，皇太极在此建立满清国。1644年清世祖顺治，定都北京，以盛京为陪都。1648年，函可师被流放到此地。而此时，全国战乱频仍，很多百姓流落到此地，满目疮痍，礼崩乐坏，函可师慨念故园。戴三：见卷五《赠戴三》注①。

## 送魏、李二公灵榇回二首①

金鸡昨夜到阴山②，带雪锄冰泪莫潸③。
无限生人妒死骨，极怜死后似生还。
童男幼女辞寒碛，素幔灵辀向旧关④。
料得黄垆开口笑⑤，一齐泥首拜龙颜⑥。

白水吞声各一杯，游魂初下望乡台⑦。
共归齐鲁丘园旧⑧，但过城头鼓角哀。
泉底翻能见天日，沙边何必尽风雷。
阳春枯骨多生肉，从此关门日日开。

【注释】　①此诗写送魏、李二公灵榇回齐鲁故里，从此音容不见，令人有萧然出尘之叹。灵榇（chèn）：灵柩。②金鸡：古代大赦日置金鸡于木杆上，以示吉辰。③潸（shān）：流泪。④素幔：丧家所用之白色帷幕。灵辀（ér）：丧车。⑤黄垆：见本卷《哭左吏部大来八首》注⑪。⑥泥首：指顿首至地。龙颜：借指帝王。⑦望乡台：原指古代久戍不归或流落外地的人为眺望故乡而登临的高台，随着道教鬼神观念的成熟和佛教地狱体系的引入，道教逐步把望乡台从现实建筑演变为虚幻存在，成为神话传说中，进入地狱的鬼魂们可以眺望阳世家中情况的地方。⑧齐鲁：山东省。丘园：家园。

## 寄无坏师①

掷却儒冠换衲衣②，松门流水自栖迟③。
曾寻郑子论心史④，独向寒山问旧诗⑤。
寒草蔓蔓应未刬⑥，秋风飒飒易相思⑦。
东来白马君知否⑧，莫守孤岩日已欹⑨。

【注释】　①此诗写给无坏师，嘱其要扎扎实实，心无挂碍，莫守孤岩。②儒冠：儒生戴的帽子，后来代指儒生。③栖迟：亦作"栖犀"，游息。④郑子：郑思肖，字忆翁，号所南，连江人。宋末诗人、画家。宋亡以后隐居吴下寄食报国寺。擅长作墨兰，花叶萧疏而不画根土，意寓宋土地已被掠夺。自称三外隐人，著有诗集《心史》。⑤寒山：生卒年不详，唐代著名诗僧。寒山为隋皇室后裔杨瓒之子杨温，因遭皇室内的妒忌与排挤及佛教思想影响而遁入空门，隐于天台山寒岩，自号"寒山"。其诗通俗，表现山林逸趣与佛教出世思想，蕴含人生哲理，讥讽时态，同情贫民。后人辑成《寒山子诗集》。⑥蔓蔓：延展貌。刬（chǎn）：

旧同"铲"。削去，铲平。⑦飒飒：形容风吹动树木枝叶等的声音。⑧白马：东汉明帝时，西域僧人骑白色马从西域驮佛经来洛阳，舍于鸿胪寺，永平十一年（68）创建白马寺，为中国最早的佛教寺院。⑨欹：倾斜。

## 贺贵庵水灾①

深秋风雨苦连宵，瓶钵郎当一瞬漂。
庞老有船曾用载②，丹霞无佛不须烧③。
身家浮沫宁常聚④，性海狂澜尚未消⑤。
从此还山松月好，一枝犹自足鹪鹩⑥。

【注释】　①此诗写函可师贺贵庵水灾，盖参禅修道者，应心境一如，直向自己的性海里千锤百炼，这正是"缘生缘灭过光阴，一行一步一花新"。②庞老：襄阳庞居士，信佛，不剃发。举家入道，持其所有，沉入江中，以出售手编竹器为生。③丹霞无佛不须烧："丹霞烧佛"的故事。据《五灯会元·丹霞章》曰："丹霞禅师尝到洛东慧林寺，值天寒，遂于殿中取木佛烧而向火。院主偶见而呵责云：云何得烧我木佛？师以杖拨灰曰：吾烧取舍利。主云：木佛安有舍利？师云：既无舍利，更请两尊，再取烧之。院主自眉须堕落。"④浮沫：见本卷《乙未生日四首》注⑦。⑤性海：佛教语。指真如之理性深广如海。⑥鹪鹩（jiāo liáo）：鸟名。俗称巧妇鸟。

## 得浴予叔书①

年过八十兵戈后，一纸蝇头手自书②。
云外阿玄犹未死，眼前小隐已无余。
青衫裹骨归荒冢，黄口依人失故庐③。
郭外遗田祠内主④，几回洒血染残裾。

【注释】　①此诗写函可师得长辈手书，老少无依，死走逃亡，孤魂无祭，说不尽的凄凉。②蝇头：指像苍蝇头那样小的字。③黄口：幼儿。故庐：旧居。④郭外：城外。

## 得九成弟书①

双鱼夜到鸭江滨②，先代弓裘不可论③。
骨肉尽凋余两弟，诗书能复让他人。
须知佛法无多子，那见儒冠定误身。
但自莫惭世出世④，临风三嘱泪犹频。

【注释】　①此诗写函可师接九成弟书，意谓不必论父子相传的事业了，如今自己向道焚修，定能解脱。②双鱼：见本卷《寄答金道人》注③。③弓裘：见本卷《和掌邦弟二首》注⑤。④出世：脱离人世的束缚。世，一生谓一世。

## 遥哭安仲叔<sup>①</sup>

一生半醉烂天真，到死依然未觉贫。
杯杓便当传后业<sup>②</sup>，袈裟终不忆前身。
竟呼儿女都随我，肯把须眉更向人<sup>③</sup>。
最苦一丝犹未断，年年挟卷哭江滨。

【注释】　①此诗写遥哭安仲叔，盖此人为函可师的道友，天真烂漫，嘱儿女追随函可师，令人慨叹。②杯杓（sháo）：亦作"杯勺"。饮酒用的器皿。借指饮酒。后业：后叶，后人。③须眉：指男子。

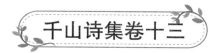

博罗剩人可禅师著　书记今羞编

# 七言律五

## 和谦公雪中见怀韵①

居山偏不喜看山，雪尽披衣偶启关②。

为有甚因千壑苦③，如何顿老一朝颜④。

忽思振策随云去⑤，才欲过桥又独还。

书报故人无一好，道心客梦已全删⑥。

【注释】　①此诗函可师意谓既已身披袈裟，就应无欲无求。逝者如斯，容颜已衰老，故人无一好？奈何奈何，珍重人生！见怀：表达心中之意。②启关：开门。③甚因：大因。④顿老：突然衰老。⑤振策：扬鞭走马。⑥道心：佛家语，意谓向道、修道之心。

## 大雪用栖贤寄阿字九江韵①

任风飘泊不须忙，便使填沟也不伤②。

入谷孤寒深自得，到天青白恨难藏。

红炉热焰心无近，荒岭残枝梦又长。

五老瀑飞辽海鹤③，好携明月共升堂。

【注释】　①此诗写函可师隐忍自得，定获逍遥。阿字：见卷四《阿字行后作七首》注①。②填沟：填沟壑。死的自谦说法。人死埋于地下，故称填沟壑。③五老：应指"五老峰"，地处庐山东南。因山的绝顶为垭口所断，分成并列的五个山峰，仰望俨若席地而坐的五位老翁，故名。辽海鹤：应为函可师自称也。

## 和心公雪中见怀韵①

初飘数点著衣轻，冷入匡床梦不成②。
想尔独吟支瘦骨，无人直下到深更。
忽疑近户看无迹，自起吹灯听有声。
只此朋情浑莫奈③，乡心又逐晓钟生④。

【注释】 ①此诗写函可师与心公乃心照神交的道友。心公：陈掖臣（1634—?），又名易，字心简，江苏溧阳人。明末清初诗人，大学士陈名夏长子，曾官侍卫。顺治十一年（1654），其父陈名夏被弹劾处绞刑，陈掖臣其被株连，逮治，杖戍尚阳堡。陈掖臣多才艺，不治家产，广交游，与函可、郝浴等流人文士交往甚密，以诗文相唱和。②匡床：安适的床。③浑莫奈：都无奈。④乡心：思乡之心。逐：追赶。

## 和栖贤送阿字出塞诗①

千里同风远寄书，天山翘首独踌躇②。
冰雪有缘兼累若③，父兄何事苦怜余？
白骨此中还得见，黄沙之外更无余。
何时生入卢龙塞④，金井梅花是旧庐⑤。

【注释】 ①函可与栖贤，同是道独禅师的法嗣，乃老人之真子，如左右手，彼此情谊不必赘言。阿字：见卷四《阿字行后作七首》注①。②翘首：抬头。踌躇：思量，考虑。③兼：同时。累若：连累你。若，第二人称代词你。④卢龙塞：位于河北省迁西县与宽城县接壤处。是燕山山脉东段的隘口，现名喜峰口。几千年历史以来均为军事要塞，兵家必争之地。⑤金井：饰有雕栏的井，多指宫廷园林中的井。旧庐：故居。

## 步栖贤和阿字九日韵①

垂死经今又十秋，莫嫌齿落雪盈头。
三张纸寄长榆塞②，万里云封大石楼③。
父子枉劳沙畔冷，身名真愧世间浮④。
团圞夜夜无穷泪⑤，天上如今是惠州。

【注释】 ①此诗写人生若浮云朝露，亲朋团聚，总令人脉脉为怀，甚是！阿字：见卷四《阿字行后作七首》注①。②榆塞：又称榆林塞。秦始皇时蒙恬北伐匈奴，取今内蒙古自治区河套地，树榆为塞，故名。后因以"榆塞"泛称边关、边塞。这里指流放的边地沈阳一带。③大石楼：在今广州市，旧名石子头，当地人亦有称之为"石狮头"的。因莲花山上有一巨石，酷肖狮形，故名。④浮：不切实的名声。⑤团圞：团聚。

## 恭和栖贤法兄，奉怀本师老人韵①

双锡香岩望又虚②，柏林回忆侍巾初③。

雁翎各散予偏远，狮乳同餐尔自余。

五石城边音寂寂④，万松坪下步徐徐⑤。

会须连袂依霜鬓⑥，未必罗浮剩旧庐⑦。

【注释】　①此诗函可师回忆与栖贤法兄，初侍道独老人左右的情形，表达了师生间的深情厚意。本师老人：函可师的度师，即道独（1600—1661），明末曹洞宗僧。南海（今广东）人，俗姓陆，号宗宝，别名空隐，世称空隐宗宝、宗宝道独禅师。②双锡：敬指空老人和栖贤师兄。③柏林：丛林，僧人聚居之处。因指寺院。语出汉·班固《西都赋》："松柏仆，丛林摧。"侍巾：指出家皈佛之初，也有对师父尊敬之意。④五石：根据《魏书》记载，拓跋珪"幸代园山，建五石亭"。一方面在当时征战不已、民生凋敝的情况下，以佛教笼络民心；一方面借"皇巍"二字，张其国运。⑤万松坪下：指万松老人塔下。"元万松老人塔"，始建于元代，是北京作为文化古城的早期标志之一，也是北京城区现存唯一一座密檐式砖塔。万松：万松行秀（1166—1246），河内（今河南沁阳）人，俗姓蔡，字报恩。为金、元时期佛教曹洞宗的高僧，于荆州出家，自称万松野老，世人尊称为万松老人。⑥会须：适逢。⑦罗浮：罗浮山。位于广东东江之滨。

## 从驻跸峰移向阳二首①

短发随身月一钩，拖鞋又过几峰头？

不关活水终难止，只任寒云到处浮。

松石何心分好丑，主宾无礼足深幽。

日午一瓢夜一宿②，一生如此更何求。

自来不肯常安住，但有茅遮便暂栖。

鸟突寒烟寻别树③，风吹残雪度前溪。

沙弥欢跃面多垢④，耆旧威仪首尽低⑤。

最爱近村好兄弟，松花和蜜贱如泥。

【注释】　①此诗写从驻跸峰移到向阳暂住，虽然清贫艰苦，却也恬淡自如。驻跸峰：古时皇帝出行临时居住地称驻跸。唐王李世民东征曾于辽东地区的千山、首山等地驻扎。函可诗中的驻跸峰颇有争议，一说千山，一说首山。《千山诗集·卷六·思千山》云："咫尺白云隔，千山未许游。前王曾驻跸，幽客几埋头。"可见函可诗提到的驻跸峰当指千山。②日午一瓢：僧人一日一食，过午不食。③鸟突：鸟猝然而飞。④沙弥：小和尚。⑤耆旧：年高望重者。威仪：仪表威武严肃。

## 张太守入山①

何事辽阳太守来，乱嘶五马向荒莱②。
漫拖草履筇扶出③，竟把山门雪踏开。
闲话无过四五句，寒泉连递两三杯。
极怜庭树乌惊起，一直穿云去不回。

【注释】　①此诗写张太守入山，虽是达官显贵，甚是无礼。②荒莱：见卷十二《遥哭邹白衣》注④。③筇：旧说的一种竹子，可以做手杖。

## 题且过庵二首①

山边架屋偏留我，双袖龙钟岂有他②。
道法也因长病减，闲情毕竟老年多。
自将破罐炊冰食，偶就新篇向佛歌。
昨日已过今且过，不知明日又如何。

二三弟子亦多事，执卷时同就薜萝③。
不碍书声侵晓磬④，莫教世事挂庭柯⑤。
虎常问讯来空砌⑥，人或寻诗上雪坡。
昨日已过今且过，不知明日又如何。

【注释】　①此诗写函可师随缘度日、日臻玄奥矣。且过庵：庵名，在千山，今不存。②双袖龙钟岂有他：老来只有思乡之泪。唐代诗人岑参《逢入京使》："故园东望路漫漫，双袖龙钟泪不干。"思乡之泪怎么也擦不干，以至于把两支袖子都擦湿了，可眼泪就是止不住。③就：凑近，靠近。薜萝：植物名。薜荔和女萝。借以指隐者或高士。④碍：妨害。晓磬：犹寺庙天明的磬声。⑤庭柯：庭院中的树木。⑥空砌：空的石阶。

## 偶　成①

莫道僧闲闲不得，几多情事拨难开。

岕茶带梗敲冰煮②，山药连皮拾粪煨③。

夜听犬声知有虎，晴拈雪瓣恨无梅。

寻常日午门犹掩，只恐溪云撞入来。

**【注释】**　①此诗写函可师气定神闲，潇然无事，渴煮岕茶，饥煨山药，不游方，不避世，何乐如之？②岕茶：产于浙江长兴县境内，因此茶产于宜兴和罗解二山之间，故名岕茶。岕，二山之间。③煨（wēi）：在带火的灰里烧熟东西。

## 同雪公游千顶纪事十首①

### 有小序

余出塞五年②，始游千顶③。时大雪初晴，由大安过祖越④，入龙泉，与山中耆宿团围二十日⑤，盖壬辰春二月也。十月复游甘泉，取道孤山入龙泉，因有大宁之役⑥，两宿而去。癸巳春⑦，显律师邀入驻跸十余日⑧，遂繇向阳登山⑨，过一月大雪，如初游。甲午春⑩，至香岩⑪，缘诸老辟荒⑫，欲迎吾师与天然兄藏锡于此⑬，故特一至，诸未及也。八月与木公同游，霜叶满山如锦，前数游所不及。迫乙未七月香岩新像成⑭，送入山，然止香岩，诸未及也。八月赤公至，又偕入山，遇雨大安道上，殊草草杖头各一点耳⑮。丙申四月⑯，显律师开戒香岩，予随入山，然止香岩，诸未及也。五月赤公偕天公入山，拉予同行，以马疲止向阳。计五年凡十登山，前后俱未有诗。去岁九月，雪公业与予约，以他阻⑰。今岁八月，乃坚志入山，并不令家人知，以廿三日繇沈出门，行百二十里，宿浑水⑱，次过辽阳，宿驻跸⑲，次向阳，过七岭，浣热泉⑳，宿祖越，因登仙人台绝顶。予向以病不敢登高㉑，然心甚壮，今得历尽诸险，非独前数游不及，即同木公游，依然一丘一壑之见耳。仙人台直下即香岩。元大德雪庵大师所居塔㉒，现存塔铭，则学士陈元景所作㉓，鄂国公史弼所书㉔，其篆额则昭文馆学士李傅光也㉕。千顶无旧碑，仅此可读。次过石桥，从别道入龙泉两宿，雪公有诗，予不能和。次重游祖越，前后亦两宿。太守张公使至，雪公分袂还沈。余移寓且过庵，适阿字侄从匡来，话及千顶，阿字游兴、诗情俱勃勃㉖，因触动习气，作纪事诗十律似阿字，兼寄雪公。然不过略纪一时情事，岩壑之趣，松石之奇，百未尽一，愿雪公作一游记，刻之仙人台畔，毋使山灵笑人。

去岁菊花曾有约，今年不待菊花开。

予先渡水凭鞍立，尔自冲风带帽来㉗。

旷野逢人偏问姓，残阳投寺且擎杯。
此是山行第一日，钟声佛火共徘徊。

过桥即是辽阳郭，郭外行过泪已潸。
一郡嗷嗷鸿乍集㉒，千年杳杳鹤无还。
才看老女孤坟草，又上前王驻跸山。
我倦欲眠依旧土，嶙峋石壁任孤攀㉙。

望见叠峰刚八里，到来门径各鲜新。
不因此地禅居壮，那识长边古佛尊。
蓄瓜欲比蘋婆味㉚，见树还生桃子津。
夜半犬声何足怪，山中魑魅亦亲人㉛。

经过七里泉声热，欲洗裟袈未有尘。
前者何曾是山水，从兹无所不精神㉜。
松阴短短露双塔，梵宇峨峨见一人㉝。
却喜冻桃初摘下，石坪分啖不辞频㉞。

夜来已饱深林气，晓起仍添远壑情。
暂撇龙泉邻衲意，爱寻唐代旧钟声。
黿云尚吐将军气㉟，岩石还镌御史名。
百丈悬萝千折后，门前峰涌万波生。

几度登山不到顶，此回到顶畏登山。
九州细碎烟尘里，万里虚无指点间。
云在极低那可踏，天虽至近竟难攀。
急须携手下山去，纵对仙人无好颜。

半日不离松雾里，牵藤穿穴各忘疲。
才披破衲瞻新像，旋洗重苔读古碑。
几处茆堂闻蟋蟀，千年石瓮守熊罴。
僧头似雪心无事，手煮黄莽进白糜㊱。

不借仙人九节杖，石桥几度又攀跻㊲。

但随虎迹过岩畔,渐听龙吟隔涧西。

软枣必须亲手摘,老松不过与肩齐。

淹留两日非关主,坐爱屏风近鸟啼。

流溪认得曾游处,更欲搜寻到别峰。

山鬼似嫌黄叶响,洞门都遣黑云封。

龙芽颇觉僧怀苦,羊肚何妨野味浓。

惭愧下贤贤太守<sup>㊳</sup>,难辞林壑一重重。

半日浮生闲不得,况连十日遍山扉。

解开药裹包黄栗<sup>㊳</sup>,斫得藤条下翠薇。

入郭愈怜山水好,逢人多与性情违。

最嫌骢马黄金勒<sup>㊵</sup>,依旧骑驴独自归。

【注释】　①此十首诗写畅游千顶(千山),盖山水绝妙,胜境盈途,皆赏心悦目,令函可师流连忘归矣。雪公:郝浴,见卷七《问雪公》注①。②出塞五年:顺治九年(1652)。③千顶:千山。④大安:大安寺,位于千山南沟。祖越:祖越寺,位于千山北沟。⑤耆宿:指年高有德望者。⑥大宁:在今天内蒙古赤峰市的宁城县。而大宁之役,不知何指。⑦癸巳:顺治十年(1653)。⑧律师:佛教称善解戒律者为律师。⑨繇:古同"尤",从,由。向阳:向阳寺,位于首山东南五里。⑩甲午:顺治十一年(1654)。⑪香岩:见卷十一《送登彻僧主香岩受具》注②。⑫辟荒:躲避战争。辟,后写作"避"。⑬藏锡:隐居。⑭迨(dài):等到。乙未:顺治十二年(1655)。⑮殊草草:形容很仓促不细致。⑯丙申:顺治十三年(1656)。⑰以他阻:因为其他的事情停下了。以,因为。⑱泖水:应为"衍水",即太子河。⑲驻跸:古时皇帝后妃外出,途中暂停小住。这里指辽阳首山。传说唐太宗东征曾驻跸于此。⑳浣(huàn):洗。㉑向:从前。以病:因为有病的原因。㉒元大德:元成宗铁木耳年号。雪庵:元代高僧,俗姓金氏。生有异质,殁有舍利光现。今香岩寺西有雪庵塔。㉓陈元景:陈景元之误。清·张玉书《游千山记》云:据元皇庆中直学士陈景元撰雪庵塔碑。㉔鄂国公:中国古代公爵第一等。历朝封鄂国公者仅六人。史弼:字君佐,号紫微老人,一名塔剌浑,蠡州博野(今河北博野)人。元朝大臣。封鄂国公。年八十六,卒于家。㉕篆额:用篆字书写碑额。李傅光:元代僧。又称普光,生卒年不详,俗姓李。是一个难得的全才,诗、书、画无所不精。受知圣朝,位昭文馆大学士。㉖勃勃:旺盛的样子。㉗冲风:顶着风,冒着风。㉘郡:群之误。嗷嗷:象声词,形容动物洪亮的叫声。乍集:刚刚聚集。㉙嶙峋:突兀,边角不平整。㉚蘋(píng)婆:又称"凤眼果",种子可供食用。㉛魑魅(chī mèi):传说中能害人的山泽之神怪。亦泛指鬼怪。㉜兹:这。㉝梵

宇：佛寺。峨峨：庄重严肃。㉞分啖（dàn）：分着吃。㉟兔云：山坳间升腾起的云。㊱黄
芥：一种油料作物，油菜。白糜：白米粥。㊲攀跻：攀登。㊳下贤：礼贤下士。贤太守：辽
阳张太守。㊴药裹：装药的袋子。黄栗：落叶乔木，果实为坚果，称"栗子"，味甜，可食。
㊵骢（cōng）马：产于西域的名马，有青白相间的色泽。金勒：金饰的带嚼口的马络头。

## 立春日①

不辞留滞大关东，未必长吹是朔风。

一世心归松雾里，十年春到雪花中。

罗浮消息应非远②，粥饭因缘尚未穷。

从此匝天多雨露③，晓听雀语动虚空④。

【注释】　①此诗写函可师似感机缘未尽，对故乡仍有所期待。②罗浮：见本卷《恭和
栖贤法兄，奉怀本师老人韵》注⑦。③匝天：满天。④虚空：天空。

## 元旦哭喇嘛二首①

### 有引

余初出塞②，乞食南塔③，喇嘛见而惊曰："师胡为乎来哉？"④即解身上所披覆余⑤，自
此衣帽赠贻不辍⑥。壬辰春⑦，率诸耆旧强余开法南塔。南塔，畏地也⑧，前此无挂搭者⑨，
自余至，云水奔流，龙象蹴踏⑩。始三月朔至七月望⑪，凡百维护，外魔不侵，喇嘛之力也。
喇嘛西域贵种，童真入道⑫，年七十余，癯然鹤立⑬。今岁五月，忽思还本国，诸老强留不
可，含泪而别。七月音至，已于季夏之末示寂⑭。寂时鼻垂玉箸⑮，茶毗顶骨不坏⑯，有梵书
神咒数行⑰，金色烂然。国王留建窣堵坡⑱。其徒劳藏奉二齿归南塔⑲，挥涕拈香⑳，不特私
感已也㉑。

满头白雪眼双青，方丈时时见执经。

四海几回悲鹤梦㉒，一枝今又丧龙庭㉓。

顶门有骨留金字，南塔无人失典型。

见说国王齐下拜，浮图千古镇沧溟㉔。

十年吾道塞风秋，葱岭传来恨又稠㉕。

叶是归根看已落，杯当沉海更无浮。

大荒一夜霜俱白，毡帐千群泪并流㉖。

赤县神州心碎尽㉗，更堪洒血极西楼㉘。

**【注释】**　①此诗写函可哭喇嘛圆寂，盖大师持戒精严，洞契无为，慈悲心切，循循善诱。今大师归去也，国王齐下拜，信众泪奔流，令函可唏嘘不已。②出塞：函可师于顺治五年（1648）四月流放至沈阳，驻慈恩寺。③南塔：沈阳南塔寺。④喇嘛：内蒙古、青海、西藏等地，皆谓僧为喇嘛。其所宗奉喇嘛教，乃佛教之一派。唐时自印度入西藏，至今以西藏为此教之中枢。有新旧二派，旧教衣红，亦称红教，末流渐入妖妄。新教衣黄，亦称黄教，明永乐间宗喀巴所创，清时认为正教而保护之。其开宗之二大弟子曰达赖喇嘛，曰班禅额尔德尼，相传为菩萨化身转世。⑤所披覆余：所披的袈裟给我披上。⑥赠贻（yí）：赠给。不辍：不停。⑦壬辰：顺治九年（1652）。⑧畏地：威严敬畏之地。⑨挂搭者：游方和尚。⑩龙象蹴踏：指佛门门栋梁的行止。⑪三月朔：三月初一。农历初一为每月的朔日。七月望：七月十五，农历每月的十五日月满，为望日。⑫童真：佛教语。指受过十戒的沙弥。⑬癯（qú）然鹤立：形容瘦高挺立的样子。癯，瘦。⑭示寂：佛教指佛、菩萨或高僧死去。⑮鼻垂玉箸：鼻中流涕。⑯荼毗（pí）：佛教语。指僧人死后将尸体火化。顶骨：头骨。⑰梵书神咒：指佛家经咒。⑱窣堵（sū dǔ）坡：一种佛教建筑，坟冢的意思。⑲劳：劳烦。奉：恭敬地用手捧着、拿着。⑳挥涕：流泪。㉑特：只。私：对自己的谦称。㉒鹤梦：见卷十二《得柱江书并诗，因怀与治、伯玉、季纳诸昆季》注④。㉓龙庭：匈奴单于祭天地鬼神之所。此指北方。㉔浮图：对佛或佛教徒的称呼。沧溟：苍天。㉕葱岭：今帕米尔高原。稠：浓、多。㉖毡帐：毡制的帐幕。㉗赤县神州：中国的别称。㉘西楼：古人寄托相思、哀怨的凄美意象，往往非真实有也。

## 苗炼师雪中入山相访①

煮穷塞石难充腹②，几受刀圭不驻颜③。
开到黄花辞绛阙④，携将白发问青山。
渔舟尚可通源水，鹤羽何曾下世间⑤。
最苦十洲多少事，寻闲一宿急须还。

**【注释】**　①此诗写苗炼师雪中入山相访。盖苗炼师所行，在函可师看来，欲成仙得道，无异于压沙求油、钻冰取火，故曰"急须还"，望有识之士察之。苗炼师：见卷六《送苗炼师入燕》注①。②煮穷：食物缺少。③刀圭：中药的量器名，借指药物。驻颜：容颜不衰老。④绛阙：宫殿寺观前的朱色门阙，此指寺庙。⑤鹤羽：仙鹤。

## 季三公书来并寄茶①

自来不作长安字，一纸惊看寄塞垣②。
父子弟兄同友谊，冰霜雨露总君恩。

十年尚忆三山月，七碗还浇五岭魂③。

大雁欲飞寒逾好，时时传语慰田园。

**【注释】**　①此诗写函可师感谢季三公的深情厚意。②塞垣（sài yuán）：指边境地带。③岭魂：指死去的家乡亲人。

## 同阿字诸子夜坐①

流光如矢命如尘②，冰作生涯鬼作邻。

岁底又添门外雪，灯前几个岭南人。

大家共话俱含泪，各自伤心不为贫。

去去且将拳作枕，梦中同迓故园春③。

**【注释】**　①此诗写函可师感叹岁月如流，凄凄良夜，苦乐环回，好去珍重！阿字：见卷四《阿字行后作七首》注①。②流光：飞逝的光阴。矢：箭。③迓：迎接。

## 和润季兄临死诗①

赋罢金门泪未收②，阵连珠海誓无休。

崖门一夜洪波接③，柴市千年正气留④。

已把发肤还父母，更将心胆寄春秋。

铁函闻说埋罗岳⑤，何日敲开柱杖头。

**【注释】**　①此诗写函可师悼润季兄之死，称天地感其正气，鬼神泣其壮烈，更将心胆寄春秋。②金门：大金门岛，在福建省厦门市。③崖门：广东省新会县南，为潭江出海口。④柴市：北京市街名，南宋抗元名臣文天祥就义于此。正气：文天祥留有《正气歌》。⑤铁函：装书用的铁箱子。罗岳：罗浮山。

## 闻赤公专侍在兹省亲回①

尺书才去雪风愁，侍者重来泪更流。

京国银盘能早献②，边庭金策可迟留③。

但闻尊宿仍编履④，不信头陀竟覆舟⑤。

我亦是人添哽咽，夜寒垄草满心头⑥。

**【注释】**　①此诗写函可师在感叹骨肉亲情的同时，赤公砥砺向道，令师动容，可谓别有一番滋味在心头。赤公：见卷七《赤公书来赋答二首》注①。②京国：京城。银盘：银制的盘。③边庭：边地的官署。金策：古代记载大事或帝王诏命的连编金简。迟留：停留，逗留。④但闻尊宿仍编屦：说的是唐代睦州的陈尊宿，黄檗希运禅师的法嗣。后来他的父亲去世，母亲无人奉养，他不私取僧物，而是自己手编草鞋，路旁卖鞋来奉养母亲，丛林遂称之为“陈蒲鞋”。⑤不信头陀竟覆舟：说的是唐末船子德诚禅师，隐居吴江边上，常用小船为人摆渡，人称“船子和尚”。后来，僧人善会（夹山）向他请益禅法，尽得其所传。而善会似有疑虑，师乃覆舟而逝。⑥垄草：坟头上的草。

## 丙申除夕和栖贤辛卯除夕韵[①]

只因生长在辽东，谁是无乡老此中。
今夜尽勾积岁念[②]，明朝须发向西风。
哭犹有泪情非至，吟到无题诗亦穷。
细看此来真寂寞，眼前还得几人同。

【注释】 ①此诗写天涯迁客，海外思归，魂欲断，泪成行。丙申：顺治十三年(1656)。辛卯：顺治八年（1651）②积岁：多年。

## 丁酉元旦[①]

自信分明两道眉，瓣香拈起更何辞[②]。
死经万后生方重，春到边来远不迟。
属国宁堪九岁待[③]，衡阳无复五年移[④]。
还家自是儿孙事，谁道今年未可知。

【注释】 ①此诗写函可师九死一生，如今春渐来到，叹长河之流速，慨筋骨之衰老。丁酉：顺治十四年（1657）。②瓣香：佛教语。犹言一瓣香。③属国：古时附属于宗主国的国家。九岁：多年之意。④衡阳无复五年移：说的是宋代大慧宗杲禅师，号妙喜。后遭谤被革除僧籍，流放衡州（湖南衡阳）。绍兴二十年（1150），更被贬至梅州，五年后获赦，恢复僧籍，驻锡于育王山。

## 解嘲步谦公韵[①]

北郊笑指峰头老，闹遍千峰两袖书[②]。
但使倚闾无鹤发[③]，何妨托钵向云墟[④]。
食残自觉氀毼易[⑤]，载酒犹闻剥啄徐[⑥]。
珍重彩衣休惜我，十年甘作雪中蛆。

【注释】①此诗写函可师与谦公，相互激扬，老骥余年，蹄足尽力矣。②两袖书：衣袖中除书外，无别。比喻书多。③倚闾：盼子女归家的父母。鹤发：白发。④云墟：云山、云深之处。⑤氍氇：见卷十二。⑥剥啄：象声词，车马走动的声音。徐：缓，慢慢地。

## 枉江至沈相见有诗和韵①

黑裘未敞耻书生②，匹马春风猎猎轻③。
孤管欲收寒谷泪④，空囊一泻大江声。
叔痴不负鹡原梦⑤，僧老难忘鹤岭情⑥。
世上有人天有眼，千年终厌话荆卿⑦。

【注释】①此诗写枉江英姿飒飒，步武春融，函可师乐与之游，祈愿联芳永久。②未敞：没破。耻：意动用法，认为……耻。③猎猎：风声。④孤管：笛管。⑤叔痴不负鹡原梦：兄弟不辜负友爱之谊。《诗经·小雅·常棣》："鹡令在原，兄弟急难。每有良朋，况也永叹。"鹡令，也写作"鹡鸰"。后因以"鹡鸰在原"为兄弟友爱之典。⑥鹤岭：仙道所居的山岭。⑦荆卿：荆轲，战国卫人，为燕太子丹宾客，受命至秦刺秦王。既见，以匕首刺秦始皇，未成，被杀。

## 九日送阿字①

经岁团圞泪未收，菊花重惹一番愁。
来将白纸寻黄土，去挟新篇返旧丘。
太乙峰头频怅望②，姑苏台上莫淹留③。
而师若问寒边事④，休话寒边雨雪稠⑤。

【注释】①此诗写函可师送阿字，表达出依依不舍之情。阿字：见卷四《阿字行后作七首》注①。②太乙峰：终南山。怅：惆怅。③姑苏台：山名，在江苏省吴县西南。山上有姑苏台，相传为吴王阖闾所建。淹留：长期逗留，羁留。④而：你。⑤雨雪稠：雨雪大。

## 重送阿字①

送送还牵老衲衣，故山终恨不同归。
好从瀑水投寒句②，又向梅花觅破扉③。
冰雪已多曾彻骨，蕨薇虽采未忘饥④。
关门不禁南来雁，何日凌空锡更飞⑤。

【注释】 ①此诗写函可师送阿字，离别伤心，未若此时，"送送还牵老衲衣"，感情至深矣！阿字：见卷四《阿字行后作七首》注①。②瀑水：瀑布。③破扉：残破的柴门。④蕨薇：蕨菜。⑤锡：锡杖。

## 入山有感示诸子①

海角虚舟聊欲寄②，深藏大壑亦空劳。

松根盘石生难直，水势依崖声易高③。

谩说一枝能自稳④，便教三窟竟何逃⑤。

残身久拼余双眼，万古云霄看汝曹⑥。

【注释】 ①此诗写函可师开示学人，海角虚舟者漂浮不定，深藏大壑者死气沉沉，松根盘石者不知转身，水势依崖者抱守残缺，此等皆为禅病，为害不浅。鼓励学人，发大誓愿，勇猛精进，努力向前。②海角：言海之极远之地。虚舟：空船。比喻胸怀恬淡旷达。③崖：涯。水边。④谩说：犹休说。⑤三窟：指狡兔三窟。狡猾的兔子准备好几个藏身的窝。比喻隐蔽的地方或方法多。⑥汝曹：你们。

## 阅《未央遗集》，有《初夏同予入循州访刘乃运兄弟》诗，末云："令威他日归华表，定在循州古树边。"似为予今日谶也，因和其韵①

忆昔同乘访戴船，几人同病合相怜。

风流云散空予在，雪压尘埋又十年②。

诗卷尚留前日月，梦魂难觅旧林泉。

何时华表重归去，唳遍累累古冢边③。

【注释】 ①函可师阅《未央遗集》，有诗云"令威他日归华表，定在循州古树边"。函可师似应谶也，祈愿"华表重归去"。古冢年深无祭祀，荒郊白骨没人收，凄惨至极。《未央遗集》：梁未央著。循州：在广东省惠州市东，因循江得名，治所在归善。谶（chèn）：迷信的人指将要应验的预言、预兆。②又十年：指到东北来已经十年，此时应是顺治十五年（1658）。③累累：连续不断。

## 读未央《与莂公宅师谈金轮旧事》诗有感，用原韵①

人世难逢几弟兄，旧编重读不胜情。

忠臣遗庙清珠海，未央殉义后②，当事建祠于海滨，祀之

古佛双林冷莞城③。荔公脱白后即示寂④，今十九年矣

地下定知谈往昔，雪中难免恨孤茕⑤。

只今惟有金轮月，偏向栖贤破寺明。

【注释】　①此诗为函可师伤亲悼亡之作，悲歌月明情千古也。荔（bié）公：不详。金轮旧事：庐山有金轮峰，函可出家后曾拜访过金轮峰。未央：见卷四《读未央上黄岩诗有感用原韵三首》注①。②殉义：为道义而死。③莞城：广东省东莞市。④脱白：谓脱去白衣，出家为僧。⑤孤茕：孤独，无依无靠。

## 读《未央集》有《先文恪神道碑》，感赋①

高冢前朝草木凄，灯前雪底泣孤儿。

良弓久没箕同尽②，华表空留鹤尚羁③。

大节已昭悬日月④，千秋不朽属文辞。

遥知定有人来过，系马松根读旧碑。

【注释】　①此诗写函可师读先父碑文有感，高冢无祭，孤鹤尚羁，身渺茫，意彷徨，话不尽的凄凉境界。文恪：函可师先父的谥号。神道碑：立在墓道前的碑，碑上刻记着死者的生平。②良弓：语出《礼记》，"良冶之子，必学为裘，良弓之子，必学为箕"。意为良冶和良弓的子孙必子承父业。此句说良弓的后代和裘箕都难以为继了。③羁：束缚。④大节：高尚的节操。昭：明。

## 闻老人复归华首台，台上林木加茂，有终焉之志，恭纪①

飞云峰下即华台②，五百何年去复来。

田地荒芜应再辟，松杉苍郁旧亲栽③。

灵山一会依然在④，塞外孤儿尚未回。

三嘱龙天寒已彻，终期扑鼻岭头梅。

【注释】　①此诗写道独老人复归华首台，有终焉之志，函可师闻之欣慰异常，祈盼自己重返故乡。老人：道独老人，函可的度师。②飞云峰：在广东罗浮山。③苍郁：苍绿繁茂。④灵山：灵鹫山。位于中印度摩羯陀国首都王舍城之东北，为著名的佛陀说法之地。其山名之由来，一说以山顶形状类于鹫鸟，另说因山顶栖有众多鹫鸟，故称之。

## 寄华首旧住诸僧①

何人同守故山隈，云散天惊岁月徂②。

豺虎几回经蹴踏，门庭犹喜未荒芜。

灵峰不逐桑田变③，大厦终凭众木扶。

最苦杨岐旧监寺④，泥床长洒雪真珠。

【注释】　①此诗写函可师听闻华首台门庭犹在，很是欣慰，并嘱诸道友戮力扶持。华首：函可家乡华首台寺。②徂：往、过去。③灵峰：灵鹫山。逐：追逐、跟随。④杨岐：杨岐方会（992—约1049），宋代著名禅师，俗姓冷，今江西宜春人。因方会住袁州杨岐山普明禅院（今江西萍乡杨岐山普通寺），故名。

## 遥哭刘乃运①

卝岁论文尔汝交②，柴门雨雪每来敲。

朝云墓侧新鸳冢，白鹤峰头旧鹊巢③。

留得眉须身后惜，肯将风月死前抛④。

于今哭子全无泪，乡国都来水上泡⑤。

【注释】　①此诗写函可师遥哭刘乃运，无计留君住，良可哀也。②卝（guàn）岁：幼年。尔汝：刘乃运和其妻子。③白鹤峰：山名。④风月：男女爱情。⑤乡国：家乡。

## 闻谢伯子、赵裕子二老友在，喜赋①

少小论交四十秋，惊闻二老足风流。

长安市上韩康伯②，衡岳峰前李邺侯③。

陵谷已移贫未改④，亲朋欲尽咏难休。

白云旧社时来往，定话冰天老比丘。

【注释】　①此诗写函可师惊闻二老友健在，甚是欣喜，知己茫茫，关注遥深，多多保重。②韩康伯：韩伯，字康伯，颍川长社（今河南长葛西）人，东晋玄学家、训诂学家。韩伯幼年家中贫困。后举秀才，征召任职皆不就任。晋简文帝在藩镇时，引为谈客，入朝任侍中。后改任丹杨尹、吏部尚书、领军将军。病重后朝廷改任为太常，还未就任便已去世，时年四十九岁。③李邺侯：李泌（722—789），字长源。京兆（今陕西西安）人。唐朝中期著名政治家、谋臣、学者。唐德宗时入朝拜相，官至中书侍郎、同平章事，累封邺县侯，世称"李邺侯"。④陵谷："陵谷沧桑"，汉语成语，比喻世事巨变。

## 寄陈三官①

三官廿载前为予作幻相数十②

五色凭君写幻躯③，流民一幅不堪摹④。
回头细数平生事，屈指曾经念载徂⑤。
气骨支撑仍是旧，皮肤脱落已全无。
只今颊上何须问⑥，但写长天风雪图。

【注释】　①此诗写寄语陈三官。函可师自言，悠悠天地间，冰雪一老僧。②幻相：意思是虚幻的形象或现象。③幻躯：犹幻身，佛教语。谓身躯由地、水、火、风假合而成，无实如幻，故曰幻身。④流民一幅：流民图。宋熙宁六年（1073），郑侠见岁歉而赋急，流民相携塞道，因命画工悉绘所见而成《流民图》，奏献宋神宗，并上疏极言新政之失。⑤念载：廿载也。念是"廿"的大写，徂：过去，逝。⑥颊：面颊，颜面。

## 忆暮春同阿字诸子游千山①

到处青山尽有名，大家抖却旧乡情。
溪边觅路花千树，驴背迎人鸟一声。
石顶松风凭管领②，峰头诗句任交横。
于今竹杖萧萧去③，又向何山踏雪行。

【注释】　①此诗写畅游千山，到处是美景，赏心悦目，令函可师诗句纵横也。阿字：见卷四《阿字行后作七首》注①。②管领：领受。唐·白居易《题小桥前新竹招客》诗："管领好风烟，轻欺凡草木。"③萧萧：指风声，草木摇落声等。晋·陶潜《咏荆轲》："萧萧哀风逝，淡淡寒波生。"

## 闻南塔易住持志喜①

六年前此竖幡竿②，万古荒芜手辟难。
一喝青天砂砾净，才挥白拂水云团。
象王行后狐踪集③，良木摧时野棘攒。
从此斩新条令出，山门依旧海风寒。

【注释】　①此诗写南塔寺易住持。盖住持者，为绍隆佛祖家业，开人天眼目的长老，以"上报四重恩，下济三途苦"为己任。函可师闻此喜不自禁。②幡竿：旗杆。③象王：象中之王，以譬佛者。《涅槃经·二十三卷》曰："是大涅槃，唯大象王能尽其底。大象王谓诸佛也。"狐踪集：意谓来自各处的苦恼、疑问，又重新聚集起来。

## 题作么茆屋①

手结枯茆傍古幢②，篱边流水亦淙淙。

只愁云扰常关户，为爱山多尽著窗。

日午拾柴煨破罐，夜深把卷对残缸。

山中豺虎原无毒，长护烟霞不用降。

【注释】 ①此诗写作么茆屋。盖居住于此，可以披良书，可以探玄微，可以娱神，可以静虑，乐不可支矣。茆屋：同"茅屋"。②幢（chuàng）：佛教的经幢。

## 喜作么迎师入山①

弟子如林汝不才，暮年犹得共徘徊。

酬恩莫过茅三把，尽孝惟须水一杯。

衰老久应拚谷底，是非曾不到云堆。

况兼咫尺予同病，晓夕还同笑口开。

【注释】 ①此诗写喜作么迎师入山，函可师对弟子赞不绝口。

## 予去冬依证寓，今冬依磬光，皆手无半文，喜赋①

今年贫似去年贫，穷鬼相逢一倍亲。

衲底病肌寒有粟，窗前积雪白为银。

半瓢薄粥分饥雀，一碟盐齑借远邻②。

处处尽忘宾与主，淡而不厌只因真。

【注释】 ①此诗写函可师的禅居生活，以苦为乐，恬淡自如。②盐齑（jī）：咸菜。齑，捣碎的姜、蒜、韭菜等。

## 即 事①

山中才拆此封书，忆别经今一岁余。

路到穷时天更远，力当尽后计偏疏。

青衫无分常披雪，白发何人独倚闾②。

翘望章江云缥缈③，春风何事更踌躇。

【注释】　①盖函可师的弟子，不畏艰辛，外出行脚。函可师常披雪倚门眺望，盼其凯旋而归。②倚闾（yǐ lǘ）：靠在门上，谓父母望子归来之心殷切。③章江：长江主要支流之一，江西省最大河流。位于长江中下游南岸，源出赣闽边界武夷山西麓，自南向北纵贯全省。

## 梅溪雪中相访①

惊骑瘦卫入山来，为问山僧户始开。
万里往还君自得，十年先后事空哀。
囊余前代书三纸，话到深更水半杯。
两度鹡鸰原上泪②，一时和雪洒山隈③。

【注释】　①此诗写友人梅溪雪中相访，书三纸，水半杯，款款而谈，沾巾凉夜。②鹡鸰（jí líng）：鹡鸰科的鸟之任一种，比喻兄弟。③山隈（wēi）：山的弯曲处。

## 山中读萝石先生家书①

柴市经过泪已湔②，更挥余泪拜遗笺。
数行尚自如生见，一线仍存未死前。
耿耿丹心千古后③，茫茫正气万山巅。
伯夷此日应相笑④，重唱薇歌十二年⑤。

【注释】　①此诗写读萝石先生家书。盖萝石先生乃抗清义士，铁血丹心，彪炳千古。②柴市：一般认为在今北京市东城区府学胡同西口，即明以来文丞相祠所在地。湔（jiān）：洒也。③耿耿：诚信貌。清·顾炎武《答次耕书》："耿耿此心，终始不变！"④伯夷：子姓，商末孤竹国人，商纣王末期孤竹国第八任君主亚微的长子，弟亚凭、叔齐。初，孤竹君欲以三子叔齐为继承人，至父死，叔齐让位于伯夷。伯夷以父命为尊，遂逃之，而叔齐亦不肯立，亦逃之。伯夷、叔齐同往西岐，恰遇周武王伐纣，叩马谏伐曰："父死不葬，爰及干戈，可谓孝乎？以臣弑君，可谓仁乎？"左右欲兵之，姜子牙曰："此二人义人也，扶而去之。"周得天下，伯夷、叔齐耻食周粟，采薇而食，后饿死首阳山。⑤薇歌：伯夷、叔齐作《采薇之歌》。

## 闻李、苗两道友有唱酬篇什，虽未得读，
## 知非凡响，遥有此和①

兰沙如雾倩蓝丛②，缥缈鸾歌下远空③。

玉露只垂金掌内④，仙飙常发御垣东⑤。

人间兄弟何能及，塞外交游孰与同。

春到定寻源水入，埙篪坐听碧云中⑥。

【注释】　①此诗写李、苗两道友酬唱，类似道家的步虚词。祥云缥缈，仙乐徘徊。龙
旂乘风而来，銮辂自天而降。啸歌邑邑俗虑消，祯祥祉祉道心畅。函可师有感于此，心驰神
往矣。李、苗两道友：李，见卷七《喜李炼师禁足》注①。苗，见卷六《送苗炼师入燕》
注①苗炼师。②兰：美好之意。沙：同"纱"。③鸾歌：鸾鸟鸣唱。亦比喻美妙的声音或歌
乐。④金掌：释义为铜制的仙人手掌，为汉武帝作承露盘擎盘之用，后亦喻帝王提拔。⑤御
垣：皇城。御，对帝王所作所为及所用物的敬称。垣，城。⑥埙篪（xūn chí）：埙、篪皆古
代乐器，二者合奏时声音相应和。因常以"埙篪"比喻兄弟亲密和睦。

## 喜闻左三哥回①

终岁呼天恨莫通，归来如旧破囊空。

交情已见心方歇，遗卷仍存道未穷。

日冷北堂乌渐老，雪深大漠雁谁同。

从今稳坐茆檐下，敝絮残毡耐朔风。

【注释】　①此诗写喜闻左三哥回。盖左三哥外出寻师访道，令函可师放心不下，今日
归来，虽说"道未穷"不大发明，也可稳坐耐朔风矣。

## 赠少年道者①

### 楚人

少小蹁跹入紫宫，翻疑百岁貌如童。

种桃花发上林畔，捣药声闻禁苑中。

巫峡肯沾神女雨②，洞庭曾御大王风③。

年年只见天恩阔，不信人间路或穷。

【注释】　①此诗赠少年道者，函可师不赞同其修持路线。②巫峡肯沾神女雨：指男女
间的情爱与欢会。出自《昭明文选》："昔者先王尝游高唐，怠而昼寝，梦见一妇人曰：'妾
巫山之女也，为高唐之客。闻君游高唐，愿荐枕席。'王因幸之。去而辞曰：'妾在巫山之
阳，高丘之阻，旦为朝云，暮为行雨，朝朝暮暮，阳台之下。'旦朝视之如言。故为立庙，
号曰朝云。"本诗中似指仙家"内丹阴阳双修"也。③洞庭：本诗应指通常所说的"洞天福

地"。《紫阳真人内传》云:"真人曰:天无谓之空,山无谓之洞,人无谓之房也。山腹中空虚,是为洞庭。人头中空虚,是为洞房。是以真人处天,处山、处人,入无间,以黍米容蓬莱山,包括六合,天地不能载焉。"大王风:战国时期楚国宋玉《风赋》,"有风飒然而至,王乃披襟而当之曰:'快哉此风,寡人所与庶人共者邪!'宋玉对曰:'此独大王之风耳,庶人安得而共之?'"本为讽喻,后转为对帝王的谀辞,犹言帝王的雄风。

## 客有期予春初同入城者①

一卧山中人事毕,重新细碎学威仪。

休将白眼看林鸟,屡系长衣接涧麋。

才话入城心便小,尝教伴雪礼何知。

由来分卫存深意,古佛遗模苦莫辞。

【注释】 ①禅门有"三千威仪,八万细行"之说。此诗写函可师面对青灯古佛,一榻危坐,威仪端正之态。

## 日 暮①

方悲岁逼夕阳低,寒满空山雪满溪。

为忆旧居知客眼,偶怀好友得新诗。

身闲幸不随人转,心苦全然著雾迷。

抛却杖藜还独坐,壁灯未点暗恓恓②。

【注释】 ①此诗写函可师身闲心苦,略有一丝不安。②恓(xī)恓:孤寂零落貌。

## 遥哭与然师①

弓剑丛中识面初,半床风雨共欷歔。

怜予不觉十年过,哭尔仍存万死余。

双履已传葱岭雪②,空囊犹简白门书③。

何如一副无情泪,岁岁峰头湿破裾。

【注释】 ①想当年,兄弟俩风雨同舟。今闻与然师离世,函可师声泪俱下。②双履已传葱岭雪:《传灯录》载,达摩葬熊耳山,起塔定林寺。其年魏使宋云葱岭回,见祖手携只履,翩翩而逝。云问:"师何往?"师曰:"西天去。"云归,具说其事。及门人启扩,棺空,唯只履存焉。此诗借"达摩只履西归"典故,愿与然师有个好归宿。③空囊犹简白门书:意思是说遗物空囊里,还能找到明朝的书,竭尽忠诚也。简,选择。白门,南京。

## 牛庄问阿字诸子信，不得①

秋风榔枥两肩横②，草履狰狞布袋轻。

沧海无踪鱼有腹，白云有路鹤无情。

行当野雪衣偏薄，吟向寒梅句亦清。

老梦独能追去处，依稀犹见弟和兄。

【注释】 ①此诗表达了函可师对阿字诸子的思念。阿字：见卷四《阿字行后作七首》注①。②榔（jí）枥：同"榔栗"，手杖。

## 喜云堂禅人入山相访①

未到岁除刚数日，何人骑马入山来。

欲从南越通消息②，曾向东齐拨草莱③。

屋里无过云片片，岩前依旧雪皑皑。

好归直为而兄道，不是宝山空自回。

【注释】 ①此诗所写云堂禅人，是有志参究大法的学者，入山相访，不大发明，函可师嘱其"好归直为"。②南越：部落名，居地主要是广东。先秦时期的古籍对长江以南沿海一带的各个部落，常统称为"越"。③东齐：指周朝时的齐国。因地处周之东，故称。

## 戊戌元旦①

一茎白发荷皇仁，况值年年帝里春②。

千顶曙光云外出，二陵王气雪边新③。

放流久已成乡土，老大无拘只病身。

是处有山容我住，桃花翻笑洞中人。

【注释】 ①此诗写于顺治戊戌（1658）元旦，函可师流放日久，年老体衰，闲居苦笑也。②帝里：犹言帝都，京都。③二陵：二崤（xiáo）。《左传·僖公三十二年》："晋人御师（御医）必于崤，崤有二陵焉。其南陵，夏后皋之墓也；其北陵，文王之所辟风雨也。"

## 开经日，遥祝檀那卢太翁、太夫人双寿①

火宅初离望转奢，何人等与白牛车②。

卢公传法灯千焰③，庞老齐眉佛一家④。

曾嘱王臣山上会，新开龙藏海东涯。

人天百万欢同祝，遥献优昙一朵花⑤。

【注释】　①此诗为遥祝卢太翁、太夫人双寿的贺词，菩提树长，优钵华开，身安寿求，福集灾消，善哉！开经日：意为佛寺讲经说法之日。檀那：施主。②白牛车：佛教语。比喻佛法中之大乘。③卢公：六祖慧能。柳宗元撰《赐谥大鉴禅师碑》说："凡言禅，皆本曹溪。"④庞老：庞蕴，字道玄，又称庞居士。中唐时代的禅门居士。⑤优昙：亦名优昙钵华。按，此花为无花果类，产于喜马拉雅山麓及德干高原、锡兰等处，干高丈余，可食而味劣，世称三千年开化一度。值佛出世始开。

## 赠汤官师①

万里相依岂偶然，选官选佛似君贤。

薇羹屡为伯夷饿②，草榻偏容普化颠③。

膏泽诸山时沃若④，清风四壁本萧然。

昼长客去无余事，一卷金刚自岁年⑤。

【注释】　①此诗赞叹汤官师是续佛慧命、弘法利生的金刚。官师：指考试官。②薇羹：用薇（野菜）煮的菜汤。③普化颠：见本书二十卷大顽注释。④沃若：润泽貌。⑤金刚：《金刚经》。

## 赠藏主师①

惊传白马度关来，大法东流亦快哉。

剖出微尘凭慧力，插将茎草仗雄才。

竿头但进看飞凤，麈尾时挥起怒雷②。

沟壑余生吾自分，双眸何意独君开。

【注释】　①此诗盛赞藏主，以荷担如来大法为己任，显大机，发大用，接引学人，痛下钳锤，使人人可以省悟，实乃禅门之宗匠。②麈尾：拂尘。

## 步沧兄见寄韵二首①

知罪从他尔独亲，怜予万里一孤身。

平生本自无相识，世上于今有几人。

清泪屡凭沙塞雁，衲衣犹寄玉门春。

惊闻杖屦南中去②，风雨萧萧入梦频。

故人何处思沧茫，幸有音书未久荒，
布帽残经情缱绻③，黄沙白日泪淋浪。
归来几见千年鹤，梦去还寻五石羊④。
门外孤松高百尺，寒霄犹得伴冰霜。

【注释】　①此诗写接沧兄音书有感。十年零落，万里流放，兄今南去，吾常泪流。安得化为白云身，一夜南飞至故乡，好梦已去，吾今犹得伴冰霜。沧兄：应为友沧师，出家僧人，函可道友，生平不详，见卷六《怀友沧师》，卷九《得友沧江南信》。②屦：鞋。③缱绻（qiǎn quǎn）：形容感情深厚。④五石羊：广州的代名词，函可家乡。

### 赠天鉴师，时将还孤竹省墓①

共向高林借一枝，心期万古可谁知。
织鞋有恨陈尊宿②，玩月今同王老师③。
寒碛顿能忘患难，衰颜偏自惜分离。
公归无复薇堪采，雪满千山足疗饥。

【注释】　①天鉴师乃函可道友，彼此惺惺相惜，今者还孤竹省墓，暂时的别离，令函可很是伤感。孤竹：古国名，位于今以唐山滦南为中心的一个商朝起源地的国家，其地广袤。②陈尊宿：唐代著名高僧，睦州人（今浙江建德市），法号道明。是南朝陈帝之后，游方时于黄檗希运禅师座下得领玄旨，一度为首座。后为四众迎请住观音院，常有住众百人。由是诸方归慕，咸以尊宿称。③王老师：普愿禅师（748—834），俗姓王，郑州新郑（今河南新郑市）人。曾投江西洪州开元寺马祖道一学习禅法。因姓王而称王老师。

### 正修书记录成来呈①

笑汝经年执管随②，长言短句益支离③。
丰干到死还饶舌④，觉范投荒亦赋诗⑤。
秋老野鸿书远碧，夜深山鬼哭空池。
如何录取声前话，风静高林月落时。

【注释】　①此诗写正修书记，整理记录函可的诗文，师颇感饶舌叨叨，非平生所愿也。②经年：十二个月为一个经年。执管：执笔记录。③支离：意指分散，离奇不正或残弱不堪的样子。④丰干：唐代高僧，剪发齐眉，衣布袋，居天台山国清寺。饶舌：有唠叨、多嘴之意。⑤觉范：名德洪，字觉范，初名慧洪。宋瑞州清凉寺宝觉禅师，著《禅林僧宝传》三十卷，及《林间录》。高宗建炎二年（1128）五月入寂，寿五十八，赐号宝觉圆明。投荒：贬谪、流放至荒远之地。

## 得张觐仲书①

忽惊天上寄来书，火尽西园一木余。

苜蓿有根开绛帐②，芙蓉无蒂碎香车。

觐仲元配为余第五妹，以救母死，故云

儒门淡泊思灵鹫，芸阁荒颓泣蠹鱼③。

西园公遗书数万卷，手著亦不下万卷，俱火烬

垄草尚沾半子泪④，雪中翘首几踌躇。

【注释】 ①此诗写函可师得张觐仲书，感叹世事之无常，似有所待，雪中共凄凉。②苜蓿（mù xu）：俗称金花菜，是一种多年生开花植物。③芸阁：藏书处，即秘书省。蠹鱼：亦作"蟫鱼"，虫名。即蟫。又称衣鱼。蛀蚀书籍衣服。体小，有银白色细鳞，尾分二歧，形稍如鱼，故名。④垄：此处指坟冢。

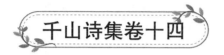

博罗剩人可禅师著　书记今羞编

# 五言绝

### 枝上雪二首①

鸟宿寒枝动，晴天雪更飞。

既沾台石冷，复上老僧衣。

叶尽枝方满，时时飘素埃。

晚风吹未了，疑是野梅开。

【注释】　①此诗写北风吹、雪花飘的样子，表达了对雪的喜爱。

### 残　叶①

已被晚风促，复受晓霜侵。

亦知终不久，珍重片时心。

【注释】　①此诗写残叶。诗中"亦知终不久"，哀丽凄凉之至也。

### 题范宽真迹①

岩壑层层古，全非近日山。

山中最深处，置我于其间。

【注释】　①此诗题范宽真迹。函可师意谓与范宽，乃千古知音也。范宽：宋初画家，华原（今陕西耀州区）人，擅长山水画，自成一家。时与关全、李成合称"宋初三家"。

## 同大翁看古帖①

一笔笔模楷，一叶叶精神。
骤喜多酬接，徐思晋代人。

【注释】 ①此诗写同大翁看古帖，诚如古人所言，"书，如也。如其学，如其才，如其志，总之曰如其人而已。"大翁：左懋泰。

## 题大士像①

（赵孟頫笔）

终不得自在，即此苦何穷？
愿取杨枝水②，一洒朔庭空③。

【注释】 ①此诗意谓，愿洒杨枝水，救苦满虚空，函可师好大的誓愿。赵孟頫（fǔ）（1254—1322）：字子昂，浙江吴兴（今浙江湖州）人。宋太祖赵匡胤十一世孙、秦王赵德芳嫡派子孙。南宋末至元初著名书法家、画家、诗人。②杨枝水：指佛僧们使用的"圣水"。杨枝：僧人用的齿木。③朔庭：泛指北方。

## 残菊二首①

残菊深秋里，无人雪一堆。
莫嫌憔悴甚，曾见十分开。

世情偏爱菊，吾意独怜残。
暂收无限泪，权作片时看。

【注释】 ①此诗函可师以残菊自喻，慨其跌宕哀丽之态也。

## 题去雁送寒还二首①

数载同樊系②，秋来尔欲飞。
只疑天路阔，烟雨尚霏微。

孤飞尔自可，回首念同群。
欲向青冥诉，惟愁总不闻。

【注释】 ①此诗写题去雁，并送别寒还。岁月如流，沦落天涯，所恨唯有别离多，实不愿之，问天不语。②樊系：拘禁。

## 柬苏筑①

一日不相见，新诗又几篇？
急携来共读，午后老僧眠。

【注释】 ①此诗写函可师喜读诗词，盖可以助兴释怀也。柬：信札。苏筑：见卷六《怀苏筑》注①。

## 雪十二首①

岁岁易相思，五月六月时。
莫愁久离别，亦有霜飞飞。

古瓦疏不完，白雪飞满床。
抖擞一片衲，犹疑是月光。

半夜披衣起，宛在梅花村。
梅花开易落，白雪长到门。

昔日赵师雄②，月明林下卧。
美人寒不来，花落空朵朵。

寒月照野雪，一片老僧魂。
夜深招不得，时来白板门。

天地正高寒，白月来相佐。
匪特肝肠如③，渠今即是我。

销金帐不知④，此中有至味。
俯仰天地间，飘飘吾与尔。

相对寂无言，怀人一万里。
只在庾岭头，欲折不堪寄。

尔从天上来，天上寒更多。

年年见飞下，欲上苦如何。

一啮齿牙清，再啮心髓化。
只合深山中，大石长松下。

入世随方圆，净秽亦无别。
只有一点心，不肯因人热。

人世一火宅⑤，那堪作久居。
六载雪山中，苦业犹未除。

**【注释】** ①这组诗以雪为题，叙述了函可师禅居生活，虽说苦寒，却也闲情自永，随缘消苦业尔。②赵师雄：应指赵州和尚。③匪特：意谓不只，不但。匪，不，不是；特，只，但。④销金帐：嵌金色线的精美的帷幔、床帐。⑤火宅：多用以比喻充满众苦的尘世。

## 泪①

泪非还魂香，空流亦何益。
只愁双眼枯，还留看天日。

**【注释】** ①函可师意谓多哭无益，"还留看天日"，善哉。

## 寄戴三①

农事今何若，秋风舞袖单。
新诗迟汝读，直可奈饥寒。

**【注释】** ①此诗直述读诗可以耐饥寒。戴三：函可师好友，见卷五《赠戴三》注①。

## 落叶二首①

萧萧泪独零，落叶逐风轻。
秋草甘同死，真惭树上荣。

岂不恋本枝，秋霜不可耐。
明知春必来，摇落安能待。

**【注释】** ①此诗为函可师秋日感物伤怀之作。

## 秋风引①

秋风满天地，塞上最悲凉。
树声和暮角②，尽卷入离肠。

【注释】　①此诗同上，为函可师感物伤怀之作。②暮角：日暮的号角声。

## 古　歌①

白日去不息，松风奈尔何？
为问市朝客，何如山上多？

【注释】　①此诗函可师感叹世人贪图名利也。

## 同傅、陈二子送北里之堡中①

只有两旬别，浑如送远心②。
把持不忍去，直到日西沉。

【注释】　①此诗把短暂的别离情写到极致。北里：左懋泰，其生平见本书《千山剩人可和尚塔铭》注释。②远心：深远的心机。唐·杨炯《从弟去溢墓志铭》："玉振金声，笔有余力，远心天授，高兴生知。"

## 答育侍者①

松枝有东日，飘云无返期。
边霜寒彻骨，亲到始应知。

【注释】　①此诗为函可师锤炼育侍者努力参禅之语。

## 寄淡仙①

我昔访君日，君来见我时。
一般真意味，不许别人知。

【注释】　①此诗写函可师与淡仙乃心照神知的道友。

## 寄介子①

风雨隋堤上②，相逢泪尽弹。

只今桥畔柳，应念老僧寒。

【注释】　①此诗写函可师与介子惺惺相惜。②隋堤：位于商丘市至永城市之间的汴河故道。隋大业元年（605）开通济渠，两岸筑堤，种植桃、柳，供隋炀帝乘龙舟游江南时观赏。现河道淤没，堤址仍存。

## 寄仙裳①

执斧一长揖②，白门雨雪深。
十年曾有约，珍重昔时心。

【注释】　①函可师与仙裳乃同参道友，嘱其不忘初心，彻悟大法。仙裳：黄云（1621—1702），字仙裳，清江南泰州人。慷慨义气。幼时赴试，为知府陈素所赏识。后陈素受枉下狱破家，黄云售田得金，尽以赠之。晚年贫苦，屡辞聘召。工诗文。有《桐引楼集》《悠然堂集》。②执斧：此处应指参禅修道也。

## 寄瘤明①

贫极心无改，所欢惟友朋。
平生一片意，大半在孤僧。

【注释】　①此诗写函可师感谢瘤明对自己的帮助。

## 寄与田①

何人不相识，斗室傍城隈②。
闻有不平事，轻身半夜来。

【注释】　①与田者，函可师好友，乃侠肝义胆之人也。②傍：依。隈（wēi）：角落。

## 寄一轮①

衲衣留侠气，不独是深慈。
中夜闻相忆，床头白月知。

【注释】　①一轮者，侠气豪迈，乃函可师好友也。

## 寄一指①

闭户见青山，松风尽日闲。

只愁三月梦，轻度蓟门关②。

**【注释】** ①此诗写函可师深感时日无多矣。②蓟门关：居庸关。在今北京市昌平县西北三十里。

## 寄黄子①

词赋髫年事②，腰间三尺寒③。
铁函无限泪④，独许老僧看。

**【注释】** ①逝水如流，血泪无限，函可师回首往事，独自长叹。②髫年：童年。③三尺：宝剑。④铁函：用来装诗的铁盒子。此处指诗歌。

## 寄杨三①

夜阁孤灯话，爱君此意真。
可怜三幅锦②，盖却古今人③。

**【注释】** ①"夜阁孤灯话"者，应为杨三所言，打动了函可师的心扉，故曰"盖却古今人"矣。②可怜：可爱，喜爱。三幅锦：三幅锦画。③盖却：胜过。

## 月二首①

月色本无私，水寺孤人得。
长安富贵家，烧蜡如白日。

月来静后多，况已刈禾黍②。
一望西尽头，茫茫不知处。

**【注释】** ①此诗写月色无私，冷冷流辉，神寄景传，不知何处。函可师浑然忘我的状态。②刈（yì）：割。

## 北里暮归①

归路不觉远，月出静林峦。
举头贪看月，误到别家门。

**【注释】** ①此诗写只因月光宁静祥和，诗人贪看误到别家门。一种岁月静好的写照。北里：左懋泰住地，流人称左懋泰为"北里先生"。

## 同苏筑看月①

明月在江南，夜夜看逾好。
今夜照两人，各自伤怀抱。

【注释】　①此诗所言，家是故乡好，月是故乡明。苏筑：见卷六《怀苏筑》注①。

## 卧　月①

塞上亦良夜，明月本无心。
照衾复照面，一一感人深。

【注释】　①此诗意谓明月无心，人神欢欣，不觉魂消。

## 秋吟二首①

蝉声随落叶，飘堕枕头边。
我心与空际，胡为白昼眠。

秋风不相谅，吹我破衣裳。
独起向前阶，误踏草上霜。

【注释】　①此两首诗写秋季函可师孤苦的禅居生活。

## 月①

我同明月来，一路照秋草。
月到朔庭荒，人到朔庭老。

【注释】　①此诗意谓，人与明月休戚与共，地老天荒矣。

## 夜①

明月照梦中，荒荒万里白。
惊起揽衣裳，犹疑是乡国。

【注释】　①此诗所言，盖函可师得道之相也。

## 同傅、陈二子看喜哥①

绝漠无芳草，王孙那得归。

最怜双眼泪，不识为谁挥。

**【注释】** ①此诗写同傅、陈二子看喜哥。喜哥挥泪者，别离情也。

## 春夜怀耳叔弟①

梦去长不到，梦来应更难。
相逢愁愈惨，不为隔重关。

**【注释】** ①此诗写春夜怀耳叔弟。日思夜想，只能梦中相见了。耳叔：函可的三弟韩宗骁，号耳叔。

## 雪中访大翁①

我从雪里去，君自雪中来。
又是今年起，相过第一回。

**【注释】** ①韩愈诗云："亲朋相过时，亦各有以娱。"与此诗所言相近矣。大翁：左懋泰，其生平见本书《千山剩人可和尚塔铭》注释。

## 千山二首①

忆山频得句，到此句全无。
扶杖沿山觅，时闻山鸟呼。

策倦疑无路，低松暂可凭。
老僧远招手，更上最高层。

**【注释】** ①盖千山胜境自有夺人之势，处处消魂矣。

## 同谦受枕上①

枕边不计程，驿路如可记。
一样梦还乡，多君五千里。

**【注释】** ①此诗指示学者，参究大法，欲明了此事，如人饮水，冷暖自知，直到无疑之地，方可居家稳坐。余者，皆途程中事，即所谓之梦梦尔。

## 即事十首①

锋镝暂云免②，潦旱乃相仍。

上天亦何意，厌此蚩蚩生<sup>③</sup>。

峨峨七尺躯，不及薄铜钱。
塞外多霜雪，犹云得所天。

寻常重别离，此日不回顾。
脱手即生天，得钱差可度。

同生既不能，同死亦徒尔。
尔去未必生，且非眼前死。

汝留枯我腹，汝去剜我心。
相持不肯放，血溃破衣衾。

临行重嘱咐，人世贵自持。
愿汝得饱日，毋忘饥饿时。

所谋在升合<sup>④</sup>，顿使骨肉分。
易险但相守，素心安可论<sup>⑤</sup>。

微贱胜于鬼，妇子亦间间<sup>⑥</sup>。
始知情与操，惟存一饱间。

自顾安足惜，顾彼良可悲。
安得天雨粟，毋令强别离。

身死固足悲，身辱亦足耻。
与其辱以生，毋宁饥以死。

**【注释】** ①此组诗叙述关外当年的情景：虽然战乱暂息，旱涝灾害频繁，老百姓饥寒交迫。函可师不忍弟子坐等饿死，令其远走他乡，嘱咐千重。甚至为了一点点粮食，导致骨肉分离，母子也是这样，盖良心丧于困地，没有所谓的情操，生不如死。②锋镝（dí）：刀刃和箭头，泛指兵器，也比喻战争。③蚩（chī）蚩：纷扰貌。④升合：借指少许米粮。⑤素心：本心，素愿。⑥间（jiàn）间：细加分别的样子。

## 吊昭君冢<sup>①</sup>

莫作枝头花，宁作冢边草。

草色至今青，花开一朝好。

**【注释】**　①此诗写吊昭君冢。函可师以花、草比拟，赞其流芳千古。昭君：王昭君（约前52—约8），名嫱，字昭君，乳名皓月，西汉南郡秭归（今湖北省宜昌市兴山县）人，与貂蝉、西施、杨玉环（杨贵妃）并称中国古代四大美女，晋朝时为避司马昭讳，被称为"明妃"。

## 冯公雪阻，再留一宿①

何必春宵好，千金属冷边。
安能天上雪，直下到明年。

**【注释】**　①此诗写冯公遇雪阻留宿。盖冯公与函可师，有如"桃花潭水"般的友情。

## 寒　风①

寒风一点泪，我自昧其繇。
久厌丈夫气，何况女子愁。

**【注释】**　①本诗集有云"令威他日归华表，定在循州古树边"。函可师自认为应此谶也。即为正真仙品，寒风一点泪流，盖俗缘难却也。

## 送大来先生葬六首①

全躯违凤心②，无灰庶速朽。
山前萝石翁，相待亦已久。

覆土勿使厚，种树勿使密。
万古与千秋，长令见天日。

当年吏部公，四海多金石。
今日素车来③，曾否旧相识。

悲风吹不歇，孤月近为邻。
世上亦寥落，何如山鬼亲。

生卧冰雪中，死埋冰雪下。
藉此省见闻，天地为长夜。

斩却坟前松，远山青历历④。
毋令后世人，系马长大息⑤。

【注释】　①此诗写送大来先生葬六首。大来先生，即左懋泰，抑郁而终，其生平见本书。第六首诗末后句有云"毋令后世人，系马长大息"，令人慨叹不已。②夙心：平素的心愿。③素车：古代凶、丧事所用之车，以白土涂刷。④历历：指清楚明白，分明可数。⑤大息："太息"，意为叹气。大，今为"太"。

## 接乡书二首①

乡国久无望，仍存劫火余②。
泪流双眼尽，得见故人书。

片纸来天外③，封题自广州④。
开函不敢读⑤，一字一生愁。

【注释】　①此诗写尽函可师对故乡的思念。②劫火：此指战火兵灾。③天外：形容极远之地。④封：信封。题：写。⑤开函：打开信封。

## 还山忆旧十首①

言笑不可觅，暗风吹庭隅。
开门见萝月，恍惚照髭须②。

相见必破颜，来往永无期。
出塞将十年，始如初逐时。

挟卷出相寻，往往偕风雨。
从此得新题，但向松间语。

大音易销沉，天地终何有。
茫茫东海沙，斯人岂长久。

枕中百十篇，暗室生霹雳。
梦里长把持，只恐蛟龙攫③。

雨尽禽声寂，空山似有闻。

十年稠叠恨，不是为思君。

常遣候君来，松枝挂月白。
君今逐浮云，犹扫松根石。

山中多虎豹，月黑恐魂惊。
君如来入梦，须随明月行。

约略梦中见，一半苦吟声。
此夜分明甚，犹恐非平生。

最怜同出塞，不得上千山。
屡咏山僧句④，常思山鹿闲。

【注释】　①此组诗写函可师想念一同出塞的友人，此人生死不明。梦去空留月，苦吟不见人，令人叹息。②髭（zī）须：胡子。唇上曰髭，唇下为须。③攫（jué）：抓取。④屡（lǚ）咏：连续歌咏。

## 真乘师临行口占①

君去何须恨，还如未到时。
相看无一语，那得送行诗。

【注释】　①真乘师者，少与同学，与函可同依道独老人剃发出家，徒步万里到关外探访函可，相对三月，彼此甚欢。今者，真乘师南返，二人相看竟无一语，着实令人费解！

## 同诸子煨山药守岁①

岁去谁能守，山寒味独长。
旧乡虽有芋，未必胜他乡。

【注释】　①此诗写函可师同诸子煨山药守岁，内心所感。煨（wēi）：在带火的灰里烧熟东西。

## 古别离二首①

残月送君去，还复照妾归。
生憎日光夺，不得长辉辉。

男儿志四方，不信别离苦。

妾死化钢锄，锄断四方路。

【注释】　①此诗描写了相爱男女的别离之苦，令人难以释怀。

## 怀旧有感八首①

孤吟必忆君，一忆一回老。

泪滴王维句，劝君苦不早。

我生苦忆君，我死人必忆。

胡为眼前光，日日成虚掷。

死去悲已迟，生存欢未极。

悲欢共一时，速哉各努力。

从君百千能，从君百千识。

双眼倚云天，到底泪一滴。

口说遍河沙，毛发不得力。

人即任君欺，君欺君何益？

见人手自遮，千百幻何极。

人去手自扪，一点光历历。

无病有千春，病来在呼吸。

细碎简平生，收拾将何及。

好日信无多，良会诚难值。

切莫俟其时，始叹空相识。

【注释】　①此诗写函可师思念友人，以及对友人深深的关切之情。盖此友人自负己能，误称得意，一旦无常鬼杀到，众苦逼身，如何应对？只因平时不肯修，此时毛发用不上。函可师意谓好日无多，应努力修行。

## 首山律主过访①

我居千山南，尔居千山北。

去来各自繇，大都山路直。

【注释】　①函可师意谓，人虽然分南北，但皆宗佛法，故万善同归矣。

## 木公寄衣①

城中寄衣来，感激泪如湍。
琼玖安足报②，愿勿忘饥寒。

【注释】　①此诗写木公寄衣，函可师感激涕零。木公：见卷四《木公以闵茶寄山中感》注①。②琼玖：出自《诗经·卫风·木瓜》，"投我以木李，报之以琼玖。匪报也，永以为好也"！后世常用以美称礼物。

## 山雪三首

青山面面同，浑如张素纸。
欲蘸万丈松，尽书太平字。

一片嵯峨石，中余小径通。
自从雪积后，那得世人踪。

山中清且闲，寒雪共朝夕。
除却自行踪，并无麋鹿迹。

【注释】　①此组诗写函可师与山雪共朝夕的禅居生活。

## 对　月①

明月但照雪，不照世人心。
雪深惟一色，人心种种深。

【注释】　①此诗感慨世人复杂，人心难测。

## 题作么山居十首①

筑室最高顶，山高云逾闲。
回看予住处，犹觉在人间。

天近龙长护，山空雪独飞。

只愁林鸟出，带得世尘归。

远山俯可拾，北斗近堪凭。
共在白云里，君居第一层。

仰卧星辰见，雪来白满床。
更添檐上溜，冰柱列成行。

无事扶筇出，远寻麋鹿游。
莫行松底路，松子打人头。

耕田余半亩，今岁称大熟。
小罐贮三升，大瓶贮一斛。

粗粝可充腹，生涯实有余。
尽除今世事，留得古人书。

参叶聊当茗，无人自一杯。
门前屐齿响，定是老僧来。

日午尚高眠，问人雪霁未。
沙弥九岁余，不识人间事。

山巅如可上，更上一重重，
总断樵人路，低头谢旧峰。

【注释】 ①此组诗写冬季的山居生活，恍惚天外，犹在人间，令人向往。

# 山　晓①

山晓冷恓恓②，开门雪覆溪。
偶随麋鹿迹，不觉过桥西。

【注释】 ①此诗写山晓。"偶随麋鹿迹，不觉过桥西"者，生意盎然也。②恓恓：孤寂的样子。

# 山　暮①

薄暮一山风，钟声在半空。

云多遮不见，不出此山中。

【注释】 ①薄暮、山风、钟声……不出此山中，令人俗虑顿消，道心生矣。

## 接尔珍书①

索笑堂中客，十年塞外居。
主人犹不忘，遥寄八行书。

【注释】 ①此诗写接尔珍书。尔珍，盖一禅门道友，似取笑函可师不会"临济宾主句"（临济，唐代高僧，为佛教临济宗创始人。临济宾主句，由于临济义玄禅师在接引学人方面惯常用的方式"喝"教化，使得许多学人得到引导，直接契入禅法。有一次义玄禅师就对弟子说："你们总是学着我喝，那我今天要考考你们，如果有一人从东堂出来，另一个人从西堂走来，两人同时齐喝一声，这时你们如何分辩谁是主？谁是客？如果分不出来，以后就不可以再学我喝。"义玄禅师说此话的深意在于警示学人不要随意使用"喝"的方式，以免误导他人）。

## 夜坐偶成二首①

责躬宜独厚②，责人宜用宽。
成仁谁不愿，杀身良所难。

圣道非一端，只贵审其真。
杀身有时易，所难在成仁。

【注释】 ①此诗写严于律己，宽以待人，以及对"杀身成仁、舍身取义"的思考。②责躬：反躬自责。

## 腊月一日大雪，病中口占①

已近予生日，弥天大雪飞。
年年惟抱病，泪湿破僧衣。

【注释】 ①此诗写函可师抱病多年，苦不堪言。

## 侍者劝予病中罢吟，赋此示之①

我死终无恨，我生良独艰。
不因频得句，何以破愁颜。

【注释】　①此诗写函可师病中吟诗，聊以慰藉。

## 子夜歌二首①

素丝绣荷花，杂丝绣荷叶。

荷叶将比君，荷花将比妾。

君行路非一，君心千百岐。

檐前垂蟢子②，空费腹中丝。

【注释】　①《易·系辞上》曰："二人同心，其利断金。"彼此不同心，"空费腹中丝"是必然的。②蟢子：蜘蛛的一种，俗称喜蜘蛛。

## 山　梦①

入夜魂无禁，皇恩亦已渥②。

故山不时归，岁晚归逾数。

【注释】　①函可师已魂不守舍矣。②已渥：很厚。

## 独　望①

岁暮登高顶，心心眼瞑烟②。

东南频极目，不见旧乡天。

【注释】　①函可师祈盼魂归故乡之情。②心心：佛教语。指连绵不断的思想念头。眼：用如动词，用眼看。瞑烟：昏暗的烟雾。

## 梦①

梦久厌城郭，为君时往还。

不知城郭梦，曾否到深山。

【注释】　①函可师挂念各位善信，不知善信亦挂念函可师否？

## 接诸公札①

屡接城中札②，长为野老忧。

一从入山后，半字未曾酬。

**【注释】** ①写函可师身居山中，接到老友信函，半字未回复，心到神知也。札（zhá）：此指信件。

## 寒夜风①

归梦不觉远，合眼海门潮。
罗浮刚咫尺②，风吹断铁桥。

**【注释】** ①函可师梦归故里，"风吹断铁桥"者，梦想难成也。②罗浮：罗浮山，广东省境内。此指函可师家乡。

## 披 裘①

顽石冻不裂，雪多山更幽。
十年冰里过，此日披羊裘。

**【注释】** ①十年冰雪，冻不裂，压不服，吾师实乃出世之大丈夫也！

## 夜 雪①

寒风夜萧飒，门外白皑皑。
窗破何须补，从他雪入来。

**【注释】** ①窗破随它破，雪入随它入，俯仰天地间，剩人一函可。

## 千山诗集卷十五

博罗剩人可禅师著　书记今羞编

# 七言绝一

### 怀罗浮①

铁桥西畔即吾家，回首黄云万叠遮。
四百峰峰皆有梦，空从笛里见梅花。

【注释】　①此诗写函可师仿佛回到了家乡罗浮，此处的山水皆有梦，笛声响处见梅花，任茫茫尘海，一身飘堕，纵是黄云万叠，遮也遮不住。思乡之情浓烈！

### 秋月四首①

碧天湛湛自孤身②，淡寂何言一倍亲③。
此是山楼旧相得，眼中无复岭南人。

秋光深浅我全知，正是无人独立时。
便欲关门情莫奈④，惊乌啼在第三枝。

出户连天动远思，沙明如雪沁肝脾。
夜深一片苍茫色，不是流人绝不知。

高楼钟歇雁声沉⑤，一叶随风到客心。
却忆素馨田畔住⑥，美人何处独披襟？

【注释】　①此四首诗应是函可师初到边地所作，孤寂中透出一种深深的无奈。②湛湛：清明澄澈貌。③淡寂：淡泊寂静。④莫奈：无可奈何。⑤沉：沉寂。⑥素馨：植物名。本名耶悉茗，花白色，香气清冽，可供观赏。以其花色白而芳香，故称。

## 塞上四时歌①

三春不见一花开②，独有城头散落梅。
却忆江南晴日好，屐声齐上凤凰台③。

纷纷牧马问平原，望见炊烟尚有村。
白骨未埋青草遍，不知何处哭王孙。

未到中秋吹已寒，每因踏月怯衣单。
何须更听悲笳曲，白发丝丝叶叶丹。

牛车咿轧河上行④，下有蛟龙冻不鸣。
直待冰销能几日，寒风吹尽暖风生。

【注释】　①此两首诗描述了塞上的一年四季，人烟稀少，苦寒凄凉。②三春：春季三个月。农历正月称孟春，二月称仲春，三月称季春。③屐声：脚步声。凤凰台：古台名。在今江苏省南京市南面。李白的《登金陵凤凰台》即咏此。④咿轧：象声词。牛车行进时发出的声音。

## 寄与然师①

破寺松风腊月时，君行泼墨我题诗。
天山无限巨然笔②，不到边庭总不知。

【注释】　①此诗写边庭空旷、凄凉的景象。②巨然：五代、宋初画家，僧人。南唐时住开元寺。入宋，随李后主至汴京。擅画山水，师法董源，善于表现江南烟峦气象，喜用长披麻皴法，笔墨清润。与董源并称"董巨"，为五代、宋初南方山水画主要流派。有《秋山问道图》等画存世。

## 接笑峰师己丑二月札①

### 时辛卯五月也②

三年一纸到关东，江月边云万里同。
研泪题诗连夜寄，不知何日达南中③。

【注释】　①此诗写接到笑峰师三年前的书信，无限感慨，挥泪题诗，遥寄关切。②辛卯五月：顺治辛卯年（1651）五月。③南中：指岭南地区。

## 暮过苏筑斋留题①

原是道傍半间屋，自君到此足优游②。
纵令野月长相接③，不得僧来也不幽。

【注释】 ①古人云：山不在高，有仙则名；水不在深，有龙则灵。此诗赞美苏筑斋的风雅情趣。苏筑：见卷六《怀苏筑》注①。②优游：悠闲自得。③野月：郊外的月色。

## 怀陈子①

十日不来凉又到，预愁衣薄不禁秋②。
风吹禾黍人行处，疑尔相随老比丘③。

【注释】 ①陈子十日不来，函可师思念之，实乃良师益友也。②预愁：忧愁。③比丘：佛教语，俗称和尚。

## 喜王三为陈子觅得馆地①

朝夕随僧嚼冷齑②，邻翁为觅一枝栖。
解开布裹残书卷，几个儿童胜牧羝②？

【注释】 ①此诗写陈子觅得馆地。虽说清贫艰苦，却也风情自远。②冷齑（jī）：凉的细碎食物。②牧羝（dī）：苏武牧羊的典故。汉苏武出使匈奴，单于胁迫他投降，苏武不屈服。后来把他流放到北海上无人处，使牧羝（公羊），羝乳乃得归。由于羝根本不会产乳，单于以此来断绝他回汉的希望。苏武在匈奴坚持了十九年，"及归，须发皆白"。见《汉书·苏武传》。

## 怀大翁①

诗满奚囊麦满篝②，别才几日忽惊秋。
只疑弟劝兄酬处，白水山花一片愁。

【注释】 ①此诗写怀大翁，略带凄凉和伤感。大翁：左懋泰，时人称"北里先生"。②奚囊：指贮诗之袋。典出《全唐文》卷七百八十《商隐十·李贺小传》。李贺"每旦日出，与诸公游，恒从小奚奴，骑距驴，背一古破锦囊，遇有所得，即书投囊中"。后因称诗囊为"奚囊"。篝：竹笼。

## 赠戴三①

一月城中走一回，路傍得句倩僧裁②。
纵令黄叶如金贵③，不得而翁笑口开④。

时来城卖烟叶，故云

**【注释】** ①戴三乃有意参究大法。此诗写戴三偶有所得，便与函可师商量抉择，富有
生活情趣。戴三：见卷五《赠戴三》注①。②倩：请。③黄叶：烟草叶。④而：你。

## 访陈子新馆二首①

市肆开门讲学初②，虽无儋石胜歌鱼③。
日中欲效王充阅④，只卖羊皮不卖书⑤。

半岁三迁古佛家，云门胡饼赵州茶⑥。
莫因旧结僧缘熟，仍借田衣作绛纱⑦。

**【注释】** ①此诗写函可师悠游禅居，以诗书自娱，不亦乐乎。②市肆：本指市场，这
里指学馆。③儋（dàn）石：指少量米粟。歌鱼：指寄食别人门下。典出《战国策·齐策
四》："齐人有冯谖者，贫乏不能自存，使人属孟尝君，愿寄食门下……左右以君贱之也，食
以草具。居有顷，倚柱弹其剑，歌曰：'长铗归来乎！食无鱼。'"唐·杜牧《寄浙西李判
官》诗："唯念贤哉崔大让，可怜无事不歌鱼！"④王充：字仲任，会稽上虞（今浙江绍兴
上虞）人。东汉思想家。其主要著作《论衡》。⑤羊皮：出自百里奚《五羊皮歌》："百里
奚，五羊皮！忆别时，烹伏雌，舂黄齑，炊扊扅。今日富贵忘我为？"此处以羊皮喻人的才
华。⑥云门：云门文偃禅师（864—949），俗姓张，姑苏嘉兴（今浙江嘉兴）人，是云门宗
禅的创始人。赵州：赵州禅师（778—897），法号从谂，曹州人（今山东菏泽），是禅宗史
上一位震古烁今的大师。⑦田衣：袈裟的别名。

## 重阳前一日雪①

自启柴扃望远峰②，乡心落叶一重重。
似怜登陟添愁思③，处处台先著雪封。

**【注释】** ①空怅望，添愁思，乡心落叶一重重，函可师心系故乡矣。②柴扃：犹柴
门。亦以指贫寒的家园。③登陟：登高。

## 九日冒雪访我存<sup>①</sup>

定是寒僧独扣扉，书声犹共雪花飞。

市中来往空如织，就里无人是白衣<sup>②</sup>。

【注释】 ①此诗写函可师冒雪访我存，虽曰"书声犹共雪花飞"，却更显馨香浓郁，不亦乐乎。②白衣：白色衣服，古代平民服。因指平民，亦指既无功名也无官职的人。

## 独　望<sup>①</sup>

独望寒山山欲颓，城头暮角一声催<sup>②</sup>。

乡心片片随云去，只恐西风吹又回。

【注释】 ②此诗写函可师思乡之情又起。②暮角：日暮的号角声。

## 孤　灯<sup>①</sup>

孤灯如鬼夜幽幽，白发频添照不休。

最是愁人风雨后，一生心事五更头。

【注释】 ①此诗写孤灯，倍显孤独和凄凉。

## 残　菊<sup>①</sup>

登高过后冷凄凄，独向平原望眼迷。

已是不禁愁又见，一枝残菊夕阳西。

【注释】 ①此诗写残菊。莫叹残菊夕阳西，愁人犹自怜愁人。

## 小　春<sup>①</sup>

九十春光寒梦里，小春敢望暖风回。

遥知故里无人处，又是梅花绕屋开。

【注释】 ①函可师的思绪又飞到万里之外的故乡，思乡之情又起。

## 苏筑得丽服<sup>①</sup>

何以家园衣敝裘<sup>②</sup>，寒边翻作五陵游<sup>③</sup>。

即今风雪全无患，绣锦重重一裹愁。

【注释】　①函可师见苏筑得丽服，同时有感国破家亡之痛，绣锦重重者，熟视无睹，蔑如也。苏筑：见卷六《怀苏筑》注①。②衣：名词动用，穿衣。此处引申为覆。敝裘：原指破旧的皮衣。此处指山河破碎的景象。③五陵：指汉朝五个皇帝的陵墓，位于现在的西安市西北。分别是汉高祖刘邦的长陵，汉惠帝刘盈的安陵，汉景帝刘启的阳陵，汉武帝刘彻的茂陵，汉昭帝刘弗陵的平陵。此处喻繁华的都市。

## 题我存新斋二首①

雪天谁复赠绨袍②，残卷寒灯道自高。
日里市尘三万斛③，梦中化作大江涛。

车马喧填户不开，身虽欲槁恨难灰。
空斋最苦钟声近，夜夜还家半路回。

【注释】　①梦中悲歌情千古，纵得绨袍也泪流，函可师想回家了。②绨袍（tí páo）：战国时范雎在魏国须贾手下做事时曾受贾辱。后范逃到秦国并做了秦国的相。贾出使到秦，范装扮成穷人去见贾。贾见他很穷就给他一件绨袍。范因眷恋故人之情，就没有杀贾。后以"绨袍"比喻故旧之情。③斛（hú）：旧量器名，亦是容量单位，一斛本为十斗，后来改为五斗。

## 刺翁来城见访①

到城先自问残僧，老大关情一片冰②。
莫为空门能释恨，空门此日恨尤增。

【注释】　①此诗写刺翁来城拜访，深情问候，返至凄凉。②老大：年长者，此处指刺翁。

## 重和堡中八咏①

### 北　山
执斧归来泪未干②，北山山下雪风寒。
当年恨不移文早③，只恐移文也不看。

### 夹　河
夹岸遗黎意自凄④，滔滔何处武陵溪⑤。

河流亦厌寒冰苦，不向东头尽向西。

## 石　人

石丈岩岩孰可俦⑥，苍天终古自悠悠。

我来说法无人会，只有山前暗点头。

## 永兴寺

野寺开门云乱飘，鱼声灯火各萧条。

凄凄木佛凭传语，只恐寒多我欲烧。

## 莲　渚⑦

梦破荒天苦乐齐，情存净污便成迷。

东方亦是莲华国，何事迢迢愿更西。

## 耕　烟

秋雨连绵失所天，又闻鹿豕占余田。

可怜生计归黄叶，无奈飘零不值钱。

## 菜　蕨

半生勋业醉醒间，到此方知稼穑艰。

薇蕨幸留堪缓死，莫将饥饿怨西山。

## 观　鱼

谁道洋洋可乐饥，凄凉抱铗未弹时。

故乡自有鲈鱼脍⑧，只恨秋风忆已迟。

**【注释】**　①此组诗写尚阳堡所见所闻，道尽凄凉孤苦的景象。②执斧：此处应指函可应邀去尚阳堡以文会友。③移文：旧时文体之一。指行于不相统属的官署间的公文。亦泛指平行文书。清·赵翼《赴津门》诗：“聘书却公卿，移文畏朋友。”此处应指左懋泰向函可所发的邀请函。④遗黎：亡国之民。⑤武陵溪：武陵源，借指避世隐居的地方。出自晋·陶潜《桃花源记》。⑥俦（chóu）：相比。⑦莲渚（zhǔ）：莲池中一小州也。渚，水中小块陆地。⑧鲈鱼脍（kuài）：南朝宋·刘义庆《世说新语·识鉴》：“张季鹰辟齐王东曹掾，在洛，见秋风起，因思吴中菰菜羹、鲈鱼脍，曰：‘人生贵得适意尔，何能羁宦数千里以要名爵？’遂命驾便归。俄而齐王败，时人皆谓为见机。”后因以“鲈鱼脍”为思乡赋归之典。

## 喜陈子罢役①

从此沙边好放吟，数茎白发抵黄金。

相逢仙客休言药，若教还童苦不禁。

**【注释】** ①劳役者，百姓之苦，今者罢之，令人欣然。

## 怀李炼师①

故乡到去想全非，恨不当年拔宅飞②。

逢著相知棋莫看，西风华表待君归。

**【注释】** ①此诗写函可师对李炼师的怀念，祈愿其善果臻身。②拔宅：全家迁移。

## 柬焦冥①

去岁怜君余一弟，予今一弟昧存亡②。

囊中定有还生药，肯任龙沙白骨荒③。

**【注释】** ①此诗写函可师柬焦冥。师其不必为兄弟担忧，他自有妙药任纵横。焦冥：见卷六《送苗炼师入燕》注①。②昧：不明。③龙沙：泛指塞外漠北边塞之地，荒漠。

## 访陈子阻雨①

大风大雨掩僧扉②，拄杖闲抛咫尺违③。

料得棋枰敲到晚，不堪抬首望云飞。

**【注释】** ①此诗写访陈子被风雨阻隔，顿生沮丧之情。②僧扉：僧门。③咫尺：距离很近。违：背，反。

## 访陈子二首①

山寺相寻尔尚存，强开颜笑暗声吞。

最怜缕发余霜雪，犹有白头人倚门。

经年抱铗向空门②，白水黄瓜老瓦盘。

不是阇黎钟忽断③，何人真感孟尝恩。

**【注释】** ①此两首诗写函可师感谢陈子的深情厚意。②抱铗（jiá）：参看《战国策·

《齐策》中的冯谖"弹铗而歌"的典故。③阇（shé）黎：比丘，僧侣。孟尝恩：同上典均出自《战国策·齐策》中的冯谖"弹铗而歌"。孟尝，孟尝君田文。

## 寄界系师①

少小参寻老大僧，云山历尽碧层层。

关东白日寒如水，欲寄清凉照古藤。

**【注释】** ①此诗写界系师历尽千辛万苦，寻师访道，参究大法，函可师愿其早日证悟。系缚于三界之烦恼。属佛教"法相宗"所研究的主要内容，故"界系师"是法相宗的法师。界系：界，指欲、色、无色三界；系，联系、关连之意。

## 寄功檀行者①

如何仍滞故人家，念汝辛勤泪点沙。

归语故园诸弟妹，孤僧未死海东涯。

**【注释】** ①此诗写函可师希望功檀行者，尽早返回家乡，带去对亲人的问候。

## 夜雨怀傅、陈二子二首①

风雨同床定赋诗，诗中定话苦相思。

老僧恨不冲泥过，只恐天晴又别之。

无雨无风愁寂寂，大风大雨益凄其。

不知绝塞如何好，便使同床泪亦披。

**【注释】** ①此两首诗写函可师夜雨怀傅、陈二子，盖此二子皆跟随师之益友也，清心入道，孝友纯仁，函可师暂不见之，思之甚切。

## 同诸子访耀寰不遇①

车马全无户半开，寻山应到日西回。

儿童不用询名姓，定是吾侪三五来②。

**【注释】** ①此诗写访耀寰不遇，益见函可师雅致之有余也。②吾侪（chái）：我辈，我们这类人。

## 题扇送耀寰①

赠别惭无金匜匜②，白团新墨共淋漓。

移家不少王侯贵，那得吾曹半句诗③。

【注释】　①函可师逍遥道域，栖心云水，今挥墨题扇送给耀寰，当希之宝之。②金匼匝（kē zā）：金制的马络头。唐·杜甫《送蔡希鲁都尉还陇右因寄高三十五书记》诗之二："马头金匼匝，驼背锦模糊。"仇兆鳌注："《韵会》：'匼匝，周绕貌。'此言金络马头，其状密匼也。"③吾曹：犹我辈，我们。

## 题铁岭花楼①

貂锦何年去画楼②，楼前荆棘满空秋。

行人立马一抬首，叠笏还疑在上头③。

【注释】　①此诗所言，意谓是非成败转头空，警世也。②貂锦：貂裘、锦衣。③叠笏（dié hù）：堆积着高官所执的手板。此处喻很多高官。

## 秋　燕①

海水苍茫何处归，深秋犹自傍人飞。

旧时王谢皆泥土②，只恐重来我又非。

【注释】　①此诗以"秋燕"自喻，表达自己凄凉无依的境遇。②王谢：南北朝时王、谢二姓世为望族。王指王导家族，谢是谢安家族。刘禹锡有诗："旧时王谢堂前燕，飞入寻常百姓家。"后常以王谢为高门世族的代称。

## 闻宗尉为戴子直冤①

耐尽冰寒鬓已霜，春风一点到穷荒。

委缣仅见方义尉，更有何人赎仲翔②？

【注释】　①此诗中，借唐朝吴保安弃家赎友（郭仲翔）的典故，盛赞宗尉是为人正直、深明大义的好官。直冤：冤案得伸。②委缣（jiān）仅见方义尉，更有何人赎仲翔：可参阅《新唐书·吴保安传》："保安（吴保安）大喜，即委缣于蛮，得仲翔（郭仲翔）以归。"委，积聚，意谓攒足。缣，双丝的细绢。

## 赠寿光三公子①

炯炯双眸气食牛，最怜未解说边愁。

他时得返弦歌地，却望寒冰是旧丘。

**【注释】** ①寿光三公子，乃锐意参究大法的学人，现在是懵懵懂懂的门外汉，函可师鼓励其发奋努力，他时若得省悟，蓦然回首，寒冰乃是旧丘（故乡、故居）矣。

## 怀寒还①

数载交游一瞬休，计程应说到皇州。

乡关重雾难回首，何处霜风不是愁。

**【注释】** ①此诗所写乃是函可师说不尽的乡愁。

## 送戴三①

半揖鞭梢雪载途，怀中一幅流民图。

金鸡计日传边海②，肯逊缇萦却丈夫③。

**【注释】** ①戴三者，仁孝无择于亲疏，慈忍不碍于良贱。代父劳役，不逊缇萦，令人见贤而思齐。今者，踏雪远行，去人不远矣。戴三：见卷五《赠戴三》注①。②金鸡：一种金首鸡形，古代颁布赦诏时所用的仪仗。③缇萦（tí yíng）：代指孝女。汉文帝时，太仓令淳于意有罪当刑，系长安狱。其少女缇萦随父至长安，上书请入身为官婢，以赎父罪。帝怜之，为除肉刑，意乃得免。出自汉·刘向《列女传·齐太仓女》。后代用为称颂孝女的典故。

## 解　嘲①

莫笑孤僧老更狂，平生奇遇一天霜。

不因李白重遭谪，那得题诗到夜郎②。

**【注释】** ①此诗写函可师自我解嘲，正因为蒙冤流放，留下动人诗篇，足以飨后世也。②夜郎：郡名，辖境在今贵州正安及道真等县境内。李白因参与永王（李璘）之乱被流放夜郎。

## 问我存病①

残躯何异委寒林，绛帐萧条夜雪深。

独有病魔无冷暖，长边万里亦相寻。

**【注释】** ①此诗表达函可师对我存深深的关切之情。

## 怀苗炼师①

一度关门便是仙，才经两月已千年。

鹤飞纵有归来日，只恐人民未必然。

**【注释】** ①黄鹤一去不复返，才经两月已千年。此诗表达了函可师对友人深深的怀念之情。苗炼师：见卷六《送苗炼师入燕》注①。

## 闻薪夷游豫章①

最是一身无著处，随风直向大江西。

匡庐山下子曾住，应访茆堂过虎溪②。

**【注释】** ①薪夷者，参究大法的学人，直向大江西，函可师深表关切。薪夷：陕西人，冰天诗社成员。②虎溪：在庐山东林寺前，相传晋僧慧远居东林寺时，送客不过溪。一日，陶潜、道士陆修静来访，与语甚契，相送时不觉过溪，虎辄号鸣，三人大笑而别。后人于此建三笑亭。

## 春前一日①

腊尽依然处海滨，寒风破衲易相亲。

年来历日浑无据，未必明朝便是春。

**【注释】** ①此诗写函可师孤苦凄凉的境遇。

## 祀 灶①

绝塞为神亦可怜，一瓢冰雪献尊前。

经年佳节同寒食，莫把清贫诉上天。

**【注释】** ①此诗写祀灶。"莫把清贫诉上天"，足见函可师的孤苦凄凉。

## 立 春①

清晓开门泪已披②，梅花一别永无期。

寒冰到死为朋友，便是春来也不知。

**【注释】** ①此诗写函可师心如死灰，回乡永无期矣。②披：散开，引申为流。

## 枕上偶成①

寒炉拨尽漏声微②，独卧泥床揽毳衣③。

枕上岭梅三百树，一时化作雪花飞。

【注释】　①此诗写函可师思念故乡。②漏声：古代铜壶滴漏之声，用来报时。③毳（cuì）衣：僧服的一种。

## 我存晓过①

春来安得到柴扉，望断孤云更不飞。
寒泪满眶无地洒，却将数点湿僧衣。

【注释】　①此诗写函可师孤苦凄凉的境遇。

## 雪中怀太翁①

开门三尺没空阶，欲问袁安愿又乖②。
自是雪深堪葬骨，更无余地著吾侪③。

【注释】　①此诗写函可师哀叹自己悲凉的境遇。②袁安：字邵公，汝南汝阳（今河南商水）人。汉明帝时，任楚郡太守、河南尹，政号严明，断狱公平。在职十余年，京师肃然，名重朝廷。后历任太仆、司空、司徒。③吾侪：见本卷《同诸子访耀寰不遇》注②。

## 元旦拈香①

野臣负罪海东偏，羞搭袈裟见佛天。
一瓣心香和泪举，不知何处祝尧年②。

【注释】　①此诗写函可师元旦拈香。"一瓣心香和泪举"，表达了函可师心中的无奈。②尧年：古史传说尧时天下太平，因以"尧年"比喻盛世。

## 闻我存得仲氏馈贻①

抖擞曾无一寸毡，只将双眼看残年。
邻翁斗粟浑闲事，续得寒儒命一线。

【注释】　①我存，寒儒之士，命悬一线，得仲氏馈贻，盖积善必有余庆矣，函可师赋诗随喜。馈贻（kuì yí）：馈赠。

## 偶　成①

今年更比去年穷，梦到梅花香亦空。

抖擞破衾残雪在②，无人知道旧家风。

**【注释】** ①此诗写函可师浑然忘我矣。②抖擞：抖动，抖落。

## 即　事①

食得冰甜岁又新，曾无好意别疏亲。
从他唾面从他笑，不改南蛮鴃舌人②。

**【注释】** ①此诗写函可师已初步适应边地的生活了。②南蛮鴃（jué）舌：出自《孟子·滕文公上》，"今也南蛮鴃舌之人，非先王之道"。用来形容南方某些地方的方言难懂。鴃，伯劳鸟。

## 丽大师寄梅花诗①

一枝谁折寄辽东，腊尽香残梦久空。
欲拟报君寒彻骨，祁连雪满月朦胧。

**【注释】** ①此诗写丽大师寄梅花诗。"祁连雪满月朦胧"，知心的话，不知从何说起，一言难尽。

## 九日大风①

年年九日怯登台，此日登台眼独开。
瞬息塞尘吹欲尽，无人知自大江来。

**【注释】** ①函可师寄景言情，表达了对未来归乡的信心。九日：农历九月初九，也就是重阳节。

## 寄讯堡中吴子①

莫为饥寒瘦不禁，三人惟尔绝来音。
孤僧有梦还应人，辜负寒灯夜夜心。

**【注释】** ①堡中吴子杳无音信，函可师深表关切，寄信询问。

## 千山怀大来、苏筑诸公①

几年相约入千山，万丈枯藤我独攀。
何日团圞最高处，峰峰收拾破囊还。

【注释】　①此诗写函可师祈盼畅游千山。大来：即左懋泰，其生平见本书《千山剩人可和尚塔铭》注释。苏筑：见卷六《怀苏筑》注①。

## 题净瓶峰①

案头恰置此孤峰，峰顶何人插古松。
为问山灵如可借，杖挑随处得相从。

【注释】　①函可师感叹千山有此"净瓶峰"美景，杖欲挑之相从，愈显诗情画意。

## 千山寄诸子五首①

一到山中便不同，山翁只合住山中②。
山中不尽凭题寄，才欲抒毫色色空。

寸寸都堪屐齿留，此中何处觅边愁。
饥来无限青松叶，更汲寒泉煮石头。

扫石焚香只待君，满溪流水共云云。
闲愁抖擞洞门外，莫带纤纤乱白云。

千峰残雪挂松杉，月下孤僧经一函。
何必浮山归便好，病躯今已委寒岩③。

破衲萧萧自一峰，思君斜倚最高松。
为留一片松间月，间叠溪桥候短筇。

【注释】　①这组诗盛赞千山胜境，美不胜收，令人妄心顿息，明发怀抱也。②合：适合。③委：托付。

## 赠红鸦①

雪里惊看花独开，燕支山上晓飞回②。
莫怜幽谷寒无奈，为带春光一点来。

【注释】　①此诗写红鸦，似寒冬绽开的鲜花，春光昭然可见矣。②燕支：山名。

## 别千山①

片云相伴出山扉，挂杖挑将破衲衣。

为语洞猿长守护，石床茶灶待僧归。

**【注释】** ①此诗表达了函可师对千山情有独钟。

## 重入千山二绝①

偶然飞去复飞还，几见云能离得山。
旧路依稀犹可认，石桥流水第三湾。

万壑千峰是旧知，此回相见异前时。
寒鸦亦似曾相识，两两飞来低树枝。

**【注释】** ①此组诗写重入千山。相逢相见呵呵笑，一回相见一回新，足见函可师对千山的喜爱。

## 重留龙泉静室①

岩边茆屋出林梢②，乱石支床雪半消。
拗得松枝重洒扫③，壁间犹挂旧时瓢。

**【注释】** ①此诗写重留龙泉静室。慨念昔游，壁间犹挂旧时瓢，心静默然，只欲留此住，伏惟函可师尊候万福。②茆屋：茅屋。③拗：折断。

## 入山遇雪①

去岁到山曾有雪，今年踏雪复登山。
泉声滴沥还如旧，山共孤僧添老颜。

**【注释】** ①此诗写函可师入山遇雪。人虽已老，泉声依旧，表达了对千山的一往情深。

## 山中同诸老夜话①

烧松共话到更深，衣薄钟残雪又侵。
住得此山非近世，不须重问祖师心。

**【注释】** ①函可师与千山有缘，有种似曾相识之感，对千山喜爱之情溢于言表。

## 访无心师①

裂却青衫三十年，孤峰独自抱云眠。

相逢休问今何代，梦满双眉月满天。

【注释】　①此诗写访无心师。盖无心师者，悟道之人也，结庐孤峰，抱云独眠，念念俱寂，了无异缘，直入如来之地也，函可师赞叹随喜。

## 千山二首①

三月峰头春意微，昼晴时见一鸦飞。
东沟林外闻人语，野老提筐摘菜归。

天与空岩养病身，衲衣无复惹红尘。
故山久已荆榛遍，谁料桃源却在秦。

【赏析】　①这两首诗写千山乃修身养性的好地方。

## 千山杂咏五首①

石人招我上高台，极目中原一点灰。
半局未收云黯黯，只愁北海又生埃。

空传玉匣自神京②，大石泉流骨亦清。
鸟篆残碑风雨后③，依稀犹认雪庵名④。

枯藤为幕月为阶，半卷莲经伴古崖⑤。
甲子坐穷寒未了，扫将残雪葬枯骸⑥。

谁把燕支染白云，桃花流水日纷纷。
只疑古寺颓垣下，犹压当年蛱蝶裙。

叹惜前朝五寺僧，云窝占尽一层层⑦。
即今夜雨青磷遍⑧，疑是琉璃古佛灯。

【注释】　①函可师伫立山顶，极目远眺，想到半壁河山仍处于战乱之中，想到立志苦节的雪庵和尚，想到自己将终老此山，想到从前流连此地的才子佳人，想到辉映古今的琉璃光佛，心中不免悲戚。②神京：指帝都京城。③鸟篆：篆体古文字。形如鸟的爪迹，故称。④雪庵：元时在千山香岩寺修行的高僧。据考，"雪庵和尚名普光，字元晖，号雪庵，俗姓李氏，大同人。元世祖至元年间（1279—1294），特封昭文馆大学士，赐号玄吾大师……"因误解其妻外遇一气之下在千山崔家屯附近的夕阳寺出家，其妻得到消息后领着女儿找雪庵解释说："你可把我冤枉了，睡在我床上的是你走后生下的女儿。"雪庵顿觉愧对妻女，但这时雪庵佛心已定，覆水难收，誓不归凡，为避妻女哭诉，转往香岩山山洞苦修得道，成为高僧。⑤莲经：佛经《妙法莲华经》的简称，又称《法华经》。⑥枯骸：枯朽的骨骸。⑦云窝：浓云的旋涡。⑧青磷：磷火，俗称磷火虫。

## 喜梅君磊从江南寄诗①

天外何人赠一枝，未曾相识足相思。
翻怜苏李赓酬处②，那得中原几首诗？

【注释】　①一字一句，带来江南的气息，伏惟和尚尊候万福。②翻：数量成倍的增加。怜：爱。苏李：汉时苏武与李陵是好朋友，经常以诗文相互酬答。赓酬：与人作诗相赠答。

## 辽阳回访大翁①

可堪隔别一年期，见面依然霜满髭②。
窖底唱酬良不易，老僧去后更无诗。

【注释】　①古人云：路逢侠客须呈剑，不是才人莫献诗。善哉斯言！②髭（zī）：嘴上边的胡子。

## 喜遇沈谦受①

孤身绝域守寒毡，尽日无言意悄然。
自悔罪深余舌在，见君翻似对枯禅②。

【注释】　①函可师自言，孤身绝域，尽日无言。沈谦受乃故人，视函可师若老僧也。②枯禅：此处指老僧。元·戴表元《陪阮使君游玉几》诗："花满车茵酒满船，乱云堆里访枯禅。"

## 高寒还叔侄复至①

何意重逢黑水滨，边愁又觉一番新。
冰霜已是经来惯，况复残僧是故人。

【注释】　①此诗写高寒还叔侄复至。苦寒之地，又遇故人，"边愁又觉一番新"，是极是极。

## 云间钱、钟二子至①

相将微喘度龙荒②，尚有寒冰苦未尝。
却怪老僧愁不死，殷勤先问耐愁方。

【注释】　①此诗写钱、钟二子，远涉苦寒之地，看望函可师，大有消愁之意。云间：指远离尘世的地方。元·马致远《陈抟高卧》第三折："俺那里云间太华烟霞细，鼎内还丹日月迟。"②龙荒：龙指匈奴祭天处龙城，荒谓荒服。唐·王昌龄《从军行七首》之三："表请回军掩尘骨，莫教兵士哭龙荒。"

## 圣秋寄诗并双管①

一缄珍重寄辽东②，诗卷仍将双管同③。
旧砚已焚无所用，只应新句伴寒风。

【注释】　①寒风凛凛，友情浓浓，心常无待，隙驹朝骋。②一缄：一封书信。③双管：毛笔。

## 往辽阳二首①

满头短发自离披，正好团圞又别之。
莫讶一挑霜雪重，裂裳还裹故人诗。

平生作戏几逢场，每笑河流尽日忙。
最是云闲闲不住，又随风雪过辽阳。

【注释】　①辽阳胜地，流连风景，好友交游，岂不快哉。

## 与诸子约三日春游，第三日阻雨二首①

非关风雨能相妒，自是人间胜会难。
不为此番游屡阻，连朝终作等闲看。

昨宵有约东郊外，枕畔风拖急雨来。
自此得晴便相过，无花亦到日西回。

【注释】　①春游一日，胜过人间无数，岂是风雨能妒，函可师好惬意。

## 雨窗读诗娱①

此日闭门惟伏枕，枕边一手把残编。

谁言绝塞无朋友，纸上相逢百十年。

【注释】　①古人云："山河不足重，重在遇知己。"相逢于纸上，回味无穷矣。

## 大雪，李、苗二炼师同诸子过谈竟日①

莫怨崎岖屐齿艰，但逢好友足开颜。

囊中谩说长生药，且得浮生一日闲。

【注释】　①盖好友相聚胜过长生药也多矣。炼师：旧时以某些道士懂得"养生""炼丹"之法，尊称为"炼师"。起初多指修习上清法者，后泛称修炼丹法达到很高深境界的道士。李：李希与。苗：苗君稷，见卷六《送苗炼师入燕》注①。

## 寄江南诸同社四首①

白日歌声满大荒，于今斯道属辽阳。
翻嫌李白归来早②，不得长吟向夜郎。

谁言雪碛一僧孤，白拂交横沸海隅。
郑侠若令生此日③，竹林莲社总应图④。

饿到今称饱亦顽，墨台真乐在西山⑤。
兄酬弟唱知多少，空使薇歌落世间⑥。

无罪还应出塞来，石头旧社长蒿莱⑦。
会稽禹穴饶探遍⑧，不到天山眼不开。

【注释】　①此四首诗写函可师与友人激扬酬唱的情景，并诚邀南方友人到访。同社：同社友。②翻嫌：反而嫌怨。③郑侠：宋福清人，字介夫，初从学王安石，后反对新法。时遇大旱，郑侠以所见流民苦状令画工绘《流民图》上奏神宗，于是罢方田、保甲、青苗诸新法。④竹林：喻亲密的友谊。莲社：东晋僧慧远居庐山东林寺与刘遗民、雷次宗等十八人同修净土，中有白莲池，号莲社，亦称白莲社。⑤西山：首阳山，在山西永济县南。传说商末伯夷、叔齐二兄弟因不事周朝、不食周粟，隐于首阳山，采山薇而食，后饿死于此。⑥薇歌：出自《诗经·召南·草虫》，"陟彼南山，言采其薇"。《史记·伯夷传》："武王已平殷乱，天下宗周，而伯夷、叔齐耻之，义不食周粟，隐于首阳山，采薇而食之。"⑦蒿莱：杂草。⑧会稽禹穴：浙江绍兴会稽山门外的禹陵，陵附近有禹王庙。

## 慈航偶成二首①

曲录偏容老罪夫②，天山从此辟荒芜。
请看自古传灯者③，问道曾来九译无④

百匝毡裘竞献酥⑤，杖头指处朔风驱。
介夫若见绫千尺⑥，会写长边说法图⑦。

【注释】　①此诗写函可师驻锡慈航院，开法时盛况空前的情景。慈航：千山慈航寺，原寺不存。今重建。②曲录：僧家用的禅床。因刻木成屈形为之，故名。宋《圆悟佛果禅师语录》五："三万二千师子座，争及此个曲录木。"③传灯者：传法的人。传灯，意谓以法传人，如灯火相传，辗转不绝。④九译：多次辗转翻译。⑤匝：围绕一周叫一匝。⑥介夫：郑侠，字介夫。⑦长边：长幅，大幅。

## 大翁出塞亦既抱孙矣，复连举四子，戏赠二首①

含饴亦自足欢娱，又见双双挽白须。
便使郑图添百子②，可能代得老翁无。

三年四读洗儿诗③，大漠维熊梦亦疲。
纸笔未穷从所好，只愁风雪夜啼饥。

【注释】　①此诗写大翁弄子贻孙，尽享天伦之乐。大翁：左懋泰。②郑图：郑侠所绘《流民图》。③洗儿：旧时风俗，婴儿出生三天或满月时，亲朋集会庆贺，给婴儿洗身。

## 柬我存①

几人风雪共留连，才过清明便不然。
最苦枕戈人已老②，未曾先著祖生鞭③。

【注释】　①函可师勉励我存道心坚固，努力向前。②枕戈：枕着兵器，准备战斗之意。③祖生鞭：亦作"祖鞭"。祖生，即祖逖。《晋书·刘昆传》："吾枕戈待旦，志枭逆虏，常恐祖生先吾着鞭。"后因以"祖生鞭"为勉人努力进取的典故。

## 寄澹归①

曾向瓶窑觅幻身，书来已是法中亲。

何时飞锡同辽鹤②，来问垒垒冢底人。

【注释】　①此诗寄语澹归，致问候之意也。澹归：金堡，法名澹归。其著作有《遍行堂集》《遍行堂续集》。所作有十几种，全部被毁。他与函可是好友，互有唱和。②辽鹤：指丁令威。中国道教崇奉的古代仙人。据《逍遥墟经》卷一记载，他为西汉辽东郡人，曾学道于灵墟山，成仙后化为仙鹤，飞回故里，站在一华表上高声唱：有鸟有鸟丁令威，去家千岁今来归，城郭如故人民非，何不学仙冢累累。后世多用此典来警喻世人。

## 寄阿谁①

精绘事

谁与天涯作比邻，题诗先问白头人。
燕支久已无颜色，好写青山置我身。

【注释】　①劝君题诗莫仓促，绿水青山是道图。

## 纪　闻①

闭门镇日雨声潺②，忽听流民尽解颜。
纵使金鸡连夜发，只愁飞不到云山③。

【注释】　①"流民尽解颜"者，盖天下大赦也，函可师归乡有望矣。②潺：雨声。③云山：白云山，在广州，代指诗人家乡。

## 题王公六椽庵①

却因罪废觉于于②，茶碗残编足自娱。
室比维摩无一半③，屡将香饭致文殊④。

【注释】　①函可师每日粗茶淡饭，素风自得，不亦乐乎。椽（chuán）：装于屋顶，以支撑屋顶盖材料的木杆。②于于：悠然自得。③维摩：佛名。即维摩诘。释迦牟尼同时代人。④文殊：菩萨名。"文殊师利"的简称。意为妙法，妙吉祥。

## 寄与公三首①

水满春江书满车，单骑何苦问天涯。
眼前无限悲秋客，独有君心待折花。

闻君又已离孤寺，毕竟是谁割半毡②。
珍重夜寒应早卧，不须秉烛续残编。

茆庵灯火旧来过，君自呫唔我自歌③。
他日乘车休下揖④，但逢破笠不须呵⑤。

**【注释】** ①与公，乃函可师的好友。二人彼此唱和，相助相慰是也。②半毡：顾惜寒士的典故。《南史·江革传》："谢朓曾见江革于大雪天，铺着散絮单席苦学不倦，于是脱下自己的襦衣，并亲手割半毡与江革做卧具而去。"③呫唔：自语声或读书声。④下揖：下车拜揖。⑤不须呵：不要大声吆喝。

## 拈笔寄木公①

去年相约莫题诗，收拾残生过好时。
白雪下来山又冷，不禁孤寺远相思。

**【注释】** ①此诗表达了对木公的相思之意。木公：李呈祥，见卷四《木公以闽茶寄山中感》注①。

## 寄慰大翁①

相看白首恨如何，独卧牛衣泪又多②。
瓶口几年知缺尽，不须重击瓦盘歌③。

**【注释】** ①函可师寄语慰问大翁。大翁：左懋泰。②牛衣：为牛御寒的东西，用蓑草、麻等编制而成。③重击：沉重地击打。瓦盘：瓦制的食器，比碗大。

## 寄潘公①

万里寒云共掩扉，如何朋好足相依。
情知乡井无穷泪②，恐见伤心不敢挥。

**【注释】** ①函可师寄语潘公，可见二人乃贫贱之交矣。②乡井：家乡。

## 桃源词二首①

当年鬼哭便应焚，灰冷难招坑底魂。
先世为儒知不免，桃花那得到儿孙。

鸡犬寻常得自由，从来无喜亦无忧。

眼中若见秦时代，满洞花开也是愁。

【注释】　①盖逝者如斯，人事俱非，纵使满洞桃花开，不生不灭总虚空。

## 入山杂咏二十首①

曲曲溪流去复回，山花夹路石门开。

老僧望见频挥手，莫带红尘一点来②。

竹杖随身任我移，袈裟搭在矮松枝。

青山处处容吾住，欲著茆檐便不宜。

居山元是此山人，似我山居日日新。

莫笑浮生无定止，但逢好石足乡邻。

莫问西来路不同，何妨麋鹿得相从。

山山到处看俱好，最爱溪南第四峰。

横路枯松挂古藤，几年踏雪到来曾。

偶看虎迹间人迹③，知是长眉赤脚僧。

一饱欣欣乐有余，主人犹我我犹渠。

翻思二十年前事④，翠幕华堂是客居⑤。

老大无家亦有筇，寻山山顶有高松。

芒鞋常恐行来遍⑥，一日排云到一峰。

杖头到处是吾家，瓶钵都将挂树丫⑦。

趺坐偶然盘石上，不须山鸟更衔花。

已过溪云几十重，忽闻林外一声钟。

欲寻人处无人问，满地纵横是虎踪。

一宿僧堂即便行，主人留客客无情。

磬声只到山门止，一路猿啼共鸟鸣。

山花历乱杂蒿莱⑧，一度来寻一度开。
猿狖不曾离旧处⑨，笑予频去又频回。

一双草履一边瓢，一卷残书伴寂寥。
莫道无枝枝未稳，从今更不羡鹪鹩⑩。

何处非吾得志时，山麕野雀共嬉嬉。
独行率意还同阮⑪，但到穷途泪不垂。

半掩柴关一径苔，山梨几树落堆堆。
老僧定起开眸看，疑是山猿拾果来。

垂垂白发坐凄凄，尽日空山听鸟啼。
笑指岩松高百尺，入山时节与肩齐。

千峰寂寂待知音，人世纷纭那许寻。
不是我来频寄迹⑫，孤他泉壑万年心。

市迹才通便不清，深藏塞外不知名。
中原无限佳山水，杂沓人来亦世情⑬。

无如此地足幽栖⑭，满眼苍青我亦迷。
何处老猿来觅得，又扶筇竹过桥西。

闲踏荒莱见断碑，依稀篆迹似唐时⑮。
此中或是唐朝寺，问著山人总不知。

采将山菜山柴煮，更汲山泉彻底清。
野老自言年八十，年年食此不知名。

【注释】　①此诗写千山乃辽东绝胜，到处充满着诗情画意，同时叙述了自己恬淡自适的禅居生活。②红尘：原意是指繁华的都市。后指的既是这个世间，也指纷纷攘攘的世俗生活。该意来源于过去的土路车马过后扬起的尘土，借喻名利之路。③间：杂。④翻思：回想。⑤华堂：华丽的厅堂。⑥芒鞋：草鞋。⑦树丫：树木分枝的地方。⑧历乱：烂漫。⑨猿狖（yòu）：泛指猿猴。⑩鹪鹩：鸟名。俗称黄胆鸟，身灰色有斑，筑的巢很精巧，又称巧妇鸟。⑪阮：阮籍，三国时魏国文学家、思想家，陈留（今河南开封陈留镇）人，与嵇康齐名，为竹林七贤之一，能诗善文，蔑视礼教。⑫寄迹：寄托踪迹。⑬杂沓：众多纷杂的样子。世情：世态人情。⑭幽栖：隐居。⑮依稀：仿佛。

# 偶　成①

不因贫病不思乡，愁绪弥天恨夕阳②。

自顾一身如此小，千峰犹恨莫能藏。

【注释】　①此诗乃思乡之佳作。②弥天：满天。言其大、多。

千山诗集卷十六

博罗剩人可禅师著　书记今羞编

# 七言绝二

## 赠友人十二首①

愁生白日恨余晖，夜夜披霜舞彩衣。
莫道梦归全不当，一年一半近庭闱②。

长读金刚一卷经，经声才罢暗叮咛。
生还菽水无他愿③，双白看儿到百龄④。

两世持衡淡有余⑤，传家只有一楼书。
年来方识全无用，那得神仙到白鱼⑥。

伯夷大笑入重泉⑦，先代弓裘颈血溅⑧。
自是吹篪相和切⑨，又看一雁度寒边。

岁岁空看塞雁归，何曾一见寄来衣。
遥知香阁无穷泪，出到堂前不敢挥。

寥寥几字寄空笺，道是平安泪亦涟。
常恐未能痴且鲁，偷将纸笔续残篇。

一杯浊酒奈愁何，尽日看天自放歌。
衣上密缝还是旧，泪残风裂已无多。

含泪题诗不敢悲，春风应见雁参差。

山河异昔休轻问，梦里曾经汝自知。

独有声音不改初，想当细认泪盈裾。
呼儿开阁尘应满，简点当年旧著书。

几年灯火伴僧孤，香烬衾寒水一壶。
他日鹿门山上梦，又应夜夜到边隅。

华表还将老鹤羁，先分一羽莫迟迟⑩
何时把臂山阴道，赠我前朝竹一枝。

相知惟我泪难干，三嘱殷勤晓露寒。
便是羊裘容易识，十分珍重钓鱼竿。

**【注释】** ①此诗名为赠友人。实乃函可师自述，自己常常梦回故里，在堂前尽孝。想自己本是书香门第，在明朝两世为官，可是后来国破家亡，自己又被流放。如今，改朝换代，只能暗自流泪。祈盼重归故里，纸短情长，伏惟珍重。②庭闱：旧指父母居住的地方，此处代指父母。③菽水：豆和水。指最一般的食品，常用作孝敬父母之称。④双白：指父母。⑤持衡：指掌握国家政权。⑥白鱼：传说周武王过河，至中流，有白鱼跃入舟中，武王俯身以祭，后附会为周灭纣之祥瑞。⑦伯夷：孤竹国君之长子，因不食周粟，隐于首阳山。重泉：地下黄泉。⑧弓裘：意同"弓冶"，谓世传之业。⑨篪（chí）：古代一种用竹管制成的像笛子一样的乐器，有数量不等的孔。⑩迟迟：犹豫。

## 九日左公招郭北登高①

篱边不见菊花开，门外时闻慧远来。
万里风沙愁黯黯②，相携莫上望乡台③。

**【注释】** ①此诗写郭北登高，思乡之心甚切。左公：左懋泰。郭北登高：盖指登尚阳堡北山也。②黯黯：沮丧忧愁貌。③望乡台：古人流离外地，往往登高或筑台眺望家乡，后世因称为望乡台。

## 赠海城王令公五首①

三年前此飘花雨②，今日来看一县花③。
旧户新氓俱乞遍④，一瓢直入到公家。

衙斋如水小窗虚，一局残棋一卷书。
未见便知非俗吏，只疑丁令旧仙居⑤。

天明野外劝农回，又向城头辟旧莱。
才欲关门看宋拓⑥，忽闻吏报老僧来。

不嫌粗粝分僧钵⑦，竹院过寻日日闲。
更欲论诗情未慊⑧，几回骑马入深山。

鸣琴关镇晓风清，携得弦歌遍海城。
父老岂长看昼锦⑨，中原最苦是苍生⑩。

【注释】　①此诗盛赞海城王令公，为政清廉，劝课农桑，仅用三年时间，如今海城到处是兴旺太平的景象。②花雨：花季所降的雨。③一县花：晋潘岳为河阳令，满县种桃李，有"河阳一县花"之称，后以"河阳一县花"为县治的美称。④新氓：新来的民众。乞：向人讨、要、求。⑤丁令：丁令威。见本卷《寄澹归》注。⑥宋拓：宋代人的拓本书帖。⑦粗粝：糙米，泛指粗劣的食物。⑧未慊：未满足。⑨昼锦：衣锦还乡。秦末项羽攻入咸阳，屠咸阳，有人劝他留居咸阳，项羽见秦宫已毁，思归江东。曰："富贵不归故乡，如衣绣夜行，谁知之者。"后称富贵还乡为"昼锦"。⑩苍生：老百姓。

## 陈令公重招不往①

重招野老了残棋，竹杖将行又故迟。
不是韬光莺燕怯②，暑寒如水病难支。

【注释】　①此诗写陈令公重招不往。暑去寒来，犹如流水，函可师身体老病难以支撑。②韬光："韬迹匿光"的省语。意为隐藏光彩、才能，不使外露。

## 重入山寄木公二首①

千丈秋岩锦十层，去年著屐忆同登。
只兹一点清闲事，除却先生便不能。

尘世青山隔几何，高人只可一来过。
不知老衲修何福，随意烟岚日夜多②。

【注释】　①此诗写重入山寄语木公，绿水青山，赏心悦目也多矣。②烟岚：山里蒸腾起来的雾气。

## 至日雪①

见说阳回何处觅②，山山惟有雪风狂。

几多束手茆檐下，又见愁添一线长。

【注释】　①冬至日，山山唯有雪风狂，天寒，伏惟函可师尊候万福。至日：冬至日。
②阳回：阳气回升。

## 寄寿大公①

山塞惟予在汝先，年年酹水献诗篇。

天心只爱文章老②，那管长愁几百年？

【注释】　①诗中乾坤大，愁处转生愁，珍重。大公：左懋泰。②天心：上天的意旨。

## 龙牙寄大公①

山中何事苦相思，共是寒风君最饥。

钵底分将山味苦，几年尝尽自应知。

【注释】　①山居清苦，饥寒为最，今将龙牙寄大公，令人感叹。龙牙：龙牙菜。

## 山药寄木公①

淡中滋味少人知，带雪锄来寄所思。

为语邺侯须领取②，懒残斫额已多时③。

【注释】　①山药并非美味，今带雪锄来，寄与木公，亦滋慨叹。木公：李呈祥，见卷
四《木公以闵茶寄山中感》注①。②邺侯：李泌，祖籍辽东襄平（今辽宁辽阳市），京兆
（陕西西安）人。唐玄宗时为太子供奉，历任肃宗、代宗、德宗三朝宰相，封邺侯。③懒残：
懒残者，名明瓒。唐天宝初衡岳寺执役僧也。《高僧传》曰："衡岳寺僧明瓒禅师，性懒而
食残，号懒残。李泌异之，往见。正拨火煨芋啖之，取其半授泌曰：勿多言，领取十年宰
相。"斫（zhuó）额：手放置额前，遥望远处。《五灯会元·南阳忠国师法嗣·耽源应真禅
师》："师曰：'车在这里，牛在甚么处？'丈斫额，师乃拭目。"

## 大翁携来诸物俱典尽，各赋一绝①

一曲拘幽心已悲②，高山流水尚相随。

年来弦断桐俱爨③，十指空留向子期④。琴

一幅长悬万壑秋，草堂闲卧共僧游。
巨源一去云山尽⑤，雪满泥倾破壁留。画

一片寒岩袖不离，云霞隐隐旧家遗。
马肝食尽愁鸲鹆⑥，拾得残砖写旧诗。砚

谩传携李千金值⑦，燕市相逢识者希⑧。
今日风流无晋代，更搜残墨换鹅归⑨。法帖

【注释】　①琴，乃孤鹤之长啸；画，乃山水之隽逸；砚，乃寒岩之集灵；法帖，乃龙蛇之飞舞。此诸物者，皆当希之宝之也。大翁：左懋泰。②拘幽：拘幽操琴曲名。相传周文王为崇侯虎所谮，商纣囚之于羑里，申愤而作此曲。③桐俱爨（cuàn）：指美琴。《后汉书·蔡邕传》："吴人有烧桐以爨者，邕闻火烈之声，知其良木，因请而裁为琴，果有美音；而其尾犹焦，故名曰焦尾琴焉。"④向子期：向秀，字子期，与嵇康友善，同是竹林七贤中人，好老庄之学。⑤巨源：五代宋初画家巨然和董源。巨然，江宁人，开元寺僧人，工山水，师法董源，后与董源齐名，号称巨源，也称董巨。⑥马肝：马肝石，因色如马肝而名，为制砚的名贵材料。鸲鹆（qú yù）：鸟名。俗称八哥。⑦携（zuì）李：古地名。又作醉李、就李，在今浙江省嘉兴县西南。《春秋·定公十四年》："越败吴于携李"，即此地。⑧燕市：指燕京，即今北京市。金·元好问《人日有怀愚斋张兄纬文》诗："明月高楼燕市酒，梅花人日草堂诗。"⑨换鹅：晋代大书法家王羲之很爱鹅，有"黄庭换白鹅"的传说。

## 寄答曰庐诸子①

书来知汝未曾离，竹杖麻鞋好护持。
我罪已深衰更甚，不须翘足看松枝。

【注释】　①函可师寄答曰庐诸子，入道要稳实，"不须翘足看松枝"，要看脚下。

## 寄丽和尚①

人天翘首岭云空，又向匡庐觅旧丛。
杖底瀑飞三百丈，好携一滴洒辽东。

【注释】　①此诗寄语丽和尚，翘首以待，开法辽东。丽和尚：函可师兄函昰，见卷十《忆丽中法兄》注①。

## 答浪杖人①

怜儿不觉鬓毛残，几度音来泪未干。

怀里有香头有雪，灯花应照海波寒。

【注释】 ①浪杖人，详见卷九《闻浪大师主法伞岭》注①。乃函可师的同宗长老，对其关爱备至。数次询问境况，令函可师感激涕零，并表示将为禅法的振兴，尽自己最大的努力。

## 谢江南诸友寄笔墨①

肯怯层冰骨已残，独愁破砚泪难干。

凭君寄我如椽管②，写尽天山百丈寒③。

【注释】 ①函可师感谢谢江南诸友的关爱，要用寄来的笔墨，写尽边地的孤苦凄凉。②如椽管：大笔。③天山：天山在新疆，此借指诗人流放之地。

## 笑峰兄受杖人付嘱以书来并寄诸刻①

石头风雨共朝昏，万里音书度玉门。

云月是同溪不别，更惊一吼海澜翻。

【注释】 ①函可师收到同宗师兄及长老书信，想起在金陵时的风风雨雨，且看振威一吼，禅海翻腾。

## 冯兄来言龙公入城，同木公、心公寓，时心公得子，口占①

客言星聚塞烟微，青琐花砖共土围②。

夜半呱呱惊梦醒③，却疑白板旧黄扉④。

【注释】 ①函可师恭喜心公，呱呱一坠地，又得麒麟儿。龙公：李裀（1597—1656），字龙衮，号澹园，山东高密人。清初官员。顺治六年（1649），以举人考授内院中书舍人。擢礼科给事中，转兵科。顺治十二年（1655），裀上疏极论逃人法弊病。上命免杖，安置尚阳堡。逾年卒。木公：李呈祥，见卷四《木公以闵茶寄山中感》注①。心公：陈掞臣，见卷七《寄心公二首》注①。②青琐：古代官门上的一种装饰图案，后来借指宫门，此处是说雕在花砖上的图案。③呱呱：幼儿哭声。④黄扉：门下省。因其官署的门是黄色的，故也称黄阁。

### 心公移寓木公舍得子二首①

旧宫深锁土墙低，书卷荒凉俎豆泥②。
见说北郊夫子在，三迁直向雪边栖。

相依庑下朔风吹③，更截牛衣为裹儿。
想得高堂寒夜梦，拨开深雪自含饴④。

【注释】　①心公，乃贫寒之士，尚德慕道，与函可师有交游。三迁移居木公舍，今喜得贵子，盖积善者有余庆也。心公：陈掖臣，见卷七《寄心公二首》注①。②俎豆：古代祭祀、宴飨时盛食物用的礼器，亦泛指各种礼器。后引申为祭祀和崇奉之意。③庑（wǔ）下：堂屋周围的走廊，廊屋。④含饴：谓哺育幼儿。形容亲子之情。

### 木公书来，极言乾公近状，同难蒙福，志喜①

白昼轻裘度玉门，须眉耿耿暗声吞。
此行不为乡情重，携取春风散五原②。

【注释】　①盖乾公者，同函可师一样，获罪被流放边地。后得到赦免，重返故乡，如今，生活得相当不错，函可师很是欣慰。"须眉耿耿暗声吞"者，函可师未得赦免。蒙福：受福，享福。木公：见卷四《木公以闽茶寄山中感》注①。②五原：五原县，在内蒙古巴彦淖尔盟东部后套平原上，南临黄河。

### 贺孝公被挞二首①

狱吏何妨溺死灰②，独将鸡肋抵轰雷。
翻嫌昔日王孙饿，宁受尊拳不受哀。

何人雪底缚袁安③，不用攒眉且自看。
总为梅花消息近，又添彻骨一番寒。

【注释】　①古人道：不经一番寒彻骨，怎得梅花扑鼻香。孝公者，乃参禅向道的学者，以枯木寒灰为祖师禅，自鸣得意，实则已掉入坑里，反而讥笑他人。今者，遇到宗匠，一通老拳，炮击雷轰，也该幡然醒悟了，故函可师贺之。②溺：水淹。死灰：已熄的冷灰，喻将死之人。③雪底缚袁安："袁安困雪"的典故。指高士生活清贫但有操守。《后汉书·袁安传》李贤注引晋·周斐《汝南先贤传》："时大雪积地丈余，洛阳令身出案行，见人家皆除雪出，有乞食者。至袁安门，无有行路。谓安已死，令人除雪入户，见安僵卧。问何以不出。安曰：'大雪人皆饿，不宜干人。'令以为贤，举为孝廉。"

## 冯公冒雪入山同卧①

不负崎岖路几千，歌声哭语雪中眠。

自言到此今经岁，一夕真当胜十年。

【注释】 ①冯公者，乃参禅向道之人。冒雪入山，经函可师点拨，得未曾有，故曰"一夕真当胜十年"也。

## 生日碧师见访①

萧萧匹马扣山扉，不用开言我自知。

空见雨花堆满迹，一瓢寒雪共支饥。

【注释】 ①诗中"空见雨花堆满迹"者，说食终不饱人，碧师其未见性也，函可师心知肚明，故暂时"一瓢寒雪共支饥"，等待日后的时节因缘。

## 赠梁公①

曾向苍梧恐百蛮②，十年彳亍鬓毛删③。

独支破灶炊残雪，双袖还留帝女斑④。

【注释】 ①梁公者，乃慕道向道之人。贞节苦心，业行淳修，令函可师叹赏。②苍梧：在广西东南部，东邻广东省。百蛮：古代南方少数民族的总称。后也泛称其他少数民族。③彳亍（chì chù）：意思为慢步行走，形容小步慢走或时走时停，犹疑不定。④帝女：指天帝之女瑶姬。《山海经·中山经》："又东二百里，曰姑媱之山。帝女死焉，其名曰女尸。"斑：泪斑。

## 呈骡①

怜我长将病骨驼②，难随冀足度关河③。

生刍一束兼孤钵④，累子人呼乞食骡⑤。

【注释】 ①乞食骡驼携病骨，人与骡相依为命，难渡关河，伏惟函可师尊候万福。②驼：驮载。③冀足：善走的马。④生刍：新割的青草。⑤乞食骡：乞食的骡子。

## 写诗寄同难①

见说残冬望我来，老僧一见笑颜开。

寄君一卷新诗句，每到愁来读一回。

【注释】　①盖患难与共之人，刻骨铭心，耐人寻味，一回重温一回新。同难：同遭灾难，患难与共。亦指同遭灾难之人。旧题汉·黄石公《素书·安礼》："同类相依，同义相亲，同难相济。"

## 看 花①

春色蒙头过去休，偶随山鹿树边留。

年年花发无心看，不似今年花更愁。

【注释】　①唐·刘希夷诗云："年年岁岁花相似，岁岁年年人不同。寄言全盛红颜子，应怜半死白头翁。"函可师感叹时光之流逝，自身之衰老也。

## 燕衔花①

今年寒甚去年寒，春雪才干花事阑②。

燕子似怜人不见，故衔一片到蒲团③。

【注释】　①看似无情却有情，燕子衔花到蒲团，想必是函可师德之所感也。②阑：残尽。③蒲团：以蒲草编织而成的圆形、扁平的坐垫，又称"圆座"。乃修行人坐禅及跪拜时所用之物。

## 落花十首①

片片何因再上枝，可怜摇落始应知。

老夫无限伤心泪，只在东风第一吹。

莫向枝头顷刻论，春光一等付郊园。

纷纷开落无穷恨，只有青松自感恩。

倚仗秾华最可怜②，牡丹画就亦徒然。

燕支山有倾颓日③，未必红颜保百年。

未曾衰谢断人肠，拗折何因委道旁。

却忆入时情漫切，镜台从此恨眉长。

何须洒泪向空枝，狼藉苍苔苦不辞。
细想芳园繁茂日，由来不是别风吹。

桃李春深自不言，肯教他树更承恩。
于今金谷多荒棘④，不及梅花别有村。

琥珀才倾日已西，夜来风雨暗凄凄。
曾将歌舞承欢宴，敢惜春泥践马蹄。

乱点欹崖自不平⑤，一番雨过一番情。
谁能把得春光住，莫怨楼头羌笛声。

莺啼渐急如愁别，剩蕊残枝日又昏⑥。
野老不知春去尽，犹将杯水奠花魂。

翠袖红牙兴尚饶，蜂愁蝶散自今朝。
年年荣落寻常事，识得春风恨便消。

**【注释】** ①此诗写落花。春来时，花满枝，是处园林称富贵。春尽处，蜂蝶散，狼藉空枝断人肠。函可师感叹落花有时，劝戒世人，莫恋人间快乐，当寻物外逍遥。②秾华：浓艳华丽。③倾颓：倾倒。④金谷：金谷园。晋石崇所筑，在洛阳市东北，因金谷水过此，而名金谷园。荒棘：荆棘丛生。⑤欹（qī）：倾斜，歪向一边。⑥剩蕊：没有开花的花蕊。

## 重哭左吏部八首①

思君不见草萋萋②，日落云黄望转迷。
未必冥途风景异，定知到处有新题。

历尽冰霜去不妨，从今无复畏冰霜。
多年亲友能相见，何异生还到旧乡。

兄弟团圞近若何，应知同和采薇歌。
不须更话寒边事，话到寒边恨更多。

生前有泪三千斛③，一见流人一度挥④。

地下若能开别路，好呼残魄尽将归。

飘零云水足深悲，最是无情泪独垂。
人世悠悠知不问，夜台何处访相知⑤。

不须重拟问高天，写尽长空也枉然。
白日未曾听半句，于今又隔几重泉⑥。

如君可是忘情者，屡问曾无答一言。
果尔不虚南面乐，招辞先拟到空门。

风沙漠漠竟何之，静想撚须不语时。
道大莫嫌泉路窄，山钟佛火好相依。

【注释】　①此诗写函可师重哭左吏部。二人皆是流放边地的才俊之士，彼此惺惺相惜。如今，左吏部辞世，函可师时常思念他。祈愿其出脱苦海，超登有在。左吏部：左懋泰。②萋萋：形容草生长茂盛的样子。③三千斛：极言泪水之多。斛，古时十斗为一斛。④流人：因罪被流放的人。⑤夜台：墓穴。亦借指阴间。⑥重泉：犹地下黄泉。

## 重过山寺看芍药①

昨日来看朵朵新，今朝几片逐飞尘。
无情无恨还如此，休问花前坠泪人。

【注释】　①此诗写重过山寺看芍药。函可师触景生情，伤感不已。

## 闻赤公扶病登山有怀二绝①

自笑居山懒入山，山花山鸟任闲闲。
输君抱病仍扶杖，历尽溪流第几湾？

山高雾重更多风，到处崎岖路不同。
片石短松须歇足，莫于峰顶哭途穷。

【注释】　①此诗写闻赤公扶病登山有怀。函可师非常关爱道友赤公，诗中"片石短松须歇足，莫于峰顶哭途穷"，其慈悲心切也。赤公：孙旸，见卷七《赤公书来赋答二首》注①。

### 赤公同诸公游千山，余不能从二绝①

年少探奇逸兴增，杖头常欲上云层。
于今老病居人后，见说峰高便畏登。

险阻曾经百念轻，半瓢随地足平生。
不须重话尘中路，纵是名山也懒行。

【注释】　①此诗写函可师历经磨难，可谓尘心顿尽，永籍安闲矣。赤公：见卷七《赤
公书来赋答二首》注①。

### 示老马十首①

日行三万犹嫌缓，便到瑶池路亦穷。
年老力衰甘处后，任他逐电与追风②。

万仞崇冈还易上，人间最险是平康。
若能步步如初步，历尽羊肠也不妨。

城边有路荆榛满，山上无尘虎豹多。
健步纵留何可骋，不如随意选陂陀③。

汝羸我病合相怜④，山寺晨钟自在眠。
赤汗已干蹄已薄，长楸无复忆当年⑤。

渥洼久已无消息⑥，皮骨虽存志欲灰。
旧日骁腾如梦里⑦，莫教错认作龙媒。

惠养虽勤非素愿，菱刍苜蓿总堪羞。
但能不受黄金络⑧，雪碛荒阡亦自由。

幸无伯乐能垂顾，价重何曾老不才，
青草渐长溪渐溢，骐骥终欲羡驽骀⑨。

却恨当年白马来，骅骝遍地转堪哀⑩。
支公久已轻神骏⑪，只合埋头向草莱。

不遇子方谁肯赎<sup>⑫</sup>，虽然出塞不从军。
龙髻凤臆皆黄土<sup>⑬</sup>，日暮临风哭旧群。

锦勒丝缠万骑奔，駪駪狉狉若云屯<sup>⑭</sup>。
何时尽放华山去，丰草长林到处恩。

**【注释】** ①函可师以"老马"自喻，向往无拘无束、自由自在的生活，祈愿重归故土，永乐林泉。②逐电与追风：形容马跑得快。③陂陀（pō tuó）：倾斜不平貌。阶陛。④羸（léi）：瘦弱，疲病。⑤长楸（qiū）：一种落叶的乔木。⑥渥（wò）洼：水名。在今甘肃省安西县境，传说产神马之处。⑦骁腾：谓骏马奔驰飞腾。⑧黄金络：黄金镶饰的龙头。⑨骐骥：良马名。驽骀：劣马，比喻才能平庸。⑩骅骝（huá liú）：亦作"华骝"，周穆王的"八骏"之一。⑪支公：晋释支遁（道林）善清谈，当时有很高名望，后来把支公作为对高僧的泛称。神骏：泛指宝马良驹。⑫子方：人名。⑬龙髻、凤臆（yì）：都是良马。⑭駪（shēn）駪：同"莘莘"，众多的样子。狉（pī）狉：兽群奔走的样子。云屯：如云聚集。

## 咏花六首<sup>①</sup>

一接春光即便休，莫于花底更淹留<sup>②</sup>。
从他烂漫从他落，只恐风来觌面收<sup>③</sup>。

空枝相对惬清幽<sup>④</sup>，谁把繁花缀上头。
为嘱狂风索吹尽，莫留残蕊向人愁。

岂有红颜能久驻，空庭应自长离忧。
无端老衲花前去，分取春风一半愁。

相看到得日斜无，只恐丛空眼亦枯。
蝶死不知花是梦，林莺何必苦招呼。

风光撒眼我明知，花信频来暗自悲。
二十四番肠寸寸，安能更见楝花吹。

嫩蕊终当委草莱，漫劳狂雨强相催。
空门不染犹生感，莫向朱楼绮阁开。

**【注释】** ①春风到，芳华满目。春残时，零落凄然。空怅望，独自悲。函可师俗缘难却也。②淹留：停留。③觌（dí）面：见面，对面。④清幽：清静幽深。

## 赠采郎①

古锦为囊背不离，词臣疏草逐臣诗②。

闲同觅句来山顶，逢著山僧一局棋。

【注释】　①诗中言"闲同觅句来山顶，逢著山僧一局棋"，此中情景，仿佛就在眼前，好悠闲，好惬意，令人羡慕。②词臣：以文字为职事的官吏。逐臣：被贬谪流放的人。

## 闻蠡云师有诗相寄，未到，先有此答①

诗筒闻说寄寒边，忆别今经十六年。

窖底雪深埋未了，余魂飞向玉帘泉。

【注释】　①蠡云师，乃函可师道友，阔别已十六年了。今者，有诗相寄，难得难得，令人感叹。

## 和赤公韵①

岁尽风吹事事无，闲拈榾柮自添炉②。

山中松树枝枝雪，莫压城西那一株。

【注释】　①函可师与赤公，于岁尽山中，互为酬唱，趣逸天外。诗中"闲拈榾柮自添炉"，一丝暖意，扑面而来。赤公：见卷七《赤公书来赋答二首》注①。②榾柮（gǔ duò）：木柴块，树根疙瘩。可代炭用。

## 初　春①

谁识山中别有春，梅花为梦草为茵。

更余布袋残书卷，不恨身贫恨道贫。

【注释】　①五代布袋和尚云："我有一布袋，虚空无挂碍。打开遍十方，入时观自在。"函可师"更余布袋残书卷"，也不错呀。末后句"不恨身贫恨道贫"，函可师其过谦也。

## 雪中同阿字读柱江燕歌①

雪底燕歌不可听，千峰不见一峰青。

几年心著寒灰死，敲碎他家老瓦瓶。

【注释】　①此诗写读柱江燕歌。函可师自言，心著寒灰死，还要"敲碎他家老瓦瓶"，岂不是"高渐离击筑"？荆轲歌曰"壮士一去兮不复还"，函可师归乡无望矣。燕歌：战国时，燕太子丹命荆轲入秦刺秦王，至易水上，高渐离击筑，荆轲慷慨作歌曰："风萧萧兮易水寒，壮士一去兮不复还！"见《战国策·燕策三》。后以"燕歌"泛指悲壮的燕地歌谣。阿字：见卷四《阿字行后作七首》注①。

## 忆故山梅①

不如此地雪花多，月落村头可奈何？
翠羽无声魂已碎②，梦中蝴蝶泪成河。

【注释】　①此诗道尽了函可师的思乡之情。②翠羽：指翠鸟。

## 题心公寄画山水①

笔纤料得全无意②，短短枯枝淡淡山。
细想江南何所似，兰陵端不是云间③。

【注释】　①函可师意谓心公所画山水，平淡无奇，似是而非。心公：见卷七《寄心公二首》注①。②笔纤：用笔小巧。③兰陵：地名。应指故地在今江苏常州市西北之兰陵。端：副词，究竟。云间：地名，古华亭，今江苏松江县的古称。

## 题谦公寄画梅①

美人赠我一枝梅，岭上曾过十七回。
骑马路边香不了，斜阳石压倚岩开。

【注释】　①函可师意谓谦公所画梅，毫无韵味。唯有"斜阳石压倚岩开"者，称心如意也。

## 题天公寄画山水①

身在山中不识山，何人泼墨寄柴关②。
雪深最好无蹊径③，竟入长松大壑间。

【注释】　①函可师意谓天公所画山水，理应浑然一体，切忌刻意雕琢。天公：见卷七《闻天公病》注①。②柴关：柴门。③蹊径：小道。

### 栖贤先专普雨来，及闽而返，今冬阿字始至，戏成二绝①

累累低冢路茫茫，普雨何曾及大荒②。
怪杀羸躯兼善病③，竟将草屦试冰霜。

雁足先传纸半张④，十年窖底伴羝羊⑤。
栖贤门下多龙象⑥，蹴踏都应白玉堂⑦。

【注释】　①函可师意谓，半张书信，伴随我度过了十个年头。边地荒凉苦寒，人易生病，而师兄门下的阿字竟然来了。阿字：见卷四《阿字行后作七首》注①。②大荒：指东北大地。③怪杀：很怪的意思。羸躯：瘦弱的身体。④雁足：传送书信的人。⑤羝羊：公羊。⑥龙象：诸阿罗汉中，修行勇猛，有最大力者，佛氏称为龙象。盖水行龙力最大，陆行象力最大，故以为喻也。又僧之敬称，禅门言："西来龙象"，"法筵龙象众"等。⑦蹴踏：踩踏，指落脚之处。白玉堂：用白玉装饰的厅堂，喻堂屋华丽。谓仙人居住的地方。

### 戏似阿字①

只将匡岳纸三张②，此外何曾半瓣香。
江月江烟兼塞雪，等闲收拾满空囊。

【注释】　①匡岳（函可师师兄）纸三张，家书也。函可师独在塞外，切身感受"家书抵万金"也。表达了函可对家乡、对友人的思念。阿字：见卷四《阿字行后作七首》注①。②匡岳：代指栖贤，函可师师兄。纸三张：家书。

### 心公书来，寄干笋一斤，不到。
### 天公书来，寄干笋一斤半，又不到，戏成①

十载檀栾梦不成，①此君虽死怯山行。
自怜福薄甘心饿，犹幸书来两见名。

【注释】　①心公和天公各寄干笋不至，函可师感叹命运不济，福薄至此。有戏谑之意。心公：见卷七《寄心公二首》注①。天公：见卷七《闻天公病》注①。②檀栾：秀美貌。诗文中多用以形容竹。

### 阿字破袋中见澹归书，
### 有"行不得哥哥"语，戏成①

曾于天外寄空音②，忽听连啼烟水深。

碛雪果然行不得，瓶窑辜负十年心。

**【注释】** ①阿字探望函可师，须跋涉万里，其艰辛可知，且边地苦寒，故澹归有"行不得哥哥"语。澹归：原名金堡，法名澹归，清初著名学者，诗人，乃函可师昔日好友。其著作约有十二种在乾隆朝被毁。②天外：指极远的地方。

## 和栖贤中秋无月二绝①

雪晴夜半冷云开，缺月疑从匡顶来。
招隐泉边应未卧，遥知两地各徘徊。

似此如何得好怀，夜寒泉石亦难谐。
却怜金井桥头影，定是吟诗忆海涯。

**【注释】** ①中秋明月照，愈显别离怀。今者，无月黯淡，如何得好怀？不如休歇去。

## 起西以长篇寄讯，答此短章①

白门风雨读僧诗，夜半钟声动远思②。
布袋装来千斛泪，报君欲语已无辞。

**【注释】** ①布袋打开，有血，有泪，还有远思。白门：南京市的别称。②远思：深远的思虑。

## 和归宗蠡云师寄韵①

尺幅三年到远天②，泉声和泪落风前。
何当剪烛松堂上③，读尽离忧几百篇④。

**【注释】** ①"尺幅三年到远天"者，愈显挂念和忧思。泉声和泪情千古，令人感叹。②尺幅：尺书，即书信。③剪烛：剪去烧烬余的烛心。李商隐诗曰："何当共剪西窗烛，却话巴山夜雨时。"④离忧：屈原见谤而作的《离骚》。《史记·屈原传》："离骚者，犹离忧也。"此处代指抒发愤怒的诗篇。

## 偶　成①

日日空山一卷书，行吟孤坐外无余。
清风寺里僧来到，说道明朝是岁除。

**【注释】** ①永嘉禅师《证道歌》云："优游静坐野僧家，阒寂安居实潇洒。"行吟又孤坐，闲来一卷书，真道人也，不亦乐乎。

## 五更大风，至旦晴明，志喜①

积露寒沙一霎收，天恩如水向东流。

愁心吹入关门尽，一片残云也不留。

**【注释】** ①五更大风，至旦晴明，心开意解，愁云不留，伏惟函可师尊候万福。

## 元日山中寄同难诸老①

不恨投荒我独先，春风应满塞城边。

相将半揖辞冰雪，莫忆寒云壑底眠。

**【注释】** ①元旦正朔，春风满城；辞别冰雪，除旧迎新。伏惟同难诸老尊候万福。元日：农历正月初一。

## 送尸林①

六载寒沙共耐饥②，临行双泪尚依依③。

片云莫道无归处④，好向老人峰上飞⑤。

**【注释】** ①尸林，乃函可师徒辈。在边地，与函可师盘桓六年。今者，南归，函可师泪流不止，依依不舍，嘱其驻锡庐山。②寒沙：寒冷的沙漠，即寒冷的北方。③依依：形容留恋，不忍分离。④片云：暗指被送的人。⑤老人峰：庐山五老峰。

## 寄答禅人二偈①

西风吹送越江吟，百斛梅花散远林。

扑鼻是香无觅处，漫拈片雪报高岑②。

誓将寸管侍晨昏③，尚有招辞及远魂。

门下三千那不愧，几人真感信陵君④。

**【注释】** ①此诗寄答禅人。"西风吹送越江吟，百斛梅花散远林"，应指祖庭于江南的曹洞宗，道风退播，犹如梅香遍及各地。今者，有禅人却于边地请益函可师，并愿随侍左右。而函可师的故乡，尚有授业恩师的召唤，亲人的亡魂等待祭祀，师恩、亲恩均未报，函可师无意指导禅人。②高岑：高岑诗派，中国盛唐诗歌流派之一的边塞诗派，主要代表人物为高适、岑参。此处代指函可本人。③寸管：笔。④信陵君：战国时魏人无忌，魏安釐王弟弟，号信陵君，有食客三千人。安釐王二十年（前257）信陵君窃得兵符杀大将晋鄙，夺得兵权，却秦救赵。后十年为上将军，联合五国打败秦将蒙骜的进攻。

## 送阿字游医巫间二首①

杖历千山意未舒②，又将望海上巫间。
只疑绝顶云封处，犹有东丹万卷书。
东丹王藏书绝顶望海堂③

嵯峨十载梦魂间④，羡汝逍遥一笠闲。
若到辽良读书处⑤，秋游好续几篇还⑥。
良读书此山，有《秋游赋》

【注释】　①此诗写送阿字法侄游医巫间山，羡慕其逍遥自在。医巫间：山名，在辽宁省西部。阿字：见卷四《阿字行后作七首》注①。②杖历：游历。③东丹：渤海国于天显元年（926）为辽耶律德光所平，改为东丹国，以辽太子信为东丹王，都辽阳。④嵯峨：山名，又名慈峨山。传说黄帝曾铸鼎于此，在今陕西泾阳、三原、淳化交界处。⑤辽良：指辽朝的耶律良。⑥秋游：耶律良所作《秋游赋》。

## 闻阿字诸子改从海舶还①

草鞋脱却任乾坤，日淡云黄海气昏。
纵遇神仙休眷恋，乘风直向虎头门。

【注释】　①"乘风直向虎头门"者，阿字法侄，法喜充满，踌躇满志，荣归故里。阿字：见卷四《阿字行后作七首》注①。

## 遣诸子行后二首①

几年无复听乡音，一听乡音泪更深。
收拾乡音担去尽，不教细碎动予心。

东林尚不展家书②，况是流离万里余。
从今莫管南来雁，万壑千峰意自如。

【注释】　①函可师意谓，俗虑都捐，息心了义，悠然自如也。②东林：东林寺，位于今江西省庐山西麓，佛教净土宗（又称莲宗）的发源地。此处应指初祖惠远和尚。

## 夜雪①

夜寒无那自开扉②，天地冥冥静有辉③。
莫学当年梅子咏④，恐他持去织弓衣⑤。

【注释】　①夜雪，无眠，打开柴门，天地之间熠熠生辉，广阔无垠，照映古今，看着此情此景，别再忙着织弓衣了，函可师寓意深远矣。②无那：无奈，无可奈何。③冥冥：昏暗。④梅子咏：咏梅子的诗。⑤弓衣：装弓箭的袋子。

## 雪中怀阿字①

雪里题诗汝最多，汝行雪里奈予何。
只今乞食长安市，更向谁人慷慨歌。

【注释】　①函可师思念阿字法侄，心切切，向谁歌。阿字：见卷四《阿字行后作七首》注①阿字。

## 怀侍者①

从师出塞一年期，几度山前暗泪滋。
知尔旧乡情倍切，梦中白发两垂垂。

【注释】　①诗中云"梦中白发两垂垂"，函可师思念侍者，乃至于此，令人感叹。

## 谭家庵①

何处山门八字开，城西咫尺白公堆。
但逢榔栗横担者②，定是谭家庵里来。

【注释】　①此诗写谭家庵乃盛京（今辽宁沈阳）第一禅林宝刹也。谭家庵：万寿寺，原名慈惠寺，俗称谭家庵（今辽宁沈阳沈河区小西路北）。民国初年，寺中香火仍然兴旺，今已无存。②榔栗横担：出自宋普济《五灯会元》，"天台莲华峰祥庵主，僧问：'如何是雪岭泥牛吼？'师曰：'听。'曰：'如何是云门木马嘶？'师曰：'响。'示寂日，拈拄杖示众曰：'古人到这里，为甚么不肯住？'众无对。师乃曰：'为他途路不得力。'复曰：'毕竟如何？'以杖横肩曰：'榔栗横担不顾人，直入千峰万峰去。'言毕而逝"。榔栗，同"桹栗"。

## 耻若新居成①

何曾离却一步地，泥灶柴门色色新。

四壁任教涂白雪，萧然仍是去年贫。

【注释】　①泥灶，柴门，四壁白雪，可以销苦思，可以绝冥想，真正是别有洞天矣。

## 允中老僧入山过冬[1]

岁暮不知何处宿，深山雪底共围炉。
不因满眼儿孙好，那得孤身伴老夫。

【注释】　①此诗写允中老僧入山过冬。两个大佬共围炉，别开生面破孤岑，甚好甚好。

## 耻若闻十慧龙诸子入山[1]

山前大路久荒芜，况复连绵雨雪铺。
莫道有邻寒始见，长松顽石尽吾徒。

【注释】　①此诗写闻十慧龙诸子入山。喜闻有邻至，禅悦且共飧。

## 遥哭黄无咎[1]

当年结束九江行，无奈当年舐犊情[2]。
最是金多难赎命，何如孤迹任飘萍[3]。

【注释】　①此诗写遥哭黄无咎。盖此人才华横溢，为函可师所识，命丧于清兵之手，令人感叹。②舐犊情：比喻父母对子女的疼爱和关怀。③任飘萍：任凭其像浮萍似的随风飘动。

## 谢因翁寄夏衣[1]

五月披裘自采薇[2]，故人何处授轻衣[3]。
无端惹得薰风动[4]，拂尽黄沙白日晖。

【注释】　①此诗写谢因翁寄来夏衣。一袭夏衣，煦煦和风，拂尽黄沙，气爽神清。②采薇：相传周武王灭商后，伯夷、叔齐不愿做周的臣子，在首阳山上采薇而食，最后饿死。古时指隐居生活。薇，一种植物。③轻衣：轻薄的夏衣。④薰风：初夏时的东南风，和暖的风。

## 与季心雪[1]

闻寻冰雪出边陲，一局残棋一卷诗。

吟罢便愁田海换②，何须更待烂柯时③。

【注释】　①一局棋，一卷诗，体验生活，感悟人生，莫待烂柯时，空悲切。②田海：桑田沧海。③烂柯：斧柄日久腐朽，比喻世事变迁。

## 金塔山居杂咏二十首①

长夜鸡声迥不闻，寂寥古塔与平分。
却嫌窗外晨钟动，犹带寒风闹白云。

月出开关昼掩扉，山上人间事事违。
最是攲崖连屋角②，一番下雪一番飞。

端坐泥床何所为，雪晴日影上高枝。
山麋野鹿全无礼，来不参堂去不辞。

云散鹤飞何所止，殿台散木长横枝。
闲寻旧日经行处，荒草犹眠半截碑。

曲木为梁草作帘，我来又盖半间添。
蒲团以外惟茶灶，瓦罐烧泉味亦甜。

孤松如盖碧萋萋，流水还余未冻溪。
穷到生台无半粒③，饥乌带雪向人啼。

耕田博饭不须贪，但看厨烟勿教断。
今年种麦本无多，野雀公然分一半。

莫言山里绝无朋，渐住云间几处僧。
八岁沙弥头带笠，驱牛一直上高层。

一个小狍相得甚，穿林度壑必相随。
自从老衲下山去，竟过西峰更不回。

山南父老扣柴扃④，世利谁云远翠屏。
一斛细粮钱一串，请僧为转法华经⑤。

见说辽阳诸弟子，重重积雪尽冲开。

无非只畏山僧饿，个个怀将山药来。

山菜青青莫辨名，暂时同遂隐山情。
驴蹄狗脚凭呼唤⑥，不羡龙须得好称⑦。

雪里何人担布袋，沙弥望见笑声哗。
昨宵好梦频频见，定是新城道士家。

铜垆岂必施家铸，木几中央照眼辉。
沉水梦虚黄熟断⑧，锄将高本一篮归⑨。

斫柴烧炭无多路，夜夜围垆尽意烘。
更倾半碗山梨汁，九十老僧满面红。

九十老僧被破衣，独行镇日敞荆扉。
遥看扶杖从桥过，知是河东乞食归。

何人系马崖边树⑩，信意登临水一壶。
山鼠分余堪共饱，人间礼数本来无。

要住只须瓢一半，要行只须竹一条。
山中迥古无宾主⑪，自来自去亦萧萧。

蔬水古来称大圣，栖栖卒岁亦何为⑫。
深山一段孤寒乐⑬，不到深山总不知。

住山须带住山骨，山骨山情自合宜。
世间多少英雄汉，纵到深山也不知。

【注释】　①此诗写函可师金塔山居生活。潇然无事，恬淡自若，物我两忘，兽亦驯顺，何乐如之？金塔：金塔寺在海城东南析木城西北八里，现寺已无存，金塔尚在。函可师晚年居此。②欹崖：倾斜的山崖。③生台：佛教施食的地方。④柴扃（jiōng）：柴门。⑤法华经：《妙法莲花经》的简称。⑥驴蹄狗脚：都是无用之物。⑦龙须：草名，可编席。好称：意为好听，好称道。⑧黄熟：中药名。⑨高本：一种中草药的名称。⑩崖边：山边。⑪迥古：远古。⑫栖栖：忙碌不安的样子。⑬一段：原为"一叚"，为"一段"之误，今改。孤寒：孤苦、冷清。

## 闻作么子坠冰河中戏似①

不因吾子将身试，谁识沙河几尺深。

抖擞山中尘未了，更劳冰雪洗衣襟。

【注释】　①此诗写闻作么子坠冰河中戏似，看似玩笑，语声如雷。

## 偶　成①

不知出塞年多少，眼见儿童尽长成。

却忆故山诸老宿，那能白发耐清平。

【注释】　①函可师感叹岁月流逝、人之衰老也。

## 独　立①

直看前山仰看天，不知何故泪如泉。

若论生计真逾分②，知足于今二十年。

【注释】　①函可师庆幸中带有辛酸。②逾分：过分，超过应得的待遇。

## 山　月①

夜寒寂寂照冰颜②，岩壑无心户不关。

明月也知山上好，莫教清影落人间③。

【注释】　①此诗虽写山月，却体现出函可师悲天悯人的情怀。②寂寂：清静寂寞。
③清影：清澈的月影。

## 大　雪①

去年雪大今年熟，今年大雪复漫漫。

老僧喜极情逾怯②，一番来下一番寒。

【注释】　①大雪，严寒，伏惟函可师尊候万福。②逾怯：过分担心害怕。

## 寒①

重裘仍旧怯衣单，行道何曾泣路难。

自是病夫禁不得，不关冰雪迫人寒。

**【注释】**　①函可师感叹自己老病，禁不住严寒。

## 冬前一日即事①

忽闻城里有书来，三读书题不敢开。
但得寒冬无事过，何须翘足待阳回。

**【注释】**　①函可师意谓，但能平安无事就好。

## 至　日①

去年此日身栖雪，今日依然雪裹身。
岁岁尽传阳已复②，何曾一线及流民③。

**【注释】**　①汉·班固《汉书》云："冬至阳气起，君道长，故贺。"冬至日是冷暖两种气候的分界线。今日依然雪裹身，寒冷啊，函可师有些焦虑。②阳已复：自古便有"冬至一阳生"的说法，意思是说从冬至这天开始，不断生长的阴气终于达到顶峰，阳气也终于停止了销蚀，就要回升了。③一线：一线阳光。

博罗剩人可禅师著　书记今羞编

# 七言绝三

### 晓钟二首①

夜寒愁思独纷纷，梦入浮山几片云。
清晓无端一百八②，数声犹在旧乡闻。

晓钟敲动未开关，山鸟惊飞不出山。
一任穿林还度壑，莫流余响到人间。

【注释】　①故乡，令函可师魂牵梦绕，即便此生归不得，也要终老山林也。②一百八：表示求证百八三昧，断除一百零八种烦恼，一般说法是六根（眼、耳、鼻、舌、身、意）各有苦、乐、舍三受，合为十八种。六根各有好、恶、平三种，合为十八种，总计三十六种，再以过去、现在、未来三世合为一百零八种烦恼。

### 暮钟二首①

壁灯焰短冷飕飕，独坐无人未觉愁。
忽听山钟檐际落②，一声声直到心头。

半窗如水夜魂清，总是山寒梦不成。
何似耳边声历历，烦君直响到天明。

【注释】　①此诗写暮钟。暮钟一响，直到心头，无去无来，灵觉独晓也。②檐际：屋檐边。

### 即　事①

云傍青山却避山，青山对面隔重关。

始知渔父良多幸②，暂入桃源不等闲。

**【注释】** ①函可师始终视自己为一介流民，对于边地生活有着太多的无奈。②渔父：渔翁，是春秋战国时期楚国人对捕鱼人的称呼。

## 孤 吟①

暮林鸣噪各纷纷，绝顶高歌和白云。
只恐数声漏崖谷，又随飞雪下方闻。

**【注释】** ①"绝顶高歌和白云"者，无自无他，任运自然，入不二门矣。

## 山 中①

山中习静共忘机，人懒开门鸟懒飞。
纵过河东知不远，板桥常带夕阳归。

**【注释】** ①山中习静，了无异缘，气定神闲，静为躁君，信矣。

## 二十七日虎至厨门①

湿尽枯柴雪满天，山厨昨日已无烟。
眼前病骨今如此，知尔难垂一点涎。

**【注释】** ①此诗写虎至厨门，似探望老和尚，有趣。

## 偶 成①

卒岁山中一病夫，寂寥已拚此生孤。
独怜此外茫茫者，不饮山中水半瓠②。

**【注释】** ①人海茫茫，很多人无缘居山，返璞归真，令函可师慨叹。②瓠（hù）：葫芦。

## 寄讯僧住①

少小孤寒实可怜②，长成犹有蠹残编③。
前身野衲应留誓④，不睹人间作业钱⑤。

**【注释】** ①此诗表达了函可师对僧人的深深关切。②孤寒：出身寒微。③蠹：咬书的小虫。残编：残缺不全的书。④前身：前生。佛家称过去的一生为前生。⑤作业钱：造孽挣的钱。

## 道傍冢①

旧冢低平杂草莱，可怜新冢又成堆。
他年化鹤归来日②，不见累累那得知③。

**【注释】** ①旧冢低平，音容何在；新冢成堆，仰天何及。化鹤逍遥，伏惟珍重。②化鹤：令威华鹤。③累累：接连不断。

## 古　怨①

花飞到地枝难上，河流到海水难还。
莲子落泥心尚苦，湘竹成帘泪尚斑。

**【注释】** ①世事如此，往事难追，函可师其忧心深切。

## 即　景①

山山树树何皎皎②，四顾人天一色清。
只有乌鸦瞒不得，枝头数点最分明。

**【注释】** ①此诗写乌鸦与众不同，分明可爱也。②皎皎：洁白的样子。

## 丁酉生日二首①

重复生身一十年②，岭梅江月总生前。
如何只说前生话，不分关河白雪天③。

总是刑余更莫嫌④，嚼穷冰雪味真甜⑤。
每因生日知年近，又得浮生一岁添⑥。

**【注释】** ①函可师慨叹自己两世为人，已经十年了，如今如嚼冰卧雪，以度余生为幸矣。丁酉：顺治十四年（1657），诗人四十七岁。②重复生身：诗人被难于此已十年。③关河：泛指山河。④刑余：受过肉刑，判过刑。南朝宋颜延之骂和尚慧琳为刑余。古代有髡刑，而和尚必须剃光头，故称为"刑余"。⑤嚼穷：嚼尽的意思。⑥浮生：基本意思是空虚不实的人生。古代老庄学派认为人生在世空虚无定，故称人生为浮生。出自《庄子·外篇·刻意第十五》。

## 解 嘲①

夙生原是此中人②，岭海迁流四九春③。
已幸还乡逾十载④，黄沙点点旧姻亲。

【注释】 ①函可师自我解嘲，前世曾是边地人，此事诚未可知也。此诗写于顺治十六年（1659），作者四十九岁。解嘲：自我解嘲，意思是用言语或行动不失幽默地为自己掩饰或辩解被人嘲笑的事。②夙生：前生。③迁流：谓时间迁移流动。④逾：超过。

## 腊 八①

畏寒谁复睹明星，破寺柴门手自扃。
负屈以来经廿载②，任教风雪夜冥冥③。

【注释】 ①腊八，乃佛祖夜睹明星成道日。末后句"任教风雪夜冥冥"，函可师流放多年，对重返故乡，已不抱希望了。②廿载：二十年，此处时间明显有误。③冥冥：昏暗的样子。

## 怀华首台①

台高容易动相思，岁暮应愁塞上儿。
想得东溪溪石畔，梅花须发斫残枝②。

【注释】 ①天涯迁客，万里乡关，一想起华首台，东溪石畔，梅花枝旁，函可师便不能自已。华首台：华首台寺，在广东罗浮山。②斫（zhuó）：用刀、斧等砍劈。

## 怀栖贤寺①

破寺残年幸不孤，几人灯下共围炉。
不知五老峰前雪②，得及天山一半无。

【注释】 ①此诗写怀栖贤寺。虽说破寺残年，却也禅风浩浩。栖贤寺：在江西庐山，其主持函昰是函可的师兄。②五老峰：庐山的一个景区。

## 怀还山诸子①

去岁雪中谈岁暮，只今岁暮夜空长。
纵然未到家山去，一路梅花也自香。

【注释】　①函可师怀念还山诸子，往返万里，艰辛可知。"一路梅花也自香"，途中之乐也。

## 怀江南①

灵谷无松虚夜月②，台城有草照青磷③。
多情最是秦淮鼓④，梦里声声到海滨。

【注释】　①声声秦淮鼓，梦里到海滨，江南令函可师魂牵梦绕也。江南：南京一带。②灵谷：灵谷寺，在南京市。③台城：在南京市。青磷：磷火。④秦淮鼓：秦淮河畔的鼓乐声。

## 忆庾岭①

岭头一步他乡路，夹路梅花送马蹄。
却恨当年轻踏过②，如何不信鹧鸪啼③。

【注释】　①庾岭梅花，令函可师难忘。乡关万里遥，重重遮不断，当年却轻易错过。庾岭：大庾岭，也叫梅岭。②轻踏过：指乙酉年（1645）从罗浮山经庾领去南京。③鹧鸪啼：布谷鸟的叫声。俗传其声为"行不得也哥哥"。

## 忆钟山①

钟山野草恨茫茫，寝殿无人只有霜②。
谷里长松三百万，枕边犹自郁苍苍。

【注释】　①钟山，故国之都也，草茫茫，树苍苍，道不尽的凄凉，令函可师悲怆不已。钟山：紫金山，在今南京市。②寝殿：帝王的寝宫、卧室。

## 忆曹溪①

满界萤飞说是灯②，溪河半滴饮何曾。
肉身纵在肠应断，既哭苍生又哭僧③。

【注释】　①曹溪一滴水，遍覆三千界。破除诸爱结，指示解脱路。饮者，既能滋润色身，又可增益慧命。末后句"既哭苍生又哭僧"者，函可师悲心切切，感叹禅法之衰落也。曹溪：禅宗南宗别号。以六祖慧能在曹溪宝林寺演法而得名。②满界：到处之意。③既哭苍生又哭僧：苍生，百姓。

## 忆浮碇冈①

浮碇冈头失敝庐，空传故里是尚书②。

人民城郭全非旧，只好榕溪水自如③。

【注释】 ①函可师感叹国破家亡，人物俱非也。浮碇冈：函可在博罗的家的所在地。②尚书：函可之父韩日缵曾为明礼部尚书。③榕溪：函可家乡的河水名。

## 忆双柏林①

双柏林中古佛居，东官城外血成渠②。

于今纵到无寻处，更有何人读旧书。

【注释】 ①函可师忆双柏林，已血泪模糊矣。双柏林：此处指寺庙。②东官城：函可家居博罗东官。

## 忆古松堂①

门外鸾溪面面山②，古松正对第三间。

只今纵到翻经处，松亦苍颜我老颜。

【注释】 ①岁月如烟，门外鸾溪又十年，十年万里（辽东），苍松老矣，我也衰老似落花。古松堂：在庐山。②鸾溪：在庐山。

## 忆白鹤峰①

东坡去后鹤峰寒，遗像空瞻庙又残。

见说合江楼尚在②，何年重上泪漫漫。

【注释】 ①白鹤峰，山名。在广东省惠阳县北龙江之滨，宋绍圣中苏轼谪惠州时居此。苏轼《迁居》诗："已买白鹤峰，规作终老计。"苏东坡被视为"被谪仙人"，函可师自谓"被谪丁令威"，想故地重游，领略千古风流之一二也。②合江楼：古迹名，在广东惠阳县城外，原为东、西二江的汇合处。宋代大文学家苏轼曾在此住过。

## 忆黄花堂①

三亩离支一亩塘②，长松千尺列成行。

主人犹自不归去，野草空余薜荔墙③。

**【注释】** ①人去堂空，凄凉无主，难忘旧梦，益滋叹息。黄花堂：应为函可居住过的地方。②离支：荔枝。③薜荔：植物名，又名木莲，可入药。

## 山 路①

山下溪横截行路，半冰半水马不渡。

山人难见声难闻，日暮微钟出白云。

**【注释】** ①此诗写此山人迹罕至，山路寸步难行，"日暮微钟出白云"者，函可师且待来日方长。

## 对 镜①

波澜盈面雪盈须，问是何人道是予。

却喜此生应久没，尚从镜里见须臾。

**【注释】** ①满面沧桑，须鬓皆白，函可师自述老态。

## 闲 步①

岁穷无奈得闲何，扶著孤筇尽著歌。

步到桥头霜有迹，无人应是鹿来过。

**【注释】** ①一个剩人，闲步，闲歌……桥头闲鹿已来过。莫羡闲鹿行得早，终归还是老僧闲。

## 月下怀赤公①

月光如水洗虚空②，人在城西金碧丛③。

一自龙天推出后④，何曾只字到山中。

**【注释】** ①赤公者，函可师道友也。详见卷七《赤公书来赋答二首》注①。今驻锡城西佛寺，奉善信迎请，开法度生，函可师随喜赞叹的同时，又深深挂念着赤公。②虚空：天空，空中。③金碧丛：光彩夺目之处。唐·孟郊《游城南韩氏庄》："浪簌霄汉羽，岸芳金碧丛。"④龙天：佛家谓八部中之龙众与天众。

## 心公以桂花糖寄山中①

十载桂林消息断，何缘花气满烟岚②。

春来定借维摩榻③，金粟如来许共参④。

【注释】　①此诗写心公以桂花糖寄山中，函可师倍感亲切，允诺来春与其同参大法。心公：见卷七《寄心公二首》注①。②烟岚：山林中的雾气。③维摩：维摩诘，意译"净名"或"无垢称"，为释迦牟尼同时代人。榻：床。④金粟如来：佛名，即维摩诘大士。李白诗云："湖洲司马何须问，金粟如来是后身。"

## 慰病客①

身如浮沫命如烟②，老少繇来别后先③。
莫怨他乡归不得，人间处处达黄泉④。

【注释】　①此诗写慰病客。愁云黯黯，病体奄奄。虽说处处达黄泉，莫如至心念弥陀。②浮沫：浮在水面上的泡沫，言极轻微。烟：烟云。③繇来：事物发生的原因，来源。繇，通"由"。④黄泉：犹地下。

## 谢别僧招①

只杖无心过别峰，朝朝暮暮几声钟。
细思最得便宜处，长占崖西一树松。

【注释】　①此诗写谢别僧招。愿函可师慈悲，勿辞僧招，体恤众心，广开群迷也。

## 又题一粟斋①

珠阙琼宫也太区②，十洲仙路枉驰驱。
只今一粟宽如许，翻笑当年挂一壶③。

【注释】　①《幼学琼林·卷四》云："藏世界于一粟，佛法何其大；贮乾坤于一壶，道法何其玄。"毛吞巨海，芥纳须弥，此乃僧衲家本分事，华严境界，不可思议也。末后句"翻笑当年挂一壶"者，不知函可师是何意见？悬壶济世，不亦乐乎？②珠阙琼宫：珠玉装饰或建造的宫殿，极言宫殿之华丽。③一壶："悬壶济世"的典故。《后汉书·方术列传·费长房》的记载："费长房者，汝南（今河南省平舆县射桥镇古城村）人，曾为市掾。市中有老翁卖药，悬一壶于肆头，及市罢，辄跳入壶中，市人莫之见，唯长房于楼上睹之，异焉。因往再拜，奉酒脯。翁知长房之意其神也，谓之曰：可更来，长房旦日复诣翁，翁乃与俱入壶中。唯见玉堂华丽，旨酒甘肴，盈衍其中，共饮毕而出。翁约不听与人言之，复乃就楼上候长房曰：我神仙之人，以过见责，今事毕当去，子宁能相随乎？楼下有少酒，与卿为别……长房遂欲求道，随从入深山，翁抚之曰：子可教也，遂可医疗众疾。"

## 遥哭一门师①

千群野鹿伴闲身，十里长松旧主人。
松已为薪鹿为腊②，争教破衲不成尘。

【注释】 ①一门师，乃函可师道友也。今者，世缘已尽，破衲成尘，翻身长往，虽然如此，函可师怎能不哭之。②腊（xī）：干肉。

## 重接亦非兄札①

十年两度寄书来，脊骨犹存鬓已摧②。
好水好山应历过，肯将孤杖指荒台③。

【注释】 ①亦非兄两度来书，令函可师深受感动。②脊骨：脊梁骨，喻人的志气。③荒台："荒台麋鹿"的典故，指景象破败也。《史记·淮南衡山列传》："淮南王刘安坐东宫，召伍被与谋，曰：'将军上。'被怅然曰：'上宽赦大王，王复安得此亡国之语乎！臣闻子胥谏吴王，吴王不用，乃曰：'臣今见麋鹿游姑苏之台也'。今臣亦见宫中生荆棘，露沾衣也。'"

## 早 起①

残星在户月盈阶，独起披衣踏草鞋。
料得城中人卧稳，蒙头敝絮掩空斋。

【注释】 ①但能任运自在，早起也无妨。

## 慰老僧病①

眼看几日春将至，向道残年病可哀。
未到百龄何足虑，独怜彭祖已成灰②。

【注释】 ①函可师对老僧病情，非常关切，宽慰其未到百龄，不足虑也。②彭祖：传说中的人物，姓篯名铿，颛顼的玄孙，生于夏代，至殷末时已七百六十七岁，为殷大夫，托病不问政事，旧时以彭祖为长寿的象征。

## 送成空下山①

谁道居山无限可，青松白雪总堪哀。

生生只愿檀那笑<sup>②</sup>，且向城西第二台。

**【注释】** ①古德云："披毛戴角入鄽（廛）来，优钵罗华火里开。"修道人，不应贪恋青松、白雪，此乃静洁之病也，还须千锤百炼，始能成器，故函可师送成空下山。②生生：每一辈子，辈辈。檀那：施主。

## 怀恰好禅人<sup>①</sup>

年年约我来山住，我到山中尔又行。
想得医巫闾上雪，也将榾柮自烧铛<sup>②</sup>。

**【注释】** ①此诗写函可师为访，恰好禅人不在，函可师有些失落，独自烧柴取暖，不错不错。②榾柮：有疙瘩的烧柴。铛（chēng）：类似锅而有足。

## 寄耻若禅人<sup>①</sup>

虽依城郭亦山林，塔影河流足好吟。
况有异方新弟子，何劳重话祖师心。

**【注释】** ①此诗写给耻若禅人，发明心地，须待时节机缘也。

## 梦匡庐<sup>①</sup>

惊回溪路一声钟，梦入匡庐第几峰。
似向开先桥上过<sup>②</sup>，轻云半覆六朝松<sup>③</sup>。

**【注释】** ①函可师梦回庐山，逍遥其中矣。②开先桥：庐山景物。③六朝松：庐山景物。

## 月<sup>①</sup>

一半著雪半映书，月来偏向山中庐。
如何不照城中路，晓夕茫茫无缓步。

**【注释】** ①函可师悲天悯人之心，感通明月。若山居，若城居，明月皆降祥洞照。

## 念　旧<sup>①</sup>

对影高歌又一篇，一篇歌罢一凄然。
子期死后琴声在<sup>②</sup>，流水高山自岁年<sup>③</sup>。

【注释】 ①有诗云："人生所贵在知己，四海相逢骨肉亲。"善哉斯言，如今函可师形单影只，"一篇歌罢一凄然"，犹老鹤之独啸也。②子期：钟子期，春秋时期楚国人，精音律。俞伯牙鼓琴志在高山流水，子期听而知之。子期死，伯牙谓世无知音，乃绝弦破琴，终生不再鼓琴。③流水高山：高山流水，曲子名，也用来形容乐曲的声音。

## 喜恰好禅人还山①

未过溪桥笑语闻，纷纷惊起暮鸦群。

双眉已挂家山雪，犹带巫闾几片云。

【注释】 ①此诗写恰好禅人还山，好似一阵春风，恰好，恰好，函可师欣然矣。

## 暂入海城还山①

入城半日便思归，归到山中日亦晖。

人世几时忙得了，幸然忙不到岩扉②。

【注释】 ①修道人，去住随缘，自在就好。②岩扉：借指隐士的住处。唐·孟浩然《夜归鹿门歌》："岩扉松径长寂寥，惟有幽人自来去。"

## 哭金居士①

匆匆策马入山来，一宿山中便欲回。

早识黄垆无返路②，何如煮雪共山隈③。

【注释】 ①《维摩诘经》曰："是身如聚沫，不可撮摩。是身如泡，不得久立。"言虽如此，金居士亟亟而返，未能"煮雪共山隈"，令函可师伤感不已。②黄垆：极深的地下，犹言黄泉。后人用"黄垆"作悼念亡友之词。③山隈：山隅，山的角落处。

## 偶　成①

岁月尽从忙里去，幸因抱病得闲过。

灯前细检无余事，手自焚香对佛歌。

【注释】 ①手自焚香对佛歌，恭喜吾师成佛道。

## 除　夕①

灯影幢幢炭已灰，山头无月暗相催。

年光一向难留住，恰似老从今夜来。

【注释】　①除夕，人们通常都要除旧迎新，祈福消灾。而函可师诗云"恰似老从今夜来"，似有所感，不吉也。

## 寄呈本师和尚①

稽首华台大法王②，年来孤锡指何方③。
不才弟子今犹在，却向关东雪瓣香。

【注释】　①此诗表达了函可师对本师和尚的无比尊敬和爱戴。本师和尚：函可的度师道独老人。②稽首：叩首。大法王：佛教对释迦牟尼的尊称，此是对师父的尊敬。③孤锡：独自一个僧人。

## 闻浪大师信①

曾把三缄戒鄙人②，如何无妄及其身③。
莫为相怜情较切，个中甘苦独尝亲。

【注释】　①浪大师可谓婆心切切，告诫函可师要谨言慎行。浪大师：见卷九《闻浪大师主法伞岭》注①。②三缄：封口三重，后指言语谨慎，少说话或不说话。③无妄：意想不到的。

## 赠妙法师①

杖头曾入帝王家，合国同瞻又释迦②。
岁岁谈经今几会，伫看舌本长莲华。

【注释】　①妙法师者，阖国礼敬，讲经说法，劝善民心，函可师随喜赞叹。法师：《法华文句》曰："法者轨则也，师者训匠也。师于妙法自行成就，故言法师。能以妙法训匠于他，故举法目师。"②合国：应为"阖国"。

## 赠碧庵师①

时方掩关

一坐柴关已十春②，衲衣曾不惹纤尘③。
山空鸟寂无人到，独有予来不厌频。

【注释】 ①碧庵师，独坐柴关，山空鸟寂，函可师常来探望，共飨禅悦也。②柴关：柴门。③纤尘：微小的灰尘。

## 赠了望师①

双眼蒙眬手一编②，赵州虽老志弥坚③。
直须会取声前句④，不负人间八十年。

【注释】 ①佛曰："人身难得，佛法难闻。"了望师，入佛门多年，但不了悟自性，令函可师感叹。②蒙眬：不清貌。③赵州：人名，曹州人，本姓郝，法名从谂，南泉普愿的弟子。传扬佛教，不遗余力，时称"赵州门风"，也称赵州和尚。④直须：应当。

## 赠德悟师①

一把枯苕百仞山，殷勤何意扣禅关②。
须知十万西方路，只在寻常杖策间③。

【注释】 ①古德云："说得一丈，不如行得一尺。"道理都会，还须百炼金刚，否则，达摩面壁九年，岂不成了笑谈。②殷勤：亲切的情意。禅关：禅门。③杖策：手杖和马鞭子。

## 赠慧虚师①

白发飘飘似鹤形，每因多病得身轻。
日长睡起无多事，一串菩提一卷经②。

【注释】 ①好事，不如无事；无事，成佛矣。②菩提：菩提树的果实菩提子。此处指僧人用的串珠。

## 赠大茎师①

如何万里亦孤身，历尽豪华不厌贫。
越水吴山无限好②，却来塞外漫相亲③。

【注释】 ①此诗表达了大茎师与塞外有缘。②越水吴山：吴越山水。泛指江浙一带。越，在今浙江绍兴一带，吴，在今江苏苏州一带。③塞外：指山海关外的东北地区。

## 赠印真师①

闲窗飘雪共徘徊，羡尔英年出世埃②。

尽道长安风月好，一瞻瑞像便归来③。

【注释】　①印真师者，一望知归，宿世因缘，令函可师感叹。②世埃：世间。③瑞像：佛像。

## 赠心庵师①

昔日牛头山上老，朝朝暮暮为谁疲。

人生七十寻常事，心行如君自古稀。

【注释】　①心庵师者，历久弥坚，真道人也。

## 赠寂庵师①

日高三丈各安眠，早起何人独灌园②。

须信祖师真的意③，元来只在辘轳边④。

【注释】　①百丈禅师曰："一日不作，一日不食。"此乃丛林清规也。观寂庵师行止，真祖师之儿孙也。②灌园：从事田园劳动。③真的意：确实本意。④元来：原来。元，通"原"。辘轳：汲水的工具。

## 赠昆璞师①

草鞋终日为人忙，瘦骨真同百炼刚。

处处现身为说法，须知别有好商量。

【注释】　①昆璞师者，现身说法，实乃法门之栋梁也。

## 赠守心师①

师有子显真，藏主高足也

却因羸病息尘机②，兀坐经年半掩扉③。

赖有佳儿供菽水④，舞斑仍是旧田衣⑤。

【注释】　①守心师者，尚德向道，息机名利，函可师叹赏之。②羸病：瘦弱而有病。尘机：尘世的机缘。③兀坐：静坐。④菽水：豆和水，指一般食物。⑤田衣：袈裟的别名。

## 赠澄心师①

闭户长翻五部经，鱼声应有鬼神听②。

几番剥啄知予到③，自起烧茶话月明。

【注释】 ①澄心师者，宣扬佛教，能继佛志，真道人也。②鱼声：敲木鱼的声音。③剥啄：叩门声。

## 赠净如师①

何须看教与参禅②，运水搬柴仿昔贤。
万行尽从勤处满③，西方曾有自生莲。

【注释】 ①净如师者，乃行愿广大、脚踏实地的道人，函可师叹赏之。②看教：指观看三藏十二部佛经。参禅：禅宗用以学人求证真心实相的一种行门。参禅最要生死心切和发长远心。若生死心不切，则疑情不发，功夫做不上；若没有长远心，则一曝十寒，功夫不成片。只要有个长远切心，真疑便发。真疑发时，尘劳烦恼不息而自息。时节一到，自然水到渠成。③满：充盈。

## 赠瑞宇师①

百草曾尝一老僧，殷勤长礼药师名。
夜深七卷莲华后②，重剔寒灯读内经③。

【注释】 ①瑞宇师者，遍尝百草，志存救济，真佛子也。②莲华：《妙法莲华经》，有七卷或八卷，一般通行本七卷，后秦鸠摩罗什译。③内经：《黄帝内经》，包括《素问》和《灵枢》二书。

## 赠一真师①

瑜伽习后学毗尼②，土榻蒲团日掩扉。
十诵从今须细讨③，莫教辜负水田衣④。

【注释】 ①函可师告诫一真师者，博学多闻，执着名相，还须脚踏实地，否则，就成了知解宗徒也。②瑜伽：梵语，意谓物物相应。指手结密印，口诵真言，意专观想，身与口协，口与意符，意与身合，三业相应，故曰瑜伽。毗尼：是律藏的梵名。③十诵：佛教经书《十诵律》，共六十一卷，为佛教五部律中说一切有部之律。后秦弗若多罗、鸠摩罗什翻译。须细讨：应当仔细研讨。④水田衣：袈裟的别名，也作"福田衣"。

## 赠宁波师①

海岸狂飙不暂停②，十年波浪几曾宁。

安禅可把毒龙制③，万里长空一色青。

【注释】　①在欲而无欲，居尘不染尘，此乃禅者的境界。函可师告诫宁波师，定力不够，非真实修也。②狂飙：狂风。③安禅：佛教语。指静坐入定，俗称打坐。毒龙：佛语中称狠毒残忍的那伽称为毒龙。比喻邪念妄想。

## 赠正修①

如何年少发先斑，问道时来扣竹关。
世上知恩谁得似，而师幸自慰衰颜。

【注释】　①函可师婆心切切，而正修行者也孜孜不倦，令函可师欣慰。

## 赠寿绩①

身在山中不见山，远随虎迹度松湾。
野桥断处岚烟尽，依旧泉流白石间。

【注释】　①"依旧泉流白石间"者，烦恼即菩提也，此诗表达了函可师对寿绩禅者的钟爱和认可。

## 赠净虚①

闲云飘尽尔还留，万里长江一叶舟。
风静波停山月小，碧天如洗夜悠悠。

【注释】　①净虚禅者，一身虎胆，砥砺坚韧，函可师击节叫好。

## 赠盛公①

几向燕然勒石铭②，龙泉犹带血痕腥。
只今放马桃林去③，独对闲僧问佛经。

【注释】　①盛公者，粗犷豪放，栖心佛事，函可师欣慰。②燕然：山名。今蒙古人民共和国境内的杭爱山。《后汉书·窦宪传》：东汉永元元年窦宪与耿秉击败北匈奴的"登燕然山"即此。勒石铭：刻铭文于石上。③放马桃林：意为"偃武修文"，放马于桃林。桃林，古地名，又称"桃林塞"，约在今河南灵宝以西、陕西潼关以东地区。

## 示纯征①

庭前柏树事如何，日日披衣听法螺②。

选佛有心空未得③，只因乡梦近来多。

【注释】　①庞居士悟道诗云："十方同聚会，个个学无为。此是选佛场，心空及第归。"心未得空，乡梦又多，如何认得本来面目？函可师开示纯征，还须努力。②法螺：海中螺贝。大者于螺头穿孔吹之，声可远播，也称海哱啰，古时常为军事和佛事作法时使用的乐器。佛教称讲经说法为吹法螺，也称吹法蠡，含有法音惊世之意。③选佛：皈依佛门。

## 示无味①

胸藏大巧貌如愚②，终日劳劳未觉痡③。
收拾镢头闲一枕，只应蝴蝶共欢娱。

【注释】　①无味禅人，大智若愚，任劳任怨，却没有"庄周梦蝶"般脱胎换骨的欢快。②大巧：大智慧。③劳劳：劳作不息。痡（pū）：劳倦。

## 示蕴珠①

年少如何学懒残，而师恩重似丘山。
但能尽孝名为戒，洒扫堂前慰老颜。

【注释】　①蕴珠禅人，懒惰，寡恩，函可师训诫之。

## 示密训①

白发庭闱近佛图②，彩衣舞罢学驱乌③。
英英谩道年方少④，出世居然大丈夫⑤。

【注释】　①密训禅人，英姿飒爽，后生可畏，函可师深器之。②庭闱：原为父母居住之处，后以之代父母。佛图：佛寺。③驱乌：驱赶乌鸦。佛教中有驱乌沙弥，指男孩修行者。④英英：美好的样子。谩道：休说，别说。⑤出世：超脱人世。

## 示非浴①

一钵闲僧尔独依，殷勤莫负好春晖②。
辽阳那得扬州鹤，自向晴窗补衲衣。

【注释】　①函可师开示非浴禅人，自己浪得虚名，不愿耽误其前程。②春晖：春光，也喻母爱。

## 谢易修师为染衣①

甃毟双袖泪痕干，何意偏怜范叔寒②。
一榻云烟分半席，长宵拥氍共团圞③。

【注释】　①易修师关心函可师的疾苦，令函可师感动。②范叔：范雎，字叔，人称范叔，战国时魏国人，初事魏中大夫须贾，后入秦为相，封于应，称应侯，屡败韩、赵之师。③拥氍：围裹氍衣于身上。氍，僧服的一种，以羽毛织成，称为氍衣。

## 谢与乐兄赠药①

只因贫病易相怜，清泪频挥白雪前。
犬马残生偷旦夕，何须药饵更延年。

【注释】　①此诗写与乐兄赠药，如此关爱，令函可师感动。

## 喜耀宗受具还①

羡君忙里自闲闲，双袖蹁跹亦度关②。
不识长安行乐地，三衣明月一肩还③。

【注释】　①耀宗禅人，寻师访道，衣锦还乡，令函可师欣喜。受具：谓比丘、比丘尼之受具足戒也。②蹁跹：旋转舞动的样子。③三衣：三种僧衣。一曰僧伽梨，译言众聚时衣，大众集会为授戒说戒等严议时着之；二曰郁多罗僧，译言上衣，在安陀会上着之；三曰安陀会，译言中著衣，衬体而着之。

## 寄净玄师①

如何一去更无音，皓月相期空有心②。
为问田中禾熟未，西风索索漏沉沉③。

【注释】　①净玄师者，行脚四方，杳无音信，令函可师挂念。②相期：相约。③索索：风的声音。沉沉：深沉。

## 为耀海师易号①

金鳞不见自徘徊②，几向洪波掷钓回③。
三月海门看汝跃，桃花浪里一声雷。

**【注释】** ①此诗写为耀海师易号，盖此号过大，不见反响也。②金鳞：金色的鱼鳞，常借指鱼。③掷钓：垂钓。

## 普济寺①

到此都成选佛才，嵯峨高阁倚云开。
关东处处精蓝布②，那得摩腾经卷来③。

**【注释】** ①此诗极赞普济寺，乃辽东最为庄严壮丽之佛刹也。②精蓝：精兰，佛寺。布：陈列。③摩腾：迦叶摩腾，又作摄摩腾、竺摄摩腾，中天竺人，能解大小乘经。汉明帝遣蔡愔等去天竺求法，遇之。永平十年（67）与僧人竺法兰等同至洛阳，译佛经《四十二章经》。我国有佛经自此始。

## 贺藏主师新筑①

筑得幽居典却衣，土床茶灶敞荆扉②。
白云自许时来去，不放红尘一点飞③。

**【注释】** ①藏主师新筑，令人耳目一新，置身其中，自由自在，函可师钟爱之。②敞：敞开。③红尘：在古代时的原意是指繁华的都市。来源于过去的土路车马过后扬起的尘土。后来指这个世间，纷纷攘攘的世俗生活。借喻名利之路。

## 谢诸檀越①

龙藏多年始一开②，菩提无种大家栽③。
应知此会非今日，共向灵山付嘱来④。

**【注释】** ①龙藏一开，诸檀越亲到灵山，法华会俨然未散，善哉善哉。檀越：施主。②龙藏：佛经。传说大乘经典藏在龙宫，故名。③菩提：意思是觉悟、智慧，用以指人忽如睡醒，豁然开悟，突入彻悟途径，顿悟真理，达到超凡脱俗的境界等。④灵山：灵鹫山。

## 赠田居士①

子道如君孝独全，逢僧便解杖头钱②。
从来福报徒千劫③，莫遣宫成第四天④。

**【注释】** ①田居士者，孝敬长辈，布施僧人，福报无穷矣……若能往生第四天，此乃弥勒净土也。②杖头钱：买酒钱，《晋书·阮修传》载：（修）"常步行，以百钱挂杖头，至酒店便独酣畅。"③千劫：佛教语。指旷远的时间与无数的生灭成坏。唐太宗《圣教序》："无灭无生历千劫。"④第四天：兜率是欲界的第四天。此天的内院即是弥勒菩萨的弘法度生之处。是一般大乘行者所仰望的净土。

## 赠曹居士[①]

一室萧然佛作邻[②]，长斋惟与老僧亲[③]。
只因世事难开眼[④]，一卷诗书付后人。

【注释】 ①曹居士者，敬佛，长斋，因世事牵缠，未能觉悟也。末后句"一卷诗书付后人"，能宣扬佛事，也可称善。②萧然：冷清。③长斋：常年吃素。④难开眼：有不忍看之意。

## 赠耿居士[①]

世外情多见尔偏，红尘终日自仙仙。
家中时有闲茶饭，但见僧来不问钱。

【注释】 ①耿居士者，敬佛斋僧，红尘终日，世情难忘也。

## 赠毛居士[①]

塞外逢君见所亲，壁间长挂一壶春[②]。
莫嫌混迹尘埃里[③]，相识全归世外人。

【注释】 ①毛居士者，混迹于世间的隐士。②一壶春：酒名。③混迹：混杂。

## 赠戈居士[①]

六祖当年不识丁，金刚一句便回程。
而今一卷从头诵，犹自深更爱听经。

【注释】 ①戈居士者，更像一学者，非道人也。

## 赠李居士[①]

本来面目无文字，执卷何须问老僧。
爱汝清贫偏好学，寒窗风雪对孤灯。

【注释】 ①李居士者，是一个寒窗苦读的学者。

## 慰桂居士①

明知是幻复何忧，生灭从他海上沤②。
竹院相过应不远，何妨竟日为淹留③。

【注释】 ①函可师鼓励桂居士，努力参究，不可急躁。②沤：浮泡，水中气泡。③淹留：停留，也作"奄留"。

## 赠智轮道者①

法华转罢读皇经②，仙阙依然傍佛扃③。
炼就丹砂堪作供，鹤衣长舞法王庭④。

【注释】 ①古人云：药无贵贱，愈病则良；法无高下，当机则妙。此智轮道者，博览群书，涉猎广泛，难得难得。②法华：《妙法莲华经》的简称。皇经：道教的经典书籍。③仙阙：道观。佛扃：佛门，指寺院。④鹤衣：道士穿的衣服。此处代指道士。法王庭：供佛的寺院。法王，佛教对释迦牟尼的尊称。

## 礼雪庵祖师塔①

孤留石塔镇千山，想见当年冰雪颜。
身后能来天子诏②，更无一语落人间。

【注释】 ①此诗写礼雪庵祖师塔。塔镇千山，人天礼敬，似有耿耿禅光映照，令人身心荡然。雪庵：千山元代高僧。②天子诏：皇帝的诏书。

## 送居士省母①

望云几度泪沾衣，此日长边一雁归。
兄弟团圆欢共舞，莫将风雪诉庭闱②。

【注释】 ①此诗写送居士省母，此乃寸草春晖之情也，令人感叹。省母：归家探望母亲。②庭闱：这时指母亲。

## 怀堡中左氏诸兄弟二首①

埙篪应向雪中吹②，犹喜城边见左思③。
料得鹡鸰原上泪④，未曾秋到已先披⑤。

弟兄何处采山薇，白雪空多岂疗饥。

颇恨年年沙上雁，秋来偏自向南飞。

【注释】　①此诗表达了函可师对左氏诸兄弟的思念，同时不免为他们的生活担忧。左氏诸兄弟：指左懋泰之子。左暐生，字观野，著名诗人，参与修纂康熙十六年《铁岭县志》；左昕生，字肃公，著名诗人，参与修纂康熙十六年《铁岭县志》。②埙篪：吹奏乐器，喻兄弟情谊。③左思：字太冲，西晋临淄人，官秘书郎，博学能文，曾写《三都赋》，十年始成，洛阳为之纸贵。④鹡鸰：鸟名。《诗经·小雅·常棣》中有"脊令在原，兄弟急难"，这里脊令"通鹡鸰"，后以鹡鸰在原喻兄弟友爱之情。⑤先披：先分散飞扬。

## 怀戴公①

共是冰霜一见难，新诗犹得寄禅关②。

月明乘兴来相访③，又恐途中兴尽还。

【注释】　①戴公，乃函可师患难至交，详见卷三《答戴公》注①。二人赋诗谈玄，情投意合，函可师思念之。②禅关：禅门。③乘兴：晋王徽之居山阴，忽然想念住在剡溪的戴逵，于是乘船去访，及到戴家门口，不进而返，并对人说："吾本乘兴而行，兴尽而返，何必见戴？"王徽之，会稽人王羲之子，献之兄，爱竹，官至黄门侍郎。戴逵，字安道，善鼓琴又善铸佛像，信奉佛教。

## 戴公以湖笔松茗见寄，赋谢①

夜鬼年年哭未休，江郎五色漫相投②。

思君此日情方渴，自煮新茶老赵州③。

【注释】　①函可师思念戴公甚切，戴公竟以湖笔、松茗见寄，似心有灵犀也。戴公：见卷三《答戴公》注①戴公。湖笔：湖州产的毛笔。松茗：茶名。②江郎：江淹，字文通，南朝济阳考城人，梁时官至金紫光禄大夫封醴陵侯。以文章见称于世，晚年才思衰退，时人谓江郎才尽。其《恨赋》《别赋》最著名。五色：五色笔，比喻文才。江淹小时，梦人授五彩笔，晚年又梦一个自称郭璞的人，索还其笔，其后作诗，再无佳句，人称江郎才尽。③老赵州：诗人自谓。

## 戴孝臣从堡中来访四首①

忆昔相逢古佛家，今朝何意共天涯。

莫将辽海三冬雪，去比江南二月花。

只因舞彩换袈裟，曾见圆通老作家。
寒雪一瓢应羡我，何时重驭白牛车②。

但将菽水慰而亲，自在尘中不惹尘。
不见当年卢行者③，猎人队里易藏身。

倚间双眼望边城，患难应添舐犊情。
归去穷庐风雪际④，团圞正好话无生⑤。

【注释】　①此诗写戴孝臣从堡中来访，此人乃隐士也。二人情同鱼水，彼此酬唱交游中，愈见交情矣。戴孝臣：生卒年不详。②白牛车：亦称"大白牛车"，喻法华之妙法。③卢行者：唐禅宗六祖慧能，俗姓卢，号行者，随五祖弘忍学佛法，受弘忍衣钵，④穷庐：游牧人所居的毡帐。⑤无生：涅槃之真理，无生灭，故云无生。因而观无生之理以破生灭之烦恼也。《圆觉经》曰："一切众生于无生中。妄见生灭。是故说名转轮生死。"

### 送藏主师游长安二首①

去年匹马度重关，除却经书两袖单。
此去长途风雪际，殷勤为嘱好加飱。

长安箫鼓闹声喧②，料得君游自晏然③。
一见故人便回首，旧山明月待君圆。

【注释】　①此诗写送藏主师游长安，嘱其一路多保重，早日归来共团圆。②箫鼓：箫和鼓。③晏然：安逸的样子。

### 寄山木师①

不结人间一面缘，平安两字仗君传。
而师定有江南信②，莫使寒烟望眼穿③。

【注释】　①函可师寄语山木师，盼有江南的音讯，速速传来。②而师：而，通"尔"，你师。③寒烟：寒冷的雾气。

### 寄胡居士①

旧疏重题识姓名②，老僧何意重君平③。
英雄定有无端泪，不是偏多世外情。

【注释】 ①函可师寄语胡居士，自己无心于讲学。②旧疏：以前的注疏。疏，对旧注进行解释，称注疏。③君平：严君平，西汉高士。在成都卖卜，得百钱后，即闭门讲《老子》。

## 过宁远①

此地曾开细柳营②，荒台空见草青青。
只疑一片城边石，犹有当年旧勒铭③。

【注释】 ①此诗写宁远荒芜、凄凉的景象。宁远：地名。明宣德五年（1430）置卫，治所在今辽宁省兴城。②细柳营：汉大将周亚夫将军细柳（在今陕西咸阳西南渭河北岸）以防胡。这里是说这地方曾经是兵营。③旧勒铭：以前刻的碑铭。

## 望医巫闾①

一片晴云万壑闲，行人立马自开颜。
风沙此际还留胜，岂必罗浮是故山②。

【注释】 ①此诗写望医巫闾，令人欣然忘归也。医巫闾：山名，在辽宁省西北部，北镇县境内。②罗浮：山名，在广东省博罗县西北。

## 怀岭南①

双泪纷纷洒大荒，弟兄叔侄转难忘。
不知岭海风波后，若个犹存若个亡。

【注释】 ①此诗表达了岭南经浩劫后，函可师对故乡和亲人的关切。

## 怀华首①

山中兄弟几人留，料得堂前草已秋。
欲把尺书凭雁足②，又愁飞不到罗浮。

【注释】 ①此诗表达了函可师对故乡华首台寺的关切。②雁足：古时候利用大雁传书时，将信缚在雁足上。此处以雁足代称信使。

## 怀匡庐①

鸾溪溪畔归宗寺②，松下何人尚掩扉。
闻道几峰云散尽，只应如旧瀑花飞。

【注释】 ①匡庐归宗寺，乃函可师剃落登具之地，函可师怀念之。匡庐：庐山。②鸾溪：在庐山。归宗寺：在庐山金轮峰下的鸾溪边上。

## 怀白下①

欲寄音书道路长，霜风惊梦思茫茫。

惠州此日真天上②，却望江南是故乡。

【注释】 ①此诗写函可师怀念南京也。白下：南京的别称。②惠州：今广东省惠州市。

## 怀顾家楼①

几年挂锡石桥头②，屋角梅花尽意留。

多少幽人尚翘首③，可怜明月下前楼。

【注释】 ①打开尘封的记忆，当年在顾家楼，有欢笑，有酸辛，令友人们至今难忘。顾家楼：在南京，是函可的好友顾与治的住宅。②挂锡：僧人居息。石桥头：地名，南京顾家楼所在地。③幽人：隐士。

## 立春日①

城郭依然古殿闲，人民去后剩青山。

山中有雪犹堪啮，何用春风度玉关。

【注释】 ①此诗写立春日，边地荒凉、萧条的景象。

## 燕 子①

春尽枝头始见花，风流何处委黄沙。

寻常百姓今犹少，飞入清寒古佛家。

【注释】 ①"寻常百姓今犹少，飞入清寒古佛家。"可见，当时边地人烟稀少，满目凄凉。

## 开 原①

或云即五国城②

颓垣荒草乱云横，野老仍传五国城。

欲拟招魂愁漠漠③，何人能听杜鹃声④。

【注释】 ①开原，地处边地，荒草萋萋，愁云黯黯，听到的是杜鹃的悲啼。②五国城：地名，也称五国头城，所在地一说在黑龙江依兰县一带，一说在黑龙江宁安县。实际上五国城并非开原，宋徽宗为金兵所俘，死在五国城。③漠漠：寂静无声。④杜鹃声：杜鹃叫声凄惨，令人难以忍听。白居易《琵琶行》："其间旦暮闻何物，杜鹃啼血猿哀鸣。"

## 问石人①

半揖低声问石人，何年风雨卧荒榛②。
威仪恍惚犹前代③，不识皇家制令新。

## 答

一卧荒丘不记年，眼看田海变朝烟④。
老僧何事劳相问，未必君心似我坚。

【注释】 ①函可师自认为是前朝遗民，此心甚坚，堪比石人也。石人：石刻人像。②荒榛：荒草与荆榛丛杂之地。③威仪：庄严的容貌举止。④朝烟：早晨的烟雾。

## 又　问①

见说当年此极边，芊芊白草已连天②。
凭君莫话沧桑事③，只恐愁多石也穿。

## 又　答

无情久矣学枯禅④，话到伤心我亦怜。
骨劲冰霜虽已惯，不禁秋雨泪涟涟⑤。

【注释】 ①此诗道尽了函可师悲惨凄凉的境遇。②芊芊：草木茂盛的样子。③沧桑事：指世事变化大。④枯禅：僧人静坐参禅。⑤涟涟：流淌不断的样子。

## 三官庙①

### 张公旧住处

宫阙崔嵬近大罗②，云裾琼佩老仙多③。
瑶璈奏罢星辰隐④，永夜如闻不二歌⑤。

【注释】 ①此诗写三官庙。宫阙崔嵬，云裾琼佩，钟磬交鸣仙乐奏，炉烟满袖惹春风……令人俗虑顿消、道心遽畅也。②宫阙：宫殿。崔嵬：高峻。大罗：道家诸天名称，即大罗天。③云裾：如云似的飘浮着的衣襟。琼佩：中衣上挂着的玉制饰物。④璈璈（áo）：古乐器名。⑤不二歌：犹言只听一首歌。

## 访华表①

人民城郭尽皆非，鹤去千年更不归②。
惟有只今辽海上，一年一度雁飞飞。

【注释】 ①此诗写访华表。令威成仙化鹤的典故，时常令函可师感叹。函可师也自谓"被谪丁令威"，其失落的心情往往用"鸿雁"来表达。华表：古时立于宫殿、城垣、陵墓前的石柱，柱身上刻有花纹。此指古城辽阳，详见"丁令威学道化鹤"故事。一说指千山，因古时千山也叫华表山。②鹤去千年：传说丁令威是汉代辽东人，在灵虚山学道成仙，化鹤归来，落在城门华表柱上。有少年欲射之，鹤飞去曰："有鸟有鸟丁令威，去家千年今始归。城郭如故人民非，何不学仙冢累累。"以后用"鹤去千年"比喻人世的变迁。

## 自题小影①

衲衣一寸马蹄尘②，多难还余未死身。
直看古来横看世③，更将此事委何人。

【注释】 ①函可师自谓多灾多难，时日无多矣，担心"曹溪一滴"的禅法无人分付。②马蹄尘：征途中落在身上的尘土。③直看：纵观，从古至今，历史地看。

## 接亦非书①

两片云飘各不知，忽闻万里话相思。
开缄看取行行泪②，多少胸中不尽词③。

【注释】 ①久违的老友，知心的话，说也说不完。②开缄：打开信封。③不尽词：说不完的话。

博罗剩人可禅师著　书记今羞编

# 六言诗

### 月夜雪斋同诸子赋①

奇哉吾辈犹在，绝域从他岁徂②。
一片月明尽看，三更霜白重铺。
但能谈笑无倦，即与家乡不殊。
城晓乌啼客散，天高碛冷僧孤③。

【注释】　①好友相聚，谈笑风生，乌啼客散，碛冷僧孤，函可师全诗落在一个"孤"字。②岁徂：谓光阴流逝。③碛冷：沙漠寒冷。

### 秋　晓①

一声林际天白，数点门外峰青。
昨夜雨来入梦，今朝叶落满庭。

【注释】　①好个秋晓，叶落满庭，不吉也。

### 秋　晚①

月始出林尚小，钟来越涧渐微。
且留半户莫掩，少待片云未归。

【注释】　①无论月小月微，只等你的到来，函可师与月有情结矣。

### 山居十首①

日日山岚绕户，夜夜山风透篱②。

日夜风岚几许，问著山翁不知。

破屋老僧两个，古木寒鸦几枝。
前溪欲冻未冻，有人桥上行时。

仄径积雪扫去，枯桩拦户推开。
今早矮檐鹊报，前山古洞猿来。

闲歌白雪几句，静读南华半篇③。
无人绕树数匝，有时欹枕孤眠。

干叶乱飘屋角，枯枝横柱篱边。
谁道山居闲暇，拗枝扫叶烧泉。

野鼠每投案下，小禽近诉窗前。
即此是亦为政④，山中无党无偏⑤。

云封八九十层，松盖百千万尺。
塔顶一双鹤栖，溪边两行虎迹。

溪长水去无归，户浅云来直入。
老僧手把镬头，口道明年九十。

剪藤缚木依崖，凿石引泉入屋。
结构不俟岁时⑥，经纶已遍山谷⑦。

出门不过数里，前村独自一家。
二老见人必笑，山梨山枣山茶。

【注释】 ①此诗写函可师的山居生活，虽曰清贫，却也超然，纵赏山中，永藉安闲，不亦乐乎。②透篱：穿过篱笆。③南华：《南华经》，即《庄子》。④为政：治理政事。⑤无党无偏：意思是形容处事公正，没有偏向。⑥结构：联结构架。不俟：不等待。岁时：时间。⑦经纶：筹划治理。理出丝绪曰经，编经成绳曰纶。

## 千山诗集卷十九

博罗剩人可禅师著　书记今羞编

# 杂 体

### 译鸟言七章①

行不得哥哥，世无商王②，
谁开网罗。鹧鸪

都恶都恶！不如沙漠。
沙漠有冰犹可啄。杜鹃

得过且过，身无毛夜无窠③。
谁能留白日，莫使下沧波④。寒号

鹊惜惜，多少新民不得食。鹊

呀呀呀，安得大日轮，
照此海东涯⑤。鸦

姑姑姑，一月三夫，
旧夫瘦小新夫粗。鸠

快耕快锄！瑚地霜多⑥，
今不努力奈饥何。布谷

【注释】　①此诗写译鸟言，共七种，有鹧鸪、杜鹃、寒号、鹊、鸦、鸠和布谷，大多来自民间谐语，不必深究，图一乐耳。②商王：商代末位国君帝辛，史称纣王，为周武王所灭，自焚于鹿台。③窠（kē）：昆虫鸟兽栖息之所。④沧波：大海。⑤海东涯：大海的东岸。

⑥瑚地：胡地，古时对北方少数民族所居住地方的称呼。

## 三五七言①

塞草白，塞日黄。

埋沙无老骨，挂树有饥肠。

安得长风生此夕，尽吹残魄返其乡。

**【注释】** ①函可师眼中的边地，荒芜，凄凉，埋沙无老骨，野外有饿莩，令人难以忍受，欲魂归故乡去也。

## 答邛子寄水晶蟾①

九载不相闻，万里劳相寄。

分明一照见肝肠，中间恍惚相思字。

**【注释】** ①此诗写邛子万里寄相思，函可师感激不尽也。水晶蟾：应为干荔枝。

## 戏效读曲歌体六章①

辛苦道傍井，辘轳无停时。

行路日千百，若个心相知。

捶碎檐前钟，十年刚把手，

此别更难逢。

揖谢檐前钟，幸渠话未终，

话终泣何穷？

盘中堆红炭，炭热人亦聚，

炭销人亦去。

人去留不住，住亦无意绪。

炭热盘不觉，炭销盘不知。

劝君且住不须去，盘当再热时。

大雪不得食，野雉马前飞。

少年惜泥弹，只用马鞭捶。

鞭捶死亦苦，其奈腹中饥。

**【注释】** ①此诗依次写道傍井、檐前钟、盘中炭和不得食的野雉，道尽了人情冷暖和世态炎凉。

## 偶　成①

斫却相思树，锄却金银花。

世间自有好男子，何必嘈嘈老释迦②。

**【注释】** ①一刀两断，出世好汉，吾师何必叨叨也。②嘈嘈：喧叫声。

## 槿　言①

槿之言若曰：尔松太不情。

孤直千年苦，何似一朝荣。

松闻寂无声：

便使为薪灶下死，不愿开花世上荣。

**【注释】** ①函可师借"槿言""松语"以表法，法无高下也。槿言：木槿之言。槿，木槿花，朝开夕落，喻人心易变。

## 俗　讴①

海舶来②，海舶不来，无剪裁③。

海舶来，海舶不来，饱难挨。

**【注释】** ①明清之际，战乱频仍，百姓流离失所，饥寒交迫。此俗讴者，来自民间，表达了百姓对基本物质生活的需求，以及对美好生活的向往，不必深究也。俗讴：民间歌曲。②海舶：海船。③剪裁：选择、取舍。

## 博里歌①

予博罗人也，幼闻里中歌，偶忆其四

奈何许，担水放白鱼②，到底充不去③。

噫於戏，鱼鳔著水交不固④。

休语语，休言言，扁柴烧火叹无缘⑤。

苦瓜苦，有时锄⑥。

侬心苦，无时无。

黄蘗苦⑦，有时枯。

侬心苦，无时无。

若得侬心无苦时，长河无曲路无巇⑧。

【注释】 ①此博里歌，即函可师家乡民谣。前三首含朴素的人生哲理，后一首为一个人独自呻吟。博里歌：博罗里巷歌谣。②白艚：白色的货船。③充：同"冲"。④鱼鳔（biào）：也称鱼泡，是调节鱼身在水中升降的器官。交：应为"胶"。⑤扁柴：宽而薄的薪柴，不易燃烧。⑥锄：除去。⑦黄蘗（niè）：也作"黄檗"，又名"檗木"，俗称黄柏，中药材。⑧巇（xī）：险，险峻。

# 千山诗集卷二十

博罗剩人可禅师著　书记今羞编

## 冰天社诗①

序曰：白莲久荒②，坚冰既至，寒云幂幂③，大地沉沉。嗟塞草之尽枯，幸山薇之尚在。布衲氎毵匪独杲④，长老之梅州远逐⑤。孤臣憔悴尤甚，韩吏部之潮阳夕迁⑥。珍重三书，萧条只杖。每长歌以当泣，宁寡和而益高。兰移幽谷，非无人而自芳；松植千山，实经冬而弥茂⑦。悲深猿鹤，痛溢人天。尽东西南北之冰魂，洒古往今来之热血。既不费远公蓄酒⑧，亦岂容灵运杂心⑨？聊借雪窖之余生⑩，用续东林之胜事⑪。诗逾半百，会未及三。搕撻漫题⑫。

【注释】　①此为函可师为冰天诗社序言。身逢乱世，家国凋残。自己流放边地，每负杖独吟，则忧愤俱至。今者，以文会友，激扬道义，释恨佐欢，不亦可乎？不负余生，共续东林。②白莲：指白莲社，白莲社最初由东晋时期的高僧慧远在庐山东林寺发起，成员多为高僧和名流居士。因东林寺内种植了白莲，故得名"白莲社"，亦称"莲社"。③幂幂：浓密貌。④氎毵（lán sān）：指发丝垂落的样子。匪：通"非"。杲（gǎo）：光明。⑤梅州：今广东省梅州市。⑥韩吏部：唐代大文学家韩愈，宪宗时因谏迎佛骨贬潮州刺史。穆宗时诏为国子监祭酒，转兵部、吏部侍郎。潮阳：县名，明清时属潮州府。⑦弥茂：更加茂盛。⑧远公：慧远。⑨灵运：谢灵运，南北朝刘宋时期人，博览群书，工书画，尚诗文，又好山水，肆意遨游。⑩雪窖：指诗人被流放地。⑪东林：东林书院。创建于北宋政和元年（1111），是当时为北宋理学家程颢、程颐嫡传高弟、知名学者杨时长期讲学的地方。后废。明朝万历三十二年（1604），由东林学者顾宪成等人重兴修复，并在此聚众讲学，他们倡导"读书、讲学、爱国"的精神，引起全国学者普遍响应，一时声名大著。东林书院成为江南地区人文荟萃之区和议论国事的主要舆论中心。⑫搕撻（ké sà）：函可在冰天诗社的笔名。

## 同社名次

搕撞和尚（广东人，原住罗浮华首台）　北里先生（山东人）

涌狂（千山僧，辽东人）　　　　　　大铃（医巫同僧，浙江人）

正羞（塔寺僧，辽东人）　　　　　　希与道者（北直人）

焦冥道者（北直人）　　　　　　　　寒还（陕西人）

苏筑（南直人）　　　　　　　　　　叫寰（陕西人）

东耳（南直人）　　　　　　　　　　天口（南直人）

兀者（陕西人）　　　　　　　　　　锦魂（浙江人）

剌翁（山东人）　　　　　　　　　　光公（山东人）

春侯（山东人）　　　　　　　　　　薪夷（陕西人）

孝滨（江西人）　　　　　　　　　　小阮（山东人）

阿玄（山东人）　　　　　　　　　　大顽（山东人）

二愚（山东人）　　　　　　　　　　雪蛆（辽东人）

冰鬼　　　　　　　　　　　　　　　石人（尚阳堡十里人）

沙子（大汉人）　　　　　　　　　　青草（冢边人）

狂封（朝鲜人）　　　　　　　　　　丁仙（辽东人）

子规（五国人）　　　　　　　　　　不二先生（陕西人）

镇君（医巫同人）

## 社集诗

第一会北里　庚寅至前二日①，为北里先生悬弧之辰②，余首倡为诗，和者僧三人，道二人，士十六人，堡中寄和及后至者八人，合二公子，共得诗三十二章。

【注释】　①庚寅：顺治七年（1650）。至前：冬至前。②悬弧之辰：生日。因当地民俗：生男孩于门上悬一小弓，称为悬弧。

### 搕　撞①

塞外高松青百尺，凄风吹雨半天声。

共经万死知生重，却羡孤身似叶轻。

东海只今余大老<sup>②</sup>，西山不愧是难兄<sup>③</sup>。
予生匪远寒逾甚，白雪同歌岁岁情。

**【注释】**　①北里先生是历经磨难的高士，函可师愿与其交游言欢，共叙友谊。揓捶：
函可本人。广东人，原住罗浮华首台。②东海：今山东郯城县。其地汉时称东海郡，治所在
郯。北里左氏为山东人。大老：指年高、品德高尚的人，是对年高望重者的尊称。③西山：
首阳山，在山西永济县南。相传商末伯夷、叔齐不仕周，隐于此。

## 涌　狂<sup>①</sup>

短发投荒又一年，每逢山寺便留连。
远公自爱寻陶令<sup>②</sup>，吏部曾无识大颠<sup>③</sup>。
一片钟声和骨冷，半边月色可人怜。
文章节义浑闲事<sup>④</sup>，何日还题到白莲<sup>⑤</sup>。

**【注释】**　①涌狂僧人意谓，应念此身之飘零可怜，共结白莲社，同修净土，此为还源
之捷径也。涌狂：冰天诗社成员，千山僧人，辽东人。②陶令：晋陶潜，曾任彭泽县令，故
称陶令。③吏部：旧官制六部之一，主管官吏的选任等事。此处指北里，因其在明吏部中任
过职。大颠：本姓陈，又说姓杨，原名宝通，唐潮阳人为佛教禅宗慧能的三传弟子，曾在潮
州创建寺院，名灵山，号大颠和尚。元和间韩愈贬为潮州刺史，因识大颠，经常来往。④浑
闲事：完全是无关紧要的事。⑤白莲：白莲社。东晋释慧远于庐山东林寺，同慧永、慧持和
刘遗民、雷次宗等结社，精修念佛三昧，誓愿往生西方净土，又掘池植白莲，称白莲社。见
晋无名氏《莲社高贤传》。

## 大　铃<sup>①</sup>

诗满龙庭雪满囊<sup>②</sup>，我来初沸竹炉汤<sup>③</sup>。
二雏将护人中凤，群雁时惊碛上霜。
岂为观澜亲海岸<sup>④</sup>，每于觅句到僧堂<sup>⑤</sup>。
萧条野外无供给，粪火煨芋好共尝<sup>⑥</sup>。

**【注释】**　①大铃僧人意谓，不是为了游玩和利养，而是为了发明心地，与大家切磋钻
研，同修同证也。大铃：冰天诗社成员，医巫闾山寺庙僧人，浙江人。②龙庭：边塞。③竹
炉：外为竹编的特殊煮茶工具。④观澜：观赏海潮。⑤觅句：寻索诗句。⑥粪火煨芋：出自
宋圜悟克勤《碧岩录》："懒残和尚。隐居衡山石室中。唐德宗闻其名。遣使召之。使者至
其室宣言。天子有诏。尊者当起谢恩。残方拨牛粪火。寻煨芋而食。寒涕垂颐未尝答。使者

笑曰，且劝尊者拭涕。残曰，我岂有工夫为俗人拭涕耶。竟不起。使回奏。德宗甚钦叹之。"

## 正 羞①

竹杖方袍久不疑②，萧然茗碗雪来时③。

枯桐未卖宁堪爨，古墨多残足疗饥。

已过虎溪难强笑④，欲投鱼腹亦成痴。

但将泡影看身世⑤，海角天涯月一池⑥。

【注释】 ①正羞僧人，想成为出世丈夫，其心甚坚。其意是说，若了悟此事，就应开怀大笑，不应纠结身世的坎坷，似屈子投江者，不可取也。佛曰："一切有为法，如梦幻泡影。"正羞：冰天诗社成员，金塔寺僧人，辽东人。②方袍：比丘所著之三种袈裟，皆为方形，谓之方袍。③茗碗：茶碗，茶杯。④虎溪：在江西庐山下。传说释慧远居庐山东林寺，送客不过溪。一日，与陶潜、道士陆静修共话，不觉逾溪，虎即大吼，三人大笑而别。⑤泡影：此以譬世法之虚假不实。《金刚经》曰："如梦幻泡影，如露亦如电。"⑥海角天涯：指偏远的地方，也作"天涯海角"。

## 希 与①

长携孤月论黄庭②，知尔身从去国轻。

一片骨留支雪窖，半床书在即云城。

文章尽向青天问，肝胆偏于野鹤倾。

采得五芝浑不羡③，寒冰端自怯长生。

【注释】 ①希与道者意谓，函可师饮冰茹蘗，喜文章，重节义，不羡慕长生之道也。希与：冰天诗社成员，函可师诗中常称为李炼师者，北直人。②黄庭：《黄庭经》，又名《老子黄庭经》，道教养生修仙专著；内容包括《黄庭外景玉经》和《黄庭内景玉经》。③五芝：方术家所传说的五种神芝，色彩各不相同，服之可以长生不死。《神农本草经》："赤芝一名丹芝，黄芝一名金芝，白芝一名玉芝，黑芝一名玄芝，紫芝一名木芝。"

## 焦 冥①

何人清晓扣柴扉，不是闲僧定羽衣②。

笑溢中庭斑共舞③，谈倾四座麈频挥④。

关门又见青牛度⑤，辽海今看白鹤归⑥。

未有丹砂堪作供，一觞聊取伴山薇⑦。

**【注释】** ①焦冥道者，景仰函可师的风采，也视其为"令威化鹤"再来，愿与其共飨法喜也。焦冥：苗君稷（1620—?），字有邰，号焦冥，昌平人，诸生出身。康熙三十年（1691）尚在世，卒年不详。崇祯十一年（1638），清兵毁长城冲入内地杀掠时，蹂躏昌平。苗君稷举家罹难，乡园被洗劫，父母遭残害，他只身被掳掠到盛京（今辽宁沈阳）。皇太极发现其才能，曾"数欲官之"，苗君稷却予以明确拒绝，"谢不就"。以"一介之士翛然自守，虽饵以禄秩，怵以威执，而不为之动"。甘愿摒弃一切违背心志的宠荣而遁入玄门，乃"自请为道士"，从此便身着黄冠，成为沈阳三官庙道士。冰天诗社成员。②羽衣：道士。③中庭：庭院。④壘：拂尘。⑤关门又见青牛度：青牛度关的典故。指老子骑着青牛过函谷关（今河南灵宝东北）。后以此典指有道之人隐遁，或指有道之人降临，祥瑞来临。⑥白鹤：指令威化鹤归来也。⑦觞：酒杯。山薇：山菜名，也称野豌豆。

## 寒 还①

何人幽谷响丁丁，共琢坚冰欲举觥②。
可见天心留不死③，幸从雪际识先生。
谈深今古青松壘，阅尽沧桑楸玉枰④。
多少野人无别祝，千秋莫负岁寒盟。

**【注释】** ①古人道：不是知音者，徒劳话岁寒。寒还贺北里先生，精神发越，常居吉庆也。寒还：冰天诗社成员，陕西人。②觥（gōng）：古代用兽角做的酒器。③天心：上天的旨意。④楸玉枰：楸木做的棋盘。

## 苏 筑①

古来报国几身完，憔悴孤吟见泪泫②。
未到投荒肝已烈③，只今留息骨先寒。
鼎湖何处遗弓在④，敝笥仍余旧彩单⑤。
臣子有心刚一寸，西风淅淅雪漫漫。

**【注释】** ①苏筑，言辞慷慨激昂，犹如义士也。苏筑：见卷六《怀苏筑》注①。②泪泫（tuán）：眼泪很多。③投荒：被迫或流放到荒远的地方。④鼎湖：古时传说黄帝铸鼎于荆山下，鼎成，有使者迎黄帝上天，后世遂名其处为鼎湖。遗弓：指皇帝死亡。⑤敝笥（sì）：旧的盛衣物或饭食的方形竹制品。

## 叫 寰①

一日相逢笑一回，世皆欲杀是真才。

长歌东海涛千顷，共进南山雪半杯。

万卷自堪延岁月，九州真可付尘埃。

当年纵尔开东阁②，那得幽人踏踏来③。

【注释】　①叫寰，眼见高才云集边地，欣喜矣。叫寰：冰天诗社成员，陕西人。②东阁：东厢房。《汉书·公孙弘传》："数年至宰相封侯，于是起客馆，开东阁以延贤人。"后遂称宰相款待贵宾之所为东阁。③幽人：隐士。踏踏：象声词，形容人走路的声音，比喻人很多。

## 东　耳①

天下文章羡大家②，泰山今仰海东涯。

冰清本是人中鉴③，雪满还疑县里花④。

有子传经看舞凤⑤，无枝绕树叹飞鸦。

春风尚洒伤心泪，又听寒吹日暮笳。

【注释】　①东耳，一个有心之人也。感叹北里先生苦闷、悲凉的境遇。东耳：冰天诗社成员，南直人。②大家：著名的专家，大手笔。③冰清：像冰一样的清白。人中鉴：衡量为人处世的镜子。④县里花：花是县的美称。⑤传经：旧指传授儒家经典。

## 天　口①

古今斯道足长吁，遗老流民共一图。

磊块时堪浇五斗②，荒芜那复赋三都③。

几回欲立程门雪④，此地仍逢鲁国儒⑤。

共是伤心愁日暮，茫茫何处哭苍梧⑥。

【注释】　①天口，一儒生也，历经明清之际的社会动荡，不知如何是好。天口：冰天诗社成员，南直人。②磊块：累石高低不平，喻阻梗或心中郁结不平。五斗：五斗米，陶潜有"不为五斗米折腰事乡里小儿"语。③三都：《三都赋》，西晋左思作。三都：蜀都（今四川成都）、吴都（今江苏南京）、魏都（今河北邯郸）。④程门雪：出自《宋史·杨时传》，"时见程颐于洛阳，一日见颐，颐正瞑坐，时侍立不去。颐醒，门外雪已一尺多深"。杨时，字中立，隐于龟山，卒谥文清。后来用"程门立雪"喻尊师重道。⑤鲁国儒：孔子及其门人。⑥苍梧：地名，今广西壮族自治区梧州市。

## 兀　者①

泰山千仞望嶙峋②，几度从游得所亲。

足似申徒师忘我③，家无原宪病兼贫④。

居夷且喜依君子，学圃何妨是小人⑤。

白雪霏霏天漠漠⑥，一樽四座忽同春⑦。

**【注释】** ①兀者，志齐箕颖（尧帝时，贤者许由隐居箕山之下，颖水之阳），甚有儒者之风。兀者：刖足曰兀，是为刖足之人。此人为何自称兀者，令人费解。冰天诗社成员，陕西人。②嵘峋：山崖突兀貌。③申徒：复姓。申，通"司"。即司徒也。忘我：超乎自我，公而忘私。④原宪：春秋时鲁国人，字子思，亦称原思、仲宪，孔子的学生。孔子死后，隐居于卫，蓬户褐衣蔬食不减其乐。后来泛指贫士。⑤学圃：学习种植果木蔬菜。⑥霏霏：雨雪很大很密。漠漠：寂静无声。⑦樽：酒器。

## 锦 魂①

愁云紫气满关东，无数顽民献寿同。

眼底河山三盏内，世间日月一枰中②。

悬弧岂必皆男子③，啮雪今看有巨公④。

愧我不才花笔在⑤，追陪长共笑虚空⑥。

**【注释】** ①锦魂，自愧不才而有才也。献寿同喜，长笑虚空，善哉善哉。锦魂：冰天诗社成员，浙江人。②枰：棋盘。③悬弧：古时人家生男孩时于门左挂弓一张。故以后便以此称生男孩。④巨公：巨匠，大师。⑤花笔：美好的笔。⑥虚空：天空。

## 刺 翁①

小雁城边大雁村，村中尤觉雪霜繁。

饥来却忆周人粟②，寒极难吹伯氏埙③。

骨肉幸余心已碎，诗书无用卷犹存。

一觥尽注鸰原泪④，惭愧空空北海樽。

**【注释】** ①刺翁，一个重情重义的学者，自称惭愧也。刺翁：冰天诗社成员，山东人。②周人粟：指伯夷、叔齐于商朝灭亡之后不吃周粟，隐于首阳山食薇饿死的典故。③伯氏埙：出自《诗经·小雅》，"伯氏吹埙，仲氏吹篪"。④鸰原泪：兄弟之间的情谊。

## 光 公①

多难相依有弟昆，惊魂未定又离群。

岁寒尚喜留苍柏，梦去还疑到故园。

但觉冰坚沙泪结，俄惊诗纵海澜翻②。

不堪读至伤心处，老雁无声只自吞。

【注释】　①光公，历经磨难，默默无语。光公：冰天诗社成员，山东人。②海澜翻：海浪翻腾。

## 春　侯①

鱼网同罹雁一群②，边城飞过雁群分。

辽阳尚有归来鹤，五国唯看就死麇③。

忍饿吟倾三斗泪，相思望隔几重云。

清泉遥酌冰方结，寒雪和魂白到君。

【注释】　①春侯感叹，社会动荡，骨肉分离也。春侯：冰天诗社成员，山东人。②罹：遭遇。③五国：五国城，位于今黑龙江依兰县城西北部。1127 年，金灭北宋后，将徽宗、钦宗二帝押解北归，于 1130 年抵达五国城，并被囚禁于此。就死：将死。麇（jūn）：獐子。

## 薪　夷①

高名久矣仰山东，何意流离一识公。

下里几能赓白雪②，寒天犹得坐春风。

节旄既落心逾壮③，诗卷犹存道未穷。

欲与斯文惭后死④，一芹聊与野人同⑤。

【注释】　①薪夷，仰慕北里先生已久。今者，先生虽流离边地，却壮心不已，特备一芹，祝寿同喜也。薪夷：见卷六《接薪夷书》注①。②下里：下里巴人。赓（gēng）：继续。白雪：阳春白雪，此为曲名。③节旄：旄节，以竹制，柄长八尺，节上缀牦牛尾。④后死：谓死在后，常用作生者自谦之辞。《论语·子罕》："天之将丧斯文也，后死者不得与於斯文也。"⑤一芹：喻礼品微薄的谦辞。《西湖佳话·西泠韵迹》："特备一芹，妄想拜求一见。"

## 孝　滨①

慷慨孤臣彼一时，余生终日恋庭帏②。

君亲欲报伦俱大，忠孝贪全事已非。

阿弟已随沧海变，大人又向玉京归③。
应知夜雪穿庐梦，犹自联翩舞彩衣④。

【注释】 ①孝滨意谓，饱经沧桑，忠孝难两全。如今，父亲羽化去了，阿弟也变了，自己要继续孝养母亲。孝滨：戴遵先，生卒年不详。字孝滨，江西新昌人，戴国士第三子。明末清初诗人。有文名。清军南下时，因力劝其父勿降清出仕不果，乃削发为僧，遁入空门。后得知其父获罪流放，又蓄发从其父至铁岭，服侍左右，代其劳役，备尝艰辛。在戍所期间，广与流人文士交流，诗作颇丰，惜多散失。现存诗见于《千山诗集》卷二十《冰天诗社》及《铁岭县志》中。诗中多铜驼黍离之悲，家国之思。②庭帏：同"庭闱"。指父母居住处。③玉京：泛指仙都。④联翩：形容连续不断。舞彩衣：指孝养父母。宋·龚孟夔《送孟和卿平阳寻母》："团圝尊前舞彩衣，大胜世间朱与紫。"

## 小 阮①

大阮猖狂小阮痴②，到边仍自共论诗。
每经雪压苍松干，常护霜摧玉树枝。
蜡日未能华氏燕③，东山犹有谢公棋④。
羊皮舞罢偷扪泪，只恐高堂见又悲⑤。

【注释】 ①小阮自谓，举家来到边地，酬唱赋诗不辍，倍受长辈的呵护。自负才气，却无君子之风，恐无颜见父老也。小阮：冰天诗社成员，山东人。②大阮：三国魏国末年阮籍有才名，世称"大阮"。小阮：阮籍的侄子阮咸，亦有才名，世称"小阮"。后来以大阮、小阮为对叔侄的美称。③蜡日未能华氏燕：语出南朝宋刘义庆《世说新语》，王朗每以识度推华歆。歆蜡日尝集子侄燕饮，王亦学之。有人向张华说此事，张曰："王之学华，皆是形骸之外，去之所以更远。"④谢公棋：东晋大臣谢安，曾隐于东山，后来指挥淝水之战，击败了前秦的百万大军，据说在战争最激烈的时候，他在别墅里若无其事地下棋。⑤高堂：父母。

## 阿 玄①

出塞无殊聚故园，一家骨肉黑云屯。
叔痴不在山涛下②，儿馂终凭郗鉴存③。
偏爱覆巢犹有卵④，却惊大漠亦开樽⑤。
闻诗久欲偕诸弟，只恐风霜独倚门。

【注释】 ①阿玄全家为避世乱，出塞投奔叔叔，今日不意喜逢盛会，愿携诸弟参加，

却恐诸多不便。阿玄：冰天诗社成员，山东人。②山涛：字巨源，晋河内怀县（今河南武
陟西）人。好老庄，与嵇康、阮籍等为竹林七贤，后入晋为吏部尚书十余年。③郗鉴：晋
人，字道徽。惠帝时任中书侍郎，永嘉乱中，族人共推为主，举千余家避居峄山（山东邹
城），三年间众至数万，东晋初受命镇守邹山，为兖州刺史。明帝时参与平定王敦之乱，
迁车骑将军。后受遗诏辅佐成帝，继而进封太尉。④覆巢犹有卵：与"覆巢无完卵"意相
反。⑤开樽：饮酒。

## 大　顽①

朝来旭日起东溟，多难惊看两鬓星。
半菽尚堪供雪窖，敝貂时共舞龙庭。
驹随枥下惭千里②，金尽籯中剩一经③。
但愿椿萱寒更茂④，冰霜长伴八千龄。

【注释】　①大顽跟随北里先生流放边地，倍感苦寒艰辛。今者，旭日东升，喜逢先
生生日，祝愿椿萱更茂，庆衍千龄。大顽：左玮生，左懋泰之子。②枥下：马槽子。③籯
（yíng）：竹制的箱笼。④椿萱：父母的代称。古代称父为"椿庭"，母为"萱堂"。

## 二　愚①

知年何处问尧蓂②，但觉年来鹤似形。
玉树阶前浑是雪，老人天上见为星。
参苓亦可延寒岁③，诗礼时闻过朔庭④。
欲效伯兄齐献祝，千年松柏似青青。

【注释】　①二愚，左昕生，是北里先生（左懋泰）之子，祝愿先生命延百福，庆叶
遐年。②尧蓂：古代传说中一种祥瑞的草。蓂，蓂荚。③参苓：人参和茯苓。④朔庭：北
方边远地带。

## 雪　蛆①

当年亦自悔悬弧，欲射四方亦枉图。
半刻山河惟裂眦②，千秋杀活在拈须③。
只应兔管天心见④，恨不龙泉颈血枯⑤。
想得玉京时一笑⑥，存亡生死总同途。

【注释】　①雪蛆，志愿报国，誓死灭清。如今，想到玉京城，你方唱罢我登场，城

头变幻大王旗，生死与存亡，总是一场空。雪蛆：冰天诗社成员，辽东人，生卒年不详。
②裂眦（zì）：裂开眼角。③杀活：死活。④兔管：指诗文。天心：天的中央，天帝。⑤龙
泉：宝剑名。⑥玉京：京城。

## 冰 鬼①

岂特文章世所宗，寒天唯我论心胸。

不容然后见君子，请学何妨是老农。

大雪自应持汉节②，高松宁肯受秦封。

最怜门下余穷鬼，此外仍多野鹤踪③。

【注释】 ①冰鬼，重气节，高义之士也。冰鬼：冰天诗社成员，生平不详。②汉节：
竹制，长八尺，节上缀有牦牛尾，是使臣的信节。③野鹤踪：鹤性孤高，鸷居林野。喻隐
士的踪迹。

## 石 人①

相寻两度忽相思，白社重开敢后期。

司马门前宁曳履②，泰山顶上尚留碑。

补天可是终无术，柱国真怜独莫支③。

剥尽赤脂元少肺，煮将肝胆佐寒厄。

【注释】 ①石人意谓，北里先生回天无术，竭心尽力，可矣。石人：冰天诗社成员，
尚阳堡十里人。②司马门：官署或营寨的外门。曳履：拖着鞋子，形容闲暇、从容。③柱
国：言北里先生乃柱石之臣也。

## 沙 子①

漠漠风生莫浪嗟②，潮来曾共泛仙槎③。

摛词欲夺清溪锦④，学道真轻白马牙。

最爱一篇怀屈子⑤，何烦千粒掷经家。

饶他鬼蜮能含射，影伴鸥闲到海涯。

【注释】 ①沙子意谓，任运自在，我行我素，不必理会鬼蜮的含沙射影。沙子：冰
天诗社成员，大汉人。②浪嗟：随便呼唤，或感叹。③仙槎：仙人乘坐的船。④摛（chī）
词：抒发文词。清溪锦：蜀锦。清溪，在四川峨眉山附近。⑤屈子：楚国爱国诗人屈原。

## 青　草①

一丛寂寂自埋香，愿上裴公绿野堂②。
却喜疾风知劲草，肯因寒雪损孤芳。
垂条不学章台柳③，妆点全宜苏子羊④。
近日禁中无可视⑤，暂随诗句入奚囊⑥。

【注释】　①青草，节义之士，暂入诗堆也。青草：冰天诗社成员，冢边人。②裴公绿野堂：唐代裴度的别墅名。故址在今河南省洛阳市南。裴度为唐宪宗时宰相，平定藩镇叛乱有功，晚年因宦官专权，辞官退居洛阳。立第于集贤里，筑山穿池，竹木丛萃，有风亭水榭，梯桥架阁，岛屿回环，极都城之胜概。又于午桥创别墅，花木万株，中起凉台暑馆，名曰绿野堂。③章台柳：唐朝天宝年间，诗人韩翃（一作翊）羁滞长安，与李生相友善。李之爱姬柳氏，艳绝一时，喜谈谑，善讴咏，慕翃之才，甚属意焉。李生遂慷慨将柳氏赠翃，并解囊资助三十万玉成二人婚事。翌年，翃得登第，遂归昌黎省亲，暂将柳留长安。适逢安史之乱，两京沦陷。为避兵祸，柳剪发毁形，寄居法灵寺。时翃已被淄州节度使侯希逸辟为书记。及肃宗收复长安，翃便遣使密访柳，携去一囊碎金并写了这首《章台柳》赠之："章台柳，章台柳！往日依依今在否？纵使长条似旧垂，也应攀折他人手。"④苏子羊：苏武牧羊于北海故事。⑤禁中：宫中。⑥奚囊：诗囊。

## 狂　封①

黼冔曾将付子孙②，只今风俗未成髡③。
采薇已见叔齐死，抱器何妨微子存④。
三代礼仪求在野，一篇洪范道仍尊⑤。
华山此日难归马，雨雪凄凄不可言。

【注释】　①狂封意谓，理应持明朝仪范，现今时代变迁，奈何奈何。狂封：冰天诗社成员，朝鲜人。②黼冔（fǔ xǔ）：殷代的帽子，绘有黑白斧形花纹。③髡（kūn）：剃去头发，为古时的一种刑罚。④微子：商纣王庶兄名启，因数谏纣不听，去国，商灭后称臣于周。周公旦以微子统率殷族封于宋，为宋国的始祖。⑤洪范：《尚书》篇名。传为商末箕子所作，以向周武王陈述天地之大法。

## 丁　仙①

衣白山人归故乡②，只今洛邑是辽阳③。

携将别岛峰头月④，来佐前朝雪底觞⑤。
淅淅西风千古泪，垒垒高冢一天霜⑥。
世间甲子空三百，只恐重来社又荒。

【注释】　①丁仙意谓，千古泪，一天霜；一旦无常到，终归一场空。丁仙：冰天诗社成员，辽东人。②衣白：白衣。古代平民服，因即指平民。也指既无功名也无官职的人。③洛邑：周都邑名，也作"雒邑"，故址在今河南省洛阳市西部。④别岛：不相连的岛，孤岛。⑤觞：酒具。⑥垒垒：重积貌。

## 子　规①

今时人共昔时人，五国千年更不春②。
流落殊方连骨肉③，凄凉异代足君臣④。
乾坤易换啼难尽，江汉空流血尚新。
不见只今愁更阔，西湖珠海总荒榛⑤。

【注释】　①子规，为明清之际的社会动荡忧心忡忡。子规：冰天诗社成员，五国人。②五国：辽代居住在松花江、黑龙江、乌苏里江下游的"生女真人"建立了越里吉、奥里米、剖阿里、盆奴里、越里笃五大部落，史称五国部。这就是历史上著名的五国部。依兰是五国部第一城之越里吉城，为五国部会盟之城，因此称为"国头城"。1127 年金灭北宋后，将徽宗、钦宗二帝押解北归，于 1130 年 7 月抵达五国城，并囚禁于城内。③殊方：远方，异域。④异代：不同的朝代。⑤荒榛：荒草和荆榛。

## 不　二①

泪作洪波气作潮，纵枯到底亦难消。
君来我后事逾烈，死比生前恨更饶②。
自昔在心惟向北，只今无日问同朝。
湘沅魂散江流细③，大海茫茫何处招。

【注释】　①不二，面对朝代的沧桑巨变，不知如何是好。不二：不二先生，陕西人，冰天诗社成员。②饶：富足，多。③湘沅：湘江和沅江，都在湖南省境内。

## 镇　君①

昨日今朝忆旧封②，五臣瞬息走寒风③。

云愁雾结攒眉顷，岳动山倾掷笔中。

正直难容吾幸在，聪明速祸尔方穷。

茫茫总是群生事，天地緜来尚未穷。

【注释】 ①镇君意谓，正直难容，聪明速祸，时代变迁，此亦常理也。镇君：冰天诗社成员，医巫闾人。②旧封：过去的封赐。③五臣：舜的五位臣子。《论语·泰伯》："舜有臣五人，而天下治。"何晏注："孔曰：'禹、稷、契、皋陶、伯益。'"

## 北　里①

### 答诸公见赠

神农虞夏忽芜荒②，五十五年事杳茫③。

绛县春秋羞甲子④，楚歌宋玉谱宫商⑤。

腐儒不死蠹空在，窜客添龄罪愈彰⑥。

松柏好存冬日色，任随沤沫注沧桑⑦。

【注释】 ①北里先生意谓，历尽沧桑，只剩余生，还是面对现实吧。北里：左懋泰，见卷五《过北里读徂东集》注①。②神农虞夏：指历史上神农、虞、夏三个时代。③杳茫：辽阔无际。④绛县：山西绛县。⑤宋玉：战国楚国人，或说是屈原的弟子，曾做过楚国顷襄王的大夫。《汉书·艺文志》录其赋十六篇，流传至今者有六篇：《九辩》《招魂》《高唐赋》《神女赋》《风赋》和《登徒子好色赋》。⑥窜客：被放逐的人。这里是诗人自谓。⑦沤沫：水中的泡沫。

　　第二会搕撺，贱辰承搕撺大师率诸公赋诗投赠，至后五日即师一手指天之期，予作颂，诸公和者亦如前数①。

【注释】 ①一手指天之期："一手指天"专指佛也。佛祖降生时，一手指天，一手指地，大地为之震动，九龙吐水为之沐浴。时间为农历四月初八，即民间浴佛节。至后（冬至后）五日为函可生日，函可为佛子，即说"一手指天之期"，以示尊重也。而函可是冬季出生，非是佛诞农历四月初八也，不可混淆。搕撺（kè sà）：函可师自拟别名也。

## 北　里①

去年已见西方曙，今岁仍亲大海澜。

片月人天随竹杖，慈云忠孝一蒲团。

既穷震旦三千里②，又想尧甸十二看③。

劫火常留多佛塔，苍生灰烬共盘桓④。

【注释】　①北里先生盛赞函可师：人天仰慕，忠孝慈忍。愿与函可师，永共朝夕，玄会无涯。②震旦：古印度语音译，意即中国。《翻译名义集》曰："东方属震，是日出之方，故云震旦。"③尧蓂（yáo mì）：相传帝尧阶前所生的瑞草。此草每月朔日生一荚，至月半，积至十五荚。十六日起，日落一荚，月末而尽。小建则余一荚，萎而不落。十二看：应指一日之十二时辰之观行也。所谓观行，即于心观理而如理身行之也。④盘桓：此处指交往。

## 涌　狂①

土床闲坐啜黄齑②，得句时翻经背题。
义胆久拌沙暴骨③，禅心不学絮粘泥④。
难期苏子看羝乳⑤，长伴支公听马嘶⑥。
塞外无花拈雪示，何人微笑各凄凄。

【注释】　①涌狂僧人，以苦为乐，坚韧不拔，似信心不足也。②黄齑（jī）：咸腌菜。③义胆：侠义与胆识。④禅心：寂定之心也。唐·刘长卿《宿北山禅寺兰若》诗曰："密行传人少，禅心对虎闲。"⑤苏子：苏武。羝乳：羊乳。参见"苏武牧羊"故事。⑥支公：晋人支遁，又名道林，善清言，是当时著名的高僧，后来以支公泛称高僧。

## 大　铃①

终年长许傍孤筇，翘首云飞第一峰。
瓶汲几干湘水浪，鱼敲欲起鼎湖龙。
既收残骨埋花雨，又召游魂听雪钟。
五领三山当此日②，清泉共酌祝寒松。

【注释】　①大铃僧人，道心坚固，超然静深也。②五领三山：三山五岳，成语，泛指名山或各地。三山指黄山、庐山、雁荡山；五岳指泰山、华山、衡山、嵩山、恒山。

## 正　羞①

拈将寒瀑问吾师，华首仍余未斫枝。
十丈青莲半橛矢，一腰白雪两茎眉。
已知佛碗灯为火，那见人间沙作糜。

得髓及皮予是石②，不知瓦钵付阿谁。

【注释】　①正羞僧人着急了，直等函可师亲分付。②得髓：谓得玄理之至极也。《传灯录三》曰："迄九年已，欲西返天竺……最后慧可礼拜后依位而立。师（达摩）曰：汝得吾髓。乃顾慧可而告之曰：昔如来以正法眼付迦叶大士，展转嘱累而至于我，我今付汝，汝当护持，并授汝袈裟以为法信。"

## 希　与①

亭前柏树子青青，风雪当年恨独醒。

纵死两间留正气，才生四月睹明星。

谈经听去人为石，乞食归来月满扃。

却笑诗篇成罪案，新题今又遍龙庭②。

【注释】　①希与道者，仰慕函可师正气，素心一片，人天共远也。②龙庭：又称龙城，匈奴单于京城。此处指关外地区。

## 焦　冥①

百炼曾经骨愈坚，孤身迢递出长边②。

死生既了人伦系③，忠义仍凭祖道传。

枯寂无心时咄咄④，氈毼破衲亦翩翩⑤。

丹砂欲作如来供，只恐如来不羡仙。

【注释】　①焦冥道者，赞赏函可师，百炼金刚，忠义可嘉，愿与其共飨禅悦也。②迢递：遥远貌。③人伦：指封建社会中人与人礼教所规定的君臣、父子、夫妇、兄弟、朋友及各种尊卑长幼关系。④咄咄：感叹声。表示责备或惊诧。⑤翩翩：形容动作轻盈生动。

## 寒　还①

采薇直上首阳巅，好供人间忍辱仙。

刀锯尚能余白足②，冰霜依旧长青莲③。

苦将杲日留方寸，笑把微尘掷大千④。

安得我离烦恼早，朝昏长礼法王前⑤。

【注释】　①寒还赞赏函可师，忍辱坚贞，心地圆明，愿朝夕追随也。②白足：泛指有道行的僧人。③青莲：青色莲花。瓣长而广，青白分明。南朝梁江淹《莲花赋》："发青莲于王宫，验奇花于陆地。"胡之骥注："观音大士生于王宫，坐青莲花上。"④大千：大千世界的省称。佛经上说世界有小千、中千、大千之别。合四大洲日月诸天为一世界，一千世界名小千世界，小千加千倍名中千世界，中千加千倍名大千世界。⑤法王：佛于法自在，称曰法王。《法华经·譬喻品》曰："我为法王，于法自在。"元世祖尊蕃僧八思巴为大宝法王西天佛子。明代册封西藏法王者三人，名曰：大宝法王，大乘法王，大慈法王，皆红教喇嘛也。

## 苏 筑①

罗岳飞云杖独登，天山积雪更崚嶒②。

英雄古佛来寒碛，节义文章属老僧。

一寸丹心三寸舌，千家香饭五家灯。

猊烟缥缈天龙拥③，如此投荒见未曾。

【注释】　①苏筑意谓，函可师的节义文章，自不必说。今者，信众景仰，龙天拥护，此在边地未曾有也。②崚嶒（líng céng）：高耸层叠的样子。③猊烟：从狻猊形香炉中冒出的香烟。缥缈：隐隐约约，右有若无。天龙：佛教用语。为天龙八部众中之天和龙。

## 叫 寰①

忽闻狮子吼空林②，几度来参白雪深。

松尘顿令顽石起，蒲团长有野云侵。

仍余点点人天泪，未了纤纤侠烈心③。

何日佛容为弟子，免令朝夕费相寻。

【注释】　①叫寰意谓，函可师未了侠义不平之心，但不妨师子吼也，愿随侍左右。②狮子吼：师子吼。喻佛教威神，发大音声，震动世界也。③纤纤：细微。

## 东 耳①

掷却吴勾久不看②，乌藤七尺斗牛寒③。

心经雪窖何曾冷，泪到空门总未干。

妙喜多言五岭远④，苏公好咏一生难⑤。

灵山不及西山会⑥，薇蕨优昙作是观⑦。

**【注释】** ①东耳意谓，函可师重文章节义之事，然而今日，灵山不及西山会也。②吴勾：利剑。勾，也作"钩"。③乌藤：古文中指藤杖。斗牛：北斗星和牵牛星，指天空。④妙喜多言五岭远：南宋妙喜禅师与礼部侍郎兼权刑部侍郎张九成非常友善，结为方外之宾。张九成因不肯附和金人"和议"之事，招致秦桧忌恨。绍兴十一年（1141）五月间，张九成拜访妙喜禅师，谈论时事，宗杲作诗曰："神臂弓一发，透过于重甲，衲僧门下看，当甚臭皮袜！"其意是说韩世忠广造"克敌弓"以备破金之事。秦桧听说后，认为这是在影射他投降和议，于是罗列两人"谤讪朝政"的罪名，加以迫害。妙喜被毁谍剥衣，除去僧籍，发配到衡州（今湖南省），长达十年之久。后来再次流徙到梅州（今广东省）四年。绍兴二十五年（1155）冬天，蒙恩北还。五岭：大庾岭、越城岭、骑田岭、萌渚岭、都庞岭的总称，位于江西、湖南、广东、广西四省之间，是长江与珠江流域的分水岭。⑤苏公：此处指宋朝大文豪苏轼。⑥灵山：佛家谓灵鹫山。西山会：借指冰天诗社诗会。⑦薇蕨：都是野菜。薇，俗名野豌豆。蕨，蕨菜。优昙：无花果。梵语也作"优具钵""优昙钵罗"，意为瑞应，或作祥瑞花。

## 天 口①

先子遗文付弟昆②，辞家久矣托空门。
杖头欲豁天人眼③，笔底先招忠义魂。
身世肝肠伤半碎，乾坤风雨冷全吞。
田衣泪渍缘何事，到死知君不哭冤。

**【注释】** ①天口，儒生也，身逢乱世，肝胆俱碎，哭吧。②先子：已死去的父亲。弟昆：昆弟，兄弟。③欲豁天人眼：禅宗"明心见性"也。豁，开通。

## 兀 者①

飘然孤锡泪如麻②，为悯寒边老作家。
漠漠黄沙成佛土③，纷纷白雪散天花④。
传灯尚欲留三代⑤，说法时兼演五车⑥。
天下众生余最苦，迷津凭指海东涯⑦。

**【注释】** ①兀者，同情函可师的遭遇，视其为禅门大善知识，希望其指点迷津。②孤锡：此处指函可师形单影只。③漠漠：弥漫的样子。④纷纷：纷杂，盛多的样子。⑤传灯：法能破闇，故以灯譬之。传法于他，故曰传灯。三代：泛指从祖至孙也。⑥五车：指五车书。形容读书多，学识丰富。⑦迷津：佛教用语。指迷妄的境界。

## 锦　魂①

世间两字是君亲，明白输他世外人。
自是传家无二道，犹闻报主有孤身。
到边已作开荒主②，先代曾为柱石臣③。
见说佛慈原等视，巨航普度尽顽民④。

【注释】　①锦魂，明白人也。诗中云"到边已作开荒主，先代曾为柱石臣"，善哉斯言，函可师欣慰矣。②开荒主：开垦荒地的领头人。③柱石臣：担当国家重任的大臣。④顽民：愚妄不化的人。

## 刺　翁①

大漠飞沙白昼昏，肝肠碎尽骨空存。
龙髯天上悲难挽②，鱼腹江中冷欲蹲。
半缕发余思学佛，一林霜满叹穷猿。
禅宫亦自凄凄日③，况是人间可复言。

【注释】　①刺翁，不必消沉，须信人间正道是沧桑。②龙髯天上：旧指皇帝死。出自《史记·封禅书》："黄帝采首山铜，铸鼎于荆山下。鼎既成，有龙垂胡髯下迎黄帝。黄帝上骑，群臣后宫从上者七十余人，龙乃上去。"后因用"龙驭上宾"为皇帝之死的讳饰语。意为乘龙升天，为天帝之宾。③禅宫：佛寺。

## 光　公①

投师无计托空门，短发萧萧泪独扪。
荷芰已残曾可制②，木鱼虽大不堪飧。
频年无复知生乐，此日空余见佛尊。
但愿梵音清切处③，晨昏或可召冰魂④。

【注释】　①光公，心如死灰也。函可师慈悲，可复燃之。②荷芰：荷花和菱角。③梵音：音韵屈曲升降，歌颂佛，讽咏佛法者，云梵音。④冰魂：形容梅、莲等花清白纯净的品质。

## 春　侯①

惠州天上旧知君，救世才猷寿世文②。

累代箕裘全与弟③，千年钟鼎薄于云④。

天倾不觉裂裳动，鬼哭惟余柱杖闻。

此日此边相忆处，盘冰一觉泪纷纭⑤。

**【注释】** ①春侯意谓，函可师风华绝代，高义薄云，却多灾多难，真想与其抱头痛哭也。②才猷（yóu）：才能谋略。寿世：意思是造福世人。③箕裘：谓子承父业。④钟鼎：比喻富贵荣华。⑤纷纭：多盛的样子。

## 薪 夷①

不羡人间布地金，萧然破衲冷风侵。

家山应自添新梦，塞雪真堪助野吟。

何必尽留文字障②，定知难解友朋心。

寒斋几度劳飞锡③，目极千寻黑浪沉④。

**【注释】** ①薪夷意谓，朋友之间，最要紧的，是心心相印。②文字障：用来说明很多时候，读经律论的时候过于执着于文字，而不能透过文字了解真实奥义，又或者过于执着于自己以往的成功经验，自己以往证得的念想，那么这些原来的成就，反而成了阻止自己了解大道的障碍。③飞锡：谓比丘之旅行也。《释氏要览下》曰："今僧游行，嘉称飞锡，此因高僧隐峰游五台，出淮西，掷锡飞空而往也。若西天得道僧，往来多是飞锡。"④千寻：形容极高或极长。古代长八尺为一寻。

## 孝 滨①

十年前现比丘身，旧习难忘下笔神。

心史未能藏古井，新诗直欲问高旻②。

谁知浊世佳公子，便是湘江老逐臣。

海畔行吟时说法③，人天八万尽沾巾④。

**【注释】** ①孝滨自谓曾为比丘，素喜吟诗。今者，函可师边地行吟说法，人天无不感激涕零也。②高旻（mín）：高天。唐·韩愈《酬裴十六功曹巡府西驿途中见寄》诗曰："哀鸿鸣清耳，宿雾塞高旻。"③行吟：边行走边吟唱。④沾巾：泪湿衣巾。

## 小 阮①

曹溪久矣羡南宗，何意今来北塞逢。

菽水难供思托钵②，雪花初下忽闻钟。

重开白社吾将往，又恐黄尘佛未容③。

翘首城南高座上，寒水千丈冷芙蓉④。

【注释】　①小阮，久慕南宗禅。今者，喜逢函可师。祈愿法幢建立、金莲盛开。②菽水：豆子和水，指一般的饮食。③黄尘：比喻俗世，尘世。明·高启《江上晚眺图》诗曰："观图忽起沧洲想，身堕黄尘又几年。"④芙蓉：荷花，也称"莲花"。

## 阿　玄①

何缘此日得逢渠②，竹院闲过饭一盂。

迁史腐刑孙子刖③，沩山水牸赵州驴④。

余情未剖贪成佛，大义难忘每读书。

却笑针锤终未恶⑤，又容饶舌到荒墟⑥。

【注释】　①阿玄意谓，不经历风雨，怎能见彩虹？入世、出世皆如此也。②渠：指函可师。③迁史腐刑：汉武帝天汉二年（前99），李陵自请击匈奴单于，然援兵不到，粮尽矢绝，李陵降敌。武帝愤怒，群臣皆声讨李陵，而司马迁以"为陵游说"被定罪。按律当斩，司马迁选择了以腐刑（宫刑）赎身死，最后完成我国第一部纪传体史书《史记》。孙子刖：孙膑是战国时期军事家，孙武的后代。因受同窗庞涓迫害遭受膑刑，即断足或砍去膝盖骨的刑罚。后在齐国使者的帮助下投奔齐国，辅佐大将田忌击败庞涓，取得了桂陵之战和马陵之战的胜利，奠定了齐国的霸业。④沩山水牸：沩山灵佑（771—853），唐代高僧。沩仰宗初祖。师一日上堂示众云：老僧百年后在山下做一头水牸牛，左胁书五字云：沩山僧某甲。此时唤作沩山僧，又是水牸牛；唤作水牸牛，又云沩山僧，唤作什么即得？此为启发学人禅修之公案。赵州驴：赵州禅师（778—897），俗姓郝，法号从谂，南泉普愿的弟子。一日赵州因僧问：久向赵州石桥，到来只见略彴。师曰：汝只见略彴，且不见石桥。曰：如何是石桥？师曰：度驴度马。此为禅门参学之公案。⑤针锤终未恶：意谓千锤百炼，终会得力。⑥饶舌：多嘴多舌。荒墟：犹荒芜。

## 大　顽①

三尺穹庐僧作邻，不嫌托钵到门频。

猖狂普化重来世②，憔悴灵均是化身③。

却怪爱君偏野老，须知选佛亦文人。

趋庭每许闻新句④，自觉寒边日日春。

【注释】　①大顽意谓，函可师是普化再来，屈原化身也，交游融洽日日春。②猖狂普化：普化禅师。唐宣宗年间，有一僧名叫普化，游化北地镇州（今河北石家庄正定），出言佯狂，行为简放，见人无分高下，皆振铎一声高唱："明头来明头打，暗头来暗头打，四面八方来旋风打，虚空来连架打。"他居无定处，夜伏冢间，昼行街市，时而歌舞，时而悲号，时称疯颠和尚。咸通三年（862），临济禅师送一口棺材给普化，他绕街嚷嚷："临济为我做了衣物，我要去城东门转世去了。"街上的人都尾随着他，禅师又说："今天的日子不合适，明天去南门转世。"连着三日，人意已倦，送者渐少。第四日普化一人钻进棺材，请路人把棺材钉上。消息传开，大家都跑来观看，打开棺材，里面什么都没有，唯有远处隐隐传来的振铃之声。这一年，普化世寿八十三。③灵均：战国时期楚国文学家屈原。④趋庭：出自《论语·季氏》，"（孔子）尝独立，鲤趋而过庭。曰：'学诗乎？'对曰：'未也。''不学诗，无以言。'鲤退而学诗。他日，又独立，鲤趋而过庭。曰：'学礼乎？'对曰：'未也。''不学礼，无以立。'鲤退而学礼"。鲤，孔子之子伯鱼。后因以"趋庭"谓子承父教。

## 二　愚①

门前竹杖破莓苔，木佛烧残志不灰②。
未丧斯文留子在，欲闻大道喜师来。
父兮每咏惊新和，伯也前驱愧后陪。
料得夜寒犹有梦，乡情端在岭头梅。

【注释】　①二愚，北里先生之子。今者，全家与函可师吟诗唱和，探究禅法，欢欣鼓舞。②木佛烧残："丹霞烧木佛"的典故。丹霞禅师是唐代著名禅师，唐宪宗元和年间，他来到慧林寺，正值冬天，天气大寒，想烤火取暖，就把殿里的佛像烧了。院主一看就急了，骂他说："这是佛爷，你怎么敢烧呢？"丹霞一听，不慌不忙地用杖子拨火，说："我在烧取舍利子。"院主没好气地说："木佛哪有什么舍利？""既然没有舍利，那就再弄他两尊来烧！"这事过了不久，丹霞禅师什么事也没有，护佛像的院主须眉皆落。

## 雪　蛆①

野鹤何天不可飞②，时同寒雪共栖迟③。
火风劫尽身仍在，西北天倾杖欲支。
不愧先公真肖子④，元来出世是男儿⑤。
死生知罪浑无涉，却怪年年只有悲。

【注释】　①末后句"却怪年年只有悲"者，雪蛆意谓函可师"悲心"太切，须知

"悲心"也是"贪"。②野鹤：野生的仙鹤，意为鹤居林野，性孤高，常喻隐士。③栖迟：
游息。引申为漂泊失意。④肖子：在志趣等方面与其父一样的儿子。⑤元来：表示发现原
先不知的情况。

## 冰 鬼①

乾坤纳纳一身孤，出世分明大丈夫。
松柏自堪凌塞雪，菩提终不怨秋荼②。
从来罪案添洪杲③，始信宗门有董狐④。
青史传灯无二事，笑他枯衲与迁儒⑤。

【注释】 ①冰鬼，叹赏函可师的风骨、才气，而师实以文字获罪。"笑他枯衲与迁
儒"者，慰其心也。②菩提：旧译为道，新译为觉。道者通义，觉者觉悟之义。秋荼
(tú)：荼至秋花叶茂密，此喻刑法苛细。③洪杲：慧洪觉范禅师和大慧宗杲禅师的省称，
此二人俱为宋徽宗时期名僧。其中慧洪觉范禅师，三次被捕，一次流放，两度被削僧籍；
大慧宗杲禅师，被毁谍剥衣，除去僧籍，发配到衡州、梅州等地，长达14年之久。④董
狐：春秋时晋国的史官。敢于秉笔直书，尊重史实，不阿权贵的正直史家。⑤迁儒：迂腐
的儒生。

## 石 人①

又见生公冰四围②，顽心如我足相依。
痴犹研雪从添罪，妄拟炊沙为赈饥。
一世心肠频看雪，大千勋业在披衣。
才拈白骨天龙惨③，花雨纷纷带血飞。

【注释】 ①石人意谓，函可师步步菩提，声声血泪也。②生公：对晋末高僧竺道生
的尊称。相传生公曾于苏州虎丘寺立石为徒，讲《涅槃经》，至微妙处，石皆点头。③天
龙：诸天与龙神，为八部众之二众。

## 沙 子①

昔年西度到神州，此日漂流伴海沤②。
久掷紫金成粪土，肯随黄石傍山丘③。
江河可是终难塞，鸟篆从兹正好留④。
请看只今堤上筑，何如撒手大潮头。

**【注释】** ①沙子意谓,自己来到神州,为了拜师学艺。今遇宗门正眼函可师,愿学习禅法也。②海沤:海水中的泡沫。③黄石:黄石公,曲阳人,春秋战国时期诸子百家的代表人物之一,与鬼谷子齐名。婴儿时被弃于黄山,故谓之黄公。他隐居黄山著书立说,留下《太公兵法》《黄石公略》和《雕刻天书》。④鸟篆:篆书的一种,其笔画由鸟形替代,不仅装饰风格独特,更有深刻的象征意义。以飞鸟入书表达了中国古人所推崇的一种为人之道,候鸟守冬去春来之信,"信"是鸟篆的意义所在。

## 青　草①

一寸芳心自不同,几偕松菊傲霜风。
窗前自许依周子②,溪畔长宜揭远公③。
已爱社中莲瓣白,肯随马上石榴红。
当年错恨丹青画,今日方知色是空④。

**【注释】** ①青草,喜社中之莲,愿栖心净土也。②周子:周敦颐(1017—1073),字茂叔,号濂溪,汉族,今湖南道县人。北宋著名哲学家,是学术界公认的理学派开山鼻祖。③远公:慧远(334—416),东晋时名僧,今山西宁武人。他是继著名高僧道安之后的佛教首领,因其大力弘扬净土法门,被后人尊为净土宗初祖。④今日方知色是空:色者总谓有形之万物。此等万物,为因缘所生,非本来实有,故是空也,是谓之色是空。此乃是指事物当体而言。

## 狂　封①

何须八百与亡商②,沧海由来好变桑。
天运欲穷无大雪,野人先自学佯狂③。
幸将斯道留孤杖,犹喜拈花到外方④。
白马若能先汉至,袈裟定作老僧装。

**【注释】** ①狂封意谓,时移世变,势所必然也。今者,函可师孤杖拈花,实乃辽东第一拓荒者,禅门幸事也。②八百与亡商:"八百诸侯会孟津"的典故。公元前1046年,商纣王昏乱暴虐,诸侯都叛离殷商,而归顺西伯姬昌(周文王)。文王卒,武王即位,以太公望、周公旦等人为辅佐。武王二年,东观兵于孟津(今河南洛阳孟津县东北),"诸侯不期而会盟津(孟津)者八百",诸侯都说可以伐纣,武王则认为时机不成熟,于是退兵。不久武王灭商,以后成王即位,周公辅政。③佯狂:假装疯癫。④拈花:"拈花微笑"的典故。据《大梵天王问佛决疑经》:梵王至灵山以金色波罗花献佛,舍身为床座,请佛为众生说法。世尊登座,拈花示众。人天百万,悉皆罔措。独有金色头陀,破颜微笑。世尊云：吾有正法眼藏，涅槃妙心，实相无相，分付摩诃大迦叶。外方：方外，世俗之外。

## 丁 仙①

山前华表雪风寒，纵有千年泪不干。

卫国乘轩看若梦②，青城飞矢避应难。

翎输莲瓣三分白，顶共君心一寸丹。

城郭已非人尚是，可能骑我海天宽。

【注释】 ①丁仙意谓，函可师是"令威化鹤"再来。"顶共君心一寸丹"者，丹顶鹤也，极赞函可师"丹心映日"也。②卫国乘轩：形容人无功受禄，滥竽充数，也用以咏鹤。《左传·闵公二年》："冬十二月，狄人伐卫。卫懿公好鹤，鹤有乘轩者。将战，国人受甲者皆曰：'使鹤，鹤实有禄位，余焉能战！'"

## 子 规①

日暮凄凄向北鸣，如何天事总难明。

最怜枝上三更月，照见人间五国城。

十二金牌恨未了②，一条竹杖泪方盈。

血流满地君休听，古佛由来亦有情。

【注释】 ①古人云：士贤守孤贞，古来皆共难。子规对函可师的遭遇深表同情。②十二金牌：出自《宋史·岳飞传》，"言飞孤军不可久留，乞令班师，一日奉十二金字牌。"金牌作为宋代敕书及紧急军命，用金字牌，由内侍省派人速送。比喻紧急的命令。岳飞在孤立无援之下被迫班师。遭受秦桧等人的诬陷，以"莫须有"罪名被杀害。

## 不 二①

不二歌残天地沉，感君霜夜一孤吟。

几年但食僧堂饭，到死空余故国心。

曾学双跌惟一面②，每听清梵亦盈襟③。

只今沧海愁云里，除却莲花总不禁。

【注释】 ①但愿沧海愁云里，涌出"不二"紫金莲。②双跌：指佛教中修禅者的坐法，两足交叉置于左右股上，称"全跏坐"，又称"吉祥坐"，出自《无量寿经》。③清梵：谓释氏诵经声也。王僧孺文曰："清梵含吐，一唱三叹，密义抑扬，连环不辍。"

## 镇　君①

老僧本是山中住，一出山中事便多。

鱼鹿纵应劳短策，蜗牛何必用长歌。

骨头欲比岩岩石，意气仍留浩浩波②。

从此极巅供陟降③，青天咫尺手堪摩。

【注释】　①镇君意谓，意气浩浩，福禄既同，立地成佛也。②浩浩：指浩然正气，正大刚直的气势。语出《书·尧典》："汤汤洪水方割，荡荡怀山襄陵，浩浩滔天。"③陟（zhì）降：升降，上下。

## 搵　搋①

### 答诸公见赠

刀俎遗余生久残，漫劳诸子摘琅玕②。

春风沙碛惊新至③，腊月盘冰好共餐。

万里乡关三岁梦，七斤布衲五更寒。

淹留竟日归须晚，只恐重来事又难。

【注释】　①函可师感激诸子的关爱，难得相聚，须尽兴而归。②琅玕（láng gān）：比喻珍贵、美好之物。③沙碛（qì）：沙漠。

# 招诸公入社诗①

### 诸公答诗附

### 招不二先生

三扣先生知不知，残僧亦有胆堪披。

莲花一瓣归来好，上帝年来只掩扉。

### 不二答

何意相寻到海涯，袈裟微动我先知。

帝阍纵扣原无益②，只恐空门亦有悲。

【注释】　①函可师虽以栖心净土诚邀，不二却以空门有悲婉拒。莫愁前路无知己，天下谁人不识君。②帝阍（hūn）：天门，天帝的官门。

### 招雪蛆①

冰作肝肠我作邻，爱君清冷绝纤尘。
死生欲了三冬事，只恐寒消不耐春。

### 雪蛆答

天地高寒一世人，对君如水话应频。
死生总是须臾事，犹幸长边不见春。

**【注释】** ①函可师意谓，君乃清冷绝尘之人，春风一来，寒冰化，可了生死也；雪蛆意谓，生死是瞬息之事，不遇春风，犹幸矣。此一来一往，话不投机也。

### 招青草①

一寸青青自耐霜，茂陵骊岳总茫茫②。
黄尘不独埋红粉③，社里莲花比尔香。

### 青草答

红粉消沉恨独长，千年曾许伴寒霜。
远公一去君今到，那见莲花日日香？

**【注释】** ①函可师意谓，君见否？还是社里的莲花香；青草意谓，您是远公再来否？就是没见莲花香。此一招一应，终未契机也。②茂陵：汉武帝刘彻的陵墓，在陕西兴平县东北。骊岳：骊山，陕西省西安市临潼区城南，是秦岭山脉的一个支脉。周、秦、汉、唐以来，这里一直作为皇家园林地。周幽王在此上演了"烽火戏诸侯"的历史故事。③黄尘：犹黄泉。红粉：代指佳人

### 招子规①

乾坤千古总糊涂，何事年年带血呼。
只有莲花归处好，凤凰山上亦荒芜。

### 子规答

千年痴恨在西湖，无奈啼多血亦枯。
木佛已烧山寺冷，不知莲社久长无。

**【注释】** ①函可师意谓，只有莲花归处好；子规意谓，不知莲社久长无？此为一脚门里，一脚门外也。

### 招狂封①

三韩总是尔封疆，黼黼能留只一方。
洪范遗编存布袋②，归来别有好商量。

### 狂封答

国家抛尽话伦常③，只道余狂尔更狂。
三子西山居不远，待来携手到僧堂。

**【注释】** ①函可师意谓，归来，有事共商量；狂封意谓，到时，携手到僧堂。②洪范：是《尚书》篇名。旧传为箕子向周武王陈述的"天地之大法"。"洪"的意思是"大"，"范"的意思是"法"，"洪范"即统治大法。③伦常：与人相处的常道。特指封建社会的伦理道德。即认为这种道德所规范的君臣、父子、夫妇、兄弟、朋友五种关系，即五伦，是不可改变的常道。

### 招冰鬼①

白水青波是旧身，夜深惟许尔相亲。
衲衣一片寒侵髓，不久当为若辈人。

### 冰鬼答

雪是家乡月是邻，闲来偏与老僧亲。
即今便是吾侪辈，谈到当来一点尘。

**【注释】** ①函可师意谓，不久当为若辈人；冰鬼意谓，即今便是吾侪。原来是同志，当来共围炉。

### 招丁仙①

归来莫羡海天宽，眼见天倾海亦干。
从此社开时可到，千年那得一人存。

### 丁仙答

到处孤云共一间，弥天风雪骨毛寒②。

杖头已了无生话③，一日千年作是观。

【注释】　①函可师意谓，千年哪得一人存，大门开了；丁仙意谓，一日千年，已了无生。一个请吃饭，另个称已饱，好笑。②弥天：指满天，极言其大。③无生话：佛教语。指无生无灭的佛法真谛。

### 招石人①

松麈招来好论心，怜君独自立高岑。
攒眉欲去非关酒，只恐愁多抱尔沉。

### 石人答

共尔沉江我亦欣，相从终不了顽心。
笛声未听肝先烈，惆怅当年直到今。

【注释】　①函可师意谓，怜君独自立高岑，为你好；石人意谓，相从终不了顽心，不可能。一个扬，一个抑，各自话凄凉。

### 招沙子①

大地茫茫一聚尘，我来扑面尔先迎。
他时片骨知堪托，莫使沉埋见月明。

### 沙子答

聚散由来不可论，大千佛土总成尘。
黄泉亦是安身地，何事偏于白月亲②。

【注释】　①函可师意谓，片骨堪托，莫使沉埋；沙子意谓，黄泉安身，何偏月亲？满心欢喜，却莫衷一是。②白月：皎洁的月光。唐·孟郊《寻裴处士》诗："远心寄白月，华发回青春。"

### 招镇君①

聪明正直亦前因，五戒曾闻授岳神②。
我到冀营君是主③，净除庭雪待风轮④。

### 镇君答

古庙禅房近作邻，灯光长与法王亲⑤。

麈挥每逐天龙后，白社偏劳问主人⑥。

**【注释】** ①函可师意谓，净除庭雪待风轮，等你；镇君意谓，灯光长与法王亲，不必。找个体己说话的人，还有吗？②岳神：山神。③冀营：古称冀州和营州。冀州即今河北省，营州即今辽宁省。④风轮：佛家语。此世界之最下底，虚空也。虚空者即空轮也，此空轮之上风轮生，风轮之上水轮生，水轮之上金轮生，上有九山八海。轮者取其形横圆，且其体质坚实而名之也。⑤法王：佛于法自在，称曰法王。《法华经·譬喻品》曰："我为法王，于法自在。"元世祖尊蕃僧八思巴为大宝法王西天佛子。明代册封西藏法王者三人，名曰：大宝法王，大乘法王，大慈法王，皆红教喇嘛也。⑥白社：特指某些社团。

## 千山诗集补遗

博罗剩人可禅师著　书记今羞编

# 七言律

### 和澹心因圃阻雪思归①

又见千山绝鸟飞，闲拈玉麈对君挥②。
绥绥白昼荒城路③，淰淰寒生破衲衣④。
粪火芋香聊共剥⑤，梅村梦断未言归。
年年风雪栖庑下⑥，惆怅残更忆翠微⑦。

【注释】　①此诗写为雪所阻思归。函可师流放边地，惆怅凄凉，魂牵梦绕者，家乡也。因圃阻雪：圃，菜园子。阻雪，被雪所阻，不得通过。②玉麈：用玉妆饰麈柄的拂尘。③绥绥（suí）：舒行貌。④淰（shěn）淰：聚散不定的样子。⑤粪火芋香：出自宋·释智愚《懒残和尚赞》："石林冰冷，粪火芋香。深拨浅得，滋味最长。"据宋圆悟克勤《碧岩录》："懒残和尚。隐居衡山石室中。唐德宗闻其名。遣使召之。使者至其室宣言。天子有诏。尊者当起谢恩。残方拨牛粪火。寻煨芋而食。寒涕垂颐未尝答。使者笑曰，且劝尊者拭涕。残曰，我岂有工夫为俗人拭涕耶。竟不起。使回奏。德宗甚钦叹之。"⑥庑（wǔ）下：堂下。⑦翠微：青翠的山色，形容山光水色青翠缥缈。也泛指青翠的山。

### 同澹心咏介子庭中蜡梅①

处士庭前续旧欢②，数枝开遍共团栾③。
瓣当白雪偏能见，名托浮山亦耐寒。
金色头陀花底笑④，黄衣舞女梦中看。
瑚雏何处吹横笛⑤，拥毳踟蹰到夜阑⑥。

【注释】　①蜡梅，铁骨冰心，傲雪凌霜。函可师咏叹，欣赏，以蜡梅自喻也。澹心：

余怀，见本书卷九《寄澹心》注释①。②处士：本指有才德而隐居不仕的人，后亦泛指未做过官的士人。③团圞：团聚。④金色头陀：摩诃迦叶的别名，因他的身体呈现出金色而且有光，在释尊诸弟子中，以修头陀第一著称，故被称为金色头陀或饮光。⑤瑚琏：才华出众的少年。⑥毳（cuì）：鸟兽身上的细毛，后泛指鸟兽毛经加工而制成的毛制品。踌躇：从容自得。《庄子·外物》："圣人踌躇以兴事。"夜阑：夜将尽时。

## 哭绳海先生①

素车犹忆十年前②，生死交情更不迁③。
曾记邮筒传岭月，独赏镜老破江烟④。
何人报国身能在，赖汝孤臣节已全。
一瓣香消寒泪溅，乱鸦啼上古城边。

【注释】　①绳海先生，乃函可师生死至交。先生以身报国，松竹高节。函可师拈香遥祭，人天哭之。②素车：古代凶、丧事所用之车，以白土涂刷。③不迁：不变。④独赏（jī）：只怀抱着。镜老："鸾镜不辞朱颜老"。

## 广陵感赋①

旧堤杨柳不成裁，劫火经今五十回。
瓦碎尚余香粉腻，市喧疑是野魂哀。
高飞独羡杨州鹤②，倚杖难寻月观梅。
只为繁华易消落，遍将清泪点寒灰。

【注释】　①此诗写历史名城扬州，屡经劫难，如今，神号鬼哭，哀鸿遍野。广陵：今江苏扬州市。②杨州：当为"扬州"。

## 朱溪臣临行再被价，窃作此奉慰，并以言别①

两年飘泊石城东②，垂死怜君病复同。
穷鬼憎人寒不彻，黑貂海盗数仍空③。
家乡路远心逾苦，海角天倾恨未终。
旧社梅花看欲发，一枝惆怅老西风④。

【注释】　①朱溪臣，乃函可师好友。二人同样饱受国破家亡之苦，伤感流离之痛。今者，好友再次流放，函可师哀叹不已。被价（jiè）：被派遣。②石城：石头城。今江苏南京。

③诲盗：诱人盗窃。④惆怅：因失意而伤感、懊恼。

## 对与治怀莞羊诸同志①

论交兹夕复何疑，屋角参横动远思②。

今世几人堪久别，他乡惟子许相知。

但看绿涨流桃叶③，已是朱明负荔枝④。

去住总来成系念，一生憔悴此情痴⑤。

**【注释】** ①左丘明《国语·晋语四》："同德则同心，同心则同志"。诗中"去住总来成系念"，道尽了函可师对诸同志的思念。与治：顾梦游，字与治，号力疾，江宁（今江苏南京）人。函可的好友。崇祯十五年（1642）岁贡生，入清为遗民，辛于顺治十七年（1660），六十二岁。有《顾与治诗》八卷。②参横：在古时指夜深。参，二十八宿之一。③绿涨："涨绿"，指春水上涨。④朱明：明朝别称。⑤憔悴：瘦弱萎靡的样子。

## 路　中①

石头曾共典寒衣，五月光分几雁飞。

前路烽烟愁正剧，一春花鸟愿多违。

还家莫话沧桑事②，迟我常开夜月扉。

江水茫茫悲倦翮③，何时同采故山薇。

**【注释】** ①函可师忆往昔，与诸同志在石头城的经历。如今，心灰意冷，只想与诸同志隐度余生。②沧桑："沧海桑田"的省称，比喻世事变化很大。③翮（hé）：羽茎也。泛指鸟的翅膀。

## 台　中①

无聊长寄一枝筇，悔不同君四百峰。

旧榻尽容狞虎待②，半铛常煮野云供③。

到家应共怜穷子，博饭无如学老农④。

从此入山惟稳睡，只愁僧打五更钟。

**【注释】** ①函可师意想华首台那无忧无虑的禅修生活。台中：在华首台。②狞虎：凶猛的老虎。③野云供：僧人们吃的粗食。供，供给。④博饭：丰盛的饭食。

## 博　中①

数别何曾见泪痕，长干落日自吹埙②。

故园一任荒丛菊，急难方知忆弟昆。

小雨滴生春草梦，西风飘送老梅魂。

为怀正好愁冬际，芦叶芦花江上村③。

【注释】　①函可师忆想故园、兄弟，宛若梦中。博中：在博罗。②长干：古建康里巷名，也借指南京。埙（xūn）：陶制的古代吹奏乐器。③江上村：广东省云浮市新兴县下辖村，元朝开村，建在山岗上，称"岗上"，后改称"江上"。

## 莞　中①

蓬转长空迹未孤，柏林能不念吾徒②。

回何敢死还多畏，柴也其来幸是愚。

强把笑歌酬木石，空令涕泪满江湖。

浪游愧我恒终岁，白首曾成一事无。

【注释】　①函可师对莞中，永怀难忘，今虽白首，心无愧也。莞中：地名。又称莞羊，东莞。②柏林：双柏林，诗人家居园名。

## 广　中①

出门又过半年期，独夜心情黯自悲。

乡梦似随风雨入，归程仍为甲兵迟。

一生未了嵩间泪②，万里长萦涧畔思。

想得生还重见面，几人欢动藕花池。

【注释】　①函可师思归之心甚切。广中：在广州。②嵩：同"崧"，山大而高。

## 秋　梦①

荒原寂寂落花钿②，锦瑟闲抛五十弦③。

蝉咽未离芳树里，马嘶偏系画堂前。

甄山道士传兵解④，阳羡书生合醉眠⑤。

尽向湖船载西子，城头空见草芊芊⑥。

【注释】　①此诗写秋梦，函可师异想纷呈，足以消魂矣。②花钿：用金翠珠宝等物镶制成如花似的首饰。③锦瑟：漆有织锦纹的瑟。④兵解：旧称学道者死于兵刃为"兵解"，意谓借兵刃解脱得道。晋·葛洪《神仙传·郭璞》："敦（王敦）诛璞……殡后三日，南州市人见璞货其平生服饰，与相识共语，非但一人。敦不信，开棺无尸，璞得兵解之道。"⑤阳羡书生：是南朝梁吴均所作的一篇志怪散文。这里代指读书人。⑥草芊（qiān）芊：草很茂盛的样子。

## 蜚　声①

驱驰镇日自空餐，剩有逢迎好结欢。

流涕可堪容贾谊②，无鱼终欲笑冯驩③。

共夸金穴千年满④，闲倚冰山半夜寒。

一著未施全局尽，弈棋曾不似长安。

【注释】　①良辰不借，往事难追。一著未施，荣枯乃定。弈棋曾不似长安，白首知归却无路，函可师搁管兴叹也。②贾谊：汉代洛阳人，皇帝召为博士，迁太中大夫，因陈时弊为大臣所忌，出为长沙王太傅，迁梁怀王太傅，卒年三十三岁，世称贾太傅，或称贾生。③冯驩（huān）：战国时人，也作"冯谖（xuān）"，曾为齐国孟尝君食客，为孟收债于薛，矫孟尝君之命尽焚债券，市义于民。后来孟尝君被废归薛，薛之民皆迎之。④金穴：藏金之窟。喻豪富之家。

## 闻黄石斋至①

惊传一骑到江干，绕遍梅花泪未干。

邓禹几能扶汉室②，钟仪终不改南冠③。

空余短剑龙文暗，好付残躯马革寒④。

岂为绨袍今哭汝⑤，瀰天风雨正漫漫⑥。

【注释】　①此诗写黄石斋为国尽忠，至死不渝，令函可师痛哭不已。黄石斋：黄道周（1585—1646），字幼玄，号石斋，福建漳州府漳浦县（今福建省东山县人）。天启二年（1622）进士，历官翰林院修撰、詹事府少詹事。南明隆武（1645—1646）时，任吏部尚书兼兵部尚书、武英殿大学士（首辅）。因抗清失败被俘。隆武二年（1646）壮烈殉国，隆武帝赐谥"忠烈"，追赠文明伯。清乾隆四十一年（1776）追谥"忠端"。为明末学者、书画家、文学家。②邓禹（2—58）：字仲华，南阳新野人，东汉初年军事家，云台二十八将第一位。邓禹年轻时曾在长安学习，与刘秀交好。更始元年（23），刘秀巡行河北，邓禹前往追随，提出"延揽英雄，务悦民心，立高祖之业，救万民之命"的方略，被刘秀特之以为萧何。邓禹协助刘秀建立东汉，既定河北，复平关中，功劳卓著。③南冠：春秋时楚人之冠。《左传·九年》晋侯观于军府，见钟仪，问之曰："南冠而系之者谁也？"有司对曰："郑人献楚囚也。"后来便把"南冠"作为远使或羁囚的代称。④马革："马革裹尸"，指英勇牺牲在战场。⑤绨袍：喻故旧交情。⑥澥（xiè）天：海天。

## 寒夜偶成①

木佛寒灯共一堂，漫思往事浩茫茫。
何曾辱我非能忍，无奈恩多未易忘。
门掩疏钟人自古②，更残薄被月如霜。
吾生犹及梅花发，岂必罗浮是旧乡。

【注释】　①寒灯危坐，漫思往事，荣辱浮沉，零落凄凉。安得梅花开盈途，魂游万里归罗浮（故乡）。②疏钟：稀疏的钟声。

## 初闻警，友人约同入岭，作此答之①

长安花事独相关，荔子丹时尚未还②。
无可藏身惟酒肆③，何须埋骨向青山。
一瓢以外无余物，荷插相从便不闲④。
到处饱餐到处死，故人多泪自潺潺。

【注释】　①此诗应为清兵南下直奔南京，友人约函可师避居岭南，师予以婉拒。函可师意谓，自己随处可死，友人却泪眼汪洋。②荔子丹时：荔子结果之时。③酒肆：卖酒店铺。④荷插：应作"荷锸"。锸，铁锹，掘土的工具。

## 寿界系师兼约同游罗浮①

身形似鹤古来稀，深谷梅花冷共支。
坐破蒲团千顷月，阅穷沧海两茎眉。
闲知岁月终堪惜，老爱云山亦是痴。
为嘱赵州行脚处②，麻姑峰畔荔支期③。

【注释】　①此诗写为界系师贺寿，并邀同游罗浮。函可师赞界系师，鹤骨松姿，苦节淳修，赵州古佛再来也。界系：界指欲、色、无色三界；系乃联系、关连之意。即系缚于三界之烦恼。属佛教"法相宗"所研究的主要内容，故"界系师"是法相宗的法师。②赵州：唐朝名僧，本姓郝，法名从谂，南泉普愿的弟子，世称赵州和尚。行脚：游方、游行。③麻姑峰：在今江西南城县西南，山顶有古坛，传说麻姑修道于此。

## 次韵答邢孟贞并以道别①

高楼春尽恨难删，每见君来一破颜。
客梦荒烟迷去道，平生知己重名山。
却怜远别逢梅雨②，早愿余年入玉关③。
几处草庵烧不尽，秋来犹得扫苔斑④。

【注释】　①此诗应为函可师流放边地之际，写给邢孟贞并道别。难得知己，今当远行，何以赠我？遥想音容。邢孟贞：邢昉（1590—1653），字孟贞，一字石湖，因住家距石白湖较近，故自号石白，人称刑石白，江苏南京高淳人。明末诸生，复社名士。明亡后弃举子业，居石白湖滨，家贫，取石白水酿酒沽之，诗最工五言，著有《宛游草》《石白集》。②梅雨：指初夏江淮流域持续较长的阴雨天气，正值梅子黄熟，故称。③玉关：玉门关。④苔斑：苔藓丛生如斑点之状。

## 留别王子京①

氈毹破衲挂枯藤，敢道无情泪又增。
不为金钱思长者，每从处士揖孤僧②。
甘贫但酌空江水，受树仍留异代陵。
长想政闲无一事，一轩明月话高朋③。

【注释】　①王子京安贫乐道，为函可师所重。今者，扬袂远行，赋诗留别。末后句"一轩明月话高朋"，明亮致远矣。留别：多指以诗文纪念赠给分别的人。②处士：本指有才德而隐居不仕的人，后亦泛指未做过官的士人。③轩：小屋。

## 留别顾与治①

岭海无家亦有忧，归心那复恋狂游。
频年独寄扬雄宅②，此后谁登谢朓楼③。
永夜月来僧不管，一春花落鸟空愁。
茫茫正溯长江水④，何日重过问石头。

【注释】　①此诗留别顾与治，函可师难舍难离。末后句"何日重过问石头"？显见其无奈也。顾与治：顾梦游，字与治，江宁（今属江苏），或曰吴江（今属江苏）人。崇祯十五年岁贡生。入清后，以遗民终老，卒于顺治十七年（1660）。平生行侠好义。莆田友人宋珏客死吴门，归葬于福建。家贫无子，诗草散佚。他跋涉三千余里，莫酒墓门，为之整理诗草，并请"善文者"钱谦益为之撰写墓表。②扬雄（前53—18）：字子云，西汉官吏、学者，蜀郡成都人。少好学，为人口吃，博览群书，长于辞赋。年四十余，始游京师，以文见召，奏《甘泉赋》《河东赋》等。成帝时任给事黄门郎。王莽时任大夫，校书天禄阁。所谓"歇马独来寻故事，文章两汉愧扬雄"。③谢朓：南朝齐诗人，字玄晖，河南太康人，曾任宣城太守、尚书吏部郎等职，被诬陷死。其永明体成就最高，与谢灵运对举，称小谢。有《谢宣城集》。④溯：逆流而上。

# 留别余澹心二首①

### 次韵

春风犹滞秣陵关②，晓梦先飞黄木湾③。
弟妹可能存世上，笑啼徒自向人间。
三年不见云中信，一钵终归何处山。
最是与君情不薄，悠悠去住两难删。

敷天处处谷为陵④，剩水残山见老僧。
乞得一餐常自足，饶他百事总无能。
关心独有池生草，白首何堪鼠啮藤。
归去把茅诗卷在，思君常剔佛前灯。

【注释】　①此诗留别余澹心。函可师自谓，依依不舍。从此，远在异乡，危坐孤灯，把茅吟诗矣。余澹心：余怀，见本书卷九《寄澹心》注释①。②秣陵关：地名，在江苏江宁县南，明置，今有镇。③黄木湾：地名，在诗人家乡。④敷天：满天。

# 留别白门诸公①

不因行乐亦蹉跎②，几度柴门石易过。
岂有文章逢运使，屡将香饭乞维摩③。
三山花落催行棹④，五岭云飞返旧柯⑤。
莫叹江流千万里，莺啼无限夕阳多。

【注释】　①此诗留别白门诸公。花落，江流，愈见惆怅、辛酸也。②蹉跎：虚度光阴。③维摩：维摩诘。旧译曰净名。新译曰无垢称。佛在世毗耶离城之居士也。自妙喜国化生于此。委身在俗。辅释迦之教化，法身大士也。④行棹（zhào）：行船。棹，划船的一种工具，形状和桨差不多。⑤柯：斧子的柄。

## 次郑元白韵①

烟缕城头日未斜，曾来乞食到君家。

于今年代非当日，始信人间有落花。

雨后每寻黄叶寺②，春残惟听白门筇③。

临岐无住悲鸿渐④，为数庭前树上鸦。

【注释】　①离别之际，为数庭前树上鸦，惨淡凄凄矣。②黄叶寺：在南京。③白门
筇：南京的筇声。④临岐：亦作"临歧"。本为面临歧路，后亦用为赠别之辞。鸿渐：典
出《周易》卷五《渐卦》。谓鸿鹄飞翔从低到高，循序渐进。

## 次余澹心韵二首①

家本飞云白石龛，偶言来去亦优昙②。

遗篇青简千年事③，山月蒲团一杖担。

此日晓风歌柳岸，他时高阁坐江南。

摩腾翻译浑多故④，身外累累贝叶函⑤。

摘叶烧泉处士斋，几翻相向写幽怀⑥。

看残今古无天眼，踏破青山有草鞋。

雁去休教虚只字，猿归应已共层崖⑦。

世间定乱非裴度⑧，雪夜何人更度淮。

【注释】　①此诗写函可师身处南京，悠游山水，恭请藏经，与余公盘桓交游。老天
无眼，时遭世乱，勘祸定乱者，非裴公者谁。余澹心：余怀，见本书卷九《寄澹心》注释
①。②优昙（tán）：花名。译曰灵瑞、瑞应。《法华文句》曰："优昙花者，此言灵瑞。
三千年一现，现则金轮王出。"③遗篇：留给后世的文章。④摩腾：迦叶摩腾，或单称摩
腾，相传为中天竺僧人。东汉明帝时，遣蔡愔等十八人为使，到大月氏国求佛法，永平十
年（67）请得迦叶摩腾和竺法兰二僧，用白马载着佛像和经典来到洛阳。翌年，明帝建白
马寺，令迦叶摩腾、竺法兰二僧讲经，并请从事梵本佛经的汉译。现存的《四十二章经》
即于此时译出。这是佛教传入中国并中国译经之始。⑤贝叶函：佛经。⑥幽怀：郁结隐秘
的情怀。⑦层崖：重重叠叠的山崖。⑧裴度：（765—839），字中立，河东闻喜（今山西闻
喜县）人。唐代中期杰出的政治家、文学家。唐德宗贞元五年（789）进士。唐宪宗时累
迁御史中丞。他支持宪宗削藩，后督统诸将平定淮西之乱，以功封晋国公，世称"裴晋

公"。此后历仕穆宗、敬宗、文宗三朝，数度出镇拜相。晚年随世俗沉浮，以求避祸，官终中书令。开成四年（839）去世，年七十五。获赠太傅，谥号"文忠"。

## 次林茂之韵二首①

数间茅屋水东涯，四海为家不当家。
钵底已无兼宿食，篱边犹忆隔年花。
典型独喜先生在，风雅徒令异代夸。
自笑僧贫远行脚，担头犹有旧袈裟。

忆昔相逢未是僧，青山处处总堪登。
斑斓子舍终天恨②，花草吴宫百感兴③。
周粟价高思义士④，羊裘典尽笑严陵⑤。
莫言我去知心少，但过墙东有好朋。

【注释】　①函可师自谓，云水天涯，四处行脚，喜逢茂之先生，仰慕高义也，此去想君烟水阔，挥手泪沾巾。林茂之：林古度（1580—1666）字茂之，号那子，别号乳山道士，福建福清人。明末清初著名诗人。诗文名重一时，但不求仕进，游学金陵，与曹学佺、王士桢友好。明亡，以遗民自居，时人称为"东南硕魁"。晚年穷困，双目失明，享寿八十七而卒。②子舍：小房，偏室。③吴宫：春秋时吴国的宫殿，在今苏州市。④周粟：周武王伐殷后建立周朝，伯夷、叔齐不仕周而隐于首阳山的故事。义士：有节操的人，指伯夷、叔齐二兄弟。⑤严陵：严光。字子陵，省称严陵。东汉会稽余姚（今浙江余姚市）人。少曾与汉光武帝刘秀同游学。秀即帝位后，光变姓名隐遁。秀遣人觅访，征召到京，授谏议大夫，不受，退隐于富春山。

## 陈伯玑和余《留别与治》诗见赠，复次原韵答之①

曰归曰归我心忧，野草荒烟失旧游。
幸是天涯逢有道，相投杖策上高楼②。
西山遗老留云卧③，赣水新魂带月愁④。
话至伤心窗又雨，何年重约虎溪头⑤。

【注释】　①函可师慨念昔游，庆幸逢君，相得甚欢，今者别离，黯然心伤，何年虎溪再聚首。②杖策：谓追随，顺从。③西山遗老：指饿死在首阳山上的伯夷、叔齐。④赣水新魂：死于赣水边上的明末抗清遗民。⑤虎溪：在江西省九江市南庐山东林寺前。相传晋慧远法师居此，送客不过溪，过此，虎辄号鸣，故名虎溪。

## 系中生日二首①

稽首牟尼古佛图②，今朝犹剩旧头颅。

纵经万死知何恨，欲尽余生亦是虚。

破寺独松撑日月，短床闲梦到江湖。

从他知罪浑无涉，纳纳乾坤一病夫③。

三十七年事事非，两行新泪点田衣④。

世间白日还容我，海上青山未许归。

天意每于穷极见，故人不为病多稀。

明朝好恶休须论，且共团圞话日晖⑤。

【注释】　①此诗写函可师因文字获罪，受尽摧残，心灰意冷，期许未来。系中：在狱中。②稽首：指古代跪拜礼，为九拜中最隆重的一种。常为臣子拜见君父时所用。跪下并拱手至地，头也至地。牟尼古佛图：释迦牟尼佛。③纳纳：包容貌。④田衣：袈裟的别名。⑤日晖：日光。

右七言近体诗三十一首，皆禅师丙丁间寓金陵所作者。稿存黄华寺，沈阳原集未之载也。梓事将竣①，黄华主人始出相示，不及依次编入，附诸卷末，另为补遗一卷云②。

【注释】　①梓事：指出版印刷。②黄华主人：黄华寺的主持僧人。

邢子才耐解误书，今昔美谈。然抄誊之多错，校订之难精，亦可见从古而若斯矣①。是集自沈阳传入岭南，历今四十余年，录更多手，藏不一人。或因只字之偶差，遂昧全句之微旨。人湮地远，既就正而未由；乌变鸟形，复倘彷而难辨。悉依原稿，以存夏五之疑②，不敢妄更，致蹈金根之谬③。若夫意可逆志，文不害辞，则在善读者之自得耳。

（今羞、今何识）

【注释】　①邢子才：名邵，字子才，以字行。北齐邢臧（字子良）之弟。十岁能作文章，很有才思，日诵万言。初仕魏，官中书侍郎、国子祭酒、中书监。②夏五之疑：喻书有缺文。③金根之谬：《古纬书》谓器车、根车为祥瑞，秦汉饰车以金，称金根车。唐朝韩愈之子昶，尝为集贤殿校理，见史传有"金根车"处皆以为误，悉改"根"字为"银"字，为时人所笑。